ULLSTEIN

Das Buch

Die Dinge stehen nicht zum Besten für Mickey Liddiard: Die Brauerei Honeycote Ales, vom Großvater gegründet und vom Vater zur Blüte geführt, produziert zwar zweifellos das beste Bier der Region und unterhält eine Reihe traditionsreicher und beliebter Pubs, steht aber kurz vor dem Bankrott. Mickey kann sie nur durch immer neue Kredite über Wasser halten. Er weiß wohl, dass er nicht der geborene Geschäftsmann ist, aber was tun? Seine Affäre mit der Immobilienmaklerin Kay trägt da wenig zur Beruhigung bei, denn er wollte eigentlich nur ein kleines Abenteuer, während Kay bei ihm das Liebesglück sucht, das sie in ihrer Ehe vermisst. In dieser verfahrenen Situation bemüht Mickey sich nach Kräften, trotzdem ein guter Ehemann und Vater zu sein. Doch die Dinge spitzen sich zu: Die Bank will kein Geld mehr geben und durch Kays Schwangerschaft gerät er zunehmend unter Druck! Es wird noch so manches Fass Bier gebraut werden, bis Mickey Liddiard wieder gut schlafen kann – neben der Frau, die er liebt ...

Die Autorin

Veronica Henry studierte Philologie in Bristol, leitete eine Punk-Disko und ging dann zum Fernsehen, wo sie als Drehbuchautorin großen Erfolg hatte. Nach der Geburt ihrer beiden Söhne beschloss sie, Schriftstellerin zu werden. *Honeycote* ist ihr erster Roman; derzeit schreibt sie an ihrem zweiten Buch. Veronica Henry lebt mit ihrer Familie in Worcestershire, England.

Veronica Henry

Sommer auf Honeycote

Roman

Aus dem Englischen
von Ulrike Bischoff

Ullstein

Für Peter, meinen Fels

Umwelthinweis:
Dieses Buch wurde auf chlor- und säurefreiem Papier gedruckt.

Ullstein Taschenbuchverlag
Der Ullstein Taschenbuchverlag ist ein Unternehmen der
Econ Ullstein List Verlag GmbH & Co. KG, München
Deutsche Erstausgabe
1. Auflage Oktober 2002

Titel der englischen Originalausgabe: Honeycote
(Penguin Books Ltd, London)
Übersetzung: Ulrike Bischoff
Redaktion: lüra – Klemt & Mues GbR, Wuppertal
Umschlaggestaltung: Cordula Schmidt, Hamburg
Titelabbildung: Tonystone
Gesetzt aus der Bembo
Satz: hanseatenSatz-bremen, Bremen
Druck und Bindearbeiten: Clausen & Bosse, Leck
Printed in Germany
ISBN 3-548-25432-2

Kapitel 1

Eine einsame Glocke läutete mit unerbittlicher Eindringlichkeit. Die verschwommene Wintersonne durchdrang den kleinen Friedhof von Honeycote und ließ die taunassen Spinnweben glitzern, die sich von Grab zu Grab spannten. Ein Erdhügel kennzeichnete das frischeste Grab. Es war das letzte in einer Reihe von Liddiards, die Hunderte Jahre zurückreichte.

Er reckte den Hals, um sich einen Überblick zu verschaffen. Alle waren da. Patrick schien ungerührt. Die einzige Spur von Betroffenheit war daran abzulesen, wie schnell er seine Zigarette rauchte, bevor er die Kippe in die frisch ausgehobene Grube schnippte. Hinter ihm standen Sophie und Georgina. Sie wirkten unnatürlich bleich in ihren schwarzen Schulmänteln und verliehen der Szene etwas von einem viktorianischen Melodram. Er vermutete, dass es ihre erste Beerdigung war, die aufwändigen Beisetzungen ihrer diversen Meerschweinchen und Goldfische im Laufe der Jahre nicht mitgerechnet. Kay zeigte sich schick in einem strengen schwarzen Schneiderkostüm, mit ausladendem Hut und unmöglich hohen Absätzen – er wusste, dass sie Strümpfe trug. Neben ihr stand Lawrence, denn schließlich verlangte die Etikette, dass sie sich gemeinsam zeigten. Selbst Cowley von der Bank war da. Er trug einen unförmigen Anzug, sein Kugelschreiber, ein Weihnachtspräsent, klemmte in der Brusttasche. Er genoss ohne Zweifel den arbeitsfreien Vormittag: Ein größeres Vergnügen dürfte es für Cowley kaum je gegeben haben.

Und da war Lucy. Sie hatte auf Witwenkleidung verzichtet

und war in sehr hellem Grau gekleidet. Das einzige Zugeständnis an die Trauer war ein schwarzes Samtband, das ihre dunklen Locken zurückhielt. Um ihren Hals lag eine Perlenkette, die er ihr im vergangenen Jahr zu Weihnachten geschenkt hatte, eine allzu großzügige Geste, die er sich eigentlich nicht hatte leisten können. Wie immer.

Als sie neben seinen Bruder James an das Grab trat, nahm er gerade noch wahr, wie sie ihre Hand in seine gleiten ließ, bevor der Vikar die vertrauten Worte sprach.

Als der erste Klumpen Erde auf den Sarg prallte, raffte Mickey Liddiard seine letzten Kräfte zusammen und stieß gegen den Sargdeckel, doch dieser war stabil, aus einer mächtigen Eiche gehauen, und gab nicht nach ...

»Mickey! Mickey!«

Besorgt rüttelte Lucy ihren Mann wach. Sie spürte sein Herz pochen, als er sich im Bett neben ihr hin und her warf. Schweißnass fuhr er auf und sah sie erschrocken an.

»Du hast wieder einen deiner Träume gehabt.«

Erleichtert, dass alles vorbei war, ließ Mickey sich wieder in die Kissen sinken. Aber Lucy spürte seine Beklommenheit.

»Was hast du bloß geträumt? Du hast dich hin und her geworfen.«

»Ich weiß es nicht«, gab Mickey vor. Dabei erinnerte er sich nur zu gut. »Du weißt doch, wie das mit Träumen ist. Wenn du aufwachst, sind sie weg.«

Schon zum dritten Mal in dieser Woche hatte ihn dieser oder ein ähnlicher Traum geplagt. Er hatte schon überlegt, ob er ihn analysieren lassen sollte, sich aber gedacht, dass die Bedeutung vielleicht gar nicht so tief verborgen lag: Er hatte wohl einfach Angst, dass er sterben und niemand sich einen Deut darum scheren könnte. Er kniff die Augen zusammen und sah auf die Uhr. »Wie spät ist es?«

Lucy streckte den Arm aus und drehte die Stiluhr zu sich herum. »Fast sechs.« Als Mickey die Decke zurückwarf, fragte sie stirnrunzelnd: »Du musst doch sicher noch nicht aufstehen?«

»Ich will unter die Dusche.«

Sie schaute zu, wie er als schattenhafte Silhouette durchs Zimmer tappte und die schweren, gefütterten Vorhänge zurückzog. Im ersten Morgenlicht konnte sie ihn nun deutlich sehen. Er war groß und breitschultrig, jedoch nicht untersetzt, obwohl er vor einem halben Jahr seinen dreiundvierzigsten Geburtstag gefeiert hatte. Seine Gesichtszüge waren gerade gesetzt genug, um nicht mehr jungenhaft zu wirken, aber er strahlte eine Jugendlichkeit aus, die er nicht verdiente und die seine Altersgenossen ihm angesichts seines Lebensstils missgönnten – kein Bauchansatz, keine Geheimratsecken, ja nicht einmal graue Strähnen im dichten braunen Haar.

Er war eindeutig ein gut aussehender Mann, doch wie er nun mit finsterem Blick aus dem Fenster schaute, gefiel Lucy ganz und gar nicht. Plötzlich hatte sie das Bedürfnis, ihm und sich selbst etwas Geborgenheit zu geben. In letzter Zeit hatte sie ihn öfter aus einem Alptraum geweckt. Sie klopfte neben sich auf den leeren Platz im Bett.

»Komm wieder ins Bett.«

Mickey schüttelte den Kopf. Er war hellwach und spürte immer noch den Schreck über seinen Traum in allen Gliedern. In seinem Kopf kreisten bereits die Probleme, die der Tag für ihn bereithielt. Mit grimmiger Miene sann er darüber nach, dass er in letzter Zeit nie zur Ruhe kam, abgesehen von einer knappen halben Stunde nach den ersten paar Gläsern Wein in jenem angenehmen Übergangsstadium zwischen Entspannung und Trunkenheit. Warum konnte er an diesem Punkt nicht aufhören? Warum musste er sich völlig betrinken, bis er melancholisch wurde, seine Ängste eher größer wurden statt kleiner und er nicht mehr ruhig schlafen konnte?

Er drehte sich zu seiner Frau um. Sie trug die Perlenkette aus seinem Traum und wirkte nicht älter als am Tag ihrer Hochzeit. Warum auch? Sie hatte schließlich keine Sorgen. Und von seinen Problemen wusste sie nichts, so viel stand fest.

»Was hast du heute vor?«, erkundigte er sich.

»Die Mädchen bekommen morgen Weihnachtsferien. Ich muss in den Supermarkt zum Großeinkauf.«

Großeinkauf. Große Rechnung.

»Wieso? Sophie macht ohnehin ständig Diät und Georgie isst nur Sandwiches mit Rübenkraut.«

Lucy grinste. »Das Rübenkraut ist alle. Und ich muss allmählich schon für Weihnachten einkaufen. Dieses Jahr lasse ich mich nicht wieder überrumpeln.« Als sie das sagte, sah sie sich im Geiste schon in einer langen Schlange bei Sainbury's stehen. Alljährlich nahm sie sich vor, das Fest gut organisiert anzugehen, und scheiterte unweigerlich. Immer gab es Wichtigeres zu tun, als Einkaufslisten zu schreiben und die Kühltruhe aufzufüllen.

Mickey ging zu ihr und küsste sie auf die Stirn. Sie nahm den Geruch seines Schweißes wahr, der inzwischen auf seiner Haut getrocknet war. Er roch nach Panik, nicht nach körperlicher Anstrengung, und plötzlich war sie froh, dass er nicht wieder ins Bett gekommen war. Lucy war zwar nicht pingelig, aber dieser Geruch war ungewohnt an ihm. Er beunruhigte sie.

Als das warme Wasser die Überreste seiner Träume wegspülte, dachte Mickey an den bevorstehenden Tag. Er beschloss, alles positiv anzugehen und sich ausnahmsweise seinen Problemen zu stellen, statt sich den diversen Ersatzhandlungen hinzugeben, die er so liebte und die ihm halfen, sich der Realität zu entziehen. Er wollte früh in die Brauerei und sich den Papierkram vornehmen, der dort sicher auf ihn wartete. Die Papierberge hatten sich wohl kaum in Luft aufgelöst, denn sie warteten schon seit Monaten auf ihn.

Da es noch früh war, beschloss er, zu Fuß zu gehen. Gewöhnlich fuhr er mit dem Auto, obwohl es eigentlich unvertretbar war, da die Brauerei nur gut einen Kilometer von seinem Haus entfernt lag, aber heutzutage ging kein Mensch mehr zu Fuß. Heute indessen fand er, dass die Bewegung ihm gut tun würde; vielleicht bekam er dabei ja einen klareren Kopf. Falls der Fußweg zurück ihm zu viel wäre, konnte er Lucy bitten, ihn später abzuholen.

An einem Brautag wie heute war statt Anzug und Krawatte eher Arbeitskleidung angesagt. Daher zog er Jeans und eines der dunkelgrünen Polohemden mit dem Logo der Brauerei an, die er kürzlich hatte anfertigen lassen, um bei Honeycote Ales so etwas wie eine Corporate Identity einzuführen. So machte es den Eindruck, als habe er den Finger am Puls der Zeit und alles im Griff. Seltsam, wie eine so schlichte Aktion die Risse zu übertünchen vermochte. Alle hatten sich beeindruckt gezeigt.

Lucy war wieder eingeschlafen, also nahm er seine Stiefel in die Hand und schlich sich in die Küche hinunter. Hier, im Herzstück des Hauses, war es noch ungewöhnlich still. In gut einer Stunde würde dieser Raum zu Leben erwachen. Sophie würde Obst und Joghurt in den Mixer füllen, um sich einen ihrer widerlichen Breis zu machen, und jammern, dass sie keinen Entsafter besaßen. Georgina würde sich Toast auf dem Herd rösten und Patrick, der immer als Letzter aufstand, würde rauchen und starken schwarzen Kaffee trinken, da er kein Wort herausbrachte, bevor seine Adern nicht voll Nikotin und Koffein waren. Mickey konnte die unnatürliche Stille nicht genießen, die ihm eher beklemmend als entspannend vorkam. Also nahm er sich eine Banane aus der Obstschale, zog seinen Regenmantel von der Stuhllehne und schlüpfte aus dem Haus. Die Hände tief in den Manteltaschen vergraben, ging er die Einfahrt hinunter und trat durch das Tor von Honeycote House. Dann hielt er sich rechts und marschierte ins Dorf.

So früh am Morgen waren schon erstaunlich viele Leute unterwegs. Ein Mann im Anzug fuhr in einem BMW vorbei Richtung Eldenbury, dem zwei Meilen entfernten Marktstädtchen mit einem stark frequentierten Bahnhof an der Hauptstrecke nach Paddington, die Pendler aus den Cotswolds in neunzig Minuten nach London brachte. Ein Trupp junger Arbeiter machte sich in einem zerbeulten Laster auf den Weg zu einer Baustelle am Rand von Evesham, das acht Meilen entfernt lag. Dort bauten sie eine weitere gesichtslose Siedlung, wie sie überall aus dem Boden schossen. Der Briefträger machte eilig seine Runde, um bald zu seinem Nebenjob zu kommen: Er kümmerte sich um die Gärten wohlhabender Dorfbewohner und konnte für Rasenmähen und Heckenschneiden verlangen, was er wollte, weil er zuverlässig, sachkundig und behutsam war.

Wie viele andere Dörfer der Gegend hatte sich Honeycote sehr gewandelt. Schule und Polizeistation waren geschlossen und zu malerischen Wohnhäusern umgebaut worden. Das Postamt hielt sich dank ständiger Ausweitung des Angebots bisher recht wacker. Dazu waren inzwischen neue Geschäfte entstanden. Eine junge Mutter hatte ein Versandunternehmen für Kinderkleidung aufgebaut und vielen Frauen im Dorf, die mit der Nähmaschine umgehen konnten, Heimarbeit verschafft. Eine alte Kapelle war bis unters Dach mit restaurierten Kiefernmöbeln und Gerätschaften voll gestopft, mit denen Zugezogene ihre Häuser auf dem Land meinten einrichten zu müssen, und das Geschäft ging gut. In Honeycote blühte eine gewisse Art von Unternehmergeist, aber es war traurig, dass viele der Einheimischen, die hier geboren und aufgewachsen waren, es sich nicht mehr leisten konnten, die hübschen Häuser des Ortes zu kaufen, die wie Lebkuchenhäuschen aussahen.

Am Ende des Dorfes kam Mickey am *Honeycote Arms* vorbei, der ersten Brauereigaststätte, die sein Urgroßvater gekauft hatte, als er auf die Idee gekommen war, vom Bauern zum Brauer zu wechseln. Der Pub wirkte müde und heruntergekommen, als ob er Liebe und Zuwendung brauchte, obwohl nicht einmal der abblätternde Anstrich den Reiz des mürben Natursteins zunichte machen konnte, aus dem er gebaut war. Gleichwohl war er wohl kaum ein gutes Aushängeschild und Mickey wandte im Vorbeigehen den Blick ab. Außerdem wollte er nicht mit Ted, dem Pächter, ins Gespräch kommen. Ihm war nicht danach, Höflichkeiten auszutauschen.

Ein Stück weiter die Straße entlang prangte ein schmiedeeiserner Bogen mit der Inschrift »Honeycote Ales« auf zwei stabilen Pfeilern. Dahinter verlief die Zufahrtsstraße noch gut hundert Meter geradeaus, dann beschrieb sie eine Linkskurve und führte steil in eine Mulde zur Brauerei.

Bedingt durch die Lage im Talkessel war das steile Schrägdach des Brauereiturms mit seiner markanten Wetterfahne von der Hauptstraße aus nur zu sehen, wenn man wusste, wo man es suchen musste. Am Ende der Zufahrt lag ein gepflasterter Hof, der auf drei Seiten von den Brauereigebäuden umschlossen war. Das Herzstück des Betriebs war der vierstöckige Turm in der Mitte, links davon die Mälzerei, rechts die Wirtschaftsgebäude, dahinter weitere Nebengebäude, Ställe und Garagen, die inzwischen zum großen Teil ungenutzt waren. Vor dem Eingang zum Keller standen zwei grün-goldene Honeycote-Laster bereit, um die zehn brauereieigenen Schankhäuser mit Fassbier zu beliefern. Die meisten waren kleine Landgasthäuser, die im Umkreis von fünf Meilen von Honeycote an der Grenze zwischen Gloucestershire und Worcestershire verstreut lagen. Vermutlich wurde in all diesen Pubs zusammen pro Woche weniger Bier getrunken als in einem einzigen Pub der Innenstadt an einem Samstagabend.

In einem seltenen Moment der Ruhe wie diesem konnte Mickey sich sein Erbe anschauen. In ein paar Stunden würde hier rege Betriebsamkeit herrschen, wenn die gigantische

Dampfmaschine, die den ganzen Betrieb mit Energie versorgte, plötzlich wieder loslegte und das Brauen erneut begann. Bald würde ein intensiver Malzgeruch in der Luft liegen, der im ganzen Dorf zu riechen war – dieser verlockende Dunst barg jahrzehntelange Tradition und Erfahrung in sich. Es war ja gut und schön, dass er ein Unternehmen wie dieses auf dem Silbertablett serviert bekam, dachte er, aber leider hatte er weder den Pioniergeist seines Urgroßvaters noch den Weitblick und die sorgfältige Planung seines Großvaters oder die Effizienz und Arbeitsausdauer seines Vaters geerbt. So kam es, dass er jetzt derart in der Klemme steckte.

Er blieb stehen und schaute in den Gemeinschaftsraum, der gleichzeitig als Kantine für die gut zwanzig Beschäftigten diente – nichts Großartiges, nur eine warme Stube, wo sie sich eine Kanne Tee aufbrühen, eine Zigarette rauchen und ihr Butterbrot essen konnten. Ein paar Ballons hingen an der Wand und ein Spruchband: »Es ist ein Mädchen!« Ihm fiel ein, dass einer der jungen Fahrer vorige Woche Vater geworden war. Das erinnerte ihn wieder an seine Verantwortung. Noch ein Maul zu stopfen, wenn auch nur indirekt.

Als er zum Eingang der Wirtschaftsgebäude kam, fiel sein Blick auf die Messingplakette zum Andenken an das hundertjährige Bestehen der Brauerei vor neunundvierzig Jahren. Damals hatte es ein großes Dorffest gegeben mit Freibier (versteht sich), Spanferkel, Musik, Tanz und Feuerwerk auf Kosten von Mickeys Großvater. Jeder Pub in Honeycote hatte ein großes Leuchtfeuer angezündet, die alle von einer Stelle außerhalb des Dorfes hoch auf Poacher's Hill zu sehen waren.

Wenn sie noch achtzehn Monate durchhalten würden, könnten sie eine hundertfünfzigjährige Brautradition feiern, aber Mickey bezweifelte stark, dass es Grund zum Feiern gab. Falls es überhaupt ein Feuerwerk geben sollte, dann allenfalls aus Empörung über die Massenentlassungen – denn nicht nur seine Familie war seit Generationen von der Brauerei abhängig. Einige der jungen Burschen, die bei ihm beschäftigt waren, kamen aus Familien, in denen schon die Großväter für seinen Großvater gearbeitet hatten. In gewisser Weise war Honeycote Ales eine eigene Großfamilie. Brüder und Schwestern, Väter und Söhne, Ehemänner und Ehefrauen waren allesamt vom Dorf herbeigeströmt, um Fässer zu verladen, Rohre zu reinigen oder Anrufe entgegenzunehmen.

Als Mickey ein Pfeifen hörte, merkte er, dass er nicht als Einziger so früh im Betrieb war. Eric Giles, der Maschinist, war bereits da. Er hatte bei einem Hockeyspiel im Dorf seine Schneidezähne verloren und sie nie ersetzen lassen. Doch wenn man der Dorflegende glauben konnte, hatte er unter seinem Blaumann den Körper eines Gottes. Eric hatte von seinem Vater gelernt, die Dampfmaschine zu warten, und Mickey wusste, dass er sich auf dessen Loyalität noch würde verlassen können, wenn er schon längst in Rente wäre. Er schaute nach der Maschine und polierte sie zufrieden. Voller Neid stellte Mickey sich vor, mit ihm zu tauschen, bis ihm schlagartig klar wurde, dass er keinen Schimmer von Erics Arbeit hatte, wohingegen Eric die Brauerei wohl besser leiten würde als er selbst.

Schweren Herzens ging er die Steintreppe zu seinem Büro hinauf, steckte den Schlüssel ins Schloss und erkannte, dass seine Probleme in der Brauerei lediglich die Spitze eines gewaltigen Eisbergs waren.

Kapitel 2

Seufzend legte Miss Cowper ihre Nelson-Biografie beiseite. Bisher hatte sie die minutiöse Lebensschilderung dieses Taktikers überaus faszinierend gefunden, doch nun las sie dieselbe Seite bereits zum dritten Mal. In Gedanken war sie nur bei der E-Mail, die sie am frühen Nachmittag erhalten hatte.

In all den Jahren als Schulleiterin von Redfields war ihr noch nie solch eine Kaltherzigkeit begegnet. Sie hätte es fast noch akzeptieren können, wenn die Nachricht sie in einem Brief erreicht hätte: Es handelte sich tatsächlich um eine delikate Angelegenheit, und sie hatte Verständnis, dass Mr Sherwyn sie nicht mit ihr am Telefon besprechen wollte. Aber eine E-Mail, die offensichtlich von seiner Sekretärin geschrieben war? Sie konnte es sich bildlich vorstellen: »Irene, lassen Sie mir zum Mittagessen einen Tisch bei Eduardo reservieren. Und bestätigen Sie den Flug für morgen, sorgen Sie dafür, dass ich einen Fensterplatz bekomme. Ach, und schicken Sie Mandys Schulleiterin eine E-Mail. Teilen Sie ihr mit, dass Mrs Sherwyn und ich uns getrennt haben ...«

Und nun stand Miss Cowper vor der Aufgabe, es Mandy zu sagen. Anfangs hatte sie nicht übel Lust verspürt, Mr Sherwyns Ansinnen abzulehnen, aber da er darauf hingewiesen hatte, dass er in den nächsten fünf Tagen außer Landes sei, blieb ihr wenig anderes übrig. Da die Hälfte der Mädchen Internatsschülerinnen waren, musste Miss Cowper ihnen des Öfteren an Eltern statt unangenehme Nachrichten überbringen, doch im Falle einer Trennung oder Scheidung war es üblich, dass die Eltern ihre Tochter übers Wochenende nach Hause holten, um es ihr persönlich zu sagen. Nach ihrer Rückkehr ins Internat behielt man die Schülerin dann mit einer gewissen Nachsicht im Auge. Mr Sherwyns Ansinnen war ein Novum; Miss Cowper überlegte, dass es schwieriger sein dürfte, Mandy zu erklären, warum ihre Eltern es ihr nicht persönlich sagten, als ihr mitzuteilen, dass sie sich getrennt hatten. Es würde einiger Notlügen bedürfen; auf keinen Fall wollte sie Mandy die Fakten in der unguten, nüchternen Art mitteilen, wie man sie ihr unterbreitet hatte.

Miss Cowper war stolz auf Redfields. Es war ihr gelungen, aus einer mittelmäßigen Mädchenschule ein erfolgreiches Internat zu machen. In den vergangenen fünf Jahren hatte sie das Ruder herumgerissen, die Zahl der Internatsschülerinnen verdoppelt und zudem einen beeindruckenden Prozentsatz von Tagesschülerinnen aus einem Umkreis von dreißig Meilen angelockt. Obschon ihre Schule nie das Ansehen von Cheltenham oder Malvern genießen würde, zeichnete sich Redfields dadurch aus, dass eine treffliche, gesunde Umgebung treffliche, gesunde Mädchen hervorbrachte, die das Selbstvertrauen mitnahmen, ihre selbst gesteckten Ziele erreichen zu können, auch wenn sie nicht gerade Raketentechnik anstrebten. Manchmal wünschte sie jedoch, die Eltern würden ihr die Erziehung voll und ganz überlassen. Sie würde schon etwas Ordentliches aus ihren Töchtern machen, wenn sie sich bloß nicht immer einmischen wollten.

Sie überflog die Liste von Mandys Mitschülerinnen. Einer von ihnen musste sie es vorher sagen, damit das arme Mädchen eine Schulter zum Ausweinen hatte und eine Kameradin, mit der sie heimlich eine verbotene Zigarette rauchen konnte. Sie würde dann ausnahmsweise einmal ein Auge zudrücken. Sophie Liddiard. Sie war vernünftig und würde nicht mit den anderen Mädchen tratschen, bevor Mandy es ihnen von sich aus erzählte. Sie nahm den Telefonhörer ab, wählte das Schulsekretariat an und überlegte, ob sie sich aus der hübschen Karaffe mit dem Sherry für Besucher einen Schluck genehmigen sollte, um sich Mut zu machen. Hinterher, versprach sie sich. Vorerst erforderte die vor ihr liegende Aufgabe alles, was sie an Verstand, Takt und Diplomatie aufzubieten hatte.

Am späten Nachmittag, als alle anderen bei den obligatorischen Ballspielen waren (Miss Cowper war eine glühende Verfechterin von frischer Luft und körperlicher Bewegung, selbst für die Schülerinnen der oberen Klassen), saßen Mandy Sherwin und Sophie Liddiard auf der breiten, steinernen Fensterbank des geteilten Fensters, das Mandys Zimmer beherrschte. Eine halb leere Schachtel Maltesers stand zwischen ihnen, und Robbie Williams spielte gerade verhalten genug, um keine Aufmerksamkeit zu erregen – Musik war erst nach sechs Uhr abends erlaubt.

Sophie seufzte, nahm sich noch ein Schokoladenbonbon und schaute auf ihre Beine. Warum sahen ihre Beine so dick aus, wo schwarze, blickdichte Strumpfhosen doch schlank machen sollten? Neidisch betrachtete sie Mandys schmale Gliedmaßen, die sie achtlos von sich streckte, und hörte sich weiter voll Mitgefühl ihre Schilderung des Gesprächs mit Miss Cowper an.

»Anscheinend ist Mum nach Puerto Banus gefahren, um sich zu erholen. Wohl eher, um rumzuhuren. In ihrem Fitnessclub gibt es einen schleimigen Kerl, der da ein Apartment hat.« Mandy schauderte bei der Erinnerung an den sehnigen, in Aftershave getauchten Mann, der mehr als einmal versucht hatte, ihr unter den Rock zu fassen. Dieses Problem hatte sie gelöst, indem sie schneeweiße, hautenge Shorts getragen hatte, die diesem Widerling noch deutlicher vor Augen führten, was er verpasste, aber keinen Raum für seine behaarte Hand ließen.

»Das ist ja schrecklich! Regt dich das nicht auf?« Sophie, der es immer schwer fiel, ihre Gefühle zu verbergen, war von

Mandys nüchterner Art fasziniert. Wenn Miss Cowper ihr gerade mitgeteilt hätte, dass ihre Eltern sich getrennt hätten, würde sie bestimmt hysterisch werden. Schon bei der Vorstellung traten ihr Tränen in die Augen. Aber Mandy zuckte lediglich die Achseln, biss ihr Schokoladenbonbon halb durch und betrachtete das Waffelmuster darin. Dann schaute sie Sophie ernst aus ihren kindlichen blauen Augen an. Sophie fragte sich, ob sie sich wohl die Wimpern färbte – sie konnten unmöglich von Natur aus so dunkel sein.

»Wenn ich Glück habe, bringt sie mir ein Paar Schuhe mit. Da drüben gibt es tolle Schuhgeschäfte.«

Mit dem psychologischen Verständnis einer Siebzehnjährigen dachte Sophie, dass Mandy ihr Bonbon allzu eingehend betrachtete, um überzeugend zu sein, und dass sie tief im Inneren wohl doch am Boden zerstört sein müsse. Sie beschloss, nicht weiter in sie zu dringen. Schließlich kannte sie sie nicht gut genug, um ihre innersten Gefühle zu ergründen. Mandy war erst zu Beginn des vergangenen Schuljahres nach Redfields gekommen und heute unterhielten sie sich zum ersten Mal in diesen anderthalb Jahren unter vier Augen, da Privatgespräche in der Schule eine Seltenheit waren. Wenn Mandy so tun wollte, als ob alles in Ordnung wäre, würde Sophie sie nicht daran hindern: Sie wollte Mandy lediglich zeigen, dass sie ein offenes Ohr für sie hatte, falls sie jemanden zum Reden brauchte.

Mandy spielte ihr jedoch nichts vor. Bei Miss Cowper hatte sie ein paar Tränchen vergossen, weil sie wusste, dass es von ihr erwartet wurde und sie ihrer Schulleiterin nicht den Eindruck vermitteln durfte, sie sei sonderbar. Außerdem fand sie es tief in ihrem Inneren schon ein bisschen traurig, dass die Trennung ihrer Eltern ihr so wenig ausmachte, und in diesem Kummer hatten ihre Krokodilstränen ihr Erleichterung gebracht. Ihr vorgetäuschter Gefühlsausbruch würde Miss Cooper zumindest den Eindruck vermitteln, dass sie ihre Aufgabe ordentlich erledigt hatte. Sie hatte sich so aufrichtig besorgt gezeigt, dass Mandy gerührt war. Hätte ihre eigene Mutter pflichtgemäß den Versuch unternommen, sie zu trösten, wäre Mandy an dem Duft von *Poison* auf ihren Handgelenken mit dem ewig rasenden Puls sicher erstickt.

Sie und ihre Eltern lebten in einem »Laissez-faire«-Stil, wie Miss Cowper es als Historikerin sicher genannt hätte. Mandy war völlig sicher, dass sie ihrer Mutter bei ihrem (vertikalen und horizontalen) Sport und ihrem Vater beim Geldverdienen im Weg war, aber sie wollte ebenso wenig Zeit mit ihnen verbringen wie sie mit ihr. Sie stürzte sich in den Strudel der Aktivitäten, die ihre Mutter an den Wochenenden und während der Ferien organisierte, um sie aus dem Weg zu haben – Tennis, Ballett, Reiten, Fotografieren, Gymnastik, und einmal in den Ferien, als ihre Mutter sie unbedingt loswerden wollte, sogar einen Kurs zur Gestaltung von Trockenblumengestecken. So wurde sie zu einem gebildeten und selbstgenügsamen Kind. Als ihre Eltern auf die Idee kamen, sie bis zum Abitur auf ein Internat zu schicken, war sie außer sich vor Freude. Mit großer Erleichterung hatte sie ihrem Vater nachgeschaut, als er die Einfahrt der Schule hinausfuhr und mit seiner juwelenberingten Hand aus dem Wagenfenster winkte. Vielleicht bekam sie ja hier die Chance, Freundinnen zu finden. Durch ihr unstetes Leben hatte sie zwar gelernt, Kontakte zu knüpfen, hatte aber keine Erfahrung darin, wie man zu tiefen Freundschaften gelangte.

Die anderen Mädchen beneideten sie, als sie von ihrem seltsam unabhängigen und schicken Lebensstil erfuhren. Sie hätten alles gegeben für eine eigene Wohnung mit Satellitenfernsehen, Kreditkarten für Kookai und Warehouse sowie einen Vertrag mit einem Taxiunternehmen, das sie überall dorthin fuhr, wohin sie wollte. Aber sie begriffen nicht, dass all dies lediglich bedeutungslose Versuche waren, sich freizukaufen. Niemand verstand, warum sie in Redfields überglücklich war.

Hier war sie zumindest jemand. Die Anerkennung, die sie bekommen hatte, nachdem sie das schulinterne Tennisturnier gewonnen hatte, wärmte Mandy immer noch innerlich. Kein leeres Lob der Eltern, keine bedeutungslose Belohnung in Form einer knisternden 20-Pfund-Note von ihrem Vater, sondern ehrliche Gratulationen und Freude von Mitschülerinnen, die ihr auf den Rücken klopften. Allmählich wurde ihr klar, was es hieß, eine eigene Persönlichkeit zu haben, und dass es an ihr lag, was sie aus ihrem Leben machte.

»Und was ist mit deinem Dad? Ist er nicht am Boden zerstört?«

Mandy schüttelte den Kopf. Um ihre Lippen spielte ein ironisches Grinsen. »Er ist viel zu sehr damit beschäftigt, Badezimmer zu verkaufen. Außerdem haben meine Eltern sich nie sonderlich gemocht.«

Insgeheim war Sophie entsetzt. Eben noch hätte sie alles dafür gegeben, so dünn zu sein wie Mandy. Das war jetzt vorbei. Eltern zu haben, die nicht viel voneinander hielten, war ein zu hoher Preis. Ihre eigenen Eltern liebten sich sehr – das sah man ihnen an. Sie freute sich schon auf die Weihnachtsferien, die am nächsten Tag anfingen und ihr vier lange Wochen zu Hause vergönnten. Sie und ihre jüngere Schwester Georgina waren Tagesschülerinnen, wohnten aber zwanzig Meilen entfernt und hatten tagtäglich eine lange Anfahrt. Manchmal wünschte sie sich, im Internat zu wohnen, aber sie wusste, dass ihre Eltern sich das Schulgeld nicht leisten konnten. Sie vermutete, dass sie auch so schon zu kämpfen hatten und sie ohne Georginas Sportstipendium wohl die staatliche Gesamtschule hätten besuchen müssen.

Die beiden Mädchen schwiegen ein Weilchen freundschaftlich, lauschten Robbie Williams und dachten über ihre jeweilige Lage nach. Sophies Gedanken eilten zum kommenden Samstag voraus. Ihr Bruder Patrick organisierte einen Wohltätigkeitsball – jedenfalls war er aus irgendeinem Grund im Festausschuss. Ned ebenfalls, er musste also wohl auch zu dem Ball kommen. Sophie spielte mit dem Gedanken, Mandy wegen Ned um Rat zu fragen – was Jungen und den Umgang mit ihnen anging, war sie vermutlich Expertin –, fand es dann aber eigensüchtig und bot ihr stattdessen noch ein Malteser an. Ihrer Erfahrung nach spendete Schokolade Trost.

Kay Oakley stieg in ihren Wagen und schlüpfte aus ihren schwarzen Wildlederpumps. Mit acht Zentimeter hohen Absätzen ließ sich nicht gut Auto fahren, aber heute hatte sie nicht darauf verzichten können. Obwohl sie ihre zierliche Gestalt sonst gern betonte, schaute sie den Leuten lieber in die Augen, wenn sie mit ihnen Geschäfte machte, damit sie in den vollen Genuss ihrer faszinierenden und – wie manche fanden – exotischen grünen Augen kamen. Bevor sie losfuhr, prüfte sie ihre Frisur im Spiegel; sie hatte sich gerade erst die Haare richten lassen und war sich nicht sicher, ob die neue Frisur einen langen Arbeitstag überstand. Aber ihre Friseuse war eine Künstlerin; das Haar war perfekt geschnitten und getönt, wirkte kunstvoll zerzaust und täuschte über den Zeitaufwand hinweg, den es allmorgendlich erforderte. Sie trug einen Hauch Puder gegen die Blässe auf, die ein Tag in künstlichem Licht mit sich brachte, zog ihre Lippen nach und sprühte sich etwas *Allure* auf beide Handgelenke und in den Ausschnitt.

Als sie aus der Parklücke bog, stellte sie verärgert fest, dass sich vor der Ausfahrt eine lange Autoschlange bildete. Sie hätte das Ausstellungsgelände früher verlassen sollen, aber die besten Geschäfte machte man nun einmal gegen Ende des Tages, wenn die Leute müde waren und leichter kapitulierten. Sie hatte einen sehr guten Preis für eine Serie rustikaler Küchenutensilien ausgehandelt: Da das Gartencenter bereits eine ausgedehnte Delikatessenabteilung eröffnet hatte, fand Kay diese Erweiterung des Sortiments nur logisch. Ob ihr Mann Lawrence diese Ansicht teilte, war eine andere Frage; aber der umwerfende Preis würde ihn zumindest besänftigen.

Die Schlange rückte einige Meter vor. Kays Geduld war am Ende. Sie bog scharf aus der Reihe und fuhr vor bis zur Schranke, wo gerade der nächste Fahrer seinen Parkschein in die automatische Hebevorrichtung stecken wollte. Kay spürte vierzig Augenpaare, die wütend ihren Rücken durchbohrten, als sie das Beifahrerfenster öffnete und eine entsprechend verzweifelte Miene aufsetzte. Sie deutete auf das Handy, das auf dem Sitz neben ihr lag.

»Es tut mir furchtbar Leid. Ich habe gerade einen Anruf bekommen ... Ein Notfall. Würde es Ihnen etwas ausmachen, mich vorzulassen?«

Kay forderte das Schicksal nie mit Lügen heraus. Sie ging lediglich sparsam mit der Wahrheit um. Sie hatte tatsächlich einen Anruf erhalten, nämlich von Lawrence, der sich erkundigt hatte, wann sie nach Hause käme (»Nicht vor Mitternacht, Schatz. Eher gegen eins. Ich muss mit ein paar Lieferanten essen gehen, um sie bei Laune zu halten.«). Und es war tatsächlich ein Notfall: Wenn sie Mikey heute Abend nicht sehen konnte, würde sie umkommen. Es war fast vier Tage her und sie brauchte dringend ihren Kick.

Selbstverständlich ließ der Fahrer sie vor, erkannte aber an ihrem triumphierenden Grinsen sofort, dass sie ihn hereingelegt hatte. Aber da war sie schon auf der Straße und trat aufs Gaspedal. Sobald sie die Autobahn erreicht hatte, schaute sie auf die Uhr. Noch vierzig Minuten, wenn der Verkehr mitspielte. Schon bei dem Gedanken spürte sie ein heftiges Pochen zwischen ihren Beinen. Sie tastete mit der Hand danach. Du lieber Himmel, es war kräftig wie ein Herzschlag! Aus lauter Vorfreude jagte sie den Tacho auf über 150 Stundenkilometer. Der kleine Boxster schaffte das mühelos. Er war ihr Verbündeter, das Ergebnis einiger kleiner Auseinandersetzungen mit Lawrence, die sie gewonnen hatte; wenn es nach ihm gegangen wäre, würde sie immer noch in einem Range Rover über den Zubringer rumpeln. Na gut, viel Stauraum hatte er nicht, aber Geschwindigkeit war Kay wichtiger. Der einzige kleine Nachteil war ihrer Ansicht nach der Mangel an Anonymität. Ein Range Rover fiel dort, wo sie verkehrte, weniger auf als ein PS-starker, stahlblauer Sportwagen, was manchmal störend war. Aber Kay wägte stets geschickt das Für und Wider ab und im Augenblick lag ihr vor allem daran, kostbare Zeit zu sparen.

Ein Austin Healey war für Sex nicht gerade wie geschaffen. Aber es fiel Patrick Liddiard nicht im Traum ein, den Wagen – sein ganzer Stolz und einziges Vergnügen – für den Luxus zu opfern, in aller Bequemlichkeit zu vögeln. Außerdem war Kelly willig und geschmeidig und hatte, nach den genüsslichen Lauten zu urteilen, die sie von sich gab, offensichtlich nichts dagegen, mit dem Kopf an der Fensterscheibe zu hängen. Dass ihre Lust echt war, wusste er, denn ihm war schon lange klar, dass Kellys Orgasmen das einzig Echte an ihr waren. Von den Wurzeln ihres Zuckerwattehaares bis zu ihren unechten Fingernägeln (einmal hatte er entsetzt einen dieser Nägel in seinen Calvin-Klein-Boxershorts gefunden) war sie ein wandelnder Tempel der Künstlichkeit. Die Gewissheit, dass ihre atemberaubenden Brüste echt waren, konnte Patrick lediglich aus der Tatsache ableiten, dass sie als Tochter eines Gastwirts, die an der örtlichen Fachschule eine Ausbildung zur Kosmetikerin machte, sich unmöglich Silikonimplantate leisten konnte.

Zehn Minuten später angelte Kelly ihr Tangahöschen aus dem Handschuhfach, während Patrick sich eine Zigarette anzündete und aus dem Fenster starrte. Er schaute ihr nie beim Anziehen zu; wenn sie sich in ihre billigen, schrillen und viel zu engen Kleider zwängte, fragte er sich regelmäßig deprimiert, was um alles in der Welt er eigentlich von ihr wollte.

Natürlich wusste er die Antwort. Denn obwohl Kellys Gesprächsstoff sich darauf beschränkte, den Inhalt der Zeitschrift

Hello! wiederzukäuen, lenkte ihn ihr pausenloses Geplapper von anderen Dingen ab, die ihn beschäftigten. Sie war unkompliziert und gut im Bett. Was wollte er mehr? Das Letzte, was Patrick im Augenblick brauchen konnte, war eine Tussi, die endlos Ansprüche stellte und Gedankenspielchen anstellte. Das hatte er schon hinter sich – und es war anstrengend gewesen. Im Augenblick brauchte er seine ganze Kraft für andere Dinge.

Während Kelly sich vor dem Spiegel an der Sonnenblende schminkte, dachte er über sein Dilemma nach. Mit der gegenwärtigen Entwicklung hatte Patrick nicht gerechnet. Sein Vater hatte ihm von klein auf versichert, dass er sich in keiner Weise verpflichtet fühlen müsse, seine Nachfolge in der Brauerei anzutreten. Mickey wiederum war von seinem eigenen Vater schon frühzeitig dazu angehalten worden, in dessen Fußstapfen zu treten, und wollte seinen Kindern unbedingt die Chance lassen, ihren eigenen Lebensweg zu suchen, ohne sich von dem Schreckgespenst Honeycote Ales allzu sehr beeindrucken zu lassen.

Doch es war nicht so einfach, diesem Erbe zu entrinnen. Patrick hatte sich in der Schule nie sonderlich leicht getan; bei der mittleren Reife hatte er gerade gut genug abgeschnitten, dass er in die Oberstufe kam. Dort hatte er allerdings auf ganzer Linie versagt. Mickey hatte vor Wut getobt. Er war nicht auf Patrick wütend, sondern auf die Schule, die ihn all die Jahre hatte leiden lassen, bevor sie ihr akademisches Versagen eingestand. Er hatte ihn zu einem Paukstudio in Oxford gebracht, wo man nach einer halben Stunde festgestellt hatte, dass Patrick Legastheniker war. Hätte man das früher diagnostiziert, wäre ihm die Demütigung erspart geblieben, immer als Klassenletzter und Idiot zu gelten. Patrick war einigermaßen erleichtert. Er hatte sich seinen Mitschülern nie geistig unterlegen gefühlt. Nur schriftlich hatte er sich nie richtig ausdrücken können und fühlte sich nun bestätigt.

Von Schuldgefühlen zerfressen versuchte Mickey, etwas

wiedergutzumachen, was nicht allein seine Schuld war. Allerdings warf er sich vor, dass er die falsche Schule für Patrick gewählt und den Lehrern seine Erziehung überlassen hatte, obwohl sie eindeutig inkompetent waren. Ihm war klar, dass Patricks Selbstvertrauen im Laufe der vergangenen Jahre einen schweren Schlag erlitten hatte, und er wollte einen Ausgleich schaffen. Dazu setzte er seinen Sohn auf die Gehaltsliste der Brauerei, ohne ihm jedoch echte Verantwortung zu übertragen. Also wurde Patrick zu einer besseren Aushilfskraft und sprang ein, wenn jemand krank wurde: Er fuhr dann den Brauereilaster, lud Hopfensäcke ab oder führte die strengen Qualitätskontrollen durch, die man mehrmals täglich vornehmen musste. Obwohl Patrick folglich mit den Vorgängen in der Brauerei besser vertraut war als jeder andere, wenn auch auf untergeordneter Ebene, forderte Mickey beharrlich, er solle sich in der übrigen Zeit Gedanken machen, was er aus seinem Leben machen wollte.

Mit knapp dreiundzwanzig Jahren stellte Patrick nun fest, dass er in eine Sackgasse geraten war. Er besaß nicht die nötigen Qualifikationen für eine hochkarätige Stellung, wie er sie seiner Ansicht nach verdiente – das hatten unzählige Bewerbungen bei Immobilienmaklern und Weinhändlern gezeigt. Weitere Absagen, in denen man ihn noch nicht einmal zu einem Vorstellungsgespräch einlud, konnte er nicht ertragen. Er hatte sogar mit dem Gedanken gespielt, Kunst zu studieren – wenn er eines gut konnte, so war es Zeichnen –, aber die Hochschulen, die er sich angesehen hatte, fand er eher abstoßend als inspirierend. Die Studenten wirkten anmaßend und eher an Schockwirkung als an Ästhetik interessiert. Diese Idee hatte sich also erledigt. Am liebsten wäre er natürlich mit seinem Austin Healey Rennen gefahren, doch dann hätte er Geld ausgeben müssen, statt es zu verdienen. Also begnügte er sich mit der Restaurierung des Wagens – eine langwierige, aber lohnende Aufgabe, die ihm ab und an etwas Ablenkung verschaffte.

Mittlerweile hatte Patrick Interesse an der Brauerei gefunden, obgleich Mickey ihn ständig daran erinnerte, er sei ein freier Mensch und solle Ballonfahrer oder Löwenbändiger werden, statt eine feste Stelle bei Honeycote Ales anzunehmen. Allmählich kam Patrick jedoch zu der Erkenntnis, dass seine Zukunft hier lag. Er liebte Honeycote – das Haus, in dem sie wohnten, die Umgebung, die Menschen, die Lebensweise. Ihm war klar, dass es etwas Besonderes war, denn andere Menschen versuchten ein Leben lang, dem Ort, an dem sie geboren waren, zu entkommen. Also hatte er den Entschluss gefasst, seinen Vater um eine feste Stellung in der Geschäftsleitung zu bitten. Er wollte endlich richtig arbeiten und sein Gehalt verdienen. Ihm war durchaus klar, dass er auf erheblichen Widerstand bei seinem Vater stoßen würde, der im Augenblick offenbar unter starkem Druck stand. Insgeheim vermutete Patrick sogar, dass Mickey ihn absichtlich auf Abstand hielt, und das fuchste ihn. Er wollte helfen. Aber er musste den richtigen Augenblick abwarten, um seine Bitte vorzubringen. Er tat einen tiefen Seufzer.

Kelly war mit ihrem Werk zufrieden und säuselte:

»Du bist ja so still, Schatz. Was ist los?«

»Ich habe mich nur gerade gefragt, ob das alles überhaupt einen Sinn hat.«

Voller Panik klammerte Kelly sich an seinen Ärmel. »Wie – meinst du dich und mich?«

Ihre Berührung machte Patrick ganz kribbelig. Seltsam, wo er doch eben noch ganz wild auf sie war. Ihm wurde klar, dass er sich bald von ihr trennen musste. Kellys Eltern, Ted und Eileen, bewirtschafteten das *Honeycote Arms*. Und er wusste nur zu gut, dass in dieser angeblich klassenlosen Gesellschaft die gesellschaftliche Stellung mehr denn je zählte. Wenn er in die Geschäftsleitung wollte, durfte er sich nicht dabei erwischen lassen, dass er die Tochter eines Pächters vögelte. Er fragte sich, ob jetzt nicht der geeignete Moment sei, ihr den Laufpass zu geben, war aber zu müde für theatralisches Getue.

»Nein, nein – ich meine das Leben im Allgemeinen. Worauf soll man sich denn um Gottes willen noch freuen?«

Kelly verzog ihre glänzenden Lippen zu einem kreisrunden Schmollmündchen und schaute Patrick unter ihren Ponyfransen vorwurfsvoll an.

»In ein paar Monaten werde ich einundzwanzig.«

O Gott! Wie hatte er das vergessen können? Kalte Blätterteigpastetchen, der Birdie-Song und ein grässlicher Kuchen mit einem riesigen silbernen Schlüssel. Patrick grinste, als habe diese Eröffnung ihm die Last der Welt von den Schultern genommen. »Ach ja.« Er ließ den Motor an. »Soll ich dich zu Hause absetzen?«

»Allerdings. Ich muss morgen vor der ganzen Klasse eine Bikini-Wachskur vorführen. Ich bin schon richtig nervös.«

Patrick sah sich nicht im Stande, sie zu beruhigen, da er weder wusste noch wissen wollte, was eine Bikini-Wachskur war. Schweigend setzte er rückwärts aus dem Feldweg und fuhr zurück nach Honeycote. Als sie das Dorf erreichten, schaute Patrick den bewaldeten Hang hinunter in die Senke, wo die Brauerei lag. Im Mondlicht erkannte er die gespenstische Silhouette des alten Brauereipferdes, das früher den Pferdewagen gezogen hatte. Der Wagen war schon lange außer Betrieb, aber Toby hatten sie aus Sentimentalität behalten. Der Gaul war über dreißig Jahre alt und wäre zu Hundefutter verarbeitet worden, wenn sie ihm nicht auf der kleinen Koppel hinter der Mälzerei sein Gnadenbrot gewährt hätten.

Plötzlich fiel Patrick etwas auf. Er runzelte die Stirn, trat auf die Bremse und spähte in die Dunkelheit. Verdammt! Das hatte er sich doch gedacht: Im Büro der Brauerei brannte Licht. Er hatte gehört, dass sie in Gloucester einen neuen Steuerprüfer eingestellt hatten, einen scharfen Hund – aber die Zeiten der mitternächtlichen Razzien in Brauereien waren doch wohl vorbei. Heutzutage musste man verrückt sein, wenn man illegal zu brauen versuchte. Verrückt oder verzweifelt: Dabei verlor man zu viel und gewann zu wenig.

Patrick seufzte. Am besten fuhr er hin und machte diesem Burschen klar, dass Honeycote Ales nichts für Schnüffler übrig hatte. Er fluchte verhalten und achtete nicht auf Kellys kreischende Protestrufe, als er wendete und den Hang hinunterfuhr.

Das *Fox and Goose,* das *Honeycote Arms* oder das *Red Lion.* Mickey hatte drei Pubs in die engere Wahl gezogen, aber noch keine endgültige Entscheidung getroffen. Von einem der drei mussten sie sich trennen, so viel stand fest. Von Honeycote Ales' zehn Brauereigaststätten machten diese drei den geringsten Umsatz und hatten die größten Investitionen nötig. Sie zu verkaufen würde zwar weniger einbringen, aber zum gegenwärtigen Zeitpunkt konnte jeder Betrag helfen. Mickey strich sich durch das dichte, braune Haar und seufzte. Für welchen Pub er sich auch entschied, es würde einen Aufruhr geben. Wie sollte er der Welt erklären, dass Honeycote Ales nach fast hundertfünfzig Jahren Paternalismus einem seiner loyalen, treuen Pächter den Pub unter dem Hintern weg verkaufen wollte?

Mickey war klar, dass er die Schuld für diese Lage nur sich selbst zuzuschreiben hatte. Wie man es auch betrachtete, die traurige Wahrheit war, dass er zwar ein Familienunternehmen geerbt hatte, aber kein Geschäftsmann war. Es war ein Wunder, dass sie es überhaupt bis ins einundzwanzigste Jahrhundert geschafft hatten – da war mehr Glück als Verstand im Spiel. Er war einfach nicht skrupellos genug. Er konnte den Stier nicht bei den Hörnern packen, weil er im Grunde Angst vor jeder Veränderung hatte. Ihm fiel es wesentlich leichter, alles so zu belassen, wie es war, als die Verantwortung für radikale Veränderungen zu übernehmen, die nachher doch nicht funktionierten. Er wusste jedoch, dass er in einer kritischen Phase war. Sämtliche Pubs, die der Brauerei gehörten, mussten dringend gründlich renoviert werden, um sie an den modernen Standard anzupassen und das Gesundheitsamt zu beschwichtigen. Auch die Anlagen der Brauerei stammten noch aus der Steinzeit und einige der wichtigsten Teile mussten dringend erneuert werden. Es war nur eine Frage der Zeit, bis ein entscheidender Bestandteil des Ganzen seinen Geist aufgab.

Sie brauchten dringend eine kräftige Finanzspritze. Er musste einen der Pubs verkaufen. Und das war widersinnig, denn ihm war völlig klar, dass er eigentlich seine Firma erweitern müsste, um den weiteren Betrieb zu rechtfertigen. Auch wenn es ihm das Herz brach, musste er wohl oder übel einen Pub opfern, um den Rest zu retten.

Er leerte sein Glas, stand auf und ging über die alten Bodendielen des Brauereibüros zu der vergilbten Landkarte, die sie vor vielen Jahren zum hundertjährigen Bestehen der Brauerei hatten anfertigen lassen. Sie zeigte das Einzugsgebiet mit Honeycote und der Brauerei in der Mitte und drum herum jeweils eine Federzeichnung sämtlicher Pubs. In einer dekorativen Umrandung hatte der Künstler das Aushängeschild eines jeden Pubs einbezogen: Fuchs und Gans, Reh, Pfau ... Mickey fand diese Karte schon immer albern, aber da Honeycote Ales das Image verbreitete, ein Stück englischen Landlebens zu verkörpern, war sie wohl passend.

In nachdenklichen Momenten blieb er immer vor dieser Karte stehen und machte sich einen Spaß daraus, die Tiere in den Abbildungen mit Menschen gleichzusetzen. Er selbst war natürlich der gut aussehende, gerissene Fuchs, ständig auf der Flucht vor seinen Verfolgern. Lucy war das zierliche, großäugige Reh, das sich der lauernden Gefahren nicht bewusst war und um jeden Preis beschützt werden musste. Der Pfau unten in der Ecke drängte sich unwillkommen in sein Blickfeld. Er war kein hier heimisches Tier, sondern eine importierte Trophäe, die ihrem Besitzer Glanz und Anerkennung brachte – und offensichtlich auch Schwierigkeiten.

Kay. Abermals verfluchte Mickey den wie auch immer gearteten genetischen Defekt, der ihn mit einem solchen Übermaß an Impulsivität ausgestattet hatte. Noch nie hatte er der Versuchung des Risikos widerstehen können; es war wie eine Sucht. Doch ganz allmählich spielte er um hohe Einsätze, und nun erkannte er mit erschreckender Klarheit, was er zu verlieren hatte.

Wie zum Teufel war er nur in diesen Schlamassel geraten? Wo er auch hinschaute, sah er sich den Konsequenzen seiner Unzulänglichkeit und Zügellosigkeit gegenüber. Der Gedanke war ernüchternd. Er wollte sich noch einen Scotch einschenken, musste aber zu seiner Verwunderung feststellen, dass die Karaffe leer war. Er redete sich ein, dass sie ohnehin nur noch einen kleinen Rest enthalten hatte, als er gekommen war, und griff in den Regenmantel, den er an der Tür aufgehängt hatte. Erleichtert spürte er das kalte Metall seines Flachmanns. Sobald der süße und scharfe Schlehdornschnaps seine Kehle hinunterrann und sichere Wärme verbreitete, fühlte er sich entspannt. Als er plötzlich Patrick in der Tür stehen sah, war er unachtsam und schwenkte ihm fröhlich die Flasche entgegen.

»Was machst du hier, Dad? Es ist fast Mitternacht.«

Mickeys Blick schweifte über den mit Papier übersäten Schreibtisch. Lag dort etwas Verräterisches? Vermutlich nicht, aber Patrick war gewitzt und konnte zwei und zwei schneller zusammenzählen, als man es von jemandem erwarten sollte, der drei Mal bei der Mathematikprüfung zur mittleren Reife durchgefallen war. Vorsichtig ging er durch das Büro und machte sich daran, die Unterlagen zu ordnen.

»Ich habe mir nur die Zahlen des letzten Quartals angesehen. Nicht gerade blendend.«

»Das weiß ich, Dad. Alle wissen das.«

Mickey zwang sich, Patricks Blick standzuhalten. Diesen Blick kannte er von früher. Die dunklen, leicht nach oben gezogenen Augenbrauen, der sardonische Zug um den Mund;

übertriebene Geduld gepaart mit einem Anflug von Vorwurf – das war haargenau Carola. Mickey hatte ein selektives Gedächtnis und war daher im Stande, die Erinnerung an seine Exfrau aus seinem Kopf zu verbannen. Meistens. Jetzt fühlte er sich nur zu deutlich an die grauenhafte Zeit erinnert, als er sie vor Jahren nach Honeycote gebracht hatte.

Sie hatten sich an der Universität kennen gelernt. Mickey hatte Oxford gemieden und war lieber nach London ans Kings College gegangen, weil man das Stechkahnfahren nur begrenzt aushalten konnte und das Leben in der Großstadt vermutlich mehr zu bieten hatte. Dem war tatsächlich so, denn in der Stadt der traumhaft schönen Spitztürmchen wäre er Carola sicher nie begegnet, die alles verabscheute, was auch nur entfernt nach elitärem Denken roch. Ihn hatte ihr Haar angezogen, eine wilde schwarze Lockenmähne, die ihr über den Rücken fiel. Und dann war da noch ihr warmer, würziger animalischer Geruch, den nur er zu riechen meinte. Erst heute, nach jahrelanger Erfahrung, erkannte er, dass es Begierde war. Sie hatten es überall getrieben, einmal sogar spätabends in der U-Bahn zwischen Tottenham Court Road und Goodge Street, und Carola hatte leidenschaftlich über ihre Ansichten und Weltverbesserungspläne geredet. Sie war Anarchistin und lief ständig zu Demonstrationen und Rockkonzerten für die eine oder andere unterdrückte Minderheit. Mickey hatte ihren Tiraden immer höflich zugehört, sich jedoch mit seinen Kommentaren zurückgehalten, da er und seine Familie für das standen, was sie bekämpfte. Sie hatte sein Schweigen als Zustimmung ausgelegt und seine beiden Clash-Platten als Engagement für ihre Sache ausgelegt. Er hatte in seiner Naivität angenommen, sie würde ihm sein Doppelspiel nicht verübeln.

Als sie ihm eröffnete, dass sie schwanger sei und eine Abtreibung nicht in Frage komme, schleppte Mickey sie, immer noch betört von dem wilden Geschöpf, das er eingefangen hatte, zum nächsten Standesamt. Carola, die von ihrer Unberechenbarkeit lebte, war von der perversen Idee, auf ihre unkonventionelle Haltung zu pfeifen, so begeistert, dass sie in eine Heirat einwilligte. Sie trug ein viktorianisches Nachthemd, das über ihrer schnell praller werdenden Brust so spannte, dass man sich fragte, was wohl eher herausspringen mochte, ihre Brüste oder die Augen des Standesbeamten.

Bevor er seinen Eltern seine letzte Torheit beichten konnte, kamen beide bei einem tragischen Segelunfall vor Salcombe ums Leben. Eigentlich hätte Mickey erst sein Studium abschließen und dann eine Ausbildung in einer schottischen Brauerei machen sollen, die einem Freund seines Vaters gehörte, damit er das Geschäft von der Pike auf unvoreingenommen erlernen konnte. Anschließend sollte er dann als Juniorchef in die Firma seines Vaters eintreten. Das war nun hinfällig. Mickey blieb nichts anderes übrig, als sofort das Ruder zu übernehmen.

Carola war völlig überrumpelt, als sie ihre Habseligkeiten aus ihrer kleinen Studentenbude in Mickeys Schulkoffer gepackt vorfand und ein schwarzes Taxi vor der Tür stehen sah. Da sie immer noch keine Ahnung vom Erbe ihres Mannes hatte, fragte sie, was aus ihrem Studium werden solle. Mickey antwortete kurz und bündig, da in vier Monaten ihr Baby käme, dürften sie wohl beide nicht mehr viel Zeit für das Studium haben. Sie könne ihren Abschluss später machen. Er selbst brauche ihn nicht mehr.

Über zwanzig Jahre später sah er sich nun dem gleichen vorwurfsvollen Blick im Gesicht seines Sohnes gegenüber. An das, was in der Zwischenzeit passiert war, mochte er gar nicht denken: Er hatte zu viel zu bereuen. Er hatte zwar nie bereut, dass Patrick geboren wurde – er hielt große Stücke auf seinen Sohn –, aber ihm war durchaus bewusst, dass er kein kleiner Junge mehr war, der sich ohne Weiteres abspeisen ließ. Außerdem war er trotz seiner mangelhaften schulischen Leistungen kein Dummkopf. Mickey hob seinen Flachmann, um Zeit zu gewinnen.

»Möchtest du einen Schluck?«

»Nein danke. Ich muss noch fahren. Und du wohl ebenfalls, da dein Auto vor der Tür steht.«

Die Bemerkung war sarkastisch. Eigentlich dürfte er sich so etwas nicht gefallen lassen. Mickey hob abwehrend die Flasche an den Mund, musste aber feststellen, dass sie leer war.

Die Fahrt war reibungslos verlaufen und nun raste Kay lächelnd die vertraute schmale Straße entlang, die von Trockenmauern und alten Eichen gesäumt war. Ein Fremder hätte die samtene Dunkelheit wohl beunruhigend empfunden, aber sie fand sie reizvoll, da sie zu ihrer Zufluchtsstätte führte. Endlich erreichte sie das Tor, auf dem in schwarzen, schmiedeeisernen Buchstaben die Aufschrift »Honeycote Ales« prangte. Als sie in die Zufahrt bog, spritzte der Kies so laut auf, dass sie sich fragte, ob er es wohl hören mochte. Die grüne Anzeige ihrer Digitaluhr sprang auf Mitternacht: perfektes Timing. Ihr Timing war immer perfekt.

Sie nahm die letzte Kurve der gewundenen Zufahrt und sah lächelnd seinen Wagen und das Licht in der Brauerei zu ihrer Begrüßung. Dann trat sie auf die Bremse. Da stand noch ein Wagen. In Sekundenschnelle hatte sie das Auto erkannt, wendete und raste den Weg zurück, den sie gekommen war. Ihr Herz pochte wie wild, allerdings nicht aus Vorfreude. Ihr Mund war vor Angst ganz trocken. Zum ersten Mal wäre sie fast erwischt worden und konnte nicht einmal sicher sein, ob man sie nicht gesehen hatte.

Kelly hatte, so geduldig sie konnte, in Patricks Wagen gewartet. Obwohl das Licht aus dem Bürofenster auf den Wagen fiel, war sie nervös und begann allmählich zu frieren. Sie befühlte ihre eiskalte Nasenspitze und prüfte im Spiegel an der Sonnenblende, ob sie schon rot wurde. Plötzlich blitzten Scheinwerfer im Spiegel auf. Sie schaute sich um, sah aber nur noch die

Rücklichter eines Wagens hangaufwärts verschwinden und erkannte ein Nummernschild auf einer stahlblauen Stoßstange. Sie runzelte die Stirn. Sie kannte nur einen Menschen, der einen stahlblauen Wagen fuhr.

Sie war froh, nun wenigstens einen Vorwand zu haben. Sonst hätte sie Patrick nur ungern gestört. Sie fand ihn oft unberechenbar, in einem Moment ganz wild nach ihr und dann wieder distanziert, ohne dass sie wusste, warum. Sie stieg aus, strich ihren Rock über den Hüften glatt und ging in die Brauerei.

Als sie in das Büro kam, schimpfte Patrick, aber Mr Liddiard lächelte. Offenbar freute er sich, sie zu sehen, aber er war schließlich immer nett.

»Entschuldige, aber jemand kam die Einfahrt heruntergefahren.« Es herrschte bedrückendes Schweigen. »Ich hatte Angst; es war unheimlich.«

Mr Liddiard kam zu ihr und legte ihr beruhigend die Hand auf die Schulter. Sein Atem roch nach Alkohol, kein schaler Geruch nach Bier wie bei manchen Gästen seines Vaters, aber er hatte eindeutig getrunken.

»Das tut mir Leid, Kelly. Ich wusste gar nicht, dass Patrick dich ganz allein da draußen gelassen hat.« Er wandte sich an seinen Sohn. »Bring du doch Kelly nach Hause und ich mache auch Schluss hier. Um diese Zeit können wir ohnehin nichts mehr klären.«

Kelly fand, dass Patrick ziemlich verärgert wirkte, und freute sich keineswegs auf die Heimfahrt. Nervös wie sie war, plapperte sie wie üblich drauflos.

»Ich glaube, es war Mrs Oakleys Wagen. Du weißt schon, dieser tolle Boxster, den ihr Mann ihr gekauft hat. Die Glückliche ...«

Da Patrick sehr ärgerlich wirkte, hielt Kelly lieber den Mund.

KAPITEL 3

MANDY SHERWIN SASS mit finsterer Miene auf ihrem Koffer und hatte den Mantel fest um sich geschlungen, um sich gegen den schneidenden Wind zu schützen, der Laub auf die Einfahrt wehte. Wäre der Hausmeister nicht schon über die Weihnachtsferien zu seiner Schwester gefahren, hätte er sich vermutlich geärgert, weil er erst heute Morgen die gesamte Zufahrt fein säuberlich für die Ankunft der Eltern gekehrt hatte.

Als ein Wagen durch das Tor bog, stand Mandy auf, setzte sich aber gleich wieder hin. Kein Taxiunternehmen, das ihr Vater beauftragte, hätte auch nur im Traum daran gedacht, einen alten, schlammbespritzten Volvo zu schicken, um sie abzuholen. Interessiert schaute sie zu, wie der Wagen klappernd anhielt, die Beifahrertür aufging und ein irischer Wolfshund, der mehr wie eine lebende Klobürste aussah, blitzschnell heraussprang. Er flitzte laut bellend über den Rasen und schickte sich an, Miss Cowpers preisgekröntes Rosenbeet umzugraben. Auf der Fahrerseite stieg eine junge Frau aus, ohne auf die Spur der Zerstörung zu achten, die der Hund hinterließ, und lief eilig die Stufen hinauf, die vom Parkplatz zu dem breiten Weg vor dem Schulgebäude führten.

Als sie näher kam, bemerkte Mandy, dass die Frau älter war, als sie von Weitem gedacht hatte. Ende dreißig, schätzte sie, aber immer noch ausgesprochen hübsch. Ihr kastanienbraunes Haar fiel ihr wellig auf die Schultern und ihre Augen hatten die gleiche Farbe wie ihr weiter, karamellfarbener Pullover, der offensichtlich aus Kaschmir war, allerdings in seiner Wirkung durch eine alte, verblichene Levi's 501 und ein Paar abgetragene, aber unbestreitbar teure Wildlederslipper abgeschwächt wurde.

Mandy fragte sich, wessen Mutter sie wohl sein mochte. Sie hatte gedacht, sie würde als Letzte abgeholt, da Taxifahrer keinen Familiensinn besaßen, der sie zur Pünktlichkeit verpflichtete. Daher war sie überrascht, als die Tür des Seiteneingangs aufgestoßen wurde und Sophie Liddiard herausgestürmt kam, dicht gefolgt von ihrer jüngeren Schwester Georgina, die aus unerfindlichen Gründen ein Rentiergeweih trug.

»Ihr Lieben!« Die Frau umarmte die beiden Mädchen flüchtig. »Tut mir Leid, dass ich zu spät komme. Ich musste eine Ewigkeit auf den Hufschmied warten. Ihr wisst ja, er kommt immer zu spät ...« Lachend und plaudernd verstauten die drei die Schulsachen im Auto. Sie wirkten eher wie Schwestern, nicht wie Mutter und Töchter. Mandy biss sich auf die Lippen und schaute zu dem dezenten Rover, der die Zufahrt hinaufkam. Das sah schon eher nach ihrem Taxi aus. Sie nahm ihren Koffer und ging die Stufen hinunter. Als sie am Wagen der Liddiards vorbeikam, lächelte Sophie sie mitfühlend an.

»Ist das dein Vater?«

Mandy schüttelte den Kopf. »Er hat ein Taxi geschickt. Er ist bis Samstag auf Geschäftsreise.«

Sophie war entsetzt. »Du meinst, bis dahin bist du ganz allein?«

Mandy bemühte sich nach Kräften, lässig zu klingen. »Ist schon in Ordnung – unsere Haushälterin schläft solange bei uns. Sie kocht und kümmert sich ...« Sie klang nicht gerade überzeugend. Welcher normale Mensch wollte schon drei Tage nur mit einer halb tauben Haushälterin in einem riesigen, sterilen Haus verbringen?

»Kann Mandy mit zu uns kommen?«, fragte Sophie ihre Mutter.

Lucy lächelte, ohne zu überlegen. »Sicher. Wenn deine Eltern nichts dagegen haben.«

Mandy zögerte. Sie war es nicht gewohnt, ihre Gefühle zu zeigen, und es war ihr peinlich, dass sie bei den Liddiards Mitleid geweckt hatte. Vielleicht fühlten sie sich verpflichtet, sie einzuladen. Sie schaute sie an: Sophie wirkte ehrlich besorgt und ihre Mutter lächelte einladend und herzlich, aber nicht, als ob sie sich in die Ecke gedrängt fühlte. Als der Taxifahrer ausstieg und auf sie zukam, stürmte plötzlich die Klobürste auf Mandy zu und leckte zur Begrüßung ihre Hand, nachdem sie genug in den Blumenbeeten herumgestöbert hatte.

»Pokey!« Sophie zog ohne Erfolg am Halsband des Hundes.

»Miss Sherwyn?« Die näselnde Sprache des Fahrers verriet, dass er aus Birmingham stammte.

Mitten in diesem Chaos sah Mandy plötzlich völlig klar. Sie strahlte Sophies Mutter an. »Ich komme gern mit. Meine Eltern haben sicher nichts dagegen.«

Dass sie es vermutlich nicht einmal merken würden, sagte sie nicht. Kurze Zeit später saß sie auf dem Beifahrersitz, nachdem sie einen Berg Kassetten, Pfefferminzbonbons, Handschuhe und loses Kleingeld beiseite geschoben hatte. Sie würde später die Sekretärin ihres Vaters anrufen und ihr sagen, wo sie steckte.

»Irgendwo da hinten liegt eine Schachtel Eclairs«, sagte Lucy. »Ich dachte mir, ihr könnt nicht bis zum Abendessen warten.«

Nach einer hektischen Suche kam lediglich eine leere Schachtel zu Tage, während die verfressene Pokey den Kopf über die Lehne des Rücksitzes steckte. Sophie und Georgina protestierten vehement.

»Macht nichts«, beschwichtige Lucy sie. »Wir sind ja fast zu Hause.«

Es entbrannte eine Debatte, welche Kassette man einlegen sollte. Lucy beendete die Diskussion, indem sie Nina Simone in das Kassettendeck schob. Alle sangen mit: *»My Baby Just Cares for Me …«*

Eine halbe Stunde später bog Lucy durch einen riesigen Torbogen auf eine mit Gras überwachsene Einfahrt voller Schlaglöcher. Vor ihnen lag ein Haus, das wirkte, als kauere es sich seit Urzeiten an diese Stelle und habe bereits Wurzeln geschlagen. Es war zwar recht groß, aber so bemoost, verwittert und bröckelig, dass es kein bisschen repräsentativ wirkte. Es forderte keine Aufmerksamkeit und schien sich auch keine Sorgen über fehlende Dachziegel oder gesprungene Fensterscheiben zu machen. Einer wahrhaft schönen Frau gleich gab es sich völlig unbefangen, auch ohne kosmetische Aufbesserungen. Mandy verschlug es den Atem.

»Wie lange wohnt ihr schon hier?«

Sophie rechnete mit zusammengezogenen Augenbrauen nach.

»Keine Ahnung. Schon ewig. Wir sind alle hier geboren. Unser Dad auch, glaube ich.«

Lucy schaltete sich ein: »Früher gehörte es dem hiesigen Gutsherrn. Er war ein Spieler und hat alles verloren, also hat der Großvater meines Mannes ihm das Haus abgekauft.« Sie lächelte voller Bedauern. »Damals war Brauen das große Geschäft. Es gab viele Bauern in der Umgebung, die sich keine Gedanken darüber machten, wenn sie mit Alkohol im Blut fuhren. Nicht wie heute.«

»Es ist schön.«

»Wenn du erst mal eine Nacht hier geschlafen hast, wirst du wohl nicht mehr so begeistert sein. Es ist eiskalt, ich fürchte, du wirst Socken und eine Wärmeflasche im Bett brauchen.«

»Und nie gibt es heißes Wasser zum Duschen. Sophie und ich müssen in der Schule duschen«, erklärte Georgina entrüstet.

Mandy grinste und war überzeugt, dass sie es nicht so meinte. Wie gebannt betrat sie die geflieste Diele von Honeycote House. Als die Mädchen sie in die größte Küche führten, die sie je gesehen hatte, überkam sie eine Woge der Sehnsucht. Hier vor ihr lag alles, was sie sich je gewünscht hatte.

Es war nicht die Größe. Durch den protzigen Lebensstil ihrer Eltern hatte sie erfahren, dass große Dinge nicht zwangsläufig schön waren. Nein, wirklich überwältigend war das Gefühl, dass in diesem Raum Menschen Spaß hatten, dass sie gern hier waren und, was wichtiger war, dass sie gern zusammen waren. Die Küche besaß eine verlockende Ausstrahlung, die Mandy auf der Stelle in ihren Bann schlug.

Im Mittelpunkt stand der Tisch, an dem zwölf Personen bequem Platz fanden, zu beiden Seiten flankiert von hölzernen Kirchenbänken. Wenn man genau hinsah, erkannte man überall eingeritzte Initialen. Sophie erklärte, jeder, der darauf säße, habe sein Zeichen zu hinterlassen. Mandy musste an den Esstisch ihrer Mutter denken, der zum Schutz zuerst von einer hitzebeständigen Unterdecke, dann an jedem Platz von Platzdeckchen und abschließend von einem gestärkten Tischtuch bedeckt war. Und immer gab es Servietten, die wie eine Bischofsmütze gefaltet waren. Solchen Firlefanz gab es hier bestimmt nicht. Ihr Blick schweifte zu der großen Anrichte aus Kiefernholz. Hier prangte kein sorgfältig arrangiertes Kristallglas oder feines Porzellan, lediglich eine bunt zusammengewürfelte Sammlung von Andenken, die offensichtlich seit Wochen kein Staubtuch mehr gesehen hatten. Familienfotos waren mit mittlerweile bräunlichem Klebefilm an die Wand geheftet, ein verblichenes Sofa voller Haare und ein Knochen markierten Pokeys Territorium, und auf einer Reihe leerer Champagnerflaschen war mit schwarzem Filzstift der jeweilige Anlass zum Feiern vermerkt (Sophies mittlere Reife, Pokeys Welpen, Georginas Aufnahme in die Korbballmannschaft der Grafschaft). Elektrische Küchengeräte gab es kaum, nur eine Kaffeemaschine und einen Toaster. Aber eindeutig keine Spülmaschine, denn in dem riesigen Spülstein stapelte sich schamlos das schmutzige Geschirr.

Mandy bekam Tee in einem angeschlagenen Bart-Simpson-Becher. Und als Mr Liddiard nach Hause kam, tranken sie zum Schulschluss Champagner aus alten, schweren Kristallgläsern. Zum Abendessen gab es Shepherd's Pie – kein in der Mikrowelle aufgewärmtes Fertiggericht, sondern aus frischem Hackfleisch mit Kräutern, Knoblauch, Pilzen und gebackenen Bohnen, die zwar ungewohnt, aber köstlich dazu schmeckten. Anschließend gab es Eis, nicht in vornehmen Glasschälchen mit fächerförmigen Waffeln serviert, sondern direkt aus der Packung, die auf den Tisch gestellt wurde, und mit Mars-Riegeln verfeinert, die Georgina auf dem Herd schmolz. Während des ganzen Essens wurde bei den Liddiards gelacht und geplaudert und vor allem zugehört.

Mit einem Schlag wurde Mandy klar, dass sie ihren Weg gefunden hatte. Das war die Lösung. Ein Haus, in dem man hatte, was man brauchte, nicht, was man meinte, haben zu müssen; ein Haus, in dem nichts im Hinblick auf die Wirkung nach außen geschah, sondern aus einem guten Grund oder vielleicht auch nur, weil man gerade Lust dazu hatte. Und wo jeder willkommen war. Irgendwie hatten die Liddiards ihr mühelos das Gefühl vermittelt, dass sie zur Familie gehörte. Dadurch kam Mandy zu Bewusstsein, dass sie sich in ihrer eigenen Familie nie wirklich zu Hause gefühlt hatte. Im Stillen schwor sie sich, das alles eines Tages, irgendwie, irgendwo auch für sich zu verwirklichen. Gerade besiegelte sie diesen Entschluss mit dem letzten Schluck Champagner – schließlich erkannte man nicht alle Tage den Sinn des Lebens –, als die Tür aufging und ein großer, lustlos wirkender junger Mann mit dämonisch wirkenden dunklen Augenbrauen hereinkam. Lachend begrüßte er seine Schwestern mit einem Schlag gegen die erhobene Hand, gab Lucy einen Kuss und nickte Mickey zu. Sophie schob Mandy vor.

»Patrick, das ist Mandy aus meiner Klasse. Ihre Eltern sind weg, darum –«

»Prima. Je mehr, desto besser. Hast du ihr schon von Samstag erzählt?«

»Noch nicht ...«

Patrick stakste um den Tisch herum und reichte Mandy die Hand. Sie war warm und trocken mit selbstbewusstem Händedruck. Am liebsten hätte sie sie gar nicht wieder losgelassen. Sie schaute ihm zu, wie er nach der Rotweinflasche griff, die sein Vater geöffnet hatte, und sich ein Glas einschenkte. Sein Haar war glatt, blauschwarz und geschickt so geschnitten, dass es aussah, als müsse es geschnitten werden. Eine unbändige Strähne fiel ihm in die Augen. Er schob sie zurück und lächelte Mandy an. Sie schmolz dahin.

»Wir haben einen Wohltätigkeitsball hier im Hotel des Dorfes. Ich bin zu meiner Schande im Festkomitee und kann dir eine Eintrittskarte besorgen.«

Mandy fiel auf, dass seine Augenbrauen so dunkel wirkten, weil seine Augen stahlblau waren. Sie erwiderte sein Lächeln.

»Danke. Aber ich habe nichts zum Anziehen dabei.«

»Sophie kann dir bestimmt was leihen.«

Sophie kreischte entrüstet: »Ich? Ich hab doch selbst nichts – nur das alte braune Samtkleid. Das kann Georgie anziehen.«

Nun war Georgie empört. »Ich will deine hässlichen abgelegten Sachen nicht!«

»Na kommt, Mädchen! Keine Panik! Morgen schauen wir die Schränke durch und sehen mal, was wir auftreiben können.« Lucy war ängstlich bedacht, die Aufregung wegen der Kleidungsfrage abzuwenden, die jede Feierlichkeit unweigerlich mit sich brachte.

»Aber es ist doch nichts da!«

Mickey, der durch den Wein milde gestimmt war und wusste, dass Patrick ihn vor der ganzen Familie nicht zur Rede stellen konnte, kam ihr zu Hilfe.

»Morgen fahre ich mit euch nach Cheltenham zum Einkaufen.«

Er wurde durch freudiges Gekreische belohnt. Patrick grinste Mandy an.

»Manche Leute sind schnell glücklich zu machen.«

Deshalb hatten sie ja so ein Glück, dachte Mandy. Sie konnte jedes Kleid haben, das sie wollte, aber es machte sie nie glücklich. Sie hatte durchaus eine Vorstellung, was sie glücklich machen könnte, und es war erschreckend einfach. Sie klopfte sich innerlich auf den Rücken: Heute Abend hatte sie nicht nur ihren Weg gefunden, sondern auch den Schlüssel dazu.

Nachdem die Aufregung sich gelegt hatte, holte Patrick ein Taschenmesser hervor, mit dem Mandy ihre Initialen in den Tisch ritzen musste, auch wenn kaum eine freie Stelle zu finden war. Sorgfältig ritzte sie ein M und ein S ein und schwor sich, den letzten Buchstaben eines Tages triumphierend durch ein L für Liddiard zu ersetzen.

Am nächsten Morgen hatte Mickey das Gefühl, sein Kopf sei in einen Schraubstock gespannt und ein besonders scheußliches Nagetier sei in seinen Mund gekrochen und dort verendet. Als er in die Küche kam, drehte sich ihm beim Geruch des durchlaufenden Kaffees der Magen um. Doch der Anblick, der sich ihm am Küchentisch bot, verscheuchte seinen Kater. Dort saß Mandy in einem seiner alten Hemden mit aufgekrempelten Ärmeln und hatte sonst herzlich wenig an. Sie strahlte ihn an und sagte etwas … was nur? Durch den Ansturm des Blutes, das ihm in den Kopf rauschte, konnte Mickey sie kaum verstehen.

»Entschuldigen Sie, Mr Liddiard. Ich habe mir gestern Abend heiße Schokolade über mein Nachthemd geschüttet und hatte kein zweites dabei. Dieses Hemd habe ich in der Bügelwäsche gefunden. Ich hoffe, es macht Ihnen nichts aus.«

»Es taugt nur noch für die Mülltonne.« Lucy kämpfte mit der Kaffeemaschine, die feindselig fauchte. In Mickeys Ohren klang es wie lautes Getöse. »Seit einer Ewigkeit versuche ich ihn zu überreden, dieses Hemd wegzuwerfen. Am Kragen ist es schon ganz durchgescheuert.«

»Man sollte seine Lieblingskleider nie wegwerfen. Ich finde immer, sie sind wie alte Freunde.« Mandy spielte geistesabwesend mit dem dritten Knopf von oben. Mickey konnte gar nicht hinschauen. Diese Kindfrau konnte unmöglich wissen, welche Wirkung sie hatte, wenn sie halb angezogen mit diesen langen Beinen am Frühstückstisch saß. Oder etwa doch?

Er schaute lieber Sophie an.

»Gott, ich würde am liebsten morgen meine sämtlichen Kleider wegwerfen, wenn ich könnte«, erklärte sie inbrünstig. »Übrigens, du hast doch nicht vergessen, dass du heute mit uns nach Cheltenham fahren wolltest, Dad? Wir müssen unbedingt mal richtig einkaufen.«

Wieso hatte er bloß den Mund aufgemacht? Um zwei war er mit Kay verabredet, um die Schlappe von gestern Abend wiedergutzumachen. Sie hatte sich eigens freigemacht, weil sie besorgt war, ob jemand sie beide gesehen hatte. Er hatte ihr gesagt, sie müsse abgebrühter werden – schließlich fand sie doch das Risiko, entdeckt zu werden, aufregend, allerdings nur, bis es wirklich riskant wurde. Lauf nie vom Tatort weg, hatte er ihr gesagt, und wenn du erwischt wirst, gib nie etwas zu. Es lässt sich immer eine plausible Erklärung finden. Sie hatte ihm ziemlich schnippisch geantwortet, sie sei schließlich keine so erfahrene Ehebrecherin wie er. Er musste sich mit ihr treffen und sie beschwichtigen. Allerdings wollte er ihr nicht sagen, dass Kelly sie gesehen hatte. Was Patrick sich dazu dachte, wusste er nicht – und er hatte auch nicht den Kopf, es sich auszumalen.

»Alles in Ordnung, Schatz? Du siehst furchtbar aus.« Lucy war es gelungen, der Kaffeemaschine eine Tasse Kaffee zu entlocken, die sie ihm nun reichte.

»Schon gut, alles in Ordnung. Ich habe nur einen harten Tag vor mir.«

Das war untertrieben. Dieser Tag war ein Alptraum: Er musste zu einer Besprechung zu Cowley in die Bank. Mickey wusste genau, was Cowley sagen würde. Er musste es sich anhören, weil die Leute, bei denen man hoch verschuldet war, die Spielregeln bestimmen konnten. Jetzt musste er auch noch die Verabredung mit Kay absagen und mit den Mädchen in Cheltenham einkaufen gehen. Vage erinnerte er sich, dass er versprochen hatte, ihnen für den Ball etwas zum Anziehen zu kaufen. Mein Gott, wie sollte er das bezahlen? Er musste es ihnen abschlagen. Besser drei enttäuschte Schulmädchen als eine erboste Kay. Er versuchte einzuschätzen, wie sie reagieren mochten. Georgie zerdrückte munter und voller Vertrauen in ihren Vater eine Banane. Sie war nicht so besessen von ihrem Aussehen wie Sophie, obwohl das vermutlich nur noch eine Frage der Zeit war. Sie war fünfzehn und kam in jenes gefährliche Alter, in dem Mädchen sich fast über Nacht in verführerische Frauen verwandelten, nackte Haut zeigten und sich anmalten, fest entschlossen, jeden Mann im Umkreis von einigen Meilen zu quälen. Gott sei Dank waren Trophäen und Pokale Georgie bisher wichtiger als Wonderbras und Lippenstift. Mickey hoffte inständig, dass es auch so bleiben mochte. Mit Lacrosse-Spielen konnte er umgehen, mit Hormonen nicht.

Bei Sophie war das jedoch völlig anders. Sie schaute ihn bereits besorgt und mit einem Anflug von Panik an.

»Du hast es doch nicht etwa vergessen, Dad?«

Er konnte, ja er durfte sie nicht enttäuschen. Sie hatte im letzten halben Jahr drei Kilo abgenommen und war so stolz darauf. Endlich schmolz ihre Pummeligkeit dahin, die nur Babyspeck war, wie Lucy ihr seit Jahren versichert hatte. Unter den bisher rundlichen Wangen traten mittlerweile die Knochen zu Tage. Sein hässliches kleines Entchen entwickelte sich zum Schwan und verdiente ein entsprechend hübsches Gefieder.

Kay musste sich eben damit abfinden.

»Natürlich nicht. Wir treffen uns hier um halb elf.«

Sophie jubelte und schlug triumphierend auf den Tisch, dass die Kaffeetassen schepperten und Mickey zusammenzuckte. Jetzt konnte er nicht mehr zurück. Er war nun einmal Wachs in den Händen seiner Töchter. Als er Sophie anschaute und ihre Augen bemerkte, die vor Aufregung leuchteten, wurde ihm traurigen Herzens klar, dass er sich ihrer Gesellschaft wohl nur noch wenige Jahre erfreuen konnte. Sie war nur ein paar Jahre jünger als Lucy zu der Zeit, als er sie kennen gelernt hatte. Er fragte sich, wen sie wohl heiraten und wie er ihre Verehrer finden mochte. Er hatte die vage Hoffnung, dass keiner von ihnen so unzuverlässig und nichtsnutzig sein möge wie er. Seine Tochter hatte Besseres verdient. Wie übrigens auch seine Frau.

Mickey wünschte, er könnte wieder ins Bett kriechen und seinen Rausch ausschlafen, aber das kam nicht in Frage. Er sollte sich besser einen Anzug anziehen, um den Bankmenschen den Eindruck zu vermitteln, dass er sie ernst nahm.

Graham Cowley und seinen treuen Kunden war es zu verdanken, dass seine Bank, oder vielmehr die Filiale, die er leitete, als Einzige in Eldenbury fünf Tage in der Woche geöffnet hatte. Mehr gab die Kleinstadt nicht her. Sie lag an der Straße von Oxford nach Evesham und war zweigeteilt. Der Oxford zugewandte Stadtteil war recht schick und touristisch erschlossen mit Antiquitätengeschäften und Kunstgalerien, an deren Eingang man erst klingeln musste, um Einlass zu finden. Der Evesham zugewandte Stadtteil war mit seinen Geschäften und Schnellimbissen mehr auf den Bedarf der Einheimischen eingestellt. Genau in der Mitte, und damit in beiden Stadtteilen fest verankert, lag das *Horse and Groom,* dessen Honeycote-Ales-Schild Cowley von seinem Bürofenster aus sanft im Wind schaukeln sah.

Die beste Leistung von Honeycote Ales, und vermutlich

ihre Rettung, war die Tatsache, dass die Brauerei verdammt gutes Bier braute, überlegte Cowley, während er die Unterlagen durchblätterte. Das köstliche Bier mit der sattgoldenen Farbe und dem leicht süßlichen Geschmack, passend zu seinem Namen, fand lokal und landesweit Anklang. Echte Ale-Fanatiker, die bekanntermaßen puristisch und schwer zu beeindrucken waren, lobten Honeycote Ale als eines der besten Biere Großbritanniens und empfahlen die Pubs der Brauerei in ihren Führern wegen ihrer unverdorbenen, traditionellen Gastlichkeit und ihres ungekünstelten Charmes. Sie waren großenteils aus dem Naturstein der Cotswolds gebaut und wirkten urig, verschroben und gemütlich. Die Einrichtung war keine Designer-Imitation, sondern Originalmöbel von früher mit alten Pferdegeschirren, bäuerlichen Gerätschaften, Jagdszenen und verblassten, abgenutzten Chintzbezügen, deren Muster kaum noch zu erkennen waren. Offenes Kaminfeuer, Balkenwerk, Fliesenböden. Kurz, es waren traditionelle Landgasthöfe, wo die Einheimischen von Gutsbesitzern bis hin zu Tagelöhnern über die neuesten Diktate aus Brüssel schimpfen und nach Wunsch eine warme Suppe oder einen herzhaften Eintopf essen konnten. Auf der Speisekarte fand man nichts Gewagtes, weder Polenta noch Rucola, sondern gute, gesunde Hausmannskost, deren Zubereitung die Wirtinnen von klein auf bei ihren Müttern gelernt hatten.

So planten zahlreiche Gruppen von Wanderern bei ihrer Route über den Cotswold Way eine Einkehr in Honeycote-Pubs ein. Hier konnten sie ihren Durst mit einem wohlverdienten Pint des hiesigen Gebräus stillen und wurden nicht unhöflich aufgefordert, ihre morastigen Wanderschuhe auszuziehen, sondern mit Platten voller dick mit Rindfleisch und Meerrettich belegten Sandwichs begrüßt. Die meisten Einheimischen waren mit diesem Bier groß geworden und hatten unter seiner berauschenden Wirkung ihren ersten Kuss gewagt. Londoner, die hier Wochenendhäuschen besaßen, brachten ihre Freunde zu einem »anständigen« Bier her. Damit konnte ihr mit Kohlensäure aufgeputschtes Spülwasser, das sie in ihren pseudoviktorianischen Kneipen in der Stadt bekamen, nicht mithalten. Doch all das reichte nicht aus, um die enormen Betriebskosten zu decken, unter denen die Brauerei zusammenzubrechen drohte.

Gutes Bier und Loyalität – loyale Kunden, loyale Angestellte und eine loyale Familie – hatten Honeycote Ales immer in Gang gehalten und manch raue Zeit überstehen lassen. Doch in den falschen Händen konnte selbst dieses Wundermittel versagen. Charme allein reichte heute nicht mehr aus. Sicher, man brauchte eine *Unique Selling Proposition,* also ein einzigartiges Verkaufsargument (Cowley verabscheute diese neumodischen Marketingbegriffe mit ihren angeberischen Abkürzungen), aber letztlich kam es doch darauf an, was man daraus machte, und Mickey Liddiard tat eben nur das Allernötigste.

Cowley war nicht gerade erpicht auf sein für heute Morgen anberaumtes Gespräch mit Mickey. Sonst fanden ihre Treffen immer in einem lockeren Rahmen statt, Mickey führte ihn durch die Brauerei und lud ihn anschließend zu einem guten Mittagessen im *Horse and Groom* ein. Als Filialleiter einer Kleinstadtbank hatte Cowley nicht viel Abwechslung und genoss diese kleinen Ausflüge. Er wusste ein gutes Bier zu schätzen und fand die etwas antiquierten Brauereianlagen faszinierend. Honeycote Ales war nicht zu groß und konnte sich daher den Luxus traditioneller Herstellungsverfahren und hoher Qualitätsstandards leisten. Bergeweise goldener Herefordshire-Hopfen und gemälzte Gerste, uralte Holzfässer und Bottiche, sauberes, klares Wasser aus dem eigenen Brunnen und die gewaltige Dampfmaschine, die sämtliche Pumpen und Maschinen antrieb: Die Reinheit und Schlichtheit des Brauvorgangs zeigte sich im perfekt gebrauten Bier. Es war ein Traumrezept für das neue Jahrtausend mit seinem nostalgischen Hang zu allem Bukolischen; ein Unternehmen, von dem gehetzte Aufsteiger als Zufluchtsort träumten, wenn sie das erste Magengeschwür spürten.

Ja, Honeycote Ales besaß tatsächlich ein durchaus tragfähiges Konzept. Auf dem freien Markt würde man sofort einen Käufer finden, wenn schon nicht bei den raubgierigen Großbrauereien, deren Fängen sie bisher entkommen war, dann bei einem finanzkräftigen Unternehmer, der sich gern als Eigentümer eigener Pubs sähe. In der Folge würden sicher einige der weniger reizvollen Ecken und Kanten abgeschliffen – manche der Pubs hatten zum Beispiel immer noch Außentoiletten –, aber damit würde auch eine Gewinnsteigerung einhergehen.

Heute stand Cowley vor der Aufgabe, Mickey Liddiard so diplomatisch wie möglich auf diese Dinge hinzuweisen. Daher hatte er es für nötig befunden, ihrem Gespräch einen förmlicheren Rahmen zu geben als sonst und Mickey zu sich in die Bank zu bitten. Er brauchte ein Gefühl der Sicherheit und wollte die Oberhand behalten. Er wusste, dass ihn in der Brauerei zu viel ablenken würde und er allzu leicht den Reizen seiner Umgebung und dem berühmt-berüchtigten Liddiard-Charme erliegen könnte.

Übermäßige Kontoüberziehungen waren in diesen Zeiten schlechter Zahlungsmoral natürlich nichts Ungewöhnliches. In der Regel benachrichtigte die Bank den Betreffenden in einem Brief von dem überfälligen Betrag und den Überziehungszinsen, die täglich bis zur Begleichung der Schulden fällig wurden. Gewöhnlich genügte das, um den Kunden zum Ausgleich seines Kontos oder zum Abschluss eines Darlehensvertrages zu bewegen. Mickey hatte er bisher fünf solcher Briefe geschrieben.

An Mickeys nonchalanten Versicherungen, es gebe keinerlei Probleme, erkannte Cowley, dass er in Schwierigkeiten steckte. Sein zuversichtliches Lächeln, sein Abwinken, seine gespielt verärgerten Hinweise auf säumige Zahler deuteten auf eine umgekehrte Vogel-Strauß-Politik hin, wie Cowley es im

Stillen nannte: Liddiard versuchte, Cowleys Kopf in den Sand zu stecken. Doch wer glaubte, Cowley hinters Licht führen zu können, hatte sich in ihm getäuscht. Seine langsame, bedächtige Art und seine scheinbar vorsichtige Denkweise bedeuteten keineswegs, dass er drohenden Ärger nicht erkannt hätte. Heute musste er klären, ob Mickey ebenfalls den Kopf in den Sand steckte, ob er sich über das Ausmaß seiner Schwierigkeiten im Klaren war oder ob sie über ihm zusammenschlagen würden. Cowley verstand sich darauf, die Stalltür zuzuschlagen, bevor das Pferd scheute.

Mickey beim ersten Gespräch zu bewegen, reinen Tisch zu machen, war ein Ding der Unmöglichkeit, aber zumindest konnte Cowley den Druck allmählich erhöhen und ihm versichern, dass die Bank immer für Honeycote Ales da sei, solange er sich an ihre Regeln hielt. Doch bei dem geringsten krummen Geschäft würden sie ihm den Boden unter den Füßen wegziehen. Er hatte bereits zwei Lösungen für die Probleme der Brauerei entwickelt, die Mickey beide nicht gefallen würden.

Die erste unterbreitete er ihm bei einer mittelmäßigen Tasse Kaffee, die Mickey nicht anrührte, wie Cowley mit Interesse bemerkte. War der Kaffee wirklich so schlecht oder war sein offensichtlicher Kater so schlimm, dass er noch nichts trinken konnte? Sofort fühlte Cowley sich in einer überlegenen Position und kam unumwunden zur Sache.

»Warum verkaufen Sie nicht eine Ihrer Gaststätten? Das würde Ihnen eine dringend benötigte Finanzspritze verschaffen und für allgemeine Verbesserungen bliebe auch noch etwas übrig. Einige wohl überlegte Investitionen ...«

Mickey schaute ihn an, als habe er vorgeschlagen, er solle eins seiner Kinder verkaufen. »Das ist nur ein vorübergehendes Liquiditätsproblem.«

Cowley lächelte, doch Mickey bemerkte erstaunt eine eisige Kälte in seinem Blick. Die Beruhigungspille wirkte nicht.

»Ich finde, Sie sollten darüber nachdenken.«

Er konnte nicht ahnen, dass Mickey seit Wochen über diese Möglichkeit nachgedacht hatte und zu dem Schluss gekommen war, dass sie nicht in Frage kam. Er konnte sich einfach nicht dazu durchringen.

»Darf ich davon ausgehen, dass Sie in der Zwischenzeit keine weiteren Schecks ausstellen, bis wir Zahlungseingänge zu verbuchen haben?«

Mist! Und was sollte mit den Löhnen werden? Und mit der nächsten Gerstelieferung? Allmählich wurde Mickey klar, dass der farblose, umgängliche Bursche, den er durch die Brauerei geführt und im *Horse and Groom* voll gestopft hatte, ein Wolf im Schafspelz war. Die Galle kam ihm hoch, aber er schluckte und lächelte.

»Ich erwarte in den nächsten Tagen eine Zahlung.«

Cowley lächelte. Seine Lippen waren schmal und in ihrer Färbung zu dunkel für seine bleiche, durchscheinende Haut. Plötzlich wäre Mickey am liebsten abgehauen. Er sehnte sich nach einem anständigen Schluck. Nicht nach Kaffee, der nach Brühe roch. Aber Cowley blätterte seine Akte durch, als sei er noch nicht fertig. Behutsam legte er die Handflächen auf den Tisch und überfiel Mickey mit seinem zweiten Vorschlag.

»Ich finde, Sie sollten außerdem in Erwägung ziehen, einen geeigneten Verkaufsleiter einzustellen. Um Ihren Abverkauf zu erhöhen, statt sich nur auf Ihre festen Pächter zu verlassen.«

Mickey wusste, dass dieser Vorschlag sinnvoll war.

»Vielleicht könnte Patrick ...«

Diese Idee wollte Cowley gleich im Keim ersticken.

»Patrick ist zu jung und unerfahren – er könnte mehr schaden als nutzen. Ein erfahrener Mann könnte die Lage erheblich bessern. Lassen Sie Patrick tun, was immer er am besten kann.« Bei Cowley klang das, als glaube er nicht, dass es sonderlich viel sei. »Sie brauchen einen richtigen Verkäufer – jemanden, der gierig und aggressiv ist.«

Jemanden, der nicht die halbe Zeit in einem Sportwagen

herumfuhr und Frauen anmachte. Cowley hatte mehrmals gesehen, wie Patrick mit einem Mädchen auf dem Beifahrersitz durch Eldenbury raste, statt in der Brauerei zu arbeiten, obwohl er ein Gehalt bezog.

»Einen Hai, meinen Sie?« Mit dieser Reaktion hatte Cowley gerechnet.

»So muss das heute sein.«

Mickey fand, dass Cowley selbst ein bisschen wie ein Hai aussah mit seinen kalten Augen und den scharfen Zähnen.

»Wir haben nie aggressive Verkaufstaktiken eingesetzt.«

»Dann sollten Sie es vielleicht jetzt tun.«

Sein Ton war milde, dennoch war es eher eine Feststellung als eine Frage. Mickey rutschte unbehaglich auf seinem Stuhl hin und her. So verlockend der Gedanke war, sich einen Schluck aus seinem Flachmann zu gönnen, würde es wohl doch keinen guten Eindruck machen.

»Ich weiß nicht, ob wir ein weiteres Gehalt aufbringen können.«

»Dann sollten Sie sich vielleicht einmal Ihre personelle Besetzung genau ansehen.«

Es herrschte vernichtendes Schweigen. Cowley war gut geschult und wartete, bis Mickey es als Erster brach.

»Sie meinen, ich soll Patrick auf die Straße setzen.«

»Es ist ja gut und schön, alles in der Familie zu halten, aber Sie sollten sich fragen, welchen Nutzen Patrick für Sie hat. Ist es die Sache wert, die Firma den Bach runtergehen zu lassen, nur um ihn versorgt zu wissen? Ich meine, was tut er denn wirklich für seine zwanzig Riesen im Jahr? Nicht sonderlich viel, soweit ich das sehe.« Cowley erlaubte sich ein weiteres Lächeln. Allmählich ging er Mickey auf die Nerven. War Cowley lediglich stolz auf seine kleinen Versuche, geistreich zu erscheinen, oder genoss er etwa die Situation? Mickey vermutete Letzteres. »Glauben Sie mir, es stehen schon viele Leute in den Startlöchern, wenn Sie sich nicht ranhalten.«

Wäre Mickey nicht das Ziel dieser skrupellosen Äußerung gewesen, es hätte ihm vor Bewunderung glatt die Sprache verschlagen. Jahrelang hatte er Cowley für einen Menschen gehalten, der keiner Fliege etwas zu Leide tun konnte. Und nun wetzte er das Messer und schickte sich an, zuzustoßen. Mickey hätte wetten können, dass er schon einen Käufer in der Hinterhand hatte. Er fragte sich, ob dabei wohl auch eine Scheibe für Cowley abfallen mochte, vermutete aber, dass er zu sehr auf seine Pensionsansprüche angewiesen war, als dass er Insidergeschäfte riskierte. So beschloss er, seinen Bluff aufzudecken.

»Tatsächlich? Haben Sie schon einen bestimmten Käufer im Auge?« Mit Vergnügen sah er, dass Cowley verblüfft war und sich noch ein bisschen mehr wand. »Ich meine, ich weiß, dass wir unseren Kreditrahmen im Augenblick ein bisschen überzogen haben, aber es steht Ihnen noch nicht zu, die Brauerei zu verkaufen, oder?«

Mickey wusste, dass er sich als einer der ältesten und meistgeschätzten Kunden der Bank aufspielte, aber dieses Gespräch hatte ihm ganz und gar nicht gefallen. Cowleys Ton grenzte an Erpressung. Er erwartete umgehend eine überschwängliche Entschuldigung von ihm und war bestürzt, als Cowley ihn fassungslos und mitleidig anschaute.

»Mr Liddiard« – so hatte er ihn noch nie genannt –, »sind Sie sich eigentlich über das gegenwärtige Ausmaß Ihrer Schulden bei der Bank im Klaren?«

Später tat es Cowley Leid, dass Mickey anscheinend alles so persönlich nahm. Es war schließlich sein Job. Und im Augenblick hatte Honeycote Ales ihr Konto stärker überzogen als jeder andere Kunde in der Grafschaft.

Gegen Mittag trafen Mickey und die Mädchen im Stadtzentrum von Cheltenham ein, fanden einen Parkplatz und gingen in das größte Kaufhaus des Ortes. Er hatte die Portokasse geplündert und Sophie und Georgina jeweils fünfzig Pfund gegeben, damit sie sich etwas zum Anziehen für das Fest kaufen konnten. Er hatte ein schlechtes Gewissen, denn er wusste, dass es eigentlich nicht genug Geld war. Am liebsten hätte er ihnen freie Hand gelassen, aber es ging nicht. Außerdem war es ihm peinlich, ihnen vor Mandy Bargeld in die Hand zu drücken, ohne ihr ebenfalls etwas zu geben, aber sie hatte ihn beruhigt und ihre Kreditkarte gezückt. Er verabredete sich in einer Stunde mit ihnen in einer Pizzeria in der Nähe. Sobald sie außer Sichtweite waren, eilte er ins Untergeschoss zu den Telefonzellen. Durch das Gespräch mit dem Filialleiter der Bank und die Tatsache, dass Lucy entgegen ihrer Gewohnheit den ganzen Vormittag zu Hause verbracht hatte, war er nicht dazu gekommen, Kay anzurufen. Zuweilen wünschte Mickey, er hätte sich doch ein Handy zugelegt, aber da er nur ungern ständig erreichbar war, nahm er es in Kauf, wenn er ab und an verzweifelt ein Telefon suchen musste. Er kramte in seiner Tasche nach Kleingeld, wählte Kays Nummer und lehnte sich gegen die Wand, um sich moralische Unterstützung zu suchen. Niemand antwortete.

Genervt hängte Mickey den Telefonhörer ein. Warum hatten die Leute Handys, wenn sie doch nicht drangingen? Auf dem Weg zum Aufzug fragte er sich finster, wie er das Mittagessen bezahlen sollte. Cowley hatte ihm ziemlich deutlich erklärt, was passieren würde, wenn er noch einen weiteren Scheck ausstellen sollte. Im Aufzug wies ein Plakat auf die bevorstehende Ankunft des Weihnachtsmannes hin. Wie einfach wäre es doch, wenn er einen Wunschzettel über hunderttausend Pfund den Kamin hinaufschicken könnte. Seufzend zündete Mickey sich eine Zigarette an und handelte sich den wütenden Blick einer Dame mittleren Alters neben ihm ein. Er spielte mit dem Gedanken, im Aufzug bis ins Dachgeschoss zu fahren und allem ein Ende zu setzen, stieg jedoch in der dritten Etage aus und ging in die Abteilung für Damenwäsche.

Schuldgefühle machten ihn immer großzügig. Das war eine seiner angenehmeren Schwächen.

Im Büro des Gartencenters Barton Court ignorierte Kay ihr Handy. Die Nummer im Display war ihr unbekannt. Ihr Mann Lawrence runzelte die Stirn.

»Willst du nicht abnehmen?«

»Es ist bestimmt einer der Vertreter von der Messe. Sie sind ganz versessen auf Nachfassanrufe. Lass sie warten.«

Lawrence grinste. Das war eine der Eigenschaften, die er an seiner Frau am meisten liebte. Sie war knallhart.

»Wollen wir irgendwo zu Mittag essen?«

Sie hatten im Gartencenter eine der arbeitsreichsten Wochen des Jahres hinter sich und Lawrence hatte praktisch rund um die Uhr gearbeitet. Er konnte zwar gut delegieren, war aber auch versessen darauf, alles unter Kontrolle zu halten. Da er sich nur selten entspannte, sah er nicht ein, weshalb andere es tun sollten, hielt seine Angestellten ständig auf Trab und ließ nicht zu, dass sie selbstzufrieden wurden. Doch heute wollte er gern mit Kay feiern. Er hatte heute Morgen die Umsatzzahlen der letzten beiden Wochen ausgedruckt und festgestellt, dass sie erstaunlich gestiegen waren. Wenn er und Kay sich nicht die Zeit nehmen konnten, sich gegenseitig zu gratulieren, was sollte das Ganze dann?

»Wir könnten nach Cheltenham fahren und bei Sampson's vorbeischauen.«

Sampson's war ihr Lieblingsjuwelier. Lawrence ließ Kay gern ihr Weihnachtsgeschenk selbst aussuchen, er hatte es noch nie für sinnvoll gehalten, teure Überraschungsgeschenke zu kaufen, die anschließend umgetauscht werden mussten. Bei ihm musste alles auf Anhieb passen.

Kay schaute ihn überrascht an. Lawrence neigte nicht zu spontanen Gesten. Sie überlegte, wie sie sich herauswinden könnte, ohne Verdacht zu erregen oder ihn zu kränken.

»Das ist eine reizende Idee. Aber ich muss noch den Baumschmuck auf Elmhurst Grange beaufsichtigen. Die beiden Mädchen, die ich hinschicken musste, haben keine sonderliche Ahnung ...«

»Ja, du hast völlig Recht. Den Auftrag wollen wir nicht vermasseln.«

Lawrence hatte es imponiert, wie Kay Lord Elmhurst eingeredet hatte, er brauche einen sechs Meter hohen Weihnachtsbaum in seiner prachtvollen Eingangshalle. Er konnte sich darauf verlassen, dass sie ihn geschmackvoll schmücken ließ. Offenbar wusste sie immer genau, was richtig war. Mit ein bisschen Glück war auch Lord Elmhurst beeindruckt. Lawrence hoffte, dass er ihn als Gegenleistung eines Tages zur Jagd einladen würde. Insgeheim hegte er den Wunsch, mit dem hiesigen Landadel freundschaftlich zu verkehren.

Kay kam zu ihm und strich neckisch über die Innenseite seines Revers.

»Vielleicht morgen?«

Sie küsste ihn auf die Wange und nahm ihre Handtasche.

»Ich muss los, ich bin spät dran.«

Eilig ging sie zu ihrem Wagen. Ihr blieb gerade noch Zeit, auf Elmhurst Grange vorbeizuschauen und sich zu vergewissern, dass der Baum nach ihren Vorstellungen geschmückt wurde, bevor sie Mickey traf. Auf dem Heimweg wollte sie dann noch einmal dort vorbeifahren, um das fertige Kunstwerk zu begutachten, und anschließend Lawrence sein Lieblingsessen kochen. Sie hatte den Anflug von Enttäuschung in seiner Miene bemerkt, als sie seine Einladung abgelehnt hatte, und zum ersten Mal plagten sie auf dem Weg zu ihrem Liebhaber leichte Gewissensbisse.

In der Young-Designer-Abteilung geriet Sophie allmählich in Panik. Der Gedanke an den Ball morgen Abend ließ in ihr eine Mischung aus Erregung und Angst aufsteigen, die ihr den Magen umdrehte; und ihr gegenwärtiges Dilemma machte alles noch schlimmer: Was sollte sie bloß anziehen?

Die Tatsache, dass Georgina sich im Handumdrehen für ein moosgrünes Kleid mit langen Häkelärmeln und Kapuze entschieden hatte, trug nicht gerade zur Entspannung der Krise bei. Sobald ihre Schwester ihre Wahl getroffen hatte, wuchs in Sophie die quälende Gewissheit, dass dieses grüne Kleid das einzige im ganzen Laden war, das auch ihr nur annähernd gestanden hätte. Als sie nun hektisch die Kleiderständer durchwühlte, traten ihr Tränen der Verzweiflung in die Augen. Ihre Hand lag auf einem Kleiderbügel mit einem langen, schwarzen Crinkle-Rock, dessen passendes Top am Ausschnitt mit Perlen besetzt war. Es würde manches kaschieren. Gerade hielt sie es sich vor, um die Länge zu prüfen, als sie eine entschiedene Stimme hörte.

»Du willst doch wohl nicht, dass die Leute dich für eine Wahrsagerin halten! Darin siehst du aus wie eine schwangere Zigeunerin. Außerdem ist Ethno-Look total out.«

Es war Mandy, die eine Tragetasche trug und demnach auch schon etwas gefunden hatte. Sophie brach in Tränen aus.

»Für alles andere bin ich zu fett!«

»Unsinn! Du hast eine fantastische Figur.«

Sophie war verdutzt und hörte auf zu heulen. Neben der gertenschlanken Mandy hatte sie sich immer unwohl gefühlt.

»Ich? Und was ist mit dir – du kannst doch tragen, was du willst.«

Mandy schüttelte bestimmt den Kopf. »Ich bin flach wie ein Bügelbrett, habe knubbelige Knie und Arme wie Kleiderhaken. Während du ...«

»Ich bin eine dicke, fette Tonne.«

»Du hast Figur! Bei dir sitzen die Kurven genau an den richtigen Stellen. Das solltest du zur Geltung bringen, statt dich immer in diesen sackartigen Kleidern zu verstecken.«

Es stimmte. Sophie beneidete all ihre Freundinnen, die in

hautengen Kleidern herumstolzierten, während sie sich in geräumigen Sweatshirts versteckte. Sie war nun einmal kein Typ für knappe Tops. Und nun kam Mandy daher, die selbst in einem raffiniert geschnittenen Herrentaschentuch noch gut aussehen würde, und erzählte ihr etwas anderes.

»Zeig doch, was du hast! Na gut, Hot Pants und rückenfreies Top sind vielleicht nicht gerade das Richtige, aber etwas Glamourhaftes, ein Kleid wie für einen Hollywoodstar ... Denk doch mal an Kate Winslett. Jeder findet sie einfach göttlich. Dieser halb verhungerte Look kommt überhaupt nicht mehr an.« Sophie suchte fieberhaft in den Kleiderständern herum. Mandy folgte ihr unsicher. Bodenlang, schenkellang, knielang, wadenlang, Seide, Lycra, Pailletten, Chiffon, ärmellos, rückenfrei, schulterfrei: Alles wurde verworfen, bis Mandy schließlich auf eine rote Samtkreation mit Korsage stieß. Sophie war entsetzt. In dem Kleid würden sich ihre sämtlichen Speckröllchen abmalen.

»Nicht mit der richtigen Unterwäsche«, versicherte Mandy ihr. Sie hielt Sophie das Kleid vor und nickte zufrieden. »Dazu trägst du ein Miederhöschen und einen Push-up-BH. Und wir besorgen dir ein bisschen Bräunungscreme.« Sophie blieb der Mund vor Erregung offen stehen. Mandy grinste.

»Lass mich nur machen. Das wird cool. Du wirst dich selbst nicht wiedererkennen.«

Sophie musterte das Kleid und wünschte, sie wäre so sicher wie Mandy. Als sie schon fast überzeugt war, drehte sie das Preisschild um und sah entsetzt, dass es mehr als doppelt so viel kostete, wie ihr Vater ihr gegeben hatte.

»Ich kann es mir nicht leisten«, sagte sie bedrückt.

Mandy nahm das Kleid über den Arm und marschierte zur nächsten Kasse. »Ich bezahle es. Als Dankeschön, weil ich bei euch sein darf. Das Geld deines Vaters brauchst du für Accessoires. Und Make-up.« Sie schaute Sophie an. »Hast du Make-up?«

»Ein bisschen Mascara. Und einen Abdeckstift.«

Mandy reichte der Kassiererin ihre Kreditkarte und wandte sich entschieden wieder Sophie zu.

»Zuerst das Make-up. Dann die Accessoires. Und dann die Wäsche.«

Mickey war eingefallen, dass in diesem Kaufhaus unter einem bestimmten Betrag nicht überprüft wurde, ob die Kreditkarte gedeckt war, und so kam er mit einem cremefarbenen Satinschlafanzug für Lucy aus der Wäscheabteilung. Etwas Anzüglicheres wäre zu krass und zudem verdächtig gewesen. Noch dazu war Lucy kein Typ für teure Wäsche. Sie sah in allem, was sie trug, ungemein sexy aus, seien es ihre eigenen Slips, Sophies alte Turnhose oder, wenn sie mit der Wäsche im Rückstand war, Patricks geliebte Calvin-Klein-Boxershorts. Es war keineswegs so, dass sie sich nichts aus Kleidern gemacht hätte, aber sie fand alles, was man nicht sah, unwichtig und gab das Geld lieber für Tierarztrechnungen oder den Hufschmied aus.

Ein Satinschlafanzug, luxuriös und zugleich praktisch, würde ihr bestimmt Freude bereiten. Sonntags, wenn sie ausnahmsweise einmal nicht im Morgengrauen aufstand, um dem einen oder anderen Pferd Bewegung zu verschaffen (das übernahmen ein paar Mädchen aus dem Dorf nur allzu gern), trödelte Lucy gern stundenlang herum, ohne sich anzuziehen, besonders nach einer ihrer berüchtigten Partys, bei denen es immer Chili con Carne und Zitronenbaisers gab. Anschließend wurde in der riesigen gefliesten Diele getanzt, wo es nicht darauf ankam, wenn der Rotwein, der in Mengen floss, verschüttet wurde. Lucy besaß eine bewundernswerte Eigenschaft, die vielen Frauen fehlte: Sie konnte mit dem Aufräumen warten, bis sie sich dieser Aufgabe gewachsen fühlte. Keine Gefechte um zwei Uhr morgens mit dem schmutzigen Geschirr, kein Überfall im Morgengrauen mit Meister Proper und Scheuerlappen. Sie konnte in aller Ruhe die Überreste der Party in der Küche vor sich hin gammeln lassen, sich in den Sessel am Fenster kuscheln, Orangensaft trinken und je nach Jahreszeit tanzenden Schneeflocken oder Narzissen oder Geißblatt zuschauen, die sich im Wind wiegten. Und Mickey fand, dass ein cremefarbener Satinschlafanzug für diesen Zweck genau das Richtige war.

Nicht zum ersten und nicht zum letzten Mal fragte er sich, warum er Lucy so scheußlich behandelte. Sie wusste es bestimmt nicht. Oder falls doch, verbarg sie es wunderbar, was sie nur umso mehr als perfekte Ehefrau ausgezeichnet hätte. Warum zum Teufel setzte er ihre Ehe aufs Spiel? Jeder Mann würde die einmalige Gelegenheit, mit Lucy zu leben, beim Schopfe fassen. Sie war hübsch, attraktiv, humorvoll, gutmütig, hatte eigene Interessen, war eine wunderbare Mutter, konnte ohne Weiteres innerhalb kürzester Zeit ein Essen für vierzehn Personen improvisieren und jammerte nicht, wenn im Haus etwas zu reparieren war – sie brachte es entweder selbst in Ordnung, rief einen Handwerker oder fand sich damit ab. Sogar Wesenszüge, die als Schwächen ausgelegt werden konnten, wurden bei ihr zu Marotten und exzentrischem Gehabe. Das ließ sie menschlich erscheinen. Sie war unordentlich, jedoch niemals schlampig, und hinterließ einen chaotischen Charme. Sie war ein bisschen ausgeflippt, vergesslich und kam häufig zu spät, da sie andere Prioritäten setzte als die meisten anderen Menschen, vergaß aber nie etwas wirklich Wichtiges. Und sie konnte nicht mit Geld umgehen. Sie war zwar nicht extravagant, wusste aber einfach nicht, was Dinge kosteten und wie viel sie ausgab. Über diese Schwäche war er froh. Denn während er sich über den Stand ihres Bankkontos nur zu gut im Klaren war, konnte er sicher sein, dass Lucy völlig ahnungslos war. Zur Sicherheit kamen ihre Kontoauszüge immer in die Brauerei. Mist – er sollte besser dafür sorgen, dass sie gut versteckt waren, denn Patrick war eindeutig misstrauisch. Worauf sich sein Misstrauen bezog, wusste er zwar nicht genau, aber es war ratsam, keine Indizien herumliegen zu lassen.

Mickey seufzte. Sein Gewissen erdrückte ihn. Er war erschöpft; er hatte es satt, sich ständig zu verstecken und seine Handlungsweise vor sich selbst zu rechtfertigen.

Er beruhigte sich mit seiner Lieblingsplatitüde – mit der Männer sich herausredeten und Frauen sich trösteten –, dass das, was er mit seinem Schwanz tat, nichts mit seinem Herzen und seinem Kopf zu tun hatte. Er liebte Lucy uneingeschränkt und rückhaltlos. Und Kay liebte er eindeutig nicht – manchmal hatte er sogar den Eindruck, dass er sie nicht einmal mochte. Aber wenn sie mit gespreizten Beinen dalag, die Innenseiten ihrer Schenkel milchweiß, offen wie ihre roten Lippen, und ihn so dringend brauchte ...

Vielleicht war das der Grund, der ihn zu diesem Verhalten trieb: Er wollte gebraucht werden. Denn Lucy, die von allen in ihrer Umgebung angebetet, respektiert und beschützt wurde, brauchte ihn eigentlich nicht ...

Mickey war erleichtert, dass er eine Entschuldigung gefunden hatte. Er untermauerte sie mit der Erinnerung an die beiden früheren Male, als er Lucy betrogen hatte. Während ihrer ersten Schwangerschaft war es ihr furchtbar schlecht gegangen, nicht nur in den ersten drei Monaten, sondern die ganze Zeit; sobald sie auch nur einen Schluck Wasser getrunken oder einen Krümel gegessen hatte, hatte sie brechen müssen. Schließlich war sie ins Krankenhaus eingeliefert worden und an den Tropf gekommen. Krank vor Sorge war Mickey kaum von ihrer Seite gewichen, überzeugt, dass dieses Skelett mit dem obszön geschwollenen Bauch nicht überleben könne. Der Doktor hatte seine Sorge völlig missverstanden und ihm ständig versichert, das Baby werde keinen Schaden nehmen, es lebe von Lucys Reserven, doch Mickey war das Kind völlig gleichgültig. Stundenlang hatte er an ihrem Bett gesessen und ihre Hand gehalten, in der sich die Knochen weiß und zerbrechlich wie Mikadostäbchen abzeichneten. Vor lauter Entsetzen darüber, was er ihr angetan hatte, und mit der auf ihm lastenden Verantwortung, dass sie ihn ständig brauchte, war ihm jeder Gedanke an Sexualität vergangen.

Als Sophie schließlich zur Welt kam, wunderte er sich, dass aus Lucys verkümmerten Überresten ein derart dralles Wesen hatte hervorgehen können. Er war fassungslos, dass Lucy den Parasiten, der ihr so viel Leid gebracht hatte, so innig lieben konnte. Sie bestand sogar darauf, das Baby zu stillen. Mickey versuchte, ein Machtwort zu sprechen, aber Lucy, die nach ihrer Schwangerschaft das Essen wieder bei sich behielt und zunahm, wollte ihrem Kind den besten Start ins Leben geben. Die Bindung zwischen Mutter und Kind war so intensiv, dass Mickey sich plötzlich wie ein Außenseiter vorkam. Sie brauchten ihn nicht; er hatte seine Schuldigkeit getan.

Ein paar Wochen später lief er einer Krankenschwester über den Weg, die ihn im Krankenhaus öfter einmal während seiner Nachtwachen mit Kaffee und Keksen versorgt hatte. Erst jetzt, wo er nicht mehr so sehr mit anderen Sorgen beschäftigt war, fiel ihm auf, wie hübsch sie war. Die Folgen waren absehbar.

Als Lucy kaum ein Jahr später mit Georgina schwanger wurde, hatten sie einen ihrer seltenen Ehekräche. Mickey war entsetzt, dass Lucy schon wieder schwanger war; da sie schon Patrick und Sophie hatten, brauchten sie nicht noch ein Kind. Aber Lucy erklärte, keine Schwangerschaft sei wie die andere. Es würde nicht so laufen wie beim ersten Mal und außerdem sei es zu spät – eine Abtreibung komme nicht in Frage.

Es lief genau wie beim ersten Mal, vielleicht sogar noch schlimmer. Mickey spielte die ganzen neun Monate Mutter, Vater, Ehemann, Koch, Krankenpfleger, Kindermädchen und Haushälterin. Noch nie zuvor hatten ihn so viele Menschen gebraucht. Doch sobald Georgina geboren war, war alles vorbei. Er fühlte sich beiseite geschoben. Als Patrick es dankend ablehnte, sich von Mickey eine Gutenachtgeschichte erzählen zu lassen – Lucy konnte die Stimmen viel besser nachahmen –, schlich er in das *Honeycote Arms* und fand Trost bei Whiskey und der Kellnerin.

Schließlich kam er natürlich wieder zur Besinnung und zwischen Lucy und ihm spielte sich das Familienleben wieder ein. In den nächsten zehn Jahren lebten sie zufrieden und glücklich und zogen in Lucys organisiertem Chaos die drei Kinder auf. Bis Georgina mit ihrem herausragenden Talent für Lacrosse und Korbball ein Stipendium für Redfields bekam. Es erschien ihnen sinnvoll, Sophie auf dieselbe Schule zu schicken, und Mickey war erleichtert, sie an einer anständigen Tagesschule untergebracht zu haben – der Gedanke an die Kosten eines Internats ließ ihn schaudern.

Da die Mädchen mittlerweile jedoch durch die Oberstufenkurse und die vielen Veranstaltungen nach der Schule meist erst gegen sieben Uhr abends nach Hause kamen und auch samstagvormittags zur Schule mussten, war es während der Woche im Haus meist ruhig. Und da Patrick kein Kind mehr und anscheinend ein Nachtschwärmer war und Lucy ganz von ihren Pferden in Anspruch genommen war, fühlte Mickey sich ein bisschen überflüssig. Kein Wunder, dass er nichts mit sich anzufangen wusste.

Froh, eine Erklärung für sein Verhalten gefunden zu haben, verließ Mickey das Kaufhaus. Doch seine Freude war von kurzer Dauer. Als er die Pizzeria erreichte, war er wieder völlig verzweifelt. Es hatte keinen Sinn. Nicht Lucys Vollkommenheit hatte ihn dazu getrieben, sich wie ein Mistkerl zu benehmen und etwas mit Kay anzufangen, die vermutlich die denkbar schlechteste Ehefrau und ohne Zweifel die denkbar schlechteste Mutter der Welt wäre, wenn sie je das Opfer brächte, Kinder zu bekommen. Außerdem zählte sie mit Sicherheit zu den denkbar schlechtesten Geliebten, da sie ständig Schmeicheleien, Aufmerksamkeiten und Sex verlangte, was ungeheuer anstrengend war. Leider musste er sich eingestehen, dass er für sein schockierendes Verhalten nicht als verdrehte freudsche Erklärung Lucys Makellosigkeit, sondern im Grunde nur seine eigene rückgratlose, willensschwache, feige und unverzeihliche Selbstsucht verantwortlich machen konnte. Sich damit herauszureden, er brauche das Gefühl, gebraucht zu werden, war ungeheuer egoistisch: Mit dieser Verteidigung hätte kein Geschworenengericht Mitleid. Er war schuldig.

Mickey hatte es satt, dass ihm diese Gedanken durch den Kopf schwirrten und er sich ein aufpoliertes Selbstbild zurechtlegte. Es gab nur eine Möglichkeit, seinen Gewissensbissen ein Ende zu setzen. Er bestellte eine Karaffe roten Hauswein. Wenn er grottenschlecht war, würde er vielleicht nicht zu viel davon trinken.

Wunschdenken. Bis die Mädchen kichernd mit ihren Einkaufstaschen kamen, hatte er bereits eine zweite kleine Karaffe bestellt und dafür gesorgt, dass die Kellnerin die leere Karaffe mitnahm. Eine kleine Karaffe machte einen besseren Eindruck. Er war sich nicht sicher, wie bewusst sich heranwachsende Mädchen der Trinkgewohnheiten ihrer Eltern waren, aber es war ihm lieber, wenn sie dachten, er hätte gerade erst zu trinken angefangen.

»Wart ihr erfolgreich?«

»Ja, fantastisch!«

»Was hast du gekauft, Dad?«

Bevor er Georgina davon abhalten konnte, steckte sie schon die Nase in seine Einkaufstüte.

»Wow, sexy! Ein Satinschlafanzug.« Sie hielt ihn sich vor. »Für wen?«

»Für deine Mutter natürlich.« Klang das, als ob er sich verteidigen müsste? »Kurz vor Weihnachten stöbert man nicht in Einkaufstüten herum.«

Er konnte es sich nicht leisten, ihnen noch etwas zu kaufen. Die Kleider mussten als Hauptgeschenk reichen. Das würde er ihnen später klar machen. Vorerst hatte er ein dringenderes

Problem. Kay. Sie war sicher wütend, dass er nicht gekommen war. Vielleicht könnte er ihr als Friedensangebot den Schlafanzug schenken? Nein. Ein Geschenk würde sie lediglich als Schuldeingeständnis missverstehen, und in diesem Spielstadium brauchte Mickey sämtliche Waffen, die ihm zu Gebote standen.

Spiel? Konnte man es tatsächlich so nennen? Spiele machten Spaß, waren harmlos, folgenlos und leicht zu vergessen. Er dachte, dass es genauso angefangen hatte ...

Von klein auf war Kay klar, dass sie sich vom Leben vor allem einen reichen Ehemann erwartete. Sie war unverschämt materialistisch und fand nichts dabei, sich hübsche Dinge zu wünschen. Natürlich wurde heute überall gepredigt, ein Mädchen könne alles, was es wolle, aus eigener Kraft erreichen. Und Kay war intelligent: Ihre Berufsberaterin drängte sie zu studieren. Aber sie besaß keinen Funken Ehrgeiz. Sie hatte von fünfzehnstündigen Arbeitstagen, Siebentagewoche, Firmenpolitik und sexueller Belästigung gelesen – also von all den Dingen, unter denen erfolgreiche Frauen zu leiden hatten, wenn sie es zu etwas bringen wollten. Doch Kay sah nicht ein, weshalb sie sich abstrampeln sollte, um zu bekommen, was sie wollte, wo sie doch nur zu heiraten brauchte, um alles auf einem Silbertabelett serviert zu bekommen. Als Gegenleistung musste sie nur dafür sorgen, dass das Abendessen rechtzeitig auf dem Tisch stand. Das war ja wohl einer der Vorteile von Frauen. Warum verschwendeten die Zeitschriften nur ihre Druckerschwärze darauf, Frauen vom Gegenteil zu überzeugen?

Allerdings war ihr klar, dass sie wohl oder übel anfangs arbeiten musste, da sie Geld und Kontakte brauchte, um ihren Plan zu verwirklichen. Denn ein passabler Ehemann ließ sich in der tristen Vorstadtallee von Slough, wo sie mit ihren Eltern wohnte, wohl kaum auftreiben. Ihr Vater besaß eine Metzgerei, die so gut ging, dass er mit seiner Familie aus der Etagenwohnung über dem Laden in eine hübsche Doppelhaushälfte ziehen konnte; und er war stolz auf seine Tochter, auch auf ihre allzu scharfe Zunge, die er ihrer Klugheit zuschrieb. Kay hatte ihn schon immer um den kleinen Finger wickeln können. Mit sechzehn entlockte sie ihm das Schulgeld für eine vornehme private Handelsschule in London und verließ unter dem Protestgeheul ihrer Lehrerinnen die höhere Schule. Ihre Mutter wagte einmal den sanften Hinweis, dass auch die städtische Fachschule einen kaufmännischen Zweig besaß, was Kay jedoch nicht einmal einer Antwort für wert befand.

Jeden Morgen stand sie um halb sechs auf und fuhr mit öffentlichen Verkehrsmitteln umständlich nach Kensington. Sie beobachtete ihre Mitschülerinnen sehr genau und legte sich bald ein überzeugend aristokratisches Gehabe zu. Ihr schulterlanges blondes Haar hielt sie mit einem Alice-Band zurück, kaufte die beste Perlenimitation, die sie auftreiben konnte, und stöberte in Secondhand-Läden marineblaue Kaschmirkleidung auf. Nachdem sie auch den leisesten Anflug von Slough aus ihrem Akzent verbannt hatte, war ihre Verwandlung abgeschlossen. Mit Fleiß und Ausdauer brachte sie es zu atemberaubender Geschwindigkeit in Stenografie und Maschineschreiben und fand dann auch sehr bald eine Stelle als Empfangsdame bei Armitage and Franklin, einem Immobilienmakler der gehobenen Klasse in Windsor.

Rasch zeigte sich, dass sie die Bedürfnisse der Kunden sehr gut einzuschätzen vermochte, und so avancierte sie noch vor Ablauf eines halben Jahres zur Maklergehilfin. Kay war begeistert, nicht wegen ihres Aufstiegs auf der Karriereleiter, sondern weil es keine bessere Möglichkeit gab, einen reichen Mann zu angeln, als ihm Luxusvillen zu zeigen, von denen sie einige zu vermakeln hatten.

Da Kay nun ein eigenes Einkommen, wenn auch nur ein Grundgehalt, hatte, konnte sie ihr Erscheinungsbild als ideale potenzielle Ehefrau perfektionieren. Mit Hilfe der Hochglanzmagazine, die allmonatlich pfundweise in ihrem Briefkasten landeten, fand sie genau das richtige Maß für ihre Strähnen (gerade blond genug, um natürlich zu wirken, regelmäßig alle vier Wochen nachgefärbt, um zu vermeiden, dass sie an den Haarwurzeln herauswuchsen), lernte gekonnt ein paar Designer-Basics mit klassischer Garderobe von M&S zu kombinieren, belegte Kochkurse, nahm Reit- und Fahrstunden, wo sie sich jeweils als teuflisch, furchtlos oder todbringend erwies. Nachdem sie ihre Führerscheinprüfung beim ersten Anlauf bestanden hatte, kaufte sie sich ein kleines Golf-GTI-Kabrio. Ein BMW wäre ihr zwar lieber gewesen, aber der Golf bot ein Maximum an Wirkung bei einem Minimum an Kosten. Er war klassisch und rassig, und wenn man James-Bond-Filmen glauben durfte, machte einen Mann nichts mehr an als eine Blondine in Lederhandschuhen, die gekonnt mit einem Sportwagen umging. Sie wurde perfekt darin, in letzter Minute zu einem Termin zu erscheinen, mit kreischenden Bremsen zu halten, dass der Kies nur so aufspritzte, und dann kühl aus dem Wagen zu steigen, eine Hand auszustrecken und mit der anderen ihre zweitteuerste Investition, eine Mulberry-Aktentasche, an sich zu drücken.

Auf ihrer Jagd nach dem richtigen Ehemann hatte sie mehrere Fehlstarts. Ein bereits verheirateter Kandidat hielt sie fast ein Jahr mit der Zusage hin, er stehe kurz vor der Scheidung, bis sie ihm schließlich ein Ultimatum stellte, woraufhin er prompt verschwand. Ein anderes Mal kam sie der Heirat gefährlich nahe und hatte sogar schon ein Brautkleid am Beauchamp Place anprobiert, als sie herausfand, dass der Auserwählte kurz vor dem Bankrott stand und sie in der törichten Hoffnung heiraten wollte, dass sie ihn aus seiner finanziellen Bredouille befreien könne. Aus dieser Erfahrung ging Kay unversehrt und unverheiratet hervor. Insgeheim fühlte sie sich bestätigt, dass ihre Tarnung als wohl erzogene Tochter aus reichem Hause überzeugend war. Ein weiterer Kandidat erwies sich als gewalttätig, sobald er etwas getrunken hatte. Auch wenn Kay sich gut zu schminken verstand, wog letztlich das Risiko eines gebrochenen Kieferknochens oder Nasenbeins schwerer als das Bankkonto des Trunkenbolds.

Mit dreißig war Kay zu ihrem Entsetzen zur Maklerin mit eigener Sekretärin aufgestiegen. Da sie von Natur aus gewieft, geschäftstüchtig und skrupellos war, gelangen ihr eine ganze Reihe erfolgreicher Grundstücksverkäufe, als der Immobilienmarkt sich zu erholen begann. So befand sie sich also in einer Position, die sie immer zu meiden versucht hatte: Sie war eine erfolgreiche Karrierefrau, deren Arbeitsleben in den Vordergrund trat, ohne dass ein Ehemann in Sicht wäre.

Eines Tages verlangte ein Anrufer in barschem Ton, er wolle sofort ein bestimmtes Haus an der Themse besichtigen. Fasziniert von seiner Bestimmtheit – Kay bewunderte Menschen, die sich durchzusetzen verstanden – willigte sie ein, sich zehn Minuten später mit ihm zu treffen. Das Haus gefiel ihr selbst. Es war ein Neubau mit allem erdenklichen modernen Luxus in einem reizvollen alten Garten mit Bootshaus und herrlichen Terrassen, die zum Fluss hinunterführten und wo sie sich schon Gesellschaften geben sah.

Als sie durch das elektronisch gesteuerte Tor fuhr und Lawrence Oakley in Besitzermanier an der Balustrade der Veranda stehen sah, den Blick über den Garten auf den in der Ferne schimmernden Fluss gerichtet, wusste sie instinktiv, dass er ihr Mann war, weder verheiratet noch bankrott, trunksüchtig oder gewalttätig und vor allem unfähig, ihren Reizen zu widerstehen. Wenn sie sie erst einmal zum Einsatz brachte. Zunächst sollte er den Eindruck bekommen, dass sie eine erfolgreiche Geschäftsfrau war. Wenn sie sich von ihm heiraten und aushalten lassen wollte, musste er unbedingt wissen, dass sie durchaus im Stande war, für sich selbst zu sorgen, und kein hirnloses Landhäschen war.

Sie reichte ihm kühl die Hand, führte ihn dann sachlich

durch das Anwesen ohne überschwängliche Lobhudeleien und salbungsvolles Geschwafel, da ihr klar war, dass dieser Mann sich selbst eine Meinung zu bilden vermochte. Als Lawrence nach dem Rundgang fünfzigtausend weniger als den geforderten Preis bot, und zwar bar, morgen um diese Zeit, schluckte Kay innerlich, da sie wusste, dass die Verkäufer bei diesem Angebot sofort zugreifen würden, erklärte dann aber lächelnd, der geforderte Preis oder gar nicht. Wenn er sein Angebot erhöhen wolle, solle er sie ihm Büro anrufen.

Im Laufe des Nachmittags kam Lawrence und erhöhte sein Angebot wider besseres Wissen, aber fasziniert, um dreißigtausend. »Halbieren Sie die Differenz«, sagte Kay, »dann können Sie nächste Woche die Schlüssel haben.«

Lawrence lud sie zu einem Drink ein, um den Abschluss des Geschäfts zu feiern, und bot ihr auf der Stelle einen Job an. Sie nahm an.

Er war Bauunternehmer oder Häusermakler, wie er sich gern nannte, und sie sollte für ihn fünfundzwanzig gehobene Einfamilienhäuser in einem Sackgassengewirr vermakeln. Innerhalb von sechs Wochen hatte sie achtzehn Häuser verkauft und eine recht gute Vorstellung gewonnen, welchen Gewinn Lawrence dabei in die Tasche steckte. Ganz nett. Außerdem hatte sie von seiner Sekretärin erfahren, dass er eine Sammlung hübscher, austauschbarer Freundinnen hatte, die er zu gesellschaftlichen Anlässen mitnahm, ansonsten aber ignorierte. Es ließ sich gut an.

Lawrence war nicht unbedingt attraktiv. Kay schätzte ihn auf fünfunddreißig, aber er sah aus wie vierzig. Er hatte rötlich blonde Locken, die allmählich dünner wurden, eine blasse Haut voller Sommersprossen, die plötzlich rot wurde, wenn er sich anstrengte, begeisterte oder ärgerte, und gelbliche Zähne mit einer protzigen Goldkrone. Er war groß, hatte jedoch dünne Beine und schmale Schultern, die selbst teuerste Maßanzüge nicht stattlich wirken lassen konnten. Doch was ihm an gutem Aussehen und Statur fehlte, machte er mit seiner Ausstrahlung wett. Lawrence, ein Getriebener und ein Antreiber, motiviert und motivierend, aktiv und anspornend. Nach einem Treffen mit ihm hatte selbst die zielstrebige Kay das Bedürfnis, für ihn die ganze Welt zu verkaufen, auch wenn dabei für sie nur ein minimaler Anteil abfiel, denn er besaß die Fähigkeit, Leute für sich einzuspannen. Das machte er nicht mit Charme, denn er besaß eindeutig keinen. Aber er konnte ein Bild von einer unwiderstehlichen Zukunft entwerfen, an der man unweigerlich Anteil haben wollte.

Als Kay das letzte Haus verkauft hatte, lud er sie zum Essen ein. Bisher hatte sie ihn immer auf Abstand gehalten. Sie wusste, dass er von ihrer nüchternen Sachlichkeit und ihrer Professionalität beeindruckt war, aber sie hatte sich wie ein Roboter gegeben und nie die Frau unter den Designerkostümen durchblitzen lassen, die sie sich mittlerweile leisten konnte. Doch nach drei Monaten intensiver Recherchen war Kay inzwischen überzeugt, dass er der Richtige für sie war. Es war Zeit, den Panzer abzulegen.

Sorgfältig suchte sie ihre Kleidung aus, denn er sollte eine dramatische Enthüllung erleben, für deren Wirkung ihr Outfit entscheidend war. Über fließend weiche Satinwäsche und durchsichtige Strümpfe zog sie ein schwarzes Kleid aus Seidenjersey. Es ging bis knapp übers Knie, schmiegte sich eng an den Körper und wirkte mit der geraden Linie der Ärmel und des Ausschnitts von vorn durchaus sittsam. Doch im Rücken reichte ein atemberaubender V-Ausschnitt bis zum Steiß und mündete in eine Knopfleiste, die in gerader Linie zum Saum führte. Nur wenige konnten ein solches Kleid tragen, das erst durch einen kleinen, festen und frechen Hintern richtig zur Geltung kam, aber Kay hielt strenge Diät und wusste, dass sie kein Gramm Fleisch zu viel auf den Knochen hatte. Um keinen Verdacht zu erregen und sich den Rückzug offen zu halten, trug sie darüber ein schwarzes Samtjackett. Ihr einziges Zugeständnis an Farbe war ein grell pinkfarbener Chiffonschal, den sie lässig um den Hals geschlungen hatte.

Lawrence hatte ein beliebtes Restaurant am Ufer der Themse gewählt. Obwohl es erst Anfang Mai war, konnten sie noch auf der Terrasse Champagner trinken. Kay behielt ihr Jackett an, da sie mit einem Mal ungewöhnlich nervös war, während Lawrence das Essen bestellte, ohne sie zu fragen. Es machte ihr nichts aus, denn sie war keine Feministin und vertraute Lawrence' Wahl. Mit der feinen Lebensart hatte ihn sicher erst sein Geld vertraut gemacht. Auch das machte ihr nichts aus. Denn schließlich hatte auch sie diese Dinge erst lernen müssen.

Das Essen war perfekt. Sie aßen die ersten frischen Spargelspitzen der Saison, die Lawrence mit der gesamten Brotbeilage verschlang, während Kay sie genüsslich kostete. Anschließend gab es rosa gebratene Lammnüsschen mit winzigen neuen Kartoffeln. Dann schob Lawrence seinen Teller beiseite, schenkte ihre Gläser nach und gestand, dass er Geschäftliches mit ihr zu bereden habe. Der Kellner räumte eifrig das Geschirr ab und reichte Lawrence eine auf Bütten handgeschriebene Dessertkarte. Lawrence winkte ab.

»Erdbeeren mit Sahne für die Dame. Und zwei Gläser Beaume-de-Venise. Den Kaffee nehmen wir am Kamin.« Er schaute Kay an. »Ich habe Ihnen einen Vorschlag zu machen.«

Kay zog neckisch eine Augenbraue hoch, lächelte und hob ihr Glas an die Lippen. Es war eine spöttisch anzügliche Geste, die Lawrence sichtlich überraschte. Er erklärte ihr dennoch seinen Vorschlag.

»Ich habe fünf weitere Projekte laufen. Zwei Feriensiedlungen, eine Schule, die ich zu Eigentumswohnungen umbaue, ein Einkaufszentrum und eine Siedlung mit Einfamilienhäusern der Luxusklasse. Sie werden alle im Laufe des nächsten Jahres fertig. Natürlich stehen die Makler schon Schlange.

Aber sie sind im ganzen Land verstreut, und offen gestanden, möchte ich mich lieber neuen Projekten zuwenden, als mich um sämtliche Kleinigkeiten zu kümmern. Ich brauche jemanden, der die Leitung sämtlicher Verkäufe übernimmt und dafür sorgt, dass Preisvorgaben und Termine eingehalten werden ...«

Er musterte Kay, die interessiert nickte und einen Schluck Wein trank.

»Sie wären meine rechte Hand. Die Entscheidungen würde nach wie vor ich treffen – Sie haben nicht genug Erfahrung, um die volle Verantwortung zu übernehmen. Aber Sie haben eindeutig das Zeug, Untergebene genügend einzuschüchtern, damit sie ihr Bestes geben. Und dazu habe ich keine Zeit.«

Kays Erdbeeren kamen und sie löffelte sie einzeln und sorgsam, während sie Lawrence höflich zuhörte. Der süße, klebrige Muscat rann durch ihre Kehle und gab ihr die nötige Courage für ihren Plan. Als sie fertig gegessen hatte, führte Lawrence sie in den Salon des Hotels, wo sie am lodernden Kaminfeuer in ein prunkvolles Sofa mit Gobelinbezug sank. Die Wärme des Feuers erlaubte es ihr, aus ihrem Jackett zu schlüpfen, worauf sie sich wieder in die Samtpolster lehnte und ihren Körper effektvoll von der nachtschwarzen Seide ihres Kleides umspielen ließ. Achtlos spielte sie mit den Enden ihres Schals und wickelte sie lasziv um ihre Finger.

Sie bemerkte, dass Lawrence sie mit einem überraschten Seitenblick musterte. Seine Stimme war leicht belegt, ob vom Alkohol oder vor Verlangen, vermochte sie nicht zu sagen, aber er legte seinen Arm ganz beiläufig auf die Sofalehne. Mit wölfischem Grinsen schaute er ihr in die Augen.

»Sie sind so still. Ich weiß, was Sie wissen wollen. Wie viel?« Er beugte sich zu ihr. »Sagen Sie es mir. Und ich lege noch einen BMW drauf.« Er hob einen Finger. »Aber denken Sie daran. Seien Sie nicht zu gierig. Sagen Sie mir, was Sie für angemessen halten.«

Kay schwieg. Das war der Moment, in dem sie die größtmögliche Wirkung brauchte. Sie beugte sich zu dem niedrigen Couchtisch aus gedrechselter Eiche vor und gab einen Schuss Sahne in ihren Kaffee, was Lawrence den Blick auf ihren glatten goldbraunen Rücken freigab. Zweimal rührte sie den Löffel in der Tasse herum, dann sank sie wieder in die Polster und lächelte ihn an.

»Ich bin nicht interessiert.«

Lawrence hatte sich kaum von einem der erotischsten Anblicke seines Lebens erholt – und er hatte weiß Gott für manch einen Anblick bezahlt – und dachte, er habe falsch gehört.

»Wie bitte?«

Kay wiederholte ihre Ablehnung, und Lawrence spürte, wie ihm das Blut ins Gesicht schoss. Er war sprachlos – für ihn etwas Ungewöhnliches – und er hoffte, dass sie ihn nicht zum Narren hielt.

»Hören Sie, es hat keinen Sinn, sich zu zieren. Ich habe gesagt, Sie sollen Ihren Preis nennen; es gibt genügend andere, die ich nehmen könnte ...«

»Ich bin nicht interessiert. Ich heirate.«

Lawrence war verblüfft. Er konnte sich nicht erinnern, Kay je mit einem Mann gesehen oder von ihr oder den anderen Angestellten etwas über einen Mann gehört zu haben.

Er grinste. »Herzlichen Glückwunsch. Kenne ich ihn?«

Ihre grünen Augen funkelten, als sie sich zu ihm beugte und ihm ein einziges Wort ins Ohr raunte: »Du.«

Zum ersten Mal in seinem Leben war Lawrence überrumpelt. Aber in diesem Fall hatte er nichts dagegen. Er verstand die Spielregeln ihres Geschäfts durchaus. Und er gewann die Oberhand, indem er noch am selben Abend mit Kay ins Bett ging, wo sie sich überraschend passiv und fantasielos verhielt. Sie wehrte sich nicht, zeigte aber auch keinerlei Begeisterung, als er ihr mit ihrem Seidenschal die Hände fesselte. Aber er würde ihr schon beibringen, was ihm gefiel, und was sie nicht für ihn tun wollte, konnte er sich jederzeit anderswo besorgen. Zumindest wenn er sie aufs Kreuz legte, war sie ihm gegenüber nicht mehr im Vorteil, und er wollte dafür sorgen, dass sie nie wieder die Oberhand gewann.

In dieser Nacht überlegte er fünf Minuten lang – länger dachte er nie über etwas nach –, ob das, was er vorhatte, klug war. Er wusste, dass es an der Zeit war zu heiraten, und er wollte eine Partnerin, die ihm ebenbürtig war, die er aber auch im Griff hatte. Er wollte eine Frau, die Interesse für sein nächstes – und bisher ehrgeizigstes – Projekt aufbrachte. All diese Kriterien erfüllte Kay. Und nicht nur das, er war sicher, dass ihre Gene dominant sein würden und sie ihm hübsche Kinder gebären konnte. Seine ganze Arbeit war sinnlos, solange er ihre Früchte an niemanden vererben konnte, und die Zeit blieb schließlich nicht stehen. Als er einschlief, stand sein Entschluss fest.

Am nächsten Morgen kam Kay ins Büro und fand ihren Schreibtisch schon von ihrer Nachfolgerin besetzt. Die Sekretärin reichte ihr eine Mulberry-Brieftasche, passend zu ihrer Aktentasche, mit einem ebenfalls passenden Scheckheft voller Schecks und einen Schlüsselbund mit den Schlüsseln zu Lawrence' Haus, das sie ihm vor knapp einem Jahr verkauft hatte. Außerdem enthielt die Brieftasche eine fein säuberlich getippte Liste: Hochzeitstermin, Kirche, Empfang, Speisenfolge, Weinliste, Gästeliste, Sitzplan am Tisch des Brautpaares und Ziel der Hochzeitsreise. Um die Kleinigkeiten konnte Kay sich kümmern. Musik, Blumen, Brautjungfern. Diese Dinge interessierten Lawrence nicht. Wie Kay wusste, wollte er ihr damit klar machen, dass sie sich an seine Regeln zu halten hatte, wenn sie ihn heiratete. Sie fand diese Regelung hervorragend.

Und so begann ihre Partnerschaft. Es dauerte nicht lange, bis Lawrence sein Meisterwerk in Angriff nahm. Schon vor einigen Jahren hatte er das verfallende Anwesen Barton Court am

Rand des Dörfchens Honeycote für nur eine Viertelmillion gekauft, weil niemand, der seine sieben Sinne beisammen hatte, es sich mitten in einer Rezession leisten konnte, sich einen solchen Klotz ans Bein zu binden. Alle hielten ihn für verrückt, aber Lawrence wartete in aller Ruhe ab. Er glaubte fest daran, dass alles, was abwärts geht, auch wieder aufwärts gehen muss, und konnte es sich leisten, auf die richtige Eingebung zu warten. In der Zwischenzeit hielt er die Augen offen. Die Einheimischen schlossen untereinander Wetten ab, was er wohl aus dem Anwesen machen würde. Die meisten setzten auf ein herrschaftliches Landhotel mit Golfplatz und Hubschrauberlandeplatz für reiche Amerikaner und Japaner. Was letztlich wirklich daraus wurde, überstieg die wildesten Träume aller – bis auf Lawrence. Denn er besaß einen untrügerischen Instinkt, der an Hellseherei grenzte, und war zu dem Schluss gekommen, dass die Leute in schlechten Zeiten zu Hause blieben. In ihrem Garten. Und wenn sie dort so viel Zeit verbrachten, würde es ihnen nichts ausmachen, ein bisschen Geld auszugeben, damit er hübsch aussah. Gegen Ende der neunziger Jahre erkannte er einen aufkommenden Trend – eine wahre Flut von Gartenprogrammen und jede Menge Prominente mit grünem Daumen, die in ihm eine Vision erstehen ließ.

Seine Vision bestand in einem Gartenbau-Themenpark: ein kommerzielles Unternehmen von einer solchen Größenordnung, dass es Besucher aus Oxford und Birmingham in Scharen zu Tagesausflügen anlocken würde, um sie in ihren Gartenfantasien schwelgen zu lassen. Lawrence besaß weder die Geschmackssicherheit noch die praktischen Fähigkeiten, solche Pläne umzusetzen, wusste aber an Leute zu kommen, die diese Arbeit ordentlich erledigen konnten. Unter den Angestellten denkmalgeschützter Herrenhäuser warb er eine intelligente junge Frau für die Leitung der Forschungs- und Entwicklungsabteilung sowie einen Gärtner für den landschaftsbaulichen Bereich ab.

Zunächst ließ er die alten Treibhäuser mit ihren tausenden Quadratmetern in der Sonne glitzernden Glasscheiben instand setzen und reihenweise Setzlinge auspflanzen, die unter kontrollierten Bedingungen gedeihen sollten. Lawrence hatte dafür gesorgt, dass die Gebäude zwar ihr viktorianisches Gepräge behielten, aber technisch mit den modernsten Anlagen ausgestattet waren. Anschließend ließ er den uralten ummauerten Garten in seiner früheren Pracht wiederherstellen; große Teile der Originalbepflanzung hatten überlebt und die ursprüngliche Anlage war zwar überwuchert, aber immer noch vage erkennbar.

Lawrence war nie sonderlich erdverbunden gewesen, doch er empfand eine eigentümliche Erregung, als das Projekt allmählich Gestalt annahm. Der mürbe, verblasste Backstein der alten Gebäude, die sanfte grünende Pracht der Umgebung und die lange vernachlässigten, nun üppig blühenden Kletterrosen verliehen der Anlage eine reizvolle Patina, hinter der sich eine mit der Präzision eines Uhrwerks arbeitende Marketingmaschine verbarg. So machte man Geschäfte. Grinsend freute Lawrence sich schon auf den diskreten Taschendiebstahl der Zukunft: Die Besucher wiegten sich bei der ästhetischen Ruhe ihrer Umgebung in einem scheinbaren Sicherheitsgefühl, und in der unbewussten Hoffnung, diese Atmosphäre zu Hause nachahmen zu können, wurden sie zum Geldausgeben verführt.

Ihm ging es nicht allein um Kunden, die auf einen Sprung vorbeikamen, um ein Päckchen Samen zu kaufen. Auf Barton Court waren Gärten aller Stilrichtungen in prunkvoller Perfektion angelegt und jedes zauberhafte Teilelement gab es zu kaufen. Neben den traditionellen Bauern- und Staudengärten fanden sich ein förmlicher japanischer Garten mit dekorativem Kies und Bonsaipflanzen; ein Liliengarten à la Monet, wo man sich seine eigene Giverny-Brücke kaufen und mit nach Hause nehmen konnte; Kräuterbeete (sehr beliebt, weil sie wirkungsvoll und pflegeleicht waren, was Lawrence wegen der hohen Gewinnspannen bei Kräutern besonders freute); ein Garten für Kinder mit Spielhaus und Wunschbrunnen. Auf zweitausend Quadratmetern waren die exotischsten Gartenskulpturen ausgestellt, wo man vom winzigen Terrakotta-Maulwurf bis hin zum überlebensgroßen Einhorn (das Horn konnte gegen Aufpreis vergoldet werden) alles zur Verschönerung seiner Kreation kaufen konnte. Und wenn man nichts für den Garten brauchte, gab es ausreichend Alternativen: eine Abteilung für Jagdbedarf, wo es vom Lockvogel bis zu maßgefertigten Gummistiefeln alles gab, eine Buchhandlung, ein Delikatessengeschäft, einen Blumenladen ... Zwei Lokale boten Erfrischungen an: eine Teestube in der eleganten Orangerie, wo Damen mit Apfelbäckchen und Morgenhauben Mürbekuchen und Darjeeling servierten, und die Stallstuben, deren köstliches Speisenangebot man selbstverständlich im Barton-Court-Kochbuch als Rezepte zum Nachkochen erwerben konnte. Sonntagmittags war es dort immer brechend voll, da ganze Familien für einen Tag in Barton Court einfielen. Eltern konnten in aller Ruhe herumstöbern, da sie ihre Kinder in der Obhut zweier geplagter Erzieherinnen in Mr McGregors Schuppen wussten, wo ein kleiner Laden Süßigkeiten, Radiergummis, Stifte und Malbücher feilbot, da Lawrence sich darüber im Klaren war, dass die meisten Kinder heutzutage schon über Taschengeld verfügten, sobald sie sprechen konnten.

Die Krönung der Anlage war der abgelassene und neu angelegte Teich mit seiner herrlichen Fontäne. In ihrem Zentrum stand eine Statue von Flora, der Göttin des Frühlings, eine anmutige Figur, die ein Füllhorn voller Blumen hielt. Lawrence war von ihrer erlesenen Erscheinung so angetan, dass er ihr Bild als Logo für das Gartencenter nahm.

Am Tag der Eröffnung von Barton Court veranstaltete Lawrence ein großes Fest, bei dem zum ersten Mal seit siebzig Jahren die Wasserspiele wieder liefen. Es war seine Millenniumsfeier, ein Geschenk an sich selbst. Als tausende Gallonen Wasser durch das unterirdische Rohrsystem tosten, durchpulste ihn eine Woge des Triumphs. Das Wasser schoss in die Luft und rieselte in Kaskaden über Floras jugendliche Rundungen. Lawrence strahlte. Er besaß die Macht, dieses Spektakel zu inszenieren. Der Zeitpunkt der Eröffnung war perfekt gewählt: Die gesamte Nation war gartenverrückt. Leute, die bei einem Pflanzenheber oben und unten nicht unterscheiden konnten, waren plötzlich versessen darauf, sich die Hände schmutzig zu machen. Er bezweifelte, ob ein anderer das zu Stande gebracht hätte. Und nach dem tosenden Applaus der versammelten Menge zu urteilen, war Barton Court der Erfolg sicher. Lawrence freute sich schon darauf, den Profit seiner Vision einzustreichen.

In der unmittelbaren Umgebung war die Reaktion gemischt. Das Gartencenter schuf viele Arbeitsplätze bis hin zu den Jungen, die mit Walkie-Talkies die Parkplätze militärisch genau verteilten. Und niemand konnte bestreiten, dass das Haus und die Parkanlagen trotz des offenkundig kommerziellen Charakters des Unternehmens einfühlsam restauriert und gestaltet waren. Der gesamte Betrieb war mit Reihen alter Eichen zur Straße hin abgeschirmt, so dass er sich nicht als Schandfleck verdammen ließ. Ein ausgeklügeltes System von Zu- und Abfahrten nach Norden, Süden und Osten gewährleistete, dass das hohe Verkehrsaufkommen nur in der absoluten Hochsaison Kopfschmerzen bereitete.

So bestiegen Lawrence und Kay ihren Thron als König und Königin von Barton Court. Dennoch war ihr Eheglück nicht ungetrübt.

Sex war für Kay eine ebenso lästige Pflicht, wie die Spülmaschine zu beladen oder Socken zu sortieren, allerdings mit einem zusätzlichen Nachteil: Es war die einzige Aufgabe, die sie nicht an das Personal delegieren konnte. Leider hatte Lawrence eine fast unersättliche Libido. Sie wollte ihn nicht kränken oder verärgern, und da sie wusste, dass er sie vermutlich gegen ein begeisterungsfähigeres Modell austauschen würde, wenn sie es im Bett nicht brachte, lernte sie bald zu tun, was ihm gefiel, und Spaß vorzutäuschen, weil er dann schneller zum Höhepunkt kam. Das Einfachste war, ihm einen zu blasen; ein paar Minuten eingehender Zungenmassage genügten und sie brauchte sich wenigstens nicht in gespielter Ekstase unter oder über ihm zu winden. Außerdem war er ein Sauberkeitsfanatiker und duschte zweimal täglich – wenn es heiß war oder er sich körperlich angestrengt hatte, sogar dreimal – und schmeckte daher schlimmstenfalls nach Seife oder nach *Aramis*-Körperlotion.

Kay hatte immer angenommen, sie sei frigide, hatte aber akzeptiert, dass sexuelle Befriedigung und finanzielle Sicherheit offenbar nicht Hand in Hand gingen. Schließlich hatte sie in all ihren Beziehungen, der zu Lawrence eingeschlossen, übergeordnete Ziele verfolgt. Kay war sie aus Berechnung eingegangen, nicht aufgrund gegenseitiger Anziehung, und sie hatte gelernt, den Männern für ihre Zwecke etwas vorzuspielen.

Als Kay Mickey Liddiard kennen lernte und ein unwiderstehliches Verlangen fühlte, war es für sie körperlich und seelisch eine Offenbarung. Sex um der Lust willen. Das war für sie so neu, dass allein schon dies sie anmachte. Sehr bald wurde sie geradezu süchtig danach und probierte die unterschiedlichsten Höhepunkte aus.

Sie hatte Mickey bei der Eröffnung der Jagd vor dem *Honeycote Arms* kennen gelernt. Sobald Lawrence überzeugt war, dass Barton Court ein Erfolg würde, beschloss er, die Bekanntschaft der einflussreicheren Einheimischen zu machen; und da der schnellste Weg dazu seiner Ansicht nach die Jagd war, legte er sich prompt ein halbes Dutzend erstklassiger Pferde von einem Züchter der Umgebung zu. Kay war für den Sport wie geschaffen. Schon immer war sie eine furchtlose Reiterin gewesen. Angesichts der eleganten Kleidung zu diesem Anlass und den gesellschaftlichen Spielchen, die bei der Jagd ausgetragen wurden, war sie voll und ganz in ihrem Element.

Bei ihrer ersten Fuchsjagd erregte sie viel Aufsehen. In ihrer engen weißen Hose, dem perfekt maßgeschneiderten Jackett, den glänzenden Stiefeln und Lederhandschuhen, mit dem gut geschminkten Gesicht und den in einem Netz gehaltenen Haaren verkörperte sie die Fantasie eine jeden Mannes. Für ihren ersten Auftritt hatte sie einen herrlichen, nervösen schwarzen Wallach ausgesucht und der Anblick ihrer zierlichen, puppengleichen, jedoch eindeutig dominierenden Gestalt auf diesem schnaubenden Tier spornte die Fantasie noch weiter an.

Lawrence saß neben ihr auf einer schönen Braunen. Er nippte freundlich lächelnd an seinem Abschiedstrunk, hielt aber mit seiner freien Hand seine nagelneuen, noch quietschenden Zügel so fest er konnte. Trotz eines Intensiv-Reitkurses bei einem ehemaligen olympischen Springreiter war er sich eindringlich bewusst, dass er rein gar nichts machen konnte, falls die Stute auf die Idee käme, mit ihm über die Hügel der Cotswolds durchzugehen. Die Angst vor der Lächerlichkeit machte ihn nervös. Die Sorge, er könne gegen die Jagdetikette verstoßen, ließ sein Inneres brodeln wie einen Sumpf in Louisiana, was seinen allmorgendlichen Stuhlgang entschieden zu weich hatte ausfallen lassen. Kays Selbstvertrauen trug nur zu seiner Anspannung bei, da es nur wenige Situationen gab, die sie besser im Griff hatte als er. Das gefiel ihm ganz und gar nicht. Sie plauderte ungezwungen, während ihr Pferd stampfte und schnaubte, und bemerkte offensichtlich gar nicht ihre prekäre Lage. Lawrence' Stute ging unerwartet zur Seite, worauf er erschrocken am Zügel riss.

»Vorsichtig, Schatz! Du ruinierst ihr Maul.«

Wenigstens besaß Kay den Anstand, ihre Mahnung zu flüstern. Lawrence musste seine aufflammende Wut unterdrücken. Kay lächelte ihn besorgt an.

»Alles in Ordnung?«

»Natürlich.«

»Hör zu, sei nicht so nervös. Das Pferd spürt das ...«

Wenn jemand anderes ihm das gesagt hätte ... Das verdammte Tier sollte sich lieber klar machen, dass er die Macht hatte, es jederzeit zu Hundefutter verarbeiten zu lassen. Der Gedanke verlieh Lawrence das dringend benötigte Selbstvertrauen, so dass er das Pferd von Kay weglenken und davonreiten konnte, um ihrer Predigt zu entkommen.

»Ist das Ihr erstes Mal?«

Als Kay sich umwandte, blickte sie in zwei aufreizend lachende nussbraune Augen, die sie musterten. Ihr Besitzer stand neben seinem Pferd und reichte ihr ein Tablett, auf dem sie ihren leeren Becher abstellen konnte.

»Was ist das – die ultimative Jagdanmache?«, entgegnete sie.

»Ich habe Sie noch nie hier draußen gesehen.« Die Schmeichelei lag auf der Hand: Wenn sie schon einmal dabei gewesen wäre, würde er sich an sie erinnern. »Außerdem kenne ich Tim Heath. Er hat mir erzählt, dass Sie heute kommen wollten. Er meinte, Sie sollten Ihren Mann ein bisschen im Auge behalten, weil er vielleicht eine Belastung werden könnte ...«

Kay musste ein Grinsen unterdrücken; sie konnte sich vorstellen, wie gedemütigt Lawrence sich fühlen würde, wenn er wüsste, dass sein Reitlehrer so wenig Vertrauen in seine Reitkünste hatte. Aber sie durfte die Schwächen ihres Mannes einem Fremden gegenüber nicht eingestehen, auch wenn er gefährlich attraktiv war, daher zog sie lediglich eisig eine Augenbraue hoch.

»Ach wirklich?«

Als er die Mundwinkel hochzog, bemerkte sie seine tief eingegrabenen Lachfältchen. Er besaß eine unbekümmerte Selbstsicherheit, ein zwar nicht unbedingt aristokratisches Flair, aber doch eine gewisse gute Kinderstube, eine Aura, für die Lawrence Gott weiß was gäbe, die sich aber nicht kaufen ließ. Auch um seine Augen traten Lachfältchen zu Tage. Wer immer er auch sein mochte, er hatte offensichtlich viel zu lachen. Plötzlich fiel ihr auf, dass er über sie lachte.

»Er hat außerdem gesagt, dass Sie einen fantastischen Sitz haben.«

Kay erwiderte sein Grinsen spitzbübisch. »Tim weiß, wovon er spricht.«

Verdammt, dachte sie. Ich flirte. Sie hatte noch nie geflirtet. Wenn es ihr in den Kram passte, konnte sie kühl und berechnend lasziv werden, aber oberflächliches erotisches Geplänkel war noch nie ihre Sache. Gleich würde sie noch kichern. Der Fremde balancierte das Tablett auf einer Hand und reichte ihr die andere.

»Mickey Liddiard.«

Kay bedachte ihn mit einem trockenen Grinsen. »Wenn Sie so viel über meinen Sitz wissen, kennen Sie vermutlich auch meinen Namen.«

Mickey schüttelte den Kopf. »Mit Trivialitäten hat Tim sich nicht aufgehalten. Er hat bloß gesagt, halte Ausschau nach einer gut aussehenden Blondine Ende dreißig.«

Kay, die erst fünfunddreißig war, biss nicht an, sondern reichte ihm die Hand.

»Kay Oakley.«

Sie spürte die Wärme seiner Hand durch ihren Lederhandschuh.

»Na ja, ich hoffe, der Sport heute macht Ihnen Spaß.«

»Bestimmt.«

»Aber passen Sie auf. Ein paar von den Mauern hier in der Gegend können tückisch sein. Wenn Sie das Gefühl haben, dass Sie es nicht schaffen, versuchen Sie es auch nicht.«

Kay hatte noch nie einer Herausforderung widerstehen können. Sie würde über sämtliche Mauern springen, und wenn es sie umbringen sollte. Als er ging, schaute sie ihm nach und bewunderte seine breiten Schultern und seinen selbstsicheren Gang. Sie fragte sich, wer er sein mochte. Dass er im Pub arbeitete, konnte sie sich nicht vorstellen. Eine diskrete Nachfrage ergab, dass der Pub und einige andere in der Gegend ihm gehörten. Als die Jagd begann, bemerkte sie, dass er sie beobachtete und zum Abschied die Hand hob. Ihr Herz schlug schneller und in ihrem Inneren flammte plötzlich etwas auf. Es war ungewohnt, aber sehr erregend. Sie fragte sich, ob es die Nervosität war, verwarf den Gedanken aber sofort wieder. Nervosität machte sich im Magen bemerkbar, nicht zwischen den Beinen.

Als ihr Pferd sich später an einer Mauerkrone eine klaffende Wunde zuzog und sie die Jagd abbrechen musste, fragte sie sich, ob es Schicksal oder Absicht war, dass Mickey vorbeifuhr, als sie gerade ihr Pferd einzuladen versuchte. Mickey tat die Wunde als Kratzer ab, betupfte sie mit Desinfektionslösung, ließ das Pferd mit einem Sack Heu angebunden stehen und führte Kay in ihren Pferdehänger. Im Inneren roch es süßlich nach frischen Hobelspänen. Alles ging sehr schnell. Spielerisch kam Mickey mit einem roten Zügel auf Kay zu, nahm ihre Armgelenke und schlang den Zügel sanft herum. Zu ihrer eigenen Verwunderung blieb sie willig stehen und ließ sich von ihm an dem Ring festbinden, der für ihr Pferd gedacht war. Vor Erregung wurden ihr die Knie weich. Sie begriff das nicht. Wenn Lawrence solche Spielchen mit ihr trieb, ließ es sie kalt. Mickey trat zurück und betrachtete sein Werk.

»Eigentlich sollte ich dich so stehen lassen, oder? Du könntest nichts dagegen machen.«

»Wenn du mich wirklich kompromittieren willst, musst du mich nackt hier stehen lassen.«

»Glänzende Idee.«

Ihr Jackett konnte er ihr nicht ausziehen, da ihre Hände gefesselt waren, aber ihre Stiefel bekam er mit Mühe aus, die Reithose mühelos. Natürlich trug sie darunter keinen Slip. Nur ein vorbeikommender Wanderer hörte ihr überraschend lustvolles Stöhnen und ging mit rotem Gesicht neidisch weiter. Nachdem Mickey den Pferdehänger für sie nach Hause gefahren, den Tierarzt angerufen und ritterlich und ohne die geringsten Gewissensbisse gefahren war, um Lawrence abzuholen (der den Tag wie durch ein Wunder überstanden hatte, ohne sich den Hals zu brechen), wurde Kay den Verdacht nicht los, dass er das nicht zum ersten Mal machte, aber es machte ihr nichts aus.

Die Affäre, die sich zwischen ihnen entspann, war anfangs aufregend und leidenschaftlich. Jedenfalls bis jetzt. Sie dauerte nun schon acht Monate, aber in letzter Zeit hatte Kay zunehmend den Eindruck, dass Mickey sich von ihr entfernte. Sie war ziemlich sicher, dass keine Rivalin im Spiel war, aber er hatte eindeutig anderes im Kopf.

Als sie nun an ihrem üblichen Treffpunkt auf dem Parkplatz saß und ungeduldig mit den Fingernägeln auf ihr Lederlenkrad trommelte, wurde ihr klar, dass die Dinge sich zuspitzten. Er kam wohl nicht. Es war zwanzig Minuten nach der verabredeten Zeit. Sie ließ den Motor an und fuhr röhrend vom Parkplatz. Kay wartete auf niemanden.

Als die Kellnerin kam, um ihre Bestellung aufzunehmen, bedeutete Mickey ihr diskret, ihm noch ein Glas Rotwein zu bringen. Er unterdrückte die mahnende Stimme in seinem Inneren, die ihm sagte, dass er mittlerweile mehr als genug hatte: Die Pizza würde das meiste aufsaugen. Doch als er so dasaß und über sein Dilemma grübelte, umgeben von seinen beiden vertrauensvollen, schönen Töchtern und ihrer Freundin, die auf ihren Handrücken Lippenstiftfarben verglichen, bemerkte er im Spiegel sein vom Alkohol gerötetes Gesicht und schauderte. Er versank in einem Sumpf der Zügellosigkeit und musste sich eingestehen, dass es einzig und allein seine eigene Schuld war.

Als Mandy zum Klo ging, musste er sich zwingen, nicht

hinter ihrem bezaubernden Körper herzuschauen. Es gelang ihm mit äußerster Selbstbeherrschung, was ihn ermutigte. Er drehte sich um. Sophie zeigte ihm gerade ihr Kleid.

»Richtig kannst du es erst sehen, wenn ich zurechtgemacht bin. Aber es ist Spitze.«

Als sie es wieder in die Tüte steckte, fiel Mickeys Blick auf das Preisschild und er runzelte die Stirn. Er war sicher, dass er ihr nur fünfzig Pfund gegeben hatte. Sophie beruhigte ihn.

»Das ist schon okay. Mandy hat es bezahlt. Ihr Vater ist steinreich. Und Patrick hat uns gesagt, wir sollen dich nicht um Geld anbetteln. Ich weiß, dass es in der Brauerei ein bisschen klamm ist.«

Ihr Mitleid demütigte Mickey bis aufs Blut. Wie bei seinem Gespräch mit Cowley spürte Mickey, dass ihm die Galle hochkam. Er hoffte, dass es nicht seine Leber war, die bereits ihren Dienst versagte. Es gab viel für ihn zu tun und sterben half da auch nicht weiter. Mickey trank sein Glas aus und fasste einige Entschlüsse.

Schritt eins: Kay den Laufpass geben. Schwierig.

Schritt zwei: Die Brauerei wieder auf die Beine bringen. Schwieriger.

Schritt drei: Das Trinken aufgeben. Am schwierigsten. Das schaffte er unmöglich, bevor er Schritt eins und zwei getan hatte.

Aber er würde es schaffen. Nicht für sich, er war ein Taugenichts. Aber er war es Lucy schuldig. Und Patrick. Und Sophie und Georgina.

KAPITEL 4

ALS JAMES LIDDIARD morgens mit Mühe die Augen aufschlug, sah er sich zwei hellen, sommersprossigen Schenkeln und einem roten Haarbüschel gegenüber. Seine Freundin Caroline hatte sich seiner morgendlichen Erektion bemächtigt. Einen kurzen Augenblick lang war er sich nicht sicher, was größer war: sein Wunsch weiterzuschlafen oder sein Verlangen. Die Lust, die sie ihm mit ihrer wunderbaren Gymnastik bereitete, ließ sich nicht leugnen. Widerstand war zwecklos, das wusste er, denn in der Zeitung, in der Caroline die Anzeigenabteilung leitete, war Annahmeschluss und sie brauchte den Adrenalinstoß durch Sex, um den Leuten in den Arsch zu treten, wie sie sagte. Also riss er sich aus seiner Benommenheit und beschloss, sich auf ein bisschen Publikumsbeteiligung einzulassen.

Hinterher lag er da, Lichtsprenkel von der Morgensonne im Gesicht, und sah zu, wie Caroline sich ankleidete, als zöge sie in eine Schlacht. Sie besaß eine Reihe von taillierten Kostümen, die ihre Weiblichkeit betonten. Ihre wilden roten Locken kämmte sie zu einem strengen Knoten zurück und mit einer dicken Dolce-e-Gabbana-Brille gab sie ihrer Tarnung den letzten Schliff. Furchterregend.

Sie hatten sich vor gut einem Jahr kennen gelernt, als er seine Kunstgalerie in Eldenbury umgebaut und die Wiedereröffnung in einer diskreten Kleinanzeige hatte bekannt geben wollen. Innerhalb von Minuten hatte sie ihn zu einer großen Werbeanzeige überredet. Es fiel schwer, Caroline etwas abzuschlagen, und so ging er aus dieser Begegnung mit einer doppelseitigen Anzeige und dem Fick seines Lebens hervor.

Seitdem waren sie zusammen, zur Verwunderung ihrer gemeinsamen Freunde. Er war der Inbegriff des englischen Gentlemans wie aus *Wiedersehen in Brideshead,* ein Ästhet. Sie war lebhaft, aufbrausend, geradeheraus, die personifizierte *Cosmopolitan*-Leserin. Sie hatten wenig gemeinsam, bis auf ihr Bedürfnis nach Luft zum Atmen. James dachte an das Mädchen, dem er vor anderthalb Jahren den Laufpass gegeben hatte: hübsch, blond, aus gutem Hause, also oberflächlich betrachtet eher sein Typ. Aber sie hatte furchtbar geklammert, hatte ständig Bestätigung gesucht und ihn vor die Schaufenster von Juwelierläden gezerrt. Sie hatte seinen Terminkalender bestimmt wie ein Feldwebel und Wutanfälle bekommen, wenn er keine Lust hatte, zu diesem oder jenem gesellschaftlichen Ereignis zu gehen, bei dem sie sich ihrer Ansicht nach sehen lassen mussten. James hatte erleichtert aufgeatmet, als sie den Wink mit dem Zaunpfahl endlich begriffen hatte. Caroline kümmerte es nicht, wenn er nirgendwo hingehen wollte, und dafür war er dankbar.

Jetzt stand sie vor ihm am Fußende des Bettes, kampfbereit.

»Tee?«

»Ich mache ihn schon.«

Er schwang die Beine aus dem Bett. Er wollte richtigen Tee aus losen Blättern in einer vorgewärmten Kanne. Keinen Teebeutel, dessen Schnur über den Tassenrand baumelte, wie Caroline ihn zubereiten würde.

»Was machst du heute?«

»Umsatzsteuererklärung.« Er gähnte. »Und in Tetbury ist Besichtigung für eine Versteigerung. Vielleicht fahre ich heute Nachmittag mal hin.« Es war nicht wirklich gelogen, er hatte nur nicht die ganze Wahrheit gesagt. Warum, wusste er nicht recht; es war doch wohl nichts dabei, wenn er mit seiner Schwägerin einen Ausritt machte. Es war völlig harmlos.

Nachdem James in unangemessener Hast seine Umsatzsteuererklärung erledigt hatte, hallten seine Reitstiefel auf dem Pflaster des Stallhofes in Honeycote House wider. Mehrere Pferde steckten freudig wiehernd den Kopf durch ihre geteilten Türen in der vergeblichen Hoffnung, dieser unerwartete Besucher könnte ihnen einen kleinen Leckerbissen zukommen lassen. Ein wütendes Gewieher zeigte ihm den Stall, den er suchte. Draußen blieb er einen Moment stehen und schaute zu, wie Lucy einen großen, grauen Wallach beschwichtigte, indem sie ihm Hals und Ohren streichelte. Der Glückliche, dachte James, während er den Riegel zurückschob. Lucy schaute auf und strahlte erfreut.

»James – hi!« Stolz streichelte sie das Pferd. »Wie findest du ihn? Das ist Phoenix. Ist er nicht wunderschön?«

James tätschelte die muskulöse Schulter des Tieres. Als er sich vorbeugte, meinte er einen Hauch von *Diorissimo* durch den intensiven Geruch der Pferdeäpfel zu riechen, die das aufgeregte Tier hatte fallen lassen.

»Was ist mit ihm?«

»Er bockt immer. Wirft seinen Besitzer ab. Aber das kriegen wir schon hin, was, mein Junge?«

Phoenix wirkte nicht sonderlich überzeugt; er schaute James von der Seite an und legte die Ohren an.

»Er wirkt ziemlich nervös.«

Lucy ließ sich nicht beirren.

»Er braucht nur jemanden, der keine Angst vor ihm hat. Und ich glaube, er hat Rückenprobleme. Ich werde den Physiotherapeuten kommen lassen – wenn er jedes Mal Schmerzen hat, wenn jemand auf ihm sitzt, ist es kein Wunder, dass er bockt.«

James lächelte. Es gefiel ihm, dass Lucy so selbstbewusst und furchtlos war. Sie hatte sich in der Umgebung bereits den Ruf eingehandelt, wahre Wunder bei problematischen Pferden zu bewirken. Man konnte ihr das unlenksamste, launischste Tier bringen und sie machte innerhalb weniger Wochen ein gut erzogenes, folgsames Reitpferd daraus, auf das man seine Oma setzen konnte, wie sie sagte. Die Leute sagten ihr immer, sie könne mit ihrem Talent ein Vermögen verdienen, aber ihr widerstrebte es, Geld für etwas zu nehmen, was sie gern tat, und so war sie immer knapp bei Kasse. Ihr genügte es, wenn die Pferde zufrieden waren. Aber so war Lucy eben, dachte James, als er zuschaute, wie sie Phoenix den Sattelgurt umlegte.

Es war herrlich, einen Menschen zu erleben, der aus reinem Vergnügen mit Pferden arbeitete und nicht aus Profitgier, Gewinnstreben, Konkurrenzdenken oder um Wettkämpfe zu gewinnen. James musste an Caroline denken, die an lokalen Turnieren teilnahm, als hinge ihr Leben davon ab, immer einen hundertzehnprozentigen Einsatz von ihrem Pferd verlangte, aber seiner Ansicht nach nie genauso viel zurückgab.

Caroline hielt ihr Pferd in einem Mietstall am Rand von Evesham, wo sie wohnte und arbeitete. Mehr als einmal war James der Gedanke gekommen, dass es sinnvoll wäre, wenn sie ihr Pferd im Stall von Honeycote House unterbringen würde. Sophie und Georgina würden den Stall für ein Taschengeld ausmisten und sie beide könnten sich an den Wochenenden öfter sehen. Aber die Vorstellung, dass Caroline und Lucy öfter zusammenkämen als unbedingt nötig, hielt ihn davon ab, diesen Vorschlag zu äußern. Auf Dauer würde es das Leben nur komplizierter machen, davon war er überzeugt. Es fehlte nur noch, dass sie sich anfreundeten. Ansonsten hatten sie wenig gemeinsam, aber im Laufe der Jahre hatte er festgestellt, dass Pferde ein starkes Band knüpfen konnten. Sie brachten selbst die unterschiedlichsten Menschen zusammen.

James war durch seine eigene Mutter das Reiten ziemlich verleidet worden. Sie hatte in Honeycote House immer den Stall voller Pferde gehabt, war jahrelang im Damensattel mit zur Jagd geritten und hatte James und seinen Bruder Mickey von klein auf gezwungen, bei den Turnieren des örtlichen Ponyclubs mitzureiten. Als fanatische Trophäenjägerin hatte sie immer am Rand gestanden und sie angefeuert. James hatte diese Veranstaltungen gehasst und gefürchtet; Mickey dagegen hatte jeden Pokal errungen und sich nicht das Geringste daraus gemacht. Sobald James den Mut aufgebracht hatte, sich gegen seine Mutter durchzusetzen, hatte er das Reiten aufgegeben und jahrelang nichts mehr mit Pferden zu tun haben wollen. In letzter Zeit war er jedoch des Öfteren mit Lucy ausgeritten, wenn sie ein zusätzliches Pferd hatte, das Bewegung brauchte – und das kam häufig vor. Dabei hatte er festgestellt, dass es ein recht angenehmer Sport war, wenn man nicht dazu gezwungen wurde. Überdies konnte er die körperliche Bewegung brauchen, schließlich ging er allmählich auf die vierzig zu. Und es bot ihm einen guten Vorwand, mit Lucy zusammen zu sein.

Lucy war zufrieden, dass Phoenix gut gesattelt war, und gab ihm einen letzten Klaps, bevor sie die Stalltür öffnete und ihn hinausführte. James' Reitpferd stand bereits gesattelt im benachbarten Stall.

Sie ritten im Trab die Einfahrt hinunter. Phoenix war nervös, tänzelte seitwärts und schüttelte die Mähne, aber da Lucy ihn gewähren ließ, ohne auf sein widerspenstiges Gebaren einzugehen, beruhigte er sich bald und fiel in Trab. Lucy grinste zufrieden.

»Siehst du? Das Mädchen, das ihn reitet, lässt sich von ihm ärgern. Ich wette, sie reißt ihm das Maul in Stücke. Man muss ihm nur die Zügel locker lassen. Sieh nur.«

Sie hielt die Zügel mit dem kleinen Finger, um zu demonstrieren, wie wenig Widerstand sie ihm bot. James fand es interessant, dass Lucy mit Tieren genauso umging wie mit Menschen, indem sie den Weg des geringsten Widerstands wählte. Gegen Ende des Ausritts war Phoenix ruhig und umgänglich.

Erst als sie wieder auf dem Hof waren und den Pferden die Sättel abgenommen hatten, war zu spüren, dass etwas ihr Sorgen machte. Auf dem Rückweg zum Haus fragte sie ihn unvermittelt:

»Hat Mickey dir in letzter Zeit irgendwas gesagt, James?«

Er zwang sich, Lucys Blick standzuhalten, obwohl ihre fragende Miene ihn nervös machte. Bewusst verstand er ihre Frage falsch.

»Er hat ihn nicht erwähnt, nein. Aber du machst deine Sache ganz offensichtlich hervorragend.«

»Ich spreche nicht von dem blöden Pferd!« Ihr ungewöhnlich scharfer Ton ließ James zusammenzucken. »Ich weiß einfach nicht, was in letzter Zeit mit ihm los ist. Ich meine, Brandy schüttet man ja wohl nur in seinen Frühstückskaffee, wenn irgendwas ernstlich nicht stimmt, oder?«

O Gott, dachte James. Wieso war er so ein Feigling, wenn es um Lucy ging? Wieso konnte er nicht einfach sagen, dass er ihren Mann für einen versoffenen, nichtsnutzigen Schwächling hielt, und sie dann in die Arme nehmen, ins Heu legen, sie küssen und ihr sagen, dass alles gut würde?

Ihm fiel ein, wie er sie zum ersten Mal getroffen hatte. Er und Mickey hatten nach dem Tod ihrer Eltern gemeinsam in Honeycote House gewohnt. Nachdem Mickeys erste Frau Carola ausgezogen war, war James vorübergehend eingezogen. Er hatte damals gerade anderthalb Jahre gegen schlechte Bezahlung in einem Londoner Auktionshaus gearbeitet und dort alles gelernt, was er über seine geliebten Antiquitäten und Gemälde wissen musste, und wollte ein eigenes Geschäft eröffnen. Sie beide führten ein ungezügeltes Junggesellenleben mit einem geduldigen »Mädchen für alles«, das sie beide vergötterte, und wurden bald zu den Stars der Grafschaft – zwei gut aussehende, gut betuchte junge Burschen, deren Vorliebe für Wein, Weib und Gesang erwiesen war, auch wenn man sich allgemein einig war, dass James ein Gentleman und Mickey ein skrupelloser Hund war. Das machte den einen jedoch keineswegs attraktiver als den anderen – es war eine reine Geschmacksfrage.

Eines Nachmittags im Frühjahr sah James sich vor die unangenehme Aufgabe gestellt, Raffles, den Jack Russell ihrer Mutter, einschläfern zu lassen. Der kleine Hund hatte fast zwanzig Jahre lang zur Familie gehört und irgendwie signalisierte sein Tod stärker als der Tod ihrer Eltern das Ende einer Ära. Mickey wollte um keinen Preis etwas mit der Beseitigung des Tieres zu tun haben, da ihm jede Verantwortung verhasst war, und so blieb es James überlassen, den Tierarzt zu rufen. Während er sich in der Küche einen Scotch genehmigte, erledigte Richard Soames seine Aufgabe diskret und einfühlsam in der Spülküche und deckte den Leichnam des Hundes mit der karierten Decke zu, die in seinem Korb gelegen hatte, solange James zurückdenken konnte. Lucy hatte ihren Vater auf seinen Fahrten begleitet – sie war achtzehn, hatte gerade die Schule beendet und wusste noch nicht, was sie weiter machen wollte, daher half sie ihrem Vater gegen ein Taschengeld, bis sie sich entschieden hatte.

Als alles erledigt war und ihr Vater sich die Hände wusch, kam Lucy in die Küche. Besorgt bemerkte sie James' Beklommenheit. Schüchtern legte sie ihm die Hand auf den Arm und versicherte ihm sanft: »Sie haben das Richtige getan. Sie durften ihn nicht länger leiden lassen.« Ein Pfeil traf ihn mitten ins Herz und er verliebte sich Hals über Kopf. Aber er hielt sie noch für ein Kind – fünfzehn oder sechzehn – und hatte den Eindruck, er dürfte den ohnehin schon in der Grafschaft kursierenden Gerüchten nicht auch noch Kinderschändung hinzufügen, und so blieb er auf Distanz. Hinterher hätte er sich verfluchen können, denn er hatte seinem Bruder freie Bahn gelassen, der solche Skrupel nicht besaß. Zudem hatte er sich kundig gemacht und erfahren, dass Lucy ein paar Jahre älter war, als sie aussah. Mit einem Mal brauchten die Pferde von Honeycote House häufiger einen Tierarzt als je zuvor und Richard Soames und seine Tochter wurden zu regelmäßigen Besuchern.

Kaum ein Jahr später litt James unbeschreibliche Qualen, als Mickey an einem schönen Sommerabend Lucy, die vor Lachen kreischte, in das *Honeycote Arms* trug und verkündete, er werde sie heiraten. Am liebsten hätte James sie beiseite genommen und gewarnt, dass sie nur eine unter vielen war und Mickey mit den meisten Mädchen der Grafschaft geschlafen hatte – jedenfalls mit allen hübschen und auch mit einigen weniger hübschen. Und er hätte ihr gern die Geschichte der ersten Mrs Liddiard erzählt, die wahre Geschichte, nicht die verwässerte Version, die Mickey ihr geschildert haben dürfte und die ihn in ein gutes Licht rückte.

Niemand war überrascht, als Carola kurz nach Patricks Geburt aus Honeycote House geflohen war. Für alle lag auf der Hand, dass Mickey sie nicht lange dulden würde, zumal als sie anfing, über ihre weitere Ausbildung, ihre Karriere und ein eigenes Leben zu jammern. Entsetzt über die Aussicht auf eine *Guardian* lesende, behaarte Ehefrau (er hatte James einmal schockiert erzählt, dass Carola sich nie die Achselhöhlen rasierte), hatte Mickey sehr bald in die Scheidung eingewilligt. Eine ansehnliche Abfindung würde ihr ermöglichen, eine kleine Wohnung anzuzahlen und das Studium abzuschließen, dessen erzwungener Abbruch ihr ungerecht erschienen war. Er hatte Carola und den ernsten, staunenden Patrick in Paddington in den Zug gesetzt, ihnen nachgewinkt. Ansonsten schien ihm die Trennung wenig auszumachen, abgesehen von der Tatsache, dass er sich an jenem Abend im Pub sinnlos betrunken hatte (was aber keineswegs ungewöhnlich für ihn war).

Mickeys gefühlloses Benehmen hatte James schockiert, und obwohl er nie etwas dazu sagte, schämte er sich für seinen Bruder. Den Gedanken, dass Lucy, das zierliche und zerbrechliche Wesen, die am munter knisternden Kaminfeuer kauerte, dasselbe Schicksal erleiden würde, wenn Mickey irgendwann zwangsläufig genug von ihr hatte, war James unerträglich. Aber natürlich sagte er nichts, sondern gratulierte Lucy mit einem Kuss auf die Wange und willigte ein, Mickeys Trauzeuge zu sein. Es war wohl brüderliche Loyalität, ein langweiliger Charakterzug, der langweiligen alten Käuzen wie ihm wichtig war, während Mistkerle wie Mickey so etwas nicht einmal kannten.

Mittlerweile waren zwanzig Jahre vergangen und Mickey hatte Lucy nicht betrogen, hintergangen und zum Narren gemacht, wie er befürchtet hatte. Offensichtlich funktionierte ihr Geschick mit Pferden auch bei Menschen, denn sie hatte den unverbesserlichen Mickey anscheinend gezähmt, sehr zur Enttäuschung unzähliger Frauen der Grafschaft, für die er bis dahin leichte Beute war. In letzter Zeit kam James das Verhalten seines Bruders jedoch verdächtig vor. Er kannte die Zeichen nur zu gut und wusste, wie anfällig Mickey für Schmeicheleien war und wie leicht er unter Druck kapitulierte. Er hatte bemerkt, wie Kay Oakley Mickey anschaute. Er hatte das Flackern der Begierde in ihren Augen gesehen und vermutete stark, dass ihre Wünsche nicht unerfüllt blieben.

Er konnte sich jedoch immer noch nicht durchringen, Lucy etwas zu sagen, denn insgeheim befürchtete er, sie würde ihm nie verzeihen, wenn er ihr ihre Illusionen nähme, und könnte ihn sogar als Überbringer schlechter Nachrichten verachten. So schlug er denn einen vorgetäuscht herzlichen Ton an und verabscheute sich dafür.

»Vermutlich ist es das Geschäft. Damit haben heutzutage alle zu kämpfen. Jetzt um Weihnachten wird sich der Absatz sicher wieder beleben.«

Er lächelte beruhigend. Im Zwielicht der Stallungen wirkte Lucy ungemein jung, als sei sie in ihren Reithosen, dem Rollkragenpullover und dem Zopf, aus dem sich einige kastanienbraune Haarsträhnen gelöst hatten, gerade aus einem Pony-Club entwischt, wie sie dastand und mit Phoenix' Zügel spielte. James war klar, dass sie keineswegs überzeugt war, aber sie lächelte ihn mit einem etwas hilflosen Achselzucken an.

»Na gut, komm mit, wir essen eine Kleinigkeit zu Mittag.«

Als sie in der Küche bei Schinkensandwiches und einer gekühlten Flasche Pinot Grigio saßen, war James plötzlich froh über seine Feigheit. Er wusste, dass er mit seinem Bruder nicht mithalten konnte. Das hatte er immer schon gewusst. Aus diesem Grund hatte er auch von Anfang an nie etwas mit der Brauerei zu tun haben wollen. Mickey war von ihrem Vater zu seinem Nachfolger bestimmt und erzogen worden. Hätte James gewollt, hätte er natürlich eine Stellung in der Brauerei haben können, aber er hatte jeden Vergleich mit Mickey immer gescheut.

Dabei wäre James sicher der bessere Geschäftsführer gewesen. Er war gewieft, auf dezente Art pfiffig und besaß einen untrügerischen Instinkt für den richtigen Zeitpunkt. Kurz nachdem Mickey die Brauerei übernommen hatte, tauschte James den Großteil seiner Firmenanteile gegen die Eigentumsrechte an einem der Pubs an der Hauptstraße von Eldenbury. Damals war das ein durchaus gerechter Tausch, denn der Pub war gewissermaßen überzählig, da die Brauerei ihren Hauptabsatz im *Horse and Groom* machte und es unsinnig erschien, sich selbst Konkurrenz zu machen. In einer Hälfte des Pubs hatte James eine Kunstgalerie eingerichtet, ein Riesenerfolg bei den reichen Touristen, die sommers wie winters in Scharen nach Eldenbury kamen. Die andere Hälfte baute er zu einem stilechten Herrensitz für sich um, den er gleichzeitig als Ausstellungsraum für seine Antiquitäten nutzte. Schon bald machte er sich einen Namen und konnte sich ganz darauf verlegen, containerweise Antiquitäten in die Vereinigten Staaten zu exportieren, wo die Händler im Hafen praktisch Schlange nach seinen Waren standen. Mittlerweile war er recht wohlhabend. Er konnte die Leitung der Kunstgalerie delegieren und mit seiner Zeit anfangen, was er wollte.

Doch trotz seines Erfolges und Reichtums, den er gern mit einem Menschen geteilt hätte, und trotz seines eleganten

Stadthauses, das erlesen und geschmackvoll eingerichtet war, ahnte er, dass Lucy ihn nie würde haben wollen. Sie gehörte hierhin, in das liebenswerte Chaos von Honeycote House und zu Mickey, diesem skrupellosen, zügellosen, aber dennoch aufregenden und attraktiven Schürzenjäger, der alles besaß, was der ruhige, zuverlässige und berechenbare James nicht hatte.

Als Mickey später mit Sophie, Georgina und einem ungewöhnlich langbeinigen Wesen mit Birmingham-Akzent nach Hause kam, verabschiedete James sich. Allein in seiner Smallbone-Küche, wo es nie Lachen, Tränen, Streit oder Diskussionen gab, kochte er sich einen Tee. Er aß fast nie hier; Mrs Titcombe, seine Putzfrau, reinigte einmal im Monat den hoch modernen Herd, obwohl er ihn vermutlich kein einziges Mal eingeschaltet hatte, während auf dem Gasherd in Honeycote House Jahre alte Krusten von Sonntagsbraten eingebrannt waren. Vielleicht sollte er anfangen, für Caroline zu kochen. Vielleicht fand er ja Geschmack daran, die Leere in seinem Leben zu füllen.

Immer wieder hatte Mickey ihm gesagt, er brauche eine nette Frau, aber nachdem Mickey ihm die einzig Begehrenswerte weggeschnappt hatte, brachte James nicht die Energie auf, etwas für eine andere zu empfinden. Er dachte über seine Beziehung zu Caroline nach. Sie war neunundzwanzig, rothaarig (Mickey sagte: ingwerfarben), lebhaft (Mickey sagte: aggressiv) und auffallend (Mickey sagte: aufgedonnert). Es war schon merkwürdig, dass Mickey so entschieden gegen Caroline war; ständig fragte er James, warum er sich mit ihr abgebe, wo er doch jede Frau haben könne, die er wolle, und er nannte sie ein tittenschwenkendes Flittchen. Insgeheim war James überzeugt, dass Mickey Angst vor Caroline hatte, die ziemlich geradeheraus war und Mickey liebend gern quälte, indem sie sich beharrlich weigerte, mit ihm zu flirten.

Aber er war nicht auf die Billigung seines Bruders angewiesen. Schließlich hatte er nicht die Absicht, Caroline zum Traualtar zu schleppen. Wenn er Lucy nicht haben konnte, wollte er gar nicht heiraten. Und was den Sex anging, den er im Gegenzug für seine großzügigen Geldgeschenke mit Caroline hatte, so besaß er genug Erfahrung, zu beurteilen, dass er zwar lieb- und gefühllos, aber gut war. Das hatte er einmal nachts im Vollrausch zu ihrer Verteidigung angeführt, als Mickey ihm vorwarf, er lasse sich ausnehmen, worauf Mickey nur finster erwidert hatte, genug Übung habe sie ja. Ausgerechnet von Mickey fand James diese Bemerkung doch ziemlich stark. All das konnte er aber vor Lucy nicht äußern und biss sich auf die Zunge.

James goss den Rest seines Tees in die Spüle, wusch sorgfältig seine Tasse ab und dachte wie schon so oft in seinem Leben darüber nach, was hätte sein können.

Während er die Tasse mit einem frischen Geschirrtuch abtrocknete, das Mrs Titcombe herausgelegt hatte, gönnte er sich ausnahmsweise den Luxus, sich auszumalen, was noch kommen könnte. Mickey hatte schlechter ausgesehen denn je und würde im Handumdrehen den Rest des Pinot Grigio schlürfen.

Einem anderen die Frau zu stehlen entsprach vielleicht nicht gerade James' Moralvorstellungen, aber sie zu retten war keineswegs tabu. Selbst wenn er dafür würde zusehen müssen, wie sein eigener Bruder sich ruinierte.

Es war eiskalt und Patrick bibberte in der abgetragenen Fliegerjacke, die er im Winter immer anzog, wenn er den Austin Healey fuhr. Er schaltete die Heizung höher und schob die Stereophonics in den CD-Spieler, um sich von der Kälte abzulenken. Als es endlich warm im Wagen wurde, bog er bereits nach Barton Court ab und musste wegen Bodenschwellen langsamer fahren.

Eigentlich wusste er nicht recht, wieso er sich für das Verhalten seines Vaters so verantwortlich fühlte und immer bestrebt war, seine Fehler zu rechtfertigen, statt ihm die Schuld daran zu geben. Es war ihm unbegreiflich, dass er Mickey gleichzeitig anbeten und verachten, zu ihm aufschauen und auf ihn herabsehen konnte. Es war fast, als hätten sich ihre Rollen verkehrt, als sei Patrick der nachsichtige Vater und Mickey ein zurückgebliebenes Kleinkind, dem man seine Sünden wegen seines Charmes immer wieder verzieh. Im Großen und Ganzen ging es Patrick natürlich nichts an, was Mickey trieb, es betraf ihn schließlich nicht im Geringsten. Doch in letzter Zeit schlug er so über die Stränge, dass es in mancherlei Hinsicht gefährlich wurde.

Patrick war klar, dass die Brauerei in erheblichen Schwierigkeiten steckte. Da er die Kontoauszüge nicht finden konnte, wusste er, dass sie nichts Gutes enthielten. Ihm waren auch die bitteren Bemerkungen der Männer wegen der zu spät ausgezahlten Löhne und die besorgten Fragen der Pächter nicht entgangen. Er schämte sich, dass er ihnen nicht in die Augen sehen und beruhigende Antworten geben konnte, obwohl er sich für ihr Wohlergehen verantwortlich fühlte, aber er hatte keinen Einfluss und keine Ahnung. Allerdings war ihm völlig bewusst, dass sein Vater das Schicksal dieser Menschen in der Hand hatte.

Mickey zur Rede zu stellen war sinnlos. Der Begriff »Verleugnung« hätte eigens für ihn erfunden sein können. Patrick wusste nicht, was er tun sollte, um den Niedergang aufzuhalten. Da er selbst kein sonderlich guter Geschäftsmann war und nur wenige Jahre Erfahrung in der Brauerei hatte, konnte er seinem Vater wohl kaum sagen, was er zu tun hatte. Zur Bank zu gehen kam nicht in Frage, da er nicht riskieren durfte, Cowley auf den Ernst der Lage aufmerksam zu machen. Daher hatte Patrick beschlossen, vorerst das Ausmaß des Schadens durch Schnüffelei herauszubekommen und dann vielleicht James um Rat zu fragen. James hatte nie sonderliches Interesse an der Brauerei gezeigt, besaß jedoch immer noch einen geringen Anteil an der Firma. Und da er Patricks Pate war, konnte er sich darauf verlassen, dass James alles, was er ihm sagte, vertraulich behandeln würde. Zudem war James ein Liddiard und würde ihm helfen, die Familienehre zu retten.

Mehr als alles andere wünschte Patrick sich, dass es aus diesem Schlamassel einen Ausweg gäbe, der keine Schande über die Familie brächte. Er hatte so viele Berichte über Firmenzusammenbrüche gesehen, durch die ehemalige Millionäre gezwungen waren, ihren gesamten Besitz zu verkaufen und auf das Wohlwollen von Freunden und Verwandten zu vertrauen. Wenn er seinen Gedanken freien Lauf ließ, sah er sich schon vor der Tür seiner Mutter stehen, die ihn spöttisch angrinste. Ihr wäre Mickeys Versagen nur zu lieb. Für sie wäre es die poetische Gerechtigkeit für seine gierige, kapitalistische Lebensweise. Außerdem wäre es ihr eine persönliche Genugtuung, weil er ihr damals Patrick weggenommen und sie mit seinem Geld ausgestochen hatte, als es ihr schlecht ging. So genau erinnerte Patrick sich nicht mehr an die Ereignisse, aber er hatte die Geschichte so oft gehört, dass sie mittlerweile zur Legende geworden war.

Nachdem Patrick und seine Mutter Honeycote House verlassen hatten, hatte er seinen Vater nur noch selten besucht, aber eines Tages war Mickey in Ladbroke Grove aufgetaucht, um seinen vierjährigen Sohn zu sich zu holen, während Carola sich auf einen hippiemäßigen Selbstverwirklichungstrip machte. Mickey war entsetzt über ihre Wohnverhältnisse, auf die Carola jedoch stolz war. Es war eine Studentenbude, die sie und ihre Freunde billig über das Wohnungsamt bekommen hatten, weil das Bad in der Küche dem üblichen Standard nicht mehr entsprach. »Es ist wahrhaftig unter aller Kanone«, tobte Mickey und schnappte sich Patrick. Die Fahrt über die Autobahn jagte Patrick Angst ein, weil er bis dahin nur Busse kannte, nicht aber Autos, die über 150 Stundenkilometer fuhren. Mickey nahm Patrick mit nach Honeycote House, trieb ein paar Cornflakes für ihn auf und steckte ihn in einem Zimmer mit eigenem Kaminfeuer in ein riesiges Bett mit vielen Decken. Zum ersten Mal seit Monaten schlief er in einem warmen Zimmer ein. Als er aufwachte, war er neugierig, aber misstrauisch. Sein Vater war eindeutig von ihm hingerissen, hatte aber keine Ahnung, was er mit einem kleinen Jungen anfangen sollte.

Mickey lebte damals allein im Haus. Nachdem Patrick und Carola ausgezogen waren, hatte James für ein halbes Jahr bei ihm gewohnt, bevor er nach Eldenbury zog, um den Pub zu renovieren. Ständig war er von Ziegelstaub und Mörtel bedeckt. Unterdessen war Mickey kaum in der Lage, für sich selbst zu sorgen, geschweige denn für seinen Sohn. Zum Glück machte die Zugehfrau ihnen zum Frühstück Porridge, den sie beide hungrig verschlangen. Anschließend zeigte Mickey seinem Sohn die Pferde. Er setzte ihn auf seinen heiß geliebten Braunen, wo der Kleine sich ganz in seinem Element fühlte. Es war für sie beide ein Wendepunkt. Patrick jubelte vor Begeisterung und zeigte zum ersten Mal vor seinem Vater Gefühle, was Mickey sehr stolz machte. Sein Sohn war für den Sattel wie geboren. Von diesem Moment an war er fest entschlossen, ihn in Honeycote aufzuziehen.

Er rief James an, der unter Mühen seine Gesimse restaurierte, und lockte ihn von der Arbeit weg: Er wolle seinen Entschluss mit ihm im *Honeycote Arms* feiern. Als Lucy Soames nach einem anstrengenden Vormittag als Helferin ihres Vaters auf einen Teller heißer Suppe in den Pub kam, stieß sie auf die beiden Brüder, die gerade versuchten, Patrick mit Steak und Kidney Pie zu füttern. Ohne James' Wissen hatte Mickey Lucy inzwischen besser kennen gelernt. Er hatte ihren Vater mehrfach kommen lassen, damit er nach angeblich kranken Pferden schaute.

»Er will nicht essen.« Mickey hatte vergessen, dass Carola

Vegetarierin war und Patrick vermutlich nie Fleisch gegeben hatte. Lucy kam ihm zu Hilfe.

»Natürlich nicht. Wahrscheinlich hat er noch nicht mal sämtliche Zähne. Steak, Mickey, meine Güte!«

»Woher soll ich das denn wissen?«

»Benutz doch mal deinen gesunden Menschenverstand!«

Sofort nahm sie die Sache in die Hand, ließ aus der Küche Kartoffelbrei kommen, vermengte ihn sorgsam mit Bratensoße und fütterte Patrick, ohne sich auch nur das Geringste aus seinem Geschlabber zu machen. Mickey bot ihr sofort eine Stelle als Kindermädchen bei freier Kost und Logis für sie und ihr Pferd an. Lucy nahm freudig an. Da sie nicht das Zeug hatte, in die Fußstapfen ihres Vaters zu treten, hatte sie sich schon damit abgefunden, Kindermädchen zu werden, und so kam ihr Mickeys Angebot gerade recht. So konnte sie ausprobieren, ob der Beruf ihr lag.

Patricks Leben wendete sich mit einem Schlag zum Besseren, da Lucy mit ihm lange Spaziergänge auf kastanienübersäten Wegen unternahm, ihn mit Fingerfarben große Papierbögen auf dem Küchentisch bemalen ließ, ihm Lebkuchenmännlein buk und gekochte Eier mit Soldaten aus Toaststreifen machte. Ohne dass Patrick etwas davon erfuhr, entspann sich zwischen seinen Eltern ein recht hässlicher Sorgerechtsstreit, dessen Ausgang jedoch nie wirklich in Frage stand – was hatte ein Londoner Slum schon gegen ein Herrenhaus in den Cotswolds zu bieten? Zudem war es Carolas Sache nicht eben förderlich, dass sie Mickey ein Yoga-Handbuch an den Kopf schleuderte und ihm damit eine Platzwunde über der Augenbraue beibrachte. Mickey gewann.

Als Patrick sich in Honeycote einlebte, betete er, dass alles so bleiben, dass seine Mutter ihn nicht wieder zu sich holen oder Lucy eine Stelle bei einem netteren kleinen Jungen finden möge. Als er eines Tages seinen Vater überraschte, wie er Lucy auf dem Flur küsste, wusste er, dass seine Gebete erhört worden waren, und fünf Monate später trottete er erleichtert in einem marineblauen Mantel mit Messingknöpfen hinter den beiden her zum Traualtar. Von diesem Tag an betete Patrick Lucy rückhaltlos an und fühlte sich nicht im Geringsten zurückgesetzt, als erst Sophie und später Georgina zur Welt kamen. Im Gegenteil, er empfand es als ehrenvolle Pflicht, alle drei zu beschützen, und so kam er auch zu seiner heutigen Mission.

Er fand Kay, die gerade handbemalte Teller und Schalen auf einem Bäckerregal arrangierte. Ein Weilchen schaute er zu und bewunderte, mit welchem Talent sie ein Tableau ländlichen Lebens entwarf, indem sie Gläser mit Weihnachts-Chutneys und Eingemachtem zwischen das Geschirr mischte und die Schalen mit erstaunlich echt wirkenden Plastikfrüchten füllte. Als sie einen Schritt zurücktrat, um ihr Werk zu begutachten, stellte Patrick sich neben sie.

»Ich bin überzeugt, dass sie reißenden Absatz finden.«

»Nach dem Wochenende sind garantiert keine mehr übrig. Soll ich eine der Schalen für Lucy reservieren? Ich bin sicher, dass sie sich eine zu Weihnachten wünscht.«

»Ich bin sicher, sie wünscht sich vor allem, dass Sie aufhören, ihren Mann zu vögeln.«

Kay dachte an Mickeys Rat: leugnen, leugnen, leugnen. Sie schaute Patrick unverwandt in die Augen.

»Ich weiß nicht, wovon Sie reden.«

»Unsinn!«

Er hielt ihrem Blick stand, bis sie wegschaute. Konfrontationen lagen ihr nicht.

»Haben Sie es Lucy gesagt?«

»Natürlich nicht. Was hätte das für einen Sinn?«

»Sie wollen mich also nur warnen?«

»Ich befehle es Ihnen.«

Kay seufzte. »Ich erwarte ja nicht, dass Sie das verstehen, Patrick. Es ist sehr kompliziert.«

»Nein, gar nicht. Ich meine, Sie lieben ihn schließlich nicht, oder? Sie haben nicht vor, alles aufzugeben, nur um mit ihm zusammen zu sein. Es ist bloß eine Affäre; ein netter kleiner Zeitvertreib für euch beide ...«

»Tun Sie bloß nicht so überlegen.«

»Letzten Endes geht es doch nur um Sex. Jedenfalls für Dad, das weiß ich genau. Das ist immer so.«

»Was wollen Sie damit sagen, dass ich eine von vielen bin?«

»Wollen Sie eine Liste?«

Kay atmete tief durch. Sie wusste nicht recht, wie sie mit Patrick umgehen sollte. Trotz seines jugendlichen Alters trat er erstaunlich bestimmt auf und sein drohender Unterton beunruhigte sie. Sie musste vorsichtig sein. Es stand zu viel auf dem Spiel; sie durfte nicht riskieren, dass er ihren Bluff durchschaute und es Lucy sagte. Oder Lawrence, was noch schlimmer wäre. Sie brauchte Zeit.

»Hier können wir nicht reden.«

»Ich weiß. Kommen Sie in einer halben Stunde in das *Fox and Goose.*«

»Wird das kein Gerede geben?«

Kay konnte der Versuchung nicht widerstehen, Patrick ein bisschen zu hänseln, obwohl sie wusste, dass es gefährlich werden könnte. Doch er grinste nur.

»Überhaupt nicht. Ich möchte mit Ihnen besprechen, dass Sie unsere sämtlichen Pubs mit Hängepflanzen und Blumengestecken beliefern. Bringen Sie ein paar Angebote mit.«

Darauf ging er. Kay schaute ihm verwundert nach und wusste nicht, was sie davon halten sollte. Als sie ihre Wagenschlüssel holte, wunderte sie sich vor allem, dass sie diese Begegnung keineswegs fürchtete, sondern sich darauf freute.

Das *Fox and Goose* besaß »Konferenzräume«, wie man recht großspurig behauptete; in Wirklichkeit handelte es sich um einen Raum im Obergeschoss mit schiefem Dielenboden, der gut zwanzig Personen Platz bot. Meist mieteten die Leute sie zu runden Geburtstagen oder anderen Festen, bei denen sie die vielen Gäste zu Hause nicht bewirten konnten. Patrick hatte vorher angerufen und sich vergewissert, dass der Raum frei war, und hatte für sein Arbeitsessen mit Mrs Oakley Lachsschnittchen und Champagner bestellt. Als er in den Pub kam, betonte er ausdrücklich, dass sie nicht gestört werden wollten. Er nahm das Tablett mit den Schnittchen persönlich mit hinauf, stellte es auf den Tisch, der zu seiner Zufriedenheit hübsch gedeckt und mit einer riesigen Vase frischer Blumen geschmückt war, und ging wieder den Flur hinunter. Das *Fox and Goose* bot auch Gästezimmer an, und während die Kellnerin einen Weinkühler geholt hatte, hatte Patrick im Reservierungsbuch nachgeschaut und gesehen, dass drei der vier Zimmer frei waren. Diese Zimmer schaute er sich an, um zu sehen, welches für seine Zwecke am besten geeignet sei, und entschied sich für Zimmer eins. Es war das größte und hatte ein hohes Messingbett und ein eigenes Bad. Falls nicht ein unerwarteter Gast eintreffen sollte, war unwahrscheinlich, dass jemand es innerhalb der nächsten Stunde betreten würde, da das Zimmermädchen bereits gerichtet hatte.

Patrick hätte das Zimmer durchaus auch bezahlen können. Vermutlich hätte er es ohnehin umsonst bekommen, das war einer der Vorzüge seiner Stellung. Doch es machte die Sache wesentlich spannender, ihre Begegnung geheim zu halten. Das hob seine Stimmung und verlieh ihm ein Gefühl der Macht.

Als Kay, sittsam mit Aktentasche, eintraf, erkundigte er sich der Form halber nach den angeforderten Preisen und genoss ihre offenkundige Unsicherheit, was wohl als Nächstes kommen mochte. Er nagelte sie auf die Lieferung von Hänge- und Balkonpflanzen für die Pubs fest, um die sie sich persönlich kümmern sollte, und schenkte den Rest der Champagnerflasche ein.

»Trinken Sie aus.«

Sie schaute ihn über den Rand ihres Glases an und trank gehorsam. Sobald sie fertig war, nahm er ihre Hand und führte sie über den gewundenen Korridor, der nach Bohnerwachs und Eintopf roch, zu einer Zimmertür, die er galant öffnete. Als sie an ihm vorbei ins Zimmer ging, grinste sie ihn wissend an, aber er blieb ungerührt.

Er schob sie zum Bett, aber sie verschränkte die Arme.

»Sie sind ziemlich von sich eingenommen.«

Er legte ihr den Finger auf die Lippen.

»Das ist der Deal: Sie treffen sich nicht mehr mit Dad, dafür können Sie mich haben.«

Kay blieb der Mund offen stehen. Sie wusste nicht, ob sie lachen oder ihm eine Ohrfeige verpassen sollte.

»Seien Sie nicht albern!«

»Bin ich nicht. Ich nehme an, dass Sie keine echte emotionale Bindung zu ihm haben. Wir haben ja schon geklärt, dass es im Grunde nur um Sex geht. In diesem Fall kann ich Ihnen versichern, dass Sie mit mir besser dran sind.«

Kay drehte sich auf dem Absatz um und wollte hinausgehen, aber Patrick war schneller und versperrte ihr den Weg. Sie machte ihn mit Blicken nieder.

»Ich könnte schreien.«

»Ja. Und dann könnte ich erklären, dass ich versucht habe, Ihre Affäre mit meinem Vater zu beenden. Dann würden alle es erfahren. Eine Schande. Die andere Möglichkeit ist ...«

Patrick legte ihr selbstbewusst die Hände um die Taille und zog sie an sich.

»... wir machen weiter mit Plan A.«

Etwa eine Stunde später fuhr Patrick in der zufriedenen Gewissheit davon, seine Mission erfüllt zu haben. Im Stillen war er fest davon überzeugt, dass sein Vater an seine eigene Leistung nicht heranreichen konnte. Dafür hatte er Mayday Perkins zu danken, der Kellnerin aus dem *Horse and Groom* in Eldenbury, die ihren Namen ihrem Stöhnen beim Liebesakt zu verdanken hatte, dem sie sich der örtlichen Legende nach recht häufig hingab. Mayday war wild und stand in dem Ruf, eines Nachts nur mit Netzstrümpfen und Helm bekleidet auf dem Soziussitz eines Motorrads durch Eldenbury gefahren zu sein. Als Patrick sechzehn war, hatte Mayday ihm beigebracht, was Mädchen mochten, wie weit man gehen durfte und wie man sie überraschen konnte. Das war ihm, nach Kays Reaktion zu urteilen, heute gelungen. Er war sicher, dass sie angebissen hatte. Jetzt brauchte er nur noch dafür zu sorgen, dass sie ihren Teil der Abmachung einhielt.

Kay lag nackt und erschöpft im *Fox and Goose* im Bett. Sie hatte keine Lust, sich anzuziehen und zu gehen, obwohl sie das wohl tun sollte. Aber sie bebte immer noch vor Verlangen. Obwohl Patrick sie ein, zwei oder sogar drei Mal befriedigt hatte – genau wusste sie es nicht –, stand sie immer noch in Flammen. Zwei Dinge waren ihr völlig klar: Erstens, sie musste diesen arroganten kleinen Mistkerl noch einmal haben. Und zweitens, sie würde ihren Teil der Abmachung nicht einhalten. Auf keinen Fall würde sie sich von Patrick Liddiard seine Bedingungen diktieren lassen.

Als sie, immer noch auf den Wogen reinster Lust, aus dem Bett kroch, konnte sie nicht fassen, wie erregt sie noch war. Der Junge war eine Klasse für sich, so viel stand fest. Sie fragte sich, wie sie die ersten dreißig Jahre ihres Lebens hatte glauben können, Sex sei ihr nicht wichtig.

Kapitel 5

Am Nachmittag vor dem Ball hatten Lucy und die Mädchen einen Termin bei der Friseuse in Eldenbury. Sophie und Georgina mussten sich die Haare schneiden lassen und Lucy wollte ihres aufstecken lassen. Mandy wollte gern ihre trockenen Haarspitzen mit heißem Öl behandeln lassen und fuhr mit, obwohl Lucy bezweifelte, dass das *Clip Joint* solche Haarpflegemethoden beherrschte.

Der Friseursalon lag am schlechteren Ende der Hauptstraße neben einem Eisenwarengeschäft, vor dessen Tür ein unsagbares Sortiment von Gerätschaften hing, die aufzuhängen und wieder abzunehmen täglich mindestens zwei Stunden in Anspruch nehmen dürfte: Blecheimer, Wäscheleinen, Wäscheklammern, Vogelhäuschen, Papierkörbe. Mandy konnte sich nicht vorstellen, dass jemand auch nur für einen dieser Artikel Platz in seinem Haus erübrigen könnte, aber Lucy schoss gleich in den Laden.

»Rattengift. Im Vorratsraum sind verräterische Spuren.«

Mandy folgte Sophie und Georgina in den Laden und fühlte sich um fünfzig Jahre zurückversetzt. Das Ladeninnere war dämmrig und feucht, der Dielenboden rissig und auf den Regalen türmten sich rätselhafte Gegenstände. Zwei Männer in braunen Overalls hockten im Schatten und schnippten ohne Rücksicht auf Gesundheit oder Brandgefahr achtlos die Asche ihrer Zigaretten auf den Boden. Sobald einer von ihnen Lucy bemerkte, stand er schon neben ihr, und kaum hatte sie ihr Anliegen ausgesprochen, da holte er eine Trittleiter, kletterte hinauf und zog triumphierend eine Packung mit der grellbunten Abbildung einer zähnefletschenden Ratte hervor. Der Preis war von Hand auf ein grünes Klebeetikett geschrieben. Mandy hätte sich nicht gewundert, wenn er noch auf Shilling gelautet hätte.

»Aber passen Sie auf, dass Sie die anderen Tiere fern halten.« Der Mann wickelte das Päckchen sorgfältig in braunes Packpapier. »Einer unserer Kunden hatte einen Yorkie, der letzten Monat davon gefressen hat und gestorben ist.« Er klebte die Enden fein säuberlich mit Klebefilm zu und reichte Lucy grinsend das Päckchen. »Das macht vier Pfund neunundachtzig.«

»Können Sie es anschreiben?«

Der Mann holte ein großes Buch hervor und kratzte sich am Kopf. Dann schlug er hastig das Buch zu und schaute Lucy leicht besorgt an.

»Macht es Ihnen etwas aus, bar zu zahlen? Das Monatsende ist gerade erst vorbei und wir haben die neuen Kontenblätter noch nicht angelegt.«

»Sicher. Kein Problem.« Lucy holte eine Zehnpfundnote heraus und bezahlte.

Mandy war durch diese Erfahrung merkwürdig bescheiden geworden und folgte den anderen hinaus. Sie hatte keine Ahnung gehabt, dass es solche Läden überhaupt gab. Wie viel effektiver waren sie doch als die riesigen Supermärkte, an die sie gewöhnt war und die trotz Strichkodierung und computergesteuerter Lagerhaltung nie das hatten, was man brauchte. Und wie schön, dass man hier anschreiben lassen konnte.

War schon das Eisenwarengeschäft eine Offenbarung, so war der Friseursalon geradezu ein Schock. Die Hälfte des Fensters war von einer schief hängenden, schmuddeligen Netzgardine eingenommen, darunter verrieten drei verknickte Schwarzweißfotos von verdächtig hoch toupierten Frisuren die Art des hier betriebenen Gewerbes. Das Innere war in Pink und Grau gehalten. Der melierte, abgenutzte Linoleumboden kaschierte gnädig die im Laufe des Vormittags der Schere zum Opfer gefallenen Haare. Die Theke mit ihrer Resopalplatte und der Front in Kiefernnachbildung hätte eher in einen chinesischen Schnellimbiss gepasst. An der Wand hinter der Theke hing eine sorgsam ausgeschnittene Frisuren-Collage von etwa 1978, die mit Klebefolie überzogen war. Drei graue, rissige Plastikstühle standen vor Kunststoffregalen mit Kämmen, Bürsten voller Haare, Lockenwicklern und Haarspray. Eine dümmliche Helferin mit Hängebusen, Beinen wie Baumstämmen und unordentlichem Mittelscheitel wusch gerade einer Kundin an einem roten Waschbecken die Dauerwelle aus und tupfte ihr ohne Wirkung den Nacken mit einem ehemals weißen Handtuch, das vom langen Gebrauch und nicht aus Gründen der Farbabstimmung grau war.

Mandy überlegte, dass sie lieber ihren Kopf in Öl braten lassen würde, als hier irgendetwas an ihrem Haar machen zu lassen. Doch bevor sie sich eine Ausrede ausdenken und den Rückzug antreten konnte, kam Wendy, die Besitzerin, geschäftig aus dem Hinterzimmer, das durch einen Vorhang aus bunten Plastikstreifen abgetrennt war.

»'tschuldigung, habe nur schnell eine geraucht. Ganz schön stressig, dieser Job. Ständig muss man sich die Probleme anderer anhören.« Wendys Grinsen gab den Blick auf ihre nikotingelben Zähne frei, die zufällig die gleiche Farbe hatten wie ihr Haar. Sie trug ein Jeanshemd mit Perlenapplikation, das sie in der Taille geknotet hatte, und dazu eine ausgebeulte schwarze Skihose. Ihre Füße steckten in uralten Schlappen; der Nagellack auf ihren Zehennägeln passte nur insofern zu dem ihrer Fingernägel, als er furchtbar abgeblättert war. »Ich hoffe, Sie haben keine Probleme?«

»Wir möchten nur, dass Sie ein paar Wunder vollbringen, das ist alles. Wir gehen heute Abend zu einem Fest.« Lucy schob Mandy vor, die keine Einwände erheben mochte. »Mandy wollte eine heiße Ölbehandlung ...«

»Kein Thema.« Zwischen zwei Kundinnen schaute Wendy im Hinterzimmer ständig australische Seifenopern. Sie holte eine 5-Pfund-Note aus der Kasse und winkte damit ihrer Helferin. »Spring doch schnell in die Drogerie rüber, Trish.«

Beeindruckt von diesem Service, tröstete Mandy sich damit, dass eine Haarkur und anschließendes Föhnen ihrem Haar nicht ernstlich schaden würde und sie es schlimmstenfalls vor heute Abend noch einmal waschen könnte.

Eine halbe Stunde später musste sie Wendy innerlich Abbitte leisten, die tatsächlich Wunder vollbracht hatte. Lucys Haar war mit viel Geschick und Überredungskunst zu einem eleganten Knoten aufgesteckt, ohne dass auch nur eine Haarnadel zu sehen war. Sophies unbändige Locken waren mit Lockenstab, Wachs und Nadeln zu einer wallenden Löckchenflut hochgesteckt. Georginas mädchenhafter Bubikopf wurde mit so präzisem Schick nachgeschnitten, dass sie zwei Jahre älter aussah und vor Freude jubelte. Und als die stoische Trish erst einmal Mandys Haarkur ausgewaschen hatte, trocknete Wendy ihr das Haar Strähne für Strähne, bis es schnurgerade und glänzend wie eine Mahagonitischplatte fiel.

Der eigentliche Schock kam, als es ans Bezahlen ging: Es kostete für jede von ihnen keine fünf Pfund. Mandy musste an den Frisiersalon in Solihull voller weißem Marmor, Topfpflanzen und teurer Beleuchtung denken, in den ihre Mutter sie immer schleppte. Der modebewusste Besitzer mit Ziegenbärtchen und gepiercter Augenbraue nahm unter fünfzig Pfund keine Schere in die Hand.

Das Leben, das sie bisher geführt hatte, war eindeutig ein einziger Nepp. Und ohne ihren Besuch bei den Liddiards hätte sie vielleicht ihr Leben lang gedacht, dass man für alles, was man wollte, seinen Preis zu zahlen hatte.

Auf dem Heimweg öffnete Lucy das Seitenfenster, um den Spiegel zu richten – da eine Schraube locker war, verstellte er sich ständig –, und alle kreischten los. Sie hatten wie die Statuen dagesessen.

»Mach das Fenster zu, Mum!«, schrie Georgina.

»Entschuldigung!« Lucy schaute sich grinsend um. »Alles in Ordnung: Kein Haar zerzaust. Ich muss nur noch eben tanken.«

Selbst die Tankstelle war antiquiert. Sie hatte zwar schon Selbstbedienung, aber die Zapfsäulen waren so alt, dass man die Zahlenanzeige klappern hörte.

»Bring Schokolade mit!«, rief Georgina Lucy nach, als sie bezahlen ging, aber sie hörte es nicht.

»Ich gehe schon«, bot Mandy an und stieg aus.

In der Tankstelle wartete Lucy an der Kasse, während die Kassiererin den Ordner mit den laufenden Rechnungen durchblätterte. Sie nahm das Blatt der Liddiards heraus und wirkte ein bisschen verlegen.

»Es tut mir sehr Leid, Mrs Liddiard. Aber Sie müssen leider bar zahlen ...«

Zur Rechtfertigung dieser verräterischen Erklärung hielt sie ihr die Rechnung hin. Darauf klebte eine gelbe Haftnotiz mit roter Aufschrift: »Bis auf Weiteres Barzahlung.« Lucy betrachtete benommen den Zettel und strahlte die verlegene Kassiererin dann beruhigend an.

»Ach Gott! Tut mir Leid, Linda. Mickey hat sicher vergessen, den Scheck einzuwerfen. Also wirklich ...«

Linda lächelte, wenig überzeugt, aber bemüht. Lucy würde ihr sicher keine Schwierigkeiten machen, aber das machte es irgendwie nur noch schlimmer. Linda hatte nur ungern mit Geld zu tun. Sie war froh, dass Lucy ohne Aufhebens in ihrer Handtasche nach Bargeld kramte.

»Tut mir Leid, Linda. Ich habe nur drei Pfund bei mir, aber für fünfzehn Pfund getankt.« Lucy schaute bestürzt auf. »Soll ich Ihnen meinen Ehering dalassen? Das machen Leute an Tankstellen doch so, oder?«

Es war offensichtlich als Scherz gemeint. Aber insgeheim dachte Linda daran, ihr abzuraten, weil ihr Chef den Ring sicher ohne zu zögern verkaufen würde, um Lucys Schulden zu decken. Mickey galt mittlerweile als säumigster Zahler der Grafschaft. Sie lächelte angestrengt, obwohl sie innerlich in Panik geriet und nicht wusste, was sie machen sollte. Wenn sie den Chef riefe, würde er Mrs Liddiard unverblümt erklären, dass sie schon die vierte Mahnung an die Brauerei geschickt hatten. Linda wusste, dass Lucy nicht die leiseste Ahnung davon hatte und sicher entsetzt wäre, wenn sie die Wahrheit erführe. Und davor wollte sie sie beschützen, wie alle es ständig taten.

Plötzlich sagte eine Stimme von hinten: »Hier. Nehmen Sie. Mein Vater hat mir jede Menge Geld für die Ferien geschickt. Sie können es mir ja in Honeycote wiedergeben.«

Als Lucy sich umdrehte, sah sie, dass Mandy ihr einen 20-Pfund-Schein reichte. Dankbar, dass sie Linda weitere Peinlichkeiten ersparen konnte, nahm sie das Geld an. Sie hatte keinerlei Bedenken, sich Geld zu leihen, zumal es ja kaum für eine halbe Stunde war.

»Mandy, du bist ein Engel!«

Sie reichte Linda das Geld, die hastig das Wechselgeld herauskramte und erleichtert war, an einem Streit vorbeigekommen zu sein. Lucy strahlte Mandy an, die Schokoriegel aussuchte.

»Erinnere mich daran, dass ich dir was schuldig bin. Ich habe ein Gedächtnis wie ein Sieb.«

»Bestimmt.«

Mandy bezahlte die Süßigkeiten, die sie ausgesucht hatte, mit einer 5-Pfund-Note. Während sie auf das Wechselgeld wartete, fiel ihr Blick auf die Rechnung der Liddiards. Im Gegensatz zu Lucy schaute sie sich die Beträge und die Daten genau an. Seit drei Monaten hatten sie keinen Penny bezahlt und schuldeten der Tankstelle an die tausend Pfund. Mandy runzelte die Stirn. Zwei Mal an einem Tag. Lucy schien nichts zu merken, aber Mandy war sofort klar, dass hier etwas nicht stimmen konnte.

Sophie saß im Auto und betete zu Gott, er möge ihr die Willenskraft geben, keine Schokolade zu essen. Den ganzen Tag hatte sie durchgehalten – nur eine Banane zum Frühstück und zu Mittag eine Scheibe Toast mit Hefeaufstrich –, und als sie heute Morgen flach auf dem Rücken im Bett gelegen hatte, waren ihre Hüftknochen schon deutlicher hervorgetreten. Sie war fest entschlossen, vor dem Ball heute Abend nichts zu essen, sondern höchstens ein Glas Milch zu trinken, um ihren Magen zu beruhigen, sonst würde sie niemals in ihr Kleid passen.

Das Kleid. Allein schon bei dem Gedanken daran hatte sie Schmetterlinge im Bauch. Sie wusste immer noch nicht, ob sie überhaupt den Mut aufbringen würde, es anzuziehen. Aber sie hatte wohl kaum eine Wahl, denn ansonsten hatte sie nichts auch nur im Entferntesten Passendes, und Mandy würde sicher nicht zulassen, dass sie kniff. Sie wusste, dass sie umwerfend darin aussah: Das hatte ihr fremdes Spiegelbild ihr gezeigt, als sie es anprobiert hatte. Mandy, die nie leichtfertig Komplimente machte, war von ihrer Verwandlung hingerissen gewesen; und Georgina war der Mund vor Bewunderung offen stehen geblieben, als Sophie schüchtern und verlegen in der Umkleidekabine gestanden hatte. Aber nachdem sie sich jahrelang in weiten Shirts und sackartigen Pullovern versteckt hatte, bedurfte es einer gehörigen Portion Selbstbewusstsein, diesen Imagewandel durchzuziehen. Was würden die anderen denken? Und was würde vor allem Ned Walsh denken?

Denn dass er ebenfalls kam, stand fest. Ganz beiläufig hatte sie Patrick danach gefragt. Er saß sogar an ihrem Tisch. Allerdings hatte sie es nicht gewagt, Patrick zu bitten, sie neben Ned zu setzen. Er hätte sich bestimmt nicht über sie lustig gemacht, Patrick hielt große Stücke auf Sophie und nahm sie, anders als große Brüder es sonst tun, sehr ernst. Doch sobald sie auch nur das leiseste Interesse an Ned bekundete, würde sie ihre Gefühle vor sich selbst nicht mehr verleugnen können.

Es war schon komisch, wie die Dinge sich entwickelt hatten. Sie und Ned waren zusammen aufgewachsen, da der Bauernhof seines Vaters an das Grundstück von Honeycote House grenzte. Er war ein Einzelkind, und da seine Eltern beide mit der Landwirtschaft stark eingespannt waren, hatten die Liddiards ihn inoffiziell als Sophies Bruder adoptiert und ihn so vor einer einsamen Kindheit bewahrt. Keiner der beiden hatte je quengeln müssen, ob Ned zum Abendessen bleiben durfte, denn wenn er da war, deckte Lucy fraglos den Tisch für ihn mit. Und wenn seine Eltern ihn nach einem langen Tag anstrengender Spiele immer noch nicht abgeholt hatten, steckte sie ihn mit den Liddiard-Kindern in die große Badewanne mit den Klauenfüßen und anschließend in Patricks Etagenbett. Er und Sophie waren schon als pausbäckige Kleinkinder auf rundlichen Ponys geritten, hatten in Anorak und Fäustlingen durch Berge trockenen Laubs getollt, bei den Cocktailpartys ihrer Eltern Erdnüsse stibitzt und miteinander in der Mette gekichert, angewärmt von dem Schluck Punsch, den man ihnen genehmigt hatte.

Sophie wusste genau, wann sich ihre Gefühle für Ned verändert hatten. Es war bei der letzten Geländejagd der Saison, bei der es überraschend kalt war. Sie trug ihren langen Regenmantel und stand mit einigen Freundinnen vor dem Bierzelt, als Ned, viel zu dünn angezogen in einem karierten Hemd und gelber Kordhose, mit einem Satz zu ihr sprang und sich scherzhaft in ihren Mantel schlängelte, um sich vor dem schneidenden Wind zu schützen. Es war eine harmlose Geste, die nicht einmal seine damalige Freundin bedrohlich fand, da alle wussten, dass Ned und Sophie zwar nicht gerade Bruder und Schwester, aber doch so etwas wie Cousin und Cousine waren.

Als Ned die Arme um ihre Taille schlang und sie einen Moment lang seine breite Brust an ihrer spürte, durchlief es Sophie heiß von Kopf bis Fuß. Flüchtig begegneten sich ihre Blicke, dann ließ Ned sie plötzlich los und schlenderte zurück zu seiner Freundin. Sophie blieb kalt, leer und einsam zurück.

Seit jenem Sommertag hatten sie sich kaum mehr gesehen – ob zufällig oder weil Ned es so wollte, vermochte Sophie nicht zu sagen. Kurz vor Ende der Sommerferien war er mit seinen Eltern an einem Sonntag zum Mittagessen herübergekommen, doch während Ned und sie sich sonst davongestohlen hatten, um vielleicht zusammen auszureiten, spazieren zu gehen oder sich die *Eastenders* anzusehen, blieb Ned an jenem Tag offenbar lieber mit seinem Vater, Mickey und Patrick am Tisch, trank Rotwein, redete und lachte laut. Gequält schlich Sophie durchs Haus, ohne zu wissen, warum sie sich so elend fühlte oder was sie eigentlich wollte, und wunderte sich über das Bild, das ihr immer wieder in den Sinn kam: Sie saß auf Neds Schoß auf dem durchgesessenen Sofa in der gemütlichen Stube und spürte seine heißen, leidenschaftlichen Küsse an ihrem Hals. Schließlich schlief sie auf ebendiesem Sofa ein, erwachte aber rot vor Verlegenheit und Scham über die Wendung, die diese Fantasien in ihrem Traum genommen hatten. Seitdem versuchte sie sich einzureden, es liege nur an ihrem Alter und ihre Fantasien rankten sich nur deshalb um Ned, weil er der einzige Mann war, den sie besser kannte; im Laufe des Schuljahres war es ihr denn auch gelungen, diese Erinnerungen zu verdrängen und Ned wieder als burschikosen Bruder zu sehen.

Doch je näher der Ball heute Abend rückte, umso weniger konnte Sophie sich vormachen, dass Neds Reaktion ihr nicht wichtig sei. Selbst wenn alle anderen Gäste bei ihrem Erscheinen aufspringen und spontan in bewundernden Applaus ausbrechen sollten, aber Ned ungerührt bliebe, wäre alles umsonst gewesen. In ihrem Kopf liefen quälende Bilder ab wie bei einer automatischen Kamera: Neds sonst so fröhliches, grinsendes Gesicht starr vor Schreck, Ekel, Spott und Fassungslosigkeit.

Bei dem Gedanken wurde ihr ganz schlecht, so dass jedes Verlangen nach Schokolade erstickt wurde. Was zumindest das nächstliegende Problem löste. Als Mandy mit zwei Flakes, einem KitKat und einem Müsliriegel aus der Tankstelle kam, hätte Sophie nicht einen Bissen hinuntergebracht.

Ned Walsh war Patricks Rettungsanker, denn er war anscheinend der einzige Mann seines Alters im Umkreis von dreißig Meilen, der noch zu Hause wohnte. Er hatte noch weniger schulische Leistungen aufzuweisen als Patrick, lebte aber in der sicheren Gewissheit, eines Tages einen beträchtlichen Teil der Grafschaft zu erben. Manchmal fragte Ned sich, ob das nicht eher ein Fluch als ein Segen sein mochte, da es ihm kaum eine Wahl im Hinblick auf seine Zukunft ließ. Da Ned die Qualifikationen fehlten, um auch nur an einer mittelmäßigen Hochschule Landwirtschaft zu studieren – für seinen Vater wäre ohnehin nur Cirencester in Frage gekommen –, lernte er nun praktisch, sein Erbe zu erhalten.

Die körperlich anstrengende Arbeit in einem gemischten landwirtschaftlichen Betrieb mit 400 Hektar Land war Neds Rettung, denn ohne sie hätte er mit seinen eins fünfundsechzig eine mehr als nur flüchtige Ähnlichkeit mit Humpty Dumpty gehabt. Doch so besaß er herrlich breite Schultern und trotz der riesigen Portionen, die er aß, einen Waschbrettbauch. Sein Gesicht war unter dem rotblonden Haar ständig leicht gerötet, seine verschmitzten Augen hatten unglaublich lange Wimpern und drei Grübchen prangten zu beiden Seiten seines unablässig lächelnden Mundes und mitten auf seinem ausgeprägten Kinn. Der stets unbekümmerte, gutmütige Ned hatte sich eine einfache Formel für sein Leben zurechtgelegt: schwer arbeiten und anschließend ausgehen und sich ordentlich amüsieren. Das hieß, so viel Bier wie möglich zu trinken, vielleicht bei einem Mädchen zu landen und sich am Ende des Abends mit Sicherheit zu übergeben. Dieses Schema wollte er so lange beibehalten, bis er sich auf ein Mädchen festlegte, das sein Erbe mit ihm teilen und ihm das Frühstück machen sollte.

Ned freute sich besonders auf den Ball heute Abend. Er und Patrick waren von den wohltätigen Damen der Pfarrei in das Festkomitee gedrängt worden, um die Veranstaltung zu beleben. Sie waren schon früh ins Gainsborough Hotel gekommen, um beim Schmücken des Saales zu helfen und die Sitzordnung festzulegen.

Er und Patrick hatten gerade an jeden Platz Luftballons gelegt, die aufgeblasen und anschließend losgelassen durch den Saal wirbeln sollten, bis die Luft heraus war; das Festkomitee gedachte damit, die für ihr Temperament berüchtigten Gäste von Schlägereien abzuhalten. Ob die Ballons jedoch eine angemessene Alternative darstellten, blieb abzuwarten. Ned bezweifelte es: Es gab nichts Befriedigenderes, als jemandem eine ordentliche Portion Herzoginnenkartoffeln ans Revers zu donnern.

Das *Gainsborough* hatte dieses wilde Treiben seit Jahren über sich ergehen lassen. Sein riesiger Festsaal zeugte von vergangener Pracht und langem Gebrauch und konnte daher selbst das extrovertierteste Benehmen überstehen. Das Essen war mittelmäßig, aber preiswert und die Tanzfläche war groß und über ihr hing eine gewaltige Discokugel. Da es bei diesem Ball nicht um kulinarische Genüsse ging, sondern darum, zu tanzen bis zum Umfallen (wie der ewig grinsende DJ sagte), war es der ideale Veranstaltungsort.

Patrick stand vor dem Tisch, den die Liddiards reserviert hatten. Er bot Platz für zwölf Personen und Patrick schob stirnrunzelnd die handgeschriebenen Platzkarten hin und her. Es war der reinste Alptraum, die Sitzordnung festzulegen. So verlockend der Gedanke auch war, wagte er nicht, sich neben

Kay zu setzen: Er war sich nicht sicher, wie sie reagieren würde. Obwohl er fest davon überzeugt war, dass er sie an der Angel hatte – dafür dürfte das Kokain gesorgt haben –, hielt er es für besser, sie auf Distanz zu halten, bis er sich den nächsten Schritt überlegt hatte. Sie war schließlich leicht zu durchschauen, und da sowohl sein Vater als auch Lawrence am Tisch saßen, musste er auf Nummer sicher gehen.

Ned kam herüber, während Patrick versuchsweise die Platzkarten verteilte.

»Kann nicht einfach jeder sitzen, wo er möchte?«

Patrick schüttelte den Kopf. »Zu gefährlich.«

»Wieso?«

Patrick antwortete nicht, sondern stellte Neds Karte entschieden an einen Platz. Ned reckte den Hals, um zu sehen, wer seine Tischnachbarn waren.

»Kay Oakley? Sie jagt mir Angst ein. Sie könnte mich glatt für die Vorspeise halten.«

»Du brauchst ihr nur ständig zu sagen, wie toll sie aussieht, dann frisst sie dir aus der Hand. Hast du was dagegen, wenn Georgina auf der anderen Seite neben dir sitzt? Sie braucht jemanden, der geistig ihrem Alter entspricht ...«

Ned tippte seinem Freund gutmütig zustimmend auf den Arm und schaute zu, wie er die restlichen Karten verteilte. James neben Kay, dann Lucy. Daneben Lawrence. Dann ...

»Wer ist Mandy?«

»Eine Schulfreundin von Sophie.«

»Sie muss ja 'ne Wucht sein.«

»Ist mir nicht aufgefallen.«

»Quatsch, Patrick! Wieso sitzt sie sonst neben dir?«

Patrick grinste nur. Mandys Platzierung war äußerst strategisch. Sie würde ihn vor Avancen von Kay und etwaigem Misstrauen von Lawrence schützen. Und da sie zudem im Haus der Liddiards zu Gast war, bot es sich an, dass Patrick neben ihr saß. Sie war eine perfekte Tarnung für ihn. Insgeheim musste Patrick zugeben, dass sie tatsächlich gut aussah, aber darüber hatte er bislang eigentlich noch nicht nachgedacht. Er hatte ohnehin schon alle Hände voll zu tun ...

»Scheiße! Kelly!« Er wandte sich entsetzt an Ned. »Ich habe ihr versprochen, dass sie kommen darf. Scheiße!«

»Wo ist das Problem? Ist doch genug Platz da. Sie kann zwischen mir und Kay sitzen ...« Ned schob schon die Namenskärtchen zurecht, eifrig bemüht, sich einen Schutzwall zu verschaffen.

»Ich glaube nicht ...«

Ned war verblüfft über die Panik seines sonst so coolen Freundes, der in aller Eile nachdachte. Kelly konnte zwischen seinem Vater und Lawrence sitzen. So konnten sie ihr beide in den Ausschnitt starren, denn sie trug sicher etwas spektakulär Offenherziges von *New Look,* das beide den ganzen Abend begeistern würde. James' Freundin Caroline bekam einen Platz auf der anderen Seite neben Lawrence; sie würde ihn schon beschäftigen. Dann musste Sophie neben Georgina sitzen, weil mehr Frauen als Männer am Tisch waren. Aber da es der Tisch der Liddiards war, mussten sie wohl aus Anstand das Opfer bringen.

Patrick trat einen Schritt zurück und prüfte das Konfliktpotenzial der Sitzordnung. So gering wie möglich. Seine größte Sorge war nun, ob Kelly erwähnen würde, dass sie Kay neulich abends an der Brauerei gesehen hatte. Er hoffte nicht; sie besaß kein sonderlich gutes Gedächtnis. Wenn ein dummer Zufall es wollte, rückte sie aber doch damit heraus. Er spielte mit dem Gedanken, sie zu bitten, es nicht zu erwähnen, schauderte aber bei den Fragen, die das unweigerlich auslösen würde, und beschloss, sie lieber nicht daran zu erinnern. Er musste es einfach riskieren.

Kay saß in einem weißen Velours-Morgenmantel im grellen Licht des großen Spiegels an ihrem Frisiertisch. Gut. Wenn sie in diesem Licht sämtliche Unvollkommenheiten kaschieren konnte, würde sie in gedämpfterem Licht makellos aussehen. Und heute Abend musste sie sich von ihrer besten Seite zeigen. Patrick sollte sie begehren und spüren, dass er nicht das Sagen hatte.

Sie drehte den Kopf zur Seite und prüfte ihre Kinnlinie: noch nicht schlaff. Die Kosmetikverkäuferinnen verstanden heutzutage ihr Geschäft. Nachdem die Feuchtigkeitscreme eingezogen war, trug sie sorgfältig eine Grundierung auf, die sämtliche Müdigkeitsfältchen ausglich und ihre Haut fast wie einen Pfirsich schimmern ließ. Dann zog sie einen schwarzen Lidstrich, der ihren Augen einen dramatischen Ausdruck verlieh, was ihr gefiel. Mit Rouge betonte sie ihre Wangenknochen und fixierte das Make-up mit einem feinen Puder, bevor sie schließlich ihre Lippen mit einem erdbeerroten Lippenstift nachzog. Kay betrachtete ihr Werk und übte einen schmachtenden Blick quer durch einen vollen Saal, gefolgt von einer eiskalten Kopfbewegung und einem spielerischen Na-kommschon-Lächeln.

»Das gilt nicht mir, nehme ich an.«

Sie fuhr auf und sah Lawrence im Spiegel, der ihr seine Manschetten hinhielt, damit sie seine Manschettenknöpfe schloss.

»Gesichtsübungen. Meine Kosmetikerin sagt, es ist wichtig …«

»Unsinn! Du bist eine eitle kleine Hexe. Das warst du schon immer. Du siehst toll aus.«

Zum Dank lächelte Kay schwach. Sie wusste, was als Nächstes kommen würde. Lawrence schob ihren Morgenmantel über die Schultern zurück und ließ seine Finger über ihren Seiden-BH gleiten.

»Fast einen Quickie vorab wert.«

Er drückte ihre Brustwarzen fest zwischen zwei Fingern und griff nach ihrem Gürtel. Widerwillig streifte sie den Morgenmantel ab, da ihr keine andere Wahl blieb. Eine Weigerung würde Lawrence nur misstrauisch machen. Er legte ihr die Hände um die Taille, zog sie hoch, um den Hocker herum und drückte ihren Oberkörper nach vorn. Fragend schaute sie zu seinem Spiegelbild auf und sah ihn grinsend hinter ihr stehen; seine Erregung zeichnete sich deutlich unter seinen Hemdschößen ab.

»Du schaust dich doch so gern an.«

Kay biss die Zähne zusammen und bemühte sich nach Kräften, zu entspannen. So ging es schneller. Und sie brauchte Zeit, noch einmal zu baden.

Hinterher merkte sie, dass Lawrence' Fingerabdrücke auf ihrer Brust zu sehen waren und sie das tief ausgeschnittene Armani-Kleid, das sie sich zurechtgelegt hatte, nicht tragen konnte. Aber das war nicht so wichtig. Schließlich besaß sie unzählige Kleider zur Auswahl.

Um sechs Uhr klingelte das Telefon und riss James aus seinen Träumereien. Es war Caroline, die ihm sagen wollte, dass sie erst später kam; sie hatte mit Demelza trainiert und darüber die Zeit vergessen. Sie würde sofort zum Ball fahren und ihn dort treffen.

Carolines Zeiteinteilung war eines der Dinge, die James hätten ärgern können, wenn er es zugelassen hätte. Sie kam immer zu spät, weil sie sich in jede Tätigkeit völlig vertiefte und nie vorausdachte, bis es zu spät war. Sie war durch und durch unzuverlässig, während James strikt auf Pünktlichkeit achtete. Zwischen ihnen lagen Welten.

Während er sein perfekt gestärktes Smokinghemd anzog, wunderte er sich, dass ihre Beziehung schon so lange währte und sie nicht schon nach der ersten Nacht getrennter Wege gegangen waren. Doch auf eine seltsame Weise genoss er die Tatsache, dass Caroline einen Beruf hatte, unabhängig war und sie zwei eigenständige Menschen waren, die gern zusammen waren, wenn es ihnen passte. Caroline verlangte von ihm keine emotionale Investition. Sie war sich offenbar selbst genug. Das wusste James zu schätzen, da es ihm den Freiraum ließ, seinen Fantasien ohne Schuldgefühle nachzuhängen. Manche seiner früheren Freundinnen hatten sich wesentlich besitzergreifender aufgeführt und ihn mit ihren Aufmerksamkeiten fast erstickt.

Wenn er ehrlich zu sich war, musste er sich eingestehen, dass er eine Partnerin brauchte, die er schnell und problemlos loswerden konnte, falls je der Tag kommen sollte, an dem Lucy ihn brauchte. Sein Instinkt sagte ihm, dass dieser Tag näher rückte. Neulich hatte sie durchblicken lassen, dass sie sich Sorgen machte und beruhigt werden wollte. Mickey wurde immer leichtsinniger. James wusste, dass die Brauerei in Schwierigkeiten war – nicht weil Mickey sich ihm anvertraut hätte, sondern weil jeder mit ein bisschen Geschäftssinn sah, dass ein solcher Betrieb nur mit beträchtlichen Investitionen und sicherem Management überleben konnte. Keines von beidem konnte Mickey leisten.

Sein Gewissen meldete sich. Wenn er auch nur einen Funken Loyalität gegenüber seinem Bruder besäße, würde er ihn beiseite nehmen und ihm gegen einen größeren Anteil an der Brauerei etwas von dem Geld anbieten, das er übrig hatte. Aber James war es leid, ein Gentleman zu sein und das Richtige zu tun. Hatte er damit je bekommen, was er haben wollte? Nein, es war wesentlich besser abzuwarten, bis die Krise ihren Höhepunkt erreichte, und dann als guter Ritter dazustehen.

Schließlich war er fast vierzig, war immer noch alleinstehend und galt in halb Eldenbury als schwul, weil er keine Frau hatte und jede Woche frische Blumen kaufte. Es war höchste Zeit, dass er seine eigenen Ziele verfolgte. Schließlich hatte er Mickeys Kopf nicht in die Schlinge gesteckt. Das hatte sein Bruder ganz allein besorgt.

Es war an der Zeit, den Lohn einzustreichen. Den Lohn für

all die Geduld, die James im Laufe der Jahre aufgebracht hatte, um zu bekommen, was er wirklich wollte. Und wenn ich dafür meinen Bruder opfern muss, dachte er, was soll's? Er konnte sich nicht erinnern, dass Mickey je etwas für ihn getan hätte. Er hatte ihn allerdings auch nie darum gebeten.

Zum Teufel, er würde abwarten und zusehen, wie der ganze Betrieb zusammenbrach. Das konnte keine Ehe überstehen – nicht bei den Mengen, die Mickey trank. Und wenn im richtigen Moment auch noch seine Seitensprünge ans Licht kämen ...

Ihm war nicht ganz wohl bei diesem Entschluss. Er ging ihm gegen den Strich. Aber er tröstete sich mit dem Gedanken, dass Lucy es nicht verdient hatte, jahrelang so behandelt zu werden. Sie verdiente, verehrt, auf ein Podest erhoben und angebetet zu werden.

Darauf trank er einen Fingerbreit guten Malt-Whiskey, der seinen Gewissensbissen die Spitze nahm, dann schlang er sich einen weißen Seidenschal um den Hals und ging zu seinem Aston Martin.

Lucy blieben noch zehn Minuten Zeit, sich fertig zu machen. Sie musste noch baden, denn sie stank nach Pferdemist.

»Kann ich dein Wasser nehmen, Mickey?«

Mickey rasierte sich und schaute auf die Schicht trüben Schaums, die das Wasser bedeckte.

»Das würde ich nicht tun.«

Dann musste sie eben rasch unter die Dusche springen und sich bemühen, ihr Haar nicht nass zu machen. Sie durfte schließlich Wendys mühevolle Arbeit nicht zunichte machen. In aller Eile suchte sie in ihrem Kleiderschrank heraus, was sie anziehen wollte, und entschied sich für eine schwarze Crêpe-Hose, ihre höchsten Riemchenpumps von Russell and Bromleys, ein schwarzes Mieder mit Stäbchen und eine durchsichtige silberne Organzabluse, die in der Taille geknotet wurde. Ein

Kleid kam nicht in Frage; sie hatte keine ordentliche Strumpfhose mehr und seit drei Tagen ihre Beine nicht rasiert. Sie schlüpfte aus Pullover und Reithose, schob sie mit dem Fuß beiseite und kramte in ihrer Kommode nach anständiger Unterwäsche.

Als Lucy ihre Handtasche ausschüttete, um ihr Abendtäschchen zu packen, fiel ihr wieder ein, was nachmittags an der Tankstelle vorgefallen war.

»He, ich habe heute Nachmittag getankt. Ich musste bar zahlen. Sie haben gesagt, die Rechnung sei nicht bezahlt.«

»Dann habe ich wohl vergessen, den Scheck zu schicken.« Mickeys Antwort kam weder zu schnell noch zu langsam. Lucy hielt einen Augenblick inne. Sie könnte weiter nachhaken. Insgeheim hatte sie den Eindruck, dass Lindas Miene nicht nur nach einem verspäteten Scheck ausgesehen hatte. Sie fragte sich, ob es wohl etwas mit Mickeys Unrast in letzter Zeit zu tun haben mochte. Das war eine Dose mit wimmelnden Würmern. Aufmachen oder nicht aufmachen, das war hier die Frage ...

Mickey hielt den Atem an, als Lucy mit einem Grinsen nackt ins Badezimmer sprang. »Beeil dich, du Badeferkel! Ich will duschen.«

Ungemein erleichtert nahm Mickey den Duschkopf und richtete ihn scherzhaft auf sie.

Letzten Endes blieben ihr minus fünf Minuten Zeit, sich fertig zu machen, während Sophie, Georgina und Mandy schon ungeduldig im Wagen warteten.

Kapitel 6

Kay war beunruhigt. Sie umklammerte ein Glas mit Champagner – zumindest hatte die Kellnerin das behauptet –, der in Wirklichkeit aber nur Sekt war, und streifte durch den Saal auf der Suche nach etwas, was sie von der Tatsache ablenken konnte, dass bisher keiner der Liddiards aufgetaucht war und sie insgeheim allmählich in Panik geriet. So mussten sich Junkies auf einem kalten Entzug fühlen: Der Gedanke, einen ganzen Abend ohne Mickey oder Patrick zu verbringen, war die reinste Folter, die sie wohl kaum ertragen würde. Den ganzen Tag hatte sie sich schon auf das perverse Vergnügen gefreut, beide an einem Tisch zu sehen. Und auf den Gedanken, dass Lawrence sie alle umbringen würde, falls er es herausfände. Kay stellte sich diese grauenhafte Möglichkeit vor: Lawrence, der ihnen mit seiner Purdey die Köpfe wegblies, dass sie über ihrer Räucherlachsterrine zusammensackten. Ein Schauer der Angst überlief sie, aber irgendwie steigerte es die Erregung, die in ihren Adern pulsierte.

Sie hatte über das Ultimatum nachgedacht, das Patrick ihr gestern gestellt hatte, und es verworfen. Der Sex mit ihm war fantastisch, das musste sie zugeben. Und seine kühle, ruhige selbstbeherrschte Art hatte ihr ein bisschen Angst eingejagt und ihr den Eindruck vermittelt, dass er zu allem fähig sei. Doch hinterher, als er fort war, hatte sie sich klar gemacht, dass er schließlich nur ein Junge war, meine Güte, erst dreiundzwanzig. Und wie er selbst zugegeben hatte, konnte er sie und Mickey letztlich nicht aufhalten. Sie würde mit ihm spielen, mit ihnen beiden. Vater und Sohn. Gott, noch nie hatte sie sich so lebendig gefühlt!

Das Einzige, was diese Aussicht ein wenig trübte, war der Gedanke an Lucy. Kay mochte Lucy – alle mochten sie – und konnte nicht umhin, sich ihr gegenüber ein winziges bisschen schuldig zu fühlen. Aber Lucy musste etwas falsch machen, sagte sie sich, warum sonst sollte Mickey immer so scharf darauf sein?

Sie verbannte den Gedanken weit in ihren Hinterkopf und amüsierte sich unterdessen mit einem eigenen kleinen Modewettbewerb, den sie immer auf langweiligen Gesellschaften insgeheim veranstaltete. Sie ging durch den Saal und verteilte Noten und Strafpunkte für Schlampigkeit in Details (Strümpfe in offenen Schuhen, sichtbare BH-Träger). Sie brüstete sich damit, dass sie im Stande war, die Herkunft eines jeden Kleidungsstücks zu erkennen. Sie selbst kaufte ausschließlich in einer exklusiven Boutique in Cheltenham ein, wo man ihre Ansprüche genau kannte und sie anrief, sobald etwas hereinkam, was ihr gefallen könnte, aber sie wusste immer sehr gut Bescheid, was es anderswo gab. Es war ungeheuer nützlich für die Einschätzung von Menschen, wenn man wusste, wo sie einkauften. Allerdings gab es hier nicht allzu viel Haute Couture: Man sollte meinen, in der Zeitschriftenabteilung des hiesigen Postamtes sei *Vogue* nicht zu haben. Ihr Blick fiel auf die Vorsitzende des Festkomitees, ein Alptraum in bonbonrosa Rüschen mit einer riesigen Schleife auf dem Hintern. Jemand hätte ihr doch etwas sagen müssen – hatte sie denn keine Freundin? Kay fand, sie sah aus wie eines dieser Püppchen mit gehäkeltem Rüschenrock, die man über Klorollen streifte, und merkte sie als Kandidatin für das schlechteste Outfit des Abends vor. Neun der möglichen zehn Punkte vergab sie an ein elegantes schwarzes, schräg geschnittenes Satinkleid (vermutlich jemandes Freundin aus London) und acht Punkte an ein bronzenes paillettenbesetztes Etuikleid. Gerade wollte sie weitere acht Punkte an eine Palazzo-Hose aus Crêpe mit silberner Organzabluse vergeben, als sie merkte, dass die Trägerin Lucy war.

Sofort versetzte es ihr einen Stich in die Magengrube und ihr Herz schlug ihr bis zum Hals. Um nicht allzu auffällig hinter Lucy herzustarren und ihren Mann oder ihren Stiefsohn zu suchen, trank sie einen Schluck Sekt, der mittlerweile warm und schal war, und ließ den Blick unmerklich zum Eingang schweifen.

Der kalte Entzug war vorbei. Ihr Schuss war da. Wie ein Junkie, der in dem berauschenden Gefühl der Drogen in seinen Adern schwelgt, genoss Kay das warme Prickeln, das zwischen ihren Beinen anfing und sich durch den ganzen Körper bis in die Fingerspitzen ausbreitete. Da war Mickey mit raffiniert aussehender, schief sitzender Fliege, was bewies, dass er sie selbst gebunden hatte, was man von vielen der Gäste heute Abend nicht behaupten konnte. Und Patrick, göttlich im Smoking seines Großvaters, schmeichelte dem Klorollenpüppchen, nahm beiläufig ein Glas von dem Tablett, das die Kellnerin ihm anbot, winkte Freunden zu und suchte den Saal nicht mit Blicken nach Kay ab, wie sie bemerkte.

Hinter Patrick entdeckte sie missbilligend zwei eindeutige Kandidatinnen für jeweils zehn Punkte. Eine Brünette mit Mittelscheitel und glattem, schimmerndem Haar in einem Etuikleid aus cremefarbenem Satin, das bis auf den Boden reichte, aber an beiden Seiten einen Schlitz hatte, der geschickt bei jeder Bewegung ihre langen, braunen, festen Beine enthüllte. Der einzige Schmuck war ein riesiges silbernes Herz an einer schwarzen Seidenschnur, die bis zum Schambein des Mädchens reichte. Die raffiniert schlichte Aufmachung zeugte von einer gewissen Reife, die über das Alter der Trägerin hinwegtäuschte.

Neben ihr stand eine alles andere als raffinierte, ja sogar völlig offenkundige Erscheinung von so atemberaubender Wirkung, dass jedem Mann schon bald vor Verlangen das Wasser im Munde zusammenlaufen und jede Frau grün vor Neid werden dürfte. Ein üppiger Busen quoll aus einem Brokatmieder und der schwere, dunkelrote Samt des Bahnenrocks schmiegte sich an ihre üppigen Rundungen. Unter dem Rock lugten hohe Satinpumps hervor und am Armgelenk des Mädchens baumelte ein mit Perlen besetztes Täschchen. Durch ihre schildpattfarbenen, hochgesteckten Locken, die sich immer wieder lösten, wirkte sie wie eine soeben entführte Kurtisane. Sie war Moll Flanders, Nell Gwynne und *Femme fatale* in einer Person. Im Stillen klatschte Kay Beifall: Dieses Mädchen verstand sich wirkungsvoll zu kleiden, war stolz auf ihren Körper und genoss seine reife Pracht, statt einem ausgehungerten Insekt nachzueifern. Im Geiste verlieh sie ihr zehn Punkte und den Titel der bestgekleideten Frau des Abends, doch dann erstarrte sie. Die Galle kam ihr hoch, als sie sah, wie Patrick den Arm des Mädchens nahm und sie in den Saal führte.

Erst als neben ihr Georgina auftauchte, niedlich und durchaus ihrem Alter entsprechend in einem efeugrünen Kleid, erkannte Kay, dass diese Erscheinung Sophie war. Ihre Verwunderung war groß, aber noch größer war ihre Erleichterung darüber, dass dieses umwerfende Geschöpf für sie keine Rivalin um die beiden Männer in ihrem Leben war. Sie trank ihr Glas aus, stellte es einer vorübergehenden Kellnerin auf das Tablett und glitt durch den Saal, um ihre Liebhaber zu begrüßen.

Zwei Stunden später stand es um Patricks Laune nicht zum Besten. Gleich zu Beginn hatte ihn Sophies Anblick schockiert. Er hatte sie in ihrem Aufzug gar nicht erkannt und ein »Schwanzzucken« verspürt, wie Ned es vulgär nannte. Sie sah umwerfend aus, aber das sollte sie nicht. Meine Güte, das war Sophie – welches Recht hatte dieses kleine Flittchen aus Birmingham, sie zu einem Sexobjekt aufzudonnern? Er erkannte sofort Mandys Handschrift, Sophie wäre von allein nie auf die Idee gekommen, ein derart ausgefallenes Kleid zu tragen. Jemand hatte Stunden damit zugebracht, ihr falsche Sonnenbräune aufzutragen, ihre Zehennägel knallrot anzumalen und ihr sogar falsche Fingernägel zu verpassen. Patrick konnte die gierigen Blicke nicht ertragen, mit denen sämtliche Männer im Saal seine Schwester verschlangen. Sophie merkte davon allerdings nichts. Sie hatte nur Augen für Ned, der sich jedoch erschreckt aus dem Staub machte, als er Sophie erkannte, und lieber Mandy den Hof machte, da er wusste, dass er bei einem Mädchen wie ihr nie würde landen können und sich deshalb ungezwungen als der burschikose Spaßvogel geben konnte, der er war. Mandy gefiel es. Sie fand ihn lustig. Und die liebe arme Sophie bemühte sich nach Kräften, so zu tun, als mache es ihr nichts aus.

Außerdem ärgerte Patrick sich, dass Kay sich offenbar über ihn lustig machte. Ab und an drückte sie ihm im Vorübergehen den Ellbogen, streichelte ihm über den Nacken und zwinkerte ihm einmal beim Abendessen sogar zu, als sie fast, aber nicht völlig sicher sein konnte, dass niemand es bemerkte. Und sie war eindeutig wild auf Mickey. Gerade tanzten sie zusammen, und obwohl niemand etwas dabei finden würde – bei solchen Tanzveranstaltungen galt jeder als Freiwild –, war für Patrick doch offenkundig, dass sie weder mit ihm Schluss gemacht hatte noch vorhatte, die Affäre zu beenden.

Er musste schnell wieder die Oberhand gewinnen. In seiner Tasche steckte immer noch das Päckchen mit dem Rest des Pulvers, das Mayday ihm gegeben hatte. Er musste nur die Dosis ein bisschen erhöhen. Nonchalant forderte er mitten im Tanz Kay von seinem Vater als Partnerin ein, zog sie fest an sich und wiegte sich im Takt der Musik. Als er seinen Mund an ihr Ohr schmiegte, ließ die Wärme seiner Berührung sie schaudern.

»Du hast deinen Teil der Abmachung nicht eingehalten.«

»Woher weißt du das?«

»Ich habe dir gesagt, dass ich kein Problem damit habe, dich und Dad zu verpfeifen. Ich dachte nur, es wäre für alle Beteiligten angenehmer, wenn wir es auf meine Weise klären.«

»Vielleicht muss ich noch einmal daran erinnert werden, wie die Abmachung genau aussieht.«

»Na gut.«

Galant führte er sie am Ellbogen auf die Terrasse, dann über den Rasen und durch einen kleinen Hain zu einem steinernen Pavillon. Kay lehnte sich gegen eine der glatten Säulen und wünschte, sie würde rauchen oder hätte sonst etwas zu tun, denn plötzlich war sie unsicher, was sie als Nächstes tun sollte. Patrick war so ruhig, beherrscht und selbstsicher. Bei einem so jungen Mann war das entnervend. Sie lächelte ihn im Dunkeln an.

»Danke für das Mittagessen gestern. Ich habe es genossen.«

»So sehr, dass du offensichtlich vergessen hast, was wir abgemacht haben.«

»Nein. Aber es gibt für alles eine Zeit und einen Ort.«

»Ausreden, Ausreden.« Patrick grinste sie spöttisch an. Kay schauderte als sie sich daran zurückerinnerte, wo seine Lippen sie überall berührt hatten. Nun zog er sie von der Säule fort, streifte ihr die Träger ihres Kleides über die Schultern und öffnete den Reißverschluss in ihrem Rücken. Das Kleid sackte zu ihren Füßen in ein Häufchen kupferfarbener Seide zusammen. Sie stieg heraus, nur noch in Strümpfen mit Spitzenstrumpfbändern, aber ohne Unterwäsche, da der dünne Kleiderstoff zu sehr auftrug. Patrick kniete sich vor sie und öffnete ein Tütchen.

»Was ist das?«

»Nur ein bisschen Feenstaub.«

Er schob eine Hand zwischen ihre Schenkel. Fasziniert öffnete sie die Beine und schaute zu, wie er an seinem Mittelfinger leckte, ihn in das Pulver tauchte und es ganz behutsam auf ihren Kitzler rieb. Kay stockte der Atem. Seine Berührung war sanft wie Schmetterlingsflügel. Viel zu bald zog er seine Hand zurück und rieb sich den Rest des Pulvers auf sein Zahnfleisch. Patrick nahm nicht oft Drogen, aber er hasste Verschwendung. Er musterte Kay, die ihn mit großen Augen erwartungsvoll ansah. Das Kokain konnte noch nicht in ihr Blut gelangt sein, bislang hatte sich vermutlich nur ein leicht taubes Gefühl eingestellt, aber innerhalb einer halben Stunde müsste sie vor unerfüllter Lust geradezu lodern wie ein Höllenfeuer. Es war undenkbar, dass sie ihre Befriedigung nicht bei ihm suchen würde. Patrick wusste, dass er sexuell ziemlich unschlagbar war – das hatte Mayday ihm bestätigt –, aber um sicherzugehen, dass es ihr sämtliche Sinne rauben würde, hatte er das Kokain als kleines Sahnehäubchen auf den Kuchen getan.

»War das alles?«

»Wart's ab.«

»Wie lange?«

»Mach mit Dad Schluss. Und dann komm zu mir. Dreh dich um.«

Sie tat es und er zog ihr feierlich das Kleid wieder an. Als er seine Daumen in ihren Nacken grub und sie massierte, durchzuckte es sie wie ein elektrischer Schlag.

»Bis dahin entspann dich einfach und genieße es.«

Kay schluckte. Am liebsten hätte sie alle Vorsicht in den Wind geschlagen, sich das Kleid vom Leib gerissen und sich von ihm durchvögeln lassen. Aber nach ihrer bisherigen Erfahrung mit Patrick war ihr klar, dass sie sich wohl an seine Spielregeln halten musste.

»Dann such ich jetzt deinen Vater.«

»Braves Mädchen.«

Er schlenderte über den Rasen zurück zur Terrasse und ließ Kay ungläubig grinsend zurück. Was hieß hier braves Mädchen? Der Bursche hatte vielleicht Nerven. Als sie ihren Rock schürzte, um ihm nachzugehen, merkte sie, dass ihre Beine sie kaum trugen. Sie fühlte sich, als hätte ihr jemand zwei Alka Seltzer ins Blut getan, während ein süßes Prickeln von der Stelle zwischen ihren Beinen, wo er sie berührt hatte, allmählich durch ihre Adern strömte.

Um zehn Uhr schließlich erschien Caroline in einem fuchsienroten Paillettenkleid, aufreizenden Stilettos und Federboa. Sie war noch mit einem Burschen aus dem Mietstall, in dem Demelza stand, ein Glas – offensichtlich auch mehrere – trinken gegangen. Er hatte günstiges Sattelzeug zu verkaufen, das vermutlich vom Laster gefallen war, aber Caroline machte gern ein gutes Geschäft. Dadurch fühlte James sich mal wieder bestätigt, da es Mickeys These widerlegte, sie sei lediglich hinter seinem Geld her. Caroline verlangte nie etwas von ihm, außer wenn sie sich ärgerte und entweder Champagner oder Sex wollte. James stand schon an der Bar und besorgte Sekt, als Caroline mit wiegenden Hüften zu ihm kam und ihm ihre Federboa um den Hals schlang. Ohne sich für ihr Zuspätkommen zu entschuldigen, küsste sie ihn auf den Mund und nahm ihm die Flasche ab. Wenn sie ein paar Gläser intus hatte, gab sie sich mit Feinheiten wie Gläsern nicht mehr ab.

»Das Essen habe ich wohl verpasst. Macht nichts – bei diesen Veranstaltungen ist es sowieso nie besonders. Ich gehe jetzt tanzen.«

Sie trank einen Schluck Champagner und verschüttete dabei die Hälfte in ihren imposanten Ausschnitt, dann reichte sie James die Flasche und schob sich tänzelnd in das Gedränge auf der Tanzfläche. Aus Erfahrung wusste er: Noch ein paar Gläser mehr und sie würde auf dem Tisch tanzen. Von nun an musste er sie gut im Auge behalten, damit er sie nach Hause bringen konnte, bevor sie einen Stiptease anfing.

Als er mit der Flasche und einigen Gläsern wieder an ihren Tisch kam, fiel sein Blick auf Lucy. Sie saß auf der Stuhlkante, völlig in ein Gespräch vertieft, wirkte lebhaft und angeregt und lachte mit funkelnden Augen. James verspürte einen Schmerz tief im Inneren. Er liebte sie so sehr, dass es wehtat.

Heute Abend hatte Sophie, die bisher höchstens mal ein halbes Glas Apfelwein oder Wein getrunken hatte, entdeckt, warum

Menschen sich betranken. Man fühlte sich tatsächlich besser, selbstbewusster. Der Abend war seltsam verlaufen. Man hatte sie mit Komplimenten und bewundernden Blicken überhäuft, aber sie wusste nicht, wie sie sich verhalten sollte. Auch wenn sie wie eine Filmschönheit aussehen mochte, war sie darunter immer noch die schlichte Sophie Liddiard, die weder mit sprühender Konversation noch mit geistreichen Bemerkungen glänzen konnte. Beunruhigend war außerdem Patricks Benehmen, der Sophie bei ihrem Eintreffen eiskalt behandelt und Mandy völlig ignoriert hatte. Als Sophie nach ein paar Gläsern Sekt merkte, dass die Welt ihre Schärfe verlor und sie munter und unbefangen mit Leuten plaudern konnte, nahm sie sich nacheinander gut ein halbes Dutzend Gläser von den Tabletts, die ständig herumgereicht wurden. So konnte sie auch besser mit Neds distanzierter Haltung fertig werden. Irgendwie hatte sie mit dieser Möglichkeit schon gerechnet und machte sich nicht mehr so viel daraus. Es war ja klar, dass er Mandy aufregender und interessanter fand. Gerade ließ er sich von ihr die Tanzschritte zu *Tragedy* beibringen, unter viel Gelächter, da er nicht das geringste Rhythmusgefühl besaß. Sophie lächelte und tröstete sich mit einem weiteren Glas Wein.

Doch plötzlich wurde ihr ganz seltsam. Sie unterhielt sich gerade mit Jonty Hobday, dem Hufschmied, der höflich ihr Glas nachschenkte. Da es heiß im Saal war, trank sie den kühlen Wein hastig aus – allmählich kam sie auf den Geschmack. Sie stellte das Glas auf den Tisch und lächelte Jonty an, der gerade etwas sagte, musste dann aber Halt suchend nach seinem Arm greifen, weil ihr schwindelig wurde. Offenbar machte es ihm nichts aus, denn er grinste nur und redete weiter. Leider hörte sie gar nicht, was er sagte. In ihrem Kopf sauste und brauste es wie von dröhnenden Rotorblättern eines Hubschraubers. Und während sich in ihrem Kopf alles in eine Richtung drehte, wirbelte ihr Magen in der anderen Richtung. Ihr wurde heiß, sie geriet in Panik. Sie musste an die frische Luft und sich setzen. Sie klammerte sich an Jontys Ärmel und wollte etwas sagen, aber es kam nur wirres Gestotter heraus. In der verzweifelten Hoffnung, er möge sie nicht für verrückt oder unhöflich halten, ließ sie ihn stehen und suchte den Ausgang. Sie war erstaunlich unsicher auf den Beinen, schaffte es aber, sich durch die wankende und schwankende Menge zu schieben, wobei sie sich gelegentlich bei jemandem festhalten musste und »'tschuldigung« nuschelte.

Als sie die andere Seite der Tanzfläche erreicht hatte und der Hubschrauber in ihrem Kopf lauter denn je dröhnte, sah sie erleichtert einen Ausgang, einen Flur und eine weiße Tür, die ihrer Überzeugung nach zur Damentoilette führen musste. Dort könnte sie sich wenigstens einen Moment hinsetzen, sich etwas kaltes Wasser ins Gesicht spritzen und warten, bis die Wirkung des Alkohols ein wenig nachließe. Lange konnte das ja nicht dauern, schließlich hatte sie sich vor fünf Minuten noch ganz wohl gefühlt.

Als sie den Korridor erreichte, wurde ihr mit einem Mal unglaublich schlecht. Das konnte nur an der Lachsterrine liegen: Ihren Geschmack hatte sie im Mund, als ihr die Galle hochkam. Die weiße Tür war unmittelbar vor ihr – sie sah das Zeichen, das zeigte, ob es die Damen- oder Herrentoilette war, kümmerte sich aber weiter nicht darum. Sie stieß die Tür auf, stolperte hinein und merkte, dass sie es nicht mehr bis zu einer Toilette schaffen würde. Vor ihr war eine weiß gekachelte Wand mit einem Waschbecken, an dem ein Schild verkündete: »Nur zum Händewaschen«. Sie klammerte sich an den kühlen Keramikrand des Beckens und beugte sich gerade noch rechtzeitig darüber.

Als sie erleichtert den Kopf hob, sah sie sich einem wütenden Mann mit komischer weißer Mütze gegenüber. In den dumpfen Überresten ihres Hirns dämmerte ihr, dass sie sich gerade in der Hotelküche übergeben hatte, bevor sie ohnmächtig vor die Füße des Küchenchefs sank.

Vor Lust fast von Sinnen, geriet Kay in Panik, als sie Mickey auf sich zukommen sah. Er nahm sie am Ellbogen – wie der Vater, so der Sohn – und raunte ihr zu, er müsse mit ihr reden. Sie hatte selbst schon den Mut aufzubringen versucht, ihn anzusprechen, hatte sich aber noch nicht recht im Griff. Sie schaute sich suchend nach Patrick um, fand ihn aber nicht. So wandte sie sich mit funkelnden Augen an Mickey.

»Gehen wir in den Pavillon.«

Diesen Ort fand Mickey so gut geeignet wie jeden anderen, um ihr den Laufpass zu geben, und ging ihr durch die Terrassentür nach. Fünf Minuten später überrumpelte Kay ihn, als sie an den Seidenmoiré-Revers seines Smokings hing und flüsterte, sie könnten nicht so weitermachen, es sei einfach nicht richtig, es zerreiße sie, zu wissen, dass sie nie wirklich mit ihm zusammen sein könne, sie müssten Schluss machen, bevor sie jemandem wehtäten. Mickey fand, er habe einen Glückstag erwischt, denn er hatte sich mit mindestens einer Flasche Chablis und mehreren Whiskeys auf die Umsetzung seines ersten Vorsatzes vorbereitet. Wahrscheinlich hatte es ihr einen Schrecken eingejagt, dass man sie neulich abends in der Brauerei fast erwischt hätte. Er nickte zustimmend und tätschelte Kay beruhigend die Schulter.

»Das Gleiche habe ich auch schon gedacht, wollte aber nichts sagen. Du hast völlig Recht – wir machen besser Schluss, solange wir noch Gelegenheit dazu haben.«

Sie nickte, worauf Mickey innerlich vor Erleichterung seufzte. Aber so einfach sollte er nicht davonkommen. Als er gerade schon dachte, es überstanden zu haben, hakte Kay ihren Finger in seinem Hosenbund und zog ihn an sich.

»Komm, ein letztes Mal.«

Mickey konnte deutlich ihre Brustwarzen durch den glänzenden Stoff ihres Kleides ausmachen und war sich nicht sicher, ob sie vor Kälte oder Erregung aufgerichtet waren. Nach ihren geweiteten Augen und ihrem flachen Atem zu urteilen, war es wohl eher Erregung. Er hielt es für besser, dieses Angebot nicht abzulehnen, da er ziemlich reibungslos aus der Geschichte herausgekommen war und ein Mal mehr oder weniger auch nichts ändern würde.

Doch in diesem Fall forderte die Natur ihren Tribut. Ob es an seiner Nervosität, dem Alkohol, der Kälte oder an Kays besonders erschreckender Unersättlichkeit lag, wusste er nicht, aber zum ersten Mal in seinem Leben konnte Mickey nicht.

Der Discjockey war zu Schmusemusik übergegangen. Als er Eric Clapton auflegte, verließen alle unter dreißig stöhnend die Tanzfläche, während alle anderen sich an den nächstbesten Partner des anderen Geschlechts drückten. James schmolz dahin, als Lucy sich an ihn schmiegte.

»Ich habe keine Ahnung, wo Mickey steckt«, sagte sie verträumt. Alkohol machte sie schwach und unerträglich sexy. James zog sie an sich und wiegte sich im Takt der Musik. Eric sagte alles für ihn: *»Oh my darling, you look wonderful tonight.«*

Hinter ihnen hatte Caroline ein weiteres ahnungsloses Opfer mit ihrer Federboa umgarnt. James betete, dass sie noch bis zum Ende des Liedes aushalten mochte, bevor sie auf die Idee kam, einen improvisierten Striptease hinzulegen.

Kelly war schlecht gelaunt. Sie konnte Patrick nirgendwo finden. Den ganzen Abend hatte er sich nicht um sie gekümmert und jetzt war er verschwunden. Man hatte ihn vor einiger Zeit zum Pavillon gehen sehen und nun tänzelte sie geziert wie ein Flamingo über den Rasen und bei jedem Schritt sanken ihre Stilettos fünf Zentimeter tief in den Boden. Im Pavillon war tatsächlich jemand. Sie lauerte in die Dunkelheit. Aber es war nicht Patrick. Rot vor Verlegenheit erkannte sie, wer die beiden waren und was sie trieben, und wankte zurück zur Terrasse.

Kapitel 7

So schnell und diskret wie möglich brachte Patrick eine bleiche, schmallippige Sophie aus dem Hotel, nachdem sie sich übergeben hatte. Sein Vater würde später ein Taxi bestellen und Lucy, Mandy und Georgina nach Hause bringen. Sie tanzten alle noch fröhlich und wollten noch nicht gehen. Er trug sie zu seinem Wagen. In der kühlen Luft kam sie rasch wieder zu sich und er hatte Mühe, sie auf den Beifahrersitz zu bugsieren. Auf der Heimfahrt musste er zwei Mal anhalten, damit sie sich übergeben konnte, aber er machte ihr keine Vorhaltungen, da sie ohnehin schon leise schluchzend auf dem Beifahrersitz kauerte. Als sie Honeycote House erreichten, war sie schon wieder mehr sie selbst. Sie sah schrecklich aus, aber wenigstens wieder wie sonst. Ihr Make-up hatte sich abgenutzt, ihr Haar war zusammengefallen und sie hatte Patricks Smokingjacke umgelegt. Ihnen war nicht die Zeit geblieben, ihren Mantel zu suchen.

Er brachte sie in die Küche und begutachtete den Schaden. Sie war immer noch betrunken, aber nach dem trockenen Würgen bei ihrem letzten Halt zu urteilen, hatte sie wohl keinen tropfen Alkohol mehr im Magen. Patrick überlegte, ob er sie direkt ins Bett stecken sollte, was ihr bestimmt den schlimmsten Kater ihres Lebens bescheren und sie hindern dürfte, je wieder in einen solchen Zustand zu geraten. Andererseits war sie vermutlich schon genug für etwas bestraft worden, was nicht allein ihre Schuld war, und so zwang er sie, vier große Gläser Wasser zu trinken und ein paar Paracetamol zu schlucken, bevor er ihr die Treppe hinauf und in ihr Schlafzimmer half.

Bis heute Abend hätte Patrick keinerlei Bedenken gehabt, Sophie bis auf die Unterwäsche auszuziehen und ins Bett zu bringen. Aber als er sich daran erinnerte, welche Gefühle sie zu Beginn des Abends, bevor er sie erkannt hatte, in ihm geweckt hatte, wurde ihm immer noch schlecht. Da sie sich allein nicht ausziehen konnte, beschloss er, sie vollständig angezogen zuzudecken. Was machte es schon, wenn das Kleid ruiniert wurde? Ihm lag nichts daran, sie noch einmal darin zu sehen.

Er deckte sie behutsam zu und schaute sie an. Sie war sofort eingeschlafen. Schon jetzt tat sie ihm Leid, wenn er daran dachte, wie sie sich morgen früh beim Aufwachen fühlen würde. Er schob ihr eine Haarsträhne aus dem Gesicht und küsste sie auf die Wange. Ein liebevoller, brüderlicher Kuss.

Als er sich im Zimmer umschaute, bemerkte er voller Abscheu das Gewirr weiblicher Hilfsmittel auf Sophies Frisierkommode. Tuben mit Bräunungscreme, Klebstoff für falsche Wimpern und Fingernägel, Parfümfläschchen, Lippenstifte, Haarspray, schmutzige Wattebäuschchen und Kosmetiktücher. Ihm kam es vor wie die Garderobe einer Stripteasetänzerin. Am liebsten hätte er all das Zeug in den Mülleimer geworfen. Dann merkte er, dass er sich lächerlich benahm, geradezu viktorianisch prüde. Aber gegen seine Wut kam er nicht an. Er würde Sophie nie wieder so sehen können wie vorher.

Als er sich in einem Sessel an ihr Bett setzte, dachte er flüchtig an Kay und überlegte, ob er sie in ihrem Zustand allein auf dem Ball lassen durfte. Er war jedoch ziemlich sicher, dass sie ihren Teil der Abmachung einhalten würde. Bei dem Gedanken, dass Lawrence heute Abend der leidenschaftlichste Sex seines Lebens bevorstand, musste er grinsen. Jetzt konnte er ohnehin nicht mehr ins Hotel zurück. Er musste an Sophies Bett wachen. Erbrechen musste sie sich wohl nicht mehr, aber er wollte es nicht riskieren, sie allein zu lassen.

James lenkte seinen Aston Martin durch das schwarze Holztor bei sich zu Hause und sprang hinaus, um es zu schließen. Ab und an überlegte er, ob er sich eine Fernbedienung zulegen sollte, aber es ging ihm gegen den Strich. So etwas war schwachsinnig und unsagbar stillos und was machten schon zwei Minuten aus, selbst wenn es fror. Caroline hing praktisch bewusstlos auf dem Beifahrersitz, betrunken und zerzaust. Ihre Federboa hatte er am Hals des Ehemanns einer anderen aus dem Saal verschwinden sehen.

Er rüttelte sie sanft wach und betete, die kühle Nachtluft möge sie nicht allzu wach machen – sie sollte nur schnell ins Bett kriechen und ihren Rausch ausschlafen. Der Gedanke an ihren anspruchsvollen Sex war ihm unerträglich. In seinem Smokinghemd hing noch ein Hauch von Lucys *Diorissimo* und erinnerte ihn, dass er sie vor kaum einer Stunde in den Armen gehalten hatte. Sie hatte den Kopf an seine Schulter gelegt und sich an ihn geschmiegt, als suche sie Trost.

James wusste, dass er sich romantischen Träumen hingab. Vermutlich hatte Lucy sich an ihm festgehalten, weil sie zu viel getrunken hatte. Vor einer knappen halben Stunde hatte er sie mit Mickey in ein Taxi steigen sehen. Sie wirkten wie ein Paar – Mickey legte ihr sein Jackett um die Schultern, weil sie keinen Mantel dabeihatte.

Jetzt mit Caroline zu schlafen würde die Erinnerung an den Abend entweihen; er käme sich vor, als würde er Lucy betrügen. Es gelang ihm, Caroline in sein Bett zu bringen und bis zum Kinn zuzudecken, bevor sie auf dumme Ideen kam.

Patrick wachte vom Geräusch des Taxis auf, das die anderen nach Hause brachte. Er hörte Mickey und Lucy im Flur reden und lachend über den Abend plaudern. Patrick war sicher, dass sein Vater einen bestimmten Teil des Abends auslassen würde.

Patrick platzte ins Badezimmer, wo Mandy sich gerade die

Zähne putzte, und funkelte sie über den schwarzweißen Fliesenboden hinweg wütend an.

»Du wirst heute Nacht ein Auge auf Sophie haben müssen. Ihr war hundeelend – dank dir.«

Verwundert legte Mandy die Zahnbürste fort.

»Mir?«

»Was zum Teufel hast du heute Abend mit ihr angestellt?«

»Wie meinst du das?«

»Du hast sie aufgedonnert wie eine Nutte.«

»Sie sah todschick aus.« Patrick war froh, dass ihr Birmingham-Akzent ihre Attraktivität ein bisschen milderte. »Das fanden alle.«

»Und wie konntest du so mit Ned flirten?«

»Hab ich gar nicht. Wir haben uns bloß amüsiert. Ich steh nicht auf ihn oder so.«

»Dann hast du es also bloß gemacht, um Sophie zu ärgern?«

»Wie meinst du das?«

»Du weißt genau, was ich meine. Sophie ist verrückt nach ihm. Kein Wunder, dass sie sich total betrunken hat.«

»Scheiße!« Mandy sah ihn so besorgt an, dass er sich über ihre echte Betroffenheit wunderte. »Das habe ich nicht gewusst. Ehrlich. Warum hat sie mir denn nichts gesagt?«

Patrick ließ sich nicht einwickeln. Er kannte die Frauen. Sie waren verdammt gute Schauspielerinnen, wenn sie es drauf anlegten. Diese kleine Hexe verdiente eine Lektion. Er würde sie nicht ungeschoren davonkommen lassen.

Eine Weile starrten sie sich an. Dann schweifte Patricks Blick über Mandys Nachthemd, an ihren langen, leicht gebräunten Beinen hinunter und wieder nach oben. Ihre Brustwarzen zeichneten sich wie Hemdknöpfe in dem weichen Baumwollstoff ab, und als ihre Blicke sich wieder trafen, streichelte er leicht mit dem Daumen darüber. Sie hielt den Atem an und rührte sich nicht, aber er ahnte, dass ihr Herz aufgeregt pochte wie bei einem Kaninchen in der Falle.

Er trat einen Schritt vor, bis er ihr so nah war, dass er ihren Atem auf seinem Gesicht spürte. Sie schaute ihn mit großen, erwartungsvollen Augen an, als er ihren Kopf in beide Hände nahm und ihren Mund an seinen zog. Sein erster Kuss war sanft, kaum spürbar, und sie schloss die Augen und genoss es, ihn zu schmecken und zu fühlen, wie ein Experte einen neuen Wein kostet.

Dann fiel sie über ihn her und trank gierig an seinem Mund wie ein neugeborenes Lamm an der Zitze seiner Mutter. Patrick wunderte sich über seine eigene Reaktion. Er grub die Finger in ihr langes, seidiges Haar, das völlig anders war als Kellys blondierte, zurückgekämmte und mit Gel und Spray fixierte Locken, die sich anfühlten wie Weizenschrot. Auch Kays Haar war im Lauf der Jahre durch kostspielige Aufhellungen spröde geworden. Mandys Haut war babyweich und Patrick musste nicht fürchten, Flecken einer orangefarbenen Grundierung auf seinem weißen Smokinghemd wiederzufinden. Er sog ihren Duft ein, einen zarten Hauch von Limonen, keinen widerlichen Angriff auf den Geruchssinn: Kelly wie auch Kay liebten teure, überwältigende Parfüms, die überall ihren Duft hinterließen. Mandy war zart, natürlich und schön und plötzlich spürte Patrick ein unbändiges Verlangen nach ihr.

Er bog ihren Kopf für einen Augenblick zurück, um ihr in die Augen zu schauen. Ihre Pupillen waren vor Verlangen geweitet und er spürte, wie ihre kleinen Brüste sich im Takt ihres schneller werdenden Atems an seiner Brust hoben und senkten. Er lächelte und sie erwiderte sein Lächeln ein wenig unsicher. Mit einem Finger streichelte er das hübsche Grübchen neben ihrem Mund und zog die Kontur ihrer Lippen nach. Sie hatte die Augen halb geschlossen wie eine auf der Lauer liegende Katze.

Plötzlich sah er sie vor sich, wie sie mit Ned geflirtet hatte: Mandy hätte nur mit dem kleinen Finger zu schnippen brauchen und Ned hätte ihr gehört, vor Bewunderung seibernd, während Sophie elend zuschaute, ihr Huhn Marengo kaum anrührte und die jugendlichen Qualen unerwiderter Liebe an ihr nagten. Patrick vermutete, dass Mandy ihr Leben lang alles bekommen hatte, was sie wollte. Und jetzt glaubte sie, ihn zu haben. Ihre hübsche Verpackung hatte ihn verführt; ein hartes Herz in rosa Seidenpapier gewickelt und mit einem Band verschnürt, auf dem stand: »Nimm mich«. Er musste zugeben, dass es ihm schwer fiel zu widerstehen. Doch zu Mandys Leidwesen war Patricks Herz härter als sein Penis. Wenn auch nur knapp.

Kapitel 8

Keith Sherwyn streckte auf dem Flug von Nizza nach Birmingham seine Beine so weit aus, wie der knapp bemessene Platz in der Club-Klasse es zuließ, und nippte an einem stärkenden Weinbrand mit Ginger Ale. Auf den Mince Pie hatte er verzichtet, weil er ihn zu sehr daran erinnert hätte, dass in gut einer Woche Weihnachten war. Sosehr er das französische Essen auch genossen hatte, war sein Magen doch noch etwas aus dem Gleichgewicht. Derek Legge, der die Neuausstattung der Yacht des Scheichs leitete, hatte darauf bestanden, ihn zu einer gastronomischen Rundreise durch Südfrankreich einzuladen. Da der Scheich dazu neigte, Leute nach Belieben von einem Tag auf den anderen zu feuern, hatte Derek sein Spesenkonto weidlich ausnutzen wollen, solange er darüber verfügte, und Keith hatte von seiner Verschwendungssucht profitiert.

Es hatte ihn einige Zeit gekostet, Derek zu überzeugen, dass schwarzer Granit in sämtlichen Badezimmern die Yacht erheblich langsamer machen würde. Der Scheich hatte nun mal sein Herz daran gehängt und Derek fürchtete, als Überbringer der schlechten Nachricht seinen Job zu verlieren. Keith konnte sich des Gefühls nicht erwehren, dass Derek ihm die Schuld gab, aber er konnte nun mal nichts daran ändern, dass Granit verdammt schwer war. Schließlich gelang es Keith im *Colombe d'Or* in Saint-Paul-de-Vence unter einem Picasso-Gemälde bei einer Gänseleberpastete (die er beide insgeheim überbewertet fand), Derek zu einer Granitnachbildung aus Kunstharz zu bewegen, die das Schiff nicht versenken würde. Allerdings sagte er ihm weder, dass es sich dabei im Grunde um eine bessere Kunststoffbeschichtung handelte, noch dass seine Gewinnspanne erheblich höher ausfallen würde, da die Installation weniger Arbeit erforderte. Wie durch ein Wunder stimmte der Scheich zu – offenbar war ihm Geschwindigkeit wichtiger als die Ausstattung – und so brauchten sie nur noch die Armaturen festzulegen: Wasserhähne, Handtuchstangen, Zahnbürstenhalter und so weiter.

In den letzten vier Tagen hatte Keith sich erlaubt, an nichts anderes als an das Geschäft zu denken. Da dieser lukrative Auftrag Detailgenauigkeit verlangte, hatte er sich voll und ganz darauf konzentriert. Doch als das Flugzeug nun über den Kanal zurück Richtung Solihull flog, das ihm nach dem eleganten, glamourösen Treiben in Südfrankreich sicher seelenlos erscheinen würde, blieb Keith kaum etwas anderes übrig, als über sein katastrophales Privatleben nachzudenken.

Er starrte aus dem Fenster auf die weißen Wolkenfetzen, die unter ihnen dahintrieben, und überließ sich endlich seinen Gefühlen. Er wartete, dass der Schmerz des Verlassenwerdens ihm die Eingeweide zerrisse und die Einsamkeit ihm das Herz bräche, aber nichts dergleichen geschah. Nicht der leiseste Anflug von Selbstmitleid meldete sich. Er fragte sich, ob der Brandy ihn vielleicht benommen gemacht hatte, aber das war lächerlich: Von dem Schlückchen, das man ihm serviert hatte, hätte nicht einmal ein Kleinkind einen Schwips bekommen. Er lehnte sich gegen die wattierte Kopfstütze und dachte über sein Dilemma nach. Im Vorübergehen lächelte eine Stewardess ihn an.

»Freuen Sie sich schon auf zu Hause, Sir?«

Verwundert bemerkte Keith, dass er in sich hineingelächelt hatte, weil er lediglich eine heimliche, jungenhafte Freude verspürte, einer Art lebenslangem Gefängnis entronnen zu sein. Er toastete der Stewardess zu.

»Allerdings.«

Er konnte nach Hause fahren, seinen löcherigen Lieblingspullover anziehen, seine Füße in Schuhen auf den Couchtisch legen, Bier aus der Flasche trinken, ohne sich darum zu kümmern, ob sie Ringe auf dem Tisch hinterließ, den Fernseher so laut stellen, wie er wollte, und das Telefon einfach ignorieren. Niemand zwang ihn, seinen Designer-Jogginganzug und »Hausschuhe« anzuziehen, sein Bier in seinen mit Monogramm versehenen Bierkrug mit passendem Silberuntersatz zu gießen, den Fernseher von Barry Manilow oder Garth Brooks übertönen zu lassen und zum Telefon zu springen, falls es die Einladung zum gesellschaftlichen Ereignis des Jahres sein sollte. Sie hatten zwar einen Anrufbeantworter, doch Sandra hatte ihm ständig streng erklärt, manche Leute hinterließen keine Nachricht auf dem Anrufbeantworter, wenn sie glaubten, man sei nicht zu Hause, zumal wenn es um eine Einladung in letzter Minute gehe.

Er war froh, verdammt froh, dass sie ihn verlassen hatte!

Zugegeben, es hatte ihn verblüfft, als er Sandra vergangenen Mittwoch inmitten von fünfzehn passenden Samsonite-Koffern in der Diele vorgefunden hatte. Da hatte sie gestanden, das lächerliche Schminkköfferchen an sich gepresst, das den größten Teil ihres Gesichts enthielt, und ihm eröffnet, dass sie ihn verlassen wollte. Zwei Minuten später war ein cremeweißer Mercedes mit getönten Scheiben vorgefahren und Keith hatte ihr in seiner Verstörtheit wie selbstverständlich geholfen, das Gepäck einzuladen. Ungläubig hatte er das kümmerliche, unreife Bürschchen angestarrt, das aus dem Wagen gesprungen war, um den Kofferraum zu öffnen – sie verließ ihn doch wohl nicht für diesen Kerl? –, bis ihm klar wurde, dass er natürlich nicht ihr Liebhaber, sondern dessen Fahrer war.

Sandra trug eine dunkle Sonnenbrille, so dass er nicht ablesen konnte, was in ihr vorging. Das Einzige, was sie ihm verriet, war: »Er fährt mit mir in Urlaub«, und an ihrem vorwurfsvollen Ton erkannte er, dass dies die einzige Erklärung war, die er von ihr bekommen würde.

Vernachlässigung. Er hatte sich nicht genug um sie gekümmert. Keith war gekränkt. Badezimmer verkauften sich schließlich nicht von selbst, vor allem keine Badezimmer mit Onyxbecken, vergoldeten Wasserhähnen und Jacuzzis, die groß genug für eine Rugbymannschaft waren. Das war offenbar eine jener kleinen Lebensweisheiten: Man konnte nicht Millionen verdienen und gleichzeitig seine Frau glücklich machen.

Im Stillen wünschte er dem Mann, mit dem Sandra davongelaufen war, viel Glück. Und als das Flugzeug zum Landeanflug über dem vertrauten Legoland unter ihnen ansetzte, schaute Keith seiner unmittelbaren Zukunft mit einer gewissen Vorfreude entgegen.

Mandy schlang die Arme um seinen Hals und atmete seinen warmen, männlichen Duft ein. Sie spürte seine stahlharten Muskeln, als sie sich an ihn schmiegte und ihre Wange an seinem Hals rieb. Doch er ließ sich von ihrer Zuneigung nicht beeindrucken, sondern wollte seinen Hafer.

Als Phoenix schnaubte und ungeduldig mit den Hufen scharrte, griff Mandy in seine Mähne und tätschelte ihm mit der anderen Hand die Nase.

»Tut mir Leid, Junge. Ich weiß nicht, was ich dir geben darf. Du musst schon warten.«

Sie umarmte ihn noch einmal, was ihn zwar nicht tröstete, aber sie. Phoenix war wie ein Riesenteddybär und genau das brauchte sie in ihrer Verwirrung und Bestürzung. Die ganze Nacht hatte sie wach gelegen, hin- und hergerissen zwischen Wut und Verzweiflung, brennender Verlegenheit und zähneknirschender Rage, während Sophie im Bett neben ihr den ruhigen Schlaf der Unschuldigen schlief.

Ihre körperliche Verfassung war allerdings noch schlimmer als ihre seelische. Immer wieder war sie die Ereignisse durchgegangen: Patricks heiße Küsse an ihrem Hals, seine warmen Lippen, die ihre Brust liebkosten, seine Zunge, die sich über ihren Bauch vorarbeitete, in ihren Bauchnabel tauchte und schließlich ihr Ziel erreichte und sie an den Rand von etwas ihr Unbekanntem brachte ...

Patrick hatte eindeutig gewusst, was er tat, denn sie hatte sich Halt suchend an die Wand gelehnt und sich unter den völlig neuartigen Empfindungen gewunden, die sie durchwogten. Als er einen Finger in sie hineingleiten ließ, schrie sie wider Willen erschrocken auf und spürte, wie sie ihn bei seiner weiteren Erkundung lustvoll umschloss.

Doch plötzlich hörte er auf. Sie sank atemlos keuchend auf den Boden und schaute ihn verwundert an. Er sah auf sie hinab, zuckte nüchtern die Achseln, grinste abschätzig und ging. Mandy ließ er gedemütigt zurück.

Mandy hatte noch nie einen Orgasmus erlebt, aber sie wusste, dass den köstlichen Wogen der Lust noch etwas weit Schöneres hätte folgen sollen. Auch Patrick hatte es gewusst und ihre Reaktionen so gekonnt eingeschätzt, dass er sie absichtlich in diesem quälenden Schwebezustand gelassen hatte.

Im Morgengrauen war Mandy nach einer schlaflosen Nacht heiß und rastlos aufgestanden. Ihre Augen waren von Tränen ohnmächtiger Wut gerötet, die sie unwillkürlich vergossen hatte, als ihr die Ereignisse des gestrigen Abends nur allzu deutlich in den Sinn kamen. Sie verließ das düstere Schlafzimmer und schlich durch das im Tiefschlaf liegende Haus zum Stall hinaus.

Die Luft war klar und frisch und kündigte einen schönen Tag an. Bald würde heiterer Sonnenschein die Morgennebel lichten und der herrliche Duft von welkendem Laub und Holzfeuern in der Luft liegen. Im Hochgefühl ihrer Sinne atmete Mandy das Flair ihrer Umgebung ein und fühlte sich seltsam lebendig.

Phoenix war zwar kein guter Zuhörer, da er völlig in seine eigene Welt vertieft war, aber dennoch hatte es Mandy geholfen, Klarheit in ihrem Kopf zu schaffen, als sie ihm ihre Probleme erzählte. Sie wollte Patrick, das stand außer Frage. Sie wollte das, was er ihr fast gegeben hätte. Aber mehr noch als alles andere, mehr als alles, was sie sich in ihrem Leben je gewünscht hatte, sehnte sie sich nach Rache.

Am schönsten wäre es, wenn ihr eine Möglichkeit einfiele, alles zu bekommen.

Zwanzig Minuten später kam Mickey heraus, um mit etwas frischer Luft seinen Kater zu vertreiben, und fand sie fest schlafend in einer Ecke des Stalles eingerollt. Sanft schüttelte er sie wach.

»Du hättest totgetrampelt werden können.«

»Das würde Phoenix niemals tun.«

»Nicht absichtlich. Aber Pferde haben nur ein walnussgroßes Hirn.« Komisch, genau so fühlte sein eigenes Hirn sich heute Morgen an, klein, braun und verschrumpelt. Die beiden großen Gläser mit Orangensaft, die er eben schon getrunken hatte, hatten nicht dazu beigetragen, es wieder aufzufüllen. Die frische Luft würde es entweder umbringen oder kurieren.

Er reichte Mandy die Hand und zog sie auf die Füße. »Was machst du überhaupt hier draußen?«

»Ich konnte nicht schlafen.« Mandys leises Seufzen zeigte Mickey, dass es nichts mit der mangelnden Bequemlichkeit von Honeycote House zu tun hatte, und ihre bekümmerte Miene sagte ihm, dass er besser nicht weiter nachhaken sollte.

»Kannst du reiten?«

Dank der zahlreichen außerschulischen Aktivitäten, die ihre Mutter für sie organisiert hatte, gab es nicht viel, was Mandy nicht konnte. »Ich habe schon ein Weilchen nicht mehr auf einem Pferd gesessen, aber ich kann immer noch vorn und hinten unterscheiden.«

»Na, da komm. Die anderen stehen noch lange nicht auf und ich könnte ein bisschen frischen Wind um die Nase gebrauchen.«

Mickey suchte ihr einen kleinen, klugen Braunen aus, der Monkey hieß. Mandy zäumte ihn geschickt auf, strich ihm beruhigend über die weiche Nase und blies ihm in die Nüstern, um sich schneller mit ihm vertraut zu machen. Sie borgte sich eine Kappe und eine Gerte aus der Sattelkammer und schwang sich auf Monkeys Rücken, wobei das kleine Pferd brav stillhielt.

Unterdessen führte Mickey eine herrliche große Stute nach draußen, deren Hufe alarmierend auf dem Pflaster klapperten, als sie sich im Kreis drehte, während Mickey fluchend auf dem Boden stand. Mandy hielt die Zügel der Stute knapp unter dem Kinn fest, damit Mickey aufsitzen konnte.

Vom Hof ritten sie auf das weiche Gras des Wiesenweges, der in den nahen Wald führte, und ließen die schlafenden Bewohner von Honeycote House hinter sich. Mandy war immer sicher geritten, auch wenn sie nicht sonderlich viel Erfahrung besaß, und so vergaß sie bald ihre Nervosität und konzentrierte sich voll und ganz auf ihre Umgebung. Ein Eichhörnchen beobachtete sie aufmerksam hoch oben von einem Baum und sprang davon. Die Pferde schnaubten unternehmungslustig in der frischen Morgenluft, so dass aus ihren Nüstern eisige Atemwölkchen stiegen. Monkey musste sich abmühen, mit der größeren Stute Schritt zu halten.

Der Wiesenweg mündete schließlich in einem schmalen Waldweg, der sich durch dichtes Unterholz schlängelte. Da die Bäume kein Laub mehr trugen, war der Weg durch das Geäst zu erkennen. Aber Mandy konnte sich vorstellen, dass man im Hochsommer das Gefühl hatte, sich durch ein grünes Blättermeer zu kämpfen. Selbst jetzt musste sie sich unter den herabhängenden Zweigen ducken und Dornengestrüpp ausweichen, das sich im Ärmel ihres Pullovers verhakte. Mickey, der fast einen Kopf größer war als sie, musste sich auf dem ganzen Weg sogar tief über den Nacken seines Pferdes beugen, bis sie aus dem dichten Wäldchen auf eine schmale Straße gelangten, die zwischen niedrigen Trockenmauern in der strahlenden Morgensonne über einen Hügelkamm führte.

»Hier entlang«, sagte Mickey. Offenbar strebte er ein bestimmtes Ziel an, denn er trieb sein Pferd im Trab über die uralte, wenig befahrene Straße, aus deren Asphaltdecke ein dünner Mittelstreifen aus Gras wuchs. Mandy musste Monkey antreiben, der leichtfüßig Schritt zu halten versuchte, und fühlte sich beschwingt durch die körperliche Bewegung. Schließlich machten sie Halt.

»Das ist Poacher's Hill, meilenweit der höchste Punkt«, erklärte Mickey.

Wie Goldnuggets wirkten die Haufendörfer, von denen zum Teil nur die Kirchturmspitzen zu sehen waren. Mandy nahm die herrliche Aussicht in sich auf und bemühte sich nach Kräften, nicht an Patrick zu denken, an sein schwarzes Haar, das sich deutlich von seinem frisch weißen Kopfkissenbezug abhob, an seine geschmeidigen Glieder unter der Bettdecke. Sie war überzeugt, dass er die Nacht nicht in körperlichem und seelischem Aufruhr verbracht hatte. Sicher hatte er gut geschlafen, ohne sich um sie zu kümmern oder auch nur an sie zu denken.

Neben ihr genoss Mickey ebenfalls die Aussicht, die ihm so vertraut war wie sein Handrücken, fast sein Geburtsrecht. Was war noch aus dem Burschen in der Bibel geworden, der sein Geburtsrecht verkauft hatte? Nichts Gutes vermutlich. Und jetzt stand er selbst im Begriff, es zu verkaufen. Nicht alles natürlich. Aber dennoch kam es ihm vor wie Verrat.

»Von hier aus kannst du all unsere Pubs sehen«, erklärte er Mandy. »Zumindest die Dörfer, in denen sie stehen. Um die Häuser zu erkennen, bräuchtest du ein Fernglas.«

Er zeigte ihr einige, die mit bloßem Auge zu erkennen waren, und anschließend das Ackerland, das früher seinem Urgroßvater gehört hatte, bis er es leid geworden war, auf Gedeih und Verderb den Elementen ausgeliefert zu sein, und Mitte des vorigen Jahrhunderts die Brauerei gegründet hatte.

»Das Land gehört jetzt den Walshes. Ned hast du ja gestern Abend kennen gelernt.«

Mandy hatte ein schlechtes Gewissen, obwohl sie wusste, dass sie sich nichts vorzuwerfen hatte. Patrick hatte ihr unmissverständlich gezeigt, dass er überzeugt war, sie sei hinter Ned her. Arme Sophie! Sie musste sich unbedingt vergewissern, dass Sophie ihr Verhalten nicht falsch verstanden hatte. Sie wollte ihre Freundschaft auf keinen Fall verlieren und Mädchen stritten sich schon aus geringfügigeren Anlässen.

Mickey seufzte neben ihr. Besorgt schaute Mandy ihn an; er lächelte bedauernd.

»Hast du schon mal gute Vorsätze gefasst, Mandy?«

»Ständig. Acht Gläser Wasser am Tag zu trinken. Mich abzuschminken, bevor ich ins Bett gehe, und solche Sachen. Aber ich halte mich nie daran.« Sie runzelte die Stirn. »Ist etwas nicht in Ordnung?«

»Nichts, was sich nicht mit ein paar hundert Riesen regeln ließe. Die könntest du mir wohl nicht leihen, was?«

»Tut mir Leid.«

Sie lachten, aber Mandy war neugierig geworden. Mickeys Andeutungen passten zu dem, was sie gestern zufällig miterlebt hatte, und sie wollte mehr erfahren.

»Sind Sie denn in großen Schwierigkeiten?«

Mickey verfluchte seine Indiskretion. Er musste doch noch betrunken sein.

»Nein, nicht wirklich. Nur ein Liquiditätsengpass. Langweilig, langweilig. Na komm, wir machen ein Wettrennen, wer als Erster das Ende der Straße erreicht. Ich gebe dir einen Vorsprung.«

Mandy nahm die Herausforderung an, grub die Fersen in Monkeys Flanken und ließ das kleine Tier laufen. Mickey gab ihr fünfzig Meter Vorsprung, bevor er ihr in mäßigem Tempo folgte, und ließ sie um eine halbe Länge gewinnen. Der Triumph und die Begeisterung röteten ihre Wangen und hatten, wie Mickey hoffte, jede Erinnerung an ihr Gespräch verdrängt. Liquiditätsprobleme waren für eine Siebzehnjährige schließlich kaum von Interesse, oder?

Er fragte sich, wieso er sich darüber eigentlich Gedanken machte. Bald würden es ohnehin alle erfahren, denn es würde sich rasch herumsprechen. Er hatte einen Entschluss gefasst, auch wenn er nicht glücklich darüber war.

Sobald Keith am Flughafen Birmingham aus dem Flugzeug stieg, fühlte er sich wie ein Getriebener. Er ging zu seinem Landcruiser, den er auf dem Langzeitparkplatz abgestellt hatte, und rief über Handy seine Sekretärin zu Hause an. Da er sie gut bezahlte, hatte er keinerlei Bedenken, sie an einem Sonntag zu stören. Zuerst sagte er sämtliche Termine für die nächsten drei Tage ab. Irene war respektvoll, im Stillen jedoch schockiert. Seit einer Gürtelrose vor vier Jahren hatte er nicht einen einzigen Termin mehr abgesagt, aber sie erhob keine Einwände. Sie teilte ihm mit, dass Mandy bei den Liddiards in Honeycote House, irgendwo in den Cotswolds, zu Gast sei. Irene hatte sich bei Miss Cowper in Redfields über sie erkundigt und erfahren, dass es eine sehr nette Familie war, die eine Brauerei besaß. Keith mochte die Cotswolds. Er war schon öfter mit amerikanischen Abnehmern dorthin gefahren, die, ganz hingerissen von der Umgebung, containerweise altmodische Badewannen und Toiletten mit hoch hängenden Spülkästen bestellt hatten, um für ihre leicht zu beeindruckenden Kunden zu Hause ein kleines Stück England nachzubilden.

Es war erst acht Uhr, aber Keith beschloss, nicht in sein leeres Pseudoherrenhaus zu fahren, sondern Mandy in Honeycote abzuholen. Es machte sicher Spaß, mit dem Allradantrieb einmal in eine Gegend zu fahren, wo er tatsächlich schmutzig wurde – er konnte sich nicht erinnern, je den Allradantrieb benutzt zu haben –, und als Dank für ihre Gastfreundschaft wollte er die Liddiards zum Mittagessen ausführen.

Kaum eine halbe Stunde später holperte sein Wagen munter über das malerische Landsträßchen, das ihn laut Straßenkarte nach Honeycote führen würde. Staunend durchquerte er idyllisch verschlafene Bilderbuchdörfer, aus deren Schornsteinen Rauchwölkchen aufstiegen. Die Dörfer wirkten vollkommen in ihrer Unregelmäßigkeit: unterschiedlich hohe Dächer mit silbergrünen Flechten, Bleiglasfenster mit Mittelpfosten, die nie einen Tropfen Fensterreiniger gesehen hatten, ein buntes Gemisch von großartigen bis bescheidenen Schornsteinaufsätzen, buttergelbe Natursteingemäuer an gewundenen Gässchen, die auf und ab führten, und wenn man um eine Ecke bog, sah man sich unvermittelt einer steilen, grasbewachsenen Böschung, der einladenden Front eines Pubs oder dem seltsam friedvollen Blick auf einen Friedhof mit windschiefen Grabsteinen gegenüber. Keith stellte sich vor, dass in dieser märchenhaften Umgebung echte Menschen lebten, machte sich dann aber klar, dass auch hier nicht alles eitel Sonnenschein war: Die Kehrseite der Medaille waren die Busladungen von Touristen, die unweigerlich jeden Sommer durch diese Dörfer zogen, der Parkplatzmangel, die Pubs voller lärmender Tagesausflügler – und eine Region, die wirtschaftlich auf diese Heuschrecken angewiesen war.

Dennoch konnte Keith sich in dieser Umgebung auf Anhieb entspannen. Er schob eine Mozart-CD ein und summte fröhlich mit. Ihm fiel ein, dass er Sandra vor Jahren vorgeschlagen hatte, aus dem steifen Vorortklima von Solihull in eine ruhigere, friedlichere Gegend zu ziehen, aber sie hatte sich geweigert, über diese für sie völlig unverständliche Idee auch nur nachzudenken. Was sollte denn dann aus ihrem gesellschaftlichen Leben und dem Golfclub werden? Und aus Mandys Erziehung (ein Argument, das Keith von der Absonderlichkeit seines Vorschlags überzeugt hatte). Mittlerweile war

Keith klar, dass Sandra sich keinen Deut um Mandys Erziehung und auch um Mandy scherte und sie lediglich Angst hatte, auf dem Land zu versauern und ihre Stellung auf der gesellschaftlichen Stufenleiter zu verlieren. Und vermutlich auch die Zuneigung ihres Liebhabers, obwohl Keith keine Ahnung hatte, ob er der erste oder der vierzigste war.

Er war beruflich mit der Leitung seines Unternehmens so eingespannt, dass er den Kontakt zu ihnen verloren hatte. Er kannte weder seine Frau noch seine Tochter und hatte in der Tretmühle des Geldverdienens völlig jene magische, kostenlose Zutat menschlicher Beziehungen vergessen: sich liebevoll umeinander zu kümmern.

Zudem fiel Keith auf, dass er auch sich selbst vernachlässigt hatte. Sicher, er hatte seine kleinen Annehmlichkeiten und seinen Luxus, aber hier draußen merkte er, dass er eine sensiblere Seite in sich seit langem unterdrückt hatte. Obwohl er scheußliche Badezimmerausstattungen verkaufte, besaß er einen erstaunlichen Sinn für Ästhetik, der in den letzten Jahren etwas zu kurz gekommen war.

Um ein entgegenkommendes Fahrzeug durchzulassen, setzte Keith zurück in eine Haltebucht. Da er von außerhalb kam, empfand er es als seine Pflicht, Platz zu machen. Wenn man hier lebte, war man es sicher leid, jeden Tag nachzugeben. Zudem schwand sein ansonsten eher aggressives Ellbogengehabe zunehmend, je weiter er aufs Land kam. Als er in dem Städtchen Eldenbury auf die Uhr schaute und sah, dass es erst zehn war und somit viel zu früh, um an einem Sonntagmorgen unangekündigt bei jemandem zu klingeln, beschloss er auszusteigen, sich die Beine zu vertreten und die Stadt anzuschauen.

Er ging über die kleine Hauptstraße und wünschte, er wäre weniger auffallend in seinem Anzug mit Krawatte und dem Handy, das er immer bei sich trug. Es kam ihm vor, als sei ihm groß »Städter« auf die Stirn tätowiert. Schließlich erreichte er einen kleinen Laden, der verkündete, »Country-Kleidung für den anspruchsvollen Herrn« zu verkaufen. Er tastete in seiner Jackentasche nach seiner Brieftasche und ging hinein. Es war Zeit für eine Veränderung.

Er entschied sich für ein kariertes Hemd, ein Halstuch, eine Moleskin-Hose und einen groben, grünblauen Wollpullover. Fünf Minuten später kam er, von Kopf bis Fuß neu ausstaffiert, aus der Umkleidekabine – eigentlich nur ein Verschlag unter der Treppe mit einem gemusterten Baumwollvorhang – und bat die verblüffte Verkäuferin, seinen Anzug in eine Tragetasche zu packen. Dann durchstöberte er den Laden nach Accessoires: eine Tweedkappe, ein Paar feine Handschuhe und eine Wachsjacke. Zum Schluss belief sich seine Rechnung auf mehr, als der Laden gewöhnlich in einer ganzen Woche verkaufte.

Als er der strahlenden Verkäuferin seine Kreditkarte reichte, wurde ihm mit einem unguten Gefühl klar, dass Sandra und er alles auf diese Weise angegangen waren. Als sie angefangen hatten, Golf zu spielen, hatten sie sich die passende Kleidung, die gesamte Ausrüstung und alle Accessoires zugelegt, bevor sie auch nur einen Fuß auf den Golfplatz gesetzt hatten. So war es auch beim Tennis. Und beim Skilaufen. Jetzt erst merkte Keith, dass sie auf den Anfängerpisten in Val d'Isère wahrscheinlich wie die Trottel ausgesehen hatten, als sie auffallend wie Papageien in ihren grellen Outfits ständig hingefallen waren.

Und nun machte er es schon wieder so. Er versuchte sich den Zugang zu erkaufen. Staffierte sich heraus wie ein Landadeliger, obwohl er genau wusste, dass eine solche Aufmachung natürlich und ungekünstelt sein musste, wenn man wirklich hierher gehören wollte. Doch selbst die älteste, abgetragenste Wachsjacke war anfangs einmal neu, überlegte er. Und wenn er keine alte klauen wollte, musste er sie schon selbst eintragen.

Heute war nicht der richtige Tag für trübe Gedanken, spürte Keith. Es war vermutlich so eine Art Neuanfang. Von nun an konnte er sein, wer er wollte. Er brauchte keine Rücksicht mehr auf seine Frau, auf ihre Meinung und ihre Wünsche zu nehmen. Er dachte an all die Dinge, die er sich im Laufe der Jahre verkniffen hatte, an all die Orte, die er gern gesehen hätte und über die Sandra nur die Nase gerümpft hatte.

Was machte es schon, wenn er sich jetzt benahm wie der Kröterich aus *Hallo, Meister Dachs*, der eine neue Passion entdeckt hatte, schließlich hatte er lange genug darauf gewartet, sich etwas zu gönnen. Beruhigt suchte Keith sich aus der Auslage ein Schweizer Offiziersmesser mit fast fünfzig pfiffigen Zubehörteilen aus, die ihm sicher gute Dienste leisten würden.

Als er in seiner neuen Aufmachung auf die Straße trat, fühlte er sich gleich wie zu Hause und dazugehörig. Ein Stück weiter oben an der Straße sah er einen Pub, das *Horse and Groom*. Eine Stelltafel verkündete, dass es dort durchgehend Tee, Kaffee und gutes Essen gab. Keith fand eine Tasse Kaffee genau das Richtige, bevor er seinen Besuch bei den Liddiards telefonisch ankündigte.

So etwas wie das Wesen hinter der Theke hatte Keith noch nie gesehen. Sie hatte langes, schwarzes Haar, das sie nach hinten gekämmt trug, Augen, die unter den dicken Schichten schwarzen Lidstrichs kaum zu sehen waren, und trug eine Kampfanzughose und ein T-Shirt mit der Aufschrift »Fantastischer Busen drunter«. Seinen Vorstellungen von Kellnerinnen in einem Landgasthof entsprach sie wahrhaftig nicht. Mit ihrem ländlichen Dialekt, wissend und naiv zugleich, klang sie, als gehöre sie zum Erbsenpflücken aufs Feld.

»Was kann ich Ihnen bringen, Sir?«

»Nur einen Kaffee bitte.«

Er schaute sich um und bemerkte, dass die Zapfhähne das Logo von Honeycote Ales trugen. Ihm fiel sein Gespräch mit Irene ein.

»Ist das ein Honeycote-Pub? Gehört er den Liddiards?«

»Ja, im Augenblick noch, Sir.«

»Noch?«

Das Mädchen beugte sich vertrauensselig vor. Keith sah, dass die Aufschrift auf ihrem T-Shirt der Wahrheit entsprach.

»Es heißt, sie gehen den Bach runter. Alle rechnen jeden Tag damit, dass sie Bankrott machen. Oder verkaufen.«

»Tatsächlich?«

»Warum wollen Sie das wissen?«

»Reine Neugier. Meine Tochter ist gerade bei ihnen zu Besuch.«

Das Mädchen schlug sich mit der Hand auf den Mund, als sei sie über ihre Indiskretion erschrocken, aber ihre Augen lachten. Ihre abgekauten Fingernägel waren blutrot lackiert.

»Oje! Dann hätte ich wohl besser nichts gesagt.«

»Es bleibt unter uns.«

»Wenn Sie den jungen Herrn sehen, bestellen Sie ihm schöne Grüße von Mayday.« Sie strahlte ihn mit Hollywood-weißen Zähnen an. Keith versprach es ihr und nahm seinen Kaffee mit an einen Tisch. Ohnehin hatte er das Gefühl, in einen Film geraten zu sein. Aber er musste zugeben, dass er darauf brannte, sich auf eine Verfolgungsjagd einzulassen – was sie ihm erzählt hatte, hatte sein Interesse geweckt. Er konnte es gar nicht abwarten, die Liddiards von Honeycote kennen zu lernen und mehr über ihr Unternehmen zu erfahren.

Zwei Meilen entfernt hatte Kelly in ihrem winzigen Schlafzimmer über dem Schankraum des *Honeycote Arms* die ganze Nacht kaum geschlafen. Um neun Uhr machte sie sich an die Restaurierung ihres partygeschädigten Gesichts und legte eine Gesichtsmaske aus Tonerde auf. Die würde alle Gifte herausziehen: Sie hatte viel zu viel Wein getrunken, obwohl er trocken war und sie trockene Weine eigentlich nicht mochte, aber Patrick hatte sich geweigert, eine Flasche ihres deutschen Lieblingsweins für sie allein zu bestellen. Das war das erste

Anzeichen: Normalerweise spendierte er ihr nur zu gern Alkohol, um ihr an die Wäsche gehen zu können. Dafür musste sie allerdings nicht unbedingt betrunken sein. Auch wenn Kellys äußere Erscheinung etwas anderes vermuten ließ, hatte sie noch nicht sonderlich viele Liebhaber gehabt, und solche Gefühle hatte bisher nur Patrick bei ihr geweckt.

Nach einer Viertelstunde nahm sie die Gesichtsmaske ab und trug eine belebende Feuchtigkeitscreme auf, die fünf Minuten einwirken musste. Patrick hatte sich gestern Abend grässlich benommen und Kelly begriff nicht, warum. Er hatte kaum mit ihr gesprochen, und wenn, dann hatte er sie angeschnauzt. Irgendwann war er einfach verschwunden.

Abdeckstift für die dunklen Augenringe. Lidstrich. Konturenstift für die Lippen. Augenbrauenstift. Der ganze Abend war seltsam verlaufen. Meist hatte sie sich mit Lawrence Oakley unterhalten. Er hatte sich interessiert nach ihren Schönheitsbehandlungen erkundigt. Sogar angedeutet, dass er ihr nach ihrer Prüfung einen eigenen Salon einrichten könnte. Mascara. Lippenstift. Fertig.

Zufrieden, wieder präsentabel zu sein, beschloss Kelly, mit ihrer Mutter eine Tasse Tee zu trinken. Eileen wartete sicher schon gespannt darauf, etwas über den Ball gestern Abend zu hören: wer wie angezogen war, wer sich betrunken, wer sich danebenbenommen hatte. Und Kelly mochte nichts lieber, als mit einer aufmerksamen Zuhörerin zu tratschen. Sie schlüpfte in ein Paar flauschige Häschenpantoffeln und ging die Hintertreppe hinunter, die von ihrer Privatwohnung in den Pub führte. Erstaunt hörte sie Stimmen aus dem Schankraum, obwohl sie ziemlich sicher war, dass sie letzte Nacht keine Pensionsgäste hatten. Stirnrunzelnd lauerte sie durch die verglaste Tür. Mickey Liddiard und ihr Vater saßen, in ein Gespräch vertieft, an einem Tisch. Sie öffnete die Tür einen Spalt, um zu lauschen, und war verwundert über den Ton ihres Vaters. So hatte sie ihn noch nie mit Mickey reden hören. Die beiden

Männer kamen gut miteinander aus und tranken des Öfteren ein Bier miteinander. Aber dieses Gespräch war alles andere als freundschaftlich. Kelly lauschte gespannt.

»Eileen und ich würden es keine zwei Minuten im *Blue Boar* aushalten. Es passt nicht zu uns – das wissen Sie genau.«

»Die Sache ist die, Ted, ich habe keine andere Wahl.«

Ted starrte Mickey lange an. Mickey war betroffen von seiner Verachtung.

»Eileen hat gesagt, dass Sie das machen werden. Ich habe gesagt, das tun Sie nicht.«

»Es ist wirklich das Letzte, was ich gewollt habe. Sie sind meine treuesten Pächter ...«

»Na ja, Sie haben eine komische Art, unsere Treue zu belohnen.«

»Wenn ich irgendwas für Sie tun kann ...«

»Stellen Sie uns ein anständiges Zeugnis aus. Wir werden es brauchen.«

Steif verließ Ted den Schankraum, während Mickey den Kopf auf seine Hände sinken ließ. Der ruhige Ted mit seiner verletzten Würde war schlimmer als ein offener Streit. Er ging hinter die Theke und schenkte sich drei Schluck Whiskey in ein leeres Glas.

»Den bezahlen Sie ja wohl hoffentlich!«

Als Mickey sich rasch umdrehte, schaute Kelly ihn vorwurfsvoll an; sie war vollständig geschminkt und trug einen pinkfarbenen Morgenmantel und Häschenpantoffeln. Er kramte in seiner Tasche nach Kleingeld, doch bevor er die Münzen hinhalten konnte, hatte sie schon auf dem Absatz kehrtgemacht und war hinausstolziert.

Skipper beäugte schelmisch den Berg geriebener Möhren, der verlockend vor ihm anwuchs, bellte kurz auf und zerkaute boshaft eine Weintraube. Er spürte deutlich, dass seine Herrin mit den Gedanken anderswo war, und ärgerte sich, weil er nicht allzu laut protestieren durfte. Denn aus Erfahrung wusste er, dass sie ihn ruck, zuck ins Hinterzimmer verbannen würde und er sich, angekettet auf seinem Plätzchen, mit dem Tagesprogramm im Fernsehen würde begnügen müssen. Er liebte die Küche, wo immer einiges für ihn abfiel, aber er musste sich still verhalten, damit das Gesundheitsamt ihn dort nicht entdeckte.

Als er die Weintraube gründlich zerknabbert hatte, legte er den Kopf schief und schaute Eileen gerissen an. Die Stammgäste hatten ihn zwar Ted zum fünfzigsten Geburtstag geschenkt, aber sein Fressen bekam er von Eileen, an der er sehr hing. Heute Morgen spürte er, dass sie abgelenkt war. Dabei rieb sie mit gewohnter Geschwindigkeit Berge von gelbem und rotem Gemüse, aus dem bald eine Riesenschüssel Rohkostsalat für den Mittagstisch entstehen sollte. Skipper hoffte, ein paar von den Rosinen zu ergattern, die sie immer nach der Mayonnaise über den Salat streute, aber sie war anscheinend in ihrer eigenen Welt und hatte ihn völlig vergessen. Er überlegte, ob ein liebevolles Knabbern an ihrem Ohr sich zu seinen Gunsten auswirken könnte, entschied sich aber dagegen. Zwischen Eileens Augenbrauen hatte sich eine tiefe Furche eingegraben, die nichts Gutes zu bedeuten hatte.

Eileen war tatsächlich ganz in Gedanken und merkte erst, wie versunken sie in ihre Träumereien war, als ihre Knöchel heftig über die Reibe schabten und ein paar Blutstropfen in die Möhren fielen. Seit einer halben Stunde ging sie nun schon im Stillen sämtliche vorstellbaren Möglichkeiten durch, von denen ihr keine gefiel. Sosehr sie sich auch bemühte, fand sie keine angenehme Erklärung für Mickey Liddiards Besuch an einem Sonntagmorgen um halb acht. Ihrer Ansicht nach war er ein fauler Hund, ganz und gar nicht der Typ für ein Arbeitsfrühstück.

Da Eileen ihre Rolle als Ehefrau des Wirts, nicht als Wirtin, geduldig akzeptierte, hatte sie die Männer nicht in den

Schankraum begleitet, als Mickey bat, ein Wort mit Ted reden zu dürfen. Die Butter kam schließlich nicht von selbst aufs Brot und Eileen hatte sich nicht umsonst fünfzehn Jahre lang um die Küche im *Honeycote Arms* gekümmert; sie wusste genau, dass eine halbe Stunde Verspätung ein heilloses Durcheinander nach sich zog. Sie klebte sich ein Pflaster auf ihren verletzten Finger, bevor sie die Berge von Möhren, Weißkohl und Zwiebeln in eine Rührschüssel gab und löffelweise glänzende Mayonnaise darüber schaufelte. Während sie umrührte, lauschte sie angespannt, ob sie wenigstens etwas vom Ton der Unterhaltung erhaschen könnte, die so quälend nah hinter der Schwingtür geführt wurde.

Sie ahnte, dass nun der Augenblick gekommen war, den sie seit drei Jahren gefürchtet hatte. Ted hatte oft mit ihr geschimpft, aber Eileen war weder eine Optimistin noch eine sentimentale Närrin. Nur ihr knallharter Geschäftssinn, ihr Blick für Details und ihre peinlich genaue Buchführung hatten den Pub in den letzten Jahren in Gang gehalten, ganz zu schweigen von ihrer Plackerei und Schufterei hinter den Kulissen. Von ihren Gästen hatten sie zudem genug aufgeschnappt, um zu wissen, dass ein Unternehmen heutzutage verschlankt werden musste, wenn es Erfolg haben wollte; es konnte sich kein Gramm Fett leisten. Und von Verschlankung konnte bei Honeycote Ales keine Rede sein. Aus sachkundigen Bemerkungen an der Theke wusste sie außerdem, dass das *Honeycote Arms* eine wahre Goldgrube sein könnte. Sie und Ted führten die Gaststätte zwar mit Gewinn, aber sie lief mehr oder weniger von selbst. Sie war groß, aber nicht unlenkbar, abgelegen, aber nicht abgeschieden – mit anderen Worten: reif zum Ausbau. Eileen hatte ein Gespür dafür, dass ihre Zeit ablief. Als sich die Schwingtür schließlich öffnete und Ted hereinkam, tat er ihr Leid. Er setzte immer Vertrauen in die Menschen und hielt sie für zynisch. Es musste schrecklich für ihn sein, auf die harte Tour eines Besseren belehrt zu werden.

Ted legte ihr schwer die Hand auf die Schulter.

»Setz dich, Schatz.«

»Ich weiß schon Bescheid. Er verkauft den Pub über unseren Kopf hinweg, stimmt's?«

»Er hat uns das Vorkaufsrecht angeboten.«

Eileen schnaubte.

»Das Haus ist dreihunderttausend wert, den Umsatz noch nicht mitgerechnet.«

»Wir könnten einen Kredit aufnehmen. Die Zinsen sind niedrig.«

»Ted, wir sind beide über fünfzig. In meinem Alter will ich mich nicht mehr so hoch verschulden.«

»Mickey meint, wir könnten einen Investor finden. Als stillen Teilhaber.«

»Er muss es ja wissen.« Eileen schürzte die Lippen. »Würdest du ihn etwa um geschäftlichen Rat fragen? Er schlachtet die Gans, die goldene Eier legt. Lass dir gesagt sein, der ganze Laden wird noch den Bach runtergehen. Aber er kann den Pub nicht über unsere Köpfe hinweg verkaufen, ohne uns eine Alternative anzubieten.«

»Hat er. Das *Blue Boar.*«

Eileen schaute Ted fassungslos an.

»Das kann er doch nicht ernst meinen!«

Das *Blue Boar* war die einzige Honeycote-Gaststätte, die völlig aus dem Rahmen fiel: ein Pub in einem Neubaugebiet östlich von Eldenbury, den Mickeys Vater Anfang der siebziger Jahre als taktische Investition hatte bauen lassen. Dort gab es Satellitenfernsehen und Karaoke-Abende. Es wurde sehr viel getrunken, was regelmäßig Besuche der Ortspolizei nach sich zog. Der Pub war rentabel, aber um welchen Preis?

»Dir ist klar, dass er nicht verpflichtet ist, uns eine weitere Alternative anzubieten, wenn wir das *Blue Boar* ablehnen.«

Eileen setzte sich schwerfällig und musterte die Wände.

»Im Februar werden es zwanzig Jahre.«

»Ich weiß.«

Eileen traten Tränen in die Augen.

»Ich begreife das nicht. Wir haben doch nichts falsch gemacht. Den lieben langen Tag haben wir geschuftet und unser Herzblut in diesen Laden gesteckt. Während er trinkt, den Weibern nachjagt und spielt.«

»Das weißt du doch gar nicht ...«

»Ach nein?! Ich habe den Whiskey in seinem Atem gerochen. Hat sich bestimmt Mut angetrunken.«

Ted war überrascht, wie vehement sie das ausspie. Sonst war Eileen immer so tolerant, unparteiisch und bereit, beide Seiten einer Sache zu sehen. Gewöhnlich war er derjenige, der allzu heftig reagierte und beruhigt werden musste. Aber er stand noch unter Schock und hatte die Neuigkeit noch gar nicht verdaut, während Eileen nur ihre schlimmsten Befürchtungen bestätigt sah. Er klopfte ihr linkisch auf die Schulter und überlegte gerade, ob er ihr einen Schluck Brandy zur Beruhigung holen sollte, als die Tür aufschwang und Kelly in schwarzer Hose und Polohemd hereinkam.

»Was ist los, Mum?«

Eileen trocknete sich die Augen mit einem Geschirrtuch, das über ihrer Schulter hing. Die Zwiebelausdünstungen des Tuches ließen ihre Tränen nur noch reichlicher fließen. Sie schaute ihre Tochter an.

»Arbeite nie für einen anderen, Liebes. Besser, du bist dein eigener Herr.«

Kelly schaute ihren Vater fragend an, um sich ihre Befürchtungen bestätigen zu lassen. In den letzten zehn Minuten war er um zehn Jahre gealtert.

»Die Liddiards verkaufen uns den Pub unterm Hintern weg.«

»Das können sie doch nicht machen!«

»Natürlich können sie das!«

»Aber warum?«

»Er ist wohl in Schwierigkeiten. Du hast doch die Gerüchte gehört.«

Kelly musste erst einmal verarbeiten, was sie da Ungeheuerliches gehört hatte. Ihr erster Gedanke war, dass sich damit wohl Patricks Verhalten von gestern Abend erklären ließ. Warum sonst hätte er so distanziert sein sollen, so sehr darauf bedacht, sie auf Abstand zu halten? Sie nahm ihre Mutter in die Arme.

»Es tut mir Leid, Mum, aber ich muss für ein Weilchen weg. Ich habe jemandem eine Maniküre versprochen. Kommst du klar?«

Eileen atmete tief durch und nickte lächelnd. »Sicher. Jammern hat ja keinen Sinn. Vielleicht war das ja noch nicht das letzte Wort. Und selbst wenn doch, sind wir vorerst noch hier und ich muss das Mittagessen kochen.«

»Zum Tee bin ich wieder da.«

Kelly küsste ihre Mutter auf die Stirn und lächelte ihren Vater an. Ted rang sich ein müdes Lächeln ab. Sie begreift gar nicht, was das für uns heißt, dachte er. Selbst wenn Honeycote Ales ihnen eine großzügige Abfindung zahlte, auf die sie keinen Anspruch hatten, sobald sie das *Blue Boar* ablehnten, würden sie sich kein Haus leisten können, das auch nur annähernd an ihre Wohnung im *Honeycote Arms* heranreichte. Sie müssten schon froh sein, wenn es für ein kleines Reihenhäuschen in der Siedlung reichte, in der die Gäste des *Blue Boar* wohnten. Jede Woche stand aus dieser Gegend eine neue Horrorgeschichte über Drogensucht, Gewalt, Raub, Autodiebstahl und Ähnliches in der Zeitung, obwohl die meisten Leute annahmen, dass sie hier im Herzen der malerischen Cotswolds gegen die raue Wirklichkeit gefeit seien. Ted verschloss die Augen vor diesem Bild. Er hatte für seine Familie immer nur das Beste gewollt. Noch zehn Jahre, dann hätten sie es geschafft. Kelly und ihr Bruder Rick hätten ihr eigenes Leben und Eileen und er hätten an der Küste in North Devon eine kleine Pension eröffnet – davon hatten sie immer schon geträumt. Aber Träume waren wohl Schäume, selbst wenn man sich nichts zuschulden kommen ließ. Es war ein Witz, dass Mickey, der sich wahrhaftig mehr hatte zuschulden kommen lassen als jeder andere im meilenweiten Umkreis, unbeschadet aus dieser ganzen Geschichte hervorgehen sollte, während sie für seine Fehler bezahlen mussten.

Anders als ihr Vater glaubte, war Kelly durchaus im Bilde. Sie sprang in ihren kleinen Mini und raste davon, ohne recht zu wissen wohin. Sie war früher schon mal wütend geworden, wenn auch nur selten, denn im Grunde war sie ein gutmütiger Mensch. Aber diese Geschichte brachte sie zur Weißglut, aus deren Asche jedoch eine klare Entscheidung hervorging.

Wer Kelly für naiv hielt, irrte sich. Vor allem Patrick hatte sie immer unterschätzt und geglaubt, sie sei unaufmerksam. In Wirklichkeit entging Kelly nur wenig. Und da sie jetzt erfahren hatte, was hinter ihrem Rücken vorgegangen war, ging sie die Ereignisse der letzten Tage noch einmal durch und reimte sich manches zusammen. Dass die Leute sie für eine einfältige Kosmetikerin hielten, war sehr nützlich, da sie so ihr Vorgehen nicht sonderlich gut vor ihr kaschierten. Normalerweise spielte das keine große Rolle, weil sie weder boshaft noch rachsüchtig war – von ihr aus konnten die Leute tun und lassen, was sie wollten, solange niemand zu Schaden kam, den sie liebte.

Kelly hatte den dringenden Wunsch, ihre Eltern zu beschützen. Obwohl sie schwer arbeiten mussten und ein hektisches Leben führten, hatten sie es immer geschafft, ihre Kinder an die erste Stelle zu setzen und ihnen mühsam abgerungene Zeit zu widmen, die sie gut für sich selbst hätten brauchen können. Durch ihre selbstlose Unterstützung und Ermutigung hatten Kelly und Rick ihren eigenen Weg einschlagen können und immer gewusst, dass sie eine warmherzige, liebevolle Familie im Rücken hatten, die jeden Penny, den sie erübrigen konnte, in die Ausbildung und Ausstattung ihrer Kinder steckte. Da Eileen und Ted in ihrem eigenen Beruf abhängig waren, wussten sie Unabhängigkeit zu schätzen und wollten, dass es ihren Kindern einmal besser ginge als ihnen.

In Kellys Kopf schwirrten einzelne Informationen umher, die sie bislang lieber nicht zu einem Bild zusammengesetzt hatte, da sie Mickey immer gemocht und im Zweifel für ihn entschieden hatte. Doch nun fügte sich ein Mosaik zusammen, das ein äußerst interessantes Bild ergab. Zum Beispiel neulich der Abend in der Brauerei. Sie hatte eindeutig Kays Wagen erkannt. Sie musste also gewusst haben, dass Mickey da war. Aber mit Patricks Anwesenheit hatte sie wohl nicht gerechnet. Warum sonst hätte sie den Hügel hinaufrasen sollen, als wären sämtliche Höllenhunde hinter ihr her, wenn sie nicht ein schlechtes Gewissen hatte? Und das kleine Stelldichein gestern Abend im Pavillon bestätigte Kellys Verdacht.

Wenn sich Kay und Mickey heimlich trafen, war Kelly sehr dafür, ihnen einen Strich durch die Rechnung zu machen. Gestern Abend beim Ball hatte sie lange genug neben Lawrence Oakley gesessen, um sich ein Bild von ihm zu machen. Er würde es nicht gelassen hinnehmen, dass man ihm Hörner aufsetzte. Er gehörte zu jenem Typ Mann, der unbedingt alles und alle unter Kontrolle haben wollte. An der Art, wie er seine warme Hand auf ihren Oberschenkel gelegt hatte, gerade hoch genug, um ihr Strumpfband durch das Kleid zu spüren, hatte sie zudem erkannt, dass er Wachs in den Händen junger Blondinen war. Er hatte sich scherzhaft als Versuchskaninchen für ihre Massageprüfung angeboten und ihr gesagt, sie solle ihn anrufen, falls sie ein Übungsobjekt brauche. Seine Visitenkarte steckte in ihrer Tasche. Sobald sie weit genug vom Haus ihrer Eltern entfernt war, um keinen Verdacht mehr zu erregen, hielt sie an, holte ihr Handy hervor und wählte.

Nach dem dritten Klingeln kam er an den Apparat.

»Lawrence Oakley.«

»Mr Oakley …?« Sie legte ein leichtes Beben in ihre Stimme, um die Dramatik zu erhöhen.

»Wer ist da?«

»Ich bin's, Kelly. Von gestern Abend.« Sie ließ ihre Stimme kippen. Ihrer Erfahrung nach zog Heulen immer. »Ach, Mr Oakley, es ist ja so schrecklich. Ich weiß einfach nicht, ob ich es Ihnen sagen soll oder nicht. Ich hoffe, ich tue das Richtige …«

Stirnrunzelnd drehte Lawrence sich mit seinem Ledersessel herum und fragte sich, was das Mädchen wohl wollte. Er erinnerte sich an sie. Hübsches kleines Ding.

»Was ist denn los?«

»Es geht um Ihre Frau. Und Mickey Liddiard.« Kelly schluckte. Jetzt gab es kein Zurück mehr. Sie hoffte inständig, dass ihr Plan nicht nach hinten losgehen mochte. Es war eigentlich gar nicht ihre Art, Leute anzuschwärzen, aber es war die einzige Strafe, die ihr für Mickey einfiel.

»Wie meinen Sie das?« Lawrence hatte das entsetzliche Gefühl, genau zu wissen, was Kelly sagen würde. Seine Finger verkrallten sich in die Telefonschnur.

»Sie haben ein Verhältnis …«

Mit mühsam beherrschter Stimme dankte Lawrence Kelly höflich, dass sie es ihm gesagt hatte, und legte auf. Erstaunt stellte er fest, dass er nicht vor Wut raste, wie er eigentlich erwartet hätte, sondern nur kalte Angst verspürte.

Keith kam kurz nach zwölf Uhr mittags nach Honeycote. Lucy begrüßte ihn herzlich und bot ihm die vierte Tasse Kaffee des Tages an.

»Es tut mir Leid wegen Ihrer Frau und Ihnen. Wenn wir irgendwas für Sie tun können – Mandy ist uns immer willkommen.«

Keith war verblüfft, dass sie ihn so unverblümt ansprach, und war sich nicht ganz sicher, was sie eigentlich meinte. Dann fiel es ihm ein: Seine Frau hatte ihn mit dem Kind im Stich gelassen, auch wenn dieses attraktive sechzehnjährige Kind durchaus im Stande war, für sich selbst zu sorgen.

Lucy lächelte ihn freundlich an. Er wusste nicht recht, ob er selbstmitleidig, abwehrend oder selbstgerecht reagieren sollte. Schließlich zuckte er lediglich die Achseln. »Alles Schlechte muss einmal zu Ende gehen.« Da er fand, dass diese Bemerkung verbittert klang, grinste er und nahm einen Keks aus der Schachtel, die Lucy ihm reichte. »Hierher zu kommen hat mich alles ein bisschen vergessen lassen. Liegt das an der Luft hier draußen?«

»Schon möglich«, grinste Lucy. »Dann bleiben Sie besser zum Mittagessen, damit Ihr Vergessen noch ein Weilchen anhält.«

»Auf keinen Fall«, lehnte Keith bestimmt ab. »Ich lade Sie alle zum Mittagessen ein zum Dank dafür, dass Mandy bei Ihnen bleiben durfte.«

»Zu spät«, erwiderte Lucy. »Ich habe den Braten schon im Ofen und brauche nur noch ein paar Kartoffeln mehr zu machen.«

Als Mandy mit Sophie und Georgina herunterkam, lächelte sie ihren Vater unsicher an, halb verlegen, halb mitfühlend. Ihn überkam das Bedürfnis, sie fest in die Arme zu schließen, doch da es in ihrer Familie bisher ausgesprochen unüblich war, Gefühle zu zeigen, hatte er den Eindruck, dass jetzt nicht der geeignete Augenblick war, sich wie ein sentimentaler Sizilianer bei der Hochzeit seiner einzigen Tochter zu benehmen. Er fand, sie sah hinreißend aus in Jeans und einem geliehenen Pullover mit windzerzaustem Haar und der frischen Hautfarbe.

Insgeheim hatte Mandy gefürchtet, ihr Vater könnte sie in Verlegenheit bringen und ihr den sicheren Hafen zerstören, den sie in Honeycote gefunden hatte. Aber ganz im Gegenteil: Sobald er zur Tür hereinkam, wirkte er ungewöhnlich entspannt und entschlossen, seine Umgebung zu genießen. Keine Großmäuligkeit, keine Angeberei, keine anbiedernden Anspielungen auf den Preis oder Wert von Dingen. Anders als sie erwartet hatte, verzichtete er auf seinen üblichen Partygag, den Wert des Hauses zu schätzen. Er brüstete sich, den Preis eines jeden Hauses in den Midlands bis auf fünfhundert Pfund genau einschätzen zu können. Aber Honeycote House hatte ihn offenbar in Bann geschlagen und ihm war klar, dass dieses Haus unbezahlbar war und sein wahrer Wert gerade in den seit fünfzig Jahren nicht mehr renovierten Badezimmern bestand, und so sagte er kein einziges Mal: »Das kann ich Ihnen alles als pflegeleichte Reproduktion mit Whirlpool, Dusche und passendem Bidet besorgen – bei Barzahlung mit Skonto.«

Mickey, der anscheinend überaus erleichtert von seinem morgendlichen Ausritt nach Hause gekommen war, freute sich über den zusätzlichen Gast am Mittagstisch. Alle langten bei Roastbeef und Yorkshire Pudding kräftig zu, um ihren Kater zu vertreiben. Mickey und Keith verstanden sich auf Anhieb prächtig. Voller Stolz erzählte Mickey von Honeycote Ales. Keith war fasziniert von dem ganzen Betrieb, wie Mandy erleichtert feststellte. Bislang hatten sie noch keine Gelegenheit gefunden, unter vier Augen über ihre Mutter zu sprechen, aber ihr Vater machte nicht den Eindruck, als ob er sonderlich mitgenommen sei. Sie war froh, dass Patrick ausgegangen war und nicht zum Mittagessen erschien. Am liebsten wollte sie abreisen, ohne ihn noch einmal zu sehen. Sie wollte weglaufen und ihre Wunden lecken, ohne dass jemand Salz hineinrieb. Und wenn sie ihn wiedersähe, sollte er sie ebenso begehren wie sie ihn, das schwor sie sich.

Nach dem Mittagessen erbot sich Mickey, Keith die Brauerei zu zeigen. Als er das Gebäude betrat, fühlte er sich um hundert Jahre zurückversetzt. Er stieg die altersschwache Treppe bis oben in den Turm hinauf, betrachtete die Unmengen an Flüssigkeit, die in dem Kupferbehälter abkühlte, atmete den Geruch von Hefe und Hopfen ein und empfand Neid.

Er löcherte Mickey mit Fragen, nicht aus Neugier, sondern weil er fasziniert war. Mit Interesse bemerkte er, dass Mickey ihre Lage zuversichtlich darstellte: Mit keinem Wort deutete er die Schwierigkeiten auch nur an, die das merkwürdige Mädchen im *Horse and Groom* erwähnt hatte. Das kleine Biest hatte ihn wohl zum Narren gehalten.

Zum Abschluss der Besichtigung ließ Mickey ihn ihr bestes Bitterbier kosten. Keith war eigentlich kein Biertrinker, aber selbst er merkte, dass es kräftig, würzig, leicht nussig und irgendwie süß schmeckte und seinen Namen völlig zu Recht trug. Als Mickey ihn einlud, an einem Brautag noch einmal wiederzukommen, nahm er bereitwillig an. Seit einer Ewigkeit hatte er keinen Tag mehr so genossen wie diesen.

Als Keith und Mandy gefahren waren, nachdem sie sich tausendmal bedankt und versprochen hatten, bald wiederzukommen, saß Mickey in seinem Büro in der stillen Brauerei, seufzte erleichtert auf und beglückwünschte sich zu dem, was er in den letzten vierundzwanzig Stunden geschafft hatte. Gestern um diese Zeit hatte er noch völlig verzweifelt in einer Weinstube in Cheltenham gesessen und jetzt war er schon fast wieder auf dem rechten Weg. Warum hatte er nicht schon früher Bilanz über sein Leben gezogen? Kay hatte die Trennung gestern Abend erstaunlich leicht genommen. Und Eileen und Ted – na ja, sie waren natürlich nicht gerade begeistert, aber er würde schon eine Möglichkeit finden, es ihnen wieder gutzumachen.

Er schaute in das Glas Whiskey in seiner Hand und dachte über seine Vorsätze nach.

Zwei waren erledigt, blieb nur noch einer.

Vielleicht war es doch einfacher, als er gedacht hatte.

Kapitel 9

Nach Honeycote House wirkte The Cedars noch weniger anheimelnd als sonst. Als Mandy und Keith über die Schwelle traten, überfiel sie der Geruchscocktail diverser Reinigungsmittel, die ihre Putzfrau großzügig verwendete: scharfe Chemikalien, kaum kaschiert durch einen unangenehmen Kiefernnadel- oder Zitrusduft. Honeycote House roch nach Kaffee, Hunden, Toast, Aschenbechern und frischen Blumen. Es roch nach Leben, während Keith bei sich zu Hause das Gefühl hatte, in ein Leichenschauhaus zu kommen, in dem jede Spur von Leben sofort einbalsamiert wurde.

Vater und Tochter schauten sich befangen an und wünschten beide, sie wären woanders. Sandras Abwesenheit wirkte nicht befreiend, sondern bedrückend. Sie hatte ein Vakuum hinterlassen, das beide nicht recht auszufüllen wussten. Mandy war von der schlaflosen Nacht und dem Gefühlsaufruhr, in den Patrick sie gestürzt hatte, völlig ausgelaugt, und Keith hatte plötzlich das unerklärliche Gefühl, als habe jemand die Luft aus ihm herausgelassen. Auf der Heimfahrt hatte er noch vor Entschlossenheit förmlich gesprüht, und während Mandy auf dem Beifahrersitz döste, hatte er, nach einem Glas Bier und zwei Gläsern mit schwerem roten Bordeauxwein in Hochstimmung, seinen Tagträumen nachgehangen und sich Gedanken gemacht, wie er seine neue Welt gestalten wollte, da er nun freie Bahn hatte. Doch als er sich nun wieder auf seinem gewohnten Terrain befand, erschienen ihm seine Pläne wie Luftschlösser. Seine Welt war zu weit entfernt von der der Liddiards, so dass er nicht mühelos zu einer Lebensweise übergehen konnte, die auch nur annähernd

Ähnlichkeit mit ihrer hätte. Er gehörte in die Welt der Garagentore mit Fernbedienung, der Fußbodenheizung, der selbstreinigenden Backöfen, eine Welt ohne die geringste Spur von Spontaneität. Alles war reguliert, programmiert und genau geplant. Wie sollte er mit lebenslangen Gewohnheiten brechen?

Deprimiert ging er in die makellos saubere Küche und schaute sich in der sterilen Umgebung um, wo jedes Küchengerät hinter maßgefertigten Schranktüren versteckt war, als müsse man sich schämen, dass Geschirr gespült und Lebensmittel gekühlt werden mussten. Er nahm eine kleine Flasche französisches Bier aus dem Kühlschrank und holte ein Glas aus dem Schrank. Angewidert bemerkte er eine Spur von Sandras cappuccinofarbenem Lippenstift am Rand. Das riss ihn aus seiner Niedergeschlagenheit. Er ging zum (ebenfalls geschickt kaschierten) Mülleimer, warf das Glas hinein und hörte mit Genugtuung, wie es auf dem Edelmetallboden zerschellte. Trotzig trank er aus der Flasche.

Mandy tauchte in der Küchentür auf. Sie wirkte aufgewühlt, den Tränen nahe.

»Was ist, Liebes?«

»Sieh mal, was sie mir ins Schlafzimmer gelegt hat.«

Sie drückte ihm einen Umschlag mit Sandras kritzeliger Handschrift in die Hand. »Ich hoffe, eines Tages wirst du mich verstehen, mein Schatz. Bis dahin: Kauf dir was Hübsches zu Weihnachten.« In dem Umschlag war ein Scheck über fünfhundert Pfund.

»Was soll ich mir kaufen als Wiedergutmachung dafür, dass meine Mutter mit jemandem durchgebrannt ist, der halb so alt ist wie sie?«

Mandys Ton war ungewöhnlich boshaft und Keith sah besorgt, dass sie mit den Tränen kämpfte.

»Es tut mir Leid, Liebes.«

»Es macht mir nichts aus, dass sie weg ist. Aber es macht mir was aus, dass es ihr nichts ausmacht.«

»Ich weiß.«

Verblüfft stellte Keith fest, dass es ihn keineswegs so sehr aus der Fassung brachte, eine schluchzende Sechzehnjährige zu trösten, wie er erwartet hätte. Dass Sandra sie verlassen hatte, schuf irgendwie ein unausgesprochenes Band zwischen ihnen. Es vereinte sie. Doch sie hatten Entscheidungen zu treffen. Sie hatten die Wahl.

»Ich denke daran, das Geschäft zu verkaufen.«

Die Worte rutschten ihm heraus, bevor ihm der Gedanke auch nur bewusst geworden war. Mandy hörte abrupt auf zu schluchzen und musterte ihn verwundert.

»Seit wann?«

»Seit gerade eben. Da deine Mutter nicht mehr da ist, brauche ich mich nicht mehr damit herumzuschlagen.« Er stockte. »Warum sollte ich weiter etwas tun, was mir verhasst ist?«

»Ich wusste gar nicht, dass du die Arbeit hasst.« In Mandys Ohren klangen seine Äußerungen fast wie ein Sakrileg. Ihr Vater hatte immer den Anschein erweckt, dass er völlig in seiner Arbeit aufging, und hatte sich selbst abends und an Wochenenden nicht davon losreißen können, um Zeit mit seiner Familie zu verbringen.

»Wenn du erst mal in der Tretmühle steckst, ist es schwer, rauszukommen. Und ich musste deiner Mutter den Lebensstil bieten, den sie für angemessen hielt. Weißt du, das alles hier ist nicht gerade billig.« Er deutete mit einer ausholenden Geste auf das Haus, meinte aber noch wesentlich mehr. »Es war wohl völlig sinnlos, was? Mich abzurackern, um sie glücklich zu machen.«

»Und wenn du verkaufst, was machst du dann?«

»Keine Ahnung. Etwas, was mich glücklich macht.«

Keith merkte, dass sein Ton verbittert und zynisch klang, aber er wollte Mandy nicht zusätzlich zum Verschwinden ihrer Mutter auch noch mit den Problemen ihres Vaters belasten. Er strich ihr übers Haar und war froh, als sie sich an ihn schmiegte. Zum ersten Mal seit Jahren spürte er etwas menschliche Wärme. Wut flackerte in ihm auf, dass er so viel versäumt hatte und seine Tochter eigentlich ebenso wenig kannte wie sie ihn. Er wollte ihr alles erklären, so gut er es vermochte.

Sie brühten sich Tee auf, machten sich Toast mit Käse – trotz des ausgiebigen Mittagessens hatten sie beide erstaunlich großen Hunger – und nahmen beides mit in das Zimmer, das Sandra völlig zu Unrecht als die gemütliche Stube bezeichnet hatte. Der Raum wirkte wie geleckt. Eindeutig fehlte es an ein bisschen Unordnung, fand Keith und beschloss, aus Trotz die Sonntagszeitungen die ganze Woche liegen zu lassen.

Nach dem Essen fing Keith an zu erzählen und bemühte sich, so unparteiisch wie möglich zu schildern, wie es zwischen den Sherwyns so weit hatte kommen können. Mandy saß auf dem Boden, die Arme um die Knie geschlungen, und hörte ihrem Vater mit den gleichen runden Augen wie er verwundert zu; der Mann, den sie immer als desinteressiert und fern empfunden hatte, erwies sich mit einem Mal als sensibel und gehörig missverstanden.

Keith war überzeugt, dass die meisten Menschen in Lebensumständen endeten, die weit von ihren ursprünglichen Bestrebungen entfernt lagen. Sein Vater hatte ihn gedrängt, ein Handwerk zu erlernen und Klempner zu werden, als er durch die Aufnahmeprüfung für die höhere Schule gefallen war, und hatte ihm eine Lehrstelle besorgt. Sein Vater hatte eine gute Wahl getroffen, denn Keith war peinlich sauber und ordentlich in seiner Arbeit, weshalb er bei den Kunden sehr beliebt war. Es dauerte nicht lange, bis er herausfand, dass er ein guter Verkäufer war und Leute überreden konnte, etwas zehn Mal so Teures zu nehmen, als sie ursprünglich beabsichtigt hatten. Allerdings zog er seine Kunden nie über den Tisch. Er war nur so begeistert von dem, was er zu bieten hatte, und konnte den Leuten eine Vision von einem Badezimmer vermitteln, das ihr Leben verändern würde, so dass sie sich unweigerlich für kleine Extras entschieden, wie etwa jene Armaturen, die aus einer Notwendigkeit einen Luxus machten. Das einzige Problem war, dass sein Chef das Geld verdiente, nicht er. Von dem geringen Wochenlohn, den er bekam, würde er nie Millionär werden. Er setzte sich eine Frist von zwei Jahren. In dieser Zeit wollte er so viel wie möglich in seinem Beruf lernen und genug sparen, um sich selbständig zu machen.

Als er auf den Tag genau zwei Jahre nach seiner Einstellung kündigte, war sein Chef wütend und schwor, er werde in der Stadt nie wieder Arbeit finden. Doch Keith hatte sich einen so guten Namen gemacht, dass die Kunden in Scharen zu ihm wechselten. Bald hatte er mehr zu tun, als er allein bewältigen konnte, und musste Leute einstellen, die er selbst ausbildete, um seine eigenen Qualitätsansprüche und Zielvorgaben zu gewährleisten. Von örtlichen Bauunternehmen bekam er den Auftrag für die Badezimmerinstallationen in sämtlichen Neubausiedlungen, die rund um Solihull aus dem Boden schossen, was sich als äußerst lukrativ erwies, da Schlafzimmer mit eigenem Bad groß in Mode waren. Bei jeder modischen Neuheit war er allen anderen weit voraus: Jacuzzis, Whirlpools, Bidets, Massageduschen, Saunas. Es gab anscheinend nichts, wozu sich seine Kunden nicht verleiten ließen.

Als sein Steuerberater ihm sagte, wenn er sich nicht bald einen fabrikneuen Wagen zulege, müsse er mit einer saftigen Steuerforderung rechnen, wurde Keith klar, dass er auf dem Weg zum erfolgreichen Unternehmer war. Noch nie war ihm in den Sinn gekommen, ein fabrikneues Auto zu kaufen. Seine Eltern hatten eine Abmachung mit einem Freund, der bei Longbridge arbeitete und sich alle zwei Jahre einen neuen Rover mit Angestelltenrabatt kaufte. Seinen alten übernahmen Keith' Eltern und Keith wiederum kaufte deren abgelegtes Auto. Er bekam also alle zwei Jahre einen vier Jahre alten Rover und war damit vollauf zufrieden, da der Wagen immer scheckheftgepflegt und kaum gefahren war.

Jetzt war es nach seinem Empfinden an der Zeit für einen gewagten Schritt. Wochenlang durchforstete er sämtliche Autohandlungen der Umgebung, prüfte das Angebot und die Konditionen, die er heraushandeln konnte, bevor er sich für das frivolste Gefährt entschied, das er je gesehen hatte: einen weißen Sportwagen, einen Scimitar SS1, der völlig unpraktisch war, aber ihm jedes Mal ein Strahlen entlockte, wenn er aufs Gaspedal trat. Der Wagen besaß noch einen zusätzlichen Vorzug: Scherzhaft hatte der Verkäufer ihn als Miezenfalle bezeichnet und er erregte tatsächlich Aufmerksamkeit bei Frauen. Die Unterschrift auf dem Vertrag war kaum trocken, als die junge, adrett gekleidete Empfangsdame des Autohauses ihm mit der wehmütigen Bemerkung die Schlüssel reichte, dass sie in dem Wagen auch gern einmal gefahren wäre, aber jetzt wohl kaum mehr Gelegenheit dazu bekommen werde. Keith biss an. Es war ein strahlender Frühlingstag und er brannte auf eine Spritztour mit seiner neuen Errungenschaft. Er bot an, sie nach der Arbeit abzuholen und zu einem Drink einzuladen. Das Mädchen wurde rot, nahm sein Angebot an und stellte sich vor: Sandra. Ihrem Vater gehörte das Autohaus und sie arbeitete dort, um ein bisschen Berufserfahrung zu bekommen, da ihr Vater überzeugt war, dass eine Frau heutzutage auf eigenen Füßen stehen müsse.

Neun Monate später heirateten sie. Schon beim Hochzeitsempfang in einem der größeren Hotels von Solihull meldete sich bei Keith leichtes Unbehagen, als Sandra sich seinen Verwandten gegenüber aufspielte. Ihre affektierte Hochnäsigkeit war ihm unangenehm; offensichtlich war ihr der Erfolg ihres Vaters zu Kopf gestiegen. Keith bemühte sich, ihre Unhöflichkeit wieder gutzumachen, aber ihm war klar, dass Sandra den Eindruck hatte, irgendwie unter Stand geheiratet zu haben, obwohl ihr Vater sein Vermögen auch erst im Laufe der letzten zwanzig Jahre verdient hatte. Diese Gedanken verbannte er jedoch in seinen Hinterkopf, da sie zu ihm ausgesprochen nett war. Sie unterstützte ihn, ermutigte ihn und war ständig auf der Suche nach Möglichkeiten, wie er sein Geschäft ausbauen könnte. In diesen Dingen war sie ziemlich gewieft und hatte von ihrem Vater einige Tricks gelernt, wie man Geschäfte machte, neue Kunden warb und Folgeaufträge erhielt. Es gab nichts, das Keith von ihr hätte lernen müssen – er war der geborene Kaufmann –, aber es war schön, nach Feierabend jemanden zu haben, mit dem er neue Ideen durchgehen konnte.

Doch je erfolgreicher Keith wurde, umso mehr schwand Sandras Aufmerksamkeit und wuchsen ihre Ansprüche; nun wollte sie nicht nur mit den Jones mithalten, sondern auch mit den Smith, den Browns und dem gesamten Telefonbuch. Sandra gab das Geld genauso schnell aus, wie er es verdiente, und anfangs war er sogar stolz, ihr all das bieten zu können. Innerhalb von sieben Jahren zogen sie aus einem bescheidenen Reihenhaus mit vier Zimmern in ein nach ihren – vielmehr Sandras – Vorstellungen gebautes Luxushaus mit fünf Schlafzimmern. Anstelle ihres Mini Metro kaufte er ihr einen schwarzen Mercedes mit ihren Initialen auf dem Nummernschild. Das ungekünstelte, sorglose Wesen, das er an jenem Frühlingsabend in seinem Sportwagen entführt hatte, war bald nicht mehr wiederzuerkennen. Sandra verbrachte ihre gesamte Zeit im Fitnessclub, beim Friseur und im Schönheitssalon; sie ließ sich auf der Sonnenbank bräunen, blondieren und maniküren und gab sein Geld aus.

Ihre Ehe war eine einseitige Angelegenheit. Je mehr Keith Sandra mit Geld überhäufte, desto mehr zog sie sich von ihm zurück und versagte ihm jegliche Zuneigung. Es war fast ein Wunder, dass sie überhaupt mit Mandy schwanger wurde. Sandra ließ keinen Zweifel daran, dass ihr die Schwangerschaft und die Entbindung zutiefst widerstrebten und Keith den Sohn vergessen könne, den er sich insgeheim inständig wünschte. Wie bei Midas verwandelte sich auch bei Keith alles in Gold, was er anfasste, aber er war alles andere als glücklich. Um Sandras schmallippige Frostigkeit zu kompensieren, stürzte Keith sich in die Arbeit, wo er zwar keine Liebe, aber zumindest Respekt fand. Im Hinterkopf fragte er sich immer wieder, wie Sandra ihn wohl behandeln würde, wenn kein Geld mehr hereinkäme. Nun wurde ihm klar, dass sie nie etwas anderes als Geld von ihm gewollt hatte. Aber darüber durfte er nicht allzu viel nachdenken.

Er wusste nicht, wann ihre Affären angefangen hatten, aber er wusste, dass es sie gab, und hatte den Eindruck, es sei am besten, sie einfach zu ignorieren. Er hatte sich alle Mühe gegeben, Sandra im Bett zufrieden zu stellen, und hatte sich heimlich sogar bei seinem Buchclub *Joy of Sex* bestellt, um sich Anregungen zu holen. Aber offenbar war sie auf der Suche nach etwas, was er ihr nicht zu geben vermochte. Die Affären dauerten nie lange – es war fast, als verlöre sie das Interesse, sobald sie einen Mann erobert hatte –, daher empfand Keith sie nicht als echte Bedrohung. Eigentlich bedeuteten sie für ihn sogar eine gewisse Erleichterung, denn solange sie auf der Pirsch war, gab sie sich zu Hause erstaunlich umgänglich. Ihre Affären gaben ihr eine Beschäftigung, die sie davon abhielt, über ihr verpfuschtes Leben zu grübeln und sich zu überlegen, welchen materiellen Besitz Keith ihr als Nächstes verschaffen sollte.

Und nun hatte sie ihn trotz all seiner Anstrengungen und seiner Toleranz verlassen. Sein halbes Leben lang hatte er in einem verhassten Beruf geschuftet und das alles für einen Menschen, der wenig oder gar nichts für ihn übrig hatte. Was für eine Verschwendung. Er fragte sich, was passiert wäre, wenn sein Vater ihn vor dreißig Jahren nicht zu einer Klempnerlehre genötigt hätte. Damals hatte er davon geträumt, Comics zu zeichnen und seinen eigenen Superhelden zu entwerfen. Zugegeben, diese Ambitionen hatten sich längst verflüchtigt. Aber er wusste, dass er es zufrieden wäre, wenn er in seinem ganzen Leben keinen Wasserhahn, kein Waschbecken und kein Abflussrohr mehr sehen müsste.

All das erzählte Keith nun seiner Tochter in groben Zügen, allerdings ohne die traurigeren Details, obwohl er nicht wusste, warum er Sandra gegenüber Loyalität empfinden sollte. Als er mit seiner Geschichte fertig war, kam Mandy zu ihm und nahm ihn in die Arme, eine beruhigende, liebevolle Geste, die ihm fast das Herz zerriss.

Er betrachtete Mandy und fragte sich, was sie wohl aus ihrem Leben machen wollte. Hatte er wohl das Zeug, sie auf den Weg zu geleiten, den sie einschlagen wollte? War es verantwortungsvoll von Eltern, ihre Kinder in dem zu ermutigen, was sie tun wollten, so unmöglich es auch erscheinen mochte? Oder war es besser, die Dinge selbst in die Hand zu nehmen, wie sein eigener Vater es getan hatte, und sie auf einen Weg zu führen, den man für den besten hielt?

Vielleicht hatte sein Vater ja Recht gehabt. Keith war in dem Beruf, den er für ihn ausgesucht hatte, unglaublich erfolgreich gewesen. Dass er unglücklich war, lag an seiner Ehe. Wahrscheinlich hätte er sich besser eine andere Frau ausgesucht, mit der er seinen Erfolg hätte teilen können ...

Keith fiel auf, dass er keine Ahnung hatte, was Mandy mit ihrem Leben anfangen wollte, ob sie Wetteransagerin oder Archäologin werden wollte. Sie hatte einmal angedeutet, dass sie sich für Innenarchitektur interessierte, was er gut fand, da sich damit heutzutage offenbar alle beschäftigten – dank all der Fernsehprogramme, in denen Leute einem die Küche grellpink anstrichen und vorschlugen, Obst und Gemüse in galvanisierten Blecheimern aufzubewahren. Vielleicht könnten sie gemeinsam eine kleine Firma gründen – er könnte einen kleinen Laden irgendwo in den Cotswolds kaufen, in einer wohlhabenden schicken Gegend. Bei seinem kaufmännischen Gespür musste es ein Erfolg werden.

Moment mal! Jetzt tat er das Gleiche wie sein eigener Vater. Er projizierte seine eigenen Ideen und Ambitionen auf Mandy. Kein junges Mädchen, das bei Verstand war, würde mit ihrem Vater ein Geschäft aufmachen wollen. Er entschloss sich, sie in den nächsten Tagen erst einmal besser kennen zu lernen und herauszufinden, wofür sie sich interessierte und was sie machen wollte.

Vorerst gab es Wichtigeres.

»Was wünschst du dir zu Weihnachten?«

Mandy grinste. »Ein Pferd.« Seit sie drei Jahre alt war, hatte sie sich jedes Jahr zu Weihnachten ein Pferd gewünscht. Es war schon fast so etwas wie ein Familienwitz.

Keith verdrehte die Augen. »Nicht schon wieder diese alten Kamellen! Wir haben doch keinen Stall dafür.«

»Es gibt jede Menge Mietställe in der Umgebung. Und wenn wir eins kaufen, das draußen lebt, kostet es auch nicht viel.«

»Aber du bist doch meistens in der Schule.«

»Ich könnte ja jedes Wochenende nach Hause kommen. Dann wärst du auch nicht so allein.«

Keith musste aufstehen und an die Hausbar gehen, damit Mandy nicht sah, dass er den Tränen nahe war. Er war so gerührt wie noch nie in seinem Leben. Und in ihm wuchs die Wut auf sich selbst, dass er seiner Tochter so wenig Zeit gewidmet hatte.

»Mal sehen.«

Mehr brachte er bei dem Kloß, der ihm im Hals steckte, nicht heraus. Mit Interesse registrierte er jedoch, dass Mandy, anders als ihre Mutter, nicht weiter darauf bestand. Sandra hätte seine Weigerung als Herausforderung angesehen und ihm so lange zugesetzt, bis er nachgegeben hätte. Und nach zwei Wochen hätte sie das Interesse verloren und er hätte zusehen können, wie er das Pferd wieder loswurde. Mandy zuckte nur die Achseln und wünschte sich stattdessen Fahrstunden.

Keith war entschlossener denn je. Gleich am nächsten Morgen wollte er Lucy Liddiard anrufen und um Rat fragen. Vielleicht kannte sie ja Pferde, die zum Verkauf standen. Man konnte nie wissen, möglicherweise würde er sie bitten, sich auch nach einem Pferd für ihn umzusehen. Er war noch nie geritten, aber es war nie zu spät, etwas Neues anzufangen.

Er hoffte, dass es auch noch nicht zu spät für einen Neubeginn mit Mandy war. Er wollte sie kennen lernen. Ihr noch ein Weilchen das Leben bieten, das sie verdiente, bevor sie ihrer eigenen Wege ging. Er schaute sich im Haus um, das seelenlos, unpersönlich, luxuriös und effizient war wie ein Wartesaal erster Klasse auf dem Flughafen. Es musste weg. Das alles musste weg.

Kapitel 10

Drei Tage vor Weihnachten kramte Kay in ihrer Handtasche nach der Einkaufsliste für die letzten Weihnachtsgeschenke. Heute Abend fand die Weihnachtsfeier für die Angestellten des Gartencenters statt und sie wollte für die Mädchen Schmuck von *Accessorize* und für die Jungen CD-Gutscheine besorgen. Sie kippte den Inhalt ihrer Handtasche auf die Frühstückstheke, wobei ein paar Tampons herausrollten und in ihrem Hinterkopf Alarmglocken schrillen ließen. Sie hatte seit Wochen keine benutzt. Sie blätterte ihren Taschenkalender durch und versuchte, sich an ihre letzte Periode zu erinnern. Aber es gelang ihr nicht, da sie bei ihr immer sehr unregelmäßig kam und sie sie nie aufschrieb.

Sie stand in der Küche und dachte nach. Bestand Grund zur Panik? Vermutlich nicht. Sie kam oft zu spät, manchmal Wochen. Außerdem war sie zu 99 Prozent sicher, dass sie unfruchtbar war. Na ja, zu 90 Prozent sicher. Trotzdem war es schon lange her. Vielleicht sollte sie sich auf dem Heimweg einen Schwangerschaftstest besorgen. Dann bräuchte sie nicht länger darüber zu grübeln. Kay wusste irgendwie immer gern, woran sie war. Sie räumte ihre Tasche wieder ein, konzentrierte sich auf die vor ihr liegenden Aufgaben und vergaß ihr Dilemma.

Gemeinsam mit halb Gloucestershire schob sie sich durch Cheltenham, erledigte die Pflichteinkäufe in der ersten Stunde und hob sich das Angenehme bis zum Schluss auf. Sie suchte etwas Besonderes für Patrick. Nach langem Hin und Her entschied sie sich für einen herrlich weichen salbeigrünen Kaschmirschal, den sie sich zu seiner Fliegerjacke himmlisch vorstellen konnte. Sie würde ihn nicht einpacken, sondern ihm den Schal um den Hals schlingen, wenn sie sich das nächste Mal trafen. Schon bei der Aussicht liefen ihr köstliche Schauer den Rücken herunter, wenn sie an seine warme Haut unter ihren Fingern dachte. Eilig ging sie zurück zum Parkplatz, blieb aber unterwegs vor einer Apotheke stehen. Sie war gedrängt voll mit Kunden, die Schaumbad, Parfüm und Aftershave als fantasielose Weihnachtsgeschenke für ihre Liebsten kauften; es war eigentlich unzumutbar, sich durch dieses Gewühl zu kämpfen. Aber da der Zweifel nun einmal gesät war, würde sie erst wieder Ruhe finden, wenn sie wusste, was los war. Sie ging hinein, musterte die Auswahl an Schwangerschaftstests und überlegte, welcher ihr wohl die gewünschte Antwort bringen mochte. Eigentlich wusste sie nicht, welche Antwort sie sich wünschte. Schließlich nahm sie den teuersten. Das war auf keinen Fall falsch.

Auf der Heimfahrt drehte sie die Stereoanlage auf volle Lautstärke, dass die Bässe von Simply Red durch sie vibrierten und das Verlangen nach Patrick schürten. Vor drei Tagen hatten sie sich wieder getroffen, als Wiedergutmachung, dass er sie im *Gainsborough* im Stich gelassen hatte, wie er sagte. Kay schwelgte in der Erinnerung und freute sich schon darauf, ihm den Schal zu schenken. Doch dann fiel ihr ein, dass sie noch etwas zu klären hatte, bevor sie an ihre nächste Begegnung denken durfte.

Als sie nach Barton Court kam, ließ sie ihre Einkaufstüten auf den Küchenboden fallen und ging mit dem Schwangerschaftstest hinauf ins Badezimmer. Frustriert zerrte sie mit rot lackierten Fingernägeln an der Cellophanhülle, bis sie das Päckchen schließlich geöffnet hatte und die seltsame Apparatur aus der Schachtel nehmen konnte. Sie starrte ein Weilchen auf das Fensterchen in dem weißen Plastikstab, das ihr bald ihr weiteres Schicksal verkünden würde. Sie bemühte sich, Klarheit über ihre Gefühle zu finden, spürte aber nur Unsicherheit. Ganz gleich wie das Ergebnis ausfallen mochte, es würde ihr wieder einen klaren Standpunkt verschaffen, während sie sich im Augenblick in einem quälenden Schwebezustand befand. Sorgfältig las sie die Bedienungsanleitung und kam sich ein bisschen lächerlich vor, als sie den Stab in den Urinstrahl hielt und dann behutsam auf die Fensterbank legte.

Der Sekundenzeiger ihrer Rolex bewegte sich quälend langsam. Bisher hatte Kay nicht geahnt, dass es siebenunddreißig Sekunden dauerte, den ganzen Flur im Obergeschoss von Barton Court entlangzugehen, und sie überlegte, ob man diese Angabe in ein Exposé aufnehmen könne, falls sie sich je zum Verkauf entschließen sollten. Nach den erforderlichen drei Minuten ging sie wieder an die Fensterbank und nahm den Stab auf. Im Fenster waren zwei blaue Linien. Verwirrt nahm sie die Bedienungsanleitung, um nachzuschauen, was sie zu bedeuten hatten.

Als wolle ihr Körper das Ergebnis bestätigen, überfiel Kay eine Woge der Übelkeit. Sie lief zum Klo, beugte sich über die blauweiße Porzellanschüssel und übergab sich, bis ihr Magen leer war. Zittrig wusch sie sich das Gesicht, putzte sich die Zähne und atmete einmal tief durch, bevor sie in den Spiegel schaute. Sie sah anders aus als heute Morgen. Nicht nur wegen ihrer Blässe. Sie hatte etwas an sich, was vorher nicht da war. Wissen. Das Wissen um das kleine Wesen in ihr, jenen winzigen Zellhaufen. Aber von wem? Nur eins stand fest: Zur Hälfte war es von ihr.

Plötzlich fiel Kay auf, dass ihr Rockbund unangenehm eng saß. Sie brühte sich eine Tasse Tee auf, erbrach sie wieder und bereitete sich darauf vor, sich ihrem Mann zu stellen.

Lawrence ging Besitz ergreifend durch das Gartencenter und stellte erfreut fest, dass fast alle Weihnachtsbäume verkauft und die Weihnachtsdekorationen beträchtlich dezimiert waren –

die Bäume als Lockartikel zum Tiefstpreis von 50 Pence pro Fuß anzubieten hatte sich als Geniestreich erwiesen. Der freundliche Rentner, den sie als Weihnachtsmann engagiert hatten, schaukelte vor seiner Grotte Kleinkinder auf den Knien, während ihre Eltern, so hoffte Lawrence, Geld ausgaben. Mit einem Blick auf die Uhr beschloss er, zum Mittagessen nach Hause zu gehen. Kay müsste inzwischen von ihrem angeblichen Einkaufsbummel zurück sein. Er fragte sich, ob sie die Gelegenheit zu einem heimlichen Stelldichein mit Liddiard genutzt hatte.

Kellys Enthüllung war für ihn nicht völlig überraschend gekommen, obwohl es ihn ärgerte, dass er nicht selbst darauf gekommen war. Wenn Kelly es gemerkt hatte, könnten auch andere es mitbekommen haben, und Demütigungen waren ganz und gar nicht nach Lawrence' Geschmack. Bevor er etwas unternahm, brauchte er jedoch Beweise – ohne handfeste Indizien wollte er sie nicht wutschnaubend mit wilden Beschuldigungen konfrontieren. Schließlich hatte er bisher lediglich die Aussage einer hirnlosen Tussi, die zudem noch einen Groll gegen Mickey hegte und ihn vielleicht aus Bosheit ins Gerede brachte.

Er wollte erst einmal abwarten, nach Hause fahren und vielleicht einen kleinen nachmittäglichen Quickie vorschlagen. Falls Kay es mit Liddiard getrieben hatte, würde sie sich herauszuwinden versuchen.

»Liebling, ich habe wunderbare Neuigkeiten.«

Frustriert schüttelte Kay den Kopf. Seit einer Stunde versuchte sie sich zurechtzulegen, wie sie Lawrence die Neuigkeit beibringen sollte, hörte sich aber immer wieder an wie eine einfältige Gans aus einem Schwarzweißfilm. Wie sich herausstellte, hätte sie sich gar keine Gedanken zu machen brauchen. Lawrence kam in die Küche, schaute sie an und fragte, was los sei.

»Ich bin schwanger.«

Die Eröffnung war kurz und bündig, aber sie wusste, dass es bei Lawrence sinnlos war, um den heißen Brei herumzureden. Bei ihm musste man gleich zur Sache kommen. Welche Reaktion sie erwartet hatte, wusste sie zwar nicht recht, aber als er sie mit finsterer Miene anstarrte, auf dem Absatz kehrtmachte und das Zimmer verließ, war ihr klar, dass sie es vermasselt hatte.

Schon bald nach ihrer Heirat hatten sie davon gesprochen, eine Familie zu gründen. Anfangs war Kay, die damals gerade erst dreißig war, sich nicht recht sicher gewesen, aber Lawrence wollte nicht unbedingt ein alter Vater sein. Sie betrieben ihre Fortpflanzungsversuche zwar nicht gerade wissenschaftlich, aber dennoch häufig genug, um eine echte Chance zu haben. Als sich nach anderthalb Jahren noch nichts getan hatte, sprach Kay beiläufig das Thema Fruchtbarkeitsbehandlung an und war ziemlich erleichtert, als Lawrence solche Maßnahmen rundweg ablehnte. Wenn es nicht sein sollte, würden sie der Natur auch nicht ins Handwerk pfuschen, erklärte er. Kay hatte genug Artikel über In-vitro-Fertilisation gelesen, um zu wissen, dass sie sich nicht gerade danach drängelte, und hatte die Angelegenheit nur zu gern auf sich beruhen lassen. Dann konnten sie eben keine Kinder bekommen. Na und? Nach den rotznasigen, quengelnden Exemplaren zu urteilen, die sie bisher getroffen hatte, würde sie nicht viel verpassen. Lawrence hatte sich voll und ganz in das Barton-Court-Projekt gestürzt und die ganze Sache schien, zu Kays Erleichterung, vergessen.

Tief im Inneren quälte Lawrence jedoch ihr gemeinsames Versagen, wie er es empfand. Er brauchte Informationen. Nach ausgiebigen Erkundigungen über den besten Spezialisten fand er sich schließlich in einer Kabine wieder, wo er Unsagbares trieb, um ein Teströhrchen zu füllen. Danach erfuhr er von einem ernsten Franzosen, dass seine Spermien zu schwach waren und dazu neigten, in die falsche Richtung zu schwimmen, weshalb sie ohne medizinischen Eingriff nie ihren vorgesehenen Bestimmungsort erreichen würden. Er war praktisch zeugungsunfähig. So schmerzlich er es fand, entbehrte es seiner Ansicht nicht einer gewissen Ironie, dass er halb Gloucestershire und Oxfordshire mit Samen versorgte, seinen eigenen aber nie würde säen können.

Kay hatte er davon nichts erzählt. Er hatte sein schmerzliches Geheimnis für sich behalten und wollte sich die demütigende Enthüllung ersparen, da es ihr anscheinend nicht viel ausmachte, zumindest vorerst kinderlos zu bleiben. Natürlich suchte sie die Schuld bei sich und er klärte sie nie über ihren Irrtum auf, machte ihr aber auch keine Vorwürfe. Sie hatten ein stillschweigendes Abkommen, dass es keine Oakley-Nachkommen geben werde.

Und jetzt erklärte ihm dieses Miststück, dass sie schwanger war. Er verfluchte sie, dass sie die Wahrheit nicht geahnt hatte, aber wieso sollte sie? Sie hatte ja die verhängnisvollen Worte des Spezialisten nicht gehört: »Es müsste schon ein Wunder geschehen.« Und er wusste verdammt gut, dass hier kein Wunder am Werk war. Das wurde ihm im Bruchteil einer Sekunde klar, als Kay ihm in die Augen sah.

Ihre Partnerschaft war also vorbei. Auf keinen Fall durfte er zulassen, dass sie fortbestand. Das war keine Tragödie, allenfalls unbequem. Sie hatten gut zusammengearbeitet.

Als er sein Scheckbuch aus der rechten Schreibtischschublade holte und die Kappe von seinem Füllfederhalter zog, merkte er bestürzt, dass ihm Tränen in den Augen brannten. Wütend wischte er sie fort, dachte kurz über die Summe nach, auf die er den Scheck ausstellen würde, unterschrieb schwungvoll und schloss seinen Aktenschrank auf.

Als er wieder in die Küche kam, saß Kay an der Frühstückstheke und hatte den Kopf auf die Arme gelegt. Wortlos reichte er ihr das Schreiben des Spezialisten. Mit grummelndem Magen las sie die Diagnose und schaute Lawrence an.

»Warum hast du mir nichts davon gesagt?«, krächzte sie. »Du hast mich in dem Glauben gelassen, es sei meine Schuld ...«

Er tat es mit einem Achselzucken ab.

»Und du wolltest mich in dem Glauben lassen, das Balg in deinem Bauch sei von mir?« Sein Ton war ausdruckslos. Emotionslos. »Schwer zu sagen, was schlimmer ist, oder?«

Er reichte ihr einen Umschlag mit dem Scheck, den er gerade ausgestellt hatte.

»Deinen Wagen kannst du ebenfalls behalten. Du hast eine halbe Stunde Zeit zu packen.«

»Lawrence ...«

»Keine Diskussionen, Kay. Es gibt nichts mehr zu sagen. Es gibt keine Entschuldigung für dich.«

Eine halbe Stunde später saß Kay wie benommen in ihrem Wagen und musste ein seltsames Verlangen unterdrücken, über die absurde Wendung zu lachen, die ihr Leben genommen hatte. Vor kaum zwei Stunden hatte sie noch ahnungslos Weihnachtseinkäufe gemacht. Jetzt saß sie hier, aus ihrem Haus vertrieben, ihrem Mann entfremdet, schwanger, in der Tasche einen Scheck über eine viertel Million Pfund.

Ihr war klar, dass es keinen Sinn hatte, sich wieder bei Lawrence einzuschmeicheln. Wenn er eine Entscheidung gefällt hatte, war sie endgültig. Wenn sie darüber nachdachte, fand sie, dass sie noch glimpflich davongekommen war. Mit dem Scheck hatte sie seine Bedingungen akzeptiert. In seinem Leben gab es keinen Platz mehr für sie. Ende der Geschichte. Sie hatte ihre Kleider und ein paar Toilettenartikel eingepackt, ein paar persönliche Papiere hervorgekramt, die sie vielleicht brauchen würde, und sich gewundert, dass ihr ganzes Leben in den Kofferraum ihres Boxster passte.

Ihr war keine Zeit geblieben, das, was er ihr gesagt hatte, in seiner ganzen Tragweite zu verarbeiten oder gekränkt zu sein, dass er es ihr nicht schon früher gesagt hatte. Sie war lediglich erleichtert, dass ihre Trennung nicht hässlicher vonstatten gegangen war. Aber vermutlich hatte ihre Schwangerschaft Lawrence von Gewalttätigkeiten abgehalten, zu denen sie ihn immer für fähig gehalten hatte.

Und wohin jetzt? Was nun? Noch drei Tage bis Weihnachten – was sollte sie bloß machen? Zu ihren Eltern würde sie bestimmt nicht zurückgehen. Ihre Lage war auch so schon schlimm genug. Kay überließ nur selten etwas dem Zufall, aber da es ihr im Augenblick schwer fiel, vernünftig zu denken, holte sie einen Autoatlas aus der Tasche in der Rückenlehne des Fahrersitzes, schlug ihn auf und fuhr an den Ort, der ihr als Erstes ins Auge fiel.

Frome. Somerset.

Die Fahrt dauerte gut anderthalb Stunden.

Je weiter man sich von den Cotswolds entfernte und je näher man Bath kam, umso mehr verloren die Felsen an Wärme und nahmen etwas Abweisendes an. Kay fragte sich, ob das tatsächlich so war oder nur an ihrer Stimmung lag. Als sie den steilen Hang hinunterfuhr und nach Frome kam, schaute sie sich gespannt um, denn sie legte großen Wert auf den ersten Eindruck. Es war eine unscheinbare Kleinstadt, bodenständiger als Eldenbury, aber sehr belebt, da auf der Hauptstraße Markt war. Hinweisschilder für die Stadtbibliothek und die Stadtverwaltung sprangen stärker ins Auge als solche für Sehenswürdigkeiten, was erkennen ließ, dass hier echte Menschen lebten. Angenehm überrascht stellte Kay fest, dass es eine richtige Metzgerei und ein Delikatessengeschäft gab und dass sich zwischen den »Landeiern« einige gut angezogene Frauen und ein paar eindeutig alternative Typen fanden, wogegen sie nichts einzuwenden hatte. Zumindest waren die Einheimischen nicht engstirnig, was in ihrer Lage ziemlich wichtig war.

Außerdem war Bath mit dem Wagen nur zwanzig Minuten entfernt und von dort war man mit dem Zug in einer Stunde in London. Sie fand, dass sie hier weiterleben konnte.

Sie suchte sich einen unabhängigen Immobilienmakler im Ort und schaute sich die Hausangebote an. Obwohl Frame in der Nähe von Bath lag, waren die Preise wesentlich niedriger als in den Cotswolds. Das war eindeutig ein Vorteil. Dennoch würde sie sich auf einen anderen Lebensstil einstellen müssen, als Lawrence ihr geboten hatte. Die Auswahl der angebotenen Häuser war enttäuschend; die meisten lagen in Neubausiedlungen, von denen es offenbar mehrere in der Umgebung gab, oder waren triste kleine Reihenhäuser; daneben gab es noch Eigentumswohnungen in umgebauten Altbauten, wie Lawrence sie vermarktet hatte und die ihrer Erfahrung nach weit überteuert waren. Der Makler erklärte ihr, ein Viertel von Frome sei besonders gefragt mit attraktiven, stilvollen Stadthäusern, die aber gewöhnlich schon weggeschnappt würden, bevor sie überhaupt annonciert seien, und zu dieser Jahreszeit hätten sie nichts Interessantes anzubieten.

Als sie sich verzweifelt abwandte, fiel ihr ein Schild ins Auge, das im Fenster hing: »Erfahrene/r Makler/in gesucht.«

Sie dachte darüber nach. Ihr war klar, dass sie die Stelle bekommen würde, wenn sie unbedingt wollte. Und sie war gut in diesem Job. Wenn sie erst einmal einen Fuß in der Tür hätte, würde sie als Erste von den besten Häusern erfahren, die auf den Markt kamen. Sie war sich nicht sicher, wie viel ein Makler heutzutage verdiente, aber bestimmt war es mehr als ihr gegenwärtiges Einkommen, das gleich null war.

Gerade schilderte sie dem Leiter des Maklerbüros ihre bisherige Berufserfahrung, als die Tür aufging und eine große junge Frau mit einer Mähne roten Haares hereinwirbelte und sie unterbrach. Sie hatte Anfang der Woche ihr Haus schätzen lassen und wollte es nun so schnell wie möglich verkaufen, obwohl der Makler einwandte, dass eine Woche vor Weihnachten kein idealer Zeitpunkt sei. Die junge Frau bestand jedoch darauf. Sie hatte in London eine Stelle als Küchendesignerin bekommen und musste in der ersten Woche des neuen Jahres dorthin ziehen. Es breche ihr das Herz, Coach House zu verlassen, erklärte sie, aber diese berufliche Chance könne sie nicht ablehnen.

Kay spitzte die Ohren, als der Name Coach House fiel, und lauschte gespannt, als der Makler der jungen Frau klar machte, dass in den nächsten beiden Wochen niemand zu finden sei, der ein Exposé tippen oder Kaufinteressenten das Haus zeigen könne, aber in der ersten Woche des neuen Jahres nähmen sie ihren Auftrag gern entgegen. Kay war entsetzt über die Trägheit und Unprofessionalität des Maklers – sie hätte im Handumdrehen den Vertrag aufgesetzt und ein Schild aufgehängt –, aber sie hatte den Eindruck, dass diese Einstellung in Frome völlig normal war. Außerdem kam ihr diese lasche Haltung nur zugute. Sie schlüpfte auf die Straße und wartete an der nächsten Ecke, bis das Mädchen herauskam.

»Hören Sie, ich habe zufällig Ihr Gespräch da drinnen mit angehört. Ihr Haus scheint genau das zu sein, was ich suche. Könnte ich es mir mal ansehen?«

Das Mädchen musterte sie misstrauisch.

»Ich bezahle bar. Wenn es mir gefällt, gebe ich Ihnen den Schätzwert und Sie sparen die Gebühren.« Sie lächelte gewinnend. »Ein paar Riesen kämen Ihnen doch sicher nicht ungelegen, oder? Vor allem, wo Sie nach London ziehen.«

Der Gedanke ließ die Augen des Mädchens aufleuchten.

»Wo haben Sie geparkt? Fahren Sie mir nach.«

Sie hatte Mühe, der Frau durch das Gewirr von Seitenstraßen zu folgen, in denen sich zahlreiche Trödelläden als Antiquitätengeschäfte ausgaben, wo man bei genauerem Hinsehen vielleicht sogar das ein oder andere Schätzchen entdecken könnte. Schließlich bog die Frau in die Maddox Street ein, eine winzige, enge Gasse, die kaum Parkplatz bot. Kay fuhr mit den rechten Reifen auf den Bürgersteig vor der gedrungenen, roten Haustür von Coach House mit ihrem schweren, schmiedeeisernen Türklopfer.

Claire schloss die Tür auf und führte sie ins Haus. Ausnahmsweise traf hier einmal der Ausdruck »täuschend geräumig« zu, denn was von außen wie ein bescheidenes Reihenhaus wirkte, entpuppte sich als Wohnhaus von geradezu Schwindel erregenden Ausmaßen. Wie der Name schon sagte, war es früher die Remise seines wesentlich größeren Nachbarhauses und hatte sich seine architektonischen Reize bewahren können: eine Mischung aus Natursteinmauern, gefliesten Böden, warmen Kieferntüren, schwarzen Deckenbalken und Schmiedeeisen. Das riesige Wohnzimmer erstreckte sich über zwei Etagen, wurde von einem Holzbrandofen geheizt und führte durch herrliche Terrassentüren in einen winzigen ummauerten Garten. Die restlichen Zimmer des Hauses waren geschickt auf verschiedenen Ebenen angeordnet und über kleine Stufen und Stiegen zu erreichen: ein kleines, aber zweckmäßiges Badezimmer, ein lichtdurchflutetes Atelier und ein hübscher, aber nutzloser kleiner Balkon. Die Küche mit ihrem dunkelgrünen Herd und ihren schlichten, aber handgearbeiteten alten Eichenschränken strahlte anheimelnde Wärme aus. Alle Wände waren weiß gestrichen. Armaturen und Einbauelemente waren zurückhaltend, aber geschmackvoll. Es brauchte nichts renoviert zu werden.

Eine halbe Stunde später bot sie wider besseres Wissen und sämtliche Verhandlungskünste, die sie je gelernt hatte, den geforderten Preis bar an, damit der Kauf schnell abgewickelt werden konnte. Sie wollte so bald wie möglich nach Neujahr einziehen. Das Mädchen umarmte sie und wünschte ihr, sie möge in Coach House ebenso glücklich werden, wie sie selbst es war. Das hoffte Kay ebenfalls.

Nachmittags gegen fünf war Kay erschöpft. So kurz vor Weihnachten ein Hotelzimmer zu finden, erwies sich als mühselig. Die verzweifelte Zimmersuche um diese Jahreszeit und in ihrem Zustand entbehrte nicht einer gewissen Ironie, doch schließlich fand sie einen reizenden Gasthof vier Meilen außerhalb von Frome, wo gerade Gäste abgesagt hatten. Müde ging sie in ihr Zimmer hinauf und gratulierte sich, dass sie einen perfekten Zufluchtsort mit Eichenböden, Wandteppichen und einem riesigen Kamin mit knisternden Holzscheiten gefunden hatte. Sie ließ sich auf das Himmelbett fallen und trank gierig etwas Mineralwasser aus der Flasche auf dem Nachttisch. Erfrischt dachte sie über ihre Lage nach.

Sie hatte ein Haus gefunden – hoffentlich, wenn erst einmal sämtliche Hürden genommen waren, die sich Hauskäufern in den Weg stellten. Und kurz nach Weihnachten hatte sie ein Vorstellungsgespräch für die Stelle als Maklerin – der Leiter des Maklerbüros hatte sie auf ihrem Handy angerufen und den Termin bestätigt. Wenn sie die Stelle bekäme, würde sie dieses Büro erst mal auf Vordermann bringen – sie hatten ja keine Ahnung, dass ihnen durch ihre Trägheit ein Abschluss entgangen war.

Nur eines musste Kay noch organisieren, aber sie war zu zerschlagen, diese Hürde heute noch in Angriff zu nehmen. Sie nahm zwar noch das örtliche Telefonbuch, aber als sie die Liste der Namen überflog, wurden ihre Augen immer schwerer und schließlich schlief sie ein.

Am nächsten Morgen wachte sie ausgeruht auf. Sie gönnte sich Eier mit Speck, da sie am Abend zuvor nichts gegessen hatte, und aalte sich lange in einem heißen Bad. Dann wappnete sie sich und nahm wieder das Telefonbuch zur Hand. Bevor sie entspannen konnte, hatte sie noch etwas zu erledigen. Sie schlug die Nummer der örtlichen Arztpraxis nach und vereinbarte einen Termin. Der Arzt für Allgemeinmedizin war ernst, jung und so mitfühlend, wie man es nur erwarten konnte, als sie ihm ihre Lage erklärte: Sie war schwanger, das Kind war unerwünscht und sie wolle so schnell wie möglich eine Abtreibung vornehmen lassen.

Der Arzt erklärte, er müsse sie zunächst untersuchen, bevor sie die Formalitäten erledigten. Er wartete, bis sie sich wieder angezogen hatte, und bat sie, Platz zu nehmen. Irgendwie erkannte Kay schon an seiner Miene, dass all die Pläne, die sie sich in den letzten vierundzwanzig Stunden so erfolgreich zurechtgelegt hatte, zunichte gemacht waren.

»Ich fürchte, ein Abbruch kommt nicht in Frage.«

»Ich bin gern bereit, ihn zu bezahlen«, wandte sie ein. »Es ist mir egal, wie viel es kostet ...«

»Das ist keine Frage des ...«

»Hören Sie, ich bin allein. Ich habe keine Arbeit. Wie soll ich denn ...«

Der Arzt schnitt ihr das Wort ab.

»Mrs Oakley, Sie sind im fünften Monat. Weit über die zulässige Frist für einen Abbruch hinaus. Es tut mir Leid.«

Kapitel 11

Patrick war völlig klar, dass er Kelly vernachlässigt hatte. Nicht nur während des Balls, sondern auch seither, und da er ein schlechtes Gewissen hatte, fuhr er zum *Honeycote Arms.*

Die Begrüßung war wie ein Schlag ins Gesicht. Er konnte von Glück sagen, dass er keine Ohrfeige bekam. Bevor er auch nur aus dem Wagen gestiegen war, kam Kelly auf ihn zu, die Hände in die Hüften gestemmt.

»Wie kannst du es nur wagen, dich hier noch mal blicken zu lassen.«

»Hör mal, Kelly, es tut mir Leid wegen dem Ball. Sophie war es hundeelend und ich musste sie nach Hause bringen. Ich hatte keine Zeit mehr, dir zu sagen ...«

»Und seitdem auch keine Zeit, mich anzurufen?«

»In der Brauerei war es ziemlich hektisch.«

»Ja. Vermutlich musstet ihr planen, was ihr mit dem Erlös für den Pub machen wollt.«

Patrick runzelte die Stirn.

»Oder hat dein Vater dir nichts von seinen Absichten erzählt?«

»Was?«

»Er verkauft den Pub über unseren Kopf hinweg. Du kannst dir vorstellen, was das für ein Weihnachten für uns wird, während ihr da oben sitzt, euch um den Verstand sauft und noch verdammt stolz auf euch seid ...«

»Kelly, Moment mal. Wer hat dir das gesagt?«

»Dein Vater hat es meinem Vater gesagt.«

»Das habe ich nicht gewusst, das schwöre ich dir.«

»Hättest du denn was dagegen gemacht, wenn du es gewusst hättest?«

»Natürlich!«

»Blödsinn! Du kannst gar nichts machen, Patrick. *Honeycote Ales* geht den Bach runter. Das weiß doch jeder. Wahrscheinlich sind wir bloß die Ersten in einer langen Reihe treuer, zuverlässiger Pächter, die ihr auf die Straße setzt ...«

»Auf die Straße setzt?«

Patrick suchte verzweifelt nach Anzeichen, dass Kelly Witze machte. Aber instinktiv wusste er, dass es kein Scherz war. Er wollte ihr beruhigend die Hand auf den Arm legen.

»Lass uns irgendwo zu Mittag essen. Wir können darüber reden. Ich bin sicher, es ist nicht ganz so schlimm, wie es aussieht. Du hast bestimmt irgendwas falsch verstanden.«

»Nein, Patrick. Das Einzige, was ich falsch verstanden habe, war zu glauben, dass zwischen dir und mir je was sein könnte.«

Kelly bedachte Patrick mit einem verächtlichen Blick, drehte sich auf dem Absatz um und knallte die Tür des Pubs mit einer Endgültigkeit zu, die er nicht in Frage zu stellen wagte. Er war bis auf die Knochen ernüchtert. Und zutiefst beschämt, weil er so wenig über die Vorgänge bei *Honeycote Ales* wusste. Die Lage war ernst. Hier ging es um das Leben von Menschen, nicht bloß darum, den Gürtel ein bisschen enger zu schnallen, wie sein Vater es ein oder zwei Mal angedeutet hatte. Patrick hatte sich Sorgen gemacht, dass er seinen Wagen gegen einen weniger schicken Typ eintauschen müsste. Wie seicht von ihm.

Verzweifelt lehnte er sich auf dem Fahrersitz zurück und empfand eine unendliche Ohnmacht. Wenn er nur mehr darauf geachtet hätte, was in der Brauerei lief, hätte er vielleicht einen Ausweg finden können. Aber er hatte so gut wie keine Ahnung, wie groß der angerichtete Schaden war. Er wusste, dass sie enorm hohe Betriebskosten hatten und keinen sonderlich hohen Umsatz machten. Ihm war klar, dass sie durch die anderen Pubs und Restaurants der Umgebung viel Konkurrenz hatten. Aber all das galt schon fast so lange, wie die Brauerei existierte. Und bisher hatten sie immer überlebt.

Er musste sich die Bücher ansehen. Er musste genau wissen, was vorging und was sich daran ändern ließ. Seinem Vater traute er nicht unbedingt zu, dass er das Richtige tat. Wenn man Patrick schon vorwerfen konnte, dass er sich herumtrieb, obwohl harte Arbeit zu erledigen war, so galt das für Mickey erst recht. Kay war dafür Beweis genug. Und ihm war klar, dass Mickey den einfachsten Weg wählen würde, denn das tat er immer.

Patrick legte den ersten Gang ein und raste die Straße zur Brauerei hinunter.

Ein wenig betrübt schaute Kelly aus dem Fenster. Sie hatte sich nie vorgemacht, dass Patrick und sie eine sonderliche Zukunft haben könnten, aber es war schön mit ihm gewesen. Achselzuckend wandte sie sich ab. Es gab noch mehr Fische im Teich. Es würde schon ein anderer kommen und sie nehmen. Mädchen mit 85D-Busen und breiten Hüften blieben nie lang allein. Aber vorerst brauchten ihre Eltern ihre Hilfe, und das hieß, dass sie unmöglich mit dem Feind schlafen konnte.

Den ganzen Vormittag hatte Ned auf dem Honeycote-Markt in Eldenbury Mistelzweige verkauft. Es war Freitag, und da am Sonntag Weihnachten war, hatten sich Gott und alle Welt auf den Weg gemacht, um frei laufende Truthähne und Biogemüse zu kaufen. Zum Glück waren die meisten ganz versessen darauf, sich einen Mistelzweig in die Diele zu hängen, und so hatte er bis Mittag alles verkauft und genügend Geld in der Tasche. Das war eine der wenigen Eigeninitiativen, die sein Vater ihm erlaubte: Jedes Jahr fuhr er mit dem Trecker auf ihrem Grund und Boden herum und sammelte sämtliche Mistelzweige ein, die er ergattern konnte, um sie für ein Pfund das Stück zu verkaufen. Für sich selbst hob er keinen auf. Es gab nur ein Mädchen, das er küssen wollte, und um sie zu erobern, brauchte es mehr als einen Mistelzweig.

In den letzten Tagen hatte er ständig ein flaues Gefühl in der Magengrube. Seit dem Abend des Balls. Es war so schlimm, dass er, Ned Walsh, der sonst ein halbes Dutzend Speckscheiben, mehrere Eier und mehr als ein halbes Brot zum Frühstück vertilgen konnte, kaum etwas gegessen hatte. Es hatte ihn getroffen wie ein Donnerschlag: Er war bis über beide Ohren hoffnungslos verliebt. Es gefiel ihm ganz und gar nicht, und er hatte keine Ahnung, wie er damit umgehen sollte. Er hatte überhaupt nicht gewusst, dass Gefühle einen derart umhauen konnten, auch ein Bild von einem Mann wie ihn.

Sicher, er hatte bisher schon mehrere Freundinnen gehabt. Er nahm an, dass er einige von ihnen sogar geliebt hatte, da es ihn schon ziemlich aus der Bahn geworfen hätte, wenn sie von einem Trecker überfahren worden wären. Aber wenn ihre Liaison ein beiderseitiges natürliches Ende gefunden hatte, hatte er nicht lange getrauert. Auf zur Nächsten war sein Motto. Aber dieses Mal war alles anders. Das Bild dieses Mädchens ging ihm einfach nicht aus dem Kopf. Und er konnte sich nicht durchringen, mit jemandem darüber zu reden. Es war ihm peinlich, dass er so verletzlich war.

Am Abend des Balls hatte er es geschafft, seine Gefühle mit seinen üblichen Albernheiten und Späßen zu kaschieren und stattdessen die Tanzschritte zu der *Steps*-Single zu lernen, die er inzwischen perfekt beherrschte. Er glaubte nicht, dass jemand ahnte, was er wirklich empfand. Vor allem Patrick nicht. Patrick würde ihn vermutlich verprügeln, wenn er wüsste, welche Gefühle er für seine Schwester hegte. Seine Halbschwester.

Es hatte Ned getroffen wie ein Blitz, als er sie am Abend des Balls sah. Er hatte gewusst, dass sie kommen würde, und sich auf einen lustigen Abend mit seiner kumpelhaften Freundin gefreut. Eigentlich hatte er erwartet, dass sie in ihrem üblichen braunen Samtkleid erscheinen würde, ein bisschen pummelig und rotbackig. »Sofa«, nannte er sie immer, was sie verabscheute, weil sie glaubte, das sei eine Anspielung auf ihre Fülle. Als sie kam, hatte Ned kaum eine Begrüßung stottern können und sich an die Theke geflüchtet, um sich vom Schock dieser neuen Sophie zu erholen.

Er hatte unbedingt mit ihr sprechen wollen, wusste aber nicht wie. Sie jagte ihm Angst ein. Er konnte gar nicht fassen, dass er sich früher mit ihr völlig harmlos und kichernd in improvisierten Zelten herumgedrückt und nächtliche Picknicks veranstaltet hatte. Nun war sie diese unnahbare Göttin. Sie strahlte ein Selbstbewusstsein aus, das er an ihr noch nie erlebt hatte. Bei Geselligkeiten hielt sie sich immer im Hintergrund, wand sich vor Schüchternheit, wenn jemand sie ansprach, und war immer dankbar für Neds Begleitung, da er sie vor unerwünschter Aufmerksamkeit beschützte. Am Abend des Balls hatte sie kaum zwei Worte mit ihm gesprochen. Und dann war sie verschwunden wie Aschenputtel. Er war nur froh, dass sie mit Patrick gegangen war. Offensichtlich war ihr schlecht geworden. Seitdem hatte er sie nicht wiedergesehen. Sonst rief sie ihn in den Ferien immer gleich an, um mit ihm auszureiten, ins Kino zu gehen oder ihn zu Spaghetti Bolognese und Budweiser nach Honeycote einzuladen. Aber dieses Mal hatte er nichts von ihr gehört. Offensichtlich passte er nicht mehr zum Lebensstil der neuen, modisch schlanken Sophie. Finster ging er über den Markt zum *Horse and Groom*. Ihm war danach, sich ordentlich voll laufen zu lassen.

Mayday sah Ned an der Theke sitzen und ein Glas Honeycote Ale trinken, als käme es demnächst aus der Mode. Ned, der sonst immer strahlte, wirkte ziemlich finster. Sie schlich sich von hinten an ihn heran und kitzelte ihn im Nacken. An dem Vanillehauch des Parfüms *Angel* erkannte er, wer es war. Sie schob sich auf den Barhocker neben ihm, wobei sie ihm durch den Schlitz in ihrem Lederrock einen Blick auf ihre weiß schimmernden Oberschenkel und auf ihre ebenso weiß schimmernde Brust in einem engen schwarzen Top gönnte.

»Was ist mit meinem Lieblingsknecht los?«

So nannte sie ihn immer, trotz des beträchtlichen Erbes, das auf ihn wartete. Ned leerte seufzend sein Glas.

»Liebeskummer, was?«

Sie legte den Kopf schief und schaute ihn unter ihrem schwarzen Haar, das ihr wie ein Vorhang über die dunkel umrandeten Augen fiel, wissend an. Sie hatte eine Vorliebe für den rockigen Schick der Siebziger, den sie mit allem kombinierte, was ihr sonst noch gefiel. Sie stand auf Tattoos und Piercings, Perlenzöpfchen, Motorradstiefel, klobigen Silberschmuck, Liebeskugeln und Riemchensandalen. Nicht unbedingt das, was man von einer Kellnerin in einem kleinen Marktstädtchen erwarten würde, aber die Gäste mochten ihr freches Mundwerk und ihr gewinnendes Lächeln.

Als einzige Antwort auf ihre Frage schnitt Ned eine Grimasse in sein Bierglas. Aber sie ließ nicht locker. Mayday liebte die Probleme anderer, da sie selbst anscheinend nie welche hatte.

»Na komm schon, erzähl es Tante Mayday. In Herzensangelegenheiten kenne ich mich aus, wie du weißt. Vielleicht kann ich dir ja einen Rat geben.«

»Mir geht es hundeelend, Mayday. Unerwiderte Liebe. Es ist furchtbar.«

Sie beugte sich vor, so dass Ned ihr in ihren verlockenden Ausschnitt sehen konnte, und flüsterte:

»Na, da hast du aber Glück, meine Schicht ist gerade zu Ende. Komm doch mit nach oben, ich lege dir die Karten. Mal sehen, was die Zukunft für dich bereithält.«

Mayday gab sich gern als eine Art Seherin aus. Es war natürlich alles Unsinn, sie hatte keine Ahnung, wie man aus den Karten las. Aber die Leute glaubten gern, was sie ihnen sagte, da sie immer erzählte, was sie hören wollten. Sie brachte sie mit

Vorliebe in Herzensdingen auf den rechten Weg. Was andere anging, war sie eine echte Romantikerin. Sie liebte Happyends. Und Ned brauchte einen Schubs in die richtige Richtung. Außerdem hatte sie Lust auf einen Quickie. Mayday gab unumwunden zu, dass sie Nymphomanin war.

Obwohl Ned wusste, dass er es nicht tun sollte, ging er mit Mayday in ihr Mansardenzimmer über der Gaststätte. Sie hatte die Wände in einem tiefen Violett angestrichen, was dem Zimmer etwas von einer Opiumhöhle früherer Zeiten verlieh. Diese Illusion wurde von einen halb gerauchten Joint verstärkt, der auf ihrer Frisierkommode lag und seinen Duft verströmte. Mayday zündete den Joint an, beugte sich vor und blies Ned den süßlichen, heißen Rauch in den Mund. Er entspannte sich und spürte, wie all seine Sorgen dahinschmolzen. Sie klopfte auf die Batikkissen auf der Matratze, die ihr als Bett diente, und er ließ sich darauf fallen. Mayday schob eine Kassette von Kula Shaker in den Rekorder, legte sich neben Ned und sie rauchten gemeinsam den Joint zu Ende, starrten auf die goldenen Sterne, die sie an die Decke gemalt hatte, und ließen sich von der Musik davontragen.

Mayday drückte die Kippe in einem Blumentopf aus und rollte sich kichernd auf Ned. Als ihre Hände sich forschend vortasteten, protestierte er leicht.

»Ich dachte, du wolltest mir aus den Karten lesen.«

»Später. Tu ja nicht so, als ob es dir nicht gefiele. Ich spüre was Hartes in deiner Hose.«

Bevor Ned sie davon abhalten konnte, griff sie ihm in die Hosentasche und zog sein Schweizer Offiziersmesser heraus, das er immer bei sich hatte. Man konnte nie wissen, ob man nicht auf ein widerspenstiges Stück Ballenschnur stieß. Mayday klappte die verschiedenen Werkzeuge interessiert heraus, bis sie die größte Messerklinge gefunden hatte. Sie hielt sie Ned hin, der sie stirnrunzelnd anschaute und nicht wusste, was er damit machen sollte. Sie reckte ihren herrlichen Busen vor, der das eng wie ein viktorianisches Mieder geschnürte Top spannte. In einem Gloucestershire-Akzent, der eines Milchmädchens würdig war, sagte sie: »Ich krieg sie nicht auf, Sir.«

Vom Dope benebelt, schnitt Ned die Bänder von oben bis unten auf, bis ihre Brüste befreit vor ihm schwangen. Ned musste schlucken. Mayday schnalzte gespielt vorwurfsvoll mit der Zunge.

»Das hat mich auf dem Markt fünfzehn Pfund gekostet.«

»Oje.«

»Die wirst du mir bezahlen müssen.«

Grinsend verdrehte Ned die Augen und griff gehorsam nach seinem Portemonnaie, aber Mayday hielt ihn zurück.

»Wenn du es schaffst, dass ich komme, erlasse ich dir das Geld. Aber ich wette, das schaffst du nicht.«

Sonst nahm Ned jede Herausforderung nur zu gern an. Bei einem Rugbyspiel, dem Tauziehen der Jungbauern oder einem Armdrücken im Pub war er immer dabei. Aber er war sich nicht sicher, was er mit dem Fehdehandschuh anfangen sollte, den Mayday ihm hingeworfen hatte. Er kannte ihren Ruf. Patrick hatte mehr als einmal Anspielungen auf ihre einschlägigen Fähigkeiten fallen lassen.

Mayday schob sich von der Matratze, schlenderte ans Fenster, öffnete es weit und stützte sich mit den Ellbogen aufs Fensterbrett, wobei sie ihre Brüste mit den Armen bedeckte. Ihr Hinterteil in dem glänzenden Lederrock streckte sie heraus. Irgendwie ahnte Ned, dass sie darunter nichts mehr trug.

»Na komm! Tu dein Bestes. Ich stehe einfach hier und schaue mir die Welt an.«

Ihr Zimmerchen lag genau zur Hauptstraße von Eldenbury, wo sich immer noch Passanten hektisch mit ihren Einkäufen vom Markt drängten. Hinterher schämte Ned sich ein bisschen. Er redete sich ein, dass man einer Frau nicht untreu sein konnte, mit der man nicht ging. Der man nicht einmal nahe kommen konnte. Aber es wäre ihm auch nicht recht gewesen, wenn Sophie erfahren hätte, dass Maydays Lustschreie Passanten veranlasst hatten, zu ihrem Fenster hochzuschauen, um zu sehen, was da vorging und ob dort jemand ermordet wurde. Beschämt zog er sie zurück ins Zimmer, wo sie erhitzt und kichernd über ihn herfiel.

»Jetzt bist du dran.«

»Nein ...«

Ned protestierte halbherzig. Ein Mal ließ sich noch entschuldigen, aber zwei Mal bedeutete für ihn schon eine gewisse Verpflichtung. Mayday war jedoch von ihrem Exhibitionismus immer noch erregt und Marihuana machte sie immer teuflisch geil. Sie zog ihn auf einen Ledersitzsack und schaffte es mit einer einzigen geschickten Bewegung, ihm die Hose und sich die Kleider auszuziehen und sich breitbeinig auf ihn zu setzen. Er hätte nie gedacht, dass er so bald danach wieder einen hochkriegen könnte, und musste sich über sich selbst wundern. Eigentlich war er ziemlich stolz, dass er die für ihre Unersättlichkeit berühmte Mayday innerhalb von zehn Minuten zwei Mal zum Orgasmus gebracht hatte und sie ihm ihre Anerkennung zeigte, indem sie ihre schwarz lackierten Fingernägel in seinen Rücken grub.

Hinterher legte sie ihm die Karten. Sie versicherte ihm, dass er das Objekt seiner Begierde innerhalb von zwölf Tagen nach Weihnachten für sich gewinnen werde.

»Ich glaube, ich bin nicht gut genug für sie, Mayday.«

»Unsinn. Jedes Mädchen auf der ganzen Welt würde sich glücklich schätzen, dich zu kriegen. Du bist ein echter Gentleman. Und nett. Und lustig obendrein. Und nicht schlecht im Bett, für einen Bauern.«

Ned wirkte wenig überzeugt. Mayday stieß ihn aufmunternd in die Rippen.

»Du musst ein Geschenk für sie besorgen. Dann hast du einen Vorwand, sie anzusprechen.«

»Sie will bestimmt kein Geschenk von mir.«

Mayday schnalzte ungeduldig mit der Zunge.

»Mit mir kannst du dich anlegen, so viel du willst. Aber nicht mit den Karten. Das ist Schicksal. Also los! Gehen wir einkaufen.«

Sie schlüpfte in mehrere Meter wirbelnden purpurroten Knittersamt und ihre Bikerstiefel, während Ned sich leicht benommen in seine Jeans zwängte. Dann stolperte er hinter Mayday her aus dem *Horse and Groom* in das Gewühl der Kauflustigen und bemühte sich, nicht daran zu denken, dass sein Vater ihn jede Minute zum Melken erwartete.

Morgens war Keith auf den Speicher gestiegen und hatte den Weihnachtsbaum heruntergeholt, der seit vier Jahren das Wohnzimmer von The Cedars schmückte. Er war zwei Meter vierzig hoch und mit bunten Lauflichterketten ausgestattet. Er brauchte ihn gar nicht erst einzustöpseln, um zu wissen, dass dieser Baum der Gipfel der Geschmacklosigkeit war, auch wenn er ihn fast zweihundert Pfund gekostet hatte. Dieses Jahr würden sie einen echten Baum holen. Und ihn in der gemütlichen Stube aufstellen, die allmählich ein bisschen anheimelnder wirkte, seit er zwei leere Kaffeetassen und seine Pantoffeln dort hatte stehen lassen. Er musterte die Schachteln mit falschen Eiszapfen und schneebedeckten Kugeln und warf sie in den Mülleimer. Reinen Tisch machen.

Mandy schickte er mit einer Einkaufsliste in die Stadt, um Geschenke für verschiedene seiner Mitarbeiter zu besorgen. Auf ihren Geschmack konnte er sich verlassen. Er hatte die Liste länger gemacht als eigentlich nötig, weil er viel zu erledigen hatte, bevor sie zurückkam. Sobald sie aus dem Haus war, griff er zum Telefon.

Er tätigte drei Anrufe. Zuerst rief er einen Freund an, der irgendwas Unbegreifliches mit Risikokapital in Birmingham zu tun hatte.

»Ray? Hier ist Keith. Ich habe einen Entschluss gefasst. Gut eine Woche zu früh, wirst du sagen, aber warum soll ich noch warten? Ich will das Geschäft verkaufen. Hörst du dich mal um? Sieh zu, ob jemand interessiert ist. Ich bin für jedes vernünftige Angebot offen. Und für dich steckt ein Drink drin.«

Am anderen Ende der Leitung herrschte verblüfftes Schweigen, dann willigte Ray ein und ließ durchblicken, dass die Interessenten vermutlich Schlange stehen würden.

Anschließend rief Keith die örtlichen Immobilienmakler an und bat sie vorbeizukommen und den Wert von The Cedars zu schätzen. Er wollte es in der ersten Woche des neuen Jahres zum Verkauf anbieten. Und zum Schluss rief er in Honeycote House an. Er musste es lange klingeln lassen, bis Mickey endlich antwortete. Keith kam sich ein bisschen albern vor, als er ihm erklärte, was er wollte.

»Mandy will schon ein Pferd, seit sie drei Jahre alt war. Ich glaube, ich gebe jetzt endlich nach. Das Problem ist nur, dass ich keine Ahnung habe, wo ich eins bekomme. Oder danach suchen soll. Oder auch nur, wie teuer sie sind.«

Fantastisch, dachte Mickey. Er mochte zwar nicht im Stande sein, eine Brauerei zu leiten, aber eine Gelegenheit, Geld zu verdienen, erkannte er auf Anhieb.

»Kein Problem. Ich bin sicher, wir können Ihnen helfen. Wenn Sie Pferde kaufen, müssen Sie wissen, was Sie tun. Selbst einigermaßen anständige Leute verkaufen Ihnen Mähren, die nur noch für den Abdecker taugen, und Sie haben nichts in der Hand.«

»Großartig. Ich gebe Ihnen eine Provision, wenn Sie das Richtige für mich finden.«

Mickey lachte sein charmantestes Lachen.

»Davon will ich gar nichts hören. Wie viel wollten Sie denn anlegen?«

Es herrschte verlegenes Schweigen.

»Eigentlich habe ich keine Ahnung. Wie viel kostet denn ein Pferd?«

»Wie lang ist ein Faden? Wie bei allem bekommen Sie das, was Sie bezahlen.«

»Ich denke, ich möchte ein braves Tier. Das hübsch aussieht.«

»Sie braucht etwas Anständiges. Sie ist eine ziemlich gute Reiterin.«

Mickey erinnerte sich an sein Wettrennen mit Mandy auf Monkey. Sie hatte sich mächtig ins Zeug gelegt; und was ihr an Stil fehlte, hatte sie durch Mumm wettgemacht. Plötzlich kam ihm eine Idee.

»Mir ist gerade etwas eingefallen. Ich denke, wir haben genau das richtige Pferd für Sie hier.«

Fünf Minuten später war der Handel perfekt. Sie vereinbarten, sich noch am gleichen Abend zu treffen, damit Keith bar bezahlen konnte – er bestand darauf. Und Mickey hatte sich natürlich nicht sonderlich gewehrt. Drei Riesen in 50-Pfund-Noten würden ihm aus mehr als einer Patsche helfen. Das einzige Haar in der Suppe war, was Patrick dazu sagen mochte, wenn er es erfuhr.

Lawrence schritt den Rest des Nachmittags mit verkniffenem Mund das Gartencenter ab. Die Angestellten duckten sich ängstlich und wagten nicht zu fragen, warum er die Weihnachtsfeier so plötzlich abgesagt hatte. Und niemand erkundigte sich, wo Kay steckte, da sie offenbar der Grund für seine Rage war.

Als Kelly ihm die Wahrheit über Mickey und Kay gesagt hatte, war es für Lawrence ein härterer Schlag, als er selbst vor sich eingestehen mochte. Er wusste, dass ihre Ehe nicht gerade im Himmel geschlossen wurde und sie nicht wie die Turteltäubchen miteinander umgingen, aber in gewisser Weise fand er, dass sie besser funktioniert hatte als manch eine oberflächlich intakte Ehe. Festzustellen, dass er sich vollständig geirrt hatte und dass das, was er für ein starkes Team gehalten hatte, in Wirklichkeit ein Riesenschwindel war, hatte ihn zutiefst erschüttert. Irgendwo hatte er insgeheim immer noch gehofft, dass Kellys Anschuldigung nicht wahr wäre. Nicht dass er sie für eine Lügnerin hielt, bösartig erschien sie ihm nicht. Aber sie könnte sich ja geirrt haben. Jetzt wusste er, dass es nicht so war.

Lawrence quälte sich mit Fragen, was Liddiard seiner Frau wohl bieten konnte, das er selbst nicht hatte. Aber allzu eingehend wollte er darüber nicht nachdenken. Er war überzeugt, dass Kay frigide war und Sex nur mitmachte, um ihn bei Laune zu halten. Auf ihre vorgetäuschte Lust fiel er nicht herein. Aber sie hatte ihn auch nie an seiner eigenen Lust gehindert. Was suchte sie also in einer Affäre? Lawrence wurde klar, dass er seine Macht über sie verloren hatte, die er immer für absolut und unendlich groß gehalten hatte.

Und da er nun wusste, dass das Kind in ihrem Bauch von Mickey war, fühlte er sich wie ausgelaugt. Der Mistkerl hatte ihr gegeben, was Lawrence sich verzweifelt wünschte, obwohl ihm erst jetzt klar wurde, wie stark sein Wunsch war. Aber Männer waren doch angeblich nicht versessen auf Kinder. Er musste schnell an der Weihnachtsgrotte im Gartencenter vorbeigehen, um nicht rührselig in einen Kinderwagen zu starren oder einem Kleinkind, das auf den Weihnachtsmann wartete, das Haar zu zerstrubbeln. Bisher hatte er von Kindern nie Notiz genommen – außer um sich zu fragen, wie sie seine Gewinne erhöhen könnten. Vielleicht war es lediglich die uralte Geschichte, dass man etwas plötzlich unbedingt haben wollte, nur weil einem jemand gesagt hatte, dass man es nicht bekommen konnte. Vor allem, wenn ein anderer es hatte.

Es war ihm gar nichts anderes übrig geblieben, als Kay hinauszuwerfen. Er hätte die Fragen nicht ertragen können, von den Antworten ganz zu schweigen. Lawrence hielt nichts davon, über Dinge zu reden. Er wäre der Alptraum eines jeden

Therapeuten. Doch nun war sein Leben mit einem Mal leer; es herrschte ein Vakuum ohne jede Hoffnung, es zu füllen. Er machte sich nicht vor, dass ihre Ehe perfekt gewesen sei. Sie hatte auf recht zynischen, ungeschriebenen Regeln beruht. Aber sie hatte funktioniert. Zumindest hatte er das geglaubt. Aber das galt offensichtlich für Kay nicht.

Er hörte die Kassen munter klingeln und sich mit Geld füllen, ein Geräusch, das ihm höhnisch erschien, da er sich fragte, welchen Sinn das alles noch hatte. Wofür sollte er das alles ausgeben? Was sollte er kaufen, um die Lücke in seinem Leben zu füllen? Oder zumindest vorübergehend zu stopfen.

Sex. Vielleicht war es das, was er brauchte. Ein körperlicher Kick; ungezügelte Lust; etwas, was die verbitterten Gedanken in seinem Kopf überdecken konnte. Aber er wollte nicht dafür bezahlen. Früher hatte er das zwar getan, aber nur aus Bequemlichkeit. Nicht um offene Wunden zu heilen.

Er griff zum Telefon und rief Kelly im Pub an.

»Kelly?«

»Ja?«

»Hier ist Lawrence Oakley.«

Nach einer kurzen Pause, in der Lawrence sich vorstellen konnte, wie ihre stark geschminkten Augenlider überrascht zwinkerten, antwortete sie vorsichtig.

»Hallo.«

»Ich weiß, dass es ziemlich kurzfristig ist, aber ich muss ein paar Einkäufe in London erledigen und brauche jemanden, der mir hilft, ein paar Dinge auszusuchen. Ich dachte, Sie wären vielleicht die Richtige. Wenn Sie nichts anderes vorhaben.«

Kelly sollte ganz beruhigt sein, dass es für den Ausflug in die Stadt einen guten Grund gab, damit sie ihn vor anderen wie vor sich selbst rechtfertigen konnte. Aus ihrem bedrückten Ton, als sie ihm von Kay und Mickey erzählt hatte, hatte er herausgehört, dass sie strenge Moralvorstellungen hatte, die ihre Aufmachung nicht vermuten ließ.

Fast konnte er hören, wie Kelly das Für und Wider seines Vorschlags abwog und sich fragte, wo der Haken und ob es wohl eine Falle war. Er legte einen weiteren Köder aus.

»Wir könnten irgendwo zu Abend essen.«

Als sie einwilligte, war er angenehm überrascht.

»Okay.«

»Können Sie in einer halben Stunde fertig sein? Ich hole Sie ab.«

Kurzes Zögern.

»Holen Sie mich lieber an der Bushaltestelle im Dorf ab.«

Niedlich. Sie wollte nicht, dass ihre Eltern sahen, wie ein älterer Mann sie abholte. Sie wusste, was sie denken würden.

»Kein Problem.«

Für die Fahrt in die Stadt nahm er seinen Jaguar. Sie war von dem Wagen beeindruckt, von seiner CD-Sammlung jedoch weniger und schaltete schnell wieder einen Radiosender ein, der endlose Balladen spielte. Sie war erstaunlich entspannt und plapperte unentwegt. Vermutlich hing das mit ihrem Beruf zusammen. Bei einer Kosmetikerin war es sicher ganz ähnlich wie bei einer Friseuse, sie musste im Stande sein, endlos über Belanglosigkeiten zu reden. Keiner von beiden erwähnte Kay. Irgendwie war ihnen klar, dass dieses Kapitel beendet war. Das Leben ging weiter.

Er machte mit Kelly eine kleine Tour durch London, die sie mit Ehrfurcht erfüllte, ihn jedoch wenig beeindruckte. Sie gingen in sämtliche Geschäfte, über die Kelly in ihren geliebten Zeitschriften gelesen hatte: Sie schwelgte im Anblick ihrer Kleider und kaufte sich dann in den Kaufhäusern von Knightsbridge billige Imitationen, die sie sich bei ihrer Jugend und ihrer Figur leisten konnte. Bis jetzt hatte sie den Schnitt und die Qualität von Designerkleidern noch nicht nötig. Anschließend half sie Lawrence, Geschenke für seine engsten Mitarbeiter auszusuchen – sonst hatte er diese Aufgabe Kay überlassen, aber er musste schließlich bei seiner Ausrede bleiben. Außerdem hatten sowohl seine Assistentin als auch der Leiter des Gartencenters in den letzten Tagen doppelt so hart gearbeitet wie üblich, ohne ihm Fragen zu stellen, und dafür war er ihnen dankbar. Natürlich würde es ihm im Traum nicht einfallen, ihnen das ausdrücklich zu sagen, aber ein besonders großzügiges Geschenk würde es ihnen zeigen. Das verstanden sie. Sie kannten ihn. Deshalb waren sie auch schon so lange bei ihm.

Nicht ein einziges Mal bot er an, Kelly etwas zu kaufen, da das die Dynamik seiner Tagesplanung verändert hätte, und Lawrence wollte nichts überstürzen und Kelly nicht kompromittieren. Außerdem hatte er keinesfalls vor, wie ein alter Knacker zu wirken, der ein junges Mädchen aushält.

Das gemeinsame Abendessen war jedoch von Anfang an abgemacht. Lawrence bestellte für Kelly Bellini, jenen Cocktail, der köstlich schmeckte, aber tückisch war. Er musste aufpassen, dass sie nicht zu viel trank, sondern nur gerade genug, um sie leicht beschwipst und willig zu machen, aber nicht betrunken – das war ungemein wichtig. Er selbst trank Bollinger und ließ sie an seinem Glas probieren. Sie rümpfte die Nase – das Perlen gefiel ihr, aber es war für sie nicht süß genug.

Das Restaurant hatte er mit Bedacht ausgesucht und beobachtete amüsiert, wie sie ihre Umgebung mit den Augen verschlang, zutiefst beeindruckt von der glamourösen Klientel; wie Keith wusste, waren es jedoch Leute wie sie, die nur ein bisschen reicher waren und sich herausgeputzt hatten, um sich gegenseitig zu imponieren, aber Kelly hielt sie alle für Prominente. Als sie tatsächlich eine Schauspielerin entdeckte, die eine Nebenrolle in einer Seifenoper spielte und hier mit ihrem Freund zu Abend aß, war sie völlig außer sich vor Begeisterung. Lawrence war klar, dass nun der geeignete Moment für den Todesstoß gekommen war.

»Wir könnten auch bleiben.«

Kelly schaute ihn mit großen Augen an.

»Es wäre doch eine Schande, jetzt zurückzufahren, wo Sie gerade so viel Spaß haben. Wir könnten uns ein Hotel suchen und dann noch irgendwo etwas trinken.«

Er nannte ein paar Promi-Lokale in der Nähe und sie biss an.

»Mal sehen, ob ich zwei Zimmer für uns finde. Ich bezweifle es, so kurz vor Weihnachten, aber versuchen können wir es ja mal.«

Er verschwand, um ein diskretes Telefonat zu führen. Sie konnte nicht ahnen, dass er schon vor Monaten ein Zimmer reserviert hatte – er fuhr immer kurz vor Weihnachten mit Kay in die Stadt, um Einkäufe zu erledigen und ins Theater zu gehen. Strahlend kam er zurück.

»Es ist mir gelungen, ein paar Beziehungen spielen zu lassen. Aber sie haben nur noch eine Suite frei. Ich kann ja auf dem Sofa schlafen ...«

Kelly bedachte ihn mit einem wissenden Blick, grinste aber. Sie würde mitspielen.

Nach zwei Stunden, mehreren Cocktails und einer Zeche von ein paar hundert Pfund führte Kelly Lawrence an der Hand den Hotelflur entlang zu ihrer Suite.

»Jetzt bin ich an der Reihe, Sie zu verwöhnen. Sie bekommen eine Massage umsonst.«

Sie ging in das prachtvolle Badezimmer und kam mit einem Stapel weißer, flauschiger Handtücher zurück. Rasch und geschäftig breitete sie zwei auf das Bett, sagte ihm, er solle sich ausziehen, und reichte ihm ein Handtuch, mit dem er sich bedecken konnte; dann verschwand sie wieder im Badezimmer, während er sich auszog.

Lawrence musste sich eingestehen, dass er mit einem derart entschlossenen Vorgehen von ihr nicht gerechnet hatte, aber es störte ihn nicht. Er legte seine Kleider fein säuberlich zusammen, schlang sich das Handtuch um die Hüfte und legte sich erwartungsvoll mit dem Gesicht nach unten auf das Bett. Kelly kam in dem üblichen weißen Hotelbademantel aus dem Bad, einen Korb voller Lotionen und Kosmetikproben des Hotels in der Hand. Sie kramte darin herum, bis sie ein Fläschchen mit Öl fand. Sie schnupperte daran, schüttete sich etwas in die Hände und ließ es erst ihre Körperwärme annehmen, bevor sie sich ans Werk machte.

Lawrence stöhnte halb lustvoll, halb gequält, als Kelly seinen Rücken mit geschickten Fingern massierte. Sie strich ihm mit den Daumen zu beiden Seiten der Wirbelsäule entlang, bis sie auf die harten Knoten in seinem Nacken stieß, und arbeitete sich von dort nach unten vor. Sie beherrschte ihr Fach. Als seine Muskeln sich entspannten und die Anspannung der letzten Tage von ihm wich, wusste er, dass er sich in den Händen einer Expertin befand. Es war fast besser als Sex. Er nickte gerade leicht ein und spürte schon die ersten Ausläufer des Schlafes, als sie ihm entschlossen auf den Hintern klopfte und ihm befahl, sich umzudrehen.

Sofort war er wieder wach und drehte sich gehorsam um, froh, dass er sich ausschließlich darauf konzentriert hatte, sich zu entspannen, und sich nun nicht mit einer Erektion in Verlegenheit brachte. Er achtete darauf, dass er sich diskret bedeckt hielt, weil er sich immer noch nicht über die Spielregeln im Klaren war und nicht wusste, ob das ein Vorspiel sein sollte oder schon alles war. Er schaute Kelly in die Augen, um zu sehen, ob sie ihm einen Hinweis gab. Mit einem koketten Lächeln öffnete sie den Knoten ihres Gürtels. Er schluckte, als ihr weißer Bademantel zu Boden fiel. Darunter trug sie ein pinkfarbenes Satinkorsett, das ihre Taille auf lächerliche Handspannenmaße reduzierte und oben gerade noch den Hof ihrer Brustwarzen erkennen ließ. Lawrence war überrascht, obwohl er nicht wusste, wieso. Eigentlich war zu erwarten, dass Kelly solche Unterwäsche bevorzugte. Wahrscheinlich hatte er nur nicht damit gerechnet, dass er sie zu sehen bekommen würde.

Sie hielt die Ölflasche hoch und ließ den Inhalt lasziv zwischen ihre Beine träufeln. Dann massierte sie sich und Lawrence schaute verwundert zu, wie ihre Hände ihre sonnengebräunten Schenkel bearbeiteten und sich immer näher vortasteten zu ihrer ...

Verdammt! Er schaute genauer hin. Sie hatte da unten gar keine Haare. Er sah nur ihre rosigen Lippen und eine kleine Knospe, die hervorlugte. Offensichtlich hatte sie sich rasiert. Allzu intensiv durfte Lawrence nicht über diese Vorstellung nachdenken, sonst wäre er explodiert.

»Nimm das Handtuch weg!«

Noch nie hatte Lawrence einer Frau das Kommando überlassen, aber das brauchte sie ihm nicht zweimal zu sagen. Gehorsam zog er das Handtuch fort. Sein Schwanz war steifer und länger denn je, was ihn ziemlich stolz machte. Aber Kelly ignorierte ihn. Sie schlang ihre Beine um seine Hüften und setzte sich auf ihn; stöhnend spürte er ihre öligen Schenkel und ihre heiße Weichheit auf seiner Brust. Er war gefesselt, ihre Knie unter seinen Armen. Sicher hätte er sie abwerfen können, wenn er gewollt hätte. Aber warum sollte er?

Gierig griff er nach ihren Brüsten, aber sie hob warnend einen Finger.

»Hände an die Seiten bitte. Ladys first.«

Fasziniert sah er zu, wie ihre Augen sich vor Lust verschleierten. Langsam ließ sie ihren Finger auf ihrem Kitzler kreisen, atmete stoßweise und warf schließlich den Kopf in den Nacken. Lawrence wusste gar nicht, wo er zuerst hinschauen sollte, auf ihre herrlichen, weit vorgestreckten Brüste, ihr in Ekstase verzerrtes Gesicht oder die Quelle ihrer Lust, die ihm hoffentlich bald das Gleiche bescheren würde.

Kurz vor dem Höhepunkt schob sie sich mit einer anmutigen Bewegung nach hinten und glitt auf seinen erwartungsfrohen Schwanz. Das Kondom, das sie ihm übergestreift hatte, bemerkte er kaum und sagte ihr auch nicht, dass es völlig unnötig war, da keinerlei Gefahr bestand, dass sein nutzloser Liebessaft sie schwängern könnte.

Als Kelly später eingerollt unter dem Federbett schlief, überfiel Lawrence eine plötzliche Unsicherheit. Und wenn der Sex nur ein Dank für das Geld war, das er für sie ausgegeben hatte, und sie eigentlich gar nicht mit ihm hatte schlafen wollen? Wenn sie sich lediglich verpflichtet fühlte und die ganze Geschichte nur eine professionell inszenierte Show war? Überwältigend, aber bedeutungslos? Wenn sie ihn nur benutzt hatte?

Plötzlich geriet er in Panik. Was zum Teufel machte er mit diesem Mädchen? Er musste verrückt sein! Als Kay ihre Bombe hatte platzen lassen, hatte er wie aus einem Reflex heraus reagiert. Er war so skrupellos zielstrebig vorgegangen, dass er sich nicht einmal Zeit gelassen hatte, über alles nachzudenken; und Kay hatte er keine Chance zu Erklärungen gegeben. Hätte er ihr dazu Gelegenheit geben sollen? Eine leise Stimme in seinem Kopf sagte ihm, dass jede Geschichte zwei Seiten hatte. Und er wusste, dass nach der Diagnose des Spezialisten ein kleiner Teil von ihm gestorben war. Vielleicht hatte er Kay ausgeschlossen, ohne es zu wollen ...?

Lawrence befahl sich, damit aufzuhören. Was immer Kay auch gesagt hätte, es hätte nichts geändert. Sie hatte ihn gedemütigt und er hatte seinen Stolz. Deshalb würde er nicht einmal sich selbst eingestehen, dass es ihm an jenem Nachmittag das Herz gebrochen hatte. Auch wenn er es nie in Worte gefasst hatte, liebte er Kay auf seine Weise. Er konnte sich keine andere Frau vorstellen, die so gut zu ihm passte. Sie waren Partner gewesen. Ein Team. Schade, dass sich alles gegen sie verschworen hatte. Aber er würde sich nicht in Selbstmitleid und Kummer suhlen. Das Leben ging weiter.

Er putzte sich ausgiebig die Zähne, duschte und zog sich

den gleichen Hotelbademantel über, wie Kelly ihn vorher getragen hatte. Dann setzte er sich aufs Bett und betrachtete sie im Schlaf. Sie würde ihm helfen zu vergessen und dafür war er dankbar. Aber er beschloss, nie wieder zuzulassen, dass er verletzt wurde. Er hatte sich für zäh, unbesiegbar und skrupellos gehalten. Nun hatte er auf die harte Tour gelernt, dass er es nicht war. Doch eines stand fest: Noch einmal würde ihm das nicht passieren.

Er streichelte Kellys Haar und ließ seine Finger durch ihre zerzausten blonden Strähnen gleiten. Sie schlug verschlafen die Augen auf und rang sich ein viel sagendes Lächeln ab.

»War es nicht genug?«

Hatte sie das Gefühl, ihm noch mehr zu schulden? All die Cocktails, das Abendessen, das teure Hotel – vermutlich durfte er mehr Aufmerksamkeit verlangen.

»Nein. Schlaf weiter.«

Er zog ihr die Decke über die Schultern und sie kuschelte sich hinein. Er meinte, ihre Erleichterung zu spüren. Sie war fast ebenso groß wie seine eigene. Das Letzte, was er wollte, war ein herzloser, berechnender Fick. Das würde nur ein Schlaglicht darauf werfen, was er verloren hatte.

Kapitel 12

Es war Heiligabend und Lucy fragte sich, was sie eigentlich zwischen all den Menschen zu suchen hatte, die in letzter Minute noch Einkäufe erledigten. Doch sie konnte sich nicht dazu durchringen, den Käse im Supermarkt zu kaufen – sie wollte die frischen Sorten, die es beim Käsehändler gab und die so stark rochen, dass man sie in der Vorratskammer aufbewahren musste. Da alle über den Gestank von Stilton und Pont l'Evêque schimpften, kaufte sie sie immer erst in letzter Minute.

An der Käsetheke stieß sie auf Lawrence.

»Was machen Sie und Kay Weihnachten?«

»Ich bin zu Hause. Was sie macht, weiß ich nicht.«

Lawrence war schmallippig und blickte finster drein. Lucy wusste nicht, was sie darauf sagen sollte. Lawrence hielt es für seine Anstandspflicht, sie aufzuklären.

»Wir haben uns getrennt.«

Er gab keine weiteren Erklärungen ab, was Lucy auch nicht von ihm erwartete. Sie ließ den Menschen immer Zeit. Was zwischen den beiden auch vorgefallen sein mochte, sie hoffte, dass es sich einrenken ließ. Aber der Gedanke, dass er Weihnachten ganz allein verbrachte, war ihr unerträglich.

»Hören Sie, wir sind morgen ohnehin schon zwölf. Auf einen mehr kommt es da nicht an. Ich habe einen Puter, groß wie ein Strauß. Kommen Sie doch zu uns.«

Lucys Einladungen konnte niemand widerstehen, nicht einmal knallharte Zyniker wie Lawrence. Ihre Wärme ging einem irgendwie ans Herz. So nahm er denn die Einladung an.

Warum sollte er Weihnachten allein sein? Wieso sollte er bestraft werden – schließlich hatte er sich nichts zu Schulden kommen lassen. Die Nacht mit Kelly zählte nicht. Als es dazu kam, hatte er sich schon nicht mehr als verheiratet betrachtet.

Ja, ein Weihnachtsessen bei den Liddiards war sicher interessant. Er würde es genießen, Mickey zappeln zu lassen. Und genau im richtigen Moment würde er ihm einen Tiefschlag versetzen. Allerdings diskret. Schließlich wollte er Lucy nicht wehtun. Sie war ein nettes Mädchen und hatte es nicht verdient, mit einem Scheißkerl wie Liddiard verheiratet zu sein.

Auf dem Rückweg nach Barton Court gab er im *Honeycote Arms* ein Päckchen für Kelly ab. Es war ein kleines Bernsteinherz an einer Silberkette, das sie bei ihrem Einkaufsbummel bewundert hatte – es war ihm gelungen, es zu kaufen, während sie sachkundig das Angebot der Kosmetikabteilung begutachtete.

Voller Hoffnung fuhr er nach Hause und dachte daran, was sie wohl für ein Gesicht machte, wenn sie das Päckchen öffnete. Na gut, vielleicht sah es so aus, als ob er sie kaufen wollte, aber irgendwo musste er schließlich anfangen. Es war nur eine kleine Aufmerksamkeit, eine Kleinigkeit.

Eine Stunde später rief sie ihn auf seinem Handy an, um sich zu bedanken.

»Du solltest es doch erst morgen aufmachen, du ungezogenes Mädchen.«

»Ich habe noch nie warten können. Es ist wunderschön. Vielen Dank.«

»Was hast du morgen vor?«

»Ich bleibe bei meiner Familie. Es ist unser letztes Weihnachten hier.«

»Wieso? Wo zieht ihr denn hin?«

Es entstand eine kleine Pause.

»Eigentlich sollte ich es dir nicht sagen, aber ich sehe nicht ein, warum ich es geheim halten sollte. Es kann unsere Lage auch nicht schlimmer machen. Die Liddiards verkaufen das *Honeycote Arms.* Um ihre Schulden abzubezahlen. Sie stecken in großen Schwierigkeiten.«

Lawrence hielt den Hörer so fest, dass seine Knöchel weiß wurden, während er vor Aufregung errötete.

»Das hättest du mir früher sagen sollen.«

»Dad hat mich gebeten, es niemandem zu erzählen.«

»Hör zu, sag deinem Dad, er soll sich keine Sorgen machen. Vielleicht fällt uns ja etwas ein. Sag ihm, ich setze mich nach Weihnachten mit ihm in Verbindung. Aber erzähl sonst niemandem davon.«

Voll prickelnder Erregung legte Kelly auf. Es war gut, dass sie Lawrence begegnet war. Da war sie sicher. Er war ein Mann, der manches bewegen konnte. Oder besser gesagt, der manches verhindern konnte. Sie fingerte an dem kleinen Bernsteinherzen an ihrem Hals herum und fragte sich, ob sie ihrem Vater von dem Telefonat erzählen sollte. Vielleicht besser nicht – sie müsste ihm zu viel erklären. Ihre Eltern waren zwar großzügig – das war notwendig, wenn man einen Pub hatte –, aber sie hatte sich ausgerechnet, dass Lawrence fast doppelt so alt war wie sie.

Nachdem Lucy sämtliche Lebensmittel eingekauft hatte, die sie brauchte, musste sie noch einige Geschenke besorgen. Sie hatte die Sherwyns zum Weihnachtsessen eingeladen und wollte für jeden eine Kleinigkeit kaufen. Auch für Mickey hatte sie noch nichts.

Sie betrat James' Galerie. In der letzten Woche war es hier hektisch zugegangen, aber nun war es ruhig, da niemand teure Gemälde in letzter Minute kaufte. In den eleganten Ausstellungsräumen konnte Lucy entspannen. Das tiefe Rot der Wände bildete einen Kontrast zu den hellen Eichenbalken und Bodendielen, im Hintergrund spielte leise Chormusik des Kings College und von irgendwo wehte der köstliche Duft von Glühwein herüber.

James freute sich, sie zu sehen.

»Ich bin in Panik. Ich habe noch kein Geschenk für Mickey. Und ich habe keine Idee, aber du weißt doch bestimmt etwas …« Es entbehrte nicht einer gewissen Ironie, dass Lucy lange nach einem Geschenk für James gesucht hatte, bis sie genau das Richtige entdeckt hatte. Aber sie sagte sich, dass es viel schwieriger sei, für ihn etwas zu finden als für Mickey, dem leicht eine Freude zu machen war.

James fand natürlich das Passende. Eine kleine Federzeichnung von einem Hund, der genauso aussah wie Pokey. Sie war unsigniert und daher annehmbar im Preis und Lucy war begeistert.

»Du bist ein Genie!« Sie steckte das gut verpackte Bild in ihre Einkaufstasche.

»Wie geht es Mickey?«, erkundigte James sich beiläufig, wie er hoffte.

»Viel besser. Er wirkt wesentlich entspannter. Gott sei Dank – ich fing schon an, mir Sorgen zu machen.«

»Gut.«

»Übrigens, was hat Caroline morgen vor?«

James war überrascht. Lucy zeigte selten Interesse an Caroline.

»Sie ist bei ihren Eltern.«

»Ich wollte dir sagen, dass du sie mit nach Honeycote bringen kannst, wenn du möchtest. Zum Mittagessen. Oder abends zu einem Drink.«

James zwang sich, ihr lächelnd zu danken. Er hatte verstanden. Lucy wollte ihm sagen, dass es ihr gut ging. Indem sie Caroline ins Gespräch brachte, schob sie ihn von sich und sorgte dafür, dass er sich zurückzog. Mit anderen Worten, er war entlassen. Seine Dienste wurden nicht mehr gebraucht.

Kay wählte in ihrem Hotelzimmer in Frome die Nummer einer weiteren Privatklinik. Das wahre Ausmaß ihres Dilemmas hatte sie anfangs zutiefst erschüttert. Sie hatte in ihrem Zimmer gesessen ohne die geringste Ahnung, wohin sie sich wenden sollte, und hatte sich eine Nacht schlaflos in ihrem Bett hin und her gewälzt. Aber jetzt war sie bereit, etwas zu unternehmen. Kein blöder Arzt, der noch nicht trocken hinter den Ohren war, durfte ihr sagen, dass es für einen Schwangerschaftsabbruch zu spät war. Mit Geld ließ sich alles bewerkstelligen, das wusste sie. Es ging nur darum, den Richtigen zu finden.

Eine halbe Stunde später schleuderte sie das Telefon wütend durchs Zimmer. Sie hatte sich den Mund fusselig geredet, getobt, jede Klinik angerufen, die sie auftreiben konnte, aber überall dieselbe Antwort erhalten. Und selbst wenn sie jemanden gefunden hätte, der bereit gewesen wäre, die schmutzige Arbeit zu erledigen, waren alle in die Weihnachtsferien gefahren.

An diesem Abend war die kleine Kirche in Honeycote zur Mitternachtsmesse gedrängt voll. Die Beliebtheit des Vikars und der hervorragende Chor sorgten immer für ein volles Haus. Als Besitzern von Honeycote House stand den Liddiards die erste Bank zu. Ned, der drei Reihen weiter hinten auf der anderen Seite des Mittelgangs saß, wagte einen Seitenblick zu Sophie. Sie sah wieder so aus, wie er sie von früher in Erinnerung hatte, nicht mehr wie der Rauschgoldengel des Ballabends. Sie war zwar schlanker als früher, aber ihr Haar fiel offen auf die Schultern und sie war ungeschminkt. Sie trug eine hellblaue Jeansjacke und Jeans. Obwohl sie keinerlei Ähnlichkeit mehr mit dem einschüchternden Wesen hatte, in das er sich Hals über Kopf verliebt hatte, musste er verwundert feststellen, dass sein Herz raste. Er liebte Sofa!

Während er sie anstarrte, schaute sie sich um, ihm direkt in die Augen. Er erstarrte wie ein verschrecktes Kaninchen und wusste nicht, was er machen sollte. Sein Herz schmolz dahin, als sie ihn anlächelte. Es war nicht nur ein Zeichen des Erkennens, sondern ein Lächeln, das von Herzen zu kommen schien. Er strahlte zurück, während der Organist die ersten Takte von »Herbei, o ihr Gläubigen« spielte, dann deutete er mit einer Handbewegung an, sie sollten anschließend etwas trinken gehen. Sophie nickte und schaute wieder in ihr Gebetbuch.

Unfähig, sein Grinsen zu unterdrücken, tastete Ned nach dem weichen Päckchen in seiner Tasche, um sich zu vergewissern, dass es noch da war, straffte die Schultern und sang aus voller Kehle mit.

Als die Gemeindemitglieder nach der Messe in die kristallklare Nacht hinausströmten, sich gegenseitig frohe Weihnachten wünschten und Einladungen aussprachen, stahlen Ned und Sophie sich davon. Sie setzten sich abseits der Menge auf einen Grabstein, hielten Händchen und lachten nervös und aufgeregt.

»Ich bin ja so froh, dass du wieder normal bist, Sofa. Neulich hat es mich fast umgehauen. Du hast so Angst einflößend ausgesehen. Ich habe mich gar nicht getraut, mit dir zu reden.«

»Und ich dachte, du hättest mich gar nicht beachtet.« Sie schaute ihn schüchtern an. »Ich dachte, du hättest was für Mandy übrig gehabt.«

»Gott nein! Ich meine, sie ist lustig und alles, aber sie ist eigentlich nicht mein Typ.« Er grinste sie verlegen an. »Ich habe ein Geschenk für dich.«

Er drückte ihr das Päckchen in die Hand und Sophie packte es eifrig aus. Es war ein wunderschönes Tuch, hauchdünn und silbrig wie Elfenflügel und mit winzigen Perlen bestickt. Sophie war sprachlos – es war das Schönste, was sie je gesehen hatte, zumal Ned es entdeckt und dabei an sie gedacht hatte.

Ned schlang ihr das Tuch um den Hals und zog Sophie an den Enden zu sich, wobei ihr ein würziger Vanilleduft in die

Nase stieg. Er kam ihr seltsam bekannt vor, aber sie dachte sich, dass man das Tuch im Laden wohl in parfümiertes Geschenkpapier verpackt hatte. Im Augenblick wollte sie darüber nicht weiter nachdenken. Sie schloss die Augen, während Ned sie in die Arme nahm und ganz sanft und warm auf den Mund küsste.

Kapitel 13

Am Weihnachtsmorgen wachte Lucy um Viertel vor fünf auf, eine Viertelstunde bevor der Wecker klingeln sollte. Sie stellte ihn ab, um Mickey nicht zu wecken, zog sich dicke Wollsocken und einen Pullover über, da die Heizung noch nicht angesprungen war, und schlich aus dem Schlafzimmer.

In der Küche musterte sie nachdenklich den Truthahn und ging im Geiste durch, wer alles zum Mittagessen kommen würde. Die fünf Liddiards, James, Lawrence, die Sherwyns und die Walshes – der Vogel dürfte groß genug sein. Sie rieb die Haut großzügig mit Butter ein, steckte Kräuter und Zitrone hinein, deckte ihn mit Folie ab und schob ihn in den Backofen. Sorgfältig zählte sie an den Fingern ab, ob sie die Backzeit richtig berechnet hatte, damit sie gegen zwei Uhr essen konnten.

Nun kam die Aufgabe, die sie am liebsten mochte. Sie schlich in die Diele und öffnete den Deckel der riesigen geschnitzten Eichentruhe. Darin lagen drei prall gefüllte Strümpfe, auf die im Kettenstich die Initialen ihrer Besitzer gestickt waren. Sie nahm sie heraus, freute sich an ihrem Gewicht und den geheimnisvollen Höckern und Beulen und schleppte sie die Treppe hinauf.

Patrick sah im Schlaf, einen Arm über dem Kopf, so lässig arrogant aus wie eh und je. Lucy fragte sich, ob es rührselig von ihr war, ihm immer noch einen Strumpf hinzulegen, und musste liebevoll an das erste Weihnachtsfest zurückdenken, das sie in Honeycote House verbracht hatte. Sie hatte Patricks Strumpf mit herkömmlichen Spielsachen gefüllt – einem

Kreisel, ein paar Äffchen, eine Flageolettflöte, eine Holzeisenbahn, ein Säckchen Murmeln – und war von seiner Miene beim Auspacken belohnt worden. Offenbar hatte seine Mutter nichts von Weihnachten gehalten, das sie als kommerzielles und materielles Fest ablehnte, und hatte ihm im Jahr zuvor als Konzession ein einziges pädagogisch wertvolles Spielzeug zugestanden. Mittlerweile hatte sich der Inhalt des Strumpfes zwar verändert, aber Lucy konnte sich nicht durchringen, mit der Tradition zu brechen, und sagte sich, dass Patrick enttäuscht wäre, wenn er keinen Strumpf am Fußende seines Bettes fände. In diesem Jahr war es ihr schwerer denn je gefallen, etwas für ihn zu finden, und sie fürchtete, dass ihre Geschenke ziemlich langweilig und praktisch waren, auch wenn die Taschenlampe in Form einer schlanken, schwarzen Kreditkarte ihr gefallen hatte.

Bei den Mädchen war es ihr leichter gefallen. Das Schwierigste war, ihre Geschenke gerecht zu verteilen. Letzten Endes hatte Lucy für beide fast das Gleiche besorgt und ein halbes Vermögen für Kinkerlitzchen ausgegeben: Body Glitter, falsche Tattoos, Slips mit aufgedruckten Wochentagen, Make-up, diverse Bücher wie CDs und natürlich ein Pin-up-Kalender, der nie über den Januar hinauskam.

Sobald sie die Strümpfe verteilt hatte, holte sie die Geschenke für ihre Gäste aus der Truhe und legte sie unter den Weihnachtsbaum im Wohnzimmer. Der Kaminsims war festlich mit Grün aus dem Garten und dicken altgoldenen Seidenschleifen geschmückt. Auf dem Couchtisch, auf dem sich sonst alte Zeitschriften stapelten, stand ein Arrangement, das sie aus kleinen Ananas, Granatäpfeln und Artischocken improvisiert hatte. Auf jeder Fensterbank prangte ein großer Strauß weißer Rosen mit einem Hauch Rot.

In völligem Kontrast dazu stand der Baum, der alles an Schmuck aufwies, was Mickey und sie seit ihrem ersten Weihnachten mit Patrick angesammelt hatten. Alljährlich erhielt jeder Baumschmuck, den eines der Kinder gebastelt hatte, dort wieder seinen Platz. Das Ergebnis war ein chaotisches Sammelsurium, das in seiner Überfülle tatsächlich gut geriet. Affektierten Shaker-Minimalismus gab es hier nicht. Weihnachtsbaumschmuck musste schließlich glitzern und funkeln, fand Lucy. Die ganze Familie wetteiferte alljährlich, wer die kitschigste Baumspitze auftrieb. An Heiligabend war Lucy aufgefallen, dass in diesem Jahr niemand diese Tradition aufrechterhalten hatte, und so hatte sie die Baumspitze vom Vorjahr wieder aufgesetzt: einen paillettenbesetzten Weihnachtsmann, der »I Saw Mommy Kissing Santa Claus« sang. Sie fand es recht bezeichnend für die gegenwärtige Stimmung im Haus: Alle wirkten, als seien sie mit ihren Gedanken anderswo. In den letzten Tagen hatte sie Sophie und Georgina ständig drängen müssen, sich an den Festvorbereitungen zu beteiligen, Unmengen Mince Pies zu backen, die Weihnachtskarten auf lange Schnüre aufzufädeln und in der Diele aufzuhängen und das vom seltenen Gebrauch schwarz angelaufene Silber zu polieren, damit sie es zum Weihnachtsessen auflegen konnten. Lächelnd dachte Lucy nun an Sophies Hochstimmung, als sie gestern Abend von den Walshes nach Hause gekommen waren, die sie auf ein Gläschen eingeladen hatten. Sie fragte sich, ob es wohl etwas mit dem Kuss zu tun haben mochte, den Ned ihrer Tochter zum Abschied gegeben hatte. Lucy fand die Vorstellung an eine Romanze zwischen Ned und Sophie etwas befremdlich, da Ned für sie wie ein zweiter Sohn war. Vielleicht war er deshalb puterrot angelaufen, als Lucy ihm zugezwinkert hatte.

Sie legte die sorgsam verpackten Geschenke unter den Weihnachtsbaum und überlegte, ob sie das Päckchen für James nicht besser an einem sichereren Ort verwahren sollte. Es war ein alter, leicht zerbrechlicher Kelch aus Murano-Glas, den sie nun auf den Kaminsims stellte, damit er nicht zu Schaden kam. Sie wusste, dass er James gefallen würde – seinen Geschmack kannte sie genau. Einen Augenblick dachte sie über ihre Beziehung nach. Für manche war sie nicht viel besser als eine Affäre, denn sie verbrachten viel Zeit miteinander. Eigentlich war sie sogar mehr mit James als mit Mickey zusammen. Aber Mickey wusste darüber Bescheid. Und außerdem hatte sie nie mit James geschlafen.

Der Gedanke an Sex mit James war Lucy nie ernsthaft in den Sinn gekommen. Insgeheim war ihr klar, dass James dazu bereit wäre, wenn sie ihm die richtigen Signale gäbe. Den ersten Schritt würde er zwar nie tun, dazu war er viel zu sehr Gentleman. Aber Lucy wusste, dass James nie geheiratet hatte, weil es ihre Beziehung so gut wie beendet hätte. Eine andere Frau hätte sich mit ihrer Freundschaft nicht so abgefunden, wie Mickey es in seiner arglosen, vertrauensseligen Art tat.

In mancherlei Hinsicht liebte sie James, weil er ihr die Aufmerksamkeit entgegenbrachte, die Mickey häufig vermissen ließ. Manchmal hatte Lucy ein bisschen das Gefühl, das Mickey sie allzu sehr als selbstverständlich nahm und ihr Ruf als guter Kumpel sich allmählich abnutzte. Sie war äußerst tolerant und gutmütig, wenn Mickey nach einem Tag beim Pferderennen Scharen von Menschen zum Essen mitbrachte. Oder wenn er im Anschluss an solche Veranstaltungen bei anderen eingeladen war und erst spät betrunken nach Hause kam. Sie nahm es ihm nicht übel, aber sie hatte immer James zur Hand, der sie zum Ausgleich mit einem ausgiebigen Mittagessen in Cheltenham, einem Open-Air-Konzert oder einem Besuch in einem denkmalgeschützten Park verwöhnte. Mickey müsste sie mit gezogener Waffe zu solchen Ausflügen zwingen.

Sie fragte sich, ob ihre Ehe wohl so lange gut gegangen wäre, wenn James die Lücke in ihrem Leben nicht gefüllt hätte. Nutzte sie ihn aus – was hatte er davon, außer dem Vergnügen an ihrer Gesellschaft? Sehr viel, fand Lucy, wenn sie darüber nachdachte. Sie sorgte gut für ihn. Seine Freizeit verbrachte er meist bei ihrer Familie und aß mit ihnen. Fast als wäre er ein

Bruder. Und das war er als ihr Schwager in gewisser Weise ja auch. Ja, so war es, James war ihr wie ein Bruder.

Beruhigt beschloss Lucy, noch für ein Stündchen ins Bett zu kriechen, bevor sie die Pferde versorgen und Unmengen Kartoffeln schälen musste. Sie schlüpfte neben Mickey unter die Decke, der wach lag, seit sie aufgestanden war, sich aber schlafend stellte. Er wusste, dass er Patrick in ein paar Stunden von Monkey erzählen musste. Spätestens wenn die Sherwyns kamen, wäre die Katze aus dem Sack. Mittlerweile tat ihm das, was er für einen geschickten Schachzug gehalten hatte, bitter Leid. Aber jetzt gab es kein Zurück mehr. Er hatte das Geld ausgegeben, die ganzen dreitausend Pfund. Er tröstete sich, dass er wenigstens genügend Verantwortungsgefühl aufgebracht hatte, die drängendsten Schulden zu bezahlen. Zumindest die ausstehenden Rechnungen bei der Tankstelle und beim Hufschmied, die ihn hätten auffliegen lassen können. Und die Schulden bei Lieferanten, auf die er unbedingt angewiesen war, vor allem beim Weinhändler.

Verdammt, wieso machte er sich überhaupt Gedanken? Er hatte doch Monkey ursprünglich gekauft, oder? Also hatte er auch das Recht, ihn zu verkaufen. Patrick ritt das Tier ja schon lange nicht mehr, er war über das kleine Pferd schon vor Jahren hinausgewachsen. Wahrscheinlich machte es ihm gar nichts aus.

Mickey zuckte zusammen, als Lucys warme Hand sich unter den Bund seiner Schlafanzughose vortastete. Um Himmels willen! Er hoffte und betete, dass ihm nicht noch einmal dasselbe passieren mochte wie neulich abends bei Kay; dass das schlechte Gewissen, der Stress und das Trinken nicht auf Dauer ihren Tribut forderten. Aber nein, er spürte die vertraute Reaktion. Die Dinge und seine Männlichkeit waren auf dem Weg nach oben.

Mit zuversichtlichem Grinsen drehte Mickey sich um.

»Frohe Weihnachten, Liebling.«

In Solihull tauschten Mandy und Keith ihre Geschenke und hofften jeder für sich im Stillen, dass Sandra nicht anriefe, um ihnen frohe Weihnachten zu wünschen und sie damit in Verlegenheit zu bringen und zu kränken. Mandy hatte ihrem Vater silberne Manschettenknöpfe in Form eines Fuchskopfes besorgt, die er sofort anzog. Er gab ihr einen Gutschein für ein halbes Dutzend Fahrstunden und entschuldigte sich ausgiebig für das seiner Ansicht nach allzu prosaische Geschenk, aber sie wehrte ab, es sei genau das, was sie sich gewünscht habe.

Zum Frühstück machte Mandy Rühreier auf Vollkorntoast, frisch gepressten Orangensaft und Kaffee. Nachdem Keith mit Appetit seine Eier gegessen hatte, fiel ihm etwas ein.

»Das habe ich ja ganz vergessen, ich habe ja noch was für dich.«

Er verschwand, während Mandy die Spülmaschine einräumte. Dann kam er mit einem seltsam geformten Paket zurück, das in kariertes Papier gewickelt war. Es fühlte sich an wie ein Gürtel. Neugierig packte Mandy es aus.

Es war ein Stirnriemen. Verwundert drehte sie ihn, bis sie ein kleines Namensschild aus Messing aufblitzen sah. Sie las den eingravierten Namen: Monkey. Sie schaute Keith an, der von einem Ohr zum anderen grinste.

»Du machst Witze.«

»Nein. Er gehört dir. Er wartet bei den Liddiards auf dich, also beeil dich und zieh dich an.«

Fast hätte seine Tochter ihn mit ihrer stürmischen Umarmung umgeworfen. Wer hatte gesagt, Geben sei seliger denn Nehmen? Dieser Mensch hatte verdammt Recht.

»Du verdammtes Arschloch!«

»Na komm schon, Patrick. Wann hast du ihn denn zuletzt geritten, meine Güte? Du bist doch viel zu schwer ...«

»Das ist mein Pferd. Du kannst nicht einfach hingehen und

verkaufen, was anderen gehört. Jedenfalls nicht, ohne vorher zu fragen.«

»Es tut mir Leid. Ich habe wirklich geglaubt, dass es dir nichts ausmacht.«

»Das tut es aber.«

Allerdings. Sogar mehr, als er gedacht hätte. Einen schrecklichen Augenblick lang dachte Patrick, er würde in Tränen ausbrechen.

»Ich will ihn wiederhaben.«

»Tut mir Leid. Das geht nicht. Ich habe das Geld schon ausgegeben.«

»Wofür? Für deine Frau jedenfalls nicht. Der Schlafanzug war keine dreitausend wert.«

»Hör mal, Patrick. Es gibt Dinge, die du nicht verstehst ...«

»Du brauchst mich gar nicht so zu bevormunden. Es gibt Dinge, die ich sehr gut verstehe, bisher aber aus Höflichkeit nicht erwähnt habe. Also komm mir nicht mit diesem Scheiß.«

Mickey blieb der Mund offen stehen. Es war schlimmer, als er erwartet hatte. Patrick fand, dass es an der Zeit war, ihm das Messer auf die Brust zu setzen. Er war es Leid, seinen Vater mit Samthandschuhen anzufassen.

»Die Brauerei ist den Bach runter, stimmt's?«

»Wer sagt das?«

»Gott und alle Welt, soviel ich weiß.«

»Dummes Geschwätz!«

»Kelly hat mir vom *Honeycote Arms* erzählt.«

Mickey verdrehte ärgerlich die Augen. Er hatte Ted klar und deutlich gesagt, dass es für sie alle besser wäre, wenn die Sache bis Neujahr unter ihnen blieb. Das hatte er nun davon, dass er offen und ehrlich zu den Leuten war. Er hätte ihnen doch gar nicht sagen brauchen, was er vorhatte.

»Wir brauchen dringend eine Kapitalspritze. Es ist die einzige Möglichkeit.«

»Wir haben immer gesagt, dass wir keinen der Pubs abgeben.«

»In einer idealen Welt. Aber darin leben wir nun mal nicht, oder? Entweder wir verkaufen das *Honeycote Arms* oder wir nehmen einen Investor herein, der knallhart auftritt und uns genau sagt, wie wir den Laden zu führen haben. Als Erstes würde er vermutlich dich rauswerfen; wenn ich du wäre, würde ich also schön den Mund halten.«

Vater und Sohn funkelten sich wütend an.

»Zuerst verkaufst du mein Pferd und dann mein Erbe ...«

»Sei nicht so melodramatisch. Es geht ums Überleben. Hör zu, Patrick. Bis jetzt hast du alles auf einem Silbertablett serviert bekommen. Ich habe dir das nie verübelt. Jetzt könntest du mir wenigstens den Gefallen tun, dich zurückzuhalten. Es ist schon schwer genug, auch ohne dass du dich benimmst wie ein verwöhnter Bengel.«

Patrick biss sich auf die Lippen. Es war Weihnachten und er wollte den anderen das Fest nicht verderben. So machte er auf dem Absatz kehrt und ging wieder ins Haus. Mickey blieb im Hof und beschloss, den Wein zu kosten, den er zum Mittagessen ausgesucht hatte. Wenn er den Ansprüchen nicht genügte, war noch Zeit genug, einen anderen kalt zu stellen.

In der Küche sprach Sophie Patrick aufgeregt an. Da sie ihn bei seinem Spitznamen aus Kindertagen nannte, wusste er, dass sie etwas von ihm wollte.

»Patch, würdest du mich umbringen, wenn ich Ned dein Geschenk gebe?«

»Ich weiß nicht. Ich habe ja keine Ahnung, was es ist.«

»Ich besorge dir ein neues. Im Ausverkauf bekomme ich sogar etwas viel Besseres für dich. Aber ich muss ihm doch was schenken.«

Patrick musterte Sophie grinsend.

»Gibt es da was, das ich wissen müsste?«

Sophie schlug beschämt die Augen nieder. Patrick erlöste sie von ihrer Qual.

»Natürlich kann er mein Geschenk haben.«

»Und du sagst ihm nichts?«

»Natürlich nicht. Ach Sophie – ich freu mich für dich! Ich fand schon immer, dass ihr beiden gut zueinander passt.«

Sophie wurde, wenn überhaupt möglich, noch tiefer rot und lief nach oben, um das Namensschildchen auf der Flasche Aftershave von Ralf Lauren zu wechseln, das sie für Patrick gekauft hatte. Patrick war entzückt. Ned war ein anständiger Kerl und würde gut für Sophie sorgen, das wusste er. Und wenn nicht, bekäme er es mit Patrick zu tun.

Es war ein Weihnachtsfeiertag wie aus dem Bilderbuch, fand Lucy. Sie hatten im Wohnzimmer Champagner getrunken und Blinis mit Räucherlachs gegessen, während alle ihre Geschenke tauschten. Sophie hatte auf einem Blöckchen notiert, wer was bekommen hatte, da alle am Ende des Tages zu betrunken sein würden, um sich noch daran zu erinnern. Sie trug ein silbernes Tuch um den Hals und wechselte ständig strahlende Blicke mit Ned, die von niemandem unbemerkt blieben. Mickey war gut in Form, wie immer, wenn das Haus voller Gäste war. Nichts tat er lieber, als Gläser nachzuschenken. Die Walshes waren wie üblich froh, einmal von der Plackerei auf dem Bauernhof fortzukommen. Die Sherwyns passten gut in die Gesellschaft. Nur Patrick wirkte angespannt, tat aber sein Bestes, es zu kaschieren – nur an der Menge der Zigaretten, die er rauchte, merkte Lucy, dass ihn etwas quälte. Vermutlich Ärger mit Kelly. James war entzückt über sein Geschenk. Es zeigte sich daran, dass er sich drei Mal bei ihr bedankte. Drei Mal mehr als Mickey – er hatte die kleine Zeichnung, die sie ihm gekauft hatte, gerade lange genug bewundert, um der Höflichkeit Genüge zu tun, und sie dann beiseite gelegt. Sie bemühte sich, nicht gekränkt zu sein, denn Mickey hatte sich noch nie viel aus Kunst gemacht – seiner Ansicht nach waren Bilder nur dazu da, Flecken an der Wand zu überdecken.

Nach dem Mittagessen wurde es ein bisschen heikel. Ned hatte die anderen zu einem Spaziergang überredet – er brauchte dringend eine Zigarette und seine Eltern waren entschieden gegen das Rauchen. Die Erwachsenen vertilgten die Reste der Käseplatte. Bisher hatte niemand Lawrence' Lage erwähnt oder nach Kay gefragt, bis Keith Sherwyn mit einem Blick auf die Uhr finster bemerkte, er habe keine sonderliche Lust, in ein leeres Haus zurückzufahren, obwohl es wohl an der Zeit dazu sei. Mittlerweile hatte Lawrence einiges getrunken, wie sie alle, aber ihn machte es eindeutig rührselig.

»Haben Sie ein paar Tipps? Ich werde mich wohl auch daran gewöhnen müssen.«

Er starrte herausfordernd in die Runde.

»Sie fragen sich vermutlich, wo die dumme Kuh steckt. Ich will es Ihnen sagen. Ich habe keine Ahnung. Ich weiß nur, dass sie sich nie wieder bei mir blicken lassen braucht.«

Er trank einen Schluck Portwein und knallte das Glas auf den Tisch. Lucy zuckte zusammen.

»Sie hat sich schwängern lassen. Natürlich nicht von mir. So ist das. Ich habe sie rausgeschmissen. Bestimmt hat sie einen Arzt gefunden, der das für sie in Ordnung bringt. Während wir hier sitzen, lässt sie es sich wahrscheinlich gerade wegmachen. Ich kann mir Kay nicht als allein erziehende Mutter vorstellen, Sie etwa?«

Grinsend schaute er in die Runde. Es herrschte betretenes Schweigen. Mickey schenkte sich einen guten Schluck Portwein nach und reichte die Karaffe mit zittriger Hand weiter.

»Möchte noch jemand Käse?«, murmelte Lucy.

Sophie, Patrick, Mandy, Ned und Georgina arbeiteten das Mittagessen mit einem Spaziergang ab, Pokey im Schlepptau. Mandy wollte unbedingt Monkey wiedersehen und vielleicht sogar einen kleinen Ausritt machen, aber er hatte ein Hufeisen verloren und Lucy glaubte kaum, dass sie vor Neujahr noch zum Hufschmied fahren konnte. Die Aussicht, Patrick nahe zu sein, hatte Mandy getröstet. Sophie und Ned gingen Händchen haltend voraus und blieben immer wieder stehen, um ausgiebig zu knutschen, was Georgina zu verlegenem Schnauben veranlasste.

Mandy ging neben Patrick.

»Es tut mir wirklich Leid wegen Monkey. Sophie hat mir erzählt, dass er dir gehört hat. Das habe ich nicht gewusst.«

Patrick nahm ihre Entschuldigung mit einem gleichgültigen Kopfnicken an.

»Ich hole ihn nicht gleich hier weg. Dein Vater sagt, wir können ihn noch ein Weilchen bei euch lassen. Wir wollen bald umziehen.«

»Ach wirklich?«

Patrick war unbeteiligt.

»Dad will sein Geschäft verkaufen und etwas völlig anderes machen. Ich glaube, er würde gern hier in die Gegend ziehen. Wenn wir in der Nähe wohnen, kannst du Monkey besuchen, sooft du willst.«

Patrick schaute sie an.

»Es ist ein großes Unternehmen, oder? Da wird er schon ein paar Mäuse für kriegen.«

»Ich glaube, es ist ihm ziemlich egal, was er dafür bekommt, solange er es nur loswird.« Sie stockte. »Aber ein paar Millionen werden es schon sein.«

Fast wäre Patrick vor Verblüffung abrupt stehen geblieben, aber er konnte seine Gefühle geschickt verbergen und nickte nur höflich.

»Und was will er stattdessen machen?«

»Ich weiß es nicht. Es darf nur nichts mit Badezimmern zu tun haben. Er möchte ganz neu anfangen, wo Mum jetzt weg ist.«

Da Mandy nüchtern und kein bisschen selbstmitleidig klang, hatte Patrick nicht den Eindruck, er müsse ihr sein Mitgefühl ausdrücken. Er änderte subtil seine Taktik.

»Hör mal, es tut mir wirklich Leid wegen neulich.«

Mandy wurde puterrot.

»Ich habe mich grässlich benommen. Die Sache ist ...« Er suchte verzweifelt nach einer plausiblen Ausrede. »Ich wollte dich nicht ausnutzen. Ich dachte, dass du wahrscheinlich auch zu viel getrunken hattest, so wie Sophie, und dass es dir hinterher Leid tun würde.«

»O nein. Ich trinke nie.«

Patrick blieb stehen und drehte ihr Gesicht zu sich. Er strich ihr eine ihrer langen, schimmernden Haarsträhnen aus dem Gesicht und merkte, wie sie, nervös wie ein noch nicht zugerittenes Fohlen, unter seiner Berührung bebte. Wachs. Sie war Wachs in seinen Händen. Ned hätte auf seine unnachahmlich charmante Weise gesagt, sie winsele förmlich danach.

Ihm blieb gerade noch Zeit, ihren Mund mit seinen Lippen zu streifen, bevor Georgina auftauchte. Gelegener hätte sie ihm auch nicht kommen können, wenn er sie dafür bezahlt hätte. Die beiden wichen mit einem Satz auseinander und gingen weiter.

»Du fährst heute Abend wieder nach Hause?«

»Ich denke schon.«

»Was machst du an Silvester?«

»Das weiß ich noch nicht.«

Patrick ließ eine Gesprächspause entstehen, in der er die verschiedenen Möglichkeiten im Kopf durchging. Als Honeycote House in Sicht kam, blieb Patrick stehen und betrachtete es stolz. Der Gedanke, dass dort jemals Fremde wohnen könnten, erschreckte ihn. Aus dem Wenigen, was er sich aus dem Gerede in der Brauerei, aus seinem Gespräch mit Kelly und aus dem Benehmen seines Vaters zusammenreimen konnte, befürchtete er allmählich, dass dieser Gedanke nicht mehr so abwegig war. Schließlich wurden ständig Leute aus ihren angestammten Familiensitzen vertrieben. Aber er konnte nicht einfach dasitzen und zuschauen wie Mickey.

»Wenn du nichts anderes vorhast – ein Kumpel von mir macht in Cheltenham eine Party. Das wird bestimmt ganz lustig.«

»Bestimmt. Das wäre toll!«

»Ich rufe dich vorher noch mal an.«

»In Ordnung.«

Mandy strahlte ihn an. Eigentlich war sie ziemlich hübsch, fiel Patrick auf. Das machte ihm sein Vorhaben wesentlich einfacher. Wäre sie eine unscheinbare graue Maus, dann hätten die Leute vielleicht Verdacht geschöpft.

Das Grüppchen stapfte in die Diele, streifte Gummistiefel ab und türmte Mäntel, Schals und Handschuhe auf die Truhe. Ned, ganz erhitzt, zog sich die Krawatte aus, die seine Mutter ihm morgens aufgenötigt hatte, und knöpfte seinen Hemdkragen auf. Sophie starrte ihn entsetzt an und lief mit einem erstickten Schluchzen die Treppe hinauf.

»Was ist los?« Ned schaute ihr fassungslos nach.

»Du hast einen dicken Knutschfleck am Hals.« Patrick blies lakonisch den Rauch seiner Zigarette in die Luft.

Ned lief zu dem vergoldeten Spiegel über dem Kaminsims und musterte besorgt seinen Hals. Patrick hatte Recht. Ein großer purpurroter Fleck erinnerte ihn an den Augenblick, als Mayday sich vor zwei Tagen in ihrer Leidenschaft an ihm festgesaugt hatte. Wieso war ihm das nicht aufgefallen? Und wie sollte er das erklären? Er konnte ja wohl kaum behaupten, ihn selbst gemacht zu haben – das war rein anatomisch unmöglich.

Sophie lag auf ihrem Bett und riss den Schal in tausend Fetzen. Schluchzend drückte sie ihn vor ihr Gesicht. Plötzlich meinte sie an dem hartnäckigen Duft ersticken zu müssen, als ihr einfiel, woher sie ihn kannte. Es war das Parfüm von Mayday

Perkins. Das ganze *Horse and Groom* stank danach. Manchmal roch auch Patricks Fliegerjacke danach, wenn sie zusammen ausgegangen waren. Und jetzt stank Neds Geschenk danach, weil er mit ihr zusammen gewesen war. Der Knutschfleck musste von ihr stammen. Und er war noch nicht sonderlich alt.

Sophie konnte es nicht fassen. Sie zählte an den Fingern die Stunden ab, die seit der Weihnachtsmette vergangen waren. Fast achtzehn Stunden lang war sie schier geplatzt vor Glück und prickelnder Erregung, die ihren Kopf, ihr Herz und ihren ganzen Körper vor Freude hatten summen lassen. Und jetzt war sie mit einem grausamen Aufprall wieder auf dem Erdboden gelandet.

Gegen neun Uhr waren alle Gäste fort. James musste sich um seine beiden Labradors kümmern, die den ganzen Tag eingesperrt geblieben waren. Lawrence hatte Verschiedenes im Gartencenter zu regeln, das zum Schlussverkauf nach Weihnachten den üblichen Kundenandrang erwartete. Die Walshes mussten für das Vieh sorgen, das keinen Feiertag kannte. Keith und Mandy hatten Sophie und Georgina mit nach Solihull genommen – Keith hatte für den nächsten Tag eine Loge im Theater von Birmingham reservieren lassen und die beiden Mädchen eingeladen, sich mit ihnen das Weihnachtsspiel anzuschauen. Sophie war heilfroh, den neugierigen Blicken in Honeycote House zu entkommen, und weinte während der ganzen Fahrt. Mandy kümmerte sich liebevoll um sie und sorgte dafür, dass die Musik aus dem CD-Spieler ihr Schluchzen übertönte, damit es ihren Vater nicht in Verlegenheit brachte. Aber Georgina plapperte ihm ohnehin auf dem Beifahrersitz die Ohren voll.

In der Küche von Honeycote House stapelten sich Teller, Schälchen und Gläser, umgeben von fettigen Schüsseln und Kochgerätschaften. Ein wenig reizvoller Anblick. Mickey, starr vor Schock, hatte angeboten zu spülen. Vielleicht würde es ihn für eine halbe Stunde ablenken. Zu seiner Verärgerung jedoch redete Lucy, aufgeputscht durch Champagner und Pouilly-Fumé, die ganze Zeit über die arme Kay. Sie war entsetzt, allerdings nicht über Kays Notlage, sondern über Lawrence' Verhalten.

»Er kann sie doch nicht einfach auf die Straße setzen. Wo sie doch schwanger ist. Auch wenn es nicht von ihm ist.«

»Natürlich kann er das.«

»Das ist doch barbarisch! Ich rufe sie an. Mal hören, wie es ihr geht.«

»Nein!«

Lucy starrte Mickey an, erschrocken über seinen aggressiven Ton. Stirnrunzelnd musterte sie ihn. Er war schweißnass.

»Wieso nicht?«

»Weil es besser ist, sich nicht einzumischen, das ist alles. Hör mal, es ist Weihnachten. Das ist ein Familienfest ...«

»Die ganze Familie ist verschwunden. Nur wir beide sind noch da.«

»Lass Kay und Lawrence die Sache unter sich klären. Ich bin sicher, sie ruft dich an, wenn sie mit dir reden möchte.«

Lucy murrte etwas vor sich hin. So waren die Männer. Nie wollten sie sich in die Dramen anderer einmischen. Sie hatten eben kein Gefühl der Solidarität wie Frauen. Lucy wusste genau, wenn sie in Kays Lage wäre – der Himmel möge es verhüten –, würde sie sich über einen Anruf freuen. Es würde ihr gut tun zu wissen, dass jemand sich um sie kümmerte.

Drüben in Barton Court lag Lawrence auf dem Bett; ihm drehte sich alles im Kopf und er verfluchte sich. Er ließ sich sonst nur ungern in die Karten schauen, aber heute hatte er zu viel getrunken und zu viel geredet, das war ihm klar. Er hatte es einfach nicht ertragen, Liddiard dasitzen zu sehen, so selbstgefällig mit seinem perfekten Leben, seiner perfekten Frau, seiner perfekten Familie. Alles Dinge, die Lawrence nie würde haben können. Am liebsten hätte er auf Mickeys Erdbeerbeet gepinkelt. Na, das hatte er ja nun auch getan. Mickeys Blick war unbezahlbar. Fast hätte er die Karaffe Portwein fallen lassen. Lucys ehrlich bestürzte Miene hatte Lawrence ein bisschen beschämt – er hatte ihr nicht das Fest verderben wollen. Daher hatte er sich kurz nach seinem Ausbruch verabschiedet. Und nun lag er hier allein auf seinem Bett, fühlte sich hundeelend und konnte sich lediglich mit dem Gedanken trösten, dass es Mickey sicher noch schlechter ging.

Lucy wartete, bis Mickey in den Stall gegangen war, um nach den Pferden zu sehen, huschte dann in das kleine Arbeitszimmer neben der Küche und griff zum Telefon. Sie blätterte im Adressbuch, bis sie Kays Handynummer fand, und wählte. Sie war erstaunt, wie schnell Kay antwortete, und zuckte vor der wahren Sturzflut zurück, die in ihr Ohr drang.

»Hör zu, Mickey – hast du es immer noch nicht kapiert? Ich will nicht mit dir reden. Also vergiss einfach, dass es mich je gegeben hat. Mach dir um mich keine Sorgen. Oder um das Kind. Das ist alles geregelt. Also verschwinde verdammt noch mal aus meinem Leben!«

Die Leitung war tot. Lucy starrte den Hörer an und drückte die Wahlwiederholungstaste, um sich die letzten fünf Telefonnummern anzeigen zu lassen, die gewählt worden waren. Kay. Kay. Kay. Kay. Kay.

KAPITEL 14

KAY SCHALTETE IHRE Mailbox ein und legte sich matt in die Kissen zurück. Den ganzen Weihnachtstag hatte sie im Bett verbracht, die Vorhänge bis auf einen winzigen Spalt zugezogen. Ihr war klar, dass das Hotelpersonal sich Sorgen um sie machte, aber es war ihr gleichgültig. Sie hatten ihr ungefragt zum Mittagessen ein Tablett heraufgebracht, das sie jedoch kaum angerührt hatte.

Sie beugte sich vor und schenkte sich noch ein Glas Wein ein. Verdammt, die Flasche war leer. Sie bestellte beim Zimmerservice noch eine Flasche.

Es gab nur einen Ausweg aus ihrer Lage. Sie hatte genügend Romane von Catherine Cookson gelesen, um zu wissen, dass es nichts gab, was sich nicht durch eine ordentliche Portion Gin und ein heißes Bad lösen ließ. Da sie keinen Gin mochte, musste der Crozes-Hermitage genügen.

Als der Etagenkellner klopfte, stolperte sie durchs Zimmer, schnappte ihm das Tablett aus der Hand und schlug ihm die Tür vor der Nase zu, bevor er sie bitten konnte, die Rechnung zu unterschreiben.

Als Keith in die Straße bog, in der er wohnte, betrachtete er liebevoll die drei schlafenden Mädchen. Er freute sich schon darauf, am nächsten Tag mit ihnen das Weihnachtsspiel anzusehen, und hoffte, dass sie sich noch nicht zu alt dafür vorkamen. Allerdings spielte ein niedlicher australischer Fernsehstar darin mit, für den sie alle schwärmten. Anschließend wollte er sie zu einem Cocktail einladen. Alkoholfrei natürlich, aber sie würden es trotzdem genießen. Und er sicher ebenfalls. In ihrer Gesellschaft fühlte er sich wohl. Jünger und optimistischer. Voller Hoffnung für die Zukunft. Alles entwickelte sich zum Besten.

Als Keith nach der Fernbedienung griff, um das Sicherheitstor zu öffnen, bemerkte er stirnrunzelnd ein Taxi, das vor der Einfahrt am Straßenrand parkte. Schweren Herzens sah er eine falsche Blondine mit Sonnenbrille aussteigen, die ihnen munter zuwinkte.

»Überraschung! Frohe Weihnachten!«

Um Himmels willen! Sandra. Verdammte Sandra!

Gemessen an den Weihnachtsfesten anderer Jahre war dieses schon recht seltsam, überlegte Patrick. Da blieb nur die völlige Flucht. Er drehte sich einen dicken Joint mit dem Gras, das Mayday ihm bei seinem letzten Besuch zugesteckt hatte, und zündete ihn trotzig am Kaminfeuer im Wohnzimmer an – sein Vater oder Lucy waren nirgendwo zu sehen. Als der beißende Rauch in seine Lungen drang, sein Blut erreichte und die Realität verschwimmen ließ, entspannte sich Patrick allmählich.

Keith war also schwerreich. So viel stand fest. Bald würde er eine beträchtliche Summe flüssig haben, die er offensichtlich für irgendetwas ausgeben wollte. Eine weitere Tatsache war, dass Mandy in Patrick verknallt war – dessen war er sich vollkommen sicher. Sie zu verführen war ein Kinderspiel. Keith zu verführen mochte etwas schwieriger werden. Honeycote House hatte ihn zwar offensichtlich in Bann geschlagen, aber er war ein guter Geschäftsmann, der Investitionen nicht aus Sentimentalität tätigte, wenn er nicht mit guten Gewinnen rechnen konnte. Aber wenn hinzukäme, dass seine Tochter mit dem Sohn des Firmeneigentümers verlobt wäre – dann wäre es für Keith sicher Ehrensache, der Brauerei wieder auf die Füße zu helfen.

Patrick war skrupellos. Wenn sein Vorhaben Hochzeitsglocken erforderte, dann sei es eben so. Scheiden lassen konnte er sich immer noch. Mickey würde er noch nichts von seinem Plan erzählen. Mit so viel Berechnung konnte er nicht umgehen. Deshalb war er ja so ein miserabler Geschäftsmann. Er ließ einfach alles treiben.

Nein. Er würde ihn vor vollendete Tatsachen stellen. Patrick war sich darüber im Klaren, dass er als Einziger Honeycote Ales retten konnte. Aber er musste schnell handeln.

Er rauchte den Joint zu Ende und warf gerade die Kippe in das Kaminfeuer, als sein Vater stirnrunzelnd ins Wohnzimmer kam.

»Hast du Lucy gesehen?«

»Nein.«

»Sie ist verschwunden. Ich kann sie nirgends finden.«

Im Laufe des Abends klopfte das Zimmermädchen an Kays Tür, um aufzuräumen und das Bett aufzudecken. Da niemand antwortete, öffnete sie die Tür mit ihrem Generalschlüssel. Im Zimmer war es stockfinster, daher schaltete sie das Licht ein.

Zuerst dachte sie, Kay sei tot. Schlaff wie eine Stoffpuppe lag sie auf dem Bett und ihr Kopf hing seitlich herunter. Sie war umgeben von leeren Flaschen und Gläsern und es roch durchdringend nach Alkohol – ein Glas Rotwein war ihr aus der Hand gefallen und hatte einen Fleck auf dem Teppich hinterlassen. Das Mädchen stürzte aus dem Zimmer und lief Hilfe holen.

Keith bemühte sich verzweifelt, seine Wut zu bezähmen. Sandra zog mitsamt ihrem Gepäck und einem neuen pelzbesetzten Anorak wieder ein, als sei nichts gewesen. Vor den Liddiard-Mädchen, die über ihr Erscheinen etwas verdutzt waren, wollte er sich nicht mit ihr anlegen. Mandy war es peinlich, als ihre Mutter sie zum ersten Mal in ihrem Leben in den Arm nahm.

»Wo habt ihr denn gesteckt? Ich wollte euch überraschen.« Sandra strahlte sie an. Das war ihr gelungen, dachte Keith finster.

»Wir waren zum Mittagessen bei Freunden.«

Sandra zog die gezupften und nachgezogenen Augenbrauen hoch.

»Wie nett.« Sie lächelte Sophie und Georgina an, die sich hervorragend hielten, sich höflich vorstellten und plauderten. Keith merkte, dass sie sich über die seltsamen Vorgänge wunderten, auch wenn sie viel zu gut erzogen waren, um es zu zeigen.

Die fast greifbare Spannung im Raum war nicht auszuhalten. Mandy war peinlich berührt, hatte jedoch offensichtlich ein schlechtes Gewissen, weil die eigene Mutter einem niemals peinlich sein sollte. Da Keith Sandra nun eine Weile nicht gesehen hatte, fiel ihm auf, dass man sie einfach grässlich finden musste, wenn man sie zum ersten Mal traf. Aber vielleicht war das unfair von ihm. Eine Überreaktion. Ein Pendelschlag in die entgegengesetzte Richtung. Das passierte schon mal, wenn es einem wie Schuppen von den Augen fiel. Man sah nur noch das Schlechte und übersah die guten Seiten, die man vorher so liebenswert gefunden hatte.

»Wer möchte etwas trinken? Ich auf jeden Fall«, fragte Sandra munter, stöckelte zur Eismaschine und pumpte sich einige Eiswürfel in ein Ginglas.

»Ich denke, es ist Zeit, dass die Mädchen ins Bett kommen. Dann haben wir Gelegenheit, miteinander zu reden.« Vielsagend funkelte er seine Frau an, die daraufhin einen Schmollmund zog.

»Erst müsst ihr mir aber mal alles erzählen, was ihr so gemacht habt.«

Keith setzte sich durch und Mandy brauchte keine zweite

Aufforderung. Sie stürmte mit Sophie und Georgina nach oben und ließ ihre Eltern allein. Mit versteinerter Miene wandte Keith sich an seine Frau.

»Du glaubst wohl, dass ich dich mit offenen Armen wieder aufnehme?«

»Sei doch nicht böse auf mich! Nicht an Weihnachten.« Sandra klimperte kokett mit den Wimpern.

»Du verlässt mich, ohne mir auch nur die geringste Erklärung zu geben, und meinst, du könntest einfach so wieder hier hereinstolzieren ...«

Sandra legte ihm beschwichtigend die Hand auf die Brust, aber Keith wich angewidert zurück.

»Das war falsch von mir, zugegeben. Es ist nur so, Schatz, ich brauchte einfach mal ein bisschen Raum für mich. Es ist nicht immer einfach, eine Frau im ... Herbst ihres Lebens zu sein.« Sandra liebte Beschönigungen. Ihr ganzes Leben war eine einzige Beschönigung. Alles Praktische und Hässliche wurde durch etwas kaschiert, was die Aufmerksamkeit nur noch mehr darauf lenkte. »Wir geraten nun mal ab und zu ein bisschen in Panik. Uns überfällt so eine Unsicherheit, dass wir hingehen und uns erst einmal selbst finden müssen. Aber jetzt habe ich mich gefunden und weiß, wer ich wirklich bin.«

»Schön, das freut mich für dich. Wirklich ...«

Sandra lächelte milde. Trotz all seiner Fehler war Keith pflegeleicht, wenn es darauf ankam.

»... denn Mandy und ich haben einen wunderbaren Tag zusammen verbracht. Ich glaube, es war das erste Weihnachten, das ich wirklich genossen habe. Wir konnten machen, was wir wollten. Niemand brüllte uns einen Marschbefehl ins Ohr. Wir mussten nicht Scharen von Gästen unterhalten, deren Anblick wir nicht ertragen konnten. Es war ... entspannend. Und hat Spaß gemacht.«

Sandra hatte das vage Gefühl, dass das Gespräch nicht ganz

die von ihr gewünschte Richtung nahm, lächelte aber tapfer weiter.

»Na schön. Aber ich hatte ein schlechtes Gewissen.«

»Das brauchst du nicht, Sandra. Du brauchst überhaupt kein schlechtes Gewissen zu haben. Du hast uns einen Gefallen getan. Du hast herausgefunden, wer du bist.« Keith grinste grimmig. »Und wir haben herausgefunden, wer wir sind.«

»Was?«

»Eigenständige Menschen. Wir müssen uns nicht von dir herumkommandieren lassen, wir brauchen uns von dir nicht sagen zu lassen, wer wir sind und was wir zu tun und zu lassen haben. Wir haben gemerkt, dass wir ohne dich besser dran sind.«

Sandras Lachen war schrill, kippte aber eine Oktave tiefer, als sie ihre Panik in den Griff zu bekommen suchte.

»Das ist nicht dein Ernst.«

»O doch. Im Grunde möchte ich, dass du verschwindest. Aber ich bin bereit, dir ein paar Wochen Zeit zu lassen, bis du eine Bleibe gefunden hast. Bis dahin stehen oben drei schöne Zimmer leer. Such dir eins aus. Sie haben alle ein eigenes Bad.« Nach einer Pause fügte er bissig hinzu: »Genauso gut, wie du es in Benidorm bekommst.«

Sandra zuckte zusammen. Es sah Keith gar nicht ähnlich, sarkastisch zu werden. Sie fand es nicht der Mühe wert, ihm zu erklären, dass sie in Puerto Banus war, was einen himmelweiten Unterschied bedeutete. Mist, sie hatte einiges wettzumachen! Sie hätte nicht gedacht, dass ihr Verschwinden ihm so viel ausmachen würde. Sie würde ihm ein paar Tage Zeit lassen, sich zu beruhigen, und dann anfangen, ihn zu bearbeiten. Lange konnte das nicht dauern. Sie seufzte bebend.

»Wenn du das wirklich so willst, Liebster.«

»Verschwende deinen Atem nicht darauf, mich Liebster zu nennen. Das zieht nicht.«

Keith'Ton war barsch und er konnte selbst nicht fassen, was

er da sagte. Noch nie hatte er ihr die Stirn geboten. Aber es war gar nicht so schwer, wie er gedacht hatte. Wahrscheinlich weil ihm klar geworden war, dass es ihm nichts ausmachte, wenn er sie nie wiedersähe. Er hatte seine Tochter und seine Lebensfreude wiederentdeckt und das genügte ihm vollauf. Für Sandra blieb kein Platz mehr.

Er sah ihr nach, als sie aus dem Zimmer stolzierte. Soweit man in einem champagnerfarbenen Samtoverall mit engem Goldlamé-Gürtel überhaupt stolzieren konnte. Und in passenden Sandaletten aus Goldlamé. Keith sah Lucy Liddiard in ihrem dezenten grauen Kaschmirpullover vor sich und seufzte.

Die Schwestern in der Notaufnahme waren verärgert. Schon wieder mussten sie einer Patientin den Magen auspumpen. Warum mussten die Leute sich auch an Weihnachten betrinken? Wieso konnten sie sich nicht ein bisschen zurückhalten und anderen einen Feiertag gönnen? Allerdings mussten sie zugeben, dass diese Patientin keineswegs typisch war. Sie war gut gekleidet und allein eingeliefert worden. Zumindest stand nicht der Rest ihrer Familie betrunken herum und gab ihnen Anweisungen.

Als sie fertig waren, brachten sie Kay auf die Station, wo sie ihren Rausch ausschlafen konnte. Ihr einziger Trost war, dass sie am nächsten Tag sicher einen teuflischen Kater haben würde.

Lucy stand vor James' Haustür wie die traumatisierte Heldin eines viktorianischen Romans – bleich, aufgelöst und am Rande eines Zusammenbruchs. Als sie James schluchzend in die Arme fiel, zog er sie ins Haus und schloss die Tür.

Er bekam keinen sinnvollen Satz aus ihr heraus. Sie wollte ihm nicht sagen, was los war. So hielt er sie lediglich im Arm, während sie weinte, und brachte sie dann in sein bestes Gästezimmer mit dem Kufenbett aus Kirschholz, den Leinenvorhängen und den frischen Baumwoll-Laken, die nach Lavendel dufteten. Er holte ihr ein paar Schlaftabletten, die eine exzentrische Verflossene vor Jahren zurückgelassen hatte, und saß an ihrem Bett, bis sie schließlich eingeschlafen war.

Als er in sein Schlafzimmer ging, fiel ihm auf, dass nun der Moment gekommen war, auf den er seit fast zwanzig Jahren gewartet hatte.

Kapitel 15

Caroline sprang in ihren Wagen und raste die holperige Einfahrt des Mietstalles hinunter, als wären sämtliche Höllenhunde hinter ihr her. Als sie das Tor erreichte, ließ sie den Wagen langsam ausrollen und legte den Kopf auf das Lenkrad. Irgendwie war ihr der Schwung ausgegangen. Das Adrenalin ihres Wutanfalles hatte sich verflüchtigt. Ihr Kampfgeist war dahin. Sie wollte sich nur noch einrollen und schlafen.

Sie war müde. Sie war es müde, ständig zu arbeiten und anschließend auszugehen. Sie war es müde, die Disziplin und Willenskraft aufzubringen, die nötig war, ihr Pferd Demelza fit zu halten, und ihren eigenen Siegeswillen lebendig zu halten, als müsse sie etwas beweisen. Sie war fast dreißig und fühlte sich allmählich leer und ausgebrannt. Sie wurde zu alt, um ständig die Kerze von beiden Seiten abzubrennen. Wenn man die Jugend auf seiner Seite hatte, war das alles gut und schön, aber das galt für sie offensichtlich nicht mehr.

Wenn Caroline an die vergangenen beiden Wochen dachte, wunderte sie sich nicht, dass sie völlig erschöpft war. Sie hatte doppelt so hart wie sonst gearbeitet, um die Zielvorgabe für Dezember zu erreichen, der zur Hälfte aus Feiertagen bestand. Und dann all die Partys. Betriebsfeste. Betriebsfeste von Bekannten. Feuchtfröhliche Mittagessen mit Kunden. Und jeden Morgen um fünf Uhr aufstehen, um Demelza zu trainieren. Sie schlief keine Nacht länger als vier Stunden. Kein Wunder, dass sie aussah wie aus der Addams Family.

Sie sehnte sich nach Schlaf. Sie sehnte sich danach, morgens mit klarem Kopf aufzuwachen. Sie sehnte sich nach einem

Essen, das nicht fetttriefend aus der Alufolie kam oder von einen Haufen Pommes umgeben war. Sie mochte sich gar nicht vorstellen, wie dick sie wäre, wenn sie nicht so viel Bewegung hätte. Sie wusste, dass sie eine beeindruckende Figur hatte. In Strümpfen war sie 1,75 Meter groß, davon 1,20 Meter Bein, hatte eine Wespentaille und große, volle Brüste. Sie brachte ihre Vorzüge durch ihre Kleidung gut zur Geltung und hatte eine Vorliebe für strenge, leicht Sadomaso-angehauchte Outfits – enge Leder- oder Wildlederhosen, spitze Absätze und hautenge Tops. Ihr war klar, dass sie mit den fast nicht vorhandenen Augenbrauen und Wimpern aller Rothaarigen ohne Make-up nach nichts aussah, aber sie verstand es mittlerweile hervorragend, sich zurechtzumachen. Sie war zwar eher auffallend als schön, sorgte aber immer dafür, dass sie nicht unbemerkt blieb. Ohne in den Spiegel zu schauen, wusste sie jedoch, dass sie im Augenblick ziemlich mitgenommen aussah. Ihre Haut war teigig von der grauenhaften Ernährung und infolge der zu langen Nächte hatte sie geschwollene Tränensäcke. Das musste anders werden.

Bisher hatte Caroline sich immer gegen eine feste Bindung gewehrt. Sie hasste es, wenn jemand sich um sie kümmerte, und empfand die Aufmerksamkeiten eines anderen als einengend und erstickend. Von klein auf hatte sie ihre Unabhängigkeit vehement verteidigt: Selbst die behutsame Frage ihrer Mutter, ob sie einen Mantel brauche, löste abwehrendes Gemecker aus. Und selbst als Erwachsene, die schon lange nicht mehr zu Hause lebte, genoss sie die Freiheit, zu tun, was sie wollte, ohne auf jemanden Rücksicht nehmen zu müssen. Sie war niemandem Rechenschaft schuldig.

Deshalb passte James hervorragend zu ihr. Er passte zu ihrem Leben und akzeptierte klaglos, wenn sie in letzter Minute ihre Pläne änderte oder ihn versetzte. Er verstand, dass sie Freiraum brauchte, und wollte nie zu viel Nähe. Aber allmählich änderte sich alles. Sie verspürte nicht mehr den Drang, ihn auf

Abstand zu halten, und konnte sogar nachvollziehen, warum die Leute heirateten.

Caroline hob müde den Kopf vom Lenkrad und zündete sich eine St-Mortiz an. Sie bemühte sich, das Rauchen einzuschränken, musste sich aber jetzt beruhigen, und außerdem zählten Zigaretten mit Menthol eigentlich nicht. Der Streit heute Morgen hatte sie mehr mitgenommen, als sie sich eingestehen wollte. Sie hatte ihn auf ganzer Linie verloren und konnte die Schuld bei niemandem suchen außer bei sich selbst. Am liebsten hätte sie reinen Tisch gemacht und ganz von vorn angefangen, was etwas völlig Neues war. Caroline tat nie etwas Leid. Sie war immer im Recht.

Als sie an diesem Morgen zu Demelza gekommen war, um sie auszureiten, war die Stute noch in ihrer Box und wartete auf den Tierarzt. Sie hatte eine klaffende Wunde am Hinterbein, die, wie Caroline mit einem Blick sah, eine Tierarztrechnung von mehreren hundert Pfund und mindestens einen Monat Ruhe bedeutete; beides – Zeit und Geld – konnte sie sich nicht leisten. Wütend war sie auf die nächstbeste Stallhelferin losgegangen, die noch an ihrem weihnachtlichen Kater litt, und hatte erfahren, dass Demelza über einen Wassereimer gestolpert war, sich in dessen Metallgriff verheddert und rückwärts in einen Stacheldrahtzaun geraten war. Carolines Wutanfall war beeindruckend. Sie überschüttete die arme Stallhelferin mit Vorwürfen, ihr Pferd vernachlässigt und nicht aufgepasst zu haben, bis ihre lautstarke Tirade den Stallbesitzer aus seinem warmen Büro lockte, um den wüsten Beschimpfungen auf den Grund zu gehen.

Ian rückte Caroline mit deutlichen Worten den Kopf zurecht. Sie sei sechs Wochen mit der Miete im Rückstand und habe daher keinerlei Recht, das Personal zu beschimpfen. Selbst wenn sie ihre Rechnungen bezahlt hätte, dürfe sie keinen Menschen derart verächtlich behandeln. Caroline richtete ihre Wut nun gegen ihn und war völlig verdutzt, als er nur sagte:

»Verschwinden Sie!«

»Was?«

»Verschwinden Sie von meinem Hof! Auf Kunden wie Sie, die uns beschimpfen und Wutanfälle kriegen, bin ich nicht angewiesen. Ich habe eine Warteliste von Leuten, die ihre Pferde hier unterstellen wollen und allesamt bessere Manieren haben als Sie.«

»Gut. Ich leihe mir einen Pferdehänger und nehme sie sofort mit.«

»Nein, das tun Sie nicht.«

Caroline schaute ihn verblüfft an.

»Zuerst bezahlen Sie mal Ihre Rechnung. Siebenhundertvierzig Pfund inklusive Wurmkur und Beschlagen.«

»Ich stelle Ihnen einen Scheck aus.«

Caroline wusste, dass er ihn erst Ende der Woche zur Bank bringen konnte und sie ihn bis dahin hätte sperren lassen.

»Tut mir Leid, nur Barzahlung. Bis dahin behalte ich das Pferd.«

Ausnahmsweise war Caroline sprachlos. Am Funkeln in Ians Augen erkannte sie, dass er es ernst meinte. Aber sie wollte nicht nachgeben. Noch nie in ihrem Leben hatte sie klein beigegeben. Sie machte auf dem Absatz kehrt und stapfte vom Hof.

Nun saß sie in ihrem Renault Megane am Ende der Zufahrt, sog heftig an ihrer Zigarette, um ihr wenigstens ein bisschen Geschmack abzugewinnen, und dachte darüber nach, was sie gemacht hatte. Ihr war völlig klar, dass sie die Rechnung für den Stall nicht bezahlen konnte. Sie hatte darauf vertraut, dass Ian noch bis weit ins neue Jahr hinein wegen ihrer ausstehenden Zahlungen ein Auge zudrücken würde. Ihr Weihnachtsgeld hatte sie schon für Geschenke und neue Kleider ausgegeben. Sie seufzte. Alles brach über sie herein. Ihr Aussehen, ihre Gesundheit und ihr Portemonnaie hatten unter den Folgen ihrer Zügellosigkeit zu leiden.

Insgeheim gab es noch etwas, was sie bedrückte. Als sie nun resigniert den Motor startete, ließ sie ihren Gedanken freien Lauf. Sie hatte Weihnachten bei ihrer Familie verbracht: ihrer langweiligen, mittelmäßigen Familie in ihrem langweiligen, mittelmäßigen Reihenhaus in einer langweiligen, mittelmäßigen Siedlung am Rand von Evesham. Ihre beiden Schwestern waren ebenfalls dort gewesen; beide besaßen keinen Funken Ehrgeiz oder Fantasie, nur einen Ehemann und jeweils zwei Kinder. Caroline hatte sie wegen ihrer Engstirnigkeit, ihrer passiven Schicksalsergebenheit und ihrer bereitwilligen Konformität immer verachtet. Sie waren es ganz zufrieden, im voll gestellten Esszimmer ihrer Eltern am Tisch mit den zusammengewürfelten Stühlen zu sitzen und verkochten Rosenkohl und halb gare Kartoffeln mit unterdurchschnittlichem Wein hinunterzuspülen. Schon bei der Erinnerung schauderte es sie – sie hatte sogar draußen vor der Terrassentür rauchen müssen, weil eine ihrer Schwestern schon wieder ein Kind erwartete.

Dennoch hatte sie einen Anflug von Neid über die stoische Zufriedenheit ihrer Schwestern verspürt. Ihre Freude über ihre Kinder war so echt; sie beneidete sie um ihre Freude an den strahlenden Gesichtern ihrer Nichten, als sie ihre Geschenke auspackten. Offensichtlich hatten sie ihre Erfüllung gefunden und nicht das Gefühl, in einer Tretmühle zu stecken, um sich etwas beweisen zu müssen. Irgendwo musste sie selbst etwas falsch gemacht haben ...

Es war Zeit, Bilanz zu ziehen. Sich zurückzulehnen und über ihr Leben nachzudenken. So konnte sie nicht weitermachen. Insgeheim war ihr klar, dass sie den Gipfel überschritten hatte. In der Zeitung hatte sie es so weit gebracht, wie es ging. Vor fünf Jahren hatte sie als Telefonakquisiteurin für Kleinanzeigen angefangen und es mittlerweile zur Abteilungsleiterin gebracht. Wenn sie sich verbessern wollte, musste sie an eine größere Zeitung in einer größeren Stadt wechseln. Oder in eine Großstadt. Vielleicht sogar nach London. Auch im Reitsport hatte sie es so weit gebracht, wie es ohne ein besseres Pferd möglich war, das sie sich nicht leisten konnte. Ihre Augen verschleierten sich, als sie an die arme Demelza dachte. Entsetzt bemerkte sie, dass ihr Tränen über die Wangen liefen, was sie sonst gar nicht an sich kannte. Sie wischte sie ab. Heulen brachte sie auch nicht weiter. Es war eindeutig Zeit, etwas zu unternehmen. Ihr Leben zu ändern. Drastisch.

Sie brauchte ein wenig Sicherheit. Buchstäblich und im übertragenen Sinne. Sie brauchte jemanden, der die Verantwortung, die Entscheidungen und die Rechnungen mit ihr teilte – aber auch die Höhen und Tiefen. Es war Zeit, dass sie Herrin in ihrem eigenen Haus wurde. Eine sanftere Gangart einlegte. Vielleicht sogar Kinder bekam. Sie hätte nie geglaubt, dass ihr je so ein Gedanke kommen könnte, aber sie fand die Aussicht gar nicht mehr so grauenhaft wie sonst.

Was auch immer passierte, ihr war klar, dass sie nicht länger als gespaltene Persönlichkeit mit ihren verschiedenen Leben herumjonglieren konnte. Sie hatte ihren Beruf, in dem sie skrupellos war und hohe Anforderungen stellte, weil sie sonst nicht die verlangten Ergebnisse liefern konnte. Dann hatte sie den Reitsport, der harte Arbeit und viele Opfer verlangte, da sie Demelza bei Wind und Wetter trainieren musste, der ihr aber auch unglaubliche Hochgefühle verschaffte, wenn sie eine Rosette oder einen Pokal mit nach Hause nahm. Obwohl sie nur auf Amateurebene ritt, gab der Sport ihr das Gefühl, etwas ganz aus eigener Kraft zu leisten. Und wenn sie es sich gönnte, zu entspannen und sich verwöhnen zu lassen, hatte sie noch das Leben mit James. Er war durch und durch ein Gentleman und sorgte so gut für sie, dass sie gar nicht wusste, wieso sie nicht mehr Zeit mit ihm verbrachte. Plötzlich hatte sie Gewissensbisse, weil sie ihn einfach als selbstverständlich nahm.

Es war Zeit, die Prioritäten anders zu setzen. Sie sollte ihre Karriere auf Sparflamme betreiben und vielleicht sogar mit dem Reiten aussetzen. Das musste ja nicht zwangsläufig heißen, dass sie nie wieder auf ein Pferd stieg, aber sie brauchte sich nicht mehr so oft und hart dem Wettbewerb zu stellen. Auch Demelza würde eine Pause gut tun. Sie wusste genau, dass sie sie mehr als einmal bis zum Letzten gefordert hatte.

Doch vor allem musste sie ihre Beziehung zu James auf eine solidere Grundlage stellen. Vielleicht sollte sie zu ihm ziehen, wie er es ihr schon mehrmals andeutungsweise vorgeschlagen hatte. Caroline war immer vor allem zurückgeschreckt, was auch nur ansatzweise nach einer festen Bindung roch. Mit einem Mal hatte diese Vorstellung jedoch etwas Verlockendes. Ihre Unabhängigkeit hatte ihren Reiz verloren. Sie hatte keinen Biss mehr und wurde weich. Aber es machte ihr nichts aus. Schließlich hatte sie James, auf den sie zurückgreifen konnte. Mit ihm wollte sie ein neues Leben anfangen, das sie beide genießen könnten.

Sie hatte die Umgehungsstraße schon zur Hälfte hinter sich, als ihr einfiel, dass sie James' Geschenk nicht bei sich hatte. Eigentlich hatte sie zuerst nach Hause fahren, duschen und sich umziehen wollen, bevor sie zu ihm fuhr, aber durch die Ereignisse auf dem Gestüt hatte sich alles etwas überstürzt entwickelt. Einerlei. Was sollte man einem Mann schenken, der ohnehin schon alles hatte? Mit boshaftem Grinsen stellte Caroline sich Verschiedenes vor, was James mehr zu schätzen wüsste als einen lieblos eingepackten Pullover von Benetton.

Lucy schreckte morgens gegen halb zehn aus einem unnatürlich tiefen Schlaf hoch, weil Hufgetrappel sie auffahren ließ. War eins der Pferde ausgerissen? Sie sprang aus dem Bett und bemerkte jetzt erst die fremde Umgebung. Natürlich. Sie war ja in James' Gästezimmer und die Pferde waren sicher die ersten, die zur Fuchsjagd am zweiten Weihnachtsfeiertag zum Sammelplatz auf dem Markt unterwegs waren. Seufzend ließ sie sich wieder aufs Bett fallen und wünschte, sie könnte in einen Zustand der Bewusstlosigkeit zurücksinken. Eigentlich wollte sie sich der Erinnerung an den gestrigen Tag nicht stellen, wusste aber, dass es sich nicht vermeiden ließ.

Mickey hatte eine Affäre mit Kay Oakley.

Sie fragte sich wieso. Kay war natürlich attraktiv, das ließ sich nicht leugnen, aber auf eine vamphafte, unnatürliche Art, die gar nicht zu Mickey zu passen schien. Sie war immer sehr freundlich und hilfsbereit, wenn Lucy ins Gartencenter kam, um Zwiebeln für Frühlingsblumen oder Rosen zu kaufen, aber sie hatte etwas Sprödes an sich, etwas allzu Geschäftsmäßiges. Es fehlte ihr an Wärme. Lucy fragte sich, ob das wohl daran liegen mochte, dass sie keine Kinder hatte. Die Mutterschaft machte Frauen weicher.

Was trieb sie denn da? Suchte Entschuldigungen für diese Frau! War sie denn verrückt? Lucy war immer bereit, im Zweifelsfall für einen Menschen einzutreten. Sie war sich nicht sicher, ob das tatsächlich ein Fehler war. Geschadet hatte es letztlich nur ihr selbst, besonders in diesem Fall. Sie durfte auf keinen Fall anfangen, Kay zu entschuldigen.

Sie dachte darüber nach. Eines stand fest, der Grund war nicht, dass Mickey es zu Hause nicht bekam. Sorgfältig rechnete sie nach, wie oft sie in letzter Zeit miteinander geschlafen hatten. Sie kam durchschnittlich auf gesunde fünfeinhalb Mal in der Woche. Es sei denn, Mickey schlief aus Schuldgefühlen mit ihr ... um seine Untreue zu kaschieren. Das könnte erklären, warum er immer so niedergeschlagen wirkte.

Vielleicht war Kay ja im Bett zu Dingen bereit, die sie nicht mitmachen würde? Lucy versuchte sich zu erinnern, ob Mickey je ausgefallene Wünsche angedeutet hatte, aber es fiel ihr nichts ein. Sie war schließlich nicht heikel, wann oder wo sie miteinander schliefen: Draußen, drinnen, morgens, mittags oder abends, sie war eigentlich immer zugänglich. Und seine Vorlieben fand sie recht normal. Er war sinnlich, ein bisschen abenteuerlustig, aber keineswegs pervers, dessen war sie ziemlich sicher. Doch vielleicht hegte er heimlich das Verlangen, sie in nichts als Reitstiefeln herumstolzieren zu sehen und sich von ihr den Hintern mit der Reitgerte versohlen zu lassen, hatte sich aber nie getraut, sie darum zu bitten. Allerdings konnte Lucy sich nicht vorstellen, dass Kay zu so etwas bereit wäre, und ahnte, dass der Grund für Mickeys Untreue wohl tiefere Ursachen hatte als spezielle sexuelle Vorlieben. Allerdings wollte sie nicht allzu eingehend darüber nachdenken, da es weit reichende Folgen für ihre Ehe haben könnte.

Einen Augenblick lang schloss sie die Augen, um herauszufinden, wie sie sich fühlte. Abgesehen von einem dumpfen, lastenden Druck zwischen Magen und Herz, spürte sie gar nichts. Sie war sich nicht sicher, was sie empfinden sollte. Auf diese Möglichkeit war sie einfach nicht vorbereitet. Hätte ihr jemand gesagt, dass sie mit der Untreue ihres Mannes rechnen müsse, hätte sie nur gelacht. Lucy passierte einfach nichts Schlimmes. Bisher hatte sie ein märchenhaftes Leben geführt. Ihre Kindheit als Tochter des hiesigen Tierarztes war idyllisch, sie liebte ihre Eltern (die inzwischen gesund und glücklich ihren Ruhestand an der Küste von Sussex verbrachten), Mickeys Werbung um sie und die Ehe mit ihm waren wie im Märchen und abgesehen von der Übelkeit während der Schwangerschaft hatte sie ihre Kinder ohne sonderliche Sorgen großgezogen.

Mein Gott! Die Mädchen. Wieder fuhr Lucy erschrocken auf, bis ihr einfiel, dass sie bei Keith und Mandy in Solihull gut aufgehoben waren und erst morgen zurückkommen sollten. Erleichtert, dass sie sich ihnen noch nicht zu stellen brauchte, lehnte sie sich in die Kissen zurück. Sie überlegte, ob sie vielleicht noch einen Tag länger bleiben könnten, bis sie ihre Fassung wiedergefunden hätte. Sie könnte Keith anrufen und ihm sagen, sie hätte eine üble Magenverstimmung und wolle nicht, dass sie sich ansteckten. Er würde ihrer Bitte bestimmt gern nachkommen, da er so dankbar für ihre Gastfreundschaft war. Lucy verbannte das Problem Sophie und Georgina in ihren Hinterkopf. An deren Reaktion auf diese Wendung der Ereignisse mochte sie noch gar nicht denken.

Während sie die Aussicht verdrängte, ihnen von den außerehelichen Aktivitäten ihres Vaters zu erzählen, klopfte es so leise an der Tür, dass es eine Schlafende nicht gestört hätte. Lucy seufzte. Früher oder später musste sie James reinen Wein einschenken. Sie konnte nicht erwarten, dass sie völlig aufgelöst bei ihm auftauchen konnte, ohne ihm eine Erklärung zu geben. Hoffentlich konnte sie mit ihm reden, ohne wieder zusammenzubrechen. Wenn sie erst einmal anfing zu weinen, könnte sie bestimmt nicht wieder aufhören. Sie räusperte sich und sagte heiser:

»Herein.«

James öffnete die Tür und spähte besorgt ins Zimmer.

»Ich habe dich doch nicht geweckt?«

»Nein.«

Er kam mit einem Tablett mit Tee, Brioches und Aprikosenkonfitüre herein.

»Wie fühlst du dich?«

»Gar nicht, Gott sei Dank spüre ich nichts. Das erlaube ich mir nicht.«

James setzte sich zu ihr aufs Bett und stellte das Tablett auf die Frisierkommode.

»Möchtest du darüber reden?«

»Ich denke schon. Es hat ja keinen Sinn, so zu tun, als ob nichts passiert wäre.«

James wählte seine Worte äußerst vorsichtig.

»So, dann hat er es dir also gesagt? Ich habe mich schon gefragt, wann er es tun würde. Obwohl ich finde, dass er sich einen besseren Zeitpunkt hätte aussuchen können.«

Er bedachte Lucy mit einem trockenen Lächeln. Sie blinzelte verständnislos.

»Du meinst, du hast es gewusst?«

»Ja. Graham Cowley hat es mir gesagt. Ich weiß, es verstößt vermutlich gegen den Hippokrates-Eid der Bankdirektoren oder so was, aber er hat sich Sorgen gemacht ...«

»Woher hat Graham Cowley es denn gewusst?«

»Er ist der Filialleiter eurer Bank. Und ich bin Anteilseigner, wenn auch nur ein kleiner. Es liegt in meinem Interesse, es zu erfahren.«

Lucy schaute ihn völlig verständnislos an, was James gut verstehen konnte. Er gab sich verwirrt.

»Reden wir aneinander vorbei?«

»Es scheint so. Wovon sprichst du denn?«

Also ab ins kalte Wasser, dachte er und riss seinen Bruder bis zum Hals hinein. »Von der Brauerei. Sie steckt in großen Schwierigkeiten. So gut wie bankrott, wenn Mickey nicht bald was unternimmt. Und dazu macht er keinerlei Anstalten. Er hat völlig den Boden unter den Füßen verloren.«

James musterte Lucy, die zutiefst erschrocken wirkte.

»Meine Güte! Du hattest keine Ahnung, oder?« James kam sich vor wie ein Betrüger, als er das sagte, aber sie musste es doch erfahren. Es wäre unfair, sie noch länger im Dunkeln zu lassen. Und wenn er es geschickt anfing, konnte er Vorteile daraus ziehen.

Lucy legte den Kopf in die Hände, dass ihre schildpattfarbenen Locken ihr übers Gesicht fielen. Wie schon so oft in seinem Leben hätte James sie am liebsten in die Arme genommen. Aber ihm war klar, dass er standhaft bleiben musste, bis der richtige Augenblick gekommen war. Immer langsam mit den jungen Pferden. Vorsichtig hakte er nach.

»Wenn du gar nichts von der Brauerei gewusst hast – wieso bist du dann hier? Was ist passiert?«

Lucy schaute zu ihm auf. Sie war unglaublich blass.

»Mickey vögelt Kay Oakley.«

»Scheiße.« James setzte eine angemessen schockierte Miene

auf, obwohl er schon seit Monaten vermutet hatte, dass sein Bruder fremdging. »Ach, Lucy …«

»Ich weiß.«

Lucy wirkte völlig am Boden zerstört, als er sie in die Arme nahm. Aber sie weinte nicht, sondern legte nur den Kopf an seine Schulter, und er streichelte ihr sanft übers Haar, als tröste er einen seiner Hunde.

»Ich weiß nicht, wieso. Und ich weiß nicht, was ich machen soll. Ich wünschte, ich hätte es nie erfahren.«

»Nein, es ist besser, dass du die Wahrheit weißt. Er kann nicht ständig mit einer Lüge leben, Lucy.«

Lucy unterdrückte ein Schluchzen. Der Gedanke, dass ihre Ehe eine einzige Lüge war, drehte ihr den Magen um. Sie fühlte sich, als sei sie aus einem Flugzeug gesprungen und habe jetzt erst gemerkt, dass ihr Fallschirm nicht funktionierte. Sie befand sich emotional in freiem Fall und wünschte sich verzweifelt die Sicherheit und Geborgenheit von früher zurück. Sie lebte in schrecklicher Angst vor dem, was kommen würde, und wusste genau, dass sie nicht unbeschadet daraus hervorgehen konnte. Hätte sie doch bloß nicht zum Telefon gegriffen. Hätte sie doch nur auf Mickey gehört und sich aus Kays Angelegenheiten herausgehalten. Sie fragte sich, wer wohl Bescheid wusste. Es war ja wohl eine Binsenweisheit, dass die treue Ehefrau als Letzte von der Untreue ihres Mannes erfuhr. Beobachteten alle in Honeycote jeden ihrer Schritte mit angehaltenem Atem und warteten nur darauf, dass sie es herausfand? Es war wie in einer dieser billigen Fernsehserien. Nur hatte sie kein Drehbuch, kannte ihren Text nicht und wusste nicht, was sie sagen sollte. Leicht vorwurfsvoll wandte sie sich an James.

»Hast du es gewusst?«

»Nein. Ich schwöre dir, ich habe es nicht gewusst.«

James hatte nicht das Gefühl, sie zu belügen, denn er hatte tatsächlich keinen Beweis gehabt, dass Mickey mit Kay schlief, auch wenn er darauf hätte wetten können. Aber er wollte nicht, dass Lucy sich noch dümmer vorkam als ohnehin schon. Er hatte ihr bereits die Eröffnung gemacht, dass die Liddiards finanziell am Ende waren. Und es war nicht seine Sache, sie zu demütigen. Er wollte ihr den Rücken stärken. Ihr die Hilfe geben, die sie brauchte, eine Schulter zum Ausweinen, damit sie zu der Erkenntnis kam, dass sie ohne ihn nicht leben konnte. Mit anderen Worten, er wollte die Fehler ihres Mannes wettmachen. Was nicht allzu schwierig sein dürfte ...

Zunächst musste er ihren Kampfgeist stärken. Ihr Kraft geben, damit sie ihren eigenen Kampf führen konnte. Sie wütend machen. Er wusste, dass Lucy selten wütend wurde. Sie war ungewöhnlich friedfertig. Duldsam, ohne es zu wissen. Deshalb war Mickey so lange damit durchgekommen. Andere Ehefrauen hätten ihm arg zugesetzt, weil er trank und aufbrausend war, weil er unfähig war, sich die morastigen Stiefel auszuziehen, und gesellschaftliche Verpflichtungen vergaß, an denen ihm nichts lag. Aber Lucy lächelte nur liebevoll und schüttelte nachsichtig den Kopf. Doch nun musste sie für ihre Toleranz bezahlen und James wollte verdammt sein, wenn Mickey dieses Mal wieder damit durchkäme. Lucy hatte einen Mann verdient, der sie zu schätzen wusste, nicht einen, der ihre Gutmütigkeit ausnutzte. Nicht dass Mickey sie nicht geliebt hätte – James war sicher, dass er sie liebte –, aber wer konnte mit einer solchen Liebe schon etwas anfangen? Er selbst würde Lucy auf ein Podest erheben, sie respektieren, sie würdigen.

Entschlossen stand James auf.

»Ich lasse dir ein Bad einlaufen. Leg dich erst mal ausgiebig in die Wanne. Dann können wir überlegen, was du aus diesem Schlamassel machen kannst.«

Lucy nickte benommen und betrachtete das Kleid, das James gestern Abend sorgsam auf einen Bügel gehängt hatte. Er hatte es als zerknittertes Häufchen am Boden gefunden, als er noch einmal nach ihr gesehen hatte. Für das Weihnachtsfest war es genau das Richtige gewesen, aber nun brauchte sie etwas Warmes, um die Kälte in ihrem Inneren abzuwehren. Sie brauchte etwas Bequemes, nichts, was Haltung, Grazie und Eleganz erforderte.

»Ich habe nichts anzuziehen. Das kann ich nicht wieder anziehen.«

»Ich besorge dir was.«

»Ich muss wohl noch mal nach Honeycote, um mir ein paar Kleider zu holen.« Sie seufzte schwer. Am liebsten hätte sie sich versteckt. Solange sie Mickey nicht gegenübertreten musste, konnte sie so tun, als sei eigentlich gar nichts passiert.

Zehn Minuten später lag Lucy in einem fast kochend heißen Schaumbad und versuchte zu begreifen, was James ihr über Honeycote Ales gesagt hatte. Gewissensbisse nagten an ihr. Kein Wunder, dass Mickey Trost bei einer anderen Frau gesucht hatte. Tief im Inneren hatte Lucy schon seit einiger Zeit geahnt, dass in der Brauerei etwas nicht stimmte, aber sie hatte es nicht wahrhaben wollen, hatte keine Fragen gestellt, weil sie es eigentlich gar nicht wissen wollte. Sie mochte nichts Hässliches oder Schwieriges. Sie hatte gern, wenn alles reibungslos lief und hübsch aussah, wenn alle glücklich waren, und sie war sicher gewesen, dass etwaige Probleme nur Kleinigkeiten sein konnten. Sie hatten schon öfter schlechte Zeiten erlebt, sich aber immer wieder durchkämpfen können. Und wenn etwas wirklich Schlimmes wäre, hätte Mickey es ihr gesagt.

Aber stimmte das? Offensichtlich wollte er ihr die Wahrheit vorenthalten, weil er wusste, dass sie damit nicht umgehen konnte. Der Stress und der Druck hatten ihn in die Arme einer anderen getrieben. Einer Frau wie Kay, die geschäftstüchtig und realistisch war, die verstand, was er durchmachte, und ihm Verständnis entgegenbrachte. Weil sie im Gegensatz zu Lucy in der realen Welt lebte.

Lucy tauchte unter den Badeschaum, so als könne er sie vor

der Wahrheit beschützen. Plötzlich fühlte sie sich entsetzlich unzulänglich und für die Situation verantwortlich. Wenn sie nur eindringlicher nachgehakt und Mickey gefragt hätte, ob alles in Ordnung sei, statt seine Plattitüden nur zu bereitwillig zu akzeptieren. Sie hätte ihn unterstützen und Lösungen anbieten müssen. Sie hätte sogar anbieten sollen, in der Brauerei mitzuarbeiten, falls das geholfen hätte. Viele Frauen halfen ihren Männern heutzutage im Geschäft. Kay zum Beispiel ... Meine Güte, für wen hielt sie sich eigentlich, dass sie ihre Zeit mit Pferden vertat und bewusst die verräterischen Zeichen der Finanzkrise ignorierte, die sie doch vor der Nase hatte – überfällige Rechnungen, rote Mahnungen, die unbezahlt herumlagen. Sie war oberflächlich, seicht und egoistisch. Als sie den Wasserhahn aufdrehte, um heißes Wasser nachlaufen zu lassen und die Kälte zu vertreiben, die ihr in die Knochen kroch, war Lucy überzeugt, dass Mickeys Untreue unvermeidlich war und sie vermutlich all das verdient hatte.

Kay wachte am zweiten Weihnachtstag im Krankenhaus auf einer Station auf, die mit grässlichem Lametta geschmückt war – der halbherzige Versuch, den Patienten, die über die Feiertage hier bleiben mussten, etwas festliche Stimmung zu vermitteln. Eine Krankenschwester sah, dass sie die Augen aufschlug, und setzte sich zu ihr aufs Bett.

»Wie fühlen Sie sich?«

»Wie tot. Was mache ich hier?«

»Man hat Ihnen den Magen ausgepumpt. Sie haben es gestern ein bisschen übertrieben.«

Kay setzte sich auf, musste sich aber gleich wieder hinlegen, weil ihr schwindelig wurde. Sie versuchte, diese Aussage zu verarbeiten. Hieß das, sie hatte ihr Kind verloren?

»Das Baby ...?«

Die Krankenschwester schaute sie verdutzt an. »Das Baby?«

Dann war es also noch da. Wenn sie eine Fehlgeburt gehabt

hätte, hätten sie es gemerkt. Schließlich war sie im Krankenhaus. Sie seufzte.

»Ich bin schwanger.«

»Wie weit sind Sie?«

»Fünfter Monat.«

Die Schwester runzelte die Stirn.

»Ich hole besser die Ärztin.« Sie schaute auf die Uhr. »Sie kommt gleich zur Visite. Möchten Sie etwas trinken?« Sie grinste verschwörerisch. »An Ihrer Stelle würde ich heiße Schokolade nehmen. Alles andere ist ungenießbar. Und möchten Sie etwas essen? Das Frühstück haben Sie verpasst, aber ich kann Ihnen in der Teeküche einen Toast machen, wenn Sie wollen.«

Kay entschied sich für Kakao und zwei Scheiben Toast und stellte erstaunt fest, dass sie völlig ausgehungert war. Als sie fertig gegessen hatte, kam die Ärztin, eine müde junge Frau mit dunklen Ringen unter den Augen, die offensichtlich schon weit länger im Dienst war, als menschlich vertretbar war. Sie setzte sich zu Kay aufs Bett und schaute sie streng an. Kay konnte sich nicht erinnern, wann jemand das zuletzt bei ihr getan hatte.

»So, und was haben Sie sich dabei gedacht?«

Kay versuchte sich zu verteidigen.

»Bis vor ein paar Tagen habe ich ja nicht mal gewusst, dass ich schwanger bin.«

Die Ärztin schaute sie so ungläubig an, dass es reif für eine Pantomime war. Kay versuchte zu erklären.

»Ich dachte, ich wäre unfruchtbar. Meine Periode war immer ganz unregelmäßig, und als sie ausblieb, bin ich gar nicht auf die Idee gekommen ... Ich wollte es wegmachen lassen. Aber das geht wohl nicht mehr. Es ist zu spät.«

»Na ja, sich sinnlos zu betrinken hilft auch niemandem. Am wenigsten dem Baby. Sie hätten es wirklich besser wissen müssen.«

»Haben Sie eine Ahnung, wie das ist? Zu denken, dass Sie

nie ein Kind kriegen werden, und dann festzustellen, dass Sie im fünften Monat sind? Obwohl Sie es überhaupt nicht wollten?«

Kay hörte den Anflug von Hysterie in ihrer Stimme. Aus den Augenwinkeln sah sie, dass die anderen Patientinnen fasziniert zu ihnen herüberstarrten. Ihnen war sicher langweilig. Sie konnte es ihnen nicht verdenken. Auf jeden Fall musste sie so schnell wie möglich hier raus.

»Und was ist mit dem Vater? Was hält er davon?«

Kay wusste, dass diese Frage hatte kommen müssen, war aber nicht darauf vorbereitet, dass sie sie so schwer treffen würde. Sie musste sich diesem Problem stellen. Bisher hatte sie Lawrence' Eröffnung noch nicht richtig verdaut. Sie konnte nur bedeuten, dass Mickey der Vater des Kindes war.

Nein! Es war ihr Baby, ganz allein ihres. Das war die einzige Möglichkeit, diese Sache durchzustehen. Sie war diejenige, die damit fertig werden musste, und wollte nicht, dass ein anderer Rechte geltend machen und ihre Entscheidungen beeinflussen konnte. Kay war klar, dass sie diese Geschichte durchstehen musste. Sie musste dieses Kind bekommen, ganz gleich wozu sie sich anschließend entschied. Plötzlich geriet sie in Panik.

»Mein Gott, es geht ihm doch gut, oder?«

Die Ärztin wählte ihre Worte mit Bedacht.

»Wir haben keine eindeutigen Erkenntnisse, wie sich exzessives Trinken auf einen Fötus auswirkt. Aber in den Anfangsstadien der Entwicklung besteht die Gefahr einer Schädigung. Ich würde Ihnen empfehlen, das nicht noch mal zu machen, aber ich nehme an, dass das Baby es gut überstehen wird.«

Tränen der Erleichterung stiegen Kay in die Augen. Die Ärztin wurde weicher.

»Möchten Sie das Baby sehen? Im Ultraschall? Vielleicht beruhigt es Sie ja.«

Kay schaute auf die Alufolie mit den Resten von Butter und die weißen Krusten ihres Toasts.

»Ja. Sehr gern.«

Auf zittrigen Beinen folgte Kay der Ärztin durch lange Korridore, bis sie die gynäkologische Abteilung erreichten. Dort wurde sie in einen dunklen Raum geführt. Sie war unglaublich nervös.

Kay legte sich auf eine Liege. Man schob ihr Schlafanzugoberteil hoch und rieb ihr ein durchsichtiges Gel auf den Bauch, damit das Ultraschallgerät ungehindert darüber gleiten konnte. Ihr war zwar aufgefallen, dass ihre Taille in letzter Zeit etwas dicker geworden war, aber das hatte sie auf ihr Alter und den langsameren Stoffwechsel geschoben und sich vorgenommen, im neuen Jahr Sport zu treiben.

Sie saßen vor einem Monitor. Kay reckte den Hals und sah einen trübgrauen Strudel wie auf einem Schiffsradar. Als die Schwester das Ultraschallgerät über ihren Bauch schob, wartete Kay etwas unsicher ab, ohne zu wissen, was auf sie zukam, bis die Schwester lächelnd auf ein Flackern auf dem Bildschirm deutete.

»Da ist der Herzschlag.«

Die Schwester zeigte ihr Arme, Beine und eine vollständige kleine Wirbelsäule. Kay war zu überwältigt, um etwas zu sagen. In ihr wuchs eine winzige Kreatur voller Leben. Sie schaute zu, wie sie sich fast wie in Zeitlupe unabhängig von ihr bewegte, ein Wesen mit eigenen Bedürfnissen und Reaktionen. Die Schwester schätzte anhand von bestimmten Messpunkten Größe und Alter des Babys ein.

»Ich würde sagen, Sie sind in der zweiundzwanzigsten Woche. Alles sieht völlig in Ordnung aus.«

Die Schwester schaute sie an. Kay liefen Tränen über die Wangen.

»Schon gut, Sie brauchen sich keine Sorgen zu machen.« Sie tätschelte ihr beruhigend die Hand. »Sie haben da drin ein schön gesundes Baby. Alles wird gut.«

Denham House machte Caroline immer sprachlos vor Bewunderung. Es war ein Bilderbuchhaus, aber zum Glück weit genug vom Hauptandrang in Eldenbury entfernt, um den verzückten Blicken aller Amerikaner bis auf die energischsten zu entgehen. Seine Proportionen waren vollkommen, wenn auch eher maskulin: solide, kantig, ansprechend symmetrisch mit tiefen Schiebefenstern und einer alten Glyzinie, die den Eindruck des verwitterten Mauerwerks milderte. Zu jeder Tages- und Jahreszeit wirkte es, als glühe es golden in der Sonne. James hatte, passend zur Weihnachtszeit, einen geschmackvoll dezenten Kranz an die Haustür gehängt und zwei rote Seidenschleifen in die beiden Lorbeerbäume gebunden, die den Eingang flankierten.

Caroline sprang aus dem Wagen und öffnete das große, zweiflügelige Tor zum Hof, der sich seitlich an das Haus anschloss. Nachdem sie den Wagen abgestellt hatte, ging sie durch den efeuüberrankten Bogengang zur Küchentür. Ihr war nicht nach der grandiosen Diele mit dem französischen Kronleuchter, der unbezahlbaren Standuhr und dem polierten Walnusstisch, auf dem immer eine Vase mit Blumen stand, die nie zu welken schienen, sondern immer wie frisch gepflückt wirkten, bis sie ausgewechselt wurden. Es war schon merkwürdig: James war so besessen von einer bis ins letzte Detail perfekten Wirkung, dass man tatsächlich versucht sein konnte, ihn für schwul zu halten. Aber Caroline wusste mit Sicherheit, dass er es nicht war. Wenn es etwas Positives an ihrer Beziehung gab, dann war es der Sex.

Sie trat in die Küche und blieb wie angewurzelt stehen. Am Tisch saß Lucy Liddiard in einem karierten Hemd, das verdächtig nach einem von James aussah, einer langen Unterhose und einem Paar dicker Socken. Sie wirkte zierlich, zerbrechlich und irritierend hinreißend. Sofort war Caroline auf der Hut. Neben Lucy kam sie sich immer plump, billig und schrill vor.

»Frohe Weihnachten!«, sagte Caroline in einem Ton, der unverhohlen fragte: »Was zum Teufel machst du hier?«

»Frohe Weihnachten!«, antwortete Lucy in einem Ton, der nichts verriet. Sie hielt eine Tasse Tee in beiden Händen. Eine richtige Tasse mit Unterteller aus feinem Porzellan. So etwas Gewöhnliches wie einen Becher besaß James nicht. Sobald sie hier einzöge, würde sie als Erstes Becher anschaffen, nahm Caroline sich vor.

»Ist James da?«

In Carolines Frage schwangen tausend andere mit, aber Lucy gab immer noch keine Erklärung für ihre Anwesenheit ab.

»Er zieht sich gerade an.«

Caroline gelang es mit Mühe, ihr Temperament zu zügeln. Was ging hier eigentlich vor? Lucy Liddiard lümmelte sich in James' Küche, hatte offenkundig seinen Kleiderschrank geplündert und sah zerzaust, großäugig und aufreizend verletzlich aus. Offensichtlich hatte sie gebadet, denn ihre Haarspitzen waren noch nass und Caroline roch das Schaumbad von Czech and Speake, das James im Bad hatte.

Caroline zögerte und war unsicher, wie sie die Oberhand gewinnen sollte. Dann ging sie an den Herd, um den Wasserkessel aufzusetzen. Wütend bemerkte sie ein unberührtes Frühstückstablett mit Brioches und Aprikosenkonfitüre neben der Spüle. James aß immer Porridge oder gebratenen Speck zum Frühstück. Was ging hier vor? Mit zuckersüßem Lächeln drehte sie sich zu Lucy um.

»Ich finde, es ist Zeit für einen Kaffee. Hattet ihr ein schönes Weihnachtsfest?«

»Sehr schön, danke.« Lucys Ton war ausdruckslos und wenig überzeugend. Offensichtlich hatte sie nicht die Absicht, ihre Anwesenheit zu erklären. Sie war in einer anderen Welt. Caroline war aus der Bahn geworfen. War sie sonst für ihre streitlustige Art berüchtigt, hatte sie nun ausnahmsweise das Gefühl, nicht das volle Geschütz auffahren zu dürfen. Bevor sie sich über ihr weiteres Vorgehen klar werden konnte, kam James in einer verwaschenen Jeans und einem grauen Pullover herein.

»Caroline.« Es war weniger eine Begrüßung als eine Feststellung. Sein Ton war nicht gerade herzlich. Dennoch ging Caroline auf ihn zu, um ihn Besitz ergreifend zu umarmen, aber zu ihrer Verwunderung wehrte er sie mit erhobener Hand ab.

»Du hättest vorher anrufen sollen. Du kommst ungelegen.«

Caroline blieb der Mund offen stehen.

»Anrufen? Ich wusste gar nicht, dass ich einen Termin mit dir machen muss.«

Fassungslos schaute sie zwischen James und Lucy hin und her. Lucy starrte ins Leere, immer noch die Teetasse in der Hand. Caroline drängte sich die Frage auf, ob sie wohl noch postkoitalen Träumereien nachhing und ob die beiden es die ganze Nacht getrieben hatten. Falls ja, so wirkte keiner von beiden auch nur im Geringsten beschämt. Sie kam sich ziemlich überflüssig vor und stemmte die Hände in die Hüften.

»Kann mir mal jemand erklären, was hier vorgeht?«

James legte ihr beschwichtigend die Hand auf den Ellbogen und bugsierte sie aus der Küche. In einem vertraulichen Ton, den Caroline als ungemein bevormundend empfand, sagte er:

»Lucy hat eine kleine Krise.«

»Na, die habe ich auch. Ich habe sogar eine große Krise. Demelza ...«

James unterbrach sie unbeteiligt.

»Wir müssen reden.«

Sprachlos folgte Caroline ihm ins Arbeitszimmer. Es roch nach Bienenwachs und überall stapelten sich Zeitungen, Auktionskataloge und alte Ausgaben der Zeitschrift *Country Life*. Aus einem Gerät, das sich nur als Rundfunkempfänger bezeichnen ließ, drang klassische Musik. James schaltete sie aus und schaute Caroline an. Ihr war klar, dass es nun ernst wurde.

»Ich denke, wir sollten uns eine Pause gönnen.«

»Warum?«

»Lucy hat ein paar Probleme. Sie bleibt vorerst hier, bis sie sie geklärt hat. Ich glaube, sie braucht einen Tapetenwechsel.«

Caroline atmete tief durch. Hätte sie Fingernägel besessen, hätte sie sie tief in ihre Handflächen gegraben, aber sie hatte sie auf der Fahrt hierher völlig abgekaut. Mit frostigem Lächeln schaute sie James an.

»Verstehe. Lucy Liddiard hat also einen kleinen Krach mit ihrem Mann und du glaubst, jetzt hättest du bei ihr Chancen. Ist es so?«

»Sei nicht albern.«

»Für mich sieht es jedenfalls so aus.«

»Caroline, sie gehört zur Familie.«

»Zwischen euch läuft also nichts, aber du willst mich trotzdem nicht hier haben?«

»Hör zu, vielleicht ist es ohnehin an der Zeit, dass wir Schluss machen. Schließlich waren wir ja nicht gerade auf dem Weg zum Traualtar, oder? Schauen wir den Tatsachen doch ins Auge.«

Caroline konnte die Ironie des Schicksals einfach nicht fassen. James hatte ja keine Ahnung von den Plänen, die sie für ihn auf Lager hatte.

»Das ist mir neu. Ich dachte, wir wären ziemlich glücklich! Na gut, wir sind nicht gerade unzertrennlich. Aber so wollten wir es doch beide haben ...?«

Sie brach ab. James wirkte unbehaglich. Caroline wusste, dass er schwach war und ihr nicht würde widerstehen können. Sie musste nur hartnäckig bleiben. Andererseits fragte sie sich, wie nützlich ihr das Verkaufstraining in ihrem Alltagsleben sein mochte. Jedenfalls hatte sie ihre Trumpfkarte noch nicht ausgespielt. Das würde ihn zu Wachs in ihren Händen machen. Sie grinste in sich hinein, ging zu ihm und streckte die Hand nach seiner Gürtelschnalle aus. Sie hakte einen Finger hinter das

Lederband und zog. Zu ihrer Verwunderung packte James ihr Handgelenk und riss ihre Hand fort.

»Geh bitte! Lucy braucht mich.«

Caroline wusste nicht, ob sie lachen, sich übergeben oder James ins Gesicht schlagen sollte. Sie war außer sich. Ausgebootet von Lucy Liddiard? Was für eine Ironie!

Auf den ersten Blick hatte Caroline gewusst, dass Mickey Liddiard fremdging. Er war leichte Beute. Na gut, bei ihr hatte er es nie versucht, aber das hatte sie immer seiner brüderlichen Loyalität zugeschrieben. Wenn sich eine passende Gelegenheit geboten und sie Mickey ein bisschen bearbeitet hätte, hätte sie ihn jederzeit rumgekriegt. Aber er war für sie tabu, weil sie es für unmanierlich gehalten hätte, mit James' Bruder zu schlafen, obwohl sie ihn eigentlich gar nicht wollte. Aus Anstandsgefühl hatte sie ihn daher in Ruhe gelassen.

Aber für Lucy galten offenbar andere Regeln. Das war das Problem bei diesen reichen Typen vom Lande. Ständig schrieben sie die Regeln um. Schamlos saß sie, halb angezogen, in James' Küche und wirkte nicht mal halbwegs zerknirscht.

Caroline war versucht, einen ihrer berüchtigten Wutanfälle zu bekommen. Das war einer der wenigen Vorteile für Rothaarige – die Leute hatten Angst vor ihren Wutausbrüchen und gaben leichter nach. Bei James war es jedenfalls so. Er hasste Szenen und lenkte immer ein, bevor sie allzu hysterisch wurde. Aber irgendwie ahnte sie, dass es diesmal nicht der richtige Weg war. Ein Wutanfall würde den Unterschied zwischen ihr und diesem damenhaften Ausbund an Tugend in der Küche, der sicher nie die Beherrschung verlor, nur noch stärker ins Licht rücken. Nein, Caroline wusste, dass sie mit Würde den Rückzug antreten musste, wenn sie eine Chance haben wollte, diesen Kampf zu gewinnen. Sie brauchte Zeit, nachzudenken. Ihr war irgendwie der Wind aus den Segeln genommen. James war offensichtlich fest entschlossen, loyal zu Lucy zu halten, und sie würde sich nicht erniedrigen, indem sie mit ihm darüber Streit anfing. Besser zog sie sich mit Anstand zurück, bis sie sich einen Plan zurechtgelegt hatte.

»Schön. Fröhliche Scheißweihnachten! Zum Glück habe ich den Kassenbon für dein Geschenk aufgehoben.«

James zögerte. Er hatte für Caroline ein Paar erlesene marokkanische Kelim-Slipper und ein Seidennachthemd besorgt. Er überlegte, ob sie es als Beleidigung empfinden würde, wenn er ihr das Geschenk gäbe, als sie schon aus dem Arbeitszimmer stolzierte und ohne einen Blick zurück das Haus verließ. Egal. Auch er hatte den Kassenbon aufgehoben.

Zum zweiten Mal an diesem Tag sprang Caroline wutschnaubend in ihr Auto und raste davon. Sie schnappte ihre Zigrattenschachtel und versuchte, eine herauszuschütteln. Leer. Am Zeitungskiosk anzuhalten war sinnlos. Schon jetzt gab es in Eldenbury keinen Parkplatz mehr – der Marktplatz füllte sich zur Jagd mit Pferdehängern und Zuschauern, die wild durcheinander parkten. Ungeduldig hupte sie jemanden an, der mitten auf der Straße ein nervöses Pony auslud, und erntete wüste Beschimpfungen. Ohne sich darum zu kümmern, trat Caroline aufs Gas und zog röhrend daran vorbei.

Wie vom Autopiloten gesteuert, schlug sie den Weg zu dem beengten Ein-Zimmer-Apartment ein, das sie vor drei Jahren widerstrebend gekauft hatte, als sie merkte, dass die Miete, die sie seit Jahren zahlte, weggeworfenes Geld war und sie allmählich anfangen sollte, Vermögen zu bilden. Die Wohnung war charakter- und seelenlos – sie hatte keinerlei Lust, ihr ihren persönlichen Stempel aufzudrücken –, spiegelte jedoch ihren Lebensstil wider. Sie dachte an die Strumpfhosen und Wattebällchen, die auf dem Schlafzimmerboden verstreut lagen; an die leeren Kaffeetassen und die CDs ohne Hüllen. Wenn sie nach Hause führe, müsste sie sich um all das kümmern. Bei dieser wenig verlockenden Aussicht merkte sie mit einem wachsenden Knoten im Magen, wie sehr sie sich darauf gefreut hatte, ein paar Tage mit James zu verbringen. Denham House war der reinste Luxus: Sie hatte sich schon darauf gefreut, an einem echten Holzfeuer zu sitzen, einen Kitschroman zu lesen und Champagner zu trinken. Nun machte sich Trübsinn breit. Sie hatte nicht einmal daran gedacht, in ihrer Wohnung die Heizung einzuschalten. Es würde Stunden dauern, bis die Kälte gewichen wäre.

Die honiggelben Häuser zu beiden Seiten der Straße, die aus Eldenbury hinausführte, wichen allmählich Trockenmauern und Bäumen. Caroline merkte, dass sie ausgehungert war. Ein paar Meilen weiter gab es an dieser Straße einen Schnellimbiss. Dort würde sie anhalten und eine Kleinigkeit essen und literweise Kaffee trinken. Trotz seiner Schmuddeligkeit. Hoffentlich hatte er am zweiten Weihnachtstag überhaupt geöffnet.

Der Gedanke munterte sie auf und sie trat aufs Gas. Als sie an dem weißen Hinweisschild vorbeikam, das mit schwarzen Lettern die Abzweigung nach Honeycote anzeigte, fragte sie sich erneut, was wohl am Tag zuvor im Haus der Liddiards vorgefallen sein mochte. James hatte ihr nichts Näheres erzählt. Er war entnervend diskret.

Plötzlich trat sie auf die Bremse. Was dachte sie sich eigentlich dabei, so den Schwanz einzuziehen und gehorsam das Feld zu räumen? Kampflos würde sie nicht aufgeben. Sie hatte ja wohl ein Recht, zu erfahren, was da vorging. Sie wendete und bog in das Sträßchen ein, das nach Honeycote House führte.

Nachdem Caroline gegangen war, saß James noch ein Weilchen in seinem Arbeitszimmer, um sich zu sammeln. Er brauchte einen klaren Kopf und einen gut durchdachten Schlachtplan. Die Dinge entwickelten sich eindeutig zu seinen Gunsten, aber die kleinste Fehleinschätzung konnte die Waagschale zur anderen Seite ausschlagen lassen. Er schaute durch das Bleiglasfenster in den Garten. Das Glas war so alt, dass es ein verzerrtes Bild gab, aber James fand immer Gefallen an dem Anblick, selbst jetzt im Winter, wo kaum etwas wuchs und sich in den schattigsten Ecken, in die kein Sonnenstrahl fiel, noch Frost hielt. Zwei herrliche moosbedeckte Krüge flankierten den Weg, der mitten durch die Rasenfläche zu einem raffinierten Ziergarten führte, den er selbst entworfen und mit Buchsbaumsetzlingen angelegt hatte. Sieben Jahre hatte es gedauert, bis er seine jetzige Form erreicht hatte, aber die Geduld hatte sich gelohnt. Der Garten war sein ganzer Stolz.

Der Anblick half ihm, sich zu beruhigen und aus seinem Hochgefühl wieder auf den Erdboden zu holen. Er fühlte sich wie ein Kunsthändler, der in einer Ecke eines Auktionraumes auf ein längst in Vergessenheit geratenes Kunstwerk gestoßen ist. Er musste seine Entdeckung geheim halten, durfte sich nicht in die Karten schauen lassen, musste Desinteresse heucheln bis zur Versteigerung. Er musste die Nerven behalten, bis das Stück ihm gehörte und er es mit nach Hause nehmen, abstauben und in seiner ganzen Pracht als sein Eigentum bezeichnen durfte. Denn für ihn war Lucy schon immer ein Schatz von unschätzbarem Wert, der durch ein Missgeschick in die falschen Hände geraten war. Doch nun war es nur noch eine Frage der Zeit, bis ihr rechtmäßiger Eigentümer sie sein nennen durfte – ein Mann, der ihre Schönheit und ihre Herkunft zu würdigen wusste.

James dachte an all die Jahre, die er gewartet hatte, und an all die schönen, von Lucy inspirierten Gegenstände, die er gekauft hatte, um sich damit zu umgeben. Entweder erinnerten sie ihn an Lucy oder er wusste, dass sie ihr gefallen würden. Eine anmutige Lalique-Figur mit zum Himmel erhobenen Armen. Eine Augustus John zugeschriebene Zeichnung, für die James einen weit überhöhten Preis gezahlt hatte, wie ihm klar war – vermutlich handelte es sich dabei eher um die Kopie eines Möchtegernaspiranten der Bloomsbury-Gruppe, aber das kümmerte ihn nicht, weil das lose aufgesteckte Haar, dessen Enden sich um den Nacken des Modells schmiegten, ihn so sehr an den Nacken erinnerte, den er so gern geküsst hätte. Er wollte seine Lippen auf die zarte Haut pressen und Lucys Puls, ihre Lebenskraft spüren …

Ein Kaffeeservice aus Limoges. Ein viktorianischer Ammenstuhl mit Knopfheftung. Ein Aubusson-Teppich, dessen sanfte, gedämpfte Farben ihn an ein Kleid von ihr erinnerten. Sein ganzes Haus war ein einziger Schrein für sie. Ein Tempel. Und endlich war sie hierher gekommen, um sich anbeten und verehren zu lassen.

James war klar, dass noch einiges an schmutziger Arbeit zu tun blieb, und das machte ihn etwas nervös. Bisher hatte er eine reine Weste behalten. Zugleich plagten ihn leichte Gewissensbisse. Schließlich war Mickey sein Bruder. Er konnte seine Bedenken jedoch bald zerstreuen. Es war ja wohl seine Pflicht, Lucy zu retten. Und letzten Endes war es ihre Entscheidung. Er würde ihr nicht die Pistole auf die Brust setzen. Wenn sie ihn nicht wollte, brauchte sie es nur zu sagen.

Kapitel 16

Carolines Wagen knirschte wirkungsvoll über den Kies vor Honeycote House. Sie fand, es wirkte ungewöhnlich abweisend, sagte sich dann aber, dass sie sich das nur einbildete. Sie betätigte energisch den Türklopfer, aber niemand öffnete. Es musste doch wohl jemand zu Hause sein.

Sie ging ums Haus, auf der Suche nach Lebenszeichen, und fand die Hintertür unverschlossen. Sie führte in die Spülküche, einen Abstellraum voller Stiefel, Hüte, Halsbänder, Hundenäpfe, Zügel, Regenjacken, Ferngläser, Schals, Regenschirme, Ölzeug, Picknickdecken und Körbe – unter dem Familiengerümpel waren die weiß gekälkten Backsteinwände und die Steinfliesen kaum noch zu sehen. Neben der Hintertür stapelten sich kistenweise leere Flaschen. Der große Hundekorb war ebenso leer wie der Fressnapf und die Wasserschale daneben. Hinter einer massiven Eichentür führten einige Stufen in den Weinkeller hinunter, hinter einer weiteren Tür befand sich eine Toilette und daneben die Küchentür. Sie öffnete sie zögernd und trat ein.

Die Küche sah aus, als hätte eine Bombe eingeschlagen. Niemand hatte seit dem Weihnachtsessen am Vortag auch nur einen Finger gerührt. Der Truthahn stand noch auf dem Tisch, umgeben von steinzeitlichen Füllkugeln. In Schüsseln lauerte kaltes Gemüse aus erstarrter Butter. Schmutziges Geschirr und fettverschmierte Gläser stapelten sich neben der Spüle. Käseecken trockneten offen vor sich hin. Ein abgestandener Geruch nach Kochdünsten, Alkohol und ungeleerten Aschenbechern lag in der Luft.

Trotz des unappetitlichen Durcheinanders konnte Caroline sich vorstellen, dass es ein prachtvolles Fest war. Lucy war bekannt für ihre Gastfreundschaft und ihre Fähigkeit, auch den entferntesten Bekannten an ihrem Tisch willkommen zu heißen und ihm das Gefühl zu geben, dass er zur Familie gehörte. Caroline überfiel ein Anflug von Bedauern, dass sie nicht hatte hier sein können. Der Erfolg eines Festes ließ sich immer an der Anzahl leerer Flaschen ablesen. Eine ganze Reihe standen in der Küche verstreut und warteten darauf, sich zu den übrigen in den Kisten an der Hintertür zu gesellen.

Pokey schlief auf dem Sofa, kam aber herüber, um die Ankunft einer relativ Fremden in ihrem Territorium zu prüfen. Da sie hungrig wirkte, zupfte Caroline ein paar Streifen Fleisch von dem unappetitlichen Truthahn, um sie zu besänftigen. Sie ging durch die Küche, wobei ihre genagelten Absätze auf den Fliesen schabten und durch den Flur zur Diele hallten. Die Lichterkette am Weihnachtsbaum brannte noch und suchte vergeblich Bewunderer. Warum hatte niemand sie ausgeschaltet?

Auf Zehenspitzen schlich Caroline ins Wohnzimmer und erschrak. Mickey lag ausgestreckt auf einem großen Chenille-Sofa, und einen furchtbaren Augenblick lang dachte sie, er sei tot, bis sie erleichtert bemerkte, dass seine Brust sich leicht hob und senkte. Sie hätte sich moralisch verpflichtet gefühlt, eine Mund-zu-Mund-Beatmung zu versuchen, und das war bei Mickey keine sonderlich verlockende Aussicht. So betrunken, zerrupft und unrasiert, wie er war, hatte er kaum noch Ähnlichkeit mit der geschmeidigen, lebensprühenden Persönlichkeit, die sie mehr als einmal von ferne gesehen hatte. An Mickeys Ellbogen entdeckte sie eine leere Flasche Portwein, der ihrer Erfahrung nach einen Kater der übelsten Sorte hinterließ; im Geiste verordnete sie ihm Paracetamol und starken, süßen Tee, in gehörigem Abstand gefolgt von einer reichlichen Menge Toast mit Honig. Diesen Zustand hatte sie selbst oft genug erlebt, um zu wissen, dass diese Hausmittel die Symptome bis auf einige hartnäckige Überreste kurieren würden.

Bevor sie Mickey weckte, schaute sie sich nach Hinweisen um, die etwas Licht in das Rätsel hätten bringen können. Ein Messingeimer am Kamin war mit Geschenkpapier gefüllt, das erst vor vierundzwanzig Stunden eifrig von Geschenken entfernt worden war, die zum Teil noch herumlagen. Ein Stapel gehörte offensichtlich Lucy: ein paar Lederhandschuhe mit Pelzbesatz, ein kleines in Wildleder gebundenes Fotoalbum, ein Paar silberner Ohrringe mit winzigen Herzchen. Solche Geschenke hätte Caroline auch gern bekommen. Enttäuscht dachte sie an die prosaischen Geschenke, die ihre Familie ihr gemacht hatte. Das neueste Kochbuch von Delia Smith von ihrer Mutter, die hoffte, ihre Tochter möge eines Tages mit dem Kochen anfangen, da sie sonst nie einen Mann finden würde. Einen CD-Ständer von einer ihrer Schwestern (den sie eigentlich ganz gut gebrauchen konnte, aber wer wollte schon nützliche Geschenke?) und einen Geschenkkorb aus einer Drogerie von ihrer anderen Schwester. Caroline fragte sich, was James wohl für sie besorgt hatte, hatte allerdings das Gefühl, dass sie es nie erfahren würde. Sie hatte nichts bekommen, was ihr das Gefühl gab, etwas Besonderes zu sein, geliebt zu werden oder feminin zu sein, während Lucy alle möglichen Dinge bekommen hatte, die sie gern bekommen hätte und sich nie selbst kaufen würde. Einen Augenblick lang war sie versucht, das ganze Zeug ins Feuer zu werfen, konnte diesem Drang aber gerade noch widerstehen.

Ihr Blick fiel auf ein Glas auf dem Kaminsims, in dem sie die Murano-Serie erkannte, die James sammelte; am Stiel befand sich ein Etikett: »Für James, alles Liebe von uns, Lucy XXX«. Mit trockenem Grinsen bemerkte Caroline, dass Mickey, sicher auf Anweisung, mit unterschrieben hatte. Aber ihr war klar, dass Lucy es eigens für James ausgesucht und vermutlich mit »von uns« nur »von mir« gemeint hatte. Im Zimmer lagen noch andere Geschenke herum, sicher alle perfekt ausgesucht, eingepackt und freudig ausgepackt. Honeycote kam Caroline immer vor wie ein lebendig gewordenes Zeitschriften-Ambiente, alles wirkte immer genau richtig, aber nicht gewollt. Sie machte sich vor, es zu verachten, wusste aber, dass sie insgeheim eifersüchtig war. Was Lucy auch tat, immer hatte es Stil.

Doch nun sah es aus, als sei die Bilderbuchidylle dahin. Im Haus war ein Licht ausgegangen. Und das lag nicht nur an dem ausgebrannten Feuer, der ungewöhnlichen Stille oder der Tatsache, dass niemand aufgeräumt hatte. Es lag tiefer und ließ Caroline schaudern. Aus diesem Grund hatte sie Lucy wohl heute Morgen an dem Platz gefunden, der ihr, Caroline, zustand. Es war an der Zeit, herauszufinden, was hier vorging. Sie hatte lange genug herumgeschnüffelt. Jetzt musste sie in den sauren Apfel beißen.

Sie schüttelte Mickey nicht allzu sanft an der Schulter, bis er mit einem zutiefst unattraktiven Schnauben zu sich kam, das jedwede Fantasien, die sie je über ihn gehegt haben mochte, auf der Stelle zerstreute. Verwirrt schaute er sie an.

»Caroline? Kommst du zum Mittagessen? James ist nicht hier ...«

»Nein, das weiß ich. Niemand ist hier. Und James ist in Denham House, mit deiner Frau.«

Caroline bezwang ihre Ungeduld, während Mickey sich begriffsstutzig den Kopf rieb und nicht recht wusste, ob er träumte.

»Und was machst du hier?«

»Ich will wissen, was los ist. Ich wollte mit meinem Freund einen gemütlichen zweiten Weihnachtstag verbringen und kriege von ihm den Laufpass. Das war nicht gerade das, was ich mir zu Weihnachten gewünscht habe.«

»Scheiße.«

»Absolute Scheiße. Er hat mir nicht mal was geschenkt, mich nur rausgeschmissen. Und deine Frau saß derweil in seinen langen Unterhosen in der Küche. Was ist los, Mickey?«

Mickey erklärte ihr, was passiert war. Dass Lucy hinter seine Affäre mit Kay gekommen war und sich zu James geflüchtet hatte. Und da er sich nicht herausreden konnte, hatte er beschlossen, sich vollends in den Alkohol zu flüchten.

Caroline konnte es nicht fassen.

»Kay Oakley!« Warum um alles in der Welt sollte Mickey mit ihr eine Affäre haben wollen? Eine Frau, die weniger Ähnlichkeit mit Lucy hatte, war kaum vorstellbar. Kay war schroff und jagte sogar Caroline, die sich nur selten einschüchtern ließ, ein bisschen Angst ein. Kay war hinter dem Geld her, warum sonst hätte sie Lawrence heiraten sollen, der ein kalter, berechnender Fisch und zudem noch potthässlich war. Außerdem war Caroline ziemlich sicher, dass Kay keinen Sinn für Humor besaß: Sie nahm sich und ihre Position verdammt ernst. Wo lag also der Reiz? »Meine Güte, Mickey. Kay Oakley? Warum?«

Mickey schaute sie stumpf an. Ihm fiel ein Witz ein, den er mal gehört hatte.

»Warum leckt sich ein Hund die Eier?«

Caroline schaute ihn verdutzt an. Mickey grinste schief.

»Weil er es kann!«

Caroline glaubte, dass es nicht noch schlimmer kommen konnte, bis Mickey ihr erzählte, dass Kay schwanger war. Er versuchte sie zu beruhigen, es sei in Ordnung und sie wolle es wegmachen lassen, aber wie so viele Frauen, die plötzlich die biologische Uhr ticken hören, war auch Caroline strikt gegen Abtreibung. Mickey hielt sie für unrealistisch – was glaubte sie denn, in welchem Jahrhundert sie lebten? –, worauf sie ihn anfuhr: »Wenn du deine Hose zugelassen hättest, bräuchten wir diese Diskussion jetzt nicht zu führen, oder? Außerdem ist

Kay ja wohl nicht das Problem. Wie es aussieht, ist sie von der Bildfläche verschwunden.«

»Und was ist das Problem? Lawrence weiß es nicht.«

Insgeheim bezweifelte Caroline das. Die wenigen Male, die sie Lawrence getroffen hatte, hatte sie den Eindruck, dass er alles sah, über fast hellseherische Fähigkeiten und eine mafiaähnliche Ruhe und Gerissenheit verfügte, die sich als tödlich erweisen könnte. Ihrer Ansicht nach konnte Mickey von Glück sagen, wenn er nicht seinen gesamten Pferdebestand enthauptet in seinem Bett wiederfand. Aber diese Ansicht behielt sie für sich, denn nur fünf Meilen von hier entfernt lauerte eine echte Bedrohung und nur das interessierte sie.

»Dein Bruder. Er hat sie jetzt in seinen Klauen, oder? Er hat sie in seinem Haus eingesperrt. In den nächsten Stunden könnte er sie einer kompletten Gehirnwäsche unterziehen, wenn er das nicht schon getan hat.«

»Warum sollte er das machen?«

»Meine Güte, Mickey! Mach die Augen auf. Sag bloß nicht, dass du nichts davon gemerkt hast.«

»Wovon?«

»Dass dein Bruder ...« Sie suchte nach dem richtigen Wort. »Besessen. Das ist das einzige Wort dafür. Dein Bruder ist besessen von deiner Frau.«

»James?« Mickey fiel vor Schreck fast vom Sofa.

»Willst du im Ernst behaupten, dass du nie gemerkt hast, wie er sie ansieht? Wenn er glaubt, dass niemand es mitkriegt?«

Mickey war völlig verdutzt. Das war ihm offensichtlich neu.

»Läufst du mit geschlossenen Augen durch die Welt, oder was? Hast du seine Körpersprache nicht gesehen?«

Mickey schüttelte verblüfft den Kopf und Caroline merkte, dass er keine Ahnung hatte, wovon sie eigentlich sprach. Vermutlich lag es an ihrem Verkaufstraining, in dem sie gelernt hatte, das Verhalten anderer zu beobachten, um bei Verhandlungen ihnen gegenüber im Vorteil zu sein. Es war nützlich, und zwar nicht nur im Beruf. Sie beharrte auf ihrer Theorie.

»Glaub mir, Lucy ist der einzige Mensch, an dem deinem Bruder etwas liegt. An mir liegt ihm sicher nichts. Nicht wirklich. Ich weiß, dass er an sie denkt, wenn er mich vögelt.«

Mickey zuckte zusammen.

»Keine Sorge. Bisher hat es mir nichts ausgemacht. Weil ich Lucy nie für eine echte Bedrohung gehalten habe. Ich dachte immer, sie sei für James unerreichbar. Außerdem wollte ich gar nicht, dass James mir zu viel Beachtung schenkt. Unsere Beziehung war immer eine rein praktische Angelegenheit. Ich bin die Tarnung für seine Besessenheit ...«

»Und er bezahlt deine Rechnungen.«

Caroline starrte ihn wütend an.

»So oberflächlich bin ich nun auch wieder nicht. Ich verdiene genug, um für mich selbst zu sorgen, vielen Dank. Wenn James sein Geld für mich ausgeben möchte, ist das seine Sache – das erwarte ich bestimmt nicht von ihm.«

»Entschuldigung, Entschuldigung.« Mickey war nicht gewappnet für Streitgespräche, und schon gar nicht mit Caroline.

»Du wirst schon netter zu mir sein müssen, wenn ich dir helfen soll.«

»Helfen?«

»Helfen, Lucy zurückzubekommen. Wir müssen einen Waffenstillstand schließen.«

»Wie meinst du das?«

»Wenn du hier herumsitzt und in Selbstmitleid schwelgst, bekommst du sie bestimmt nicht zurück. Jedenfalls nicht, solange sie bei James im Luxus sitzt, verhätschelt, verwöhnt und angebetet wird. Du hast ihm geradezu in die Hände gespielt.«

»Aber Lucy ist doch fast so was wie eine Schwester für ihn.«

»Sei nicht so verdammt naiv.«

»Glaubst du, sie liebt ihn?« Diese Möglichkeit erschreckte Mickey zutiefst. Caroline dachte darüber nach.

»Nein, das glaube ich nicht. Sie liebt dich, Mickey. Jedenfalls bis jetzt.«

»Ich habe alles vermasselt, was?«

»Du hast dich nach Kräften bemüht. Aber wenn wir jetzt unsere Karten richtig ausspielen, können wir die Sache noch retten.«

»Was liegt dir daran, dass ich Lucy wiederbekomme? Was springt für dich dabei raus?«

»Ich will James heiraten.«

Caroline konnte selbst kaum glauben, was sie gerade gesagt hatte. Es war ihr herausgerutscht, bevor sie richtig darüber nachgedacht hatte. Sie wünschte, sie hätte nichts gesagt, denn Mickey lachte ungläubig.

»Du – heiraten? Aber du bist doch die Unabhängigkeit in Person. Eine Karrierefrau, wie sie im Buche steht.«

»Ich kann mich doch wohl ändern, oder?«

»Wie – einfach so?«

»Ich habe in letzter Zeit viel nachgedacht. Ich bin fast dreißig. Und allmählich ausgebrannt. Da draußen gibt es Jüngere, Hungrigere und Fittere als mich. Ich muss schwerer arbeiten als sie, um mich zu beweisen, und offen gesagt, ich bin fix und fertig. Ich brauche Ruhe.«

»Du brauchst also einen reichen Ehemann?«

»Warum bist du so zynisch, was mich und James angeht?«

»Ach, komm schon, Caroline. Du willst mir doch nicht vormachen, dass er die Liebe deines Lebens ist. So wie du ihn behandelst ...«

»James und ich, wir verstehen uns. Und es macht mir nichts aus, in Lucys Schatten zu stehen. Ich werde immer wissen, dass ich nur die zweite Wahl war, aber damit kann ich leben. Es gibt nicht viele Frauen, die das könnten, das kann ich dir versichern.«

Sie starrte Mickey trotzig an.

»Aber ich bin müde. Ich möchte, dass sich jemand um mich

kümmert. Und dass ich jemanden habe, um den ich mich kümmern kann.« Sie stockte. »Und ich möchte ... Kinder.«

Schon wieder sprach sie Dinge aus, die sie sich selbst kaum eingestand.

Mickey musterte Caroline nachdenklich. Die Urmutter war sie nicht gerade. Caroline konnte seine Gedanken lesen und versuchte, sich zu rechtfertigen.

»Hormone sind was Schreckliches. Aber ohne sie wäre die menschliche Gattung wohl schon ausgestorben. Wenn sie zuschlagen, kannst du nichts dagegen machen.« Sie stockte. »Das ist wohl der Grund, weshalb es uns überhaupt gibt. Das ist der Sinn des Lebens.«

Die Vision seines möglichen Nachwuchses schlich sich in Mickeys Kopf ein. Vermutlich hatte Kay das Kind inzwischen wegmachen lassen. Seufzend legte er den Kopf in die Hände. Caroline verstand seine Verzweiflung falsch.

»Es tut mir Leid, wenn du die Aussicht auf mich als Schwägerin so grässlich findest ...«

Mickey wollte protestieren, aber Caroline war in voller Fahrt. Drei Jahre, in denen die Liddiards sie wie eine Außenstehende behandelt hatten, sprudelten heraus.

»Ihr habt mich nie richtig gemocht, stimmt's? Ich war euch nicht gut genug für deinen Bruder, oder? Ich weiß, was ihr denkt: Ich wäre bloß hinter James' Geld her. Aber ich arbeite hart für mein eigenes Geld. Ich kann für mich selbst sorgen. Wenn James mich manchmal verwöhnt, dann tut er das aus freien Stücken. Ich habe ihn bestimmt nie um etwas gebeten. Ich kann doch nichts dafür, dass er gut betucht ist. Das ist nicht der Grund, weshalb ich mit ihm zusammen bin. Ich habe auch meinen Stolz, weißt du. Ich habe eine gewisse Selbstachtung.«

Beunruhigt bemerkte Mickey, dass Carolines Augen sich mit Tränen füllten. Er geriet ein bisschen in Panik – er hasste es, wenn Frauen weinten, und die Vorstellung an eine in Tränen aufgelöste Caroline fand er äußerst bedrückend. Linkisch tätschelte er ihr die Hand, worauf sie sich an seine Schulter warf und in eine wahre Sturzflut von Tränen ausbrach. Der ganze Stress dieses Vormittags war einfach zu viel für sie. Sie war immer stolz auf ihre Stärke gewesen, aber das war zu viel. Der Streit im Mietstall, die Auseinandersetzung mit James, die Erkenntnis, dass sie mit ihrem Leben unzufrieden war ... Mickey bemühte sich nach Kräften, sie zu trösten. Als ihre Tränen schließlich versiegten, stammelte sie eine feuchte Entschuldigung.

»Tut mir Leid. Es war einfach ein Scheißtag, das ist alles.«

Sie erzählte ihm von Demelza. Von dem Schlamassel, in den sie hineingeraten war, weil sie einfach nicht mit Geld umgehen konnte. Dass sie keine Ahnung hatte, was sie machen sollte, und dass sie wütend auf sich selber war, weil alles ihre eigene Schuld war und sie einfach nicht haushalten konnte und sorglos in den Tag hinein lebte.

»Weißt du, ich könnte meinen Stolz überwinden und James um das Geld bitten. Er würde es mir bestimmt geben. Aber das will ich nicht.«

Mickey grinste ironisch.

»Wie es aussieht, sitzen wir beide im selben Boot.«

Er erzählte ihr von der Brauerei, die auf Messers Schneide stand, und dass er nicht den geringsten Schimmer hatte, was er dagegen tun sollte. Dass er sogar Patricks Pferd verkauft hatte, um einige Schulden abzuzahlen, dass er aber ebenso gut ins Meer pinkeln könnte. Und obwohl seine Schulden im Vergleich zu dem Scherbenhaufen, den er aus seiner Ehe gemacht hatte, zur Bedeutungslosigkeit verblassten, waren sie ein Problem, das sich nicht von selber lösen würde.

Vier Meilen entfernt rollten Ned und Patrick, wetterfest eingepackt, in Patricks Healey ein gewundenes Sträßchen hinunter. Sie befanden sich auf einer Schnitzeljagd für Oldtimer, organisiert von einer verschrobenen alten Schachtel namens

Agnes Porter-Wright, die ohne Rücksicht auf ihre Bremsen mit Höchstgeschwindigkeit in einem herrlichen alten Bentley über die Landsträßchen raste. Patrick fand sie wunderbar und fragte sich, warum es heutzutage nicht mehr Frauen wie sie gab – exzentrische Naturgewalten, mit denen man rechnen musste. Sie hatte ein lautstarkes Organ, das drei Grafschaften weit zu hören war, und trug Fuchspelz und Gartenhosen, je nach Tageszeit und Anlass mit oder ohne Familienschmuck. Bei der Schnitzeljagd ersetzte sie den Familienschmuck durch eine Motorradbrille.

In diesem Jahr waren die Voraussetzungen für die Schnitzeljagd glänzend. Das Wetter war klar und sonnig, gerade warm genug, um den Frost zu vertreiben, der die abgelegenen Landstraßen tückisch machen konnte. Wer ein Cabrio besaß, konnte unbesorgt das Verdeck öffnen und sich das Haar – soweit noch vorhanden – vom Wind zerzausen lassen. Die Teilnehmer waren ein bunt zusammengewürfelter Haufen, in dem Ned und Patrick als mit Abstand die Jüngsten viel Beachtung fanden. Die ganze Veranstaltung war ein netter Spaß, bestens geeignet, nach den Ausschweifungen des Weihnachtstages wieder einen klaren Kopf zu bekommen, und die Teilnahme war für die beiden Freunde mittlerweile schon so etwas wie Tradition.

Patrick konnte die Landschaft jedoch nicht genießen. Er war wütend auf Ned. Der blöde Kerl hatte bisher schon drei Hinweise verpasst, dabei hatten sie erst fünf Meilen hinter sich. Wenn es in dieser Geschwindigkeit weiterginge, hätten sie nicht die geringste Chance, den Pokal mit nach Hause zu nehmen. Und Patrick war ehrgeizig. In den letzten drei Jahren hatten sie immer gewonnen. Das war eine Frage der Ehre. Na gut, der Pokal war ein ziemlich reizloser Stein aus den Cotswolds auf einem Holzbrett, aber darum ging es nicht.

Patrick warf einen Blick zu Ned hinüber. Er guckte nicht mal auf das Blatt mit den Hinweisen, sondern stierte bekümmert in die Ferne und wirkte leicht lächerlich in der ledernen Fliegerkappe im Biggles-Stil, die er zu diesem Anlass immer trug. Patrick fluchte – die ganze Schnitzeljagd hatte nur Sinn, wenn man ständig die Augen offen hielt und aufpasste wie ein Luchs. Man konnte nie wissen, wo Agnes die Hinweise versteckt hatte. Er trat auf die Bremse und wendete wütend, was Ned aus seiner Träumerei riss.

»Was zum Teufel machst du?«

»Ich fahre zum Pub. Es hat ja doch keinen Sinn. Bei diesem Tempo gewinnen wir nie ...«

»Es geht doch nicht ums Gewinnen. Es geht ums Mitmachen.«

»Schwachsinn!«

Er fuhr zurück nach Eldenbury. Ned konnte sich einen Seitenhieb nicht verkneifen.

»Kein Mensch mag schlechte Verlierer.«

»Ich werde nicht verlieren. Ich nehme gar nicht erst teil, wenn du nicht aufpasst.«

Seufzend schob Ned das Blatt mit den Hinweisen in das Handschuhfach. Er hatte keine Lust zu streiten. Eigentlich hatte er zu gar nichts Lust. Und eigentlich fand er den Pub eine gute Idee. Trotz Ohrenklappen fror er wie ein Schneider. Der Fahrtwind war bei hoher Geschwindigkeit schneidend scharf und Patrick weigerte sich wie immer, das Verdeck zu schließen. Verdammter Angeber!

Nachdem Mickey und Caroline sich gegenseitig ihre dunkelsten Geheimnisse und Ängste gestanden hatten, schlossen sie beklommen ein Bündnis. Sie stellten ihr beiderseitiges Misstrauen zurück und ließen einen Anflug von Vertrauen aufkeimen. Allerdings musste Mickey sich eingestehen, dass er irritiert war, wie schnell Caroline ihre Fassung wiedergewonnen hatte. Eben hatte sie noch wie ein Kind in seinen Armen geschluchzt und nun war sie schon wieder forsch und sachlich. Er war sich nicht sicher, welche Seite an ihr ihm lieber war, zumal er sich jenem Stadium näherte, in dem die triste Realität, begleitet von hämmernden Kopfschmerzen, durch die Reste seiner Trunkenheit sickerte. Aus Erfahrung wusste er, dass es dagegen nur ein Mittel gab. Man fängt mit dem an, womit man aufgehört hat. Mit unsicheren Beinen stand er auf.

»Möchtest du was trinken?«

Caroline lächelte ihn zuckersüß an.

»Tee wäre schön.«

»Ich dachte ...«

»Ich weiß, woran du gedacht hast. Aber ich möchte, dass du eine Kanne Tee aufbrühst und mir Papier und Stift bringst.«

»Was?«

»Wir machen einen Plan.«

Da Mickey merkte, dass jede Diskussion sinnlos war, tat er, was sie gesagt hatte, zündete das Feuer im Kamin an und stellte überrascht fest, dass der Tee tatsächlich wärmend und tröstlich war. Caroline machte sich sofort an die Arbeit. Nun verstand er, weshalb sie in ihrem Beruf so erfolgreich war.

»Gut. Erzähl mir, wie deine Marketingstrategie aussieht.«

Mickey sah sie verständnislos an.

»Eigentlich habe ich keine.«

»Sei nicht albern. Natürlich hast du eine. Wie verkaufst du denn dein Bier?«

»Wir beliefern unsere eigenen Pubs. Wir haben treue Stammkunden. Wir brauchen kein Marketing.«

»Na ja, offensichtlich funktioniert es nicht, oder? Sonst wärst du nicht praktisch bankrott.«

»Betriebskosten. Hast du überhaupt eine Vorstellung, was der Betrieb einer Brauerei kostet?«

Caroline winkte ab.

»Wir müssen euren Namen überregional bekannt machen. Honeycote Ales muss bei Biertrinkern in aller Munde sein. Das Zeug ist doch gut, oder?«

»Fantastisch.«

»Dann solltest du das die Welt wissen lassen. Du lieber Himmel, Mickey – heutzutage dreht sich alles ums Marketing. Mit der richtigen Kampagne im Rücken könntest du in eine Flasche pinkeln und das Zeug zum Verkaufsschlager machen. Aber ihr habt den zusätzlichen Vorteil, dass euer Produkt gut ist. Es ist sogar ein Marketing-Traum. Ein Stück englisches Landleben, so was kommt nie aus der Mode. Ihr braucht ein bisschen Reklame. Einen Promi-Koch, der seinen Rinderbraten in Biersoße mit Honeycote Ale kocht. Den Bräutigam, der statt mit Champagner mit Honeycote seinen Toast ausspricht.« Sie machte eine Atempause, allerdings nur kurz. »Wie oft wart ihr in der Lokalzeitung? Ihr solltet jede Woche drinstehen, so oder so. Und was ist mit Sponsoring? Ihr solltet Hindernisse bei der lokalen Geländejagd sponsern. Oder das örtliche Rugbyteam. Alles, was euren Namen bekannt macht. Das sagt einem doch der gesunde Menschenverstand.«

Sie starrte ihn neugierig an.

»Nur mal so aus Interesse, was hast du eigentlich die letzten zwanzig Jahre gemacht?«

»Verdammt hart gearbeitet. Manchmal läuft der Betrieb in der Brauerei Tag und Nacht durch, weißt du ...«

»Ach, und du bist dann dabei, ja? Schaufelst den ganzen Hopfen oder sonst was – und schuftest dir den Rücken krumm?«

»Manchmal ja. Ich packe gern mit an.«

»Blödsinn! Du hast herumgepfuscht. Man hat dir eine Gans gegeben, die goldene Eier legen müsste ...«

»Ich habe Geld nie für so wichtig gehalten.«

Caroline lachte herzlich.

»Das zu sagen können sich nur Leute leisten, die mehr als genug davon haben. Du bist mit silbernem Besteck im Mund geboren. Und du solltest dich besser mal der Realität stellen,

Mickey. Die Leute werden Schlange stehen, um in deine Fußstapfen zu treten, wenn du den Bach runtergehst.«

Sie sagte ihm das Gleiche, was Cowley ihm schon vor ein paar Tagen gesagt hatte. Wieso war sie so gut informiert? Groll stieg in Mickey hoch. Wieso wussten alle besser über seinen Betrieb Bescheid als er?

»Woher weißt du so viel darüber? Ich meine, was gibt dir das Recht, zu kritisieren, wie ich meinen Betrieb führe?«

»Mein Job. Gut, ich bin nur für die Anzeigenabteilung der Lokalzeitung verantwortlich. Aber das verschafft mir ganz gute Einblicke, wie und wieso Unternehmen arbeiten. Ich höre den ganzen Klatsch und Tratsch der Journalisten – heiße Tips, welche Kontakte weiter zu verfolgen sind und wer sich gut entwickelt. Da braucht man nicht lange, um sich ein Bild zu machen.«

Mit verkniffenen Lippen ging Mickey ans Fenster und starrte hinaus. Wenn jemand ihm gesagt hätte, dass er mit Caroline Mason Tee trinken und einen Marketingplan für Honeycote Ales entwerfen würde, hätte er ihm nicht geglaubt. Aber in diesem Stadium blieb ihm kaum etwas anderes übrig. Er hatte keinen anderen Verbündeten, an den er sich hätte wenden können.

Gegen Ende des Nachmittags stellte er angenehm überrascht fest, dass er allmählich begriff, was sie sagte. Ja, sie war schroff, starrsinnig und gab keinen Millimeter nach, aber letzten Endes war sie nur selbstbewusst. Und sie war effektiv. Fasziniert sah Mickey zu, wie sie ihren Laptop aus dem Wagen holte und aus dem Stegreif eine ausgeklügelte Strategie mitsamt Grafiken, Blickpunkten und Zielvorgaben tippte. Als sie sie auf ihrem transportablen Drucker ausdruckte, konnte Mickey nicht umhin, beeindruckt zu sein.

»Das ist natürlich alles Blödsinn. Aber Banken und Investoren lieben Unternehmenspläne. Selbst wenn deine Zahlen völlig unrealistisch sind, gefällt es ihnen, zu glauben, dass du die

Sache gut durchdacht hast. Wenn es sonst vielleicht auch nichts nützt, verschafft es dir doch ein bisschen Aufschub bei der Bank.«

Am liebsten hätte Mickey entgegnet, er sei dreiundvierzig Jahre alt, leite seit zwanzig Jahren seinen Betrieb und wisse, was ein verdammter Unternehmensplan sei. Aber wenn man ihre Leistungen verglich, hatte Mickey es geschafft, ein durchaus erfolgreiches Unternehmen zu ruinieren, während Caroline drei Monate in Folge ihre Zielvorgaben weit übertroffen hatte. Also beschloss er, lieber den Mund zu halten. Wenn er sich den Plan anschaute, war es genau das, was Cowley in Begeisterung ausbrechen lassen würde. Mit einem Lächeln legte er ihn auf den Couchtisch.

»So, nach all der schweren Arbeit haben wir uns, glaube ich, einen Drink verdient, findest du nicht?«

»Nein.«

Ihr Ton war oberlehrerinnenhaft. Mickey zuckte erschrocken zusammen.

»Wann bist du das letzte Mal ohne Alkohol ausgekommen?«

»Das weiß ich nicht mehr. Aber ich könnte, wenn ich wollte.«

»Das sagen sie alle.«

Mickey runzelte die Stirn. Was wollte sie damit sagen?

»Du wirst Lucy nie zurückgewinnen, wenn du stinkbesoffen bist, falls sie hier auftaucht. Was wäre denn gewesen, wenn sie heute Morgen statt mir hier aufgekreuzt wäre? Du warst kein sonderlich attraktiver Anblick, das kann ich dir versichern. Schnarchend und seibernd auf dem Sofa.«

»Nimm kein Blatt vor den Mund, Caroline. Sag ruhig, was du denkst.«

Sie lächelte zuckersüß. »Das tue ich immer. Und es stimmt. Du darfst deinen Kummer nicht weiter ersäufen, Mickey. Du musst nüchtern werden, dich im Griff haben, dich deinen Problemen stellen –«

Mickey seufzte. Er wusste nur zu gut, dass sie Recht hatte. Er war ja auf dem besten Weg dazu gewesen, bis gestern alles so schief gegangen war.

»Das ist nicht so einfach.«

»Nein. Natürlich nicht. Nichts, was wirklich lohnt, ist jemals einfach. Aber wenn ich dir auf die Finger schaue, schaffst du es schon. Mach dir eins klar, Mickey: Du hast keine andere Wahl. Egal was passiert.«

Caroline mochte nicht zugeben, dass sie selbst einen ordentlichen Gin ohne allzu viel Tonic hätte vertragen können, aber es galt, etwas zu beweisen. Sie musste ein Exempel statuieren.

»Wenn du diesen Plan umsetzen willst, brauchst du einen klaren Kopf. Du willst doch nicht, dass dein Kopf vom Alkohol völlig benebelt ist. Du magst zwar glauben, dass er dir das Leben kurzfristig leichter macht, aber er tut dir nicht gut. Ich würde sogar behaupten, dass du ein Alkoholproblem hast.«

»Wie bitte?«

Mickey war entrüstet. Caroline zog eine Augenbraue hoch.

»Na ja, wenn nicht, dürfte es dir ja nicht schwer fallen, ohne auszukommen, oder?«, erwiderte sie zuckersüß und stand auf. Mickey sah sie aus schmalen Augen an.

»Na gut. Und was jetzt?«

»Hast du die Küche gesehen?«

Mickey schnitt eine Grimasse.

»Ich fange an zu spülen. Du gehst nach oben und sorgst dafür, dass du wieder menschlich aussiehst. Du solltest duschen und dich rasieren, bevor dich noch jemand sieht.«

Caroline sammelte das Teegeschirr ein. Mickey starrte sie mit offenem Mund an. So hatte noch nie jemand mit ihm geredet. Sie musterte ihn grinsend von oben bis unten.

»Na los! Ich schau nach, ob du dir die Ohren gewaschen hast, wenn du wieder runterkommst.«

Als Mickey nach oben ging, war sein Herz leichter als in

den vergangenen vierundzwanzig Stunden. Alles würde wieder ins Lot kommen. Er würde wieder auf die Beine kommen, nüchtern werden und Lucy zeigen, wie sehr er sich geändert hatte. Sie würde ihm verzeihen, da war er sicher. Schließlich konnte jeder mal einen Fehler machen.

Patrick ergatterte in Eldenbury eine Parklücke, die gerade erst frei geworden war. Auf dem Marktplatz herrschte reges Treiben. Die Jagdgesellschaft war gerade in ihrer ganzen Pracht und Herrlichkeit aufgebrochen und die Menge der Zuschauer drängte sich nun mit Bierdurst ins *Horse and Groom*. Der Pub bot hervorragende Jagdgründe für eine Talentsuche: Junge Mädchen in falschen Pelzen, gestreiften Hüten und Stiefeln an den langen Beinen tranken Bloody Mary und rauchten. Doch in diesem Jahr stand weder Ned noch Patrick der Sinn danach. Sie waren beide zu sehr mit ihren eigenen Problemen beschäftigt, um das Ritual zu genießen, bei dem sie sonst meist im Mittelpunkt standen. Ned mit seinen fröhlichen Späßen und Patrick mit seinem umwerfenden Aussehen waren eine unwiderstehliche Kombination.

Doch in diesem Jahr war Patrick durch seine finstere Miene kaum wiederzuerkennen und Ned war alles andere als fröhlich. Beide schlichen sich an Grüppchen von Freunden und Bekannten vorbei, die sich zum ersten Mal seit Jahren wieder trafen. Plötzlich empfand Patrick es als deprimierend, wie sehr manche sich verändert hatten – sie waren behäbiger und gesetzter geworden –, und hatte keine Lust auf Small Talk. Ned, völlig in seinen Trübsinn vergraben, war blind für all das und furchte die Stirn. »Dann kann ich mich ja auch gleich besaufen.«

»Das hilft auch nicht.«

Trotzdem schoben sie sich ins *Horse and Groom* und stellten sich in der Schlange an der Theke an. Mayday zapfte ein Bier nach dem anderen, als hinge ihr Leben davon ab, und merkte verdutzt, dass Patrick ihrem Blick ebenso auswich wie Ned. Sie waren ungewöhnlich feindselig. Gekränkt biss sie sich auf die Unterlippe und warf das Haar zurück. Sie hatte noch nie etwas von den beiden verlangt. Warum wurde sie jetzt von ihnen geschnitten?

Mit ihren Gläsern Honeycote Christmas Ale, das üppig und sättigend wie ein Drei-Gänge-Menü war, zwängten Ned und Patrick sich in eine Ecke am Fenster, um ihren jeweiligen Kummer zu ertränken. Ned war Patrick um einiges voraus, da er während der Schnitzeljagd heimlich einen Schluck aus seinem Flachmann genommen hatte, um die Kälte und seine Gewissensbisse abzuwehren, und so dauerte es nicht lange, bis er in eine trübsinnige Selbstgeißelung über sein Dilemma verfiel.

Patrick hatte kein Mitleid mit ihm. Wie man sich bettete, so lag man, das war seine Ansicht. Aber Ned wandte ein, dass es doch gar nicht zählte, mit Mayday zu schlafen, sie galt doch sozusagen als Einführungsritus, als leicht zu haben. Patrick erwiderte stirnrunzelnd, das solle er mal Sophie erklären. Ned schmollte. Patrick hatte offensichtlich nicht vor, nachzugeben oder ihm einen Ausweg zu lassen. Es war nicht sein Problem.

Es kümmerte Patrick zwar sehr, aber ihn beschäftigte ein wesentlich größeres Dilemma, von dem er Ned nichts sagen konnte. Lawrence' Enthüllung am Vortag hatte ihn zutiefst schockiert. Von wem das Kind auch sein mochte, das Kay erwartete, von ihm war es sicher nicht. Wenn das Leben ihn eins gelehrt hatte, dann war es, nie ungeschützten Sex zu haben. Patrick liebte zwar das Risiko, allerdings nicht in dieser Hinsicht. Sein Vater hingegen, da war er ziemlich sicher, verschwendete keinen Gedanken an Safer Sex. Er gehörte vermutlich zur alten Schule, die Empfängnisverhütung für Frauensache hielt, falls er überhaupt je darüber nachdachte. Außerdem wusste er, dass Mickey nie aus seinen Fehlern lernte, und zu seinen größten Fehlern gehörte Patrick. Wenn man dazu noch bedachte, dass Kay nicht zu der Generation gehörte, die ständig ein Kondom in der Handtasche hatte, war leicht vorstellbar, wie es passiert war. Lawrence war offenbar ziemlich sicher, dass das Kind nicht von ihm war – aus welchen Gründen auch immer. Vermutlich schliefen sie schon länger nicht mehr miteinander. Und so hatte Patrick also irgendwo einen Halbbruder oder eine Halbschwester, die für den Verbrennungsofen bestimmt war, falls das Baby überhaupt noch existierte. Der Gedanke hinterließ einen schalen Geschmack in seinem Mund, zumal er wusste, dass er bis aufs Messer für das Überleben des Kindes gekämpft hätte, wenn es von ihm gewesen wäre. Denn Patrick war sich vollauf bewusst, dass er ohne die liberalen Ansichten seiner Mutter durchaus durch die Absaugglocke hätte enden können. Mickey war sicher nicht sonderlich entzückt, als Carola ihm damals mitteilte, dass sie schwanger war, aber sie hatte sich durchgesetzt und er hatte mitgemacht. Es war eines der wenigen Dinge, für die Patrick seiner Mutter dankbar war.

Kay tat ihm Leid. Sie hatte ihr Handy abgeschaltet, was er ihr nicht verdenken konnte, aber er hätte ihr gern ein bisschen Unterstützung oder ein nettes Wort angeboten. Kay war eine Einzelgängerin – instinktiv ahnte er, dass sie nicht bei einer alten Schulfreundin Tee und Mitgefühl gesucht hatte. Doch letzten Endes konnte er sich für ihre Lage nicht verantwortlich fühlen. Bei seinem Vater war das anders. Mickey musste wissen, dass das Kind von ihm war, und sich unter erheblichem Druck fühlen. Als ob er davon nicht ohnehin schon genug hätte! Wenn er es nur schaffte, seinen Vater heil über die nächsten Wochen zu bringen, ohne dass er zusammenbrach ...

Patrick ging an den Zigarettenautomaten, um sich Nachschub zu holen, und sah sich von Mayday in die Ecke gedrängt, die ärgerlich die Hände in die Hüften stemmte und trotzig ihre Mähne über die Schulter warf.

»Also, was ist los mit euch beiden? Warum schneidet ihr mich? Was habe ich euch getan?«

Patrick hielt nicht hinterm Berg.

»Warum zum Teufel hast du Ned einen Knutschfleck gemacht? Du hast doch gewusst, dass er hinter Sophie her war …«

Mayday schaute ihn verständnislos an.

»Ach ja? Das habe ich gar nicht gemerkt …«

»Ach, jetzt hör aber auf –«

»Das habe ich nicht extra gemacht! Es muss im Eifer des Gefechts passiert sein. Du weißt doch, wie ich bin, wenn ich in Fahrt komme.«

Patrick verdrehte die Augen. Das wusste er nur zu gut. Mayday war erschüttert.

»Mein Gott, es tut mir Leid. Aber warum hat er keinen Rollkragenpullover angezogen? Was glaubt er denn, wozu es die gibt?«

»Warum konntest du dich nicht ausnahmsweise mal ein bisschen beherrschen, Mayday? Ich weiß, du glaubst, alles, was Hosen anhat, ist leichte Beute …«

Maydays Kichern war ein tiefes, kehliges Zigaretten- und Whiskey-Grummeln, das klang wie das Starten einer Harley Davidson.

»Oder einen Rock.«

Es gab Gerüchte, dass sie bisexuell war. Patrick musterte sie aus schmalen Augen.

»Im Grunde alles, was einen Pulsschlag hat.«

»Und du gehst uns allen natürlich mit leuchtendem Beispiel voran.«

Sie lächelte Patrick zuckersüß an. Sie konnte es nicht ausstehen, zurechtgewiesen zu werden. Noch nie hatte sie vorgegeben, etwas anderes zu sein als krankhaft promiskuös, warum sollte sie sich daraus einen Vorwurf machen lassen? Aber Patrick blieb bei seiner Ansicht.

»Ich denke wenigstens an die möglichen Konsequenzen. Wem ich wehtun könnte. Sophie war am Boden zerstört.«

»Hör mal, ich habe Ned keine Pistole an den Kopf gehalten.«

»Du hast dafür gesorgt, dass er high war. Er hat es mir erzählt. Und du weißt doch, wie geil das macht.«

Mayday zog abwehrend einen Schmollmund.

»Weiß sie denn nicht, dass es nicht zählt, mit mir zu schlafen?«

»Natürlich nicht. Sophie ist völlig harmlos. Eine Romantikerin. Sie glaubt noch an die Liebe auf den ersten Blick und sie lebten glücklich bis an ihr Ende.«

»Dann wird es aber Zeit, dass sie auf die Erde zurückkommt, oder?«

Patrick mochte nicht zugeben, dass Mayday in gewisser Weise Recht hatte. Für die Sophies dieser Welt bestand nicht viel Hoffnung. Aber er wollte nicht, dass sie sich veränderte. Er wollte nicht, dass sie verhärtet und zynisch wurde – er wollte, dass ihre Träume von einer Romanze wie im Märchen weiterlebten. Und er war aufrichtig überzeugt, dass Ned ihr Märchenprinz war, auch wenn er zuweilen ein ungehobelter Klotz sein konnte. Er gehörte zu den wenigen Menschen auf der Erde, denen Patrick Achtung und Vertrauen entgegenbrachte, und er war fest überzeugt, dass er seiner kleinen Schwester würdig war. Er wollte die Dinge für sie wieder ins Lot bringen.

Entsetzt bemerkte er, dass Maydays Augen vor unvergossenen Tränen ganz glasig waren, und hatte plötzlich ein schlechtes Gewissen – er hatte ihr sehr zugesetzt. Dabei war sie nur in die Schusslinie geraten und konnte eigentlich nichts für all seine Probleme. Nur für das zwei Zentner schwere Problem, das sich in einer Ecke des Pubs zielstrebig voll laufen ließ.

»Komm, hör zu ...« Er strich ihr eine Träne fort, bevor sie über ihre Wange laufen konnte. Er hätte nie gedacht, dass Mayday weinen konnte.

»Ich habe auch Gefühle, weißt du. Man kann mich nicht einfach benutzen und beschimpfen ...«

Patrick nahm sie tröstend in die Arme. Sie war ihm immer eine gute Freundin gewesen. Neben Ned war sie einer der wenigen Menschen, denen er voll vertrauen konnte. Aber manchmal war Mayday sich selbst der schlimmste Feind. Sie war der Inbegriff des Flittchens mit Herz und bot sich förmlich an, sie auszunutzen. Verdammt, dachte Patrick. War sie die Nächste, die er vor sich selbst würde beschützen müssen?

Im Geiste ging er die Liste seiner Herkulesaufgaben durch: Sich einen Weg in Mandys Höschen bahnen und ihrem Vater Geld für die Brauerei aus der Tasche locken. Sehen, ob es Kay gut ging. Die Sache zwischen Ned und Sophie ausbügeln. Kelly besänftigen – er hatte immer noch Gewissensbisse, wenn er an sie dachte. Mayday vor sich selbst schützen. Mein Gott, da blieb ihm keine Zeit, zu entspannen und sich zu amüsieren.

Er nahm noch zwei Gläser Bier mit zurück an ihren Tisch. Ned trank seines in einem Zug leer. Es machte ihn nur noch mürrischer und Patrick fürchtete, dass er eine Schlägerei anfangen könnte, wenn sie so weitermachten. Er war eigentlich nicht aggressiv, brachte sich aber manchmal durch seine Tollpatschigkeit in Schwierigkeiten, wenn feuchtfröhliche Stimmung herrschte.

»Komm, Ned. Ich bring dich nach Hause. Da kannst du deinen Rausch ausschlafen.«

Auch für Patrick war es Zeit, nach Hause zu fahren. Am Abend des zweiten Weihnachtstages war in Honeycote House gewöhnlich offenes Haus. Lucy kochte einen großen Schinken und ein Stück Rindfleisch, die sie mit knackigen Salaten, Mixed Pickles und Chutneys auf den Esstisch stellte. Außerdem gab es immer eine herrliche Auswahl an Süßspeisen: Trifle, Syllabub und Portweingrütze, in traditionellen Formen gemacht. Den ganzen Abend bis in die Nacht hinein kamen und gingen die Gäste und bedienten sich – Freunde, Verwandte, der Vikar, die Mädchen, die beim Ausmisten des Pferdestalls halfen. Patrick fand es an der Zeit, nach Hause zu fahren und beim Tischdecken zu helfen. Er war morgens früh aus dem Haus gegangen, bevor Lucy oder Mickey auf waren, und hatte beim Anblick des schmutzigen Geschirrs, das sich noch von gestern in der Küche türmte, einen Anflug von Gewissensbissen verspürt. Heute Abend würde er es wettmachen, indem er alles spülte und dafür sorgte, dass Lucy die Füße hochlegte. Sie hatte es verdient, ein bisschen verwöhnt zu werden.

Sobald Mickey nach oben gegangen war, machte Caroline sich an die Arbeit. Sie leerte sämtliche Karaffen, die sie im Esszimmer fand, in der Spüle aus. Einiges davon war zweifellos unerhört teures Zeug, aber das scherte sie nicht. Die Situation verlangte drastische Maßnahmen. Dann sammelte sie alle vollen Flaschen ein, die sie finden konnte – viele waren es nicht –, und brachte sie zurück in den Weinkeller. Im Schloss steckte ein riesiger Schlüssel. Mit grimmiger Entschlossenheit drehte sie ihn herum und steckte ihn in ihren BH. Dann schaute sie im Kühlschrank nach. Ein paar Flaschen Bier – sie öffnete sie und schüttete sie ebenfalls aus.

Nachdem diese Aufgabe erledigt war, machte sie sich an den Abwasch. Sie schaute sich überall um, konnte aber keine Spülmaschine entdecken. Was war bloß mit den Liddiards los, dass sie vor allem Angst hatten, was das Leben ein bisschen erleichtern konnte? Selbst ihre Eltern, die jeden Penny zwei Mal umdrehen mussten, besaßen eine Spülmaschine, solange sie denken konnte. Da war nichts zu machen. Caroline, die nie spülte, wenn sie es eben vermeiden konnte – höchstens einmal eine Kaffeetasse morgens und ein Weinglas abends –, krempelte die Ärmel hoch, zog Gummihandschuhe über und ließ heißes Spülwasser einlaufen.

Als Patrick gegen drei Uhr hereinkam, stieß er erstaunt auf Caroline, die, umgeben von Stapeln glänzenden Geschirrs und Bestecks, bis zu den Armen im Spülwasser steckte und gerade anfing, Gläser zu spülen. Er musterte sie argwöhnisch.

»Was zum Teufel machst du hier?«

»Ich freue mich auch, dich zu sehen, Patrick. Fröhliche Weihnachten!«

Caroline hielt ihm die Wange zum Kuss hin, aber Patrick ignorierte sie. Er hatte ihr noch nie über den Weg getraut. »Wo ist Lucy?«

Caroline warf ihm ein Geschirrtuch zu.

»Ich spüle. Du trocknest ab.«

Patrick warf das Tuch zurück.

»Wo ist Dad?«

»Oben. Wäscht seine Sünden ab.«

»Was?«

Caroline seufzte. Früher oder später würde Patrick es ohnehin erfahren. Und er könnte helfen, den Schaden in Grenzen zu halten. Sie machte sich Sorgen, wie Sophie und Georgina auf die Situation reagieren würden. Sie war überzeugt, dass Patrick ganz hilfreich sein konnte, wenn es darum ging, den beiden Sand in die Augen zu streuen. Wenn sie diesen Schlamassel so schnell wie möglich klären könnten, ließen sich die Folgen sicher auf ein Minimum reduzieren.

»Dein Vater hatte ein Verhältnis. Mit Kay Oakley. Lucy ist dahinter gekommen und hat sich zu James geflüchtet.«

»Diese dumme Kuh!«

»Wer – Lucy?«

»Nein. Kay. Wie zum Teufel hat Lucy es erfahren? Hat Kay es ihr gesagt?«

Falls ja, würde er sie umbringen. Er würde sie eigenhändig erwürgen. Aber Caroline schüttelte den Kopf.

»Eines der großen Klischees modernen Lebens. Wahlwiederholung.«

Patrick stöhnte. Er wünschte inbrünstig, er hätte nichts getrunken, weil es ihn hinderte, klar zu denken. Sämtliche Pläne, die er sich fein säuberlich zurechtgelegt hatte, waren zum Teufel. Caroline riss ihn aus seinen Gedanken.

»Hör zu, wenn du mir schon nicht beim Abtrocknen hilfst, könntest du dich wenigstens auf andere Weise nützlich machen. Ruf bitte sämtliche Leute an, die heute Abend kommen wollten – wimmele sie ab. Sag ihnen, alle hätten die Cholera oder Tbc oder sonst was. Das Letzte, was wir jetzt brauchen können, sind irgendwelche Leute, die hier auftauchen und sich einmischen.«

»Nur so aus Interesse, wieso machst du das überhaupt?«

»Was?«

»Dich einmischen.«

»Ob du es glaubst oder nicht: Mir liegt an dieser Familie.« Sie fixierte ihn mit hartem Blick. Da Patrick in ausnehmend ungnädiger Stimmung war, feuerte er einen Schuss ab, obwohl er wusste, dass er es besser hätte bleiben lassen.

»Na, du brauchst gar nicht zu glauben, dass du je dazugehören wirst.«

Caroline atmete tief durch. Ohne es zu wissen, hatte Patrick einen Tiefschlag gelandet. Wütend ging sie auf ihn los.

»Was soll das eigentlich, ist das hier eine Verschwörung, oder was? Was ist so furchtbar an der Möglichkeit, dass ich James heirate? Dein Vater findet es anscheinend ebenfalls absurd. Er hat mir praktisch vorgeworfen, dass ich nur des Geldes wegen hinter James her bin. Ich kann dir versichern, wenn das der Fall wäre, würde ich mir einen wesentlich reicheren und älteren Mann suchen.« Caroline schaute ihn wissend an. »Du hast mich noch nie gemocht, stimmt's? Ihr alle nicht. Ist es, weil meine Mutter Serviererin war?«, fragte sie in einem Ton gespielten Entsetzens.

»Ich hatte keine Ahnung, dass deine Mutter Serviererin war. Und wenn, dann hätte das auch nichts geändert. Du leidest ja an Verfolgungswahn.«

»Nein.«

Patrick sollte zugeben, dass seine Familie sie nicht leiden konnte und fand, sie sei nicht gut genug für James.

»Caroline, dass du nicht gut genug für ihn bist, liegt nicht daran, wer deine Eltern waren. Es liegt daran, wie du ihn behandelst. Du versetzt ihn, du führst ihn vor. Du betrinkst dich in aller Öffentlichkeit und bringst ihn in Verlegenheit.«

»Ich?«

»James ist einfach nicht der Typ, der etwas dafür übrig hat, auf Tischen zu tanzen.«

Nein, dachte Caroline, wahrhaftig nicht. Denn Lucy würde nicht im Traum daran denken, auf einem Tisch zu tanzen. Sie würde es nie für nötig halten, die Aufmerksamkeit auf sich zu lenken, weil sie ohnehin die ungeteilte Aufmerksamkeit aller in ihrer Umgebung hatte. Caroline seufzte. Sollte sie sich James zuliebe ändern? Sie glaubte nicht, dass sie das könnte. Man konnte sich nicht von einer lauten, extrovertierten und anmaßenden Frau in ein sanftes, bescheidenes Wesen verwandeln. Aber schließlich musste ihm doch anfangs einmal etwas an ihr gefallen haben. Schließlich waren sie seit drei Jahren zusammen. Und eigentlich hatten sie sich nie gestritten.

War sie wirklich so schlimm? War sie tatsächlich eine so unattraktive Partie, wie Patrick behauptete? Immerhin hatte sie einen Beruf. Wenn er von Frauen reden wollte, die hinter Geld her waren, brauchte er sich nur Kay Oakley anzusehen. Und was war eigentlich mit Lucy? James hatte einmal erwähnt, dass sie Mickeys Aupairmädchen oder Kindermädchen war.

Sie war gekränkt. Da versuchte sie, Mickey aus dem Schlamassel zu helfen – er wusste offensichtlich nicht mehr ein noch aus und sie hatte sich bemüht, ihm zu einer objektiven Sicht und einem Minimum an gesundem Menschenverstand zu verhelfen. Wie konnte Patrick es wagen, hereinzuspazieren und sie zu verurteilen?

»Gut – vielleicht stehe ich ja nicht ganz oben auf der Liste passabler Ehefrauen für deinen kostbaren Onkel. Aber mal andersrum gefragt, Patrick: Wen hättest du lieber zur Tante, mich oder deine Stiefmutter?«

Patrick zuckte zusammen. Er konnte es nicht leiden, wenn

jemand Lucy als seine Stiefmutter bezeichnete. Das Wort war viel zu hässlich.

»Sie ist nämlich zu James gelaufen. Und der hat sie mit offenen Armen empfangen, das kann ich dir versichern.«

Patrick fuhr sie an:

»Warum verschwindest du nicht einfach, Caroline? Du hast mit unserer Familie nichts zu schaffen. Du kapierst doch gar nicht, was los ist. Hau ab!«

»Wie kannst du es wagen? Ich will doch nur helfen.«

»Warum? Was springt für dich dabei raus?«

»Ich glaube, du schätzt mich falsch ein. Ob du es glaubst oder nicht: Mir liegt an euch.«

Patrick schnaubte zynisch.

»Tatsächlich?«

»Du bist ein arroganter kleiner Scheißkerl.«

»Besser als eine Frau, die nur hinter dem Geld der Männer her ist.«

Noch nie hatte Caroline einem Mann ins Gesicht geschlagen – ihrer Ansicht nach war das ein Eingeständnis der Niederlage, ein Zeichen von verbaler Schwäche –, aber nun war sie kurz davor. Stattdessen atmete sie jedoch tief durch, schluckte, lächelte huldvoll und ging.

Zum dritten Mal an diesem Tag sprang sie schäumend vor Wut in ihren Wagen. Sie war wütend auf sämtliche Liddiards. Wieso akzeptierte sie nicht einfach, dass sie ein Haufen egoistischer, arroganter Scheißer waren, und verabredete sich mit einem normalen Menschen?

Als Mickey gewaschen und gekämmt herunterkam, fand er Patrick in der Küche über dem Unternehmensplan sitzen, über dem Caroline und er so lange gebrütet hatten.

»Wo ist Caroline?«

»Sie musste weg«, sagte Patrick beiläufig. Er deutete auf den Unternehmensplan. »Was ist das?«

»Eine Art Unternehmensplan, den sie mich versuchsweise hat aufstellen lassen. Eigentlich verdammt gut. Unter der ganzen Schau ist sie ziemlich aufgeweckt.«

Patrick ging an den Kühlschrank, um sich ein Bier zu holen. Es war keins da. Stirnrunzelnd ging er zur Kellertür, um neues zu holen. Sie war abgeschlossen.

»Wer hat denn die Tür abgeschlossen?«

»Das muss Caroline gewesen sein. Sie denkt anscheinend, dass ich zu viel trinke.«

Die weitere Suche ergab, dass sämtliche Karaffen leer waren. Insgeheim war Mickey beeindruckt. Das Mädchen meinte es ernst. Patrick war jedoch wütend.

»Biest! Für wen hält sie sich eigentlich? Ich gehe und hole uns was.«

»Nein.«

»Wie bitte?«

»Sie hat Recht. Wenn ich nicht mal vierundzwanzig Stunden ohne Alkohol auskomme, habe ich offensichtlich ein Problem ...«

»Hat sie das gesagt?«

»Hör mal, Patrick. Wenn Lucy kommt, möchte ich mich mit klarem Kopf verteidigen können und ihr nicht mit einer Fahne gegenüberstehen.«

Er konnte Patrick nicht in die Augen sehen.

»Ich nehme an, sie hat es dir gesagt?«

»Ja.«

Vater wie Sohn wussten nicht recht, was sie sagen sollten. Patrick konnte sich nicht durchringen, seinem eigenen Vater Vorwürfe zu machen, und von der Abmachung, die er mit Kay getroffen hatte, konnte er ihm erst recht nicht erzählen. Er konnte einfach nicht fassen, was für eine grausame Wendung alles genommen hatte und dass alles in sich zusammengebrochen war, als es fast wieder hätte in Ordnung kommen können. Und jetzt hatten alle darunter zu leiden. Er hatte sein Bestes getan, aber jetzt lag es nicht mehr in seiner Hand.

»Was hast du vor?«

Mickey seufzte. »Keine Ahnung. Mit Lucy reden, denke ich. Aber Caroline meint ...«

Er brach ab. Er konnte Patrick nicht erzählen, was Caroline über die Verehrung seines Bruders für seine Frau gesagt hatte. Zum Glück gab Patrick ihm keine Gelegenheit, weiterzusprechen.

»Wen interessiert schon, was Caroline meint?«

Mickey verteidigte sie.

»Du kannst über Caroline denken, was du willst, aber im Grunde ist sie ein anständiger Kerl. Ich wünschte, sie wäre nicht einfach so verschwunden. Ich wollte mich bei ihr bedanken.«

Patrick wurde etwas unbehaglich. Vielleicht hatte er sie doch etwas zu grob angepackt. Aber sie hatte sich so aufgespielt und ihn wie einen kleinen Jungen herumkommandiert, der keine Ahnung hat, was um ihn herum vorgeht. Und er war beschwipst, müde und durcheinander gewesen. Von seiner Verantwortung erdrückt. Er verdrängte den Gedanken. Caroline war die Letzte, über die er sich Sorgen machen würde.

Kapitel 17

Keith hatte gedacht, er hätte Sandra am Abend zuvor ihre Position im Haus hinlänglich klar gemacht: Sie sollte sich zurückhalten und so bald wie möglich verschwinden. Doch bereits am nächsten Morgen drängte sie sich wieder in den Vordergrund, obwohl er ihr deutlich zu verstehen gegeben hatte, dass sie unerwünscht war. Jeder bescheidenere Mensch hätte das verstanden, aber sie spielte sich auf, sobald ihr klar wurde, dass für sie im Theater kein Platz war. Keith blieb völlig ungerührt, während sie ihn beschimpfte. Er hatte keinesfalls vor, sie mit ins Theater zu nehmen, auch wenn sie die Karten ursprünglich bestellt hatte. Seiner Ansicht nach hatte sie ihr Recht auf einen Theaterplatz in dem Augenblick aufgegeben, als sie ihn verließ. Aber das sah sie natürlich anders.

»Hör zu, Sandra, Mandy hat jetzt Sophie und Georgina eingeladen, und damit Schluss. Es ist für niemandem mehr Platz.«

»Aber es sollte doch ein Familienausflug werden.«

»Familie.«

Keith sprach das Wort aus, als sei es ihm völlig neu. Er runzelte die Stirn.

»Ich würde eigentlich nicht sagen, dass wir eine Familie waren, oder? Bei uns gab es kein Weihnachten in der Familie. Wir haben keine Freunde der Familie. Wir haben keine Familientraditionen. Menschen mit *Familiensinn*« – er betonte das Wort ironisch – »setzen sich nicht von jetzt auf gleich nach Spanien ab, ohne sich auch nur zu verabschieden.«

Sandra wirkte zutiefst schockiert. Sie hatte geglaubt, wenn Keith erst einmal eine Nacht darüber geschlafen hätte, würde er sich wieder beruhigen und sich bemühen, die Dinge aus ihrer Sicht zu sehen. Schließlich hatte er ihr bisher noch nie die Stirn geboten. Ihre gesamte Ehe hindurch hatte er ihren Launen nachgegeben, um seine Ruhe zu haben. Sie hatte immer das Ruder in der Hand gehabt und sämtliche Entscheidungen getroffen, während er das nötige Geld dafür verdiente. Sie tobte.

»Wie lange bleiben diese *Freundinnen* überhaupt?«

»So lange sie wollen. Denn Mandy hat lange ihre Gastfreundschaft genossen. Und sie haben uns eingeladen, Weihnachten bei ihnen zu verbringen, was sehr nett von ihnen war. Daher fand ich es das Mindeste, was ich machen konnte, ihre Großzügigkeit zu erwidern. Und da ich eine Theaterkarte übrig hatte – zumindest habe ich das geglaubt ...«

Allmählich geriet Sandra in Panik, atmete dann aber tief durch und merkte, dass sie albern war. Sie konnte die Zeit, in der alle aus dem Haus waren, sehr sinnvoll nutzen. So setzte sie eine verständnisvolle Miene auf.

»Natürlich. Es tut mir Leid. Geht ihr nur.«

Sie wartete, bis der Wagen aus der Einfahrt gebogen war, und machte sich an die Arbeit. Gewissenhaft durchsuchte sie das Haus von oben bis unten nach Geschäftsunterlagen von Keith. Sie wollte genau über seine Vermögensverhältnisse Bescheid wissen, falls die Dinge eine unangenehme Wendung nahmen. Gut anderthalb Stunde wühlte sie in seinem Arbeitszimmer herum und kopierte verschiedene Dokumente auf seinem Faxgerät, bis sie einen hübschen Ordner beisammen hatte, den sie in der Schachtel mit dem Fußmassagegerät verstaute, das er ihr vor zwei Jahren zu Weihnachten geschenkt hatte. Sie hatte schon zu viel über gerissene Ehemänner gehört, die ihr Vermögen zu verstecken suchten, und würde ihm nicht die geringste Chance dazu geben. Zufrieden, ihre Hausarbeiten erledigt zu haben, wollte sie sich gerade zur Belohnung einen schönen Gin Tonic gönnen, als ihr Blick auf den

Anrufbeantworter fiel. Da das Blinklicht nicht leuchtete, war wohl keine neue Nachricht da: Kein Wunder, die meisten Menschen respektierten, dass die Weihnachtstage der Familie vorbehalten waren. Allerdings fragte sie sich, ob wohl noch interessante Mitteilungen auf dem Band sein mochten. Kurz zögerte ihr lackierter Fingernagel über der Abspieltaste, dann drückte sie sie trotzig hinunter.

Keith kam voller Entschlossenheit aus dem Theater. Er hatte gar nicht auf die Vorstellung geachtet, sondern die ganzen zwei Stunden über sein Leben nachgedacht. Da er beschlossen hatte, ihre Trennung offiziell zu machen, teilte er Sandra kaum zehn Minuten nach seiner Rückkehr mit:

»Ich will die Scheidung.«

Sandra umklammerte ihr Ginglas. Ihr Fuß wippte auf und ab, ihre Miene war starr vor Bitterkeit.

»Das kostet dich alles, was du besitzt.«

»Das glaube ich kaum.«

Triumphierend schaute sie ihn an.

»Ich weiß, dass du das Geschäft verkaufen willst. Die Hälfte steht mir zu.«

Erfreut stellte sie fest, dass Keith erschrocken aussah. Großartig! Er sollte glauben, dass sie ihre Spione hatte und von jedem seiner Schritte erfahren würde. Tatsächlich hatte sie lediglich seinen Anrufbeantworter abgehört, und zwar mit besonderem Interesse die Nachricht von Roy, der vor ein paar Tagen auf Band gesprochen hatte, dass er bereits einen Käufer gefunden habe.

Keith erholte sich allmählich von seinem Schreck und warf den Ball zurück.

»Wenn du das weißt, kennst du sicher auch meine übrigen Pläne.«

Sie nickte und grinste unbeirrt. Da Keith niemandem ein Wort von seinen Plänen erzählt hatte, wusste er, dass sie bluffte, wenn sie nicht gerade Gedanken lesen konnte. Er musterte sie und sah, wie ihr kastanienbrauner Lippenstift in die vertikalen Fältchen blutete, die in ihrer Oberlippe mündeten. Sie starrte ihn abwehrend an.

»So – und was willst du Mandy sagen?«

»Ich?«

»Sicher. Du bist doch derjenige, der sich scheiden lassen will, also kannst du es ihr auch sagen. Und wo sollen wir leben? Du kannst uns hier nicht einfach rauswerfen. Wir haben schließlich Rechte. Das ist das Heim der Familie ...«

»Ich denke, du wirst noch feststellen, dass diese Rechte nicht unbedingt greifen, da sie über sechzehn ist. Außerdem wird sie wahrscheinlich bei mir leben.«

Sandra wurde puterrot.

»Was hast du ihr erzählt, du Mistkerl?«

»Bitte, Sandra – wir haben Gäste.«

»Ach ja. Deine kostbaren Scheiß-Liddiards, an denen dir plötzlich so viel liegt. Deine neuen besten Freunde. Also, eins sage ich dir, Keith: So wie sie wirst du im Leben nicht.«

Keith schaute Sandra an. Sie besaß manchmal eine unheimliche Fähigkeit, zielsicher den wunden Punkt zu treffen. Aber dieses Mal war er gegen ihre Beleidigungen immun. Na gut, ihm war klar, dass er nie so werden konnte wie die Liddiards. Aber deshalb musste er noch lange nicht so tief sinken wie Sandra. Ihre Tirade bestärkte ihn nur in seiner Entschlossenheit. Wenn er im nächsten halben Jahr eines erreichen wollte, dann war es, Mandy davor zu bewahren, dass aus ihr ein Abklatsch ihrer Mutter wurde und sie deren Wertvorstellungen und Ziele übernahm. Er war überzeugt, dass es noch nicht zu spät war. Mandy hatte nicht viel Zeit mit ihrer Mutter verbracht und nicht sonderlich unter ihrem Einfluss gestanden. Man brauchte sie sich nur anzuschauen. Sandra trug heute ein korallenrotes Strickensemble mit Fledermausärmeln, dazu ihre unvermeidlichen Goldstilettos, und hatte das blondierte Haar zu einem starren Helm geföhnt. Er sah, wo die Grundierung ihres Make-ups aufhörte, das eher die Härchen in ihrem Gesicht hervorhob, als die Falten zu kaschieren.

Dagegen trug Mandy eine cremefarbene Jeans, einen schwarzen Rollkragenpullover und schwarze Wildlederboots und hatte das Haar lose im Nacken mit einer Schildpattspange zusammengesteckt. Was Make-up anging, hatte sie natürlich die Jugend auf ihrer Seite, aber sie widerstand im Gegensatz zu vielen anderen Jugendlichen der Versuchung, es dick aufzuspachteln, und begnügte sich mit ein bisschen Wimperntusche und einem Hauch Lipgloss. Keith bemerkte, dass die Bewegung im Freien in Honeycote ihren Wangen eine frische Röte verliehen hatte. Je eher sie Gelegenheit bekam, ihr kleines Pferd zu reiten, desto besser. Je eher sie aufs Land zogen, desto besser. Er würde nicht einmal abwarten, bis er The Cedars verkauft hatte. Er würde irgendwo ein Haus kaufen ...

Du lieber Gott! Schon wieder versuchte er, sich den Zugang zu erkaufen. Aber störte ihn das eigentlich? Na gut, er hatte Geld, aber war das so schlimm? Eines stand fest: Welchen Sinn hatte das Geld, wenn er es nicht nutzen konnte, um zu bekommen, was er wollte? Das Wichtigste war, dass Sandra es nicht für sich beanspruchen konnte. Keith hatte dafür gesorgt, dass im Haus keine wichtigen Unterlagen herumlagen, gerade genug, damit sie nicht misstrauisch würde, wenn sie seinen Aktenschrank durchwühlte.

Sein eigentliches Vermögen war gut aufgehoben. Fast aus der Welt und absolut unauffindbar, denn er war ein gewiefter Investor. Er hatte alles beiseite geschafft und gut angelegt, bis sich eine günstige Gelegenheit ergab. Und die war nun gekommen, davon war er fest überzeugt.

Als Lawrence am zweiten Weihnachtstag aufwachte, fühlte er sich hundeelend. Am Abend zuvor hatte er versucht, mit Malt Whiskey in Morpheus' Arme zu gelangen, und bereute es nun bitter. Bruchstückhaft tauchten Erinnerungsfetzen an den Weihnachtstag auf und ließen ihn sich vor Verlegenheit winden. Lucys mitfühlende Miene überschattete seine Freude über Mickeys schockierte Reaktion. Es war ganz und gar nicht Lawrence' Art, so den Mund aufzureißen. Er schob es auf den hervorragenden Wein, den sie getrunken hatten. Weine dieser Qualität waren süffig und lösten die Zunge.

Den ganzen Tag verbrachte er im Gartencenter mit Vorbereitungen für den Schlussverkauf, der am nächsten Tag beginnen sollte. Als es Abend wurde, musste er hinaus. Zu Hause wollte er nicht bleiben; das Haus wirkte wie ein Mausoleum. Er brauchte ein bisschen Gesellschaft, um sich abzulenken.

Er rief Kelly an und lud sie zum Abendessen ein, aber sie wollte ihre Mutter nur ungern allein lassen. Die Weihnachtsfeier hatte die arme Eileen ganz schön auf Trab gehalten. Der Pub blieb zwar am ersten Weihnachtstag geschlossen, aber sämtliche Verwandten – insgesamt siebenundzwanzig – kamen traditionsgemäß zum Mittagessen in das *Honeycote Arms*, weil es genügend Platz und eine große Küche hatte. Eileen behauptete zwar, dass sie diese Familientreffen liebte und jeder seinen Teil beitrüge, aber Kelly fand es ungerecht, dass Eileen das ganze Jahr über tagtäglich andere bediente und nicht einmal Weihnachten freihatte. Sie bemühte sich, ihre Mutter am zweiten Weihnachtstag ein bisschen zu verwöhnen, und machte ihr abends eine Schönheitsbehandlung von Kopf bis Fuß, die ihre Wehwehchen und Schmerzen linderte. Ein Anflug von Eifersucht befiel Lawrence. Auch er sehnte sich nach Kellys Ganzkörperbehandlung, aber ihm war klar, dass er sie heute nicht darum bitten konnte. Er konnte sie jedoch überreden, sich zwei Stunden von ihrer Familie freizumachen, um mit ihm etwas zu trinken. Trotz ihrer Loyalität ihren Eltern gegenüber musste sie zugeben, dass es anstrengend war, alle bei Laune zu halten, wo sie wussten, dass es ihr letztes Weihnachten im *Honeycote Arms* war.

Lawrence ging mit Kelly in das *Lygon Arms* in Broadway, in dessen gemütlichem, schamlosem Luxus man nicht umhinkonnte, sich zu entspannen. Sie setzten sich auf ein riesiges weiches Sofa an einem lodernden Kaminfeuer, das den süßlichen Geruch nach Holzrauch verbreitete. Mit einem zufriedenen Seufzen lehnte Kelly sich in die Polster. Lawrence bemühte sich, nicht auf ihre Brust zu starren, die in einen flauschigen rosafarbenen Angorapullover gehüllt war. Stattdessen konzentrierte er sich darauf, ihr Champagner einzuschenken.

»So, Kelly, dann erzähl mir mal von deinen Träumen.«

Sie schilderte ihm, welches Ziel ihr vor Augen schwebte: ihr eigener Schönheitssalon. Sie hatte nur noch ein halbes Jahr bis zur Abschlussprüfung und ihre Lehrer hatten ihr versichert, dass sie das Examen spielend schaffen müsste, wenn sie sich auf die Theorie konzentrierte. Im Stillen verbürgte Lawrence sich für ihre praktischen Fähigkeiten.

»Aber das war alles, bevor die Sache mit dem Pub passiert ist. Jetzt träume ich davon, meiner Mum und meinem Dad zu helfen, dass sie ihn wiederbekommen. Obwohl ich weiß, dass es unmöglich ist.«

Sie lachte, aber Lawrence sah die Traurigkeit in ihrem Blick und war gerührt, wie sehr sie an ihren Eltern hing. Sie tätschelte ihm das Knie.

»So, und jetzt erzähl du mir von deinen Träumen.«

»Meine? Ach, eigentlich habe ich keine. Ich schätze, ich habe meinen Traum schon verwirklicht: das Gartencenter.«

Die Wahrheit wollte er ihr nicht sagen. Keinem Menschen würde er je sagen, dass er von einem Haus voller Kinder träumte, die das Treppengeländer hinunterrutschten, auf Schaukelpferdchen saßen und ihre roten Gummistiefel neben der Hintertür aufreihten. Die sich ihm in die Arme warfen, wenn er von der Arbeit kam, ihn umarmten und küssten und in seinen Taschen die Leckereien suchten, die er immer für sie mitbringen würde. Kinder, die abends erschöpft in ihre Bettchen fielen und, umgeben von Teddys, ihre eigenen Träume träumten, für deren Verwirklichung er sein Bestes geben würde ...

Er rief sich zur Ordnung. Es hatte keinen Sinn, einem Traum nachzuhängen, von dem er genau wusste, das er nie wahr werden konnte. Jede Fantasie brauchte ein Fünkchen Realisierbarkeit, eine noch so geringe Chance, die sie speiste und lebendig erhielt.

Aber wenn er schon seinen eigenen Wunschtraum nicht verwirklichen konnte, würde er wenigstens Kelly helfen, ihren zu erfüllen. Es mochte zwar ihre kühnsten Träume übersteigen, aber es lag durchaus im Rahmen seiner Möglichkeiten, ihren Traum wahr werden zu lassen. Stellvertretend durch sie würde er sich seine Wünsche erfüllen und gleichzeitig ein bisschen Rache üben.

Gegen halb acht abends setzte er sie vor ihrer Haustür ab. Das Einfachste wäre vermutlich, Honeycote Ales den Pub abzukaufen und Ted und Eileen als Pächter zu behalten. Doch irgendwie war ihm diese Lösung zu glatt und hatte außerdem den Nachteil, dass sie Mickey Liddiard die dringend benötigten Geldmittel verschaffte. Er wollte ihn ruinieren und ihm nicht noch helfen.

Er saß in seinem Wagen auf dem Parkplatz, betrachtete den Pub und überlegte, ob sich dafür ein anderer Käufer finden mochte, wenn er ihn nicht kaufte. Ted und Eileen hielten den Laden in Gang, aber mehr auch nicht. Man konnte den Pub nicht einfach kaufen und so weiterführen wie bisher; man musste sicher zwanzigtausend Pfund oder mehr hineinstecken. Der einzige Grund, ihn zu kaufen, wäre, ihn in ein Wohnhaus umzubauen, obwohl Lawrence aus Erfahrung wusste, dass die Behörden eine solche Umnutzung nur äußerst widerstrebend genehmigten. Landgasthäuser waren mittlerweile eine Rarität und die Gemeinden bemühten sich meist verzweifelt, die Dörfer lebendig zu erhalten.

Als er so dasaß und grübelte, kam ihm plötzlich die Erleuchtung. Die Genehmigung, die Pubs in Wohnhäuser umzuwandeln, war vielleicht nicht zu bekommen, aber wie sah es mit der Brauerei aus? Sie war längst überfällig für eine solche Maßnahme und wer eignete sich besser dafür als er? Schließlich hatte er sein Geld damit verdient, ausgediente Industriegebäude in Yuppie-Wohnungen umzubauen.

Lawrence spürte das vertraute Prickeln, das ihm sagte, dass er das große Los gezogen hatte. Zielstrebig fuhr er nach Hause. Zumindest würde dieses Projekt ihn ablenken.

Die Ärztin kam noch einmal zu Kay, bevor ihr Dienst endete, um sie zu untersuchen und zu hören, was sie weiter vorhatte. Sie hielt ihr eine strenge Predigt. Auf jeden Fall sollte Kay zu einem Frauenarzt gehen, die nötigen Vorsorgeuntersuchungen machen lassen und sich überlegen, wo sie entbinden wollte. Kay wusste lediglich, dass sie so schnell wie möglich das Krankenhaus verlassen musste. Sie hatte genug von den neugierigen Blicken der anderen Patientinnen, die offensichtlich Spekulationen über ihren Zustand anstellten. Es hätte sie nicht gewundert, wenn sie Wetten abgeschlossen hätten, aber sie konnte es ihnen nicht verdenken – auf dieser grässlichen Station, auf der ständig fröhliche Weihnachtslieder dudelten, kam jede Abwechslung gelegen.

Kay beschloss, vorerst für ein paar Tage wieder in das Hotel zurückzukehren, um sich auszuruhen und einen klaren Kopf zu bekommen. Es bot genügend Luxus, und dass der Geschäftsführer sich zwei Mal telefonisch erkundigt hatte, wie es ihr ging, hatte sie beeindruckt. Sie war sicher, dass sie dort gut aufgehoben war, bis sie über ihre Zukunft nachgedacht hatte, denn die Pläne, die sie erst vor zwei Tagen geschmiedet hatte, waren nun überholt. Sie konnte unmöglich die Stelle bei dem Immobilienmakler annehmen, wo sie wusste, dass sie in gut drei Monaten ein Kind bekam – selbst wenn sie ihren Zustand unter einem gut geschnittenen Jackett noch ein Weilchen verbergen könnte. Außerdem musste sie die Besitzerin von Coach House anrufen und ihr sagen, dass der Kauf wegen unvorhergesehener Umstände nun doch nicht zu Stande kam. Einzelheiten würde sie ihr nicht sagen, wahrscheinlich würde das Mädchen ihr ohnehin nicht glauben. Sie war ja selbst nicht sicher, ob sie es glaubte.

Sie packte ihre Sachen, bedankte sich bei der Ärztin und den Krankenschwestern und ging in die Nacht hinaus, um sich ein Taxi zu suchen.

Als Caroline an jenem Abend ihre Wohnungstür aufschloss, wünschte sie sofort, sie wäre woanders hingefahren – wohin auch immer. Die Kälte sprang sie förmlich an. Es würde mindestens zwei Stunden dauern, bis es warm würde, selbst wenn sie die Heizung voll aufdrehte. Sie überlegte, ob sie sich mit einer Wärmflasche und einer elektrischen Heizdecke ins Bett legen und über ihre Lage grübeln sollte.

Ihr fiel ein, mit welchem Optimismus sie morgens aufgewacht war. Sie hatte sich nach der weihnachtlichen Völlerei auf einen erfrischenden Ausritt gefreut, auf ein paar gemütliche Tage mit James und auf ein bisschen Heiterkeit und Ausgelassenheit in Honeycote House.

Und nun saß sie hier ohne Pferd, ohne Mann, ohne Geld, nur mit der ziemlich eindeutigen Botschaft fast aller Liddiards, dass sie sie für völlig überflüssig hielten. Und das, obwohl sie nur versucht hatte, ihnen zu helfen – wenn auch aus eigenem Interesse. Sie war gekränkt über ihre verleumderischen Unterstellungen, sie sei nur des Geldes wegen hinter James her, was weit von der Wahrheit entfernt war. Sie bewunderte ihn, weil er alles war, was sie nicht war – beherrscht, geduldig, gut organisiert, ordentlich –, und sie glaubte fest, dass Gegensätze sich anzogen. Niemand konnte mit einem Menschen leben, der das eigene Spiegelbild hätte sein können. Letzten Endes würden sich beide zu Tode langweilen. Vielleicht würde es James und Lucy so ergehen, wenn sie zusammen wären. Sie würden sich gegenseitig mit ihrem verdammt dezenten guten Geschmack ersticken.

Die Liddiards hatten ihr also klar gemacht, dass sie nie zu ihnen gehören würde. Sie hatten die Fallgitter heruntergelassen und die Zugbrücke hochgezogen. Sie hatte verstanden. Sie würde sich nicht den Rest ihres Lebens bevormunden und von oben herab behandeln lassen.

Es konnte nicht gut gehen, sich mit der falschen Gesellschaftsschicht einzulassen. Sie sollte es mit einem ganz normalen Mann versuchen, der sich zu amüsieren verstand. Gerry fiel ihr ein, der vor drei Monaten als Fotograf bei der Zeitung angefangen und ihr vom ersten Tag an nachgestellt hatte. Er war frech, komisch, hatte einen trockenen Humor und war kein bisschen eingebildet. Sie würden sich bestimmt gut amüsieren.

Sie griff zum Telefon und wählte seine Nummer, die er ihr oft genug gegeben hatte. Nach dem dritten Klingeln antwortete er.

»Hallo?«

»Gerry? Hier ist Caroline.«

»Cazza! Wie geht's?«

»Gut. Ich habe überlegt ... du wolltest mich doch immer mal zu einem Drink einladen. Hättest du Lust?«

Am anderen Ende der Leitung herrschte verlegenes Schweigen, was Caroline nicht entging.

»Scheiße, Cazza. Liebend gern. Aber ... ich gehe mit Gemma aus. Du hast mich zu lange hingehalten, Schätzchen. Ich hätte ja nie gedacht, dass ich bei dir eine Chance hätte.«

Caroline legte langsam den Hörer auf, nahm eine Tasse und schleuderte sie an die Wand. Sie zersprang mit zufrieden stellendem Knall und verspritzte Kaffee in einem Radius von über einem Meter. Caroline probierte es mit einem Glas, das die gleiche Wirkung hatte – überall Rotwein. Plötzlich konnte sie gar nicht mehr aufhören. Sie schleuderte alles, was in Reichweite stand, an die Wand, bis sie als Häufchen Elend in sich zusammensackte und unwillkürlich weinte. Sie hatte sich geschworen, sich nicht von ihnen unterkriegen zu lassen. Und jetzt? Zum Teufel mit ihnen!

Mit vor Aufregung zitternden Händen saß Lawrence am Küchentisch, vor sich ein Stück Zeichenpapier, und versuchte auszurechnen, wie viel Wohnfläche sich aus der Brauerei herausholen ließ.

Anfangs hatte er sich nicht recht an Form und Größe der Brauereigebäude erinnern können. Ein paar Quadratmeter hier und da konnten eine gewaltige Differenz der Gewinnspanne ausmachen. Er hatte in der Diele gekramt, bis er ein Fernglas gefunden hatte, und war zu seinem Wagen gegangen. Nein. Zu auffällig. Er holte die Schlüssel für den Fiesta aus dem Haus, den das Personal des Gartencenters sich manchmal auslieh. Die fünf Minuten Fahrt bis Honeycote Ales waren kaum auszuhalten. Er fand einen Aussichtspunkt, richtete das Fernglas auf sein Beuteobjekt und schaute angespannt in die Dunkelheit. Nachdem er seine Erinnerung an die Ausmaße der Anlage aufgefrischt hatte, zählte er gierig die Nebengebäude, die als einzelne Wohneinheiten bare Münze bringen würden.

Und nun brachte er mit wachsender Erregung seinen Plan zu Papier. Die neue Herausforderung kam ihm gerade recht. Das Gartencenter in Barton Court lief praktisch von selbst, seit sein Potenzial voll ausgeschöpft war. Ein weiterer Ausbau war nur noch in Form von Filialen möglich, eine Vorstellung, die Lawrence unendlich langweilig fand. Er hasste es, zwei Mal dasselbe zu machen.

Er konnte gar nicht fassen, wieso er nicht schon früher auf diese Idee gekommen war. Er sah die Broschüren schon vor sich: Hochglanzpapier, exklusiv, einladend ... Die Leute würden Schlange stehen, um die Musterwohnung zu besichtigen, und die Apartments noch im Planungsstadium kaufen. Fantastisch. Geld vorab. Das ganze Projekt würde sich praktisch selbst finanzieren. Und die letzte Generation der Liddiards ruinieren. Das kam einer Plünderung gleich.

Honeycote Grange. Ein riesiges, schmiedeeisernes Tor mit Wappen und Goldverzierungen, ferngesteuert zu bedienen und mit Gegensprechanlage und Videokamera ausgestattet. Nachbildungen von Kutschlampen. Angestrahlte Springbrunnen mit pinkelnden Cherubinen. Selbst Lawrence war klar, dass er so tief nie sinken würde, aber der Gedanke brachte ihn zum Kichern. Das wäre die schlimmste Demütigung für die Liddiards. Das Geld von Neureichen, das auf ihr Erbe pinkelte.

Lawrence hatte sich für exklusive Eigentumswohnungen statt für Einfamilienhäuser entschieden. Denn sie brauchten Sicherungsanlagen, Wartung und viele kleine Annehmlichkeiten, für die man ein Vermögen verlangen konnte. Und immense Verwaltungskosten. Das gesamte Grundstück könnte von Barton Court neu gestaltet und gepflegt werden – so konnte er sämtliche Ladenhüter an Gartenstatuen loswerden. Er kicherte in sich hinein. Es war schon etwas dran an dem Sprichwort: »Wer hat, dem wird gegeben.«

Und wer tief in der Scheiße sitzt ... Lawrence griff zum Telefon und wählte Cowleys Privatnummer. Es scherte ihn nicht, ob Cowley sich gerade zu einem gemütlichen weihnachtlichen Abendessen mit Putenragout hinsetzen wollte. Hier ging es möglicherweise um jede Menge Kohle.

An jenem Abend lagen in Denham House Lucy wie James wach, wenn auch in verschiedenen Zimmern. Lucy hatte tagsüber viel geschlafen, aber gegen drei Uhr hatte James auf einem Spaziergang bestanden. Er fand es nicht zuträglich, wenn sie den Kopf hängen ließ. Tatsächlich tat ihr die frische Luft so gut, dass sie anschließend genug Energie aufbrachte, Keith

Sherwyn anzurufen und ihn zu bitten, er möge die Mädchen noch eine Nacht bei sich behalten, wozu er sich gern bereit erklärte – am nächsten Tag wollte er mit ihnen zum Schlussverkauf gehen.

Doch da sie den halben Tag verschlafen hatte, konnte sie nun nicht einschlafen. Sie wusste, dass sie am nächsten Tag Mickey zur Rede stellen musste. Es hatte keinen Sinn, es noch länger hinauszuschieben. Aber sie hatte keine Ahnung, was sie sagen sollte. Schlimmer noch war, dass sie nicht wusste, was er sagen würde. Ihre größte Angst war, dass er ihr erklären könnte, er liebe sie nicht mehr. Oder noch schlimmer, er habe sie nie geliebt. Sie fragte sich, wie es möglich war, dass sie so lange nicht bemerkt hatte, dass etwas nicht in Ordnung war. Sie ging in Gedanken noch einmal die letzten Wochen, die letzten Monate und das letzte Jahr durch und suchte nach Anzeichen von Unzufriedenheit oder Untreue, ohne welche zu entdecken. War sie so unaufmerksam oder er so gerissen, dass er es geschafft hatte, es vor ihr zu verbergen? Der Gedanke, dass der Mann, den sie liebte, sie derart betrogen haben konnte, machte sie krank. Hatten er und Kay es miteinander getrieben und sich dabei ins Fäustchen gelacht, wie einfach sie es ihnen machte? Lucy warf sich unruhig hin und her, da diese und schlimmere Vorstellungen sie keinen Schlaf finden ließen.

Unterdessen beglückwünschte James sich im Nebenzimmer, dass er Lucy sicher in sein Netz gelockt hatte, und fragte sich, wie lange er mit seinem nächsten Schritt warten sollte. War es am besten, zuzuschlagen, solange die Wunde noch frisch war, oder wäre das doch allzu wenig gentlemanlike?

In Honeycote House lag Mickey allein im Ehebett und war unfähig, die Kälte aus den Laken zu vertreiben. Er schaute zu, wie die Zeiger der Uhr Stunde um Stunde weiter vorrückten. Alle Knochen, Muskeln und Nerven seines Körpers schrien nach Alkohol, der ihm beim Einschlafen helfen würde, aber er war fest entschlossen, die Nacht durchzustehen. Gegen drei Uhr morgens war er schon bereit nachzugeben, bis ihm einfiel, dass im ganzen Haus kein Tropfen aufzutreiben war, wenn er die Kellertür nicht mit der Axt einschlagen wollte. Aber das hätte er niemandem erklären mögen und so schloss er fest die Augen und zählte Schafe, die sich in flauschige Bierfässer verwandelten, bis er endlich kurz vor Morgengrauen in einen unruhigen Schlaf fiel.

Kapitel 18

Als Patrick am nächsten Morgen zum Frühstück herunterkam, war Mickey erstaunlich schwungvoll und optimistisch. Er machte seinem Sohn Kaffee und Patrick tat, als bemerke er das leichte Zittern seiner Hände nicht. Er hatte etwas aufgesetzt Dynamisches an sich, das Patrick zwar beunruhigend, aber immer noch besser fand, als wenn er sich in Selbstmitleid gesuhlt hätte. Mickeys Eröffnungen vom Vorabend erwähnten beide mit keinem Wort. Vielmehr schlug Mickey vor, Patrick solle die Mädchen bei Keith und Mandy abholen, was Patrick gut in seinen Plan passte. Er wollte nicht zu Hause sein, wenn es zwischen Lucy und Mickey zu einem Streit kommen sollte. Etwas Geschmackloseres oder Peinlicheres konnte er sich kaum vorstellen. Patrick mochte keine Auseinandersetzungen, die er nicht im Griff hatte. Und zusehen, wie andere ihre schmutzige Wäsche wuschen, mochte er gewiss nicht. Er wusste, dass er sich verpflichtet fühlen würde, Lucys Partei zu ergreifen, denn letzten Endes war sein Vater im Unrecht. Er hatte schon immer das Gefühl gehabt, Lucy beschützen zu müssen, da er nie vergessen hatte, dass sie ihm damals, als er nach Honeycote kam, das Gefühl vermittelt hatte, etwas ganz Besonderes zu sein; und obwohl Sophie und Georgina ihre leiblichen Töchter waren und er mit ihr gar nicht verwandt war, hatte sie ihm nie das Gefühl gegeben, abseits zu stehen. Im Grunde wollte er jedoch seine Loyalität nicht auf die Probe gestellt sehen, weil er seinen Vater ebenfalls liebte. So war es auf jeden Fall sicherer für ihn, nach Solihull zu fahren. Er nahm die Schlüssel für den Defender seines Vaters, obwohl er äußerst unbequem zu fahren war, aber den Volvo hatte Lucy mitgenommen.

Gegen halb zehn rief Mickey bei James an. Er nahm den Hörer und wählte, bevor er Gelegenheit hatte, es sich anders zu überlegen. Als James an den Apparat kam, sagte er energisch: »James – ist Lucy da? Wir müssen reden.«

James war verblüfft darüber, wie klar sein Bruder wirkte. Er fand, er klang erstaunlich munter und nicht im Geringsten betrunken. Er hätte gewettet, dass er selbst so früh am Morgen schon betrunken wäre. Er war so irritiert, dass er ohne Einwände Lucy holen ging.

Lucy war auf der Hut.

»Hallo?«

Mickey gab sich betont beschwingt.

»Ich wollte dir nur sagen, dass ich die Pferde versorgt habe, du brauchst dir also keine Sorgen zu machen.« Eigentlich hatte es ihm sogar Spaß gemacht. Er überlegte, dass er den Stall jeden Morgen ausmisten könnte. Das würde ihm helfen, einen klaren Kopf zu bekommen, und Schubkarren voller Mist auf den Misthaufen zu fahren würde ihm Bewegung verschaffen.

»Ich habe mir keine Sorgen gemacht. Kitty und Sasha sind unterwegs, um das zu erledigen.«

»Ach.« Mickey war ein bisschen beleidigt, dass seine Geste sofort abgewertet wurde. »Na ja, macht nichts. Das erspart ihnen die Arbeit.«

»Sonst noch was?«

»Ich dachte, wir sollten ... reden.«

Es entstand eine Pause, die sich nur als eisig bezeichnen ließ.

»Ich komme im Laufe des Vormittags herüber. Ich muss mir ohnehin etwas zum Anziehen holen.«

Etwas zum Anziehen holen? Das klang nicht gut. Es klang, als habe sie nicht vor, in absehbarer Zukunft nach Hause zu kommen. Aber Mickey sagte sich, dass sie schon weich werden würde, wenn sie erst miteinander gesprochen hätten und er ihr versichert und demonstriert hätte, wie sehr er sich ändern wollte.

Sie verabschiedeten sich höflich und distanziert. Anschließend räumte Mickey das Haus blitzblank auf und saugte sogar die Nadeln unter dem Weihnachtsbaum weg. Sorgfältig hängte er das Bild, das Lucy ihm zu Weihnachten geschenkt hatte, an einen besonderen Platz im Wohnzimmer, betupfte sich mit Aftershave und stellte alles bereit, um frischen Kaffee aufzubrühen ... Er war mit seinem Werk zufrieden und noch zufriedener, dass er einen klaren Kopf hatte. Selbst wenn er keinen ausgewachsenen Kater hatte, war ihm sonst morgens immer etwas flau.

Vielleicht war es gut, dass all das geschehen war. Er sollte Abstand gewinnen und sich objektiv anschauen, wohin sein Leben driftete. Die neue Kur hieß: Kein Alkohol, frische Luft und Bewegung ... Dabei war es noch gar nicht an der Zeit für die guten Vorsätze zum neuen Jahr.

Mickey spürte, dass sein Magen sich umdrehte, als er einen Wagen vorfahren hörte. Das konnte doch noch nicht Lucy sein. Außerdem bellte Pokey sich die Seele aus dem Leib, es musste also ein Fremder sein.

Als er aus dem Fenster sah, löste sein Optimismus sich in nichts auf. Sämtliche Ängste und Sorgen der letzten Tage schlugen über ihm zusammen. Es war Cowley. Und Mickey war ziemlich sicher, dass er nicht vorbeischaute, um eine verspätete Weihnachtskarte einzuwerfen.

Graham Cowley hatte Lawrence Oakleys Auftreten ganz und gar nicht gefallen. Unterschwellig strahlte er die Erwartung aus, dass alle nach seiner Pfeife tanzen müssten. Cowley gab sich zwar gern als devoter Bankfilialleiter aus, aber nur, wenn es ihm passte. Und es hatte ihm überhaupt nicht gepasst, morgens um halb acht zu einem Treffen zitiert zu werden, obwohl er eigentlich zu Hause hätte ausspannen sollen. Seine Frau hatte sich seine Entschuldigungen zu Recht mit misstrauisch verkniffenem Blick angehört. Und sie hatte ihm deutlich zu verstehen gegeben, dass er gar nicht mehr kommen brauchte, wenn er mittags nicht pünktlich zu seiner Fasanenkasserolle kam.

Sie hatten sich im Schnellimbiss abseits der Landstraße nach Evesham getroffen. Cowley war wie üblich fünf Minuten vor der verabredeten Zeit eingetroffen, damit er sich seinen Platz aussuchen konnte und Lawrence nicht gleich zu Anfang im Vorteil war. Dann war Lawrence gekommen, hatte die Karten auf den Tisch gelegt und Cowley genau erklärt, wie sie sie ausspielen würden. Er war, gelinde gesagt, anmaßend. Was Cowley jedoch wirklich sehr ärgerlich machte, war, dass sein Plan in jeder Hinsicht durchaus einleuchtend war. Aber das würde er nur über seine Leiche zugeben.

Er fragte sich, wieso Lawrence so gut über die Lage von Honeycote Ales informiert war, überlegte dann aber, dass man nicht unbedingt ein Management-Experte sein musste, um sich zusammenzureimen, wie es um die Brauerei stand. Zudem war Lawrence der Typ von Geschäftsmann, der Chancen erkannte, bevor sie sich von selbst ergaben. Er war wie ein Aasgeier, der sich auf seine Opfer stürzte, noch bevor sie zu atmen aufgehört hatten, und ihnen die Augen aushackte, bevor ihr Blut erkaltet war.

Lawrence breitete eine Skizze der Brauerei auf der Tischplatte aus. Er hatte die ganze Nacht daran gearbeitet und das Computerprogramm benutzt, das die Landschaftsgärtner im Gartencenter verwendeten. Er hatte sämtliche Einzelheiten eingezeichnet – Bäume, Springbrunnen, Rosenbeete – und das Ergebnis sah äußerst professionell aus. Er war ungeheuer stolz und erklärte, er habe selbst nichts dagegen, dort zu wohnen. Aufgeregt legte er Cowley, der nur die Stirn runzelte, das Projekt in groben Zügen dar.

»Wenn Sie sich Sorgen wegen der Baugenehmigung machen, das brauchen Sie nicht. Der Gemeinderat wird sich förmlich überschlagen, die Brauerei in Wohngebiet umzuwandeln. Wissen Sie, den Verkehr sehen sie nicht gern. All die schweren Laster, die durch Honeycote donnern.«

»Aber sie ist ein wichtiger Arbeitgeber für die Gegend.«

»Unsinn! Sie beschäftigen wie viele – maximal zwanzig Leute? Und das Projekt, von dem ich rede, würde ohne weiteres so viele Arbeitsplätze allein im Wartungsbereich schaffen. Außerdem würde es das richtige Kaliber von Einwohnern in den Ort holen: Leute, die Geld ausgeben können. Sie wären eine Belebung für das Postamt, den Pub und würden weitere kleine Geschäfte in die Gegend locken ...«

Plötzlich wurde in Cowley der Beschützerinstinkt wach. Vor allem, weil ihn der Gedanke schreckte, Honeycote Ales zu verlieren. Die Brauerei gehörte zur Lokalgeschichte und machte immerhin die hiesige Wirtschaft aus. Sie hatte das Dorf seit fast hundertfünfzig Jahren am Leben erhalten. Na gut, er hatte Mickey vor Weihnachten zu sich zitiert, ihm die Leviten gelesen und ein ziemlich finsteres Bild gezeichnet, was passieren könnte, wenn er die Sache nicht bald in den Griff bekäme. Und das waren durchaus keine leeren Drohungen. Aber wenn er verhindern könnte, dass Honeycote Ales im Namen des Fortschritts geopfert wurde und an Leute wie Lawrence Oakley fiel, dann würde er das verdammt noch mal auch tun. Für ihn war es eine Frage der Ehre.

Außerdem hielt Cowley nichts von Lawrence' Vorstellung, was das »richtige Kaliber von Einwohnern« wäre. Es war schon schlimm genug, dass junge Leute, die in Honeycote geboren und aufgewachsen waren, keinerlei Hoffnung hatten, im Ort ein Haus kaufen zu können, wo ein schlichtes Häuschen mit vier Zimmern fast eine viertel Million kostete. Städtische Mietshäuser waren so selten wie Hühnerzähne und die meisten waren schon von ihren Bewohnern gekauft worden und daher aus dem Rennen. Die Brauerei in Luxusapartments umzuwandeln würde die Preise im Ort noch höher treiben, würde alles noch exklusiver und unerreichbarer machen, und damit war Cowley nicht einverstanden. Er hatte oft genug erlebt, dass junge Männer und Frauen gezwungen waren, nach Evesham in kleine Wohnungen in gesichtslosen Neubausiedlungen zu ziehen, die nur wenig mit der ländlichen Idylle zu tun hatten, in der sie aufgewachsen waren und die sie sich nun nicht mehr leisten konnten.

Bevor Cowley seine Meinung äußern konnte, entstand eine kurze Pause, als die Kellnerin ihnen beiden Kaffee brachte. Cowley tat Zucker und Milch in seinen Kaffee und rührte bewusst bedächtig um. Dann trank er einen Schluck, setzte behutsam die Tasse auf den Unterteller und schüttelte den Kopf.

»Das kommt nicht in Frage. Ich halte es für uns wie auch für die Gemeinde für überaus wichtig, Honeycote Ales um jeden Preis in Betrieb zu halten.«

»Lassen Sie es mich anders ausdrücken«, sagte Lawrence sachlich. »Wie käme die Bank zurecht, wenn Honeycote Ales Bankrott ginge und Barton Court seine Geschäfte verlagern würde? Dann säßen Sie doch wohl sprichwörtlich in der Klemme, oder?«

Cowley stand würdevoll auf.

»Falls das eine Drohung sein soll, möchte ich sie überhört haben. Anders als Sie vielleicht glauben, ist unsere Filiale von den Einlagen Ihres Geschäfts nicht völlig abhängig. Und ich wäre kein guter Filialleiter, wenn ich zulassen würde, dass meine Beurteilung eines Kunden von der eines anderen beeinflusst wird.«

Lawrence knirschte mit den Zähnen. Er musste zugeben, dass er ziemlich aus der Bahn geworfen war. Graham Cowley spielte einfach nicht mit. Es ging hier um beträchtliche Summen. Sogar um Millionen. Und für eine kleine Filiale wie Eldenbury hieß das, es ging um Leben oder Tod. Er hatte jedoch keine Zeit für Mätzchen und änderte daher sein Vorgehen. Wenn Drohungen nicht zogen, war seiner Erfahrung nach Bestechung immer einen Versuch wert.

»Dann lassen Sie es mich noch anders sagen.« Lawrence machte eine Pause und beugte sich vor. »Wie finden Sie den neuen Jaguar?«

»Guten Morgen, Mr Oakley.« Cowley schob seine Kaffeetasse beiseite, stand auf und ging, ohne Lawrence die Hand zu reichen, was die größte Beleidigung war, die er kannte. Lawrence schob ungeduldig seine Skizze fort, wobei er Kaffee darüber verschüttete, und knurrte die Kellnerin an, die ohne sonderlichen Erfolg die Schweinerei mit einem feuchten Lappen aufzuwischen versuchte. Frustriert knüllte er das Papier zusammen und warf es auf dem Weg nach draußen in den Abfalleimer.

Cowley rangierte seinen für einen Bankfilialleiter angemessenen Mittelklassewagen vorsichtig aus der Parklücke. Er lachte in sich hinein, als er auf das Gespräch zurückblickte. Lawrence Oakley war längst nicht so clever, wie er von sich dachte. Was zum Teufel glaubte er denn, was die Leute denken würden, wenn sie Graham Cowley in einem Jaguar herumfahren sähen? Sie wüssten sofort Bescheid.

Er hielt es für angebracht, noch einmal mit Mickey zu sprechen, um dafür zu sorgen, dass er wusste, was die Leute über Honeycote Ales redeten, und ihm zu versichern, dass die Bank ihn unterstützen würde. Das Gespräch vor Weihnachten war lediglich als kurzer Schock gedacht, um Mickey zu Maßnahmen anzuspornen und aus seiner Selbstgefälligkeit zu reißen – Cowley kannte Mickey lange genug, um zu wissen, dass nur diese Taktik etwas bewirken konnte. Es war ein Gespräch, wie ein Schulleiter es mit einem viel versprechenden, aber widerspenstigen Schüler führen würde, um ihn aufzuschrecken, damit er bei der Prüfung gut abschnitt. Eigentlich hatte er keine seiner Drohungen ernst gemeint. Wenn Mickey nicht bald etwas unternahm, konnten die Dinge zwar tatsächlich eine unangenehme Wendung nehmen, aber nun hatte er wohl das Menetekel an der Wand gesehen und den Ernst der Lage begriffen. Nach dem heutigen Gespräch mit Lawrence zu urteilen, hatte es sich allerdings wohl schon herumgesprochen, und das war ein schlechtes Zeichen. Es bedeutete einen Vertrauensverlust.

Mit einem Blick auf die Uhr stellte er fest, dass ihm noch Zeit blieb, kurz in Honeycote House vorbeizufahren und noch rechtzeitig zu seiner Fasanenkasserolle zu Hause zu sein, die seine Frau mit dampfendem Kartoffelpüree und langsam gegartem Rotkohl servierte.

Als Sandra die Haustür von The Cedars öffnete und Patrick Liddiard davor stehen sah, musterte sie ihn mit unverhohlenem Interesse von oben bis unten. Überschwänglich bat sie ihn herein, wobei er ihre Ginfahne roch.

»Sie sind alle zum Schlussverkauf gegangen. Frauen sind doch nie zufrieden, oder? Immer wollen sie noch mehr.« Sie bedachte ihn mit einem verschwörerischen Grinsen, das kosmetische Zahnbehandlungen im Wert von mehreren tausend Pfund enthüllte.

»Ich wollte sie abholen. Wahrscheinlich hätte ich vorher anrufen sollen.« Partick betrachtete Sandra neugierig und suchte etwaige Anzeichen von Ähnlichkeit zwischen ihr und Mandy. Sie hatte eine gute Figur für ihr Alter, das musste er zugeben, allerdings hätte wirklich jemand im Vertrauen ein Wörtchen mit ihr reden sollen. Keine Frau über zwanzig konnte falsche Kroko-Hosen tragen, wenn sie sich nicht lächerlich machen wollte.

»Macht nichts. Kommen Sie herein und leisten Sie mir Gesellschaft, bis sie zurückkommen. Mir wurde ohnehin schon langweilig. Was möchten Sie trinken? Gin Tonic?«

»Ich nehme ein Bier. Danke.«

Patrick folgte Sandra zögernd ins Haus und sah beunruhigt, wie sie sich einen ordentlichen Schluck nachschenkte und ihm ein Budweiser reichte.

»Was zum Knabbern?«

Die Frage kam so viel sagend, dass Patrick erleichtert aufatmete, als sie eine Packung Chips öffnete und zu ihm schob. Er fragte sich, wann die Mädchen wohl zum Schlussverkauf aufgebrochen waren, und betete, dass sie nicht mehr lange bleiben mochten. Hoffentlich brauchten sie so kurz nach Weihnachten nicht allzu viel, aber er wusste, dass James Sophie und Georgina jeweils ein schickes Portemonnaie aus Zebrafell mit etwas Geld darin geschenkt hatte, wofür sie ihn stürmisch umarmt und geküsst hatten.

Eine halbe Stunde später nahm er bereits das dritte Bier an, während Sandra ihn mit einer detaillierten Schilderung ihrer Gewichtsentwicklung der letzten zwanzig Jahre unterhielt. Ihm war klar, dass er die Promillegrenze überschreiten würde, aber er musste ja nicht sofort wieder zurückfahren. Also öffnete er die Dose und trank.

»... sobald ich mehr als 54 Kilo draufhabe, reicht's. Dann gibt es nur noch Obstsaft und gedämpftes Gemüse, bis ich mein Idealgewicht wiederhabe. Man darf sich wirklich nicht gehen lassen, nur weil man ein gewisses Alter erreicht hat.«

Da sie ihn wölfisch angrinste, nahm Patrick an, dass er etwas sagen sollte.

»Wie ich sehe, sind Sie hervorragend in Form.«

Strahlend legte sie ihm die Hand auf den Arm.

»Sie sind ein süßer Bursche.« Sie fühlte seinen Bizeps und hob anerkennend die Augenbrauen. »Sie sind aber auch gut in Form.«

Angewidert starrte er auf ihre silbrig pinkfarbenen Fingernägel und stellte sich vor, wie sie sich in sein Fleisch gruben. Er musste ein Schaudern unterdrücken. Ältere Frauen faszinierten ihn zwar, aber es gab Grenzen. Zudem bemühte er sich, das alte Sprichwort zu verdrängen, dass man sich nur die Mutter anschauen brauchte, um zu wissen, wie die Tochter sich entwickeln würde.

Cowley war nur zehn Minuten in Honeycote geblieben. Eigentlich wollte er auch gar keinen Kaffee trinken, aber Mickey hatte darauf bestanden und war eilig herumgewieselt, um Zuckerdose und Milchkännchen zu holen. Er wollte Mickey lediglich sagen, dass die Sache sich herumgesprochen und jemand ein Angebot für die Brauerei gemacht hatte. Mickey wirkte bekümmert.

»Ist es eine der großen Brauereien? Warum haben sie sich nicht direkt an mich gewandt?«

Cowley rutschte unbehaglich hin und her.

»Es ist keine Brauerei. Es ist ein privater Käufer – er möchte eine Wohnanlage daraus machen.«

Mickey war entsetzt.

»Wie – Sie meinen Apartments oder so was? Eine dieser grässlichen bewachten Anlagen?«

»Ja.«

»Ist es Bartletts?« Bartletts war in der Gegend dafür berüchtigt, unhandlich große Gebäude zu kaufen und in ambitionierte Landhäuser umzuwandeln, in denen sich kein echter Landbewohner auch nur tot sehen lassen würde. Dort wimmelte es nur so von Butlerzimmern, Stiefelkammern und Bibliotheken, die nie einen Butler, einen Stiefel oder ein Buch gesehen hatten.

»Nein, es ist nicht Bartletts. Es ist ein Privatmann, der anonym bleiben möchte. Es ist sogar schon ein Vertrauensbruch, dass ich Ihnen überhaupt so viel sage, aber ich hielt es für wichtig, dass Sie Bescheid wissen.«

»Na ja, Sie können ihm sagen, er kann die Sache vergessen. Nur über meine Leiche.«

»Ganz meine Meinung. Aber wir kommen nicht um die

Tatsache herum, dass wir ein hartes Stück Arbeit vor uns haben, wenn wir solche feindlichen Übernahmeangebote abwehren wollen.«

Mickey gefiel es, dass Cowley »wir« sagte; es deutete auf einen Geist der Kooperation zwischen ihm und der Bank hin, der eine Einstellungsänderung darstellte. Cowley unterstrich, dass er auf keinen Fall den Untergang von Honeycote Ales wolle, Mickey sich aber auch nicht in einem falschen Sicherheitsgefühl wiegen dürfe. Die Perspektiven seien trüb, aber nicht aussichtslos. Nachdem er ihm nun einen Warnschuss vor den Bug gefeuert habe, sei es an der Zeit, dass sie beide enger zusammenarbeiteten. Mickey kam eifrig auf den Marketingplan zu sprechen und wollte ihn gleich holen, aber Cowley winkte ab.

»Heute ist ein Bankfeiertag. Die Betonung liegt auf dem Wort Bank. Und zu Hause wartet meine Frau auf mich. Wenn ich zu spät komme, verzeiht sie mir das mein Leben lang nicht.«

Also vereinbarten sie, dass Mickey im Laufe der nächsten Woche, wenn die Bank wieder geöffnet hatte, zu ihm kommen sollte. Dann würden sie alles genau durchgehen.

Nachdem Cowley fort war, dachte Mickey über das nach, was er von ihm erfahren hatte. Jemand wollte die Brauerei in Wohnungen umwandeln. Wenn er es sich recht überlegte, war das eigentlich keine schlechte Idee. Dabei würde er sicher einen guten Gewinn machen, genug, um seine Schulden zu begleichen. Vielleicht sollte er Cowley zu überreden versuchen, noch einmal über das Angebot nachzudenken. Es hatte keinen Sinn, Honeycote Ales aus Sentimentalität erhalten zu wollen – und Mickey vermutete, dass Cowley tief im Inneren ein sentimentaler alter Narr war. Sie könnten sich zumindest einmal mit dem Anbieter treffen, der natürlich seine Anonymität aufgeben müsste.

Plötzlich lief es ihm kalt den Rücken herunter, als ihm klar wurde, wer dieser Anbieter nur sein konnte. Der Plan trug eindeutig die Handschrift von Lawrence Oakley. Wer sonst verfügte über das erforderliche Wissen, über Geld, Erfahrung und Skrupellosigkeit – von den Motiven ganz zu schweigen?

Also wusste er wohl doch über Kay und ihn Bescheid. Mickey fing an zu zittern. Das warf ein völlig neues Licht auf die ganze leidige Sache. Ausgerechnet jetzt, wo er gerade dachte, er hätte alles im Griff ...

Kay schlief tiefer und fester als die letzten Tage und wachte mit einem Gefühl von Erregung auf. Ihre ganze Welt war auf den Kopf gestellt, der Boden war ihr unter den Füßen weggezogen, Ziele neu gesteckt – und dennoch hatte sie den Eindruck, vor ihrem bisher größten Abenteuer zu stehen.

Bevor sie aufstand, blieb sie ein Weilchen still liegen und konzentrierte sich. Die Krankenschwester hatte ihr gesagt, dass sie das Baby inzwischen eigentlich spüren müsste. Eine Weile bemerkte sie nichts und geriet schon fast in Panik. Vielleicht hatte sie ihm am ersten Weihnachtstag doch ernsten Schaden zugefügt. Plötzlich spürte sie ein Flattern, eine ganz leichte Bewegung, die leicht unbemerkt bleiben konnte. Es folgte ein kaum wahrnehmbares Gefühl wie von winzigen, platzenden Luftbläschen. Das war es! Das war ihr Baby, das sich umdrehte, um eine bequeme Lage zu finden. Kay legte die Hände schützend auf ihren Bauch und das Gefühl hörte auf. Aber sie hatte es gespürt, und die Schwester hatte ihr gesagt, dass die Bewegungen in den nächsten Wochen immer kräftiger würden, bis sie nicht mehr zu übersehen wären.

Es war für Kay ein überwältigendes Erlebnis gewesen, ihr Baby auf dem Ultraschallbild zu sehen. Hätte ihr jemand gesagt, dass sie ein solches Glück, einen derartigen Beschützerinstinkt und eine so große Erfüllung empfinden würde, sie hätte nur gelacht. Aber seit sie das Schwarzweißbild auf dem Monitor gesehen hatte, konnte sie nicht mehr leugnen, was mit ihr geschah. Es würde natürlich nicht leicht werden. Sie stand vor einer großen Prüfung, und zwar emotional, körperlich und praktisch. Ein Kind allein großzuziehen war kein Sonntagsspaziergang, das wusste jeder. Aber wenigstens hatte sie jetzt etwas, woran sie sich halten konnte, das zu ihr gehörte und das niemand ihr wegnehmen konnte. Es würde ihr Hoffnung, einen Lebensmittelpunkt und, mit ein bisschen Glück, auch viel Freude geben.

Denn es hatte sein sollen. Ihr Baby sollte leben. Jemand da oben hatte dafür gesorgt, dass sie an diesen Punkt kam, an dem es kein Zurück mehr gab. Und jetzt würde sie sich auch nicht mehr von ihm abwenden. Mein Gott, es war schließlich alles, was sie noch hatte. Der einzige Grund, weiterzuleben ...

Vorerst war sie jedoch in einem Zwischenstadium zwischen dem Aufruhr der letzten Tage und den Entscheidungen, die sie unweigerlich würde treffen müssen. Aber Kay war fest entschlossen, den Frieden zu genießen, während sie über ihr weiteres Vorgehen nachdachte. Dabei brauchte sie auf niemanden Rücksicht zu nehmen außer auf sich und das kleine Wesen in ihr – das im Augenblick keinerlei Probleme bereitete. Sie überlegte, wie gut es ihr ging, da sie nun ausgeruht war, und merkte, dass sie einen Bärenhunger hatte.

Sie rief den Zimmerservice an und genoss ein köstliches Frühstück: hausgemachtes Müsli mit frischen Apfelstückchen, Datteln und Sahne, kleine dänische Törtchen und eine große Tasse heißer Schokolade. Ihr war weder nach Tee noch nach Kaffee. Als sie das Tablett beiseite stellte, musste sie über sich lachen; bisher hatte sie zwar noch nicht sonderlich viel zugenommen, aber wenn sie weiter solche Mengen verschlang, würde sie ernsthafte Probleme bekommen. Sie hatte bei diesem einen Frühstück mehr Kalorien gegessen als sonst an einem ganzen Tag, aber es scherte sie nicht.

Sie klappte ihren Koffer auf und betrachtete die wenigen Kleider, die sie mitgenommen hatte, als sie aus Barton Court geflohen war. Innerhalb kürzester Zeit wurde ihr klar, dass nicht ein einziges ihrer Kleider für eine Schwangere passend oder bequem war: Sie waren alle viel zu elegant, sachlich, figurbetont und eng anliegend. Selbst ihre lässigsten Kleider waren zu schick.

Sie beschloss, zum Schlussverkauf zu gehen. Bath war nur fünfzehn Meilen entfernt und dort gab es unzählige Geschäfte, die passende Kleidung führten. Sie musste sich für eine neue Rolle einkleiden und konnte es kaum abwarten. Also kramte sie ihre am wenigsten strenge Kleidung hervor – einen grauen Angorapullover mit Rollkragen und eine enge schwarze Hose von Joseph, die schon fast nicht mehr passte, wie sie erfreut feststellte. Begeistert über ihre neue Fülle, kramte sie in der Schublade der Hotelkommode, bis sie ein winziges Nähetui fand, und verschaffte sich mit einer Sicherheitsnadel ein bisschen Spielraum zum Atmen. Dann nahm sie ihre Wagenschlüssel und die Kreditkarten und machte sich auf den Weg.

Bevor Lucy zu Mickey fuhr, redete James ihr aufmunternd zu, während sie in der Küche umherlief wie ein nervöses Pferd. Er beruhigte sie, versicherte ihr, dass er immer da sei – auf das »für sie« verzichtete er, da es zu kitschig und amerikanisch klang. Kurz bevor sie ging, lehnte sie sich an seine Brust, um Trost, Halt und Kraft zu suchen, und er drückte sie fest an sich. Sie empfand es als Beruhigung, aber in Wahrheit steckte er sein Revier ab. Hätte er an Voodoo geglaubt, er hätte eine Wachspuppe von seinem Bruder angefertigt und jede Nadel hineingerammt, die er hätte finden können.

Und nun wollte er nicht daran denken, was in Honeycote House vorging, wollte sich nicht mit Vorstellungen der diversen Szenarien quälen, die sich dort abspielen mochten und von denen eine innige Versöhnung die schlimmste war. Er brauchte also eine Aufgabe, die geistlos war, aber seine volle Konzentration erforderte. So reihte er seine sämtlichen Schuhe und Stiefel auf dem Küchentisch auf, holte die genau dazu passenden Schuhcremedosen heraus und kramte mehrere Lappen hervor, die Mrs Titcombe fein säuberlich aus seiner Bettwäsche schnitt, wenn sie ihre besten Zeiten hinter sich hatte. Dann machte er sich an sein Ritual. Jeder Schuh wurde inspiziert, ob er neu besohlt werden musste oder neue Schnürsenkel brauchte, und dann mit der entsprechenden Schuhcreme eingerieben. Die nächsten anderthalb Stunden putzte, spuckte und polierte James, bis er sich in jedem einzelnen Schuh spiegeln konnte.

Lucy und Mickey schauten sich quer durch das Wohnzimmer an und wussten nicht, wie sie anfangen sollten. Mit Banalitäten? Sollte er ihr einen Kaffee anbieten? Oder einen Kuss geben? Sie wirkte, als wolle sie keinen Körperkontakt. Sie hatte die Arme vor der Brust verschränkt und starrte ihn böse an. Bei anderen Ehefrauen hatte er das schon gesehen, wenn ihre Männer betrunken oder zu spät zum Mittag- oder Abendessen nach Hause gekommen waren. Aber so etwas war einfach nicht Lucys Stil. Wenn man sie jedoch so sah, hätte man glauben können, sie sei eine Expertin und habe ihr Leben lang den stechenden Blick geübt, unter dem er sich unbehaglich wand.

»Also?«

Mickey hatte keine Ahnung, was er sagen sollte. Auf eine solche Situation hatte er sich nie vorbereitet und war schockiert von der rauen Wirklichkeit. Er schämte sich. War angewidert von seinem eigenen Verhalten. Und versuchte sich zu verteidigen.

»Es hat sich einfach so ergeben.« Eine lahme Ausrede. »Ich erwarte nicht, dass du es verstehst.« Dass er es selbst nicht verstand, fügte er nicht hinzu, weil ihm nicht klar war, ob es gut oder schlecht war. Aber ihm fiel einfach keine halbwegs überzeugende Entschuldigung ein. Wenn er nicht gerade behauptete, dass Kay ihn mit vorgehaltener Waffe zum Sex gezwungen habe, gab es nichts, womit er sich hätte herausreden können.

»So – war sie die Erste? Oder die Einundfünfzigste?«

»Lucy ...« Mickey besaß die Frechheit, gekränkt dreinzuschauen. Sein selektives Gedächtnis erlaubte ihm, seine früheren Seitensprünge zu vergessen. Was sie betraf, konnte er sich einigermaßen sicher fühlen. Die Kellnerin war nach Australien ausgewandert – er erinnerte sich, dass eine Postkarte von ihr mit einem niedlichen Koalabär für die Stammgäste im Pub gehangen hatte. Und die Krankenschwester war nach London gegangen, um dort ihr Glück zu machen – oder zumindest besser zu verdienen. Da kaum die Wahrscheinlichkeit bestand, dass diese alten Geschichten herauskamen, waren sie für ihn so gut wie nie passiert.

»Und wie lange? Wie lange geht das schon?«

Das war die heikle Frage. Mickey steckte in einer Zwickmühle. Lawrence wusste offenbar Bescheid; hatte Kay es ihm gesagt? Wenn ja, was hatte sie ihm erzählt? Wie weit war sie ins Detail gegangen? Und würde Lawrence die Geschichte mit Lucy abgleichen? Was war besser: die Wahrheit zu sagen, um später nicht aufzufliegen? Oder konnte er es riskieren, die Affäre als einmalige Geschichte mit unseligen Folgen auszugeben? War ein einmaliger Seitensprung besser als ein längeres Verhältnis? Irgendwie klang es schäbiger. Ein Verhältnis besaß zumindest einen gewissen Tiefgang – obwohl es für Lucy keine angenehmen Auswirkungen hätte. Mein Gott, warum war der eigene Schwanz immer vorlauter als der Verstand?

Lucy wollte, dass er etwas sagte. Irgendwas. Selbst der winzigste, armseligste Versuch einer Entschuldigung, eine Andeutung über seine Beweggründe wäre besser gewesen als diese ausdruckslose Miene, mit der er sie fast krampfhaft anstarrte. Plötzlich überkam sie ein heftiges Verlangen, ihn zu ohrfeigen; Lucy, das sanftmütigste Wesen, das nie den Drang nach körperlicher Vergeltung verspürte, hätte ihm am liebsten in sein selbstzufriedenes Gesicht geschlagen. Stattdessen fuhr sie ihn an: »Meine Güte, Mickey! Ich habe dir immer vertraut. Ich habe dabeigesessen und gelächelt, wenn du am Essenstisch um andere Frauen herumscharwenzelt bist, ich habe mich sogar blind gestellt, wenn du geflirtet hast. Weil ich nie wirklich geglaubt habe, dass du es ernst meinst. In gewisser Weise fühlte ich mich sogar geschmeichelt, dass andere Frauen dich attraktiv fanden. Aber ich hätte nie gedacht, dass du tatsächlich was mit ihnen anfängst. Ich dachte immer, du wolltest nur mich.«

»Das ist ja auch so!«

»Du hast eine komische Art, das zu zeigen.« Lucy lachte verbittert; es klang hart und fremd. »Ich muss eine komplette Idiotin sein – du hast mich die ganze Zeit zum Narren gehalten. Du bist nichts weiter als ein geiler alter Bock, der Frauen in den Ausschnitt starrt und die Hand unter den Rock steckt. Ich wette, ich tue ihnen Leid, weil ich mit einem Mann verheiratet bin, der seine Hände nicht bei sich behalten kann.«

Ihre scharfen Worte trafen Mickey wie Peitschenhiebe. Er war entsetzt, dass sie so etwas von ihm denken, geschweige denn sagen konnte. War etwas Wahres daran? Machte man sich über ihn lustig, galt er tatsächlich auf Cocktailpartys als Lüstling, dem man besser aus dem Weg ging? War seine Selbsteinschätzung als unwiderstehlicher Charmeur nur ein trügerisches Zerrbild der Wirklichkeit?

Die Wahrheit lag natürlich irgendwo in der Mitte. Mickey war der Inbegriff des Frauenhelden. Selbst die unscheinbarste Frau blühte bei seinen Aufmerksamkeiten auf; er gab Frauen das Gefühl, schön und begehrenswert zu sein, indem er jedem ihrer Worte wie gebannt lauschte oder zumindest den Anschein erweckte – er hatte die Kunst perfektioniert, auszusehen, als höre er aufmerksam zu, während er in Wahrheit an etwas völlig anderes dachte. Er gab sich interessiert, neckte sie, berührte sie – legte ihnen leicht die Hand unten auf den Rücken, wenn er sie zu Tisch geleitete, gab ihnen einen verheißungsvollen Kuss zum Abschied. Ja, er liebte Körperkontakt, aber er war kein Grapscher – er war fest überzeugt, dass er noch nie in seinem Leben seine Hand unter einen Rock geschoben hatte. So ein Benehmen gehörte in einen Benny-Hill-Sketch. Na gut, es machte ihn an, zu glauben, dass eine Frau ihn begehrte, aber das war ja wohl normal. Wollte denn nicht jeder geliebt werden? Mickey seufzte. Er wollte sich unbedingt verteidigen, aber wie konnte er das unter diesen Umständen?

Sehr bald gerieten sie in eine Sackgasse. Mickey konnte nichts sagen und wirkte mürrisch, ja fast verstockt wie ein ungezogenes Kind, das schmollte, weil es erwischt worden war. Und das brachte Lucy dazu, frustriert auf ihn einzuschimpfen, weil Mickey ihr nichts entgegenzusetzen versuchte. Ohne Alkohol als Schutzschild traf ihn jeder Vorwurf von Lucy wie ein spitzer Stachel, der sofort riesenhafte Dimensionen annahm. Und obwohl jedes Wort ein Körnchen Wahrheit enthielt, glaubte sie das in Wirklichkeit gar nicht von ihm, denn ein solches Benehmen hätte sie nie geduldet. Aber beide fühlten sich verwundbar, gingen auf Abwehr und hatten Angst, weil ihnen klar war, dass ihre Reaktion auf die Ereignisse schwerwiegende Folgen für ihre Zukunft hatte, und weil beide nicht wussten, was sie denken, fühlen oder tun sollten.

Mickey lehnte sich mit dem Rücken an den Kamin und legte den Arm auf den Kaminsims. Verdammte Caroline, wie kam sie dazu, den gesamten Alkohol wegzuschließen? Er fing an zu zittern und wusste, dass sie sich über ihn lustig machen würde – sie würde es Entzugserscheinungen nennen, aber Mickey war überzeugt, dass es nur der Schock war. Schweißperlen standen ihm auf der Stirn und doch war ihm eiskalt. Er machte den Mund auf, um etwas zu sagen, wusste aber nicht, was. Er konnte nicht abstreiten, was er getan hatte. Er konnte es auch nicht entschuldigen. Was sollte er machen? Betteln, bitten, zu Kreuze kriechen? Sich entschuldigen? Das wäre vermutlich schon mal ein Anfang.

»Es tut mir Leid ...«

Lucy bedachte ihn mit einem vernichtenden Blick.

»Was? Was tut dir Leid, Mickey? Dass du eine andere gevögelt hast? Oder dass du erwischt worden bist?«

Er konnte nichts sagen. Konnte ihr nicht antworten. Plötzlich hatte er Angst vor seiner schönen Frau, die sonst immer so sanft, so unvoreingenommen war. Verzweifelt vergrub er den Kopf in seinem Arm und klammerte sich an den Kaminsims. Was er auch sagen mochte, es würde weinerlich und kriecherisch klingen.

Lucy musterte ihn angewidert. Sein Schweigen sprach Bände. Offensichtlich fand er es nicht der Mühe wert, sein Tun zu rechtfertigen. Das konnte nur heißen, dass er seine Ehe keinen Rettungsversuch wert fand. Wie hatte sie sich nur so lange hinters Licht führen lassen können? Mickey wollte einfach beides, seinen Spaß und sie. Dieser selbstsüchtige, zügellose Mistkerl! Das konnte nur bedeuten, dass er Kay mehr liebte als Lucy, Honeycote, Sophie, Georgina und Patrick ...

Lucy machte auf dem Absatz kehrt und lief die Treppe hinauf in ihr Schlafzimmer. Das Bett war gemacht, offensichtlich von Mickey, denn die Kissen lagen anders, als sie sie hinlegte. Alles war einwandfrei aufgeräumt. Auf dem Boden lagen keine Kleider herum, nirgendwo war Kleingeld verstreut, keine leeren Kaffeetassen. Aber Hausarbeit konnte nicht wieder gutmachen, was er ihr angetan hatte. Wenn seine Unordnung sie je gestört hätte, hätte sie längst etwas dagegen unternommen.

Sie riss den Kleiderschrank auf, zog die Reisetasche aus Nubukleder heraus und warf beliebig irgendwelche Kleider hinein: den gesamten Inhalt ihrer Wäscheschublade, ein paar Nachthemden, Pullis, Sweatshirts, Jeans, Socken – aus unerfindlichen Gründen packte sie Unmengen Socken ein. Etwas Schickes würde sie wohl kaum brauchen. Lucy hatte nicht das Gefühl, je wieder ausgehen zu wollen. Sie schnappte ihre Wärmflasche mit Schaffellbezug vom Bett, die sie oft an sich kuschelte, wenn sie Menstruationsbeschwerden hatte. Sie war besser als jeder Teddy und diesen Trost würde sie brauchen. Sie packte die speziellen Haarbürsten ein, die sie brauchte, um ihre Locken zu bändigen, verzichtete aber auf Make-up und Schmuck. Und auf Toilettenartikel, da James' Bad besser ausgestattet war als jedes Hotelzimmer und jede Drogerie. Eine nagelneue Zahnbürste, noch in Cellophan verpackt, hatte er ihr bereits gegeben. Sie warf noch ein Paar Schuhe hinein und schloss die Reisetasche.

Dann lief sie die Treppe wieder hinunter und zur Haustür hinaus. Ohne Abschied. Jeder Gruß wäre ihr verlogen oder oberflächlich vorgekommen. Sie warf die Reisetasche in den Kofferraum und wollte gerade den Deckel zuknallen, als ihr etwas einfiel. Sie ging noch mal zum Haus.

»Pokey!«, rief sie hinein. Sie brauchte kein zweites Mal zu rufen. Pokey schoss aus der Küche, schlitterte über den Fliesenboden und sprang, ohne einen Blick zurück, in den Kofferraum.

Den ganzen Tag war Sophie hinter Georgina und Mandy her durch die Geschäfte gezuckelt. Die beiden hatten sie überredet, unzählige preisreduzierte Kleider anzuprobieren, um sie aufzumuntern. Erstaunt stellte sie fest, dass sie inzwischen in vieles hineinpasste, was sie sonst nie zu tragen gewagt hätte. Aber sie hatte in letzter Zeit sehr abgenommen. Seit Weihnachten hatte sie mit einigem Erfolg fast nichts mehr gegessen. Und nun betrachtete sie sich in einer Hüfthose aus Schlangenleder. Noch vor einer Woche wäre sie über diesen Anblick begeistert gewesen. Sie sah cool aus, todschick – gar nicht mehr so mopsig wie bisher immer.

Aber welchen Sinn hatte das jetzt noch?

Den anderen lag sie nicht damit in den Ohren, wie sie sich fühlte. In der Schule gab es Mädchen, die ihre Herzensangelegenheiten vor allen anderen ausbreiteten und unaufhörlich jammerten, wenn ein Junge mit ihnen Schluss gemacht, sie betrogen hatte oder ihre Liebe nicht erwiderte. Sophie fand sie unerträglich; wer wollte schon bis zum Umfallen hören, was sie durchmachten? Sie jedenfalls hatte nicht vor, andere mit ihrem Kummer zu belästigen. Sie war stoisch und litt in aller Stille. Also zeigte sie der Welt ein tapferes Gesicht, auch wenn sie innerlich am Boden zerstört war.

Mandy und Georgina machten sich Sorgen, weil sie spürten, wie unglücklich sie war, auch wenn sie nicht darüber sprach; aber sie ließen sie in Ruhe, was sie zu würdigen wusste. Das einzig Gute war, dass sie nichts essen konnte. Es fiel ihr gar nicht schwer, darauf zu verzichten. Allmählich genoss sie sogar das nagende Gefühl der Leere in ihrem Inneren. Es verschaffte ihr eine gewisse Genugtuung.

»Na los, kauf sie. Sie ist um mehr als die Hälfte runtergesetzt«, drängte Mandy.

»Zu nuttig.« Sophie öffnete hastig den Reißverschluss.

»Nicht wenn du dazu klobige Schuhe und einen weiten Pullover trägst. Sie ist wirklich cool.«

Kopfschüttelnd hängte Sophie die Hose wieder zurück. Mit einem Mal wurde ihr klar, warum sie sie nicht kaufen wollte. Es war eine Hose, wie Mayday sie tragen würde. In so etwas würde sie sich nicht einmal tot blicken lassen.

Patrick war kurz davor, in Panik zu geraten, als er die Mädchen endlich von ihrem Einkaufsbummel nach Hause kommen hörte. Er sah, dass Mandy vor Freude errötete, als sie ihn bemerkte, und ihn schüchtern und etwas unsicher anlächelte. Er erwiderte ihr Lächeln und war erfreut, dass er offensichtlich noch eine gewisse Macht über sie hatte. Aber jetzt war nicht der geeignete Zeitpunkt, sie um den Finger zu wickeln. Zunächst musste er mit Keith ins Gespräch kommen, der den Eindruck machte, als sei er dankbar für ein bisschen männliche Gesellschaft. Patrick hatte Carolines Unternehmensplan genau studiert, als Mickey es nicht sah, und so fühlte er sich gut gerüstet, mit einer gewissen Selbstsicherheit über Honeycote Ales zu reden, die Brauerei als verlockendes Objekt für einen potenziellen Investor hinzustellen und ein paar Köder auszulegen ...

Nachdem alle ihre Mäntel aufgehängt und ihre Einkaufstaschen weggestellt hatten und Sandra, unter leichtem Druck von Keith, in die Küche gegangen war, um Tee aufzubrühen, blieben Mandy und Patrick allein im Wohnzimmer zurück. Er gab ihr einen Kuss auf die Wange – eine unverbindliche Geste, die freundschaftlich, aber nicht unbedingt intim wirkte.

»Wie geht's?«

»Mir? Gut. Aber um Sophie mache ich mir wirklich Sorgen. Sie ist völlig fertig wegen Ned, weißt du. Obwohl sie es nicht zugibt.«

Patrick verfluchte innerlich die Schwäche seines Freundes. Er wusste, dass Sophie sich äußerlich tapfer gab, denn das tat sie immer. Außerdem hatte sie sich ein bisschen zu lange an ihn geschmiegt, als er sie zur Begrüßung in den Arm genommen hatte. Er seufzte.

»Ich kann die Uhr nicht zurückdrehen, fürchte ich. Ned hat nun mal den falschen Acker gepflügt, das lässt sich nicht ändern. Ich hab ihn ganz schön zur Schnecke gemacht, das kannst du mir glauben.«

»Es tut mir nur so Leid für sie, aber ich weiß nicht, was ich machen soll. Sie hält sich wirklich tapfer. Hat kein Wort darüber verloren, aber ich weiß, dass es ihr das Herz bricht. Gestern Abend hat sie im Bett geweint.«

Sie schaute Patrick mit großen, mitfühlenden Augen an. Mit einem Anflug von Gewissensbissen fiel ihm auf, dass er sie wohl falsch eingeschätzt hatte. Er hatte sie für seicht und launenhaft gehalten, aber sie machte sich anscheinend aufrichtig Sorgen um Sophie. Sie war wohl doch nicht so ein oberflächliches Flittchen, wie er gedacht hatte, sondern fürsorglich und rücksichtsvoll. Nun sah er Mandy mit völlig neuen Augen. Vielleicht lohnte es sich, etwas mit ihr anzufangen, auch abgesehen von seinem Plan, durch sie ihrem Vater Geld aus der Tasche zu locken. Sie passte sicher besser zu ihm als Kay oder Kelly. Plötzlich erschien ihm der Gedanke an eine normale gleichberechtigte Beziehung ohne Hintergedanken sehr verlockend. Ein bisschen Spaß könnte ihm schon gefallen und den würde er mit Mandy sicher bekommen. Er könnte mit ihr ausreiten (schließlich hatte sie ja nun sein Pferd) und Spritztouren in seinem Healey unternehmen – mit ihrem offenen, wehenden Haar würde sie sicher gut darin aussehen – und dann gab es schließlich noch etwas zu Ende zu bringen. Ihm fiel ihre Begegnung im Badezimmer von Honeycote House ein, bei der es ihm so schwer gefallen war, sie einfach stehen zu lassen.

Er merkte, dass er sie anstarrte und sie seinem Blick ein bisschen nervös standhielt. Doch bevor er etwas tun konnte, kamen die anderen zurück. Georgina und Sophie brachten den Tee, und Sandra erschien, nachdem sie zehn Minuten lang ihr Make-up aufgefrischt hatte. Nun war sie für den Kampf gerüstet.

Keith genoss es, das Haus voller junger Leute zu haben, und bestand darauf, ein ausgedehntes Menü für alle vom Chinesen kommen zu lassen. The Cedars war aus seiner Sterilität zu Leben erwacht – er hätte es nie für möglich gehalten. Es lief laute Musik und Mandy und Georgina unterhielten alle, indem sie auf dem Couchtisch Tanzschritte übten. Dann kam Sandra auf die Idee, ihre Salsa-CD hervorzukramen – bevor sie nach Spanien verschwunden war, hatte sie im Fitnesscenter Tanzstunden genommen. Ehe Patrick Einwände erheben konnte, verwickelte sie ihn in eine Vorführung im Wohnzimmer.

Patrick hatte den Dreh bald heraus. *Buena Vista Social Club* war einer seiner Lieblingsfilme, außerdem besaß er ein gutes Rhythmusgefühl. Leider galt das für Sandra nicht, die zudem ihre Tanzstunden nicht lange genug besucht hatte, um dieses Defizit wettmachen zu können. Mit ihr zu tanzen war, als schiebe man einen Staubsauger durch die Wohnung. Als Sandra eine Pause in der Musik nutzte, um ihr Glas nachzufüllen, schnappte Patrick sich Mandy, die eine gute Tänzerin war, wie er gesehen hatte. Das nächste Stück war feurig und schnell, aber die beiden wirbelten munter herum und schwenkten die Hüften in einer fast erotischen Darbietung zur Musik.

Alle klatschten begeistert Beifall. Bis auf Sandra, die aussah wie ein dummes Huhn. Sie konnte es nicht ausstehen, von ihrer Tochter ausgestochen zu werden.

Patrick war allmählich klar, dass er an diesem Abend keine Gelegenheit bekommen würde, mit Keith über Geschäftliches zu sprechen, aber es machte ihm nichts aus. Er amüsierte sich prächtig. Georgina überredete Keith, ein paar einfache Tanzschritte zu probieren, während Patrick mit Sophie tanzte, die sich ein Lächeln abrang. Als es auf elf Uhr abends zuging und Patrick klar wurde, dass Sandra den ganzen Abend sein Glas immer wieder nachgefüllt hatte und er nicht mehr fahren konnte, war es selbstverständlich, dass er über Nacht bleiben sollte. Wozu hatte man Gästezimmer, wenn man sie nicht benutzte?, fragte Keith.

Kay saß auf ihrem Hotelbett, trank Mineralwasser und weidete sich an dem Inhalt mehrerer Einkaufstüten, die sie darauf ausgeleert hatte. Sie freute sich an den sanften Farben, die sie sich ausgesucht hatte. Blassrosa und Taubenblau hatten ihr sonst unverzichtbares Schwarz ersetzt. Ein außenstehender Beobachter hätte glauben können, das sei eine Art Verkleidung. Aber nein, Kay kannte die Wahrheit. Das war ihr neues Ich! Über Nacht hatte sie ihre alte Haut wie eine Schlange abgestreift und stellte nun verwundert fest, wie wohl sie sich dabei fühlte.

Das Merkwürdigste war, dass das kleine Wesen in ihr so

etwas wie die Nabelschnur zu ihrer eigenen Mutter wiederhergestellt hatte. Plötzlich verspürte sie den unwiderstehlichen Drang, nach Hause zu laufen. Sie wusste, dass es verrückt war und dass ihre Eltern sie zum Wahnsinn treiben würden, aber sie wollte, dass jemand sie in die Arme nahm und bedingungslos liebte. So wie sie ihr Baby lieben würde.

Während sie die Preisschildchen entfernte, ihre Einkäufe zusammenfaltete und sorgfältig wegpackte, entschuldigte sie sich bei dem kleinen Klumpen mit Armen, Beinen und dem schmetterlingsflügelschnellen Herzschlag, den sie gestern auf dem Monitor gesehen hatte.

»Entschuldige, Schatz, aber auf deiner Geburtsurkunde wird wohl Slough stehen. Mach dir nichts draus, du wirst es überleben. Ich habe es auch überlebt.«

Sie kuschelte sich in das frisch gemachte Bett, ohne einen Gedanken an jene Zeile in der Geburtsurkunde zu verschwenden, auf der stehen würde: »Vater unbekannt.«

Patrick schlief tief und fest in der pfirsichfarbenen Pracht seines Gästezimmers in The Cedars, als ihn etwas erschrocken auffahren ließ. Er hatte etwas sehr Merkwürdiges geträumt. Lucy machte in der Küche von Honeycote House Rühreier zum Frühstück, wie er sie gern mochte und wie sie sie von klein auf für ihn gemacht hatte. Doch als sie ihm den Teller an den Tisch brachte, schaute er auf und sah, dass es Mandy war, nicht Lucy, die ihn anstrahlte. Patrick war verdutzt. Träume waren schon komisch; die Seele konnte einem übel mitspielen.

Plötzlich hörte er, wie die Tür sich mit leisem Klicken schloss und eine Gestalt ins Zimmer schlich. Das musste Mandy sein. Völlig untypisch für ihn, geriet er flüchtig in Panik. Darauf war er nicht vorbereitet. Er war gern Herr der Lage und bestimmte das Tempo lieber selbst. Aber da sie nun einmal hier war, musste er zugeben, dass die Verlockung groß war. Er hielt den Atem an, als sie die Bettdecke zurückschlug, nach seinen Boxershorts tastete und sein erwartungsfrohes Geschlecht herausholte.

Er musste sie aufhalten. Er durfte nicht riskieren, dass Keith sie erwischte. Das würde alles verderben. Außerdem ging ihm das alles zu schnell. Er wollte das Tempo bestimmen. Wenn zwischen ihnen etwas laufen sollte, dann wollte er keinen heimlichen Quickie im Haus ihrer Eltern. Als sie anfing, ihn mit überraschend erfahrenen Bewegungen zu massieren, hielt er ihr Handgelenk fest.

»Na komm schon, ich weiß doch, dass dir das gefällt.«

Mit einem Schrei sprang Patrick aus dem Bett. Es war gar nicht Mandy. Es war ihre verdammte Mutter! Er schaltete das Licht an und Sandra blinzelte ihn trunken in ihrem bronzefarbenen Satinnachthemd an. Neckisch legte sie ihm einen Finger auf die Lippen, schwankte auf unsicheren Beinen und sackte gegen ihn. Er packte ihre Oberarme, um sie am Fallen zu hindern.

»Um Himmels willen – gehen Sie zurück in Ihr Schlafzimmer, bevor uns jemand hört.«

»N-niemand hört uns. Ich bin ganz, ganz leise. Versprochen.«

Grinsend griff sie wieder nach seinen Boxershorts. Als Patrick ihr geschickt auswich, fiel sie gegen die verspiegelte Kleiderschranktür. Sie rappelte sich wieder hoch und ging erneut auf ihn los, bis beide aufs Bett fielen.

»Sandra!«

Keith stand wütend im Türrahmen.

»Was ist denn hier los?«

Sandra sprang hastig vom Bett auf. Patrick schloss die Augen in der Hoffnung, aus diesem Alptraum aufzuwachen, und betete, dass seine Boxershorts sein Schamgefühl bewahren mochten. Sandra deutete mit dem Finger auf ihn.

»Es war seine Idee. Er hat mich einfach nicht in Ruhe gelassen. Er hat gesagt, er wollte schon immer mal eine ältere Frau …«

Patrick wollte schon protestieren, aber Keith kam ihm zuvor.

»Meine Güte, du erwartest doch wohl nicht im Ernst, dass ich dir das glaube? Geh zurück in dein Zimmer, Sandra. Einige von uns möchten schlafen.«

Sie schluchzte in sich hinein. Wider Willen tat sie Patrick Leid, als ihr Mann sie aus dem Zimmer führte. Noch mehr Mitgefühl hatte er jedoch mit Keith, der sich noch einmal bestürzt und peinlich berührt zu ihm umdrehte. Sie machte ihm offensichtlich ganz schön zu schaffen. Je schneller er sie los wurde, umso besser.

Patrick zog sich die Decke bis ans Kinn und versuchte, wieder einzuschlafen. Er war froh, dass Mandy nicht in sein Zimmer gekommen war, um seine Willenskraft auf die Probe zu stellen. Er wusste nicht, ob er ihr hätte widerstehen können, was seine Position erheblich geschwächt hätte. Auf keinen Fall wollte er sich kompromittieren, bevor sich ihm eine Gelegenheit geboten hatte, mit Keith zu sprechen. Noch eine halbe Stunde später erwies sich seine hartnäckige Erregung als beträchtliches Hindernis. Zur Ablenkung versuchte er, im Geiste noch einmal Carolines Unternehmensplan durchzugehen, und schlief sofort ein.

Als Lucy am späten Vormittag wieder nach Denham House kam, hatte James sämtliche Schuhe auf Hochglanz poliert und entweder in Schuhkartons gepackt, um sie zum Schuster zu bringen, oder mit Schuhspannern versehen und in seine Ankleidekammer gestellt. Als er sorgsam Bürsten und Schuhcreme wegräumte, hörte er draußen ihren Wagen. Er stellte den Wasserkessel auf und wartete, dass sie hereinkam.

Offensichtlich war es schlecht gelaufen. Sehr schlecht. Was aus James' Sicht jedoch gut war. Lucy hielt Pokey mit entschuldigender Miene am Halsband und bemühte sich verzweifelt, tapfer zu sein.

»Kann sie vielleicht in der Garage schlafen oder so? Ich konnte sie nicht dalassen ...«

»Sie kann mit meinen beiden hier drinnen schlafen. Ich habe noch einen alten Korb.«

Tränen der Dankbarkeit stiegen Lucy in die Augen. James schaltete den Herd wieder aus. Zum Teufel mit dem Tee! Er holte seine beiden größten Cognacschwenker und seinen besten Remy hervor. Das war eine Situation für Cognac. Der würde Lucy beleben und ihm Mut machen.

Gegen sechs Uhr öffnete James eine Flasche Champagner und erklärte, er eigne sich genauso gut als Trost wie zum Feiern. Sie setzten sich aufs Sofa und Lucy weinte sich an seiner Schulter aus. Er sagte nichts, gab ihr keine Ratschläge, äußerte keine Meinung, sondern hörte einfach zu.

»Ich begreife das nicht. Wieso? Zwanzig Jahre, James ...« Sie schaute ihn bestürzt an. »Was soll ich jetzt machen? War es das? Soll ich gehen? Oder er? Und was ist mit den Kindern ... sollen wir es ihnen sagen? Oder soll ich die ganze Geschichte einfach ignorieren? Bin ich altmodisch oder dumm? Erwarte ich zu viel ...?«

Ihr schwirrte offensichtlich der Kopf vor unbeantworteten Fragen. Er strich ihr besänftigend über das Haar. Als die Fragen verebbten, kam die Wut.

»Das habe ich nicht verdient!«

»Nein.«

Überrascht schaute Lucy auf. Es war das erste Mal, dass James eine Meinung äußerte. Bisher hatte er nur Plattitüden gemurmelt.

»Das hast du wirklich nicht verdient, Lucy. Auf keinen Fall.«

Sie sah zu ihm auf. Jetzt oder nie! Eine derart günstige Gelegenheit würde sich ihm nie wieder bieten. Sofern er seinen Bruder nicht überlebte.

»Ich liebe dich. Das weißt du doch, oder? Ich habe dich immer geliebt.«

Sie nickte mit großen Augen. Sanft wischte er ihr mit dem Daumen die letzten Tränen ab. Als sie sich nicht gegen sein Streicheln wehrte, fasste er den Mut, sich immer weiter vorzuwagen, bis offensichtlich war, dass es nicht mehr um Trost, sondern um Lust ging. Aber sie zog sich nicht zurück, sondern schien Kraft aus seiner körperlichen Nähe zu ziehen und schmolz unter seinen Liebkosungen dahin. Er zog sie an sich und küsste sie. Die ganze Zeit sagte er sich, dass er beim ersten Anzeichen von Widerstand aufhören würde, dass er sich wie ein Gentleman benehmen würde, wenn er auch nur die geringsten Bedenken oder ein ängstliches Schaudern bei ihr spüren sollte. Aber sie wehrte sich nicht. Auch nicht, als er sie auspackte wie ein kostbares Paket, sie voller Ehrerbietung berührte, ihre Schultern, ihren Nacken, ihren Rücken mit Küssen bedeckte, bis sie vor Lust bebte. Seine Hände zeichneten die Konturen ihrer Brüste und Hüften nach und glitten über ihren Bauch.

Plötzlich lagen sie auf seinem unbezahlbaren Aubusson-Teppich vor dem Kaminfeuer. James hatte sich diesen Augenblick so oft ausgemalt, sich aber nie getraut, von einer derart vollkommenen Szenerie zu träumen. Er hatte immer angenommen, das erste Mal werde zur Katastrophe geraten, da er wusste, dass Sex mit wachsender Vertrautheit besser wurde. Er hatte gefürchtet, unbeherrscht wie ein Schuljunge zu sein und peinlich früh zu kommen. Aber es gelang ihm mühelos, sich zurückzuhalten, bis sie kam, bevor er sich einen himmlisch lustvollen Höhepunkt gemeinsam mit ihr gönnte. Am meisten überraschte ihn ihre heftige Reaktion. Fast wie ein Tier grub sie ihre Fingernägel in seinen Rücken, als empfinde sie ihre Lust als schmerzhaft. Sie zog ihn an sich, als wolle sie ihn nie wieder loslassen, und in ihrem Blick lag etwas Undefinierbares, fast Wildes, was er fälschlich für Leidenschaft hielt.

Später, als James neben ihr schlief, ließ Lucy, eingehüllt in einen Kokon aus Alkohol und Endorphinen, ihre Gedanken zum Verlauf des Nachmittags zurückschweifen. Sie konnte nicht leugnen, dass sie schon früher Lust verspürt hatte, mit James zu schlafen. Sie hatte gewusst, dass er nie den ersten Schritt tun würde, wenn sie ihm nicht ihre Bereitschaft zu erkennen gäbe, und das hatte sie bisher nie getan. Aber manchmal hatte sie bemerkt, dass sich bei seinen Blicken ihre Nackenhaare sträubten. Es war, als stünde sie am Rand eines Abgrunds und spüre das dringende Verlangen, zu springen, obwohl sie wusste, dass sie es nie tun würde. Aber dieses Mal hatte sie es getan.

Es war so viel einfacher und vor allem angenehmer gewesen, in James' Zärtlichkeiten zu schwelgen, als sich dem Schmerz zu stellen, den Mickey ihr zugefügt hatte. Nach ihrer Auseinandersetzung in Honeycote hatte sie sich gefühlt, als habe ihr jemand bei lebendigem Leib die Haut abgezogen. Als sei ihr Herz aufgerissen und liege nun offen und blutend da. Und als James sie geküsst hatte, war es genau richtig. Sie hatte nicht das Gefühl, Verrat zu begehen oder etwas Falsches zu tun. Es war Balsam für ihre Seele, den sie verdient hatte. Warum sollte sie für die Fehler eines anderen büßen?

Sie wusste, dass sie ihn hätten aufhalten sollen, bevor es zu weit ging, aber mit jeder Faser ihres Körpers wollte sie sich hingeben. Sie wünschte sich verzweifelt, dass ihre Freundschaft in wilde, schweißgebadete Raserei umschlug. Sie wollte nur noch, dass er die Erinnerung an Mickey aus ihr herausbumste. Sie wollte sofort einen Ersatz; jemanden, der ihre Wunden heilte und ihren Schmerz linderte.

Sie wusste, dass es selbstsüchtig von ihr war. Und es hatte einen Moment gegeben, in dem ihr klar war, dass sie ihn eigentlich aufhalten müsste, bevor es zu spät war. Er lag auf ihr, auf beide Arme gestützt, und schaute ihr in die Augen.

»In Ordnung?«

Er bat sie um Erlaubnis. Das war es; es gab kein Zurück mehr. Lucy zuckte innerlich die Achseln. Nachdem sie schon so weit gegangen war, konnte sie auch bis zum Ende gehen. Man konnte nie wissen; vielleicht warteten Feuerwerk, Erdbeben, Halleluja singende Engelschöre auf sie ... Mit einem Lächeln gab sie ihre Zustimmung zu verstehen.

Als James langsam in sie drang, bewegte sie die Hüften im Rhythmus seiner Bewegungen vor und zurück. Die vertrauten Wogen der Lust rissen sie einem Sturzbach gleich mit sich und raubten ihr den Atem. Dann ging ihr ein Licht auf: Deshalb hatten Leute also Affären – weil der Reiz des Verbotenen den Sex so knisternd, spannend und leidenschaftlich machte. Fast hätte Lucy laut aufgelacht, als ihr dämmerte, was sie als perfekte Ehefrau all die Jahre verpasst hatte.

KAPITEL 19

NACHDEM LUCY GEGANGEN war, blieb Mickey stundenlang verstört in der Küche sitzen und wagte aus Angst vor seinen Gefühlen nicht, sich zu rühren. Er wusste, dass er selbst schuld war. Da saß er nun, allein und von allen verlassen – selbst Pokey hatte sich irgendwo verkrochen. Er wunderte sich, dass Lucy sie in seiner Obhut gelassen hatte. Offensichtlich hielt sie ihn nicht einmal für fähig, für einen Hund zu sorgen. Was er tatsächlich ja auch nicht war – er überlegte, wann er den Hund zum letzten Mal gefüttert hatte, aber es fiel ihm nicht ein.

Schließlich brachte er die Energie auf, in die Spülküche zu gehen, um eine Dose Hundefutter zu suchen, aber das Regal war leer. Er kramte im Schrank nach Vorräten. Mit Erfolg. Da war ein Sack Trockenfutter, den er mit etwas Bratensoße oder etwas Ähnlichem mischen konnte. Später wollte er in den Supermarkt gehen und ein paar Dosen besorgen. Als er den Sack heraushob, entdeckte er eine Kiste mit Flaschen. Er zog sie heran und prüfte den Inhalt. Sechs Flaschen Gin, 1998er. Himmlisches Manna.

Der Korken gab mit dem angenehm vertrauten Quietschen nach. Mit munterem Strahl plätscherte die blassrötliche Flüssigkeit in sein Glas. Bittersüß, dickflüssig, sirupartig prickelte der Nektar in Mickeys Kehle und kam ihm vor wie der erste Schluck seit Monaten, obwohl es kaum Tage waren. Es dauerte nicht lange, bis Carolines höhnische Bemerkungen, die er sich vorstellte, in der betäubenden Wirkung des Gins untergingen. Dann besaß er eben keine Willensstärke, na und? Dann war er eben schwach, na und? Es hatte ja doch keinen Sinn, stark sein zu wollen. Er hatte seine Frau an seinen eigenen Bruder verloren und seine Existenz würde er auch noch verlieren. Seine Begeisterung für die Pläne, die Caroline und er entworfen hatten, war dahin; er fühlte sich einer Zusammenarbeit mit Cowley nicht gewachsen. Sein Kampfgeist hatte sich in nichts aufgelöst, weil es nichts mehr gab, wofür es sich zu kämpfen lohnte. Er konnte sich und anderen nichts mehr vormachen. Besser, alle erfuhren, was für ein Versager er war. In gewisser Weise wäre es für alle das Beste, wenn er einfach ein Streichholz an die ganze Chose hielte, dachte Mickey.

Er richtete sich kerzengerade auf. Das war gar keine schlechte Idee. Eigentlich war es sogar die beste Lösung, die ihm bislang eingefallen war. Ein Versicherungsfall – wieso war er nicht schon früher darauf gekommen?

Mickey prostete sich mit einem weiteren Glas Gin zu und dachte über die Auswirkungen nach. Die Brauerei abzufackeln war ja wohl nur eine Form von Sterbehilfe, oder? Das beschleunigte den unausweichlichen Niedergang und verkürzte den Todeskampf wie die schmerzhaften Entscheidungen, die ihm aufgezwungen wurden. Ein schneller, sauberer Weg. Die Brauerei wäre fort; ein Neubau, der den Anforderungen des einundzwanzigsten Jahrhunderts genügte, wäre zu teuer. Aber Honeycote Ales könnte weiterleben. Eine der größeren Brauereien könnte das Bier in Lizenz nach Originalrezeptur brauen; das war in der Branche durchaus üblich. Die brauereieigenen Gasthäuser könnten weitergeführt werden. Niemand würde einen Unterschied bemerken ...

Bis auf die gut zwanzig Beschäftigten natürlich. Für einen Moment plagte ihn das schlechte Gewissen, aber dann fragte er sich, ob einer von ihnen, realistisch betrachtet, ihm die Treue halten würde, wenn er ein besseres Angebot bekäme. Ein oder zwei alte Faktotums vielleicht, aber sie konnte er ja behalten und anderweitig beschäftigen, um sein Gewissen zu beruhigen. Die anderen ... Mickey war ziemlich sicher, dass sie anderswo eine einträgliche Stellung finden konnten. Er würde seine Beziehungen spielen lassen und ihnen glänzende Zeugnisse ausstellen. Außerdem nahm die Arbeitsmoral ohnehin ab. Das erlebte man doch tagtäglich – überall Unsicherheit und Unzufriedenheit. Wahrscheinlich wären sie sogar froh über die Chance, woanders hinzugehen.

Das Problem war nur, dass er keine Ahnung hatte, wie man einen Brand legte. Jedenfalls nicht so, dass er keinen Verdacht erregte. Im Handumdrehen würden die Brandexperten alles auf links drehen. Wie sollte er es anstellen, dass es wie ein Unfall aussah? Vermutlich gab es Leute, die man für solche Dinge anheuern konnte, aber sie waren hier in Honeycote, nicht im Londoner East End. Und je weniger Leute darüber Bescheid wüssten, umso besser. Er wollte sich schließlich nicht erpressbar machen. Er wollte lediglich ein stressfreies Leben und die Chance, mit einem (einigermaßen) reinen Gewissen neu anzufangen.

Bei einem weiteren Glas Gin dachte Mickey eingehend über die praktische Seite seines Plans nach. Seine Lösung gefiel ihm. Er würde sich gewaltsam Zugang zu einem der Lagerräume im Erdgeschoss verschaffen. Ein paar Bierdosen und Kippen verstreuen. Und ein paar Kondome – vielleicht doch nicht. Es wäre ihm unangenehm, sie zu besorgen. Aber wenn er in einem der Lagerräume Müll herumliegen ließe, der den Eindruck erweckte, als wären ein paar Jugendliche dort eingebrochen, um eine kleine Party zu feiern, wäre ein Brand durchaus logisch. Er würde an die Bushaltestelle im Dorf fahren und ein paar Beweisstücke aufsammeln. Dann würde alles nach einer Party aussehen, die aus dem Ruder gelaufen wäre, worauf die Kids sich aus dem Staub gemacht hätten. Und er bekäme einen fetten Scheck und die Chance zu einem Neuanfang, ohne dass jemand davon wüsste.

Er hatte oft genug *Inspector Morse* gesehen, um zu wissen, dass er keine Spuren hinterlassen durfte und sich ein Alibi verschaffen musste. Er schob eine leere Kassette in den Videorekorder und nahm auf, was gerade lief. Sobald er nach Hause käme, würde er das Band zurückspulen und anschauen, um sich ein Alibi zu besorgen – mehr konnte er nicht tun, wenn er keinen anderen einbeziehen wollte. Er dachte auch daran, Handschuhe anzuziehen, und ging hinaus zum Wagen. Mit dem Defender war Patrick unterwegs. Na ja, dann musste er sich eben den Healey ausleihen. Die seltenen Male, als Patrick ihn ans Steuer seines kostbaren Wagens gelassen hatte, war er gern damit gefahren.

Mickey suchte in Patricks Zimmer herum, bis er die Autoschlüssel in seiner Fliegerjacke fand, und fuhr ins Dorf. Er parkte hinter der Post und ging so unauffällig wie möglich zum Wartehäuschen an der Bushaltestelle. Hier lagen genügend Zigarettenkippen herum. Sogar ein einzelner Handschuh von Manchester United – den konnte er am Tatort liegen lassen. Er sammelte die Kippen in eine Plastiktüte und schaute in den Abfalleimer. Er angelte ein paar Getränkedosen heraus, aber es war nichts Alkoholisches dabei. Er musste wohl noch woanders suchen. In einen seiner Pubs konnte er nicht gehen, weil man ihn dort erkannt und sich an ihn erinnert hätte.

Für einen Betrunkenen verwischte er seine Spuren erstaunlich gut. Auf der Fahrt zur Brauerei nahm Mickey einen Schluck aus seinem Flachmann. Am *Honeycote Arms* bog er in die Master's Lane ab. Plötzlich fiel ihm die Schwachstelle seines Plans auf. Streichhölzer. Die verdammten Streichhölzer. Er beugte sich vor und kramte im Handschuhfach herum, bis er triumphierend ein Feuerzeug in der Hand hielt.

Erst als ein Lastwagen um die Kurve donnerte, merkte Mickey, dass er auf der falschen Straßenseite fuhr, und riss das Steuer herum.

Kurz vor Mitternacht wachte Lucy vom Lärm eines Hubschraubers in der Luft auf. Mit pochendem Herzen schreckte sie hoch. Einen Moment lang wusste sie nicht recht, wo sie war, bis die Wirklichkeit, nicht länger durch ein alkoholgetränktes Kissen abgepolstert, durchsickerte. Sie geriet in Panik. Was hatte sie bloß getan? Flüchtig hoffte sie, das alles nur geträumt zu haben, aber ein Blick auf James, der neben ihr schlief, zeigte ihr, dass es nicht so war. Außerdem roch das Zimmer nach ihrem Parfüm und seinem Eau de Cologne, Rose und Bergamotte, vermischt mit ihrem Schweiß. Bittere Reue schnürte ihr die Kehle zu.

Lucy schlich aus dem Bett ins Bad, wo sie ihr Spiegelbild betrachtete und darüber nachdachte, was sie getan hatte. Ob man es ihr ansah? Sah sie aus wie eine liederliche Ehebrecherin? Jedenfalls fühlte sie sich so. Sie war rot vor Scham und Schuldgefühlen und hatte den Eindruck, ihr Betrug sei ihr ins Gesicht geschrieben. Sie vermochte nicht einmal ihrem Spiegelbild ins Auge zu sehen. Ihr wurde schlecht. Sie klammerte sich an das Waschbecken und kämpfte gegen die Übelkeit an, ohne Erfolg. Sie erbrach Cognac, Champagner und Galle – hellgelbe Galle, die zeigte, dass sie innerlich vergiftet war.

Ausgiebig putzte sie sich die Zähne und wusch sich Gesicht und Hände. Am liebsten hätte sie geduscht, wollte aber James nicht wecken. Ihm gegenüberzutreten hätte bedeutet, sich ihrem Tun zu stellen. Sie klappte den Klodeckel herunter, setzte sich darauf und legte den Kopf in die Hände. Sie wusste nicht, ob ihre hämmernden Kopfschmerzen vom Stress des gestrigen Tages, vom Alkohol oder von beidem kam.

Postkoitale Tristesse war noch zu milde gesagt. Lucy hätte sterben mögen. Für einen flüchtigen Augenblick hatte sie es genossen, angebetet und verwöhnt zu werden. Sie hatte sich den Luxus geleistet, aus selbstsüchtiger Rache mit James zu schlafen, und langfristig würde nur James darunter zu leiden haben. Jetzt begriff sie, wie einfach es war, untreu zu sein, wenn man in einem Moment der Unsicherheit Geborgenheit suchte. Es war eine ausgesprochene Ersatzhandlung: Mit James vor einem knisternden Kaminfeuer zu schlafen war wesentlich verlockender gewesen, als sich mit ihrer Auseinandersetzung mit Mickey zu beschäftigen, über die Folgen nachzudenken und eine Entscheidung über ihre nächsten Schritte zu treffen. Ja, Untreue war sicher eine angenehme Ablenkung. Sie weckte vorübergehend die stärksten Lustgefühle und überdeckte alle Ängste und Sorgen. Aber mit James zu schlafen war keine Lösung für ihre Probleme. Im Gegenteil, es schuf lediglich ein weiteres.

Denn sie konnte diese Scharade nicht weitermachen. Sie mochte James. Sie liebte ihn sogar, wie man einen Familienangehörigen liebte. Zu ihrer Überraschung hatte sie den Sex mit ihm sehr genossen. Aber nun, in der ernüchternden Kälte des Badezimmers, wurde ihr klar, dass sie ihre gelungene Vereinigung allzu stark romantisiert hatte. Sie hätte wissen müssen, dass James alles perfekt machte, was er anfing, ob es nun um eine Einrichtung, Kochen oder Sex ging.

Flüchtig spielte sie mit dem Gedanken, Honeycote zu verlassen und mit James zu leben, denn er brauchte ihr gar nicht erst zu sagen, dass er sie mit offenen Armen empfangen würde. Sie würde vom Regen in die Traufe kommen. James würde ihr praktisch alles bieten können, was sie brauchte. Er war attraktiv, wohlhabend, ein guter Freund und sie hatten vieles gemeinsam – eigentlich sogar mehr als sie und Mickey. Mit James konnte Lucy in Katalogen für Landhausversteigerungen stöbern, die sie beide gern besuchten; mit James ging sie häufig in Konzerte in der Kathedrale von Gloucester, die ihr die Kehle zuschnürten.

Doch sie wusste, dass sie zu Mickey gehörte. Mickey war der Funken, der ihre innere Glut entfachte. Um Himmels willen, das hatte sie von Anfang an gewusst, als sie die beiden Brüder kennen lernte! Damals hatte sie die Wahl gehabt. Sie hatte gewusst, dass sie beide hätte haben können. Aber Mickey war derjenige, der sie erregte, faszinierte und der durch seine Unberechenbarkeit und Unzuverlässigkeit schwieriger, aber auch liebenswerter war. Und verletzlicher. Verwundert fiel ihr auf, dass James überhaupt nicht verletzlich war. Wenn es um Geschäftliches ging, hatte er etwas Skrupelloses, das sicher auch in seinem Privatleben durchschlagen konnte. Wenn sie darüber nachdachte, hatte sie das selbst schon erlebt. Er war durchaus im Stande, eine Freundin abzuschieben, wenn sie zu anspruchsvoll wurde, klammerte oder ihm zu nahe kam. Mehr als einmal hatte sie solchen Freundinnen die Tränen trocknen müssen. Ihr fiel Caroline ein. Er hatte ihr deutlich zu verstehen gegeben, dass sie überflüssig war, ohne ihre Gefühle zu schonen. Bei der Erinnerung zuckte Lucy zusammen. Neulich war sie zu sehr mit ihren eigenen Problemen beschäftigt gewesen, um sich darum zu kümmern. Aber nun wurde ihr klar, dass James völlig skrupellos vorgegangen war.

Mickey war nicht skrupellos. Er war einfach nur schwach.

Wie konnte sie Mickey, Honeycote, ihrer Familie und der Brauerei wegen eines einzigen Seitensprungs gekränkt den Rücken kehren? Zumal sie nicht einmal eine Erklärung abgewartet hatte, wieso er ihr Unrecht getan hatte. Wie konnte sie ihr eigenes Verhalten rechtfertigen, wo sie Mickey keinerlei Gelegenheit gegeben hatte, sich zu verteidigen? Sie hatte gar nicht vorgehabt, so schroff zu ihm zu sein. Seine entsetzte Miene, als sie aus Honeycote House geflohen war, ging ihr nicht aus dem Kopf. Sie hatte ihm keine Chance zu einer Erklärung gelassen. Nein, sie hatte sich in die Arme des Mannes geflüchtet, von dem sie wusste, dass er sie bedingungslos liebte, weil sie die Wahrheit nicht hatte wissen wollen; sie hatte nur Schutz gesucht. Sie war feige und ohne Kraft, sich ihren eigenen Dämonen zu stellen.

Aber sie war erwachsen, hatte Verpflichtungen und die Verantwortung, mit dem fertig zu werden, was das Leben für sie bereithielt, statt einfach wegzulaufen. Irgendwoher würde sie die Stärke dazu schon nehmen, davon war sie überzeugt. Es stand zu viel auf dem Spiel.

Aber was sollte sie James sagen? Sie verfluchte sich. Alles wäre wesentlich einfacher, wenn sie nicht mit ihm geschlafen hätte. Jetzt hatte sie sich kompromittiert. Wie sollte sie ihn jetzt behutsam fallen lassen? Hatte sie ihn benutzt? Musste sie sich bei ihm entschuldigen oder lag die Schuld bei ihm? Hatte er ihre Verletzlichkeit ausgenutzt?

Inzwischen zitterte sie vor Kälte. Sie schlich über den Teppich zurück unter die warme Bettdecke. Neben ihr regte James sich im Schlaf und schlug die Augen auf. Lächelnd schlang er einen Arm um sie, bevor er wieder in zufriedene Träume versank. Lucy zuckte bei seiner Berührung zusammen; sein Arm war schwer wie Blei, engte sie ein, nagelte sie fest. James setzte sich auf.

»Was ist los?«

Bestürzt schaute Lucy ihn an.

»James –«

Bevor sie ihm ihre innersten Gedanken offenbaren konnte, klingelte das Telefon auf dem Nachttisch. Er wusste nicht, wohin er sich wenden sollte. Von beiden Seiten konnten nur schlechte Nachrichten kommen. Lucys Miene verriet ihm recht deutlich, was sie ihm sagen würde, also griff er entschlossen zum Telefon.

»James Liddiard.«

Es war das Krankenhaus. Mickey Liddiard war auf der Intensivstation und sollte gleich operiert werden. Ob er eine Ahnung habe, wie sie seine Frau erreichen könnten.

Kapitel 20

James raste mit verkniffenem Mund über die dunklen Landstraßen von Gloucestershire und Oxfordshire. Lucy saß elend und mit trockenen Augen neben ihm. Er dankte Gott, dass er nicht zu viel getrunken hatte – beim Champagner hatte er sich bewusst zurückgehalten und ihr aus taktischen Gründen den Löwenanteil eingeschenkt. Es herrschte unwirkliches Schweigen, nur durchbrochen von gelegentlichen Bemerkungen über den Weg.

Als sie ins Krankenhaus kamen, führte man sie eilig durch endlos lange Korridore in ein Wartezimmer. Ein Arzt kam und sprach behutsam mit Lucy, während James ihre Hand hielt. Sie verstand nicht alles, nur Schlüsselworte, die sie trafen wie ein Schlag: innere Blutungen, Blutgerinnsel, Koma, Bewusstlosigkeit, Hirnuntersuchung. Es waren alles nur hypothetische Befürchtungen, aber James musste zugeben, dass es nicht gut klang, auch wenn der Arzt ständig wiederholte, Mickey sei in besten Händen. Man hatte ihn offenbar mit dem Hubschrauber ins Krankenhaus geflogen. Der Lastwagenfahrer, den er knapp verpasst hatte, bevor er gegen die Mauer prallte, hatte sofort erkannt, dass dies ein Fall für die Rettungsflieger war, und das über Handy recht nachdrücklich weitergegeben, was Mickeys Chancen sicher verbessert hatte. Am Ende kam bei dem Gespräch heraus, dass Mickey schwere Kopfverletzungen hatte, die zunächst untersucht werden mussten, bevor sie weitere Maßnahmen ergreifen konnten. Dass sein rechtes Bein völlig zertrümmert war, war sekundär. Sie würden ihn mindestens zwei Mal operieren müssen.

Lucy durfte ihren Mann sehen, bevor er in den Operationssaal gebracht wurde, wo man bereits alles für den Eingriff vorbereitete. James drückte ihre Hand, als man sie fortführte. Man warnte sie, dass Mickey keinen schönen Anblick biete und sie ihn vermutlich nicht wiedererkennen werde.

James spähte durch die Jalousien ins Zimmer und sah Lucy mit gesenktem Kopf an Mickeys Bett; sie hielt seine Hand. Ihre Lippen bewegten sich. Ihre Augen waren geschlossen. Betete sie? Vermutlich, und in diesem Augenblick wurde ihm klar, dass er sie verloren hatte. Was auch immer nun geschehen mochte, sie war ihm durch die Finger geglitten. Für einige unwiederbringliche Momente hatte er sie besessen, Momente, die er sein Leben lang wie einen Schatz hüten würde.

Er starrte auf die reglose Gestalt seines Bruders, auf die Kabel und Schläuche und Apparate, die ihn am Leben hielten. Es gab nur eine Chance, nahm er an ... Aber sosehr James sich auch bemühte, er brachte es nicht über sich, seinem Bruder den Tod zu wünschen.

Sobald James angerufen und Mickeys Lage in groben Zügen geschildert hatte, wurde Keith aktiv. Patrick wollte unbedingt fahren, aber Keith wollte nichts davon hören. Es war zu gefährlich, unter Schock Auto zu fahren. Er würde sie alle in seinem Landcruiser ins Krankenhaus fahren. Sie hatten die Mädchen geweckt, die nun schockiert, benommen und zitternd in der Diele standen, obwohl die Heizung in The Cedars sich nie abschaltete.

Sandra hielt sich im Hintergrund. Die Nachricht war an sich schon ernüchternd und hatte sie erschreckt, aber sie wusste nicht recht, welche Rolle sie spielen sollte. Dass man sie völlig ignorierte, half ihr auch nicht gerade. Erst als alle aufbrechen wollten, drehte Keith sich zu ihr um.

»Ich glaube kaum, dass ich vor morgen zurück bin. Ich bleibe dort, bis ich Genaueres weiß. Und sehe, ob ich helfen kann. Wenn nötig, bringe ich die Mädchen wieder mit her.«

Sandra nickte, dankbar, dass dieses neue Drama den Vorfällen der vergangenen Nacht die Spitze nehmen würden.

»Soll ich einkaufen gehen?«

»Nein. Ich halte es für das Beste, wenn du fort bist, bis ich wiederkomme.«

Sandra blieb der Mund offen stehen. Er sah jede weiße Zahnfüllung, die er bezahlt hatte, damit die schwarzen Füllungen ersetzt wurden. Um zu betonen, wie ernst es ihm war, deutete er mit dem Schlüssel in ihre Richtung.

»Ich meine es ernst.«

Die Haustür schlug zu und Sandra sank auf die Knie. Irgendwie wusste sie, dass Keith, den sie bislang immer um den kleinen Finger hatte wickeln können, es sehr ernst meinte.

Im Wagen schaltete Keith die Lautsprecher im hinteren Teil des Wagens ein. Für die Mädchen, die bleich und besorgt auf dem Rücksitz saßen, aber weder schlafen noch reden wollten, lief eine sanfte Enya-CD. Mandy hatte unbedingt mitkommen wollen und Keith hatte es ihr erlaubt: Es war besser, wenn sie Sophie und Georgina beistand, als Sandras hysterischem Geplapper ausgesetzt zu sein.

Keith warf einen Seitenblick auf Patrick. Der Schock ließ ihn nicht älter, sondern wie einen kleinen Jungen wirken, der aus Angst vor dem Unbekannten kreideweiß war, obwohl er sich bemühte, ruhig und beherrscht auszusehen. Keith bemerkte jedoch, dass er die Zähne zusammenbiss und die Fäuste ballte. Der Anblick weckte in ihm einen fast väterlichen Beschützerinstinkt. Eigentlich war Patrick fast noch ein Kind, trotz seines selbstbewussten Auftretens.

»Alles in Ordnung?«

Patrick nickte.

»Ich will nur bald da sein. Dad sehen.« Seine Stimme bebte, wenn auch nur leicht. »Ich kann es gar nicht fassen.«

»Wissen Sie, wenn ich Ihnen irgendwie helfen kann ...«

»Das tun Sie doch schon. Indem Sie uns fahren.«

Patrick lächelte dankbar, aber Keith hakte nach.

»Ich habe die Brauerei gemeint.« Er stockte. Er musste taktvoll vorgehen und wollte nicht den Eindruck erwecken, als horche er ihn aus und stecke seine Nase in Dinge, die ihn nichts angingen. »Ich habe das Gefühl, dass es ein bisschen ...«

Er brach ab, weil er mit einem Mal das Gefühl hatte, sich einzumischen, egal wie er es ausdrücken mochte. Schließlich stützte er sich ausschließlich auf seinen Instinkt. Keiner der Liddiards hatte auch nur andeutungsweise erkennen lassen, dass etwas nicht in Ordnung war; aber Keith hatte ein Gespür dafür. Außerdem hatte Mandy ihm aus Sorge um ihre Freundinnen erzählt, dass die Familie ihrer Ansicht nach Geldprobleme hatte.

Patrick seufzte. So hatte er sich das eigentlich nicht vorgestellt. Er hatte das Heft in der Hand behalten wollen, wenn er Keith köderte. Aber vielleicht war jetzt der richtige Moment, bevor die Ereignisse sich überschlugen und die einmalige Gelegenheit verpasst war. Wenn bei Keith zumindest schon mal die Saat gesät war, könnten sie schneller vorgehen, denn Patrick war fest überzeugt, dass rasches Handeln geboten war, wenn sie die Brauerei retten wollten. Außerdem hatten sie noch dreißig Meilen bis zum Krankenhaus zu fahren und es würde ihn ablenken. Er wollte nicht daran denken, was Mickey zugestoßen war oder was noch passieren könnte. Insgeheim hegte er den naiven Glauben, dass sein Vater unschlagbar, ja unsterblich sei und unbeschadet aus dem Unfall hervorgehen werde. An diesen Glauben musste er sich klammern, sonst fürchtete er zusammenzubrechen. Und für Lucy, Sophie und Georgina, aber auch für sich selbst musste er stark sein.

»Sie haben Recht. Dad ist seit Monaten krank vor Sorge.«

»Wo liegt das Problem?«

»Hauptsächlich in der Liquidität. Wir möchten ausbauen, aber unsere bestehenden Schulden erdrücken uns.«

»An dieser Hürde sind schon viele Unternehmen gescheitert.«

Patrick zuckte zusammen. Das war nicht das, was er hören wollte. Er musste eine Gratwanderung vollziehen, um vage optimistisch zu klingen, dabei aber subtil den Bettelhut hinzuhalten.

»Die Sache ist, dass wir große Pläne haben, wenn wir uns nur aus dem Sumpf ziehen könnten. Es ist ungeheuer frustrierend.«

Keith nickte zustimmend.

»Es gibt sicher hunderte verschiedene Richtungen, die Sie einschlagen könnten. Ich sehe das Potenzial durchaus.« Er schnaubte verächtlich. »Selbst als Klempner.«

Das war ermutigend. Patrick schöpfte den Mut, zu schildern, wie er sich die Zukunft von Honeycote Ales vorstellte. Er hatte sich die Hauptpunkte aus Carolines skizziertem Unternehmensplan gemerkt und musste zugeben, dass sie überzeugend nach einem verlockenden Investitionsprojekt klangen. Keith hörte interessiert zu. Patrick schloss mit einem Seufzer.

»Das Problem ist nur, dass wir nicht genug Geld haben. Die Bank würde uns natürlich Kredite geben, aber die Zinsen sind viel zu hoch. Ansonsten bleibt uns nur noch, einen Pub zu verkaufen, was glatter Selbstmord wäre. Was soll eine Brauerei ohne eigene Gaststätten?«

»Sie suchen also einen ... wie nennt man das heute? Einen rettenden Engel als Geldgeber?«

»Ich denke schon. Aber es müsste jemand sein, der versteht, wie es bei uns läuft. Niemand, der versucht, alles an sich zu reißen, und das, was wir in den letzten hundertfünfzig Jahren gemacht haben, mit Füßen tritt. Es muss jemand mit Einfühlungsvermögen sein, mit einer kreativen Ader, der anerkennt, dass es sich um einen Familienbetrieb handelt. Wir möchten niemanden, der uns ständig auf den Füßen herumtritt.«

Das wollte Patrick von Anfang an klar machen. Keith hörte ihm aufmerksam zu und stellte ein paar Fragen, die Patrick so gut er konnte beantwortete. Er wusste, dass er sich auf gefährlichem Terrain bewegte, wenn er so großspurig von Dingen redete, von denen er kaum eine Ahnung hatte, aber Keith schluckte anscheinend seine Antworten und wirkte ehrlich interessiert.

»So, und wie viel brauchen Sie? Zwei? Drei?«

Patrick schwankte. Er hatte nicht den blassesten Schimmer. Alles, was er bisher gesagt hatte, war reiner Schmus, den er aus der Luft gegriffen hatte. Auf genaue Zahlen wollte er sich nicht festnageln lassen. Also sagte er vorsichtig:

»Ich schätze, etwa drei. So viel würden wir wohl bekommen, wenn wir einen unserer Pubs verkaufen würden.«

Keith runzelte die Stirn.

»Dreihunderttausend?«

»Ja.«

»Ach so.« Keith schwieg ein Weilchen. Patrick geriet in Panik. Hatte er Keith' Vermögen überschätzt? Hatte er sich zu gierig gezeigt? Keith lächelte. »Eigentlich dachte ich eher an Millionen. Zwei oder drei Millionen. Wenn Sie die Sache richtig angehen wollen, brauchen Sie doch sicher eine Summe in dieser Größenordnung, oder?«

Patrick wurde schwindelig. Verdammt naiv hatte er sich angestellt. Innerlich musste Keith sich doch halb totlachen. Wenn er sich bei der Summe, die sie brauchten, so grob verschätzen konnte, musste Keith sofort wissen, dass auch alles andere, was er gesagt hatte, kompletter Schwachsinn war. Er hatte die Sache im großen Stil vermasselt.

Sie erreichten das Krankenhaus und parkten in bedrücktem Schweigen, da die Ungewissheit, was sie drinnen erwarten mochte, dräuend über ihnen hing. Keith schob die Liddiards durch die Eingangstür, während Mandy besorgt hinterher kam. Keith' Anwesenheit hatte etwas Tröstliches, fand Patrick. Er war überzeugt, dass er ein anständiger Kerl war. Schade, dass er seinen Auftritt derart versaut hatte.

Als sie durch die langen, hell erleuchteten Korridore gingen, dachte Keith über das nach, was Patrick ihm erzählt hatte. Er besaß nicht viel Erfahrung im Geschäft, das lag auf der Hand. Aber seine Ideen waren klar auf den Punkt gebracht, und dass Honeycote Ales viel versprechende Aussichten bot, war nicht zu übersehen, sofern der Richtige am Ruder war. Keith gefiel der Gedanke, als rettender Engel aufzutreten. Er sah sich schon als dicken kleinen Cherub über der Brauerei schweben und göttliche Anweisungen geben und musste grinsen.

Wenn eine Tür sich schließt, öffnet sich eine andere, dachte er, als sie vor den abweisenden Eingang zur Intensivstation gelangten. Er wünschte einem anderen beileibe nicht den Tod, um in seine Fußstapfen treten zu können. Er hoffte inständig, dass Mickey wieder gesund wurde. Auch wenn er ein schlechter Geschäftsmann war, hielt er ihn für einen hochanständigen Kerl.

Als die Mädchen ihre Mutter unter Tränen und Umarmungen begrüßten, gab es bereits ermutigende Neuigkeiten. Die erste Operation war gut verlaufen. Die Befürchtungen der Ärzte, dass es zu inneren Blutungen kommen könnte, hatten sich nicht bestätigt. Mickeys Zustand war zwar kritisch, aber stabil. Sie waren mit seinen Fortschritten hinreichend zufrieden, um mit dem Wiederaufbau seines Beines anzufangen, der sich langwierig und schmerzhaft gestalten würde. Aber die anfängliche Panik war vorbei.

Lucy schickte die Mädchen mit James nach Hause und versprach, sie anzurufen, falls eine Verschlechterung eintreten sollte. Schließlich hatte es keinen Sinn, dass sie alle sich auf dem Gang drängten, Spekulationen anstellten und den widerlichen Automatenkaffee tranken. Mandy und Keith wollten noch eine Weile mit Patrick im Krankenhaus bleiben und ihn dann wieder mit nach Solihull nehmen, damit er den Defender abholen konnte.

Lucys Gesichtsfarbe wirkte im grellen Neonlicht fast grünlich. Ihr Kopf dröhnte vor Schmerzen. Sie hatte abends mehr getrunken als sonst und litt vermutlich unter einem vorzeitigen Kater, vom Stress ganz abgesehen. Einerseits sehnte sie sich nach ihrem Bett, aber andererseits war sie viel zu angespannt. Als Patrick hinausging, um eine Zigarette zu rauchen, wünschte sie inständig, ebenfalls zu rauchen. Wenn sie je eine Situation erlebt hatte, in der man zum Kettenraucher werden konnte, dann diese.

Keith legte ihr beruhigend die Hand auf die Schulter.

»Ich weiß, dass das jeder sagt, aber falls ich irgendetwas für Sie tun kann …«

Lucy lächelte ihn dankbar an.

»Vielen Dank.«

Keith spürte das dringende Verlangen, sie zu beruhigen.

»Er wird bestimmt wieder gesund.«

Lucys Kinn bebte. Keith hielt es für besser, wenn sie alles herausließ, und wappnete sich gegen eine Tränenflut. Aber sie fing sich offenbar wieder. Fast trotzig schaute sie ihn an.

»Eigentlich wäre es für alle besser, wenn er gestorben wäre.«

Lucy kämpfte immer noch gegen die Tränen an, obwohl sie nicht recht wusste, worauf sich ihr dräuender Kummer richtete: auf Mickeys Betrug, ihre eigene Scham über das, was sie getan hatte, oder den Unfall. Sie presste die Fäuste in die Augenhöhlen, um den Tränenfluss zu hemmen, bis sie merkte, dass Keith sie zutiefst bestürzt anschaute.

»Mickey hatte ein Verhältnis. Mit der Frau von Lawrence Oakley.«

Keith dachte zurück an das Weihnachtsessen in Honeycote House und an Lawrence' Enthüllungen. Er war schockiert. Mickey war also der Schuldige? Mrs Oakley kannte er nicht, aber sie musste schon etwas Besonderes sein, wenn Mickey für sie seine Ehe aufs Spiel setzte. Lucy grinste ironisch.

»Sie befinden sich also in guter Gesellschaft. Unsere Ehegatten haben uns beiden übel mitgespielt. Womit haben wir das verdient, was glauben Sie?«

Keith zuckte die Achseln.

»Ich glaube nicht, dass man das unbedingt verdient haben muss. Ich bin sicher, Sie haben es nicht verdient. Und ich vermutlich auch nicht. Das ist quasi ein Berufsrisiko, wenn man heiratet.« Er stockte und fügte mit trockenem Grinsen hinzu: »Sandra war da, als ich nach Hause kam. Ich habe ihr gesagt, wenn ich wiederkomme, soll sie fort sein. Ich habe ihr gesagt, dass ich die Scheidung will.«

Lucy kaute an ihrem Finger. Sie hatte das Gefühl, dass ihre Nerven sich auflösten und schon fransig an den Rändern wurden; sie fühlte sich ganz leicht im Kopf. Fast, als wäre sie gar nicht da. Aber sie wusste, dass sie da war.

»Was glauben Sie, wie lange ich warten soll, bis ich Mickey um die Scheidung bitte? Bis er die Operation hinter sich hat? Oder soll ich ihm ein paar Tage Zeit lassen, sich zu erholen?« Sie lachte – ein bisschen hysterisch, wie sie merkte, aber sie fand, dass sie das Recht hatte, hysterisch zu werden. Keith sah sie ungläubig an.

»Sie wollen sich doch nicht etwa scheiden lassen?«

»Wieso nicht? Dann kann er vögeln, wen er will.«

Lucy wusste, dass es eine Überreaktion von ihr war, aber sie wollte es bestätigt haben und ahnte, dass Keith genau das tun würde. Tief im Inneren war er ein Romantiker. Und prompt flehte er Lucy förmlich an. Ihm war es wichtig, dass das, was die Liddiards hatten, intakt blieb. An seiner eigenen Ehe lag ihm nicht viel, aber das vollkommene Leben in Honeycote

House und bei Honeycote Ales galt es auf jeden Fall zu bewahren. Das gab ihm die Gewissheit, dass es erreichbar war und er eines Tages vielleicht die gleiche Vollkommenheit anderswo finden konnte. Die Liddiards hatten ihm die Hoffnung und den Mut gegeben, sein Leben zu ändern. Daher war er fest entschlossen, sich seine Illusionen nicht durch einen kleinen Fehltritt von Mickey zerstören zu lassen.

»Ich lasse mich nicht von Sandra scheiden, weil sie mir untreu war. Es ist seltsam, aber das macht mir nichts aus. Das passiert ständig; die Menschen geraten in Versuchung. Ich lasse mich scheiden, weil sie sich nie um uns gekümmert hat – um mich und sie und Mandy –, weil sie uns nie als Familie gesehen hat. Immer hat sie sich an die erste Stelle gesetzt. Mickey mag Ihnen untreu gewesen sein, aber ihm lag – liegt – sehr viel an Ihnen allen. Das sieht jeder. Als Sie alle Weihnachten zusammen am Tisch saßen ... war die Wärme zu spüren. Sie wissen ja gar nicht, wie sehr ich Sie beneidet habe. So viel Gastfreundschaft könnte ich niemandem bieten, in einer Million Jahren nicht.«

Lucy wollte schon Einwände erheben, aber Keith hob die Hand, um sie am Reden zu hindern. Er war in Fahrt geraten. Was er sagte, überraschte ihn selbst.

»Ich weiß, was Sie sagen wollen. Na gut, alles ist ein bisschen aus den Fugen geraten. Aber wenn Sie ihm nicht verzeihen, überlegen Sie sich gut, was Sie aufgeben. Sie wissen gar nicht, wie viel Glück Sie haben.«

Lucy zog empört die Augenbrauen hoch. Glück? Ihr untreuer Ehemann war gerade gegen eine Mauer gefahren und lag, während sie sich unterhielten, auf dem OP-Tisch, und das nannte er Glück? Sie konnte von Glück sagen, wenn sie sich nicht im Laufe des Tages um seine Beerdigung kümmern müsste. Sie ließ ihrer Fantasie freien Lauf: Kay am Grab mit dickem Bauch von Mickeys Kind der Liebe, die seinen Anspruch auf das Erbe geltend machen würde. Ach ja, das war schon in Ordnung – das würde sie nicht in die Finger kriegen, denn es gab nichts zu erben. Nur Schulden.

Mein Gott, was sollte sie bloß mit der Brauerei machen? In zwei Tagen fing der Betrieb wieder an, nachdem sie bis Weihnachten Überstunden gemacht hatten, um die Nachfrage zu decken. Vermutlich sollte sie in den Betrieb gehen und ihnen ein paar aufmunternde Worte sagen. Sie sah die Arbeiter schon aufgereiht, die Kappe in der Hand, vor sich stehen und ängstlich auf Neuigkeiten über ihren Chef warten. Wenn sie darüber nachdachte, machten die meisten sich vermutlich gar keine Sorgen, weil sie keine Ahnung hatten, wie es um die Brauerei stand.

Als Lucy merkte, dass Keith sie immer noch anschaute, fuhr sie auf. Sie lächelte zerstreut. Es war so lieb von ihm, sich so zu sorgen. So reizende Sachen zu sagen. Aber er hatte offensichtlich eine recht romantische Vorstellung von ihrem Leben. Er sagte etwas. Was?

»Hören Sie. Ich habe schon mehr als genug gesagt. Aber eines will ich noch hinzufügen. Ich weiß, dass es in der Brauerei im Augenblick ein bisschen schwierig ist.«

Die Untertreibung des Jahrhunderts.

»Falls Sie Hilfe brauchen, ich meine, was ich vom Brauen verstehe, passt vermutlich auf die Rückseite einer Briefmarke. Aber diese Seite des Betriebs läuft wahrscheinlich ganz von allein. Von Unternehmensführung verstehe ich dagegen eine Menge, obwohl ...«

Auf jeden Fall mehr als ich, dachte Lucy. Oder als James. Wenn er das Alter eines Gemäldes oder Möbelstücks bestimmen sollte, war er ganz wild darauf, aber an der Brauerei hatte er nie Interesse gezeigt. Und Patrick konnte das Ruder unmöglich in die Hand nehmen. Allmählich zeigte er zwar Interesse, aber er war viel zu jung für die Verantwortung und sein Vater war schwer krank. Es gab Grenzen für das, was ein junger Mann sich auf die Schultern laden konnte. Unter diesen Umständen durfte man von ihm keine rationalen Entscheidungen erwarten.

Lucy strahlte Keith an. Sie war sicher, dass er nur höflich sein wollte.

»Vielen Dank. Das ist sehr nett von Ihnen. Sie haben schon so viel getan …«

Keith legte ihr beruhigend den Arm um die Schultern. Sie war so tapfer. Er würde nur zu gern alles tun, um ihr zu helfen. Er war fest entschlossen, sich seine Illusion nicht nehmen zu lassen. Mehr denn je wollte er alles tun, was in seiner Macht stand, um die Ehe und die Existenz der Liddiards zu retten. Das würde ihm die Hoffnung geben, die er brauchte, den Mut, weiterzumachen und ein neues Leben anzufangen. Für ihn gab es keinen Grund, seine eigene Ehe zu kitten, aber wenn er dazu beitragen konnte, dass die Liddiards ihre Ehe fortsetzten – wer weiß, was er dabei für sich finden mochte?

Patrick ging auf einem kleinen Innenhof, der den Rauchern vorbehalten war, hin und her – auf den Betonplatten lagen auffällig Zigarettenstummel verstreut. Während er eine Zigarette nach der anderen rauchte, machte er sich heftige Vorwürfe. Wenn er doch nur heute Morgen den Mumm aufgebracht hätte, seinen Vater zur Rede zu stellen, wenn er doch nur mit ihm über seine Probleme gesprochen hätte, statt den Schwanz einzuziehen und nach Solihull zu flüchten. Sie hätten offen über alles reden und zusammenhalten müssen wie Vater und Sohn. Sie hätten einen Plan machen und alles klären können. Stattdessen lag sein Vater auf dem Operationstisch. Und wenn nun etwas schief ging und er starb? Er würde es sich nie verzeihen. Er hätte mehr tun sollen. Hätte leicht mehr tun können.

Als er eine Hand auf seinem Arm spürte und sich umdrehte, sah er, dass Mandy ihn besorgt anschaute. Seine gequälte Miene erschreckte sie – eine Maske voll Schmerz, die ihn fast unkenntlich machte. Sie hatte gesehen, wie er sich davonschlich, als niemand auf ihn achtete.

»Alles in Ordnung?« Sie verdrehte die Augen. »Entschuldige. Blöde Frage.«

»Ja. Ich wollte nur eine rauchen. Ich kann diese Scheißkrankenhäuser nicht ausstehen ...« Patrick hatte einen Kloß im Hals. Er war entsetzt. Gleich würde er vor ihren Augen zusammenbrechen. Je mehr er sich bemühte, nicht zu weinen, umso stärker wurde der Drang. Mandy wusste nicht, ob sie ihn in Ruhe lassen sollte, aber sie dachte, sie an seiner Stelle hätte gern jemanden bei sich. Also legte sie ihm die Hand auf den Arm, um ihm zu sagen, dass es schon in Ordnung sei.

»Scheiße ...« Er war so wütend auf sich, weil er die Fassung verlor, aber er konnte nicht dagegen an. Wie eine Flutwelle überfiel ihn die Angst. Mandy hielt ihn fest, während er von Schuldgefühlen und Angst gequält schluchzte. Der arrogante, fast grausame junge Mann, an dem sie hatte Rache nehmen wollen, war verschwunden. Es schien alles schon so lange her zu sein – nun hielt sie einen verängstigten, verletzlichen Jungen im Arm. Er klammerte sich heftig an sie.

»Sch! Er wird wieder gesund. Dein Vater wird wieder gesund.«

Schließlich ließ sein Schluchzen nach. Mandy hielt ihn weiter im Arm und murmelte beschwichtigende Plattitüden wie eine Mutter zu einem Kind. Als sie ihn in den Armen wiegte, wurde es Patrick plötzlich warm ums Herz. Das Gefühl erinnerte ihn an seine Kindheit, als Lucy ihn gefunden hatte, wie er weinte, aus Angst, man könnte ihn von Honeycote fortschicken, und wie sie ihn auf den Arm genommen und getröstet hatte. Damals hatte er dasselbe Gefühl der Geborgenheit wie jetzt bei Mandy. Er hatte gar nicht gewusst, dass er so verwundbar war und einen Menschen brauchte, der ihm Kraft gab. In letzter Zeit hatte er sich um so viele Probleme gekümmert. Er musste verrückt gewesen sein, zu glauben, er könne das alles allein schaffen wie irgendein Superheld. So ging das nicht. Er brauchte einen Menschen, mit dem er alles teilen konnte: Hoffnungen, Träume, gute wie schlechte Zeiten.

Er drückte ihre Hand, und als ihre Finger sich verflochten, spürte er sich von neuem Mut erfüllt. Sie beugte sich vor, um seinen Kopf zu küssen, nur zum Trost. Aber er wandte ihr das Gesicht zu und ihre Lippen trafen sich unter Tränen.

Als Mickey am Morgen nach der Operation erwachte, hatte er Schwierigkeiten, Realität und Fantasie zu unterscheiden. Er hatte einen verrückten Alptraum gehabt, in dem er die Brauerei niederbrennen wollte und dann einen Autounfall hatte. Gott sei Dank war er jetzt wach. Er musste etwas gegen die ständigen Angstträume unternehmen. Vielleicht sollte er sich Schlaftabletten besorgen ... Mit Mühe schlug er die Augen auf; seine Lider waren unnatürlich schwer, aber schließlich gelang es ihm. Am Fußende seines Bettes stand eine Krankenschwester mit einem Krankenblatt.

Scheiße! Dann war das gar kein Traum.

Schnell schloss Mickey wieder die Augen, bevor die Schwester merken konnte, dass er wach war. Er suchte schleppend im Nebel seines Hirns nach weiteren Hinweisen, war jedoch nicht sonderlich angetan von den Ergebnissen. Vereinzelte Erinnerungsfetzen tauchten auf: Eine Auseinandersetzung mit Lucy, an deren Ausgang er sich nicht erinnern konnte. Ein Gespräch mit Cowley, aber auch da fielen ihm keine Details ein. Er war jedoch ziemlich sicher, dass es insgesamt ziemlich unangenehm war.

Mickey stöhnte innerlich. Was für ein Riesendurcheinander. Er fragte sich, was mit ihm wohl los war. Er hatte nicht das Gefühl, sich bewegen zu können. War er vielleicht gelähmt? War das seine Strafe?

Die Gedanken überschlugen sich in seinem Kopf vor Angst und Adrenalin. Verzweifelt versuchte er, seine Lage einzuschätzen. Wer wusste überhaupt, dass er hier war? Hatte er einen Ausweis dabei, als der Unfall passierte? Vermutlich hatten sie seine Identität anhand des Wagens feststellen können. Mit Schrecken fiel ihm ein, dass er den Healey gefahren hatte. Patricks Wagen. Er hoffte inständig, dass er ihn nicht zu Schrott gefahren hatte, obwohl die Tatsache, dass er im Krankenhaus lag, an sich schon dafür sprach. Der Wagen war der ganze Stolz seines Sohnes, und er hatte ihn genommen, ohne ihn zu fragen. Außerdem war er sich ziemlich sicher, dass der Versicherungsschutz erlosch, da er am Steuer gesessen hatte. Patrick war sicher am Boden zerstört.

Trotz seiner aufsteigenden Panik bemühte Mickey sich, gleichmäßig zu atmen, um die Aufmerksamkeit nicht auf sich zu lenken. Ihm blieb nicht viel Zeit, sich zu überlegen, was er machen sollte. Alles in allem hatte er es sich wohl mit fast allen verscherzt. Mit seiner Frau, seinem Sohn, seiner Bank. O Gott – und mit Lawrence Oakley. Er war ziemlich sicher, dass Lawrence aus irgendeinem Grund hinter ihm her war. Gab es da draußen überhaupt noch einen Menschen, der ihm nicht an den Kragen wollte?

Er musste wohl einen recht schweren Unfall gehabt haben. Da er nichts spürte, hatte man ihn wohl mit Schmerzmitteln voll gepumpt, was kein gutes Zeichen war. Wie lange war er schon hier? Welcher Tag war heute? War er Minuten oder Monate bewusstlos gewesen? Es war gespenstisch, das nicht zu wissen. Wahrscheinlich sollte er der Schwester zeigen, dass er bei Bewusstsein war, aber er wollte noch ein Weilchen den Luxus genießen, seine Gedanken zu ordnen.

Durch den Nebel der abklingenden Narkose und der Schmerzmittel hindurch kam ihm eine glänzende Idee. Vielleicht konnte er so tun, als habe er alles vergessen, was vor dem Unfall war. Konnte man jemanden für etwas bestrafen, woran er sich nicht mehr erinnerte? Das wäre wohl ziemlich sinnlos. Er überlegte, wie leicht sich eine Amnesie vortäuschen ließ.

Wie lange konnte er das realistisch betrachtet durchhalten? Er könnte es eine Weile versuchen, und wenn alle seine Missetaten vergessen hätten und die Zeit alle Wunden geheilt hätte, könnte er sich wieder völlig erholen. Vielleicht nicht völlig – gerade genug, um wieder ganz der Alte zu werden, bis auf eine entsprechende Lücke, wenn es um seine Fehltritte ging.

Nein. Genau dieses Verhalten hatte ihn erst in die Lage gebracht, in der er nun war. Feiger Betrug. Drückebergerei. Die völlige Unfähigkeit, sich seinen Sünden zu stellen. Mickey seufzte. Die Krankenschwester schaute auf und strahlte ihn an.

»Mr Liddiard.«

Sie kam mit dem Krankenblatt zu ihm.

»Wie fühlen Sie sich?«

Verfolgt. Gejagt. Angsterfüllt. Paranoid. Schuldig. Wie lange hatte sie Zeit?

»Gut«, antwortete er matt. »Alles in allem. Wie lange bin ich schon hier?«

»Ich gehe Ihre Frau holen. Ich glaube, sie ist unten in der Cafeteria. Sie freut sich bestimmt, Sie zu sehen.«

Darauf würde ich nicht wetten, dachte Mickey finster. Er versank wieder in einer Nebelwolke und fragte sich, wann sie wohl mit dem Getränkewagen vorbeikommen mochten.

Als Lucy zu Mickey ging, wusste sie nicht, wie sie sich verhalten sollte. Man konnte schließlich niemanden beschimpfen, der gerade dem Tod von der Schippe gesprungen war, aber sie brachte es nicht über sich, ihn zu küssen oder auch nur Erleichterung zu zeigen, dass er überlebt hatte. Er schaute sie vorsichtig an, als sie sich zu ihm setzte.

»Wie fühlst du dich?«

»Gar nicht. Ich bin viel zu betäubt, um etwas zu spüren.«

»Du Glücklicher!«, sagte Lucy trocken, was Mickey zusammenzucken ließ.

»Patricks Wagen ... Sag ihm, dass es mir Leid tut.«

Lucy nickte. Mickey streckte die Hand nach ihrem Arm aus.

»Es tut mir Leid«, wiederholte er.

Sie war sich nicht sicher, ob er Patricks Wagen meinte oder ob er sich bei ihr entschuldigen wollte. Eigentlich war es ihr auch gleichgültig. Eine Entschuldigung änderte nichts. Das reichte nicht.

Der Arzt kam. Mickey sollte noch eine Weile zur Beobachtung im Krankenhaus bleiben, wegen der Kopfverletzungen. Und sein Bein würde lange brauchen, bis es völlig verheilt war. Sie hatten es an mehreren Stellen genagelt und er musste einige Wochen, wenn nicht länger, an Krücken gehen und sich einer langwierigen Physiotherapie unterziehen. Sie sollten sich auf einige schwierige Monate einstellen, zumal Kopfverletzungen Persönlichkeitsveränderungen und Depressionen nach sich ziehen konnten. Und er würde Schmerzen im Bein haben.

Am Ende der Litanei zuckte der Arzt bedauernd mit den Achseln.

»Vermutlich können Sie von Glück sagen, dass Sie noch am Leben sind.«

Mickey warf einen verstohlenen Blick auf Lucy, die verkniffen lächelte.

»Wie man's nimmt«, sagte sie.

Der Arzt wirkte leicht schockiert über ihren Ton, Mickey jedoch nicht. Was hatte er erwartet? Seine Ehe zu heilen würde wesentlich länger dauern als alles andere. Wie viel Liebe und Fürsorge brauchte sie, um sich wieder zu erholen? Falls überhaupt. Ließ sie sich je wieder flicken oder war sie ein Totalschaden wie Patricks Auto?

Patrick erschien zögernd im Türrahmen.

Lucy wandte sich ab, als er seinen Vater umarmte, was sie nicht über sich gebracht hatte. Offenbar entsprang bedingungslose Liebe nur dem Blut. Nicht dem Herzen.

Nachmittags stand Patrick im Dorf und schaute mit ernster Miene zu, wie einige Männer von der Autowerkstatt des Ortes die Überreste seines Wagens aus einer Mauer zogen und auf einen Abschleppwagen luden. Schaudernd betrachtete er den Fahrgastraum und stellte sich seinen Vater darin vor. Die Automechaniker waren beeindruckt, dass er den Wagen derart gründlich zu Schrott gefahren und überlebt hatte.

»Totalschaden, Mann.«

Sie hatten Mitleid mit dem jungen Mann.

»Mach dir nichts draus. Ist doch bestimmt versichert, oder?«

Patrick zuckte die Achseln. Darum ging es gar nicht. Man konnte nicht einfach zum Telefon greifen und einen neuen bestellen. Der Wagen war einmalig. Über Monate und Jahre hinweg hatte er ihn liebevoll restauriert und mühsam die nötigen Ersatzteile besorgt. Das war mit Geld nicht aufzuwiegen.

Am liebsten hätte er Mickey an den Armen gepackt und gerüttelt, dass seine Zähne klapperten. Wie konnte man einen Menschen so lieben und gleichzeitig derart verabscheuen, weil er alles kaputtmachte? Ihm fiel ein Kinderbild seines Vaters ein, ein gewinnender Bengel, dem man wegen seiner großen Augen und seines Charmes immer wieder verzieh, dass er Spielzeug zerbrach und Spiele verdarb.

Was hatte Mickey nicht kaputtgemacht? Seine Ehe, die Brauerei, den Wagen seines Sohnes. Machte er das absichtlich aus irgendeinem Zwang, alles, was ihm lieb und teuer war, zu zerstören, sogar sich selbst – obwohl ihm das letztlich nicht gelungen war? Es gab solche Menschen. In der Schule hatte Patrick einen solchen Jungen gekannt. Er hatte alles auf seiner Seite – Reichtum, gutes Aussehen, Intelligenz –, aber er hatte sich zu Drogen hingezogen gefühlt wie die Motte zum Licht. Seine verzweifelten Eltern hatten ein Vermögen für Entziehungskuren und Reha-Maßnahmen ausgegeben, aber ohne Erfolg. Als er schließlich an einer Überdosis starb, hatte Patrick kein Mitleid mit ihm.

So wie er jetzt kein Mitleid mit seinem Vater hatte. Nur eine kalte, stumme Wut, dass er seiner Familie all dieses Leid und diese Sorgen zumutete. Als der Healey mit der Winde auf den Abschleppwagen gezogen wurde, drehte er sich um und sah seinen Onkel in makelloser Wachsjacke dastehen, den Wildlederkragen gegen die Kälte hochgeschlagen.

»Falls du einen Ersatz haben möchtest. Dir einen anderen holen ...«

Patrick schüttelte den Kopf.

»Wenn jemand zahlen sollte, dann ist es Dad.«

»Das Angebot bleibt bestehen.« James grinste verlegen. »Ich weiß doch, wie schwer du daran gearbeitet hast.«

Patrick lächelte zum Dank. James legte ihm die Hand auf die Schulter. Patrick war schon immer ein zäher Bursche gewesen; er wusste, dass der Junge nie zugeben würde, dass er Hilfe brauchte, aber sein Patensohn sollte wissen, dass er für ihn da war, wenn er ihn brauchte.

»Falls du etwas möchtest. Oder brauchst. Du weißt, dass ich für dich da bin. Ganz gleich, was es ist ...«

Er war sicher, dass Patrick ihm antworten würde, es sei alles in Ordnung. Zu seiner Verwunderung sagte er jedoch:

»Warst du jemals verliebt?«

»Wie bitte?« James war verdutzt.

»Aus heiterem Himmel. Wenn du gar nicht damit gerechnet hast. Hoffnungslos verliebt. So, dass du an nichts anderes mehr denken kannst?«

James überlegte sich seine Antwort genau. Er war sich nicht sicher, wo Patrick herkam; was er wusste, ahnte oder sich zusammenreimte. Er war immer schon scharfsichtig gewesen und James hatte ein schlechtes Gewissen. Wenn er nur die geringste Ahnung hätte, was zwischen Lucy und ihm vorgefallen war ...

Aber Patricks Frage war anscheinend ehrlich gemeint. Sie sollte weder ein Witz noch eine Provokation sein. Er wirkte bekümmert, wie James es nur zu gut seit Jahren kannte.

»Ja. Ja, war ich.«

»Und was hast du gemacht? Hast du es ihr gesagt?«

»Nein.« James schaute ihm in die Augen. »Ich habe gar nichts gemacht und es seitdem immer bereut.«

»Ach.« Patrick fragte sich gespannt, um welche von James' Freundinnen es gehen mochte. Er hatte nie den Eindruck gemacht, als sei er von einer besonders angetan gewesen. Vielleicht lag es ja schon lange zurück.

Er war verblüfft, als sein Onkel ihn heftig am Arm packte und drängte: »Was du auch tust, Patrick, mach nicht den gleichen Fehler wie ich. Lass sie nicht gehen.«

Gegen sieben Uhr abends fuhr Lucy schließlich mit dem Taxi aus dem Krankenhaus nach Hause, nachdem der Arzt ihr versichert hatte, dass Mickey außer Gefahr war, auch wenn er noch Schmerzen hatte, was ihr nur recht war. Sie hatte ihm zum Abschied kurz angebunden versprochen, am nächsten Morgen wiederzukommen, und spürte seine Erleichterung, noch bevor sie aus dem Zimmer war.

Als sie schließlich nach Hause kam, hatte sie das Gefühl, tagelang fort gewesen zu sein, obwohl es kaum vierundzwanzig Stunden her war, seit sie und Mickey sich im Wohnzimmer gegenübergestanden hatten. Das Haus wirkte stocksteif. Oberflächlich war alles bestens in Ordnung. James und die Mädchen hatten sich nach Kräften bemüht, Ordnung zu schaffen. So hatten Sophie und Georgina eine Beschäftigung gehabt. Aber bei genauerem Hinsehen war manches unter den Teppich gekehrt worden. Gläser und Teller waren schlecht gespült in den Schrank geräumt. Manches fand sich am falschen Ort wieder. Und so fühlte sich auch Lucy. Äußerlich ruhig und ordentlich, aber innerlich völlig durcheinander.

Es war schön, die Mädchen zu sehen. Sie fielen ihr um den Hals, und obwohl sie wusste, dass eigentlich sie die Mädchen hätte beruhigen müssen, gab es ihr Kraft, dass sie sie umsorgten, ihr ein Bad einlaufen ließen, ihr einen vorgewärmten Schlafanzug brachten und gekochte Eier mit viel Toast machten. Zwischendurch fragte sie sich, ob ihre Töchter sie genauso eifrig verwöhnen würden, wenn sie wüssten, dass sie mit ihrem Onkel geschlafen hatte, aber diesen unangenehmen Gedanken verdrängte sie rasch wieder. Zum Glück machte James sich rar, nachdem er sich vergewissert hatte, dass Lucy zu Hause bleiben wollte. Zu ihrem Schutz hatte er Pokey zurückgebracht. Und Patrick war da, auch wenn er im Augenblick in seinem Zimmer brütete. Sie hörte die finster wirbelnde Musik von Radiohead durch die Decke: düstere, unheimliche Akkorde, die zu seiner Stimmung passten.

Sie fand, dass Sophie blass aussah. Ihr Ei hatte sie kaum angerührt.

»Alles in Ordnung, Schatz?«

Sophie nickte wenig überzeugend. Georgina schaute eindringlich von einer zur anderen und wollte schon etwas sagen, überlegte es sich dann aber anders. Eine Träne rann über Sophies Wange und tropfte in ihr Ei.

»Daddy wird doch wieder gesund, oder?«

»Natürlich, Schatz. Das weißt du doch. Der Arzt sagt, er ist zwar schwer verletzt, aber außer Gefahr. Du brauchst dir wirklich keine Sorgen zu machen. Morgen können wir ihn besuchen.« Darauf können wir uns freuen, sagte sie sich insgeheim. Sie lächelte ihre Töchter aufmunternd an. Im Stillen dachte sie, dass sie eigentlich etwas Zeit für sich brauchte, um nachzudenken, ohne dass jemand ihr im Nacken saß.

Als Sophie und Georgina sich schlafen gelegt hatten, tranken Patrick und Lucy gemeinsam eine Flasche Wein. Beide wären am liebsten ins Bett gegangen, um über ihr jeweiliges Dilemma zu grübeln, aber es gab Wichtiges zu bereden. Nicht zuletzt die Brauerei.

Sie sprachen über Keith' Angebot, ihnen zu helfen. Lucy hatte geglaubt, er habe es lediglich aus Freundlichkeit gemacht, aber als Patrick es nun wiederholte und auf die Vorzüge hinwies, wurde ihr klar, dass es tatsächlich ein Rettungsanker war. Sie hatte keine Ahnung, was sie tun sollte. Die Brauerei steckte eindeutig in der Krise und Mickey war nicht in der Lage, Entscheidungen zu fällen. Allerdings war er vor dem Unfall auch nicht dazu fähig gewesen, dachte sie verbittert.

Flüchtig wünschte sie, sie hätte sich im Laufe der Jahre mehr ums Geschäftliche gekümmert. Ihr war klar, dass sie nicht zur Geschäftsfrau des Jahres geboren war. Aber zumindest hätte sie dann eine Vorstellung von den Erfordernissen der Brauerei und der Richtung, die sie einschlagen sollte.

Sie und Patrick gingen die verschiedenen Möglichkeiten durch.

»Die Sache ist, dass Keith schwerreich ist. Und er ist interessiert. Wann bietet sich uns noch einmal eine solche Chance, einen Investor zu finden? Das ist die ideale Gelegenheit für ihn, sich einen Überblick zu verschaffen.«

»Das macht mir ja gerade solche Sorgen. Wer weiß, was dein Vater sonst noch alles unter den Teppich gekehrt hat.«

»Was bleibt uns denn anderes übrig? James interessiert sich nicht für die Brauerei. Das hat er nie getan. Er kommt doch nur zur Aktionärsversammlung.«

Lucy nickte. Vor allem lag ihr daran, James aus der Geschäftsführung herauszuhalten. Schon jetzt war alles viel zu eng verflochten und sie wollte das Leben nicht noch komplizierter gestalten, als es ohnehin war.

Vielleicht wäre es für alle das Beste, wenn eine unvoreingenommene, objektive Person an der Spitze des Unternehmens stand. Sie war ziemlich sicher, dass man Keith vertrauen konnte. Möglicherweise war er genau der Richtige, um Honeycote Ales wieder auf die Beine zu bringen. Patrick und sie beschlossen, ihn ins Geschäft zu holen, und sei es auch nur vorübergehend, um ihnen aus dieser heiklen Lage zu helfen.

Zwei Tage später fand, sehr zum Ärger seines Arztes, in Mickeys Krankenhauszimmer eine Krisensitzung des Vorstands statt. Mickey kam sich vor wie der gebrechliche Chef eines Mafiaclans, als Keith, Patrick, Cowley, Lucy und James auf Plastikstühlen um ihn herumsaßen.

Keith sollte leitender Direktor der Brauerei werden und sich ständig mit Mickey und natürlich auch mit Cowley abstimmen, der ein bisschen besorgt über dieses unkonventionelle Vorgehen war, aber aus Instinkt spürte, dass Keith eine gute Errungenschaft war. Insgeheim hatte er einige Erkundigungen eingezogen; der Bursche war grundsolide. Patrick sollte zum Brauereileiter befördert werden, aber im Grunde Keith unterstellt sein. Notfalls stand James als Gesprächspartner zur Verfügung. Keith sollte die Geschäftsbücher der letzten fünf Jahre ausgehändigt bekommen, die er sicher genauestens durchgehen würde, und in einem Monat wollten sie sich wieder zusammensetzen, um über seine möglichen Investitionen zu sprechen.

Sie stießen mit Tee aus Plastikbechern an. Es verstand sich von selbst, dass Mickey keinen Tropfen Alkohol trinken durfte, und niemand war so taktlos, Champagner vorzuschlagen.

Als alle gegangen waren, fiel Mickey mit einem erleichterten Seufzen in die Kissen zurück. Während der ganzen Besprechung hatte er sich äußerst unwohl gefühlt und sich sehr bemüht, sich zu konzentrieren, aber es war allen klar gewesen, dass er im Augenblick zu keinerlei geschäftlichen Entscheidungen in der Lage war. Er konnte jedoch nicht umhin, sich insgeheim über die Wendung zu freuen, die die Dinge genommen hatten. Er war damit durchgekommen: Er war knapp, aber dennoch dem Tod, dem Bankrott und der Scheidung entronnen, alles auf einen Schlag.

Ja, er war eindeutig mit dem Hintern im Honigtopf gelandet. Und er hatte aus seinen Fehlern gelernt. Dieses Mal würde er schuften, auf dem Pfad der Tugend bleiben, eine reine Weste behalten – jedes Klischee erfüllen, das es nur gab.

Er wollte gar nicht erst lange darüber nachdenken, wie langweilig das werden könnte.

Kapitel 21

Keith Sherwyn glaubte nicht an Schicksal, Kismet oder eine jener versponnenen Hippie-Theorien. Das Leben war das, was man daraus machte, basta. Aber er fand es schon unheimlich, dass er bei Honeycote Ales gelandet war, da er das starke Gefühl hatte, dass die Brauerei und er füreinander geschaffen waren, dass er dorthin gehörte und eine unsichtbare Macht ihn dorthin geführt hatte. Allerdings dachte er nicht allzu viel darüber nach, denn so reizvoll die Brauerei auch war, sah er doch das Menetekel an der Wand und wusste, dass sie am Rande des Ruins stand – und es an ihm lag, sie davor zu bewahren.

Er brauchte nicht lange, bis er sich entschied, sein Geld in die Brauerei zu investieren, denn jeder Tag brachte sie dem Bankrott nur noch näher. Keith war ein Mann der Tat, der auf seinen Instinkt vertraute und neue Herausforderungen mehr als bereitwillig annahm. Die Investition müsste schrittweise erfolgen: anfangs eine Finanzspritze aus dem Geld, das er flüssig hatte, und dann eine größere Summe, sobald er sein Geschäft verkauft hatte. So schlossen sie ein Gentleman's Agreement – denn er wusste, dass Mickey tief im Inneren ein Gentleman war, auch wenn er ein bisschen vom Weg abgekommen war –, so dass Keith sofort Veränderungen vornehmen konnte, ohne zu warten, bis die rechtliche Seite auf Punkt und Komma genau geregelt war. Er wollte auf der Stelle mit seinem neuen Spielzeug spielen.

Zum ersten Mal seit Jahren hatte Keith Spaß am Leben.

Seine Berufserfahrung als Klempner half ihm, den Brauvorgang schneller nachzuvollziehen, als es sonst wohl der Fall gewesen wäre. Mit Eric Giles, dem Ingenieur und Mann für alle Fälle, kam er auf Anhieb gut zurecht, nachdem dessen anfängliches Misstrauen sich gelegt und er gemerkt hatte, dass Keith genauso versessen auf die altehrwürdige Tradition von Honeycote Ales war wie er selbst und durchaus nicht die Absicht hatte, die leicht antiquierten Abläufe durch sterile Edelstahleffizienz zu ersetzen. Eric betonte immer wieder, dass selbst kleinere Veränderungen die bestehende Perfektion des Bieres beeinträchtigen könnten, gebraut nach dem Originalrezept, das Mickey von seinem Großvater bekommen hatte und unter Verschluss hielt. Tatsächlich lag es jedoch im Brauereibüro, wo alle es sehen konnten, aber es war eine hübsche Legende.

Keith kam bald zu dem Schluss, dass am Herzstück der Brauerei nichts verändert werden musste. Er war ein überzeugter Verfechter der Ansicht, dass man nichts reparieren sollte, was nicht kaputt war. Erst im Anschluss an den eigentlichen Brauvorgang lag manches im Argen. Es gab anscheinend keinerlei System für Verkauf, Vermarktung oder Werbung. Das Problem war die Selbstgefälligkeit, eine unausgesprochene Arroganz, dass ein perfektes Produkt Profit bedeutete. Aber einen Marketingplan aufzustellen und umzusetzen war langwierig und kompliziert. Bis dahin ging es zunächst einmal darum, den bereits entstandenen Schaden zu beheben und die Moral zu verbessern.

Als Erstes ging er zu Ted und Eileen und versicherte ihnen, dass ihre Existenz gesichert war. Als Patrick ihm erzählt hatte, dass Mickey vorhabe, das *Honeycote Arms* zu verkaufen, war Keith entsetzt gewesen. Seiner Ansicht nach war das der Pub, den er als letzten aufgeben sollte – er trug schließlich den Firmennamen. Er war ein fester Bestandteil der Brauereigeschichte, aus dem man Kapital schlagen, den man nutzen und zum Flaggschiff ausbauen musste. In solchen Entscheidungen lag das Übel begraben.

Er hatte seinen Besuch bei Ted und Eileen telefonisch angekündigt. Als er kam, waren sie abwehrend und misstrauisch, aber er bemühte sich nach Kräften, sie zu beruhigen.

»Sie sollen wissen, dass Sie ein wertvoller Teil des Teams sind. Und dass der Pub auf keinen Fall verkauft wird. Im Gegenteil, wir werden im Laufe der nächsten beiden Jahre in sämtliche Pubs investieren. Erheblich. Wir arbeiten an einem umfassenden Renovierungskonzept. Ein neues Firmenimage, um eine gewisse Einheitlichkeit herzustellen – bei der jedoch jeder Pub seinen eigenen Charakter behalten kann.«

»Das ist alles schön und gut«, sagte Ted. »Ich freue mich, das zu hören. Aber eigentlich haben Eileen und ich beschlossen, dass es uns reicht. Wir finden, dass es so das Beste ist. Es ist Zeit, dass wir uns verändern – wir sind seit zwanzig Jahren hier. Wir möchten uns zur Ruhe setzen und nebenher eine kleine Pension aufmachen, damit ich angeln gehen und Eileen die Füße hochlegen kann.«

Keith vergewisserte sich, ob sie ohne Bitterkeit gingen, und versicherte ihnen, falls sie es sich anders überlegen sollten, sei es noch nicht zu spät. Als er fort war, waren Ted und Eileen sich einig, dass er ein anständiger Kerl war, dem man trauen konnte. Er würde einen nicht wie Mickey Liddiard auf die Straße setzen, wenn man am wenigsten damit rechnete, nicht so.

Drei Tage nach seinem Unfall litt Mickey Höllenqualen. Die Schmerzmittel, mit denen er voll gepumpt wurde, halfen nicht gegen die eisige Kälte, mit der Lucy ihn behandelte. Er hatte auf ein bisschen Mitgefühl gehofft, da er dem Tod nur knapp entronnen war, aber jede neue Leiche, die aus seinem Keller auftauchte, erwies sich als weiterer Sargnagel für ihn.

Als Lucy von Patrick und Keith von seinem Vorhaben erfuhr, das *Honeycote Arms* zu verkaufen, war sie empört. Als sie herausfand, dass sein Alkoholpegel bei dem Unfall das Dreifache der erlaubten Promillegrenze betrug, war sie wütend. Und als sein Zustand nicht mehr als kritisch galt und er aus seinem

Privatzimmer auf eine Krankenstation verlegt wurde, erfuhr sie, dass er ihre private Krankenversicherung gekündigt hatte. Während die Krankenschwestern um ihn herumwieselten und seine Bettdecke richteten, um ihn auf die Station zu fahren, fiel sie über ihn her.

»Ich gebe es auf, Mickey. Ich gebe auf. Was werde ich sonst noch alles erfahren? Du Lügner!«

»Ich habe dich nie belogen, Lucy.«

»Lass die Haarspaltereien. Du hast mir Dinge vorenthalten. Absichtlich vertuscht. So geht das nicht in einer Ehe, jedenfalls nicht nach meiner Vorstellung.«

»Es tut mir Leid.«

»Nicht halb so Leid wie mir.«

»Bitte, Lucy!«

Mickey deutete auf die beiden Krankenschwestern, die über seinen Kopf hinweg entrüstete Blicke tauschten.

»Es ist mir schnuppe, wer das hört. Du hast mich schon zigmal zum Narren gemacht.«

Als der Träger kam, um ihn zu verlegen, nahm Lucy ihre Sachen und stolzierte hinaus.

»Hat Ihnen wohl ganz schön den Kopf gewaschen, was?«, tröstete der Träger ihn. Mickey schloss die Augen.

»Ich hab's verdient.«

»Sieht ja auch ganz hübsch und nett aus. Ich sag Ihnen was, das sind oft die Schlimmsten. Meine Frau sieht aus wie ein Rottweiler, aber sie kläfft nur und beißt nicht.«

Mickey fand das wenig tröstlich und fragte sich elend, ob das immer so bleiben sollte. Wenigstens liebten Sophie und Georgina ihn noch. Aber sie kannten ja auch nicht einmal die Hälfte der Geschichte. Sie besuchten ihn, sooft sie konnten, und lasen ihm abwechselnd das neue Dick-Francis-Buch vor, das er zu Weihnachten bekommen hatte. Patrick war zu sehr mit Keith beschäftigt, um ihn häufig zu besuchen, außerdem war Mickey überzeugt, dass er ihm den Totalschaden seines

Autos noch nicht verziehen hatte. Er fragte sich, ob er wohl den Träger bestechen könnte, ihm etwas Alkoholisches zu besorgen, um sein Gewissen zu beschwichtigen, aber dann fiel ihm die Warnung des Arztes wieder ein. Kein Alkohol! Seine Leber sah schon jetzt ziemlich mitgenommen aus und sein Körper hatte schon genug zu bewältigen. Ihm blieb nur übrig zu beten, aber Mickey hatte Gott noch nie gern um etwas gebeten, weil er vermutlich eine Gegenleistung erwartete, die er nicht erbringen konnte.

Nach ihrem Ausbruch saß Lucy elend auf dem Parkplatz in ihrem Wagen und versuchte sich zu beruhigen, bevor sie nach Hause fuhr. Sie war so durcheinander. Sie fühlte sich von Mickey betrogen und enttäuscht, aber tief im Inneren wusste sie, dass auch sie Fehler gemacht hatte. Ihre Überreaktion entsprang nicht nur der Kränkung, sondern auch ihren Schuldgefühlen. Alles war so schnell gegangen, dass ihr keine Zeit geblieben war, über das nachzudenken, was zwischen ihr und James vorgefallen war. In den letzten Tagen hatte sie die Erinnerung daran von sich geschoben, aber eigentlich zögerte sie damit den Tag der Abrechnung nur hinaus. Man konnte nicht nach zwanzig Jahren Freundschaft mit einem Mann schlafen, ohne anschließend mit ihm darüber zu reden. Aber Lucy wusste nicht, was sie sagen sollte. Sie wusste nicht einmal, was sie denken sollte. Den ganzen Tag schwirrte ihr der Kopf, während sie automatisch Haushalt und Familie versorgte. Gott sei Dank gab es prosaische Hausarbeiten zu erledigen und Pferdeställe auszumisten. Ständig war etwas zu tun, was sie vorschieben konnte, um sich der Realität nicht stellen zu müssen.

Patrick war in den ersten Tagen nach Mickeys Unfall wie aufgeputscht von Sorge und Adrenalin. Sobald Keith das Ruder übernommen hatte, atmete er erleichtert auf, obwohl ihm klar war, dass er mit Arbeit eingedeckt würde. Es lag auf der Hand, dass Keith Bummelei nicht dulden würde. Nicht dass er bummeln wollte. Er konnte es gar nicht abwarten, sich in die Arbeit zu stürzen, um Honeycote Ales wieder ins Rennen zu bringen.

Doch bevor Patrick nicht mit Mandy geredet und herausgefunden hatte, wo er stand, litt er Höllenqualen. Nach der Nacht im Krankenhaus, wo er ihr sein Innerstes enthüllt hatte, fühlte er sich nackt und ausgeliefert. Zum ersten Mal in seinem Leben war es ihm wichtig, was eine Frau für ihn empfand. Aber er war zu stolz, sie zu fragen. Er konnte sich nicht durchringen, sie anzurufen. Was sollte er ihr sagen? Er musste einfach abwarten, bis das Schicksal sie wieder zusammenführte, was hoffentlich nicht lange dauern konnte. Schließlich arbeitete er eng mit ihrem Vater zusammen.

Er brauchte nicht lange zu warten. Eines Morgens kam Mandy früh mit Keith, der Lucy einige Unterlagen nach Honeycote House brachte, die sie zur Unterzeichnung mit ins Krankenhaus nehmen sollte. Sie wollte Monkey sehen, der immer noch auf den Hufschmied wartete. Patrick ergriff die Gelegenheit beim Schopf.

»Er ist im Stall. Wir können ihn nach draußen bringen, wenn du möchtest.«

»Toll!«

Sie gingen in den Stall und tauschten seine Stalldecke gegen eine wasserfeste aus. Patrick schaute zu, wie Mandy sich liebevoll um das kleine Pferd kümmerte, das früher ihm gehört hatte. Sie führten das Tier hinaus auf die Koppel und schauten zu, wie es im Kreis herumtrottete und sich dann übermütig auf dem Boden wälzte.

»Ich miste besser mal den Stall aus.«

»Nicht nötig. Mum hat ein paar Mädchen aus dem Dorf, die ihr helfen, solange Dad im Krankenhaus ist.«

»Nein. Ich möchte es selber machen.«

Sie war fest entschlossen, was Patrick gefiel. Es machte ihr nichts aus, sich die Hände schmutzig zu machen. Sie war ganz und gar nicht das verzogene neureiche Gör aus Birmingham, für das er sie irrtümlich gehalten hatte. Er schaute zu, während sie Mist in eine Schubkarre schaufelte, den er dann auf den Misthaufen fuhr. Als er zurückkam, streute sie gerade frisches Stroh aus. Er atmete tief durch.

»Hast du für morgen Abend immer noch nichts vor?«

Mandy schaute ihn verständnislos an.

»Silvester? Die Party bei meinem Freund?« Er erinnerte sich, dass er sie am Weihnachtstag dazu eingeladen hatte. Damals hatte ihm an ihrer Antwort eigentlich nichts gelegen, weil er nur hinter ihr her war, um an das Geld ihres Vaters zu kommen. Wie die Dinge sich verändert hatten!

»Ach ja. Ehm, ich weiß nicht. Das hängt davon ab, ob Dad etwas vorhat. Eigentlich möchte ich ihn nicht allein lassen ...« Ihr Zögern ließ Patricks Magen vor Enttäuschung Purzelbäume schlagen. Doch dann überlegte sie es sich offenbar anders. »Ich bin sicher, es macht ihm nichts aus. Für Erwachsene ist Silvester ja keine so große Sache, oder?«

»Toll!« Patrick strahlte und bezwang seinen Jubel, als sie ihn anlächelte. Zu seiner Verwunderung brachte er nicht den Mut auf, sie zu küssen. Bisher hatte er noch nie gezögert, die Gunst der Stunde zu nutzen und ohne Angst vor Zurückweisung zuzupacken. Aber nun blieb er wie angewurzelt stehen.

Schließlich lehnte Mandy ihre Mistgabel an die Stallwand, schlang den Arm um seinen Hals und zog ihn an sich. Kurz darauf gingen sie mit funkelnden Augen und roten Wangen zurück in die Küche, Mandy mit verräterischen Strohhalmen im Haar.

Kay bog in den Merton Drive und bemerkte, wie mancher sich verwundert umsah. In dieser ruhigen, nüchtern langweiligen Sackgasse mit ihren Doppelhaushälften, deren Eigentümer weder Fantasie noch Ehrgeiz besaßen, bekam man nicht oft einen Porsche Boxster zu sehen. Kay fand, dass es hier nicht viel anders aussah als zu der Zeit, als sie hier aufgewachsen war, abgesehen von dem einen oder anderen Wintergarten, der mittlerweile angebaut worden war, und dem einen oder anderen Bretterzaun, der grün statt braun gestrichen war. Sie bog in die Einfahrt von Haus Nummer 27 und hielt. Ohne hinzuschauen konnte sie förmlich spüren, wie die Gardinen auf der anderen Straßenseite sich bewegten.

Sie fragte sich, ob ihre Eltern wohl zu Hause waren. Ihr Vater machte den Laden zwischen Weihnachten und Neujahr nur ungern auf. Wenn die Leute sich nicht die Mühe machten, ihr Fleisch im Voraus zu kaufen und einzufrieren, war das ihr Pech. Er hatte einen Urlaub ebenso verdient wie jeder andere.

Sie hatte ein paar Tage gebraucht, den Mut aufzubringen. Sie war in Frome geblieben, um innerlich Kraft zu sammeln und sich auf ihre Zukunft einzustellen. Die Tage waren unproblematisch verlaufen. Sie war noch einmal zur Untersuchung ins Krankenhaus gegangen, hatte sich einige Bücher über Entbindungen gekauft und war durch einschlägige Geschäfte gebummelt, um sich mit den absonderlichen Requisiten vertraut zu machen, die von nun an zu ihrem Leben gehören sollten.

Zugesetzt hatten ihr die Nächte, in denen Kleinigkeiten sich zu riesigen Sorgen auswuchsen und in Panik umschlugen. Dann überfiel sie kalte Angst und zerfraß ihr den Magen. Sie verspürte ein überwältigendes Verlangen, Lawrence anzurufen. Sie sagte sich, dass er kein Ungeheuer sei und sicher Mitleid mit ihr haben würde, und griff mehr als einmal im Dunkeln nach ihrem Handy. Dann fiel ihr ein, mit welcher Miene er ihr den Brief gezeigt hatte, und sie legte das Telefon wieder fort, rollte sich zusammen und wartete auf den Schlaf, der sie durch die Nacht bringen würde, bis sie sich bei Tageslicht den Dingen wieder gewachsen fühlte.

Sie stieg aus dem Wagen und bemühte sich, selbstbewusst zum Haus zu gehen, um den Nachbarn keinen Anlass zu Spekulationen zu bieten. Doch als ihre Mutter die Tür öffnete und beim Anblick ihrer Tochter freudig strahlte, war sie mit ihrer Beherrschung am Ende.

»Mum ...« Sie warf sich ihrer Mutter in die Arme. Sylvia hielt sie fest, zog sie sanft ins Haus und schloss die Tür. Ihr Vater kam beunruhigt in die Diele.

»Was ist denn los? Was hat er gemacht? Ich bringe ihn um!«

Kay schluchzte weiter. Die Loyalität ihres Vaters kannte keine Grenzen. Er war bereit, sie um jeden Preis zu beschützen, obwohl sie sich in den letzten zehn Jahren kaum um ihre Eltern gekümmert hatte.

»Psst, Charlie. Lass sie in Ruhe. Geh und setz Teewasser auf.« Tee war Sylvias Allheilmittel.

»Aber was ist denn los?« Charlie ließ sich nicht abwimmeln.

»Das ist doch wohl klar, oder? Sie ist schwanger. Stimmt's, Liebes?«

Kay nickte nur, weil sie vor Tränen noch nicht sprechen konnte, aber von diesem Augenblick an wusste sie, dass alles gut würde, weil ihre Eltern sie mit offenen Armen empfingen, ohne ihr Vorwürfe zu machen, weil sie sie in den letzten Jahren so vernachlässigt, nur selten angerufen und noch seltener besucht hatte. Sie hatte den Kontakt zu ihnen nicht völlig abgebrochen, aber sie hatten sich nie recht wohl gefühlt, wenn sie sie nach Barton Court einlud. Und zu Besuchen bei ihnen in Slough hatten sie und Lawrence sich kaum je herabgelassen. Jetzt stellten sie auch keine bohrenden Fragen. Gegen Abend hatte Kay wieder ihr früheres Zimmer mit der rosafarbenen Chenille-Bettdecke bezogen und saß mit ihnen beim Abendessen, zu dem es das Irish Stew ihrer Mutter mit dem besten Stück Lammfleisch ihres Vaters gab.

Kapitel 22

An Silvester erklärte der Arzt, Mickey dürfe nach Hause gehen. Offenbar glaubte er, ihm einen Gefallen zu tun, aber eigentlich fühlte Mickey sich in der relativen Geborgenheit der Krankenstation recht wohl.

Lucy kam ihn abholen. Relativ schweigsam fuhren sie nach Hause. Es war Mickey klar, dass er nicht mit Girlanden, Champagner und einem Kuchen als Willkommensgruß rechnen konnte. Als sie in die Einfahrt bogen, räusperte er sich und sagte bemüht beiläufig:

»Machen wir irgendetwas zu Silvester?«

Lucy funkelte ihn wütend an.

»Komisch, Mickey, aber ich hatte gar keine Zeit, etwas zu organisieren. Wo du dich fast umgebracht hättest und ich zusehen musste, die Brauerei vor dem Bankrott zu bewahren.«

Mickey hätte weinen mögen. Es sah Lucy gar nicht ähnlich, sarkastisch zu werden. Wie sollte er das wieder in Ordnung bringen? Er hatte versucht, sich zu entschuldigen, aber sie wollte ja nicht reden. Er hegte noch die vage Hoffnung, dass es einfacher würde, wenn sie erst einmal zu Hause waren. Krankenhäuser waren wohl kaum der geeignete Ort für persönliche Aussprachen und lebensrettende Maßnahmen an einer zwanzigjährigen Ehe.

Aber seine Hoffnung erfüllte sich nicht. Ganz im Gegenteil. Mickey war entsetzt, als Lucy ihm unumwunden erklärte, sie halte es für besser, wenn er in der Stube schlief.

Er ging hinein und sah, dass das Schlafsofa ausgeklappt und frisch bezogen war und einige seiner Sachen umherstanden. Es sah sehr gemütlich aus. Und nach etwas Dauerhaftem. Lucy wich seinem Blick aus.

»So brauchst du nicht die Treppe hinauf und hinunter. Mit deinem Bein.«

Sie verbrachten einen bedrückenden Silvesterabend. Lucy fabrizierte einen Topf fader Nudeln mit einer Fertigsoße und geriebenem Parmesan. Kein Salat. Kein Wein. Patrick war mit Mandy ausgegangen und die Mädchen blieben über Nacht bei Freundinnen. Mickey war ein bisschen gekränkt, dass sie nicht da waren, um ihn zu Hause willkommen zu heißen, bis Lucy zugab, dass sie vergessen hatte, ihnen zu sagen, dass er aus dem Krankenhaus kam. So wichtig war er also.

Als er in seinem Bett in der Stube lag und den Countdown bis Mitternacht im Fernsehen anschaute, dachte Mickey, dass er sich gar nicht unwichtiger und elender fühlen könnte. Das Schlimmste war, dass er es verdient hatte.

Kays Bruder Dan hatte seinen Eltern eine Flasche Asti mitgebracht, um das neue Jahr zu begießen. Er war fünf Jahre jünger als Kay und hatte einen anstrengenden Job als Pfleger in der Psychiatrie. Er war durchaus nicht erfreut, seine Schwester zu sehen. Als seine Mutter gerade nicht im Zimmer war, fuhr er sie schnaubend an:

»So, es ist also alles in die Binsen gegangen in eurem großen Haus, was? Jetzt kommst du zu Mum gelaufen? Du hast vielleicht Nerven! In den letzten zehn Jahren hast du sie mit deinem vornehmen Getue und deinem schicken Auto ignoriert ...«

Kay war betroffen. Dan hatte ihren wunden Punkt getroffen; im Stillen schämte sie sich, weil sie ahnte, dass sie ihre Eltern schäbig behandelt hatte, aber dieses Gefühl hatte sie bislang unterdrücken können. Nun brachte sie nicht einmal den Mut auf, sich zu verteidigen. Er hatte ja Recht. Wie konnte sie erwarten, dass ihre Eltern alles stehen und liegen ließen, um ihr zu helfen?

Sylvia fand Kay in der Küche, als sie gerade ihre Tränen abwischte.

»Dan hat es nicht so gemeint. Er hat es auch nicht leicht. Seine Frau rührt keinen Finger, um ihm zu helfen; er arbeitet Tag und Nacht und sie jammert nur rum, was sie alles nicht haben.«

Kay war untröstlich.

»Hör mal, Liebes. Dan hat sich geärgert, weil ich heute Abend auf sein Baby aufpassen sollte. Ich habe gesagt, ich kann nicht, weil du hier bist ...«

»Das hättest du nicht tun sollen, Mum. Um mich brauchst du dir keine Sorgen zu machen.«

»Ich passe oft auf sein Baby auf. Mach dir mal keine Gedanken. Ihre Eltern können sich ausnahmsweise auch mal darum kümmern.«

Sylvia bemühte sich sehr, sie zu trösten, und Charlie, der seine Tochter um jeden Preis in Schutz nehmen wollte, erklärte, Dan habe ein paar hinter die Ohren verdient, weil er so rede. Als Kay später im Bett lag, nachdem sie um Mitternacht mit ihren Eltern einen winzigen Schluck Asti getrunken hatte, dachte sie an den Dom Perignon, den sie mit Lawrence getrunken hätte, und versuchte sich einzureden, dass sie hier glücklicher sei. Plötzlich fiel ihr ein, dass sie völlig vergessen hatte, die Einladung zum Abendessen abzusagen, das sie heute Abend hatte geben wollen. Sie wusste nicht, ob sie lachen oder weinen sollte.

Auch Lawrence wusste nicht, ob er lachen oder weinen sollte, als ihm um sechs Uhr abends einfiel, dass am Silvesterabend gegen acht zehn Gäste zum Essen kommen sollten. Verdammte Kay, das hatte sie bestimmt absichtlich gemacht. Was sollte er bloß machen? Es war zu spät, alle zum Abendessen in ein Restaurant zu führen. Jedes anständige Lokal war ausgebucht. Er rief Kelly an, die ihn sofort beruhigte. Es gefiel ihm, dass sie sich von seinen Wutausbrüchen nicht im Geringsten einschüchtern ließ. Und in Krisensituationen war sie gut.

Eine Stunde später kam sie brav mit Vorräten aus der reichlich gefüllten Speisekammer ihrer Mutter. Lawrence ließ sie in Ruhe das Büfett herrichten, während er duschte und sich umzog. Als er im Smoking herunterkam, weil es an der Haustür klingelte, blieb ihm fast das Herz stehen. Der Esstisch bog sich unter Unmengen *scotch eggs*, Schweinefleischpasteten, Weißkohlsalat, Kartoffelsalat und etwas Undefinierbarem, das Kelly als Scheiben kalter Blutwurst bezeichnete. Und eingelegte Rote Bete, du liebe Güte ...

Er kam damit durch. Gerade so. Seine Gäste hielten es für den Gipfel ironischen Schicks und Lawrence spielte mit. Aber er konnte nicht umhin, an das exquisite Essen zu denken, das Kay auf den Tisch gebracht hätte. Auch wenn sie es nicht selbst gekocht hätte, es wäre einwandfrei gewesen. Aber das konnte er der guten Kelly nicht zum Vorwurf machen. Sie hatte ihr Bestes getan. Und wenigstens hatten sie Dom Perignon, um das Essen hinunterzuspülen.

In The Cedars genoss Keith die Einsamkeit. Nachdem er sich in der letzten Woche bei Honeycote Ales abgerackert hatte, war eine ausgelassene Feier das Letzte, wonach ihm der Sinn stand. Er hatte Mandy sicher in Patricks Obhut gegeben und wollte sich nun mit einem Teller Käse und Kräckern sowie einer guten Flasche Rotwein hinsetzen und die Unterlagen durchsehen, die man ihm geschickt hatte.

Der Immobilienmakler hatte nicht einmal Zeit gehabt, ein richtiges Exposé zu tippen, bevor er ein Angebot für The Cedars bekam. Da es sich um zahlungskräftige Käufer handelte, nahm Keith das Angebot an: Er brannte darauf, das Haus loszuwerden, und so reizte es ihn nicht, auf ein besseres Angebot zu warten. Sofort rief er sämtliche Immobilienmakler in der Umgebung von Eldenbury an.

Er wusste genau, was er wollte: ein altes Haus mit Charakter, dem er und Mandy ihren eigenen Stempel aufdrücken konnten, nicht zu groß, aber mit ein paar Morgen Land, damit sie Monkey bei sich halten konnten. Es dauerte auch nicht lange, bis er das Richtige gefunden hatte: ein renovierungsbedürftiges, gediegenes Cottage mit einer kleinen Weide, baufälligem Stall und mehreren Nebengebäuden, von denen er eins in ein schönes Büro umbauen konnte. Es lag in Kiplington, einem Dörfchen vier Meilen von Honeycote entfernt. Es war ideal, zumal der Preis wegen der notwendigen Renovierungen nicht schlecht war. Sie konnten es in Schuss bringen lassen und mit gutem Gewinn verkaufen, überlegte er. Dann stutzte er. Hier ging es nicht um eine Chance, Geld zu verdienen. Es ging um ein Zuhause, nicht um eine Immobilie, wie The Cedars es immer war. Ihm fiel Honeycote House ein. Eine solche Umgebung würde er gern schaffen, ein warmes, einladendes Zuhause, aus dem man gar nicht mehr fortwollte. Obwohl selbst Keith in letzter Zeit dort etwas Frostiges bemerkt hatte.

Als um Mitternacht das Telefon klingelte, griff er besorgt zum Hörer. Es war Sandra. Sie war betrunken und schluchzte, sie wolle sich mit ihm versöhnen. Sie war bei Freunden, und Keith konnte sich vorstellen, dass sie dort längst nicht mehr willkommen war. Aber er blieb hart. Es gab keine Hoffnung auf Versöhnung; sie würde von seinem Anwalt hören ... Ein bisschen tat sie ihm Leid. Er hatte sich den besten Scheidungsanwalt von Birmingham genommen, auf Empfehlung eines Freundes, der einem skrupellosen Anwalt zum Opfer gefallen war und dem seine Frau das letzte Hemd ausgezogen hatte.

Als er auflegte, fragte er sich, ob er nicht weniger barsch hätte sein sollen. Lucy war ihm ein würdiges Vorbild; sie hatte Mickey verziehen. War er ein schlechter Mensch, weil er sich nicht durchringen konnte, Sandra eine zweite Chance zu geben?

Patrick und Mandy beschlossen, doch nicht zu der Party seines Freundes zu gehen. Sie wollten lieber miteinander allein sein. So gingen sie in Cheltenham essen und schauten sich den ganzen Abend versunken über ihre Teller hinweg an. Man hätte ihnen ebenso gut Sägespäne servieren können, so wenig achteten sie darauf. Sie unterhielten sich über alles Mögliche. Er träumte davon, sich einen anderen Healey zu besorgen, falls er einen bekommen konnte, und an einer Rallye über die Alpen teilzunehmen; sie träumte davon, gut genug zu reiten, um sich im Sommer mit Monkey an Wettkämpfen zu beteiligen. Beide versprachen, sich gegenseitig zu unterstützen, um ihre ehrgeizigen Ziele zu erreichen. Mandy bot an, sie werde ihn als Beifahrerin begleiten, auch wenn sie im Kartenlesen eine Katastrophe war. Patrick bot an, er werde sie auf Monkey trainieren. Schließlich kannte er sämtliche Tricks, die das kleine Pferd auf Lager hatte.

Dann endlich kamen sie auf Sophie zu sprechen. Beide hatten sie am frühen Abend nur ungern zurückgelassen, aber sie hatte ihnen versichert, es gehe ihr gut. Georgina und sie wollten über Nacht bei einer anderen Schulfreundin bleiben. Patrick war sich bewusst, dass ihr Zerwürfnis mit Ned am Weihnachtstag ein bisschen aus dem Blick geraten war. Und dass sie es so stoisch ertrug und mit niemandem darüber redete, half auch nicht gerade. Alle nahmen an, dass sie zäher sei, als sie wirkte. Aber Mandy machte sich Sorgen um sie.

»Sie sieht furchtbar aus, Patrick. Findest du nicht?«

»Glaubst du, sie ist magersüchtig?«

»Ich weiß es nicht. Ich weiß nur, dass von dem bisschen, was sie ist, kein Vögelchen leben kann.«

Patrick war wütend. Auf sich und den Rest seiner Familie. Sie waren alle so sehr mit sich selbst beschäftigt, dass sie die arme Sophie und ihren Kummer völlig vergessen hatten. Was dachte Lucy sich eigentlich? Schließlich war sie ihre Mutter. Sie sollte für ihre Tochter da sein, wenn etwas schief ging. Aber

Lucy hatte ihre eigenen Probleme. Sie war erschöpft von den ständigen Krankenhausbesuchen bei Mickey und musste sich nebenher noch um den Haushalt und die Pferde kümmern.

Ihm fiel nur ein Heilmittel für Sophie ein. Ein zwei Zentner schwerer Trottel, der nicht allzu weit von ihnen entfernt wohnte. Schließlich war er der Grund für Sophies Kummer, also sollte er auch verdammt noch mal was dagegen tun. Patrick hatte genügend Vertrauen zu seinem Freund, um zu wissen, dass er das schaffen würde. Während die Uhr auf Mitternacht zuging, beschloss er, seiner Schwester zu helfen. Sie hatte es verdient, genauso glücklich zu sein wie er. Als die Glocken um Mitternacht läuteten, strich er über Mandys Wange. Sie presste seine Hand an ihr Gesicht. Es war genug, sich einfach nur zu berühren. Mehr brauchten sie nicht.

»Ein glückliches neues Jahr«, sagte Patrick und hoffte, für sie alle zu sprechen.

KAPITEL 23

EINIGE WOCHEN SPÄTER, als die Schule für die Mädchen bereits wieder begonnen hatte, passte Patrick eine günstige Gelegenheit ab, seinen Plan in die Tat umzusetzen. Sie ergab sich an einem Samstagnachmittag. Sophie war nach der Schule gleich mit ein paar Freundinnen in Cheltenham ins Kino gegangen, um sich den neuesten Hugh-Grant-Film anzusehen, und Patrick hatte versprochen, sie anschließend abzuholen. Er griff zum Telefon.

»Ned, du musst mir einen großen Gefallen tun. Es ist niemand da, der Sophie vom Kino abholen könnte. Mum ist mit Dad zur Physiotherapie ins Krankenhaus gefahren und ich muss in die Brauerei. Kannst du das für mich erledigen?« Mochte Gott ihn für diese Lüge bestrafen, aber er war ziemlich sicher, dass der Trick funktionieren würde.

Ned öffnete die Tür seines Mini Cooper und stöhnte. Er konnte Sophie nicht zumuten, darin mitzufahren: Der ganze Boden war voller Dreck, die Sitze voller Hundehaare, der Aschenbecher quoll über von Zigarettenkippen, Drahtenden, Heu, leeren Mars-Papierchen und am Armaturenbrett klebten zwei Kaugummis. Er versuchte, oberflächlich etwas aufzuräumen, gab aber bald auf. Stattdessen stibitzte er die beste Picknickdecke seiner Mutter und breitete sie über den Beifahrersitz. Dann sprühte er das Wageninnere gründlich mit einem Duftspray ein und hoffte das Beste – es war schon fast fünf Uhr und Sophie kam gegen Viertel vor sechs aus dem Kino. Mit Höchstgeschwindigkeit raste er in die Stadt, wich Schlaglöchern aus wie ein verrückt gewordener Teenager auf dem Autoskooter, bis er die Hauptstraße erreichte und nach links abbog.

Patrick, dieser Blödmann, hatte ihm keine Zeit gelassen, nachzudenken oder nein zu sagen, sondern nur gesagt, es sei ein Notfall. Ned war so daran gewöhnt, zu springen, wenn sein Freund rief, dass ihm erst jetzt aufging, worauf er sich eingelassen hatte. Zum ersten Mal seit seinem furchtbaren Fauxpas würde er Sophie wiedersehen, und er hatte keine Ahnung, was er sagen sollte oder wie sie reagieren würde. Er wusste lediglich, dass man ihn ins kalte Wasser geworfen hatte und ihm extrem viel daran lag, wie die Sache ausging. Er wollte es nicht vermasseln. Zur Beruhigung zündete er sich eine Zigarette an, warf sie aber sofort aus dem Fenster, weil ihm einfiel, dass Sophie beim Autofahren immer schlecht wurde.

Als er ans Kino kam, suchte er sie in der Menge. Sie sollte nicht glauben, dass man sie im Stich gelassen hätte. Gerade kam sie durch die Schwingtür, aber Ned hätte sie beinahe nicht erkannt. Sie trug Jeans und einen leuchtend pinkfarbenen Baumwollpulli, der ihr kaum bis zur Taille reichte. Ihre Haut wirkte bläulich, ihre Augen waren groß und hohl mit dunklen Ringen darunter. Als sie Ned sah, blieb sie wie angewurzelt stehen. Er grinste so breit, wie seine Nervosität es zuließ.

»Patrick hat mich gebeten, dich abzuholen.«

»Ach.«

Sie sah aus wie ein erschrecktes Wild, das gleich wieder ins Unterholz flüchten wollte. Ned nahm all seinen Mut zusammen und ging auf sie zu.

»Soph – ich wollte schon seit einer Ewigkeit mit dir reden. Ich habe dir so viel zu sagen – aber ich weiß nicht, wie ...«

Er brach ab. Sophie sagte nichts, was ihn ermuntert oder entmutigt hätte. Aber wenigstens war sie nicht weggelaufen und so haspelte er weiter.

»Ich muss dir erklären wegen ...« Er brachte das Wort

»Knutschfleck« nicht über die Lippen, aber ihm war klar, dass sie wusste, was er meinte. »Als ich dich auf dem Ball sah, wirktest du so unnahbar. Ich dachte, ich hätte im Leben keine Chance bei dir. Ich dachte, du hättest dich von mir entfernt. Und ich war fix und fertig. Das Ende vom Lied ist, dass ich völlig ausgerastet bin und Mayday gebumst habe. Das hätte ich niemals machen dürfen, das weiß ich, aber ich bin nur ein Kerl. Und ein blöder Kerl dazu. Und ich weiß, dass das wahrscheinlich alle sagen, wenn sie erwischt werden, aber es hatte nichts zu bedeuten.«

Sophie sah aus, als wolle sie weglaufen, hatte aber anscheinend nicht die Kraft dazu. Ned ging zu ihr und nahm ihr behutsam die Tasche ab. Er stellte sie auf den Boden und legte ihr die Hände auf die Schultern. Bei seiner Berührung zitterte sie. Er zog sie an sich – jetzt oder nie! Schließlich hatte er nichts zu verlieren.

»Ich war ein kompletter Idiot. Ich kann nur sagen, dass es mir Leid tut. Und dich um Verzeihung bitten. Weil ...« Ned atmete tief durch. Das hatte er noch nie im Leben gesagt: »Ich liebe dich.«

Einen Moment lang war sie angespannt, als wolle sie die Flucht ergreifen, aber dann lehnte sie sich kapitulierend an seine Brust und schlang die Arme um seine Taille. Sie brauchte nichts zu sagen. Ihr Verhalten sagte mehr als alle Worte.

Ned nahm sie in seine kräftigen Arme und drückte sie an sich. Er spürte ihre Rippen und Schulterblätter wie bei einem mutterlosen Schaf, das nicht fressen wollte und nach Neds Erfahrung letzten Endes den Lebenskampf aufgeben und eingehen würde. Bei ihr würde er das nicht zulassen. Er würde sie aufpäppeln, dass ihre Wangen wieder rosig wurden und ihre Augen leuchteten.

So blieben sie eine Weile stehen und Ned strahlte vor Stolz und Liebe. Schließlich hob Sophie den Kopf von seiner Schulter und schaute ihn fast schüchtern an. Auch sie strahlte.

Zehn Minuten später bog Ned auf den Parkplatz eines Pubs.

Drinnen bestellte er Würstchen und Kartoffelbrei für sie beide. Sophie protestierte, sie hätte lieber einen Salat, aber er setzte sich durch.

»Du musst zunehmen. Du siehst furchtbar aus. Wie ein Sack Knochen.«

Sophie war schockiert. Das einzig Gute in letzter Zeit war, dass sie kaum noch 57 Kilo wog und praktisch Größe 38 tragen konnte.

»Ich meine es ernst«, sagte Ned. »Das steht dir nicht. Du siehst krank aus. Ich will die alte Sophie wiederhaben ...«

»Du meinst die Dicke ...«

»Du warst nicht dick. Du warst genau richtig. Knuddelig. Männer haben gern was in der Hand. Zumindest ich. Wenn ich dich mal richtig in den Arm nehmen würde, würdest du glatt durchbrechen.«

Sophie starrte ihn aus großen Augen an.

»Probier's doch mal.«

»Was?«

»Probier's. Nimm mich in den Arm. Ich breche nicht durch, versprochen.«

Das ließ Ned sich nicht zweimal sagen. Zum zehnten Mal innerhalb einer Stunde umarmte er sie und sie schmiegte sich an ihn. Ned hatte eine kleine, warme Glut in ihr entfacht, die ganz allmählich die frostige Kälte vertrieb, die sie seit einigen Wochen, seit Weihnachten und dem Unfall ihres Vaters, in sich spürte. Plötzlich fand sie keinen Gefallen mehr an der hohlen Leere, auf die sie sich in letzter Zeit konzentriert hatte. Auf Essen zu verzichten hatte sie davon abgelenkt, über ihre Probleme zu brüten, und sie hatte in ihrem Gewichtsverlust förmlich geschwelgt. Aber nun merkte sie, dass sie ausgehungert war. Sie verschlang ihr Würstchen mit Kartoffelbrei. Und als die Kellnerin kam, um ihre Teller abzuräumen und zu fragen, ob sie eine Nachspeise wünschten, bestellte sie noch einen Pudding.

Als er kam und Ned noch Sahne darüber gab, protestierte sie aus Gewohnheit. Aber sie lachte, während er ihn ihr löffelweise in den Mund schob und tat, als müsse er sie füttern wie ein widerspenstiges Kind. Nun war ihm klar, dass es noch nicht zu spät war und sie das Hungern noch nicht zu weit getrieben hatte. Er war gerade noch rechtzeitig gekommen, um sie zu retten.

James war eben in den Supermarkt gesprungen, um etwas gesalzene Butter und griechischen Joghurt zu holen, als er Georgina traf, die einen Einkaufswagen füllte. Er begrüßte seine Nichte.

»Georgie!«

»Hi, James!« Sie packte weiter Einkäufe in ihren Wagen. Sie wirkte gedämpft, gar nicht wie sonst.

»Ist alles in Ordnung?«

»Nein, verdammt noch mal!«

James zuckte zusammen. Georgina war bekannt dafür, dass sie kein Blatt vor den Mund nahm, aber so barsch war sie sonst nie.

»Was ist denn los?«

Zu seinem Entsetzen brach sie mitten im Laden in Tränen aus. Lautes, kindliches Schluchzen, das die Aufmerksamkeit auf sie lenkte.

»Georgie, um Himmels willen ...«

»Zu Hause ist es schrecklich. Mum und Dad reden nicht miteinander. Es ist furchtbar. Mum macht nur bissige Bemerkungen und Dad sitzt nur rum. Mum geht nicht mal mehr einkaufen. Als ich heute Mittag aus der Schule kam, war nichts mehr zu essen da. Ich musste Patrick bitten, mich herzufahren ...«

Sie schniefte an seiner Brust. James tröstete sie, so gut er konnte.

»Hör zu, Georgie. Es war für alle ein Schock. Ich nehme an,

dein Vater ist nach dem Unfall ein bisschen niedergeschlagen. Und für deine Mutter ist es eine ziemliche Belastung.«

»Sie kümmert sich gar nicht um Dad. Das merke ich doch.«

»Natürlich tut sie das.«

»Ich werde sie fragen, ob ich ins Internat darf. Dann brauche ich nicht dabeizusitzen, wenn sie sich angiften.«

James kniff die Lippen zusammen. Das war allerdings nicht, wie es sein sollte. Georgina hatte in ein paar Monaten ihre Prüfungen für die mittlere Reife. Sie brauchte liebevolle Unterstützung, nicht den Zusammenbruch ihrer Familie. Er trocknete ihre Tränen, half ihr, die Einkäufe einzupacken und in den Kofferraum des Defender zu laden, und wartete dann, bis Patrick zurückkam. Leise sprach er seinen Neffen an.

»Wie ich höre, sieht es bei euch ziemlich finster aus?«

Patrick zuckte die Achseln.

»Ich bin die meiste Zeit nicht da, um ehrlich zu sein. Oder ich arbeite. Aber es läuft nicht gut, nein.«

James sagte nichts, sondern klopfte Patrick nur auf die Schulter, als er ins Auto stieg.

James wartete, bis Patrick abgefahren war, und rief über sein Handy in Honeycote an. Zu seinem Glück kam Lucy an den Apparat.

»Wir müssen reden. Sofort.«

»Ich koche gerade das Abendessen.«

»Nein, das tust du nicht. Ich habe gerade Georgina im Supermarkt getroffen, als sie den verdammten Wocheneinkauf gemacht hat, Lucy. Wir treffen uns in zehn Minuten bei mir.«

Bevor Lucy widersprechen konnte, legte er auf. Sie starrte den Hörer mit rebellierendem Magen an. Absichtlich war sie James seit Mickeys Unfall aus dem Weg gegangen. Natürlich hatten sie sich ab und an getroffen, wenn auch andere dabei waren, aber sie hatte ihn nicht mehr allein gesehen, um nicht mit ihm über die Vorfälle zwischen ihnen reden zu müssen. Nun ließ es sich nicht länger hinauszögern.

Was auch immer geschehen mochte, sie hatte den Eindruck, dass es einen Wendepunkt bedeutete. Es erfüllte sie mit einer Mischung aus Angst und Erleichterung. Ihr war klar, dass es so nicht weitergehen konnte. Sie war einfach nicht sie selbst. An nichts hatte sie Interesse; sie schaffte es kaum, ein warmes Essen auf den Tisch zu bringen, und wenn die Kinder nicht gewesen wären, wäre ihr selbst das nicht gelungen. Ihr war alles einerlei, und obwohl sie fast nichts tat, war sie ständig müde. Das Schlimmste war, dass sie schnippisch war, nicht nur zu Mickey, der es verdient hatte, sondern zu allen, als litte sie permanent unter PMS. Und jedes Mal, wenn sie ihren giftigen Ton hörte, krümmte sie sich innerlich. So konnte sie nicht den Rest ihres Lebens weitermachen, aber sie war sich nicht sicher, was sie tun sollte. Sie lief zu ihrem Wagen, ohne Mickey zu sagen, wohin sie fuhr.

James bot Lucy nicht einmal Tee oder einen Drink an. Er wollte sofort zur Sache kommen und sagen, was er zu sagen hatte. Sie starrte ihn ziemlich abwehrend an, während er ihr eine Predigt hielt.

»Meine Güte, Lucy! Du musst mit dir ins Reine kommen. Deine ganze Familie leidet. Georgina hatte im Supermarkt praktisch einen Nervenzusammenbruch. Wenn das so weitergeht, fällt sie durch ihre Prüfung. Du musst damit aufhören. Es hat doch keinen Sinn, dass es allen elend geht. Entweder du raufst dich mit Mickey zusammen und bist, verdammt noch mal, glücklich damit. Oder du kommst her und lebst mit mir.«

»Du kannst mich doch nicht vor so ein Ultimatum stellen.«

»Natürlich kann ich das.«

»Das geht dich gar nichts an.«

»O doch. Denn ich liebe dich, Lucy ...«

Lucy hob abwehrend die Hände.

»Bitte, James. Emotionale Erpressung kann ich zu allem anderen jetzt nicht ertragen.«

»Moment mal. Ich bin noch nicht fertig. Ich liebe dich, aber ich liebe auch Patrick und Sophie und Georgina. Und ich wage zu behaupten, auch Mickey. Aber es liegt ganz bei dir, Lucy. Du bist die Einzige, die entscheiden kann, wie es weitergehen soll. Ich weiß, dass ich dich in die Ecke dränge, aber es steht zu viel auf dem Spiel, um nur dazusitzen und zuzuschauen, wie das Glück aller den Bach runtergeht. Du musst dich entscheiden.«

Es war die leidenschaftlichste Rede, die James je gehalten hatte, und er musste dabei die Hände auf dem Rücken verschränken, damit sie nicht zitterten. Er schaute Lucy an. Sie hielt seinem Blick abwehrend stand.

»Also du oder Mickey? Das willst du doch sagen?«

»Ich denke schon.«

Lucy stellte sich vor, wie es wäre, mit James zu leben. Sie überlegte, wie viele Menschen diese Entscheidung in Mitleidenschaft ziehen würde. Mickey, Sophie, Patrick, Georgina ... Und sie wusste nicht einmal, ob sie mit ihm glücklich wäre. Es war ein großes Risiko.

Indessen konnte sie sich vorstellen, mit Mickey wieder glücklich zu sein. Schließlich waren sie es zwanzig Jahre lang gewesen. Sie brauchte nur in den sauren Apfel zu beißen und ihm zu verzeihen. Weitermachen. James hatte Recht. Es hatte keinen Sinn, dass alle darunter zu leiden hatten. Und so wie bisher konnte es eindeutig nicht weitergehen. Das Leben war öde und zermürbend. In letzter Zeit herrschte im Haus eine so bedrückende Atmosphäre, dass sie nicht einmal Gäste haben wollte; sie hatte nicht die Kraft, eine tapfere Miene aufzusetzen. Jeden Tag wachte sie mit einem dumpfen Schmerz im Herzen auf und ging abends so früh wie möglich ins Bett, um in den Schlaf zu flüchten. Mickey ging es sicher nicht anders.

Während sie hin und her überlegte, ballte James die Fäuste

und zwang sich, Distanz zu halten. Wenn er sie berühren würde, wäre er verloren. Mit jeder Faser seines Körpers wollte er vor ihr auf die Knie sinken und sie anflehen. Schließlich sagte sie seufzend: »Ich kann es nicht, James. Ich muss bleiben.«

Er seufzte.

»Natürlich. Das weiß ich. Aber wenn das so ist, dann bring die Sache auch in Ordnung.«

Lucy ging auf ihn zu. Innerlich zuckte James zurück; er wollte keinen Körperkontakt mit ihr. Er wollte ihr Mitgefühl nicht. Also sagte er, was er sich zu sagen geschworen hatte, nur um sie auf Abstand zu halten. »Und vergiss nicht: Du hast auch Schuld. Du hättest keinen sonderlich guten Stand, wenn Mickey von uns erfahren würde.«

Lucy sah ihn scharf an. War das eine Drohung? Würde er seinem Bruder je davon erzählen? Sie glaubte es nicht; er hatte nichts dabei zu gewinnen. Aber Recht hatte er dennoch.

Traurig sah James ihr nach. Er konnte nicht leugnen, dass er ein Fünkchen Hoffnung gehegt hatte, sie könne sich statt für Honeycote für ihn entscheiden. Allerdings hatte es ihn nicht überrascht, als sie es nicht tat. Zudem besaß er den Anstand, sie ohne Einwände wieder zu ihrer Familie zurückgehen zu lassen; er war nicht so vermessen, zu erwarten, dass sie das Glück der Familie um seinetwillen opferte. Wieder einmal benahm er sich wie ein Gentleman.

Als Lucy von ihrem Gespräch mit James zurückkam, fühlte sie sich völlig ausgelaugt. In der Küche flog Sophie ihr mit leuchtenden Augen in die Arme.

»Was ist los?«

»Es ist wegen Ned. Wir haben uns wieder vertragen. Er zieht heute Abend mit mir durch die Clubs.« Besorgt schaute sie ihre Mutter an. »Wenn ich darf. Patrick und Mandy kommen auch mit.«

»Natürlich darfst du, Schatz.«

Sophie sprudelte vor Aufregung und Panik über. »Was soll ich bloß anziehen?«

In der nächsten halben Stunde ging Lucy mit Sophie den Kleiderschrank durch und ließ sie kichernd Verschiedenes anprobieren. Ihr fiel auf, dass sie zum ersten Mal in diesem Jahr Spaß hatte und lachte. Und als die vier nach Cheltenham aufbrachen, die Mädchen unglaublich glamourös, die Jungen leicht nervös, aber bemüht, es nicht zu zeigen, befiel Lucy ein Anflug von Scham.

James hatte Recht. Es hatte keinen Sinn, dass sie und Mickey sich den Rest ihres Lebens im Elend suhlten. Sie stellte sich vor, wie sie und Mickey sich bei der Hochzeit von Sophie und Ned auf dem ganzen Weg zur Kirche angiften und damit alles untergraben würden, wofür die Ehe stand. Hochzeitsschwüre mochten ja Klischees sein, aber wahr waren sie dennoch.

Sie ging in die Stube. Mickey schaute sich gerade eine Samstagsabend-Spielshow an. Er sah zu ihr auf. In letzter Zeit hatte er es aufgegeben, sie anzulächeln, weil sie sich dann nur noch mehr in sich verkroch. Zu seiner Verwunderung lächelte sie ihn jedoch an. Sehr zögernd und nicht bis in die Augen hinein, aber es war ein Anfang.

»Wir müssen reden«, sagte sie. »So können wir nicht weitermachen.« Tränen traten ihr in die Augen. »Wir müssen ...«

Sie brachte die Worte kaum über die Lippen.

»Ich möchte so nicht mehr leben.«

Mickey schluckte. Er war nicht sicher, was sie sagen wollte. Wollte sie ihn hinauswerfen? Sich scheiden lassen? Grund genug hätte sie dazu. Unvernunft. Ehebruch. Sie konnte es sich aussuchen.

»Und was willst du?« Sein Mund war trocken, aber er wollte ausnahmsweise einmal Anstand zeigen. »Wenn du die Scheidung möchtest ...«

Zu seiner Verwunderung schaute sie ihn entsetzt an. Es

überlief sie eiskalt. Vielleicht wollte er ja die Scheidung. Vielleicht war Mickey die ganze Zeit unglücklich gewesen. Vielleicht lag die Entscheidung gar nicht bei ihr, weil er wegwollte. Sie flüsterte: »Willst du sie denn?«

»Mein Gott, nein!«

Mickey packte sie.

»Ich möchte, dass wir wieder zusammen sind. Du und ich. So wie es früher war.«

Er drückte sie so fest an sich, dass es wehtat. Einen Augenblick versteifte sie sich abwehrend. In letzter Zeit hatte sie sich so gegen ihn gesperrt, dass es ihr gegen den Strich ging, zu kapitulieren. Doch als sie seine kräftigen Arme um sich spürte und seinen warmen, vertrauten Duft roch, merkte sie, dass sie nur eines wollte: Er sollte sie festhalten, die Schrecken der letzten Wochen sollten aufhören und die Wunden heilen. Sie entspannte sich, und als er sie noch fester an sich zog, fing sie an zu weinen. Sie hatte schon vorher allein geweint, aber ihren Kummer nicht mit ihm teilen können. Es war eine enorme Erleichterung.

Schließlich versiegten ihre Tränen und sie konnte sich an ihn kuscheln.

»So, und was jetzt? Vergessen wir einfach, dass das je passiert ist?« Mickey wusste, dass er eine Spur zu optimistisch war.

»Nein. Das geht nicht.« Sie wischte sich die Augen. »Das dürfen wir nicht vergessen. Es ist die einzige Möglichkeit, dafür zu sorgen, dass es nicht wieder passiert.«

Also redeten sie. Überrascht stellte Mickey fest, dass sein Seitensprung Lucy nicht so gekränkt hatte wie die Tatsache, dass er seine Probleme vor ihr geheim gehalten und ihr nicht anvertraut hatte, wie schlimm es um sie stand. Sie gestand ihm, dass sie sich wie ein Trottel vorgekommen war, als die Wahrheit herausgekommen war, wie eine dummes Weibchen, dem man nicht vertrauen konnte. Mickey versicherte ihr, er habe sie lediglich schonen wollen, aber Lucy erklärte bestimmt, sie wolle nicht geschont werden. Wäre er von Anfang an ehrlich zu ihr gewesen, dann wäre vielleicht manches anders gekommen.

Schließlich trafen sie eine Vereinbarung: Von nun an wollten sie keine Geheimnisse mehr voreinander haben. Und obwohl beide wussten, dass es ganz so einfach vermutlich nicht war und noch manche heikle Momente auftauchen würden, hatten sie zumindest reinen Tisch gemacht.

Das Wichtigste war, dass sie sich gegenseitig vertrauen mussten, da waren sie sich einig. Denn was war eine Ehe ohne Vertrauen?

Als Sophie, Patrick, Mandy und Ned gegen zwei Uhr morgens nach einer Tour durch sämtliche Clubs von Cheltenham nach Hause kamen, fanden sie Mickey und Lucy fest schlafend auf dem Sofa vor dem immer noch plärrenden Fernseher. Lucys Kopf lag auf Mickeys Schulter und Pokey zu ihren Füßen. Sophie deckte die beiden zu und die vier schlichen sich hinaus, um noch einmal über den vergangenen Abend zu plaudern, aber keiner sprach aus, wie erleichtert sie alle waren, dass anscheinend alles wieder in Ordnung kam.

KAPITEL 24

BIS MITTE FEBRUAR war in der Brauerei eine klare Strategie eingeführt. Es fand eine Vorstandssitzung statt, bei der Patrick eine äußerst eindrucksvolle Präsentation mit Plänen für jeden einzelnen Pub vorlegte. Er hatte zahlreiche Grafiken und Kreisdiagramme zu Umsatzzielen, Gewinn-und-Verlust-Rechnungen und Szenarien für den günstigsten wie den ungünstigsten Fall erstellt, die Cowley von einem Ohr zum anderen strahlen ließen und die Mickey zu seiner eigenen Verwunderung verstand.

Patrick machte sich prächtig unter Keith' Anleitung. Er hatte jede Herausforderung angenommen, vor die er gestellt wurde, und festgestellt, dass er voller Begeisterung und Ideen steckte, sobald er sich überlegte, wie sich Effizienz und Profit der Brauerei maximieren ließen. Es war herrlich, sich endlich voll in eine Aufgabe festbeißen zu können. Er konnte seinem Vater keinen Vorwurf machen, dass er ihn die ganze Zeit auf Abstand gehalten hatte. Offensichtlich hatte er verhindern wollen, dass Patrick die Wahrheit erfuhr. Aber da nun alles herausgekommen war, ließ Patrick seiner Fantasie freien Lauf und fand in Keith einen guten Mentor. Gemeinsam besuchten sie ihre brauereieigenen Pubs, über die Patrick jeweils einen Bericht zu Stärken und Schwächen sowie der vorgeschlagenen Entwicklungsrichtung anfertigen musste. Gleichzeitig schaute Patrick sich aus eigener Initiative konkurrierende Pubs an und stellte ein umfassendes Dossier über die örtliche Konkurrenz zusammen, in dem er aufzeigte, was funktionierte, was nicht und warum.

Am meisten wunderte Keith, dass es in der Brauerei kein Computersystem gab. Das öffnete Diebstählen Tür und Tor. Patrick war schockiert, dass Keith so etwas annehmen konnte, aber Keith sagte ihm, er solle nicht so naiv sein. Er wollte zwar auf niemanden mit Fingern zeigen, aber wahrscheinlich gebe es mehr als ein Leck, durch das Bier, Schnaps und Limonade – also sämtliche Getränke, die die Brauerei an ihre Pubs liefere – ungehindert abflössen. Wenn man es den Leuten derart leicht mache, lange Finger zu machen, betrachteten sie es letzten Endes als normale Vergünstigung ihres Jobs. Ein Computersystem und strenge Lagerkontrollen würden dem bald ein Ende setzen. Sie beschlossen, Angebote für eine EDV-Anlage einzuholen, an die sämtliche Pubs angeschlossen werden sollten.

Als Nächstes hielt Keith es für notwendig, eine Verkaufsabteilung aufzubauen, um den Umsatz am freien Markt zu erhöhen. Selbst wenn sie den Absatz in ihren brauereieigenen Häusern um fünfzig Prozent steigern könnten, was nicht ohne erhebliche Investitionen machbar war, konnten sie es sich nicht leisten, andere Einnahmequellen zu ignorieren. Verkauf und Marketing – darum drehte sich heutzutage alles.

Mickey stimmte zu. Er glaubte auch schon die Richtige für die Leitung dieses Projekts zu wissen. Er erzählte Keith von Caroline.

»Sie arbeitet als Leiterin der Anzeigenabteilung bei einer Lokalzeitung. Aber sie hat was im Köpfchen, das kann ich Ihnen sagen.«

Er zeigte Keith den Marketingplan, den Caroline vor einer Ewigkeit, wie es ihm schien, skizziert hatte. Aber die Strategie hatte sich bewährt. Grinsend erkannte Keith mehrere der Hauptpunkte aus Patricks erstem Entwurf wieder, verriet aber nichts. Mickey drängte: »Sie weiß, worum es in der Brauerei geht. Sie kennt sich in der Gegend aus. Sie arbeitet verdammt hart. James hat sich immer schon beschwert, dass sie so lange arbeiten musste.«

»Glauben Sie, dass sie an der Stelle bei uns interessiert wäre?«

»Ich rede mal mit ihr.«

Mickey wollte unbedingt wieder mitmischen. Er war mehrmals in der Brauerei gewesen, aber immer schnell müde geworden. Die Ärzte hatten ihn gewarnt, dass seine Genesung lange dauern würde, aber es war sehr frustrierend. Er wollte seine guten Vorsätze in die Tat umsetzen, aber fürs Erste bestand der Höhepunkt seines Tages noch darin, die Zuschauerfrage der Spielshow im Fernsehen zu lösen.

Er wusste, dass Caroline genau die Richtige für diesen Job war. Er hatte nicht vergessen, mit welcher Begeisterung und Leidenschaft sie ihm damals zu helfen versucht hatte. Wenn er schon keinen anderen Beitrag leisten konnte, als sie an Bord zu holen, würde er zumindest in dieser Hinsicht alles versuchen.

Caroline hatte sich nach Evesham zurückgezogen, um ihre Wunden zu lecken. Es hatte ihr einen Schock und einen Dämpfer versetzt, wie die verschiedenen Liddiards sie behandelt hatten. Sie stürzte sich in die Arbeit und erfüllte ihre Zielvorgaben. Und sie leistete bei Ian Abbitte, dem Besitzer des Mietstalls, in dem sie Demelza untergebracht hatte. Zuerst entschuldigte sie sich für ihr ausfallendes Benehmen am zweiten Weihnachtstag und bot ihm dann Demelza zum Kauf an. Auf diese Weise würde sie ihre Schulden nicht nur beim Mietstall, sondern auch bei ihren verschiedenen Kreditkartenunternehmen begleichen können und hätte noch ein bisschen übrig. Das wollte sie für ihre Australienreise sparen. Sie musste fort. Sie war fast dreißig und hatte noch nichts von der Welt gesehen. Vielleicht würde das Leben in einer anderen Hemisphäre ihren Glauben an die Menschen wiederherstellen.

Als Mickey sie anrief, war sie daher äußerst misstrauisch. Sie hörte sich an, was er von ihr wollte: eine Marketingstrategie zu entwickeln und eine Verkaufsabteilung aufzubauen.

»Ich weiß, dass du genau die Richtige für den Job bist.«

Caroline schnaubte.

»So wie dein Bruder und dein Sohn mich behandelt haben? Warum sollte ich, Mickey? Sie haben mich behandelt wie den letzten Dreck.«

»Tu es für mich. Bitte, Caroline. Ich sitze zu Hause wie ein Gefangener. Ich brauche jemanden wie dich in der Brauerei, der sich für mich einsetzt. Jemanden, dem ich vertrauen kann.«

Der alte Liddiard-Charme und die Schmeicheleien trieften durchs Telefon. Schließlich einigten sie sich auf einen Kompromiss. Sie hatte noch ein paar Wochen Urlaub zu bekommen und würde ihn nutzen, um das Terrain zu sondieren. Sie würde keinesfalls sämtliche Brücken hinter sich abbrechen, um sofort bei Honeycote Ales anzufangen. Als Gegenleistung verlangte sie zwei Dinge: ein gesalzenes Honorar, das Mickey erst noch mit Keith abstimmen musste, das aber für einen Flug nach Sydney reichen sollte, und eine Entschuldigung von Patrick. Sie bekam beides.

In stillen Momenten dachte Graham Cowley, dass Gott vermutlich genau gewusst hatte, was er tat, als er Mickey Liddiard gegen die Mauer rasen ließ. Wie es aussah, wendete sich bei Honeycote Ales tatsächlich alles zum Besten, worüber er sich wohl mehr freute als jeder andere, da es ihm die unangenehme Aufgabe erspart hatte, einen Kredit zu kündigen. Davor schreckte er immer zurück, aber die Brauerei nahm in seinem Herzen einen besonderen Platz ein, und obwohl die Liddiards zuweilen undankbar und arrogant sein konnten, waren sie doch so charmant, dass man ihnen beides nachsehen musste. Die Brauerei gehörte in ihre Hände.

Die angenehmste Überraschung war für ihn, zu sehen, wie Patrick sich herausgemacht hatte. Er hatte ihn schon als überprivilegierten Flegel abgeschrieben, der zwar gut aussah, aber nichts im Kopf hatte und sich nicht die Hände schmutzig machen wollte. So konnte man sich irren. Cowley sah es als Lektion an – es war nie zu spät, in seinem Fach etwas dazuzulernen.

Noch mehr erstaunte ihn, dass Lawrence Oakley nicht zurückgeschlagen hatte, nachdem Cowley seine Pläne rundweg abgelehnt hatte. Er war nicht der Typ, der ein Nein akzeptierte. Cowley hatte mindestens damit gerechnet, dass er seine Konten bei der Bank kündigte, aber das hatte er nicht getan. Er war sogar mehrfach in der Bank erschienen und hatte Cowley in verschiedenen Dingen um Rat gefragt. Und Honeycote Ales hatte er mit keinem Wort erwähnt. Auch das bewies, dass man keine voreiligen Schlüsse über Menschen ziehen sollte.

In Wahrheit war es Lawrence kalt über den Rücken gelaufen, als er von Mickeys Unfall gehört hatte. Nach seinem Gespräch mit Cowley war er einige Tage lang wutentbrannt durch das Gartencenter getobt und hatte seinen Angestellten das Leben noch schwerer gemacht als sonst. Er hatte sich einen Plan zurechtgelegt, wie er Cowley übergehen könnte: Er würde schon dafür sorgen, dass er keine Chance auf Beförderung mehr hätte, wenn er schon nicht seine Stellung verlor.

Doch irgendwie nahm die Nachricht von Mickeys Unfall seinen Rachegelüsten die Spitze. Welchen Sinn hatte es, sich an jemandem zu rächen, der praktisch als Krüppel im Krankenhaus lag und fast gestorben wäre? Mickey jetzt noch den Boden unter den Füßen wegzuziehen hätte ihm keine Genugtuung mehr verschafft und ihn selbst nur in ein schlechtes Licht gerückt.

Er fragte sich, wieso ihm das plötzlich etwas ausmachte. Noch nie hatte Lawrence sich darum geschert, was die Leute über ihn dachten, solange sie taten, was er wollte. Wieso entwickelte er nun plötzlich ein Gewissen?

Tief im Inneren war ihm klar, dass eine Rache an Mickey

ihn auch nicht glücklicher machen würde. Denn er ahnte, dass er Mickey eigentlich keinen Vorwurf machen konnte. Lawrence konnte nicht an der Tatsache vorbei, dass er schäbig gegenüber Kay gehandelt hatte, weil er ihr nichts von seiner Zeugungsunfähigkeit gesagt hatte. Vielleicht hatte ihr die Kinderlosigkeit mehr ausgemacht, als sie zugeben wollte. Vielleicht hatte sie sich klammheimlich genau wie er untersuchen lassen und erfahren, dass der Fehler bei ihm liegen musste. Und da sie ihn nicht zur Rede stellen konnte, weil er die Schotten dicht gemacht hatte, hatte sie sich vielleicht anderswo einen Vater gesucht. Vielleicht hatte Mickey Liddiard sich ihrer erbarmt ...

Er wusste, dass er Rechtfertigungen für sie suchte. Er war ziemlich sicher, dass Kay sich mit Mickey wegen des Thrills, nicht wegen der Spermien eingelassen hatte. Doch erst jetzt, als sein Wunsch, Vater zu werden, so stark wurde, merkte er, wie sehr er seiner Frau Unrecht getan hatte. Sie hätten darüber reden und einen Weg suchen müssen, wie sie das Problem gemeinsam lösen könnten. Jeden Tag standen Berichte über wahre Wunder in der Zeitung. Und es war ja nicht so, dass er nicht das Geld für die beste Behandlung gehabt hätte.

Aber er war zu feige gewesen. Und jetzt war es zu spät.

Also stürzte Lawrence sich hinein, das Leben mit Kelly zu genießen. Allmählich sickerte durch, dass sie zusammen waren. Er bemühte sich, nicht die Rolle des Professor Higgins für sie als Eliza Dolittle zu spielen, aber es machte ihm Spaß, sie in die besten Hotels und Restaurants zu führen und ihr etwas über die schönen Seiten des Lebens beizubringen. Und sie war eine gelehrige Schülerin. Als Gegenleistung brachte sie ihn zum Lachen, hielt die jüngere Seite in ihm wach und hinderte ihn, sich allzu ernst zu nehmen. Natürlich zeigte sie ihm auch sämtliche Tricks, die sie gelernt hatte und die sich als ziemlich suchterregend erwiesen.

Doch Lawrence konnte nicht leugnen, dass seine Beziehung zu Kelly Ähnlichkeit damit hatte, Schokolade zu verschlingen: Es machte zwar großen Spaß, war aber wenig gehaltvoll. Ihm war klar, dass er ebenso wenig den Rest seines Lebens mit ihr verbringen konnte, wie man von Luftschokolade leben konnte. Außerdem war die Vorstellung, aus ihrer Beziehung etwas Ernstes zu machen, einfach lächerlich.

Er konnte sie unmöglich heiraten. Er war eine taube Nuss. Er durfte nicht noch einer Frau das Geschenk der Mutterschaft vorenthalten.

Mehrere Wochen tat Kay nichts weiter als nachzudenken, zu schlafen und dank der Schwangerschaft und der Küche ihrer Mutter zuzunehmen. Dann kam sie zu dem Schluss, dass sie nicht ewig unter dem Dach ihrer Eltern wohnen konnte. Trotz ihres neuerdings trauten Verhältnisses zu ihren Eltern wurde ihr die Fürsorge und das Bemuttern manchmal zu viel, auch wenn sie es bei ihrem Gewicht angesichts der schmerzenden Beine zu schätzen wusste.

Sie analysierte ihre Lage. Ihr war klar, dass ein Leben als allein erziehende Mutter kein Sonntagsspaziergang war. Alles in allem hatte Lawrence sich großzügig gezeigt, aber eine viertel Million reichte nicht ewig. Sie musste sich eine Arbeit suchen. Sie wollte eine Halbtagsstelle. Auf keinen Fall würde sie ihr Baby fünf Tage in der Woche von acht bis sechs anderen überlassen. Sie rechnete sorgfältig nach. Nach der Geburt würde sie sich sechs Monate Zeit nehmen, um ihre Figur wiederzubekommen und eine gewisse Routine zu entwickeln, und dann musste sie sich eine Stelle suchen. Bis dahin würde sie sich mit dem örtlichen Immobilienmarkt vertraut machen. Sie war recht zuversichtlich, dass sie wieder als Maklerin arbeiten könnte – in diesem Beruf hatte sie vorher Erfolg gehabt, und es war kein Job, in dem Jugend eine unerlässliche Vorbedingung war. Sie brauchte lediglich ein paar gut gewählte Kostüme und selbstbewusstes Auftreten.

Doch zunächst musste sie sich eine Bleibe suchen. Ihr war klar, dass sie von ihren Eltern fortmusste, bevor das Baby kam, sonst säße sie hier fest. Sie musste sich etwas suchen, was mit dem Wagen nicht weiter als eine Viertelstunde Fahrzeit entfernt lag. Das war nicht zu nah, um ihre Ruhe zu haben, aber nah genug, falls sie sie brauchte. Oder umgekehrt. Also machte sie sich auf die Suche.

Sie fand ein winziges Haus, das ihren Vorstellungen genau entsprach. Für den Preis war es lächerlich klein, aber in dieser Gegend, keinen Steinwurf von der Themse entfernt, war alles völlig überteuert. Außerdem brauchte sie nicht viel Platz. Zwei Schlafzimmer. Eine Küche. Ein Wohnzimmer. Und ein anständiges Bad. Sie machte ein Barzahlungsangebot unter der Bedingung, dass sie das Haus in vier Wochen beziehen könnte. Der Zeitraum war knapp bemessen, aber sie behielt die Oberhand.

Sobald sie die Schlüssel hatte, zeigte sie ihren Eltern das Haus. Sie konnten nicht begreifen, warum sie ausziehen wollte, nahmen es aber als vollendete Tatsache hin. Sofort machte ihr Vater sich an die Arbeit, Regale aufzustellen. Und Sylvia nahm sie mit in ein preiswertes Textilgeschäft, um Stoffe auszusuchen. Sie würde ihr im Handumdrehen Vorhänge nähen.

Kay machte es zu ihrer Verwunderung Spaß, mit ihrer Mutter für das Kinderzimmer einzukaufen. Sie entschieden sich, die Wände im Kinderzimmer hellgelb zu streichen. Kay konnte nur mit Mühe ein hysterisches Kichern unterdrücken, als sie mit Schablonen Entchen und Häschen auf die Wände malte. Es machte ihr sogar Spaß. Ihr Vater fand ein Reststück weichen, beigefarbenen Teppichbodens, den er auslegte, und baute ihr aus mitteldichten Faserplatten eine Wickelkommode, weil er völlig entsetzt war, wie teuer sie bei John Lewis war. Auch die Kommode verzierte Kay mit ein paar Mustern und konnte nicht fassen, dass sie immer noch derselbe Mensch war.

Manchmal konnte sie sich vormachen, sie sei gar nicht Mrs Oakley. Eigentlich wusste sie nicht recht, wer sie war, aber wenn das Baby erst einmal da wäre, würde sie es sicher herausfinden.

Kapitel 25

James war in der Brauerei, um einige Papiere zu unterzeichnen, die bei der Umstrukturierung in Mengen anfielen. Er kam aus dem Büro und wollte gerade die Treppe hinuntergehen, als er Caroline entdeckte. Sie kam aus dem Bürocontainer, den man für die Verkaufsabteilung aufgestellt hatte, bis der Umbau der alten Stallgebäude abgeschlossen war. James blieb im Türrahmen stehen. Seit dem Tag, als er sie hinausgeworfen hatte, hatte er sie nicht mehr gesehen, aber er wusste natürlich, dass sie nun in der Brauerei arbeitete. Und sie machte ihren Job in jeder Hinsicht gut. Mickey hoffte, dass sie bei der Zeitung kündigen und fest bei der Brauerei anfangen würde.

James beobachtete sie von weitem. Da sie ihre Arbeit meist am Telefon erledigte und es draußen noch frisch war, trug sie lässige Kleidung. Enge Jeans, einen engen Pullover und hohe Stiefel: Wie immer kleidete sie sich so, dass ihre Vorzüge zur Geltung kamen. Ihre Locken hatte sie zu einem dicken Zopf geflochten, der ihr auf den Rücken fiel. Sie zog sich gerade eine Daunenjacke über. Er bewunderte ihre Brüste, bevor sie unter dem Reißverschluss verschwanden, und zitterte, als er sich daran erinnerte, wie sie sich an seiner nackten Haut anfühlten. Sie steckte das Kinn in den Kragen und ging zu der Koppel, wo Toby geduldig auf seine abendlichen Streicheleinheiten wartete.

James schaute zu, wie sie dem alten Pferd die Nase rieb, es hinter den Ohren und am Hinterkopf kraulte. Toby stupste sie mit dem Kopf. Ihm gefielen die Zärtlichkeiten, von denen er mittlerweile nicht mehr viele bekam. Sie schlang ihre langen

Arme um seinen Hals und drückte ihn an sich. James fragte sich, ob Caroline wohl Zärtlichkeiten bekommen mochte und wenn ja, von wem. Er bildete sich nicht ein, dass sie ein Keuschheitsgelübde abgelegt hatte, nachdem er sie abserviert hatte.

In den letzten Wochen hatte er viel Zeit zum Nachdenken gehabt. Zwischen ihm und Lucy herrschte ein stillschweigendes Abkommen, sich gegenseitig aus dem Weg zu gehen und nie mehr über das zu reden, was zwischen ihnen vorgefallen war. Sie hatte sich offenbar zu Herzen genommen, was er ihr gesagt hatte, worüber er ziemlich erleichtert war. Er wollte sich nicht für den Zusammenbruch einer ganzen Familie verantwortlich fühlen. Aber nun war sein Leben recht leer, weil er keine Hoffnung mehr hatte. Vorher hatte ihn immer noch ein Funken Verheißung angespornt.

Mittlerweile hatte er sich in die Erkenntnis gefügt, dass er nie eine andere Frau so leidenschaftlich, wenn auch heimlich lieben würde wie Lucy, und versuchte nun, das große Loch zu füllen, das sie in seinem Herzen hinterlassen hatte. Um sie zu vergessen, hatte er seither viel Zeit in London verbracht. Aber die reizlosen, obgleich langbeinigen Blondinen, die seine Freunde ihm in entschlossenen Verkuppelungsversuchen vorführten, langweilten ihn zu Tode. Anscheinend hatten sie nichts anderes im Sinn, als den Umfang seines Bankkontos herauszufinden oder im Badezimmer Kokain zu schnupfen. Sie waren einfach nur öde.

Dabei verlangte er gar nicht viel. Er stellte eigentlich nur eine einzige Bedingung an eine potenzielle Freundin: Sie durfte Lucy so wenig ähnlich sein, dass sie ihn nie daran erinnerte, was er vermisste. Und als er nun Caroline zusah, fand er, dass sie kaum weniger Ähnlichkeit mit Lucy haben konnte. Sie war laut, extrovertiert, konnte überhaupt nicht kochen und war ehrgeizig. Das komplette Gegenteil zu der Frau, die er liebte. Außerdem war er gern mit ihr zusammen und mochte ihren geistreichen Witz. Sie war perfekt.

Allerdings hatte er vorher einiges gutzumachen.

Er trat hinter Caroline, die Toby gerade mit ein paar Leckerbissen fütterte.

»Du verwöhnst ihn.«

Sie schaute ihn trotzig an.

»Einer muss es ja tun.«

»Ich muss mich bei dir entschuldigen, Caroline. Ich habe mich schäbig benommen.«

Wider Willen musste Caroline grinsen. Nur James konnte einen Ausdruck wie »schäbig« benutzen.

»Du hast dich benommen wie ein absolutes Arschloch. Und dieses Wort benutze ich nur, wenn kein anderes mehr ausreicht.«

James hob hilflos die Hände.

»Zugegeben. Du hast Recht. Ich war ein absolutes ...«

Er brachte das Wort nicht über die Lippen.

»Sag's«, provozierte Caroline ihn.

»Okay, ich war ein absolutes Arschloch.«

Triumphierend grinste Caroline ihn an und fütterte Toby weiter.

»Gehst du mit mir essen? Als Zeichen, dass du es mir nicht mehr verübelst?«

Ein Teil von Caroline schrie: Nein, auf keinen Fall – warum sollte sie ihn so leicht davonkommen lassen? Er hatte sie abscheulich behandelt. Da musste er sich schon mehr Mühe geben, wenn sie ihm verzeihen sollte. Doch ein anderer Teil von ihr dachte an die Alternative: ein weiterer Abend vor dem Fernseher mit ein bis drei Glas Lambrusco, trockenem Pita-Brot und einem halben Glas Hummus.

Noch am selben Abend saßen sie an einem Tisch für zwei in einer Ecke im *Knowing Pig*, einem Lokal, das für einen Michelin-Stern vorgeschlagen war und die passenden Speisen und Weine für eine Verführung bot. Caroline hatte zu Hause geduscht und sich mit Bedacht umgezogen. Sie trug ein zweireihiges schwarzes Samtjackett zu einem kaum noch sichtbaren Rock mit Zerbramuster, dazu kniehohe Stiefel mit sehr, sehr spitzen Absätzen, die jedem Mann den Atem verschlugen.

Sie wartete, bis sie den letzten Rest ihrer Crème brûlée ausgelöffelt hatten, bevor sie zur Sache kam. Sie hoffte, die beiden Flaschen Wein, die sie getrunken hatten, würden James zur Wahrheit verleiten. *In vino veritas …*

»Also ... habt ihr, du und Lucy …?«

»Haben Lucy und ich was?«

Caroline verdrehte die Augen.

»Domino gespielt. Was glaubst du denn?«

James hatte nicht vor, es ihr leicht zu machen.

»Was glaubst *du* denn?«

»Ich glaube, dass ihr euch nach Strich und Faden durchgevögelt habt.«

James lächelte entnervend.

»Falsch.«

»Das war ja klar, dass du das sagst. Ich meine, schließlich versuchst du ja wohl, wieder in mein Höschen zu kommen, oder? Also wirst du kaum zugeben, dass du in ihrem gewesen bist.«

Caroline beugte sich mit boshaftem Grinsen vor. James erhaschte einen Blick in ihren Ausschnitt, auf den in schwarze Spitze gehüllten Brustansatz. Er schwenkte die letzten goldenen Tropfen seines Dessertweins im Glas.

»Caroline, die arme Frau hatte gerade erfahren, dass ihr Mann sie betrogen hatte. Sie war am Boden zerstört. Sex war wirklich das Letzte, wonach ihr der Sinn stand. Zumal mit ihrem eigenen Schwager. Ehrlich, deine Fantasie geht mit dir durch.«

Er grinste sie viel sagend an.

»Du solltest sie zu Besserem nutzen.«

Caroline richtete sich würdevoll auf. So leicht würde sie ihn nicht davonkommen lassen.

»Und warum hast du mich dann rausgeschmissen? Ausgerechnet am zweiten Weihnachtstag, verdammt noch mal!«

»Ich habe mich schon immer verpflichtet gefühlt, Lucy zu beschützen. Weil ich genau weiß, wie mein Bruder ist. In gewisser Weise fühle ich mich für ihn verantwortlich. Ich war sehr betroffen von dem, was er ihr angetan hatte. Ich musste ihr die ganze Zeit beistehen. Und ich konnte schließlich nicht erwarten, dass du das verstehen würdest.« James legte seine Hand auf Carolines. Sie wollte sie schon verärgert wegziehen, aber er drückte sie eindringlich und sah ihr in die Augen. »Ich habe einen großen Fehler gemacht. Es tut mir Leid. Wie du schon gesagt hast: Ich war ein absoluter ... Mistkerl. Ich würde es dir nicht verdenken, wenn du mich in die Wüste schicken würdest, aber ich würde gern noch einmal von vorn anfangen.«

Caroline hatte vergessen, wie geil gutes Essen und guter Wein sie machte. Und wie verführerisch und luxuriös James' Schlafzimmer war mit den flackernden Altarkerzen, den duftenden Bettlaken, den unzähligen Seidenkissen, Samtpolstern und der Felldecke, von der er behauptete, es sei echter Wolfspelz; sie wusste zwar, dass es falsch war, fühlte sich aber trotzdem immer wie Julie Christie in *Doktor Schiwago*. Und als James Massageöl auf ihre Brüste träufelte, fiel ihr auf, dass sie seit Weihnachten wie eine Nonne gelebt hatte. Sie wusste nicht, ob Trennung tatsächlich das Salz der Liebe war, aber dass sie den Sex explosiver machte, stand eindeutig fest.

Als sie hinterher erschöpft und ineinander verschlungen zusammenlagen, erzählte sie ihm, dass sie Demelza verkauft hatte; sie weinte, weil sie ihr Pferd sehr vermisste, und James wurde klar, dass sie gar nicht so abgebrüht war, wie sie immer tat. Er küsste ihre Tränen fort und nahm sie noch einmal, dieses

Mal sanft und zärtlich, worauf sie wieder weinte. James fiel auf, dass er zum ersten Mal seit Jahren bei der Liebe mit einer Frau nicht an Lucy gedacht hatte.

Vielleicht war er ja geheilt.

Zwei Wochen später kündigte Caroline bei der Zeitung, fing offiziell bei Honeycote Ales an und zog aus ihrer seelenlosen, kalten Single-Wohnung nach Denham House. An einem faulen Sonntagmorgen beugte James sich über sie weg zum Nachttisch. Sie dachte, er wolle das Radio einschalten, um sich die Wiederholung von *The Archers* anzuhören, aber er kramte in der Schublade herum. Schließlich fand er, was er suchte.

Eine Schachtel. Und in der Schachtel lag ein Ring. In dem Ring war ein hinreißend schöner Smaragd, der zu Carolines Augen passte. Natürlich nicht so groß, dass er geschmacklos gewirkt hätte. Genau richtig. Wie alles, was James aussuchte. Und er passte ihr perfekt. Er wartete, bis sie Ja sagte, bevor er ihn ihr überstreifte.

Verdammt! Sie sollte Mrs Liddiard werden. Mrs Caroline Liddiard, Denham House, Eldenbury.

Eine Woche später lud James alle zum Brunch ein. Er backte eine riesige Menge Pfannkuchen mit Ahornsirup und knusprigem Speck, die er mit Champagner und Preiselbeersaft servierte.

Als alle mit dem Essen fertig waren, setzte er sich auf seinen Platz am Feuer und bat alle, die Gläser nachzufüllen. Er habe etwas bekannt zu geben. Er und Caroline wollten in zwei Monaten in der Kirche von Honeycote heiraten. Caroline stand neben ihm und errötete. Alle gratulierten und waren sich einig, dass eine Hochzeit genau das Richtige sei, etwas, worauf man sich freuen konnte. Sophie und Georgina sollten die Brautjungfern werden. Mickey der Trauzeuge. Und wenn Lucy bei dieser Ankündigung ein klein wenig blass wurde, so verlor niemand ein Wort darüber.

Als sie an jenem Nachmittag nach Hause kamen, boten Sophie und Georgina an, Tee zu machen, während Lucy und Mickey ins Wohnzimmer gingen. Da es etwas kühl war, zündete Lucy ein Feuer an. Mickey lehnte sich kichernd an den Kaminsims.

»Na, das war ja eine schöne Überraschung, was? Der gute alte James. Das hätte ich ihm gar nicht zugetraut. Ich dachte, er würde sein Leben lang Junggeselle bleiben.«

Lucy schwieg. Sie drehte ein Stück Zeitung zusammen und steckte es unter einige Holzscheite. Mickey plapperte weiter.

»Ich bin sicher, dass sie glücklich werden. Du weißt ja, es heißt, Gegensätze ziehen sich an. Und unter der Schale ist Caroline ein prima Kerl. Sie hat ein goldenes Herz.«

Lucy starrte mit geballten Fäusten und zusammengebissenen Zähnen ins Feuer. Sie musste sich sehr zusammenreißen, um nicht die Scheite aus dem Kamin zu nehmen und ihm an den Kopf zu werfen. Wenn er doch nur wüsste, was sie aufgegeben hatte, um mit ihm zusammen zu sein, was für ein Opfer sie gebracht hatte. Aber es war ihre eigene Entscheidung, die sie aus freien Stücken getroffen hatte.

Sie hatten sich versöhnt und einen Pakt geschlossen, aber einfach war es nicht. Obwohl Mickey sich alle Mühe gab, ein geduldiger Patient zu sein, wusste Lucy, dass er wegen der Schmerzen, der langsamen Genesung und der frustrierenden Erfahrung, dass er nicht alles tun konnte, was er wollte, oft sehr niedergeschlagen war. Aber er ertrug es mit einer erzwungenen Heiterkeit und einem Optimismus, den sie manchmal anstrengend fand. Sie hatten auch versucht, miteinander zu schlafen, allerdings mit katastrophalem Ausgang. Eigentlich kein Wunder bei den Belastungen, die sein Körper hinter sich hatte. Beschämt hatte Mickey erklärt, sie solle ihm Zeit lassen. Lucy hatte ihn beruhigt, geküsst und war in seinen Armen eingeschlafen, musste sich aber eingestehen, dass sie insgeheim erleichtert war.

Lucy zündete ein Streichholz an. Ihre Hände zitterten. Jetzt oder nie, das war ihr klar. Sie konnte Mickey alles sagen. Ihm erzählen, was sie aufgegeben hatte, um bei ihm zu bleiben. Ihm sagen, dass er mit seiner schmutzigen Affäre ihr Vertrauen und ihre Achtung verspielt hatte. Dass sie James liebte – dass sie genau wusste, sie brauchte nur zum Telefon zu greifen und er würde seine Verlobung mit Caroline lösen, um mit ihr zusammen zu sein.

Aber natürlich tat sie das nicht. Mit zittriger Hand ließ sie das Streichholz in den Kamin fallen.

»Scheiße ...«

»Komm ... lass mich das machen.« Mickey kam herüber. Lucy wandte sich rasch ab, aber er hatte die Träne auf ihrer Wange schon gesehen. Sie wischte sie fort und er zündete das Feuer an, ohne etwas zu sagen. Sophie und Georgina kamen lachend mit dem Teetablett herein.

»Georgina sagt, wir müssen bestimmt türkisfarbene Polyesterkleider tragen ...«

»Oder malvenfarbige. Wahrscheinlich eher malvenfarbige.«

Lucy schaute sie gefasst an. Und lächelte.

»Unsinn! Ich bin sicher, Caroline lässt euch aussuchen, was ihr wollt.«

»Glaubst du, sie ist schwanger?« Georgina konnte manchmal sehr unverblümt sein. »Stellt euch nur vor, dann haben wir Cousins oder Cousinen. Fünf Pfund die Stunde können wir fürs Babysitten kriegen.«

»Sei nicht so geldgierig. Sie sind doch mit uns verwandt, da müsstest du es eigentlich umsonst machen«, wandte Sophie ein, die nichts Berechnendes an sich hatte.

»Das könnt ihr ja machen, du und Ned. Dann könnt ihr nach Herzenslust auf dem Sofa knutschen.«

Sophie versetzte ihrer Schwester einen gutmütigen Schubs.

Lucy schenkte den Tee aus. Patrick kam und setzte sich zu seinem Vater ans Feuer. Sie unterhielten sich beiläufig über die Brauerei. Georgina holte das Jenga-Spiel heraus.

Lucy schaute sich im Zimmer um und war beruhigt. Es war richtig, dass sie nichts gesagt hatte. Als sie jedoch die Tassen herumreichte, dachte sie, dass alles viel leichter zu ertragen wäre, wenn James nur nicht so verdammt glücklich ausgesehen hätte.

Ihr fiel auf, dass sie ziemlich biestig war. Sie benahm sich wie ein verwöhnter Fratz, der alle Spielsachen für sich allein wollte. Sie wollte ihren Kuchen aufheben und gleichzeitig essen. Tief im Inneren liebte sie Mickey. Er massierte ihr gerade die Schultern, da er ihre Anspannung spürte, und sie wich nicht vor ihm zurück. Sie legte die Hand auf seine und lächelte ihn an.

Zu James zu gehen hätte ein Glücksspiel bedeutet. In Honeycote House zu bleiben war eine sichere Sache. Und keine schlechte Wahl. Lucy fiel ein, was jemand ihr einmal gesagt hatte: Niemand sagt, dass eine Ehe einfach wäre ...

Kapitel 26

Sylvia hatte die Vorhänge nach Lilac Cottage gebracht, um sie aufzuhängen. Das Zimmerchen war sonnendurchflutet. Eine Oase der Ruhe. Kays alter Teddybär lag im Körbchen, während sie inmitten von dicken Kissen in einem Korbsessel am Fenster saß. Barton Court, Lawrence, Honeycote und Mickey Liddiard schienen Millionen Meilen entfernt.

Charlie und Sylvia standen stolz im Türrahmen. Kay lächelte, als sei sie in einer Welt für sich. Plötzlich hielt sie sich stöhnend den Bauch. Charlie geriet gleich in Panik.

»Was ist?«

Sylvia verdrehte die Augen.

»Es ist das Baby. Sehr vernünftig. Es hat gewartet, bis alles fertig ist. Geh und hol den Wagen, Charlie. Hast du deine Tasche?«

Kay nickte. Wenn sie das nächste Mal in diesem Schlafzimmer stehen würde, hätte sie ihr Baby auf dem Arm. Ihr eigenes Kind. Tränen brannten ihr in den Augen, als sie ihre Krankenhaustasche nahm.

Sobald Kay ins Krankenhaus kam, hörten die Wehen auf. Sie wollte wieder nach Hause, aber die Schwestern machten sich Sorgen um ihren Blutdruck. Sie musste bleiben. Gegen ihren Willen schickten sie Sylvia nach Hause und versprachen, sie anzurufen, sobald es losginge. Als sie fort war, erklärte Kay ihnen, dass sie ihre Mutter auf keinen Fall bei der Geburt dabeihaben wollte. Sie würde sie anrufen, wenn alles vorüber sei, nicht vorher. Sie komme schon allein zurecht. Die Hebamme nickte wissend, widersprach ihr aber nicht. Aus Erfahrung wusste sie, dass Mrs Oakley ihre Mutter innerhalb von zwei Minuten bei sich würde haben wollen, sobald es erst einmal losging. Über Mr Oakley machte sie sich keine Gedanken. Sie hatte schon zu viele merkwürdige Kombinationen von Eltern und Partnern erlebt, um sich zu wundern, dass kein Mann da war. In mancherlei Hinsicht würde es die Entbindung einfacher machen. Männer gerieten entweder in Panik oder wollten das Kommando übernehmen, während Frauen ruhig blieben und Mitgefühl zeigten.

Sie brachte Kay in einem Nebenraum unter. An jenem Abend waren genügend Zimmer frei und sie sah gleich, dass Kay nicht der Typ war, genüsslich mit anderen werdenden Müttern zu plaudern und Horrorgeschichten über Hämorrhoiden, geschwollene Knöchel, Dehnungsstreifen und Sodbrennen auszutauschen. Sie schloss sie an den Monitor für die Herztöne des Fötus und an einen Wehenschreiber an.

Wie gebannt starrte Kay zwei Stunden lang auf die rote Linie, die ärgerlicherweise konstant blieb und keinen sonderlichen Ausschlag zeigte. Die Hebamme hatte ihr gesagt, sie solle klingeln, wenn der Kurvenverlauf sich änderte, ihre Fruchtblase platzte oder sich erste Anzeichen auf die Geburt zeigten, wie immer sie auch aussehen mochten. Sie stocherte in einem unappetitlichen Fleischsalat herum und versuchte sich klar zu machen, dass sie aller Wahrscheinlichkeit nach morgen um diese Zeit ein Baby in den Armen halten würde. Ein winziges Wesen, für das sie die Verantwortung trug. Zum ersten Mal seit Jahren spürte sie Schmetterlinge im Bauch, nicht die Nervosität einer Erwachsenen, sondern eine Aufregung wie bei einem Kind am Abend vor seinem Geburtstag oder vor den Sommerferien. Mit Willenskraft versuchte sie das Gerät zu einer Aktion zu zwingen. Was immer auch geschah, noch eine Nacht würde sie nicht hier bleiben, Baby hin oder her. Das Gummituch unter dem Laken ließ sie in Schweiß ausbrechen und das Bett war zu schmal, um sich hin und her zu werfen. Bei einer Frau ein Stück weiter den Flur entlang hatten offenbar die Wehen eingesetzt – sie schrie vor Schmerzen, was Kay ziemlich beunruhigend fand.

Sie bat die Schwester um etwas zu lesen und bekam ein paar Frauenzeitschriften mit Eselsohren, zwei Jahre alt und voller persönlicher Probleme, neben denen Kays Lage zur Bedeutungslosigkeit verblasste. Schließlich nickte sie ein, schreckte aber aus dem Schlaf hoch, als die Zeitschriften auf den Boden fielen. Ihr fiel ein, dass sie von Lawrence geträumt hatte, und flüchtig fragte sie sich, was er wohl gerade tun mochte, bevor sie sich damit ablenkte, über Vornamen nachzudenken. Sie hatte keine Ahnung, wie sie ihr Baby nennen wollte, und hoffte, dass ihr etwas einfiele, sobald sie es sähe. Alles, was ihr bislang in den Sinn gekommen war, erschien ihr zu affektiert oder zu schlicht. Sie wollte einen einmaligen, besonderen Namen, aber nichts Peinliches oder allzu Ausgefallenes. Ihr war klar, dass es viel über die eigene soziale Stellung aussagte, wie man sein Kind nannte. Und das Kind musste sein Leben lang mit diesem Namen leben. Ihr eigener Name war an der Grenze; mehr als einmal war sie versucht gewesen, ihren Namen zu ändern, hatte sich aber nicht für einen anderen entscheiden können. Außerdem hätte immer die Gefahr bestanden, dass jemand aus ihrer Vergangenheit auftauchte und die Wahrheit herauskäme.

Schließlich gab die Schwester ihr ein Schlafmittel, denn sie brauchte ihren Schlaf, um Kraft für den nächsten Tag zu sammeln. Kay vermutete, dass es lediglich eine verkappte Vitamintablette oder ein Placebo war, damit sie nicht alle fünf Minuten klingelte, aber es gelang ihr dennoch, bis fünf Uhr morgens zu schlafen; dann lag sie wach und zählte die Sekunden, bis der Frühstückswagen kam. Die Kurve auf dem Wehenschreiber war immer noch entnervend gleichmäßig.

Um neun Uhr kam eine muntere kleine Ärztin und schickte Kay in den Kreißsaal, um die Fruchtblase öffnen zu lassen.

Eine Hebamme kam mit einer Art Häkelnadel und dann gab es eine kleine Pfütze, mehr nicht. Kay war nicht sonderlich beeindruckt und wollte nur noch von Tisch, Bett, Liege oder was auch immer springen und weglaufen. Aber sie konnte nicht. Ein Ende des Kabels aus dem Monitor wurde in sie hineingeführt, das andere mit dem Monitor verbunden; sofort zeigte er Unmengen Kurven, die für Kay völlig rätselhaft, aber anscheinend hochinteressant für die Hebamme waren, die in regelmäßigen Abständen hereinkam und nach ihr sah.

Nach zwei weiteren Stunden, in denen nichts passierte, kam die Ärztin wieder.

»Wir müssen Sie an den Wehentropf hängen. Damit es losgeht.«

Gott sei Dank! Endlich unternahm jemand etwas. Kay schaute interessiert zu, wie ein Schlauch von einem Tropf zu einer Kanüle auf ihrem Handrücken gelegt wurde. Sie zitterte vor Aufregung, aber die Hebamme hielt es für Angst und tätschelte ihr die Hand.

»Oxytocin. Das bringt die Sache in Gang, kein Problem. Jetzt dauert es nicht mehr lange.«

Ein wahres Wort. Wumm! Kay schaute sich nach dem Zug um, der ihr plötzlich in den Rücken gefahren war. Sie öffnete den Mund, um etwas zu sagen, aber es verschlug ihr den Atem. Ein eisernes Band presste ihr die Lebenskraft heraus. Gerade wollte sie schon in Panik geraten, als der Schmerz fast ebenso schnell verschwand, wie er gekommen war.

»Was war das?«

»Gut gemacht. Das war eine Wehe.«

»Das kann doch nicht sein. Da ist bestimmt etwas nicht in Ordnung.«

Die Hebamme kicherte.

»Gleich kommt die nächste. Und es kommen noch viel stärkere, meine Liebe. Vergessen Sie nicht zu atmen.«

Die Wehen kamen immer schneller und stärker. Als Sylvia

eintraf, fluchte Kay schon wie ein Kutscher, tobte vor Wut und schrie die Hebamme frustriert an, die über die Beschimpfungen nicht mit der Wimper zuckte.

»Geben Sie mir ein Betäubungsmittel! Es ist mir egal, was das kostet.«

»Dafür ist es viel zu spät. Sie sind schon fast vollständig geweitet und könnten dann nicht mehr pressen.«

Zwei Stunden später erreichten die Schmerzen unerträgliche Ausmaße. Kay war überzeugt, sterben zu müssen. Sie umklammerte die Hand ihrer Mutter und drückte sie mit aller Kraft. Sylvia biss die Zähne zusammen, um den Schmerz zu betäuben. Es fiel ihr schwer, die Qualen ihrer Tochter mit anzusehen. Kay schluchzte.

»Mein Gott, ruf Lawrence an! Hol ihn sofort her!«

Lawrence würde das schon regeln. Er würde nicht zulassen, dass sie so leiden musste. Er würde dieser sauertöpfischen Hebamme schon sagen, was sie zu tun hatte. Er war immer für sie da gewesen und hatte alles geregelt; er hatte immer gewusst, was sie wollte. Sie verstanden sich, Kay und Lawrence. Sie waren füreinander bestimmt. Warum zum Teufel war er nicht hier, wo sie ihn am dringendsten brauchte? Sie würde sterben, ohne dass er es wusste.

»Bist du sicher?«, fragte Sylvia zögernd. Während einer Entbindung sagten Frauen Dinge, die sie gar nicht so meinten.

»Mein Gott, hol ihn her! Bevor ich noch sterbe ...« Kay war erschöpft. Wenn das so weiterginge, käme Lawrence gerade rechtzeitig zu ihrer Beerdigung.

Sylvia schlüpfte aus dem Kreißsaal zum Münzfernsprecher. Hastig wählte sie die Nummer von Barton Court. Der Anruf wurde auf sein Handy umgeleitet, aber da meldete sich nur seine Mailbox. Sie zögerte noch, ob sie eine Nachricht hinterlassen sollte und wenn ja, welche, als die Hebamme den Kopf zur Tür herausstreckte.

»Schnell! Das Baby kommt!«

Rasch hängte Sylvia ein und kam gerade rechtzeitig zurück, um ihre Tochter aus Leibeskräften schreien zu hören. Vier Minuten später schaute die Hebamme strahlend auf.

»Es ist ein Mädchen.«

Kay, die überzeugt war, dass es ein kleines Pferd sein müsse, legte sich erleichtert seufzend zurück. Sylvia wischte sich eine Träne fort. Strahlend drückte die Hebamme ihr das Bündel in den Arm.

»Wie werden Sie sie nennen?«

»Flora.«

Sylvia fragte sich, ob es klug sei, ein Kind nach einer Margarinemarke zu nennen, dachte aber, dass Kay am nächsten Tag wohl zur Vernunft kommen würde. Sie hatte schließlich einen langen Tag hinter sich.

Am nächsten Morgen schwebte Kay in einem abgeklärten, traumartigen Zustand. Mit glückseligem Lächeln saß sie da, das Baby im Arm. Fast hätte ihre Mutter sie nicht wiedererkannt. Sie glaubte schon, die Schwestern hätten ihr ein Medikament gegeben, eine Art bewusstseinsverändernder Droge. Kay merkte gar nicht, dass sie ihre Haare hätte föhnen müssen. Sie hatte es morgens knapp geschafft, kurz zu duschen, während der Kinderarzt Flora untersucht hatte, aber sie wollte ihre Tochter nicht länger aus den Augen lassen als unbedingt nötig. Verwundert schaute Sylvia zu, wie Kay ihre Tochter an die Brust legte, ohne mit der Wimper zu zucken, und das kleine Püppchen zufrieden nuckelte.

Sylvia hatte zwei Jäckchen und eine Mütze mitgebracht, die sie in den letzten Monaten vor dem Fernsehen gestrickt hatte. Besorgt sah sie, wie Kay vor Dankbarkeit zu weinen anfing. Sie schluchzte und strahlte gleichzeitig. Sylvia griff nach der Klingel, um eine Schwester zu rufen, aber Kay schüttelte den Kopf.

»Soll ich Lawrence für dich anrufen?«

Kays Miene verhärtete sich.

»Nein.«

»Aber gestern hast du das ganze Krankenhaus nach ihm zusammengeschrien. Nun komm schon, wenn ein Baby geboren wird, ist der beste Zeitpunkt, das Kriegsbeil zu begraben.«

Aber für Kay war die Sache erledigt und Sylvia war in ihr Geheimnis nicht eingeweiht. Aber eines stand fest: Der gestrige Vorfall deutete auf einen Schwachpunkt hin. Kay konnte protestieren, so viel sie wollte, aber Sylvia war klar, dass ihre Tochter immer noch etwas für Lawrence übrig hatte. Wenn sie doch nur dahinter käme, was eigentlich los war. Das war jedoch unwahrscheinlich und fürs Erste war Flora das Wichtigste. Sylvia rieb ihrer Enkelin den Rücken und versuchte, etwaige Familienähnlichkeiten zu entdecken.

Nichts. Im Augenblick sah sie nur aus wie ein Baby. Ein sehr hübsches Baby, aber das war auch alles.

Kapitel 27

Am Morgen der Hochzeit von James und Caroline fand Lucy Mickey, wie er im Frack auf dem Hof stand. Bleich vor Nervosität übte er seine Ansprache und tastete immer wieder in seinen Taschen nach dem Ring.

»Ich komme mir vor wie ein Heuchler. Ich bin nicht gerade der Richtige als Trauzeuge, oder?«

»Psst!«, sagte Lucy. Sie strich sein Revers glatt und fingerte an seiner Fliege herum, bis sie mit seinem Aussehen zufrieden war. Sie sagte ihm nicht, dass, wenn überhaupt, sie die Heuchlerin war. Das durfte sie ihm niemals sagen, sonst wäre alles zusammengestürzt wie ein Kartenhaus.

Lawrence schlüpfte in seinen Anzug und wunderte sich, wie locker der Hosenbund saß. Ihm war klar, dass er ein bisschen abgenommen hatte, aber nicht, dass es so viel war. Seit Kay fort war, hatte er jedes Interesse an Essen verloren, wenn er nicht gerade mit Kelly ausging und aus Höflichkeit Appetit vortäuschte. Kay war zwar nie eine sonderlich gute Köchin gewesen, aber sie war einmal wöchentlich bei Marks and Spencer einkaufen gegangen und hatte Kühlschrank und Kühltruhe mit verlockenden Leckereien gefüllt. Jetzt kaufte Lawrence im Sparmarkt neben der Tankstelle an der Hauptstraße oder neben dem Postamt ein. Essen war ihm eher eine lästige Pflicht als ein Vergnügen. Zum Frühstück zwang er sich eine Scheibe Toast hinunter und mittags aß er im Café des Gartencenters eine Suppe oder eine Ofenkartoffel. Zum Tee ließ er sich gelegentlich von einem Stück Möhrenkuchen oder Schokoladenkuchen verlocken, wenn seine Geschäftsführerin ihn dazu drängte, aber meist fiel er abends ohne Abendessen ins Bett.

Mit einer schwungvollen Bewegung band er sich die Krawatte, nahm sein Fernglas, schaute nach, ob er genügend Geld in der Brieftasche hatte, und ging zum Wagen. Er und Kelly wollten zum Pferderennen fahren. Freunde hatten ihn in ihre Loge auf der Rennbahn in Cheltenham eingeladen. Er war sehr erleichtert, als er die Einladung erhielt. Er wollte nicht in Honeycote sein, wenn die Hochzeit des Jahres stattfand. Das wäre lediglich Salz in seine Wunden. Unter anderen Umständen hätten er und Kay sich jetzt sicher fertig gemacht, um als Gäste zu der Hochzeit zu gehen, und sie hätten vermutlich auch den Blumenschmuck geliefert.

Noch etwas beschäftigte ihn. Gestern hatte sein Handy geklingelt, aber da er die Nummer nicht kannte, hatte er das Gespräch nicht angenommen. Er hasste ungebetene Anrufe. Aber die Neugier hatte ihn nicht eher ruhen lassen, bis er zu Hause die Vorwahl nachgeschlagen hatte. Slough. Jemand hatte ihn aus Slough angerufen. Er kannte nur einen Menschen, der Verbindungen nach Slough hatte.

Der Gedanke, ob sie angerufen und was sie wohl gewollt hatte, ließ ihm keine Ruhe. Dann befahl er sich jedoch, den Anruf zu vergessen; wenn es so wichtig war, würde sie sich schon wieder melden.

Als er zum *Honeycote Arms* kam, fiel sein Blick auf einen wunderschönen dunkelgrünen Lagonda auf dem Parkplatz. Er war herausgeputzt wie für einen festlichen Umzug, der Lack glänzte wie Glas, die Lederbezüge schimmerten. Ein riesiges, cremefarbenes Blumengebinde mit zwei sich kreuzenden Bändern prangte auf der Kühlerhaube. Der Wagen sollte wohl Caroline abholen, dachte Lawrence mit einem Anflug von Neid über den Optimismus, den sie und James heute Morgen wohl empfinden mussten. Er sah zu, wie ein junger Mann mit muskulösen Unterarmen die Motorhaube öffnete und sorgfältig Öl und Wasser prüfte. Er war Anfang zwanzig, trug eine Chauffeurslivree mit glänzenden Stiefeln und hatte das schmutzig blonde Haar hinter die Ohren gekämmt. Er sah aus wie der verkörperte Traum einer jeden Frauenfantasie: servil, aber dennoch arrogant. Lawrence beneidete ihn um seine Jugend, Kraft und Schönheit, tröstete sich aber mit der Vorstellung, dass er vermutlich schwul war. Wer würde sich an einem Samstagmorgen sonst wohl so verkleiden wollen?

Als Kelly mit einer Kanne Wasser herauskam, verschlug es ihm den Atem. Sie sah hinreißend aus in ihrem pinkfarbenen Chiffonkleid mit passender Jacke. Das Haar hatte sie zu einem weichen Knoten aufgesteckt und trug Riemchensandalen mit sehr hohen Absätzen. Sie war ausnehmend hübsch. Lawrence freute sich schon darauf, mit ihr anzugeben.

Bis sie die Kanne dem jungen Mann reichte, der scherzhaft drohte, sie mit dem Wasser zu übergießen. In gespieltem Entsetzen riss Kelly die Hände hoch und lachte kokett. Lawrence verspürte Knoten in seinen Eingeweiden, als er das Bild betrachtete. Die beiden bildeten einen perfekten Kontrast. Sie war der Inbegriff der Weiblichkeit, er der Männlichkeit – Lawrence fiel auf, dass seine Diagnose von vorhin völlig daneben war. Und beide hatten Schönheit und Jugend auf ihrer Seite.

Ein Kloß schnürte Lawrence die Kehle zu. Er schaute zu, wie der junge Mann das Wasser in den Behälter im Motorraum füllte, Kelly die Kanne zurückgab und die Motorhaube schloss. Fast konnte er nicht hinschauen, als sie ihm behutsam mit einer manikürten Fingerspitze – was das Aussehen anging, war sie perfektionistisch – eine Locke aus den Augen strich. Die Geste war so intim, fast liebevoll, aber auf jeden Fall vertraut. Der Junge hob dankend die Hand zum Gruß, sprang in den Wagen und ließ Kelly erst zurücktreten, bevor er den Motor anließ und davonfuhr. Kelly winkte ihm nach, wobei die leichte Brise ein paar Strähnen aus ihrem Knoten löste, dann drehte sie sich um und ging in den Pub, ohne zu merken, dass sie beobachtet wurde.

Lawrence fühlte sich unwohl. Wer war dieser Bursche? Eindeutig kannte sie ihn gut und mochte ihn. Er wusste, er sollte wütend, eifersüchtig und beschützerisch reagieren. Ihm war klar, dass er eigentlich mit einer Donnerbüchse hinter ihm herjagen müsste. Aber er war lediglich traurig, weil er wusste, dass Kelly zu diesem jungen Mann gehörte, wer immer er auch sein mochte. Oder zu einem Mann seines Alters. Zu jemandem, der ebenso lebenslustig war wie sie. Nicht zu einem alten Kauz wie ihm, der auf die fünfzig zuging und ihr Vater sein könnte – eine Einschätzung, die er mehr als einmal in den Mienen anderer gelesen hatte, wenn er mit ihr ausgegangen war.

Kelly kam mit Handtasche und Sonnenbrille wieder aus dem Pub – es war ein sonniger Frühlingstag. Strahlend öffnete sie die Wagentür und küsste ihn auf die Wange. Sie wirkte unbekümmert. Er atmete ihren Duft ein, als sei es das letzte Mal. Sie stupste ihn mit dem Ellbogen an.

»He, stell dir vor! Rick fährt den Hochzeitswagen.«

Lawrence musste einen Moment nachdenken. Rick? Natürlich! Kellys Bruder Rick arbeitete in der Autowerkstatt Crossways. Er hatte ihn erst einmal von weitem gesehen, in Overall und ölverschmiert. Er lächelte matt.

»Ich habe ihn gar nicht erkannt.«

»Kann er sich nicht gut rausputzen? Das ist sein neuer Samstagsjob; dreißig Mäuse bar auf die Hand pro Hochzeit.«

Lawrence war seltsamerweise kein bisschen erleichtert über diese harmlose Erklärung, obwohl Rick offensichtlich keine Bedrohung für ihn war. Die grausame Tatsache blieb dennoch bestehen: Er war viel zu alt für sie.

Während Kelly in den Wagen stieg, beschloss er, vorerst den Mund zu halten. Ihren letzten gemeinsamen Ausflug konnten sie ebenso gut genießen; schon die ganze Woche hatte sie sich auf die Pferderennen gefreut. Aber danach war es Zeit, sich mit Anstand aus der Affäre zu ziehen.

Es hatte ihm bis jetzt Spaß gemacht, aber Lawrence hatte keine Lust, sich noch länger zum Narren zu machen, und wollte auch nicht, dass die Leute schlecht über Kelly redeten. Was sie von ihr dachten, war klar, vor allem, wenn sie sein Auto sahen. Dass sie nur hinter seinem Geld her war. Sie hatte einen Mann verdient, der auf ihrer Wellenlänge war; jemanden, der wusste, wovon sie redete, wenn sie über das neuste Outfit von Posh Spice oder die verwickelte Handlung einer Seifenoper sprach.

Während Kelly noch in ihrer Handtasche kramte und ihren Lippenstift auffrischte, überlegte Lawrence, wann der geeignete Moment sei, es ihr zu sagen. Er nahm nicht an, dass sie am Boden zerstört sein würde. Vor allem nicht, wenn er ihr den Trostpreis nannte.

James und Caroline hatten sich für eine kleine ländliche Hochzeit in der Kirche von Honeycote und einen anschließenden Empfang in Denham House entschieden. Als sie jedoch ihre gemeinsamen Verwandten, Freunde und Kollegen zusammenzählten, kamen schon über hundert Gäste zusammen, die nun gespannt in der kleinen Kirche saßen und auf den Beginn des Schauspiels warteten. Als die vertrauten Klänge aus Händels »Einzug der Königin von Saba« ertönten, wandten sie die Köpfe und reckten die Hälse.

»Teufel noch mal!«, brummte Mickey seinem Bruder bewundernd zu. James wartete geduldig, bis die Braut an seine Seite trat, bevor er sie würdigte.

Caroline sah hinreißend aus. Es hatte Stunden gedauert, bis sie sich für ein Kleid entscheiden konnte, aber sie fand, dass sie das richtige ausgesucht hatte. Es passte hervorragend zu ihrer Persönlichkeit, zum Anlass und zur Umgebung.

Es war ein schlichtes Etuikleid aus cremeweißem Duchesse-

Satin mit einem Anflug von Gold – nicht genug, um billig zu wirken, aber gerade genug, um dem Stoff eine schimmernde Tiefe zu verleihen. Das Glanzstück, der absolute Gipfel, war ein Gehrock aus dem gleichen Stoff, sehr figurbetont und in der Taille schmal geschnitten, aber mit einem so langen, weiten Rockschoß, dass er als wogende Masse schimmernden Satins hinter ihr herschleifte. Manschetten und Revers waren mit winzigen Perlen bestickt. Dazu trug sie spitze, cremeweiße Ziegenlederstiefeletten mit hohem Absatz. Ihr Haar war zur Hälfte mit einem Schildpattkamm auf dem Oberkopf festgesteckt, zur anderen Hälfte fiel es lose in Ringellöckchen herunter. In der Hand hielt sie einen Brautstrauß aus Porcelina-Rosen, geschickt mit Hopfen gemischt. Die in der Kirche versammelte Gemeinde seufzte wie aus einem Munde beifällig.

Hinter ihr kamen Sophie und Georgina in blassgrünen Seidenkleidern mit Samtcapes gegen den kühlen Aprilwind; sie trieben eine Schar von Carolines Nichten vor sich her, alle in Batistkleidchen und Ballerinas. Patrick und Ned, die im Frack verteufelt gut aussahen, betrachteten ihre Aufgabe als Türsteher als beendet und begaben sich auf ihre Plätze, als die Türen der kleinen Kirche sich schlossen und die Trauungszeremonie begann.

Lucy saß in der ersten Reihe. Sie hatte sich für ein blassblaues Shiftkleid aus Seide und einen großen Hut mit Straußenfeder entschieden – schlicht, aber hinreißend, à la Audrey Hepburn. Stolz musterte sie ihre Töchter, die beide schön und erwachsen wirkten. Auch Mickeys Anblick machte sie stolz, wie er groß neben seinem Bruder stand – er hatte beschlossen, die gesamte Trauung ohne Stock durchzustehen. Als sie sah, wie er besorgt in seiner Tasche nach dem kleinen Wildlederbeutel mit dem Ring tastete, musste sie lächeln. Er hatte sich solche Sorgen gemacht, ob alles gut verlaufen würde, und durch nichts hatte sie ihn beruhigen können, aber sie wusste, dass alles perfekt laufen würde.

James' Stimme hallte durch die Kirche, als er das Ehegelöbnis nachsprach. Während er den Ring auf Carolines Finger schob, dachte Lucy an den Tag zurück, an dem Mickey ihr den Ehering angesteckt hatte. Sie schaute auf ihre Hände, wie um sich zu vergewissern, dass er noch da war, obwohl sie es genau wusste. Und als Braut und Bräutigam sich küssten, wischte sie sich eine Träne fort. Es war keine Träne des Bedauerns. Sie musste bei Hochzeiten immer weinen.

Denham House war für den Empfang gerüstet. Die Gäste wurden ins Esszimmer geführt. Die Terrassentüren standen offen. Der ummauerte Garten war mit einer Markise überspannt und wurde unauffällig beheizt, um die kühle Frühlingsluft zu vertreiben. Die vorhandenen Gartenblumen waren durch unzählige Frühlingsblumen ergänzt worden, so dass überall Narzissen, Traubenhyazinthen, Krokusse und Primeln blühten. Hecken und Büsche waren mit Lichterketten geschmückt und hunderte Kerzen brannten – große Kirchenkerzen auf Säulen, duftende Teelichte, aufgereiht in Gläsern auf den Mauern, und schlanke Kerzen in Blumentöpfen; der ganze Garten glitzerte wie eine Märchengrotte. Langstielige weiße Rosen, Gartenlilien und Efeu waren mit großen Musselinschleifen an Baumstämme gebunden, und der gepflasterte Weg, der zum Zierbeet führte, war mit Rosenblättern bestreut.

Caroline und James hatten sich entschlossen, keinen förmlichen Empfang mit am Tisch serviertem Essen zu geben, sondern ihren Gästen Gelegenheit zu bieten, ungezwungen mal hier, mal da mit anderen zu plaudern. Eine ganze Schar hübscher Kellnerinnen, die Anweisung hatten, niemanden hungern zu lassen, reichte den ganzen Tag appetitliche Häppchen herum. Da James eine Vorliebe für heimische Produkte hatte, bekamen die Gäste zur Begrüßung kleine weiße Porzellantassen mit Spargelsuppe aus Evesham. Es folgten Gloucester-Old-Spot-Würstchen, Lammkoteletts, Wildcarpaccio, winzige

Schweinepastetchen und Wachteleier in Hackfleischmantel – eine endlose Folge von Canapés, denen begeistert zugesprochen wurde. Ihnen folgten winzige Baisers in Herzform, Windbeutel mit weißer Schokoladenfüllung und Zitronenküchlein. Dazu gab es Champagner – sie hatten beschlossen, auf das Durcheinander verschiedener Getränke zu verzichten.

Caroline kam sich vor wie eine Königin, wie jede junge Frau es an ihrem Hochzeitstag verdiente, aber sie hatte keine Ahnung gehabt, dass sie tatsächlich so glücklich sein konnte. Als sie von einem Gast zum anderen ging, waren alle gerührt über ihr freudiges Strahlen. James stand stolz und beschützend neben ihr und lächelte, als sie die eintreffenden Gäste begrüßten und ihre Glückwünsche entgegennahmen.

Nach dem Kuchen und den Ansprachen, die niemanden ungerührt ließen, holte Ned eine CD von Whitney Houston aus seinem Wagen und legte sie auf. Aus den Lautsprechern erklangen die ersten Takte von *I Will Always Love You* durch die Terrassentür. Angeheiterte Gäste drängten Braut und Bräutigam auf die improvisierte Tanzfläche. Sonst hätte eine derart öffentliche Vorführung James entsetzt, aber nun reichte er seiner Braut die Hand. Sie glitt in seine Arme, legte den Kopf an seine Schulter und die beiden tanzten langsam und gefühlvoll, sehr zur Freude ihrer Zuschauer.

Allmählich gesellten sich die Gäste zu ihnen auf die Tanzfläche. Ned, der auf einer unbezahlbaren steinernen Urne stand und wild dirigierte, sprang mit einem Satz in die Menge, um Sophie zu suchen und unter ihrem lachenden Protest auf die Tanzfläche zu zerren. Patrick reichte Mandy die Hand, die von der Feier etwas überwältigt war. Sie schmiegte ihre Hand in seine und musste an das erste Mal denken, als sie seine Hand genommen und sich geschworen hatte, dass sie eines Tages ihm gehören werde. Und nun, da es tatsächlich so war, fand sie es unglaublich, dass es ihr so richtig erschien, fast als wären sie eins. Sie hatte in ihm jedoch auch verborgene Tiefen entdeckt, wie sie es nie erwartet hätte, und mit jeder neuen Enthüllung lernte sie sich selbst besser kennen. Jeder Tag barg Überraschungen. Das Leben war aufregend; eine Entdeckungsreise in das eigene Innenleben, die nie enden sollte, wenn es nach ihr ging.

Mickeys Bein brachte ihn um, aber es war für ihn Ehrensache, eine Frage des Stolzes, Lucy unter den Gästen zu suchen. Sie stand im Wohnzimmer und schaute ziemlich wehmütig drein, als hoffe sie auf einen Tanzpartner, fand Mickey. Er schlängelte sich in ihr Blickfeld und lächelte einladend.

Einen Moment glaubte er, sie habe ihn nicht gesehen, da sie anscheinend über seinen Kopf hinweg zu Braut und Bräutigam schaute. Aber dann lächelte sie ihn an, stellte ihr Glas ab und kam zu ihm. Er hielt sie fest in den Armen, seine schöne Frau, deren Haar nach Fresien duftete, deren Wange sich pfirsichweich an seine schmiegte und die ihn die grässlichen Schmerzen in seinen Gliedern vergessen ließ, als die Musik sie nun zusammenführte.

Im Esszimmer nahm Keith Sherwyn ein weiteres Glas Champagner von einer aufmerksamen Kellnerin an und schaute dem Treiben mit fast väterlichem Lächeln zu. Ihm machte es nichts aus, dass er keine Partnerin hatte, mit der er über die bemoosten Steine gleiten konnte. So weit war er noch nicht.

Der Gedanke, dass er vor kaum einem Jahr noch in der Tretmühle gesteckt hatte, um ein Imperium zu erhalten, das gleichermaßen geistig erstickend wie finanziell lohnend war, erschien ihm merkwürdig. Damals hatte er kaum eine Atempause gefunden, geschweige denn darüber nachdenken können, was er vom Leben eigentlich erwartete. Schaudernd kam ihm in den Sinn, dass er immer noch in dieser Tretmühle stecken würde, stumpf, unbefriedigt und wie selbstverständlich, wenn das Schicksal nicht eingegriffen hätte.

Doch nun fand er in den Herausforderungen der Brauerei sowohl kreativ als auch kaufmännisch Erfüllung. Er hatte ein neues Zuhause: Er und Mandy machten schon eifrig Pläne für die Renovierung ihres Cottages und hatten derweil eine Wohnung in einer umgebauten Scheune außerhalb von Honeycote gemietet. Auch seine Tochter wirkte eindeutig zufrieden; offenbar hatte seine Trennung von Sandra keine bleibenden Schäden hinterlassen. Patrick war genau der richtige Freund für sie, fand er. Er ließ seine Fantasie vorauseilen zu einer weiteren Hochzeit, die in Zukunft die Interessen der Sherwyns und der Liddiards im heiligen Bund der Ehe vereinen würde – doch dann rief er sich zur Ordnung. Er wollte diese Verbindung nicht erzwingen; dazu war es noch zu früh.

Alles in allem war er ein glücklicher Mann, der das Spektakel auf der Terrasse genoss. Aber insgeheim flackerte ein Fünkchen Hoffnung auf, dass irgendwo da draußen auch auf ihn eine Partnerin wartete.

Als es dämmerig wurde, machten James und Caroline die Runde, um sich von ihren Gästen zu verabschieden. Patrick war klar, dass nun alle abgelenkt waren und dem Paar, ergriffen von diesem romantischen Augenblick, alles Gute für ihren gemeinsamen Lebensweg wünschten. Er nahm Mandys Hand.

»Komm mit.«

Ohne zu fragen, folgte sie ihm. Sie schlüpften unter der Markise hindurch ins Haus und schlichen sich durch die Haustür auf die Straße. Patrick verriet immer noch nichts, sondern führte Mandy über den breiten Bürgersteig, vorbei an den Antiquitätengeschäften, Maklerbüros und Restaurants von Eldenbury. Mit großen Augen und atemlos vor Erwartung ging sie mit.

Schließlich erreichten sie das *Horse and Groom*. Patrick mied den Haupteingang, in dem sich bereits die Gäste drängten, denn er wollte nicht gesehen werden. Er brachte Mandy zu einem Seiteneingang, hinter dem eine hölzerne Wendeltreppe ins Obergeschoss führte. Vor einer Eichentür blieb er stehen. Mandy schaute ihn fragend an, aber das Lächeln, das ihre Lippen umspielte, zeigte ihm, dass sie die Antwort ahnte.

Zuversichtlich öffnete Patrick die Tür und zog sie ins Zimmer. Mandys staunender Blick überzeugte ihn, dass Mayday ihm alle Ehre gemacht hatte. Da sie noch etwas gutzumachen hatte, hatte sie seine Anweisungen genauestens befolgt, nachdem er sie, mitgerissen von der Romantik des Augenblicks, aus James' Haus angerufen hatte. Die Zeit war gekommen: Das sollte ihre Stunde werden. Sie hatten beide darauf gewartet.

Und Mayday mit ihrem Hang zur Dramatik und ihrem Sinn für das Theatralische hatte das Zimmer in eine Märchenkulisse verwandelt. Beleuchtet wurde es nur von einem riesigen Kandelaber und dem leise knisternden Kaminfeuer. Ein zarter Duft hing in der Luft, keines von Maydays üblichen schweren Räucherstäbchen, sondern etwas raffiniert Exotisches und Sinnliches. Aus verborgenen Lautsprechern drang rauchige, schwüle Jazzmusik, die unaufdringlich ins Ohr ging. Das Bett war mit roten Samtdecken abgedeckt und auf jedem Kissen lag eine einzelne rote Rose. In einem großen Silberkühler stand eine Flasche Champagner, daneben warteten zwei schwere Kristallkelche. Patrick hatte unwillkürlich den Eindruck, es wäre passend gewesen, wenn sie auf Pferden die Hauptstraße entlanggeritten wären, dem Wirt die Zügel hingeworfen hätten und er sie die Treppe hinaufgetragen hätte wie ein berittener Straßenräuber die Dame seines Herzens.

Mandy schaute sich verwundert um.

»Es ist wunderschön«, hauchte sie.

»Nein«, sagte Patrick. »Du bist wunderschön.«

Er zog sie in seine Arme. Es war der passende Augenblick und die passende Umgebung. Lange hatte er gewartet, aber alles sollte perfekt sein.

Die Gäste – viele waren stark angeheitert und hatten Schuhe und Hüte von sich geworfen – strömten in einer Parade auf die Straße, wo der dunkelgrüne Lagonda bereitstand, mit dem das Brautpaar zum Flughafen gebracht werden sollte. Jemand hatte Wunderkerzen mitgebracht, es waren unzählige Wunderkerzen, und die Gäste bildeten eine Gasse, durch die James und Caroline unter Jubelrufen und Glückwünschen schritten.

Ein Stück weiter unten an der Straße war Keith zu einer kleinen Wiese gehuscht, um jemandem ein Zeichen zu geben. Es war sein Geschenk an das Brautpaar – ihm war nichts eingefallen, was er ihnen hätte schenken können, und da er es langweilig fand, etwas von der Geschenkeliste auszusuchen, hatte er beschlossen, ihnen einen wirklich denkwürdigen Abschied zu bereiten. Ihm war klar, dass es eine protzige Geste war, aber das scherte ihn nicht. Dann war er eben ein Emporkömmling aus Birmingham, der mehr Geld als guten Geschmack besaß, na und? Wahrscheinlich würde er das immer bleiben und er war stolz darauf. Und Feuerwerk war ohnehin bei allen beliebt.

Er gab dem Pyrotechniker ein diskretes Handzeichen, während James und Caroline sich gerade am wartenden Wagen mit einem Kuss von Mickey und Lucy verabschiedeten. Als die erste Rakete in den Nachthimmel schoss, fuhren verwirrte Gesichter herum, erschrocken vom Lärm. Hunderte silberner und goldener Sterne folgten, die die ganze Straße erhellten. Allmählich begriffen alle und applaudierten begeistert. Er hatte Recht gehabt: Jeder liebte Feuerwerk. Sie verliehen einem Fest einen gewissen Zauber und etwas Feierliches. Zufrieden sah Keith, dass die Gäste ebenso strahlten wie der Himmel, als zum Abschluss des Spektakels die verschlungenen Initialen des Brautpaares in einem flammenden Herz aufleuchteten, das in ganz Gloucestershire und vermutlich auch in Worcestershire und Oxfordshire zu sehen war.

Atemlos und voller Leidenschaft lag Mandy in Patricks Armen. Sie lachte und weinte in einem und wusste nicht, ob das, was sie gerade erlebt hatte, real war. Das hätte sie sich selbst in ihren kühnsten Träumen nicht ausdenken können. Er erstickte ihre Schreie mit seinen Lippen und brachte sie lächelnd zum Schweigen. Ihre Augen glänzten fiebrig, als sei sie mit einer herrlichen Droge voll gepumpt, die sie durch und durch süchtig machte. Hingerissen schaute sie ihn an.

»Ich habe Feuerwerk gesehen«, sagte sie verträumt.

Patrick grinste sie an.

»Ich auch.«

Beide lachten, wälzten sich eng umschlungen herum und küssten sich wie im Rausch. Dieses Mal drang Patrick sanft in sie ein und zeigte ihr, wie sie sich mit ihm bewegen konnte, bis sie sich in einem langsamen, gemeinsamen Rhythmus gegenseitig spürten.

Als Patrick sich in ihr verlor, kam ihm zu Bewusstsein, dass er noch nie zuvor eine Frau richtig geliebt hatte. Er hatte gebumst, gevögelt, gefickt, Frauen aufs Kreuz gelegt und genagelt, aber zum ersten Mal hatte er den Schritt über den Abgrund getan und war in die Seele eines anderen Menschen gefallen. Es raubte ihm die Sinne.

Als Lawrence auf der Heimfahrt über den Hügel kam, der nach Honeycote hinunterführte, sah er staunend das Feuerwerk. Er hielt am Straßenrand, um zuzuschauen, und erkannte an dem großen »C« und dem großen »J«, das am Horizont aufleuchtete, dass es zur Hochzeitsfeier von James und Caroline brannte. Kelly schlief fest auf dem Beifahrersitz. Er überlegte, ob er sie wecken sollte, aber das Feuerwerk rief in ihm melancholische Erinnerungen an das Scheitern seiner eigenen Ehe wach.

Der Tag hatte ihn in seiner Entscheidung bestärkt. Er hatte die amüsiert hochgezogenen Augenbrauen der anderen Frauen gesehen, die im Geiste Kellys Alter von seinem abzogen und wissende Blicke tauschten. Seine Geschäftsfreunde hatten ihm neidische Rippenstöße versetzt und anzügliche Bemerkungen gemacht, wenn keine der Frauen zuhörte, und Lawrence das Gefühl vermittelt, er sei ein geiler alter Bock. Er hatte den dringenden Wunsch, Kelly zu beschützen. Alle unterstellten ihr unausgesprochen, sie sei nur hinter seinem Geld her, aber er wusste genau, dass es nicht so war.

Besser als jeder andere wusste er, dass Kelly lieber ihr eigenes Geld ausgab als das eines anderen. Sie besaß Ehrgeiz und Arbeitsmoral, wollte erfolgreich sein, ihren eigenen Salon eröffnen, einen eigenen Porsche kaufen. Eines Tages. Lawrence bewunderte sie dafür aufrichtig, und obwohl ihm klar war, dass sie finanziell unabhängig war, glaubte er, sie überzeugen zu können, dass eine kleine Starthilfe nicht als Abfindung gedacht war – zumal wenn keine Bedingungen damit verknüpft waren.

Als die letzten Feuerwerkskörper am Nachthimmel explodierten, wachte Kelly auf. Lawrence legte ihr behutsam die Hand auf den Arm.

»Kelly?«

Sie schaute ihn erwartungsvoll an.

»Ja?«

»Wir müssen reden.«

Kapitel 28

Kelly war traurig, dass ihre Beziehung zu Lawrence zu Ende ging. Sie mochte ihn, aber sie war realistisch. Ihr war klar, dass er zu alt für sie war, und eigentlich wollte sie jemanden, in den sie sich verlieben konnte, keinen älteren Liebhaber, der sie verwöhnte.

Seinen Vorschlag fand sie jedoch faszinierend. Er hatte klargestellt, dass es eine rein geschäftliche Vereinbarung sein sollte. Sie wären Geschäftspartner; er würde die Räume zur Verfügung stellen und sie die Arbeit und das Fachwissen. Die Eröffnung war für den nächsten Herbst geplant. So blieb ihnen genug Zeit, geeignete Räumlichkeiten zu finden. Zudem wollten sie Kellys Prüfung abwarten, denn ohne Qualifikation hatte es keinen Sinn, einen Schönheitssalon aufzumachen.

Sie würde die Einrichtung des Salons in Weiß, Lila und Silber halten – sanfte, beruhigende Farben mit wehenden Voile-Vorhängen und klassischer Musik im Hintergrund, das war exklusiv. Sie konnte ihre Aufregung kaum bezähmen, obwohl sie wusste, dass viel Arbeit auf sie zukam. Für berufstätige Frauen musste sie den Salon an einigen Abenden lange geöffnet halten. Und am meisten hätte sie natürlich samstags zu tun. Aber vor Arbeit hatte Kelly sich noch nie gescheut. Das hatte sie von ihren Eltern gelernt. Sobald sie konnte, hatte sie im Pub geholfen, obwohl ihre Eltern immer betont hatten, sie solle einen eigenen Beruf erlernen und nicht in ihre Fußstapfen treten. Sie würde zusehen, dass sie sich die Namen ihrer Kundinnen merkte und sich behielt, wie sie ihren Kaffee tranken und welchen Nagellack sie bevorzugten. Wenn man auf solche Kleinigkeiten achtete, kamen die Kundinnen immer wieder. Sie ließen sich gern verwöhnen und mochten es, wenn sie wiedererkannt wurden. Sie dachte über einen Namen nach. Vielleicht ein Blumenname. Ihre Mutter konnte ihr beim Aussuchen helfen. Eileen war wesentlich glücklicher, seit sie und Dad beschlossen hatten, das *Honeycote Arms* aufzugeben. Es ging bergauf.

Auch Lawrence war begeistert von dem Projekt. Es gab ihm neben dem Gartencenter etwas zu tun, auch wenn es längst keine so große Herausforderung war wie seine Pläne mit der Brauerei. Aber vielleicht war es besser, sich von Altruismus als von Rache leiten zu lassen. Er mochte Kelly und war an ihrer Zukunft interessiert. Außerdem hatte er erlebt, dass sie ihre Sache gut machte, und sah nicht ein, warum sie sich im Schönheitssalon einer anderen ausbeuten lassen sollte, wenn sie die Früchte ihrer Arbeit selbst ernten konnte. Die Finanzen würde er streng im Auge behalten, obwohl er vermutete, dass sie in geschäftlicher Hinsicht in ein paar Jahren ziemlich gewieft sein dürfte. Irgendwann konnte sie ihn auszahlen. Er würde ihr einen guten Preis machen; da er nur das versteuern musste, was sie ihm bezahlte, war es ihm lieber, wenn sie, nicht das Finanzamt, davon profitierte. Vielleicht könnten sie aber auch einen weiteren Salon eröffnen; eine kleine Kette aufbauen. Wie immer dachte Lawrence im großen Stil, musste dann aber über sich selbst lachen. Lawrence Oakley, Magnat der Schönheitssalons? Nein, er würde Kelly auf die Beine helfen und dann loslassen. Schließlich hatte er andere, wichtigere Pläne.

Er wusste nicht recht, wie er Kay finden sollte. Sie hatte ihre Handynummer gewechselt und ihm ihre neue Telefonnummer nicht mitgeteilt. Schließlich hatte er ihr ja klar zu verstehen gegeben, dass zwischen ihnen Schluss war. Er überlegte, ob er einen Privatdetektiv engagieren sollte, aber das erschien ihm zu zwielichtig und anrüchig.

Dann kam er auf die Idee, ihre Eltern anzurufen. Er wusste, dass sie kein sonderlich enges Verhältnis zu ihnen hatte, hielt es aber für unwahrscheinlich, dass sie jeden Kontakt zu ihnen abgebrochen hatte. Sie würde ihnen nie absichtlich wehtun.

Als Lawrence zwei Wochen später endlich den Mut aufbrachte, Sylvia Porter anzurufen, klang sie erleichtert.

»Ich weiß nicht, was zwischen euch beiden vorgefallen ist, und ich will es auch gar nicht wissen.«

Sicher nicht, dachte Lawrence.

»Ich weiß nur, dass sie dich braucht.«

»Woher weißt du das?«

»Sie hat den ganzen Kreißsaal nach dir zusammengeschrien. Du hättest für sie da sein müssen. Was auch immer passiert ist.«

Es folgte ein verblüfftes Schweigen.

»Den Kreißsaal?«

»Am Ende musste ich mit ihr hineingehen. Sie hat darauf bestanden, dass sie allein zurechtkommt, aber ich weiß doch, wie das ist. Keine Frau sollte bei einer Entbindung allein sein.«

Lawrence schluckte.

»Sie ... hat das Baby also bekommen?«

»Ich erzähle dir das bloß, weil ich es nicht richtig finde, dass sie das Kind allein großzieht. Aber sag ihr um Gottes willen nicht, dass ich dir das gesagt habe.«

»Bestimmt nicht. Versprochen.«

Sylvia gab ihm Kays Adresse. Lawrence kannte die Ortschaft. Sie war nicht weit von dem Haus entfernt, das sie ihm vor einer Ewigkeit verkauft hatte. Er merkte sich die Anschrift, bedankte sich rasch bei Sylvia und ging zu seinem Wagen, bevor er es sich anders überlegen konnte. Sylvia faltete die Hände und schickte ein Stoßgebet zum Himmel. Ihre Tochter kam blendend zurecht, sie war ungeheuer stolz, dass sie es so gut schaffte, aber ein Kind brauchte nun mal einen Vater und damit basta.

Lilac Cottage lag am Ende einer Reihenhausflucht, die zum Glück nicht durch Kunststofffenster oder Klinker verschandelt waren. Lawrence blieb vor dem Törchen stehen und starrte durch den Vorgarten auf den schicken blauen Kinderwagen, der vor der Haustür stand. Es war ein richtiger Kinderwagen wie aus Mary Poppins, der wohl den größten Teil der Diele in diesem winzigen Häuschen einnehmen würde. Typisch Kay. Qualität vor Quantität. Vermutlich hätte sie von dem Geld, das er ihr gegeben hatte, ein ziemlich geräumiges modernes Haus kaufen können. Aber sie hatte völlig Recht, sich für dieses zu entscheiden, denn es war eine wesentlich bessere Investition. Lawrence empfand einen Anflug von Stolz. Sie war eindeutig in eine gute Schule gegangen.

Er öffnete das Törchen, ging den Weg hinauf und blieb vor dem Kinderwagen stehen. Kay beobachtete ihn von drinnen. Sie stellte das Baby jeden Morgen ein bisschen hinaus an die frische Luft, behielt aber den Kinderwagen genau im Auge. Er atmete tief durch und schloss kurz die Augen, bevor er sich über den Wagen beugte und hineinschaute. Es lag ein bezauberndes puppenhaftes Wesen mit Pfirsichhaut darin. Verwundert beobachtete er, wie sich die Decke mit dem Atem leicht hob und senkte.

Als er aufschaute, stand Kay im Türrahmen. Er musste zweimal hinsehen, so sehr hatte sie sich verändert. Die Mutterschaft hatte ihre früher eher kantigen Züge weicher gemacht. Ihr Haar war länger und dunkler und mit einer Spange hochgesteckt. Lose Strähnen fielen ihr in das ungeschminkte Gesicht. Überrascht bemerkte Lawrence Sommersprossen. Selbst ihre Kleidung war anders. Keine Spur mehr von der aggressiven Power-Kleidung, den »Hier-komm-ich«-Outfits. Zu einem langen, bunt gemusterten Baumwollrock und Espadrilles trug sie einen wollweißen Schlabberpullover mit Zopfmuster, der die wenigen Pfunde kaschierte, die sie noch zu viel hatte.

»Wie heißt sie?«

»Flora.«

Flora. Die Frühlingsgöttin. Warum hatte sie diesen Namen gewählt? Er schaute sie fragend an und war überrascht, dass ihr Blick weich und nicht abwehrend war. Kay lächelte.

»Na los! Nimm sie ruhig auf. Sie wacht noch nicht auf. Sie ist groggy.«

Mit einem Kopfnicken bekräftigte sie ihre Aufforderung. Zögernd hob Lawrence das weiche Bündel auf. Er war sich nicht sicher, ob er das üppige Bettzeug mit hochnehmen sollte, und stockte.

»Schon gut. Sie ist zäher, als sie aussieht.«

Als Lawrence das Baby an seine Brust zog, durchströmte ihn eine Woge der Wärme. Und als Flora sich instinktiv an ihn schmiegte, wunderte er sich, dass es ihm so stimmig, so natürlich vorkam. Er schaute auf, um sich bei Kay zu versichern, dass er alles richtig machte, und wurde angesichts der Wärme und des Stolzes in ihrem Blick ganz demütig. Es kam doch nur auf das kleine Bündel an, nicht darauf, ob sie von ihm, von ihnen beiden oder von Kay war. Stolz, Prinzipien, Ego – was spielte das alles schon für eine Rolle?

Er beugte sich herunter und schmiegte sich an den weichen Flaum auf dem Köpfchen der Kleinen. Er versuchte zu sprechen, brachte aber nur ein Krächzen zu Stande.

»Sie ist schön.«

In diesem Augenblick wachte das Baby auf, vielleicht aufgeschreckt durch die ungewohnte Stimme und den fremden Geruch. Aber sie schrie nicht, sondern schlug die Augen auf, schaute neugierig nach oben und streckte ein rosiges Händchen aus. Lawrence' Herz machte einen gewaltigen Purzelbaum, denn was er sah, bestärkte ihn in seinem Vorhaben. Die Augen, in die er schaute, waren das genaue Ebenbild – nicht seiner eigenen, nicht Mickeys, sondern Kays. Zwei grüne Kreise mit dunklen Ringen, in der Mitte irgendwie rostbraun.

Es war, als sei sie ein Klon ihrer Mutter, als sei die Fortpflanzung ohne Zutun eines anderen erfolgt.

Er räusperte sich, um den hartnäckigen Kloß in seinem Hals loszuwerden.

»Wenn du das Haus jetzt verkaufst, holst du einen guten Preis raus. Es ist die richtige Jahreszeit zum Verkaufen. Du brauchst nur noch ein paar Blumenkörbe aufzuhängen.«

»Ach, und wo soll ich die herholen?«

Ihr Ton war neckend. Lawrence grinste schief.

»Ich gebe dir Rabatt.«

Ihr oberflächliches Geplänkel kaschierte die ernsten Untertöne. Während der Pause, die Lawrence endlos erschien, wedelte Flora mit ihrem Händchen in der Luft wie ein Miniaturschiedsrichter. Er ließ jeden Verkaufstrick, den er je benutzt hatte, außer Acht und machte sich mit seinem nächsten Schritt wohl zum ersten Mal in seinem Leben verwundbar.

»Komm zurück.«

Es war eine Bitte, kein Befehl, und Kay schaute ihn eindringlich an. Es war noch so vieles ungesagt und sie wussten es beide. Sie hatten beide Schuld und waren beide unschuldig. Flüchtig sammelte sich Angst in ihrer Magengrube, stieg zu ihrem Herzen auf und ließ es fast bersten. Konnten sie wirklich von vorn anfangen? Sie waren beide Zyniker, keine Romantiker, aber vielleicht war das zu ihrem Vorteil.

Natürlich konnte es gehen. Jetzt hatten sie einen gemeinsamen Lebensmittelpunkt. Vorher hatten sie sich in ihrer Maßlosigkeit verstrickt, unfähig zu einer Kommunikation, weil sie nichts verband außer ihrem leeren Erfolg, der ihnen anscheinend kein Glück beschert hatte.

Lawrence deckte noch einmal seine Karten auf – es war der verzweifelte Versuch, die Vereinbarung unter Dach und Fach zu bringen.

»Am besten melden wir sie im Cheltenham Ladys College an. Wenn es nicht schon zu spät dazu ist.«

Kay hörte die Verzweiflung aus seiner Flapsigkeit heraus. Sie zog einen Schmollmund.

»Unsinn! Eldenbury High School. Ich lasse sie nicht mehr aus den Augen, wo ich sie nun einmal habe.«

Kay nahm ihm Flora aus den Armen. Hilflos stand Lawrence da und wusste nicht recht, wie er ihre Antwort verstehen sollte. War das das Ende? Gab sie ihm eine Abfuhr? Stellte sie ihre Unabhängigkeit unter Beweis und schleuderte ihm sein Angebot ins Gesicht?

Kay ging hinein und rief über die Schulter zurück:

»Komm rein! Sie muss gleich gefüttert werden. Wenn sie anfängt zu schreien, weißt du Bescheid.« Sie grinste. »Vielleicht überlegst du es dir dann anders.«

Kurz darauf hielt Lawrence ein vor Wut rotes Bündel, das ohrenbetäubend schrie, während Kay sich verzweifelt bemühte, das Fläschchen abzukühlen. Er musste lachen. Sie beide, sonst ausgefuchste Drahtzieher, waren Wachs in den Händen dieser winzigen Kreatur. Kay schüttelte einige Tröpfchen Milch auf ihren Handrücken und reichte das Fläschchen Lawrence, nachdem sie sich vergewissert hatte, dass es kein erneutes Geschrei auslösen würde.

»Na los! Du bist doch ein moderner Mann, oder? Anschließend kannst du ihr die Windeln wechseln.«

Lawrence war verblüfft, wie ausdauernd Flora an ihrem Fläschchen saugte und es nach und nach leerte. Als Kay sich zurücklehnte, schaute er sie an.

»Und?«

»Über welchen Makler sollen wir es verkaufen?«

Kapitel 29

Als Lucy eine riesige Pfanne Kartoffeln zum Backen in den Ofen schob, fiel ihr auf, dass sie sich so beschwingt fühlte wie seit Monaten nicht mehr. Schließlich bereitete sie sich auf das vor, was sie am liebsten tat: Freunde und Verwandte am Tisch, Berge von Essen, Fässer von Wein ... James und Caroline sollten heute Nachmittag von ihrer Hochzeitsreise zurückkommen. Da Mickey noch keine längeren Strecken fahren konnte, hatte Patrick angeboten, sie vom Flughafen abzuholen. Zum Sonntagsessen kamen sie nach Honeycote House, um von ihren vierzehntägigen Flitterwochen in der Toskana zu erzählen. Da man nach einer Hochzeit immer ein bisschen in ein Loch fiel, fand Lucy es an der Zeit für ein Familientreffen. Keith und Mandy sollten ebenfalls kommen, da sie mittlerweile schon fast zur Familie gehörten. Und Ned. Aber er war ja ohnehin fast immer da.

Sie schaute sich in der Küche um und ging im Geiste den Zeitplan für ihr Sonntagsessen noch einmal durch. Durch das Küchenfenster schien die Sonne herein und ließ die gelben Wände golden strahlen. Der üppige Duft nach Schweinebraten, dessen Saft sich mit dem Zwiebelbett vermengte, lag in der Luft. Hausgemachtes Apfelmus köchelte im Topf. Möhren und Frühlingskräuter standen fertig gehackt bereit.

Zufrieden, dass alles perfekt war, setzte Lucy sich ein Weilchen hin, um den Frieden zu genießen. Es war wieder wie in alten Zeiten, warm, gastlich, einladend. Als ob ein Geist seine Ruhe gefunden habe, dachte Lucy. Vielleicht war es ja auch so.

Sie und Mickey waren morgens gemeinsam ausgeritten,

nur in ruhiger Gangart. Lucy hatte Mickey zeigen wollen, welche Wunder sie bei Phoenix bewirkt hatte und dass ihre stundenlangen, geduldigen Übungen das unberechenbare Tier in einen perfekten Gentleman verwandelt hatten. Sobald sie die Hügelkuppe erreicht hatten, die eine weite Aussicht über Honeycote, das Haus, das Dorf und die Brauerei bot, hatten sie in vertrautem Schweigen hinuntergeschaut.

Als beide nun vor Augen hatten, was sie fast verloren hätten, wussten sie, ohne es auszusprechen, dass sie über gegenseitige Vorwürfe und Rachegefühle hinaus waren. Es war Zeit, nach vorn zu schauen. Alles zu genießen, was sie besaßen. Es war eindeutig ein Wendepunkt, als sie beide leichteren Herzens nach Hause ritten.

Jeder Außenstehende, der die Liddiards beim Essen beobachtet hätte, hätte sie für eine ganz normale, durchschnittliche Familie gehalten, die ihre Erlebnisse austauschte. Niemand hätte erraten, welch turbulente Zeiten sie alle durchgemacht hatten. Doch jeder kannte seine Rolle wie seine Grenzen und wusste, was gesagt werden durfte und was nicht, welcher Blickkontakt entstehen durfte und welcher zu vermeiden war.

Mickey kam gerade mit ein paar erlesenen Flaschen Bordeaux aus dem Keller, als Caroline von der Toilette in die Spülküche trat. Er musste zugeben, dass sie völlig verändert wirkte. Sicher, an ihrem Hochzeitstag hatte sie sehr schön ausgesehen, allerdings mit Hilfe verschiedener Friseusen und Kosmetikerinnen. Die zwei Wochen in der Toskana hatten ihr jedoch eine natürliche Schönheit verliehen: Ihr Gesicht war mit goldenen Sommersprossen übersät, ihre Augen hatten die roten Äderchen verloren, die Überarbeitung und ausschweifendes Leben hinterlassen hatten, und die kupferfarbenen Einsprengsel in ihrer Iris funkelten.

Mickey trat vor, um sie zu begrüßen.

»Herzlich willkommen zu Hause, Mrs Liddiard.«

»Vielen Dank.«

Sie stand, lasziv lächelnd, vor ihm. Mickey spürte förmlich die Wärme der Sonne von Siena, die ihre Haut ausstrahlte. Am liebsten hätte er sie berührt und diese Wärme durch seine Fingerspitzen strömen gespürt. Er beugte sich vor und küsste sie flüchtig auf den Mund. Ihre Lippen waren voll und sinnlich – Flitterwochenlippen, üppig von Küssen. Er sah förmlich vor sich, wie sie in ihrer Hochzeitsnacht reife Feigen verspeisten. Als sie einen Schritt näher kam, spürte er ihre Brust an seiner. Er genoss den Kuss und atmete ihren Duft nach gebranntem Honig und Orangenblüten ein – nach etwas Köstlichem, das sie in Florenz gekauft hatte.

Plötzlich verspürte er eine vertraute Erregung. Erleichtert merkte er, was geschah. Sein Körper reagierte wieder. Gott sei Dank! Er hatte schon geglaubt, da unten würde sich nichts mehr regen und seine eigentliche Strafe sei, dass er nie wieder Sex haben könnte. Höchste Ironie des Schicksals.

Aber nein. Da war es wieder. Der harte Beweis, sozusagen. Mickey grinste erfreut. Am liebsten hätte er einen Freudentanz aufgeführt. Er merkte, dass Caroline ihn anstarrte. Verwundert, aber amüsiert. Er hätte ihr seine Errungenschaft zeigen mögen. Aber das war wohl kaum angebracht und ließe sich nur schwer erklären, falls jemand kommen sollte.

Ihre Blicke trafen sich. Zögernd trat Mickey einen Schritt zurück und zwang seine Erregung nieder. Sie schaute ihn mit einer leicht hochgezogenen Augenbraue fragend an. Er hüstelte und hatte das Gefühl, etwas sagen zu müssen.

»Ich wollte mich nur bei dir bedanken.«

»Wofür?«

Er konnte wohl kaum sagen: »Dafür, dass du mir einen Steifen verschafft hast.« Obwohl sie es vermutlich verstanden hätte. Sie war ein Schatz. James war zu beneiden.

»Dafür, dass du mich vor mir selbst gerettet hast.«

Ein Lächeln umspielte Carolines Lippen.

»War mir ein Vergnügen.«

Mickey drehte sich um und ging zurück ins Esszimmer; trotz der Physiotherapie hinkte er noch leicht. Am Esstisch wurde lebhaft geplaudert; es entstand keine peinliche Stille, als er sich wieder an seinen Platz setzte. Niemand hatte die gleichzeitige Abwesenheit von Caroline und ihm verdächtig gefunden. Lucy bot ihm lächelnd ein weiteres Stück Bananentorte an. Grinsend schob Mickey seinen Teller vor.

»Ich kann allem widerstehen, nur der Versuchung nicht.«

Er hielt Carolines Blick stand, als sie sich an ihren Platz ihm gegenüber setzte. Mit einem anzüglichen Grinsen hob sie ihr Glas und prostete ihm über den Tisch hinweg zu. Mickey wandte sich ostentativ ab und streichelte unter dem Tisch Lucys Bein. Ein bisschen verwundert schaute sie ihn an. In letzter Zeit hatte er Zärtlichkeiten ängstlich gemieden, weil sein Versagen ihn befangen gemacht hatte. Lächelnd stellte Mickey fest, dass alles noch funktionierte – da draußen in der Spülküche, das war also nicht nur ein Glückstreffer gewesen. In der Praxis musste er sich allerdings erst noch bewähren. Er konnte es gar nicht abwarten, bis alle gegangen waren, damit er mit Lucy nach oben gehen und es ausprobieren konnte.

Caroline nippte an ihrem Rotwein. Sie war froh, dass Mickey keinen ernsthaften Annäherungsversuch gemacht hatte. Sie war sich durchaus nicht sicher, wie sie reagiert hätte. Aber dazu war es nicht gekommen. Offensichtlich hatte er seine Lektion gelernt.

Sie dachte an ihre Flitterwochen. Sie hatten herrliche vierzehn Tage verbracht. James war natürlich im siebenten Himmel, umgeben von so vielen Kunstschätzen, und zog wie berauscht von einer Kirche zur anderen, von einer Galerie zur nächsten. Anfangs fand Caroline es langweilig – für sie sah ein Gemälde aus wie das andere –, aber allmählich öffnete sie sich unter seiner Anleitung neuen Erfahrungen und vermochte die

Kunstschätze zu würdigen, in denen er so schwelgte, obwohl sie insgeheim zugeben musste, dass sie lieber einen Einkaufsbummel gemacht hätte. Aber die allgegenwärtige Sonnenwärme der Toskana und die rustikale Schlichtheit des Essens und der Weine sprachen all ihre Sinne an und so gewannen ihre Liebesnächte im Laufe der Flitterwochen mehr und mehr an Intensität. Am letzten Tag wollten sie ihre Hochzeitssuite gar nicht verlassen und blieben bis zur letzten Minute im Bett, so dass ihnen kaum noch Zeit blieb, in aller Eile noch einige Andenken in Florenz zu besorgen.

Sie vermutete, dass sie noch ein weiteres Andenken mit nach Hause gebracht hatten, aber für alle Fälle wollte sie darüber vorerst mit niemandem reden. Wenn es ein Mädchen würde, wollte sie es Siena nennen.

Lucy hatte die Dessertteller in die Küche gebracht und packte gerade in der Speisekammer den Käse aus, als sie hinter sich jemanden spürte. Es war James. Er strahlte, braun gebrannt und gut aussehend.

»Ich habe dir etwas mitgebracht.«

»Das wäre doch nicht nötig gewesen.«

Lucy wischte sich die Hände an ihrer Schürze ab und nahm das Päckchen, das in weißes Seidenpapier gewickelt, mit einem Band versehen und mit rotem Siegellack verschlossen war.

Es war eine kleine impressionistische Skizze von einem sich aufbäumenden Pferd, eine Rötelzeichnung in einem schweren, venezianischen Rahmen. Lucy war klar, dass es kein Druck aus einem Museumsladen war, sondern ein Original, das wahrscheinlich mehr gekostet hatte als die ganzen Flitterwochen zusammengenommen. Es war exquisit. Sie hätte selbst keine bessere Wahl treffen können.

»Vielen Dank«, hauchte sie. »Aber warum?«

»Du hast es verdient«, antwortete James schlicht. »Du hast viel durchgemacht.«

Lucy tat diese Bemerkung mit einem Achselzucken ab.

»Das haben wir alle.«

»Und es soll dich daran erinnern, dass ich immer für dich da bin.«

Lucy schluckte und war sich nicht sicher, ob er meinte, dass sie sich immer an seiner Schulter würde ausweinen können oder mehr. Sie zog die erste Interpretation vor. Irgendwie machte sie das Leben einfacher.

»Sie ist wunderschön.« Zum Dank gab sie ihm einen Kuss. Als er den Kopf vorbeugte, roch sie den vertrauten Bergamotteduft, den sie seit zwei Wochen nicht mehr gerochen hatte.

Als sie Schritte hinter sich hörte, drehte sie sich um. Es war Patrick. Flüchtig überlegte Lucy, ob sie James' Geschenk in dem Seidenpapier verstecken sollte, bis ihr auffiel, dass sie keinen Grund für Gewissensbisse hatte.

»Guck mal, was James mir mitgebracht hat. Aus der Toskana.«

Patrick bewunderte höflich das kleine Bild, interessierte sich aber mehr für den Käse. Lucy nahm den restlichen Käse vom Regal, wo er außer Pokeys Reichweite (die eine Vorliebe für Stilton hatte) stand, und reichte Patrick die Platte. Die beiden Männer gingen zurück an den Esstisch. Bevor Lucy ihnen folgte, legte sie das Bild in eine Küchenschublade. Sie wusste nicht, ob James und Caroline den anderen auch Geschenke mitgebracht hatten, und wollte nicht damit angeben.

James schnitt sich ein großzügiges Stück Brie ab.

»Übrigens, am Dienstag ist eine Versteigerung in einem Landhaus bei Bath. Ich muss allmählich meinen Bestand für das Sommergeschäft aufstocken. Hat jemand Lust mitzukommen?«

Caroline schüttelte den Kopf.

»Ich würde ja gern mitkommen, aber in der Brauerei wartet bergeweise Arbeit. Es kommen Bewerber zu Vorstellungsgesprächen und so weiter.« Ganz zu schweigen von ihrem Arzttermin.

»Es verspricht lohnend zu werden. Heutzutage gibt es immer seltener Versteigerungen in Landhäusern.« James klang, als wolle er sie überreden. Lucy schaute Mickey an.

»Sollen wir mitfahren? Wir könnten ein paar neue Esszimmerstühle brauchen. Zumal die Familie anscheinend immer größer wird.«

Mickey schüttelte den Kopf.

»Ich habe auch eine hektische Woche vor mir. Keith und ich möchten diese Woche den ganzen Papierkram in der Brauerei erledigen. Aber fahr du doch mit.«

Patrick schaltete sich ein.

»Ja, du kannst dich ja mal umschauen, ob du etwas findest, was wir in den Pubs brauchen könnten. Wir haben große Pläne mit der Einrichtung. Ausgestopfte Elchköpfe, Ritterrüstungen ... du kennst das ja.«

Lucy grinste.

»Nicht mal tot würde ich für einen Elchkopf bieten, vielen Dank.« Sie wandte sich an James. »Aber ich komme mit, wenn du magst.«

»Ich habe einen Katalog da. Morgen bringe ich ihn dir vorbei.«

Damit war die Sache wohl abgemacht. Lucy zögerte noch, weil sie nicht recht wusste, was die anderen darüber dachten. Aber niemand zuckte auch nur mit der Wimper. Für sie war es ein Beleg, dass die scheußlichen Ereignisse der letzten Monate der Vergangenheit angehörten. Erleichtert seufzte sie auf. Es war fast, als sei nie etwas vorgefallen.

Lächelnd schaute Mickey auf seine Familie, die am Tisch saß, lachte und plauderte, und überlegte, dass alles auch ganz anders hätte kommen können. Für einen kurzen Moment hatte alles auf der Kippe gestanden: Die Brauerei hätte den Bach runtergehen, seine Ehe zerbrechen können ... Mein Gott, und er wäre fast gestorben, oder? Aber wie durch ein Wunder hatte alles sich eingerenkt und alle waren glücklich und zufrieden.

Er betrachtete seine Familie. Sophie strahlte förmlich. Sie hatte längst nicht mehr diese schrecklich hohlen Augen und hatte wieder genug zugenommen, um gesund auszusehen, ohne dass sie in Panik geriet, zu dick zu werden. Patrick wirkte entspannt, glücklich und zuversichtlich: Mickey war stolz, wie reif er in den letzten Wochen geworden war. Keith war voll des Lobes, wie hart er arbeitete, und er schien an den Herausforderungen zu wachsen. James und Caroline sonnten sich in der Nachglut ihrer Flitterwochen. Und Lucy – Mickey betrachtete sie, als sie die Bath-Olivers-Kekse herumreichte. Endlich hatte sie wieder zu ihrer sprühenden Lebendigkeit gefunden. Er hätte es sich nie verziehen, wenn er diesen Funken ausgelöscht hätte. Aber sie war wieder ganz die Alte, lachte und schüttelte zusehends die Anspannung der letzten Monate ab.

Und Mickey selbst fühlte sich zum ersten Mal seit Wochen besser. Der düstere Trübsinn, der ihn immer wieder befallen hatte, wurde immer seltener, er hatte weniger Schmerzen und kam meist sogar ohne Schmerzmittel aus – bis auf einige wenige, um nachts schlafen zu können. Hoffnung keimte in ihm auf, optimistisch wie die Krokusse, die draußen vor dem Fenster aus der Erde brachen.

Mickey zog eine Flasche Chablis zu sich. Er studierte eingehend das vertraute Etikett, betrachtete die grünlich goldene Flüssigkeit in der Flasche und stellte sich den trockenen Geschmack auf der Zunge vor, ganz zu schweigen von der willkommenen Erleichterung, die sie bringen würde, das Gefühl, dass jegliche Verantwortung von den Schultern abfiel. Er überlegte, ob jemand wohl bemerken würde, wenn er sich einen Schluck einschenkte – sie waren sicher alle zu beduselt, um es zu merken. Es wäre für ihn der erste Alkohol seit Monaten. Er versuchte die Warnungen des Arztes zu ignorieren. Er würde nur einen Schluck kosten, redete er sich ein. Er würde sich nicht betrinken, sondern nur einen kleinen Toast ausbringen. Es gab schließlich etwas zu feiern: Alles würde gut werden.

Er schenkte etwas Wein in das Glas, das ihm am nächsten stand, und klopfte mit der Gabel dagegen, um aller Aufmerksamkeit zu erregen. Das Geplauder verstummte und alle Gesichter wandten sich ihm überrascht zu. Er räusperte sich ein bisschen verlegen. Er neigte sonst nicht zur Sentimentalität.

»Da wir jetzt alle wieder hier beisammen sind, wollte ich nur einen Toast ausbringen. Ich war mir nicht sicher, auf wen oder was – die Auswahl ist groß. Auf James und Caroline natürlich. Aber auch auf Keith, der für die Zukunft von Honeycote Ales so vieles möglich gemacht hat. Dann auf Patrick, der mir während meiner Genesung sehr geholfen hat. Ich könnte die Liste endlos fortsetzen, daher möchte ich mich kurz fassen.«

Er legte zwei Finger an den Stiel des Glases, als wolle er es anheben, schob es dann aber zu Lucy. Sie nahm es, lächelte zum Dank und er hob sein Glas Mineralwasser zum Toast.

»Auf alle, die hier am Tisch sitzen. Auf uns!«

James schaute Lucy in die Augen, als sie ihr Glas hob. Zu ihrer Verwunderung zwinkerte er ihr fast unmerklich, aber eindeutig verschwörerisch zu. Eine prickelnde Erregung wie Champagnerperlchen, die über den Rand eines Glases schäumten, stieg in ihr auf. Verwirrt schaute sie fort, suchte Mickeys warmen, stolzen Blick und prostete ihm lächelnd zu.

»Auf uns!«

Danksagung

Ich danke:

Valerie Hoskins und Araminta Whitley für ihre unermüdliche Unterstützung und dafür, dass sie meinen Traum wahr werden ließen.

Harrie Evans, einer kenntnisreichen Kollegin und außergewöhnlichen Lektorin, für ihre fachkundige Beratung und einige herrliche Mittagessen.

Meinen Eltern, Jenny und Miles, und meinem Bruder Paul für die zwei wichtigsten Dinge im Leben: Liebe und Humor.

Meinen Schwiegereltern, Audrey und Sam, für ihre Hilfe und Unterstützung.

Meinen Jungs, Jacob und Sam, dafür, dass sie mir einen Anlass gaben, dieses Buch zu schreiben.

Claire Collins dafür, dass sie den Anfang gelesen hatte und unbedingt mehr wollte.

Der Firma Hook Norton Ales – ein leuchtendes Beispiel für Tradition und den Wert der Familie – für die Anregungen und eine faszinierende Führung.

Und vor allem danke ich dir, Peter – für deine unglaubliche Geduld. Dieses Buch ist dir gewidmet!